658

Né en 1942, John Verdon, après avoir fait carrière dans les plus grandes firmes publicitaires de New York, a pris sa retraite pour se consacrer à l'écriture. *658* est son premier roman.

JOHN VERDON

658

ROMAN TRADUIT DE L'ANGLAIS (ÉTATS-UNIS)
PAR PHILIPPE BONNET ET SABINE BOULONGNE

GRASSET

Titre original :

THINK OF A NUMBER
Publié par Crown Publishers.

ISBN : 978-2-253-16247-6 – 1re publication LGF

Pour Naomi.

Prologue

— Où étais-tu ? demanda la vieille dame dans le lit. Il fallait que j'aille au petit coin et personne n'est venu.

Indifférent à son ton revêche, le jeune homme se tenait au pied du lit avec un grand sourire.

— Il fallait que j'aille au petit coin, répéta-t-elle de façon plus vague, comme si elle n'était pas sûre du sens des mots.

— J'ai de bonnes nouvelles, maman, dit le jeune homme. Bientôt, tout ira bien. Tu n'auras plus aucun souci à te faire.

— Où vas-tu quand tu me laisses seule ?

Sa voix était redevenue tranchante, grincheuse.

— Pas loin, maman. Tu sais très bien que je ne vais jamais loin.

— Je n'aime pas rester seule.

Le sourire du jeune homme s'élargit, devint presque béat.

— Bientôt, tout ira bien. Les choses vont rentrer dans l'ordre. Fais-moi confiance, maman. J'ai trouvé un moyen pour tout arranger. Ce qu'il a pris, il le rendra, quand lui sera rendu ce qu'il a donné.

— Tu écris de si jolis poèmes.

Il n'y avait pas de fenêtres dans la pièce. La lumière

latérale provenant de la lampe de chevet – seule source d'éclairage – accentuait la grosse cicatrice sur la gorge de la femme et les ombres dans les yeux de son fils.

— On ira danser ? demanda-t-elle, contemplant, au-delà du jeune homme et du mur sombre derrière lui, une vision plus radieuse.

— Bien sûr, maman. Tout sera parfait.

— Où est mon petit canard ?

— Ici, maman.

— Est-ce que mon petit canard va venir se coucher ?

— Dodo, l'enfant do, l'enfant dormira bien vite.

— Il faut que j'aille au petit coin, dit-elle, presque avec coquetterie.

PREMIÈRE PARTIE

Souvenirs fatals

CHAPITRE 1

Cop art

De l'avis général, Jason Strunk, la trentaine environ, était un individu insignifiant, terne, presque invisible pour ses voisins – et inaudible aussi, semblait-il, dans la mesure où aucun d'entre eux n'était capable de se rappeler avec précision une seule parole qu'il eût prononcée. Ils n'étaient même pas certains qu'il eût jamais parlé. Peut-être lui arrivait-il de faire un signe de tête, de murmurer un bonjour, de marmonner un mot ou deux. C'était difficile à dire.

Tous exprimèrent de prime abord un étonnement de circonstance, voire une incrédulité passagère, en apprenant la propension obsessionnelle de M. Strunk à occire des hommes d'âge moyen nantis de moustaches et la façon particulièrement dérangeante dont il se débarrassait des cadavres : en les découpant en morceaux plus maniables, qu'il enveloppait de papier de couleur vive et envoyait par la poste aux officiers de police locaux en guise de cadeaux de Noël.

Dave Gurney observait avec attention le visage blafard et placide de Jason Strunk – en fait, la photo d'identité judiciaire prise lors de son arrestation –, et Strunk, sur l'écran de l'ordinateur, soutenait son regard. Il avait agrandi la photo de manière à ce que le visage soit à dimension réelle. Elle était entourée au bord de l'écran par les symboles des outils de retouche photo d'un logiciel que Gurney commençait à peine à maîtriser.

Il dirigea un des outils de réglage de la luminosité vers l'iris de l'œil droit de Strunk, cliqua avec la souris, puis examina la surbrillance qu'il avait créée.

Mieux, mais ce n'était pas encore ça.

Les yeux étaient toujours le plus ardu – les yeux et la bouche –, mais c'était la clé. Parfois, il devait changer à tâtons, pendant des heures, la position et l'intensité d'une minuscule surbrillance, et même alors le résultat n'était pas parfait. Pas assez bon pour le montrer à Sonya, et encore moins à Madeleine.

Le problème, concernant les yeux, tenait au fait que c'étaient eux, plus que tout autre élément, qui reflétaient la tension, l'opposition – la banalité inexpressive teintée d'une touche de cruauté que Gurney avait souvent discernée sur le visage des meurtriers qu'il avait eu l'occasion de croiser.

Il l'avait rendue à la perfection grâce à ses patientes manipulations sur la photo de Jorge Kunzman (le magasinier de Walmart qui avait la manie de conserver la tête de sa dernière petite amie en date dans son réfrigérateur jusqu'à ce qu'il puisse la remplacer par une plus récente). Il avait été content du résultat, qui traduisait avec une immédiateté troublante le vide noir tapi dans l'expression blasée de Kunzman, et la réaction enthousiaste de Sonya, son flot d'éloges, l'avait conforté dans son opinion. C'est cet accueil, ainsi que la vente inattendue de la pièce à un des amis collectionneurs de Sonya, qui l'avaient incité à réaliser la série de photographies artistement retouchées faisant en ce moment même l'objet d'une exposition intitulée « Portraits de meurtriers par l'homme qui les a capturés », dans la petite mais luxueuse galerie de Sonya à Ithaca.

Comment un inspecteur de la Brigade criminelle de la police de New York, ayant pris sa retraite depuis peu et ne s'intéressant pas le moins du monde à l'art en général et à l'art branché en particulier, éprouvant de surcroît une profonde répugnance pour la notoriété, avait-il pu devenir, dans une ville universitaire huppée, le héros d'une exposition décrite par les critiques locaux comme « un mélange extrêmement moderne de photographies d'une brutale crudité, d'aperçus psychologiques audacieux et de manipulations graphiques magistrales » ? À cette question, deux réponses très différentes pouvaient être apportées : la sienne et celle de sa femme.

Pour sa part, tout avait commencé quand Madeleine l'avait incité à suivre avec elle un cours d'histoire de l'art au musée de Cooperstown. Elle essayait sans cesse de le forcer à sortir – sortir de son bureau, sortir de la maison, sortir de lui-même, sortir tout court. Il avait appris que le meilleur moyen de rester maître de son temps consistait à adopter une stratégie de capitulations épisodiques. Le cours d'histoire de l'art constituait une de ces manœuvres tactiques, et même si l'idée d'en passer par là l'effrayait, il espérait que cela l'immuniserait contre de nouvelles pressions pendant au moins un mois ou deux. Non qu'il fût du genre pantouflard, loin de là. À quarante-sept ans, il était encore capable d'effectuer cinquante pompes, cinquante tractions et cinquante flexions. Simplement, il n'aimait pas beaucoup bouger.

Toutefois, le cours se révéla être une surprise – trois surprises, à vrai dire. D'abord, en dépit de sa conviction que le plus grand défi qu'il aurait à relever serait de rester éveillé, il trouva le professeur, Sonya Reynolds, propriétaire d'une galerie et artiste de renommée régionale, captivant. Elle n'était pas belle au sens conventionnel du terme, ni habillée à la mode nord-européenne style Catherine Deneuve. Sa bouche était trop boudeuse, ses mâchoires trop proéminentes, son nez trop fort. Mais ces parties imparfaites étaient unifiées en un ensemble saisissant par de grands yeux gris-vert, une décontraction absolue et une sensualité naturelle. Il n'y avait pas beaucoup d'hommes dans le cours, six seulement sur les vingt-six participants, mais elle avait toute leur attention.

La deuxième surprise fut sa réaction positive au sujet. Parce que cela l'intéressait plus spécialement, Sonya consacra un temps considérable à l'art dérivé de la photographie : la photographie retouchée dans le but de créer des images plus fortes ou plus expressives que les originaux.

La troisième surprise survint au bout de trois des douze semaines de cours, un après-midi où elle commentait avec enthousiasme des sérigraphies réalisées par un artiste contemporain à partir de portraits photographiques solarisés. Tandis qu'il contemplait les sérigraphies, il se dit qu'il pourrait profiter d'une ressource peu courante à laquelle il avait un accès privilégié et lui apporter un point de vue original. Cette idée suscita en lui une étrange excitation – et c'était bien la dernière chose qu'il attendait d'un cours sur l'histoire de l'art.

Ce projet lui étant venu à l'esprit – à savoir améliorer, clarifier, intensifier des photos d'identité judiciaire, en particulier des photos d'assassins, de façon à saisir et à communiquer la nature profonde des brutes qu'il avait passé sa vie à étudier, pourchasser et mettre hors d'état de nuire –, il se mit à y penser plus souvent qu'il n'aurait voulu. C'était en réalité un homme prudent, capable de voir les deux facettes de toute question, le point faible de toute conviction, la naïveté de tout enthousiasme.

Alors qu'en cette radieuse matinée d'octobre, Gurney travaillait à son bureau sur la photo de Jason Strunk, la plaisante difficulté de l'opération fut soudain interrompue par le bruit de la chute d'un objet derrière lui.

— Je te laisse ça là, dit Madeleine Gurney d'une voix qui aurait semblé désinvolte à n'importe qui d'autre, mais que son mari trouva tendue.

Il regarda par-dessus son épaule, ses yeux s'étrécissant à la vue du petit sac de toile appuyé contre la porte.

— Laisser quoi ? demanda-t-il tout en devinant la réponse.

— Les tulipes, répondit Madeleine du même ton égal.

— Tu veux dire les bulbes ?

Rectification idiote, comme tous deux le savaient. C'était juste une façon d'exprimer son irritation contre Madeleine et le désir de celle-ci de l'obliger à faire ce dont il n'avait pas envie.

— Que veux-tu que j'en fasse ici ?

— Que tu les portes au jardin. Que tu m'aides à les planter.

Il songea un instant à souligner l'absurdité qu'il y avait à amener le sac dans le bureau pour qu'il le rapporte ensuite dans le jardin, mais il se ravisa.

— Dès que j'aurai fini ça, répliqua-t-il avec une pointe de ressentiment.

Il se rendait bien compte que planter des oignons de tulipes par une magnifique journée d'été indien, dans un jardin perché au sommet d'une colline surplombant un paysage vallonné parsemé de bosquets au feuillage d'automne carmin et de prés vert émeraude sous un ciel de cobalt, n'était pas la plus pénible des corvées. Mais il détestait être interrompu. Et cette allergie aux interruptions, se disait-il, était une conséquence de sa qualité primordiale : l'esprit logique, linéaire, qui avait fait de lui un policier réputé – cet esprit que la plus légère discontinuité dans le récit d'un suspect suffisait à ébranler, qui pouvait déceler une faille trop infime pour apparaître à d'autres yeux que les siens.

Madeleine lorgna l'écran d'ordinateur par-dessus l'épaule de Gurney.

— Comment peux-tu travailler sur quelque chose d'aussi laid par une journée comme celle-ci ? demanda-t-elle.

CHAPITRE 2

Une victime parfaite

David et Madeleine Gurney habitaient une solide ferme du XIXe siècle, blottie dans un angle d'un pré isolé, situé au bout d'une route sans issue dans les collines du comté du Delaware, à huit kilomètres du village de Walnut Crossing. Les dix hectares de pré étaient entourés de cerisiers, d'érables et de chênes.

La maison avait conservé sa simplicité architecturale d'origine. Depuis un an qu'ils en étaient propriétaires, les Gurney avaient réparé les dégâts causés par les modernisations intempestives effectuées par l'ancien propriétaire – remplaçant notamment les tristes fenêtres en aluminium par du bois avec des croisillons, dans le style du siècle précédent. Non pas par manie de l'authenticité historique, mais parce qu'ils reconnaissaient que l'esthétique initiale était *juste*. L'apparence que devait avoir une maison, l'atmosphère qu'elle devait dégager était une des questions sur lesquelles Madeleine et David se trouvaient en complet accord. La liste de ces questions, lui semblait-il, avait diminué ces derniers temps.

Cette pensée, déclenchée par la remarque de sa femme sur la laideur du portrait auquel il travaillait, avait entamé son humeur comme de l'acide la plus grande partie de la journée. Elle était encore à la lisière de sa conscience cet après-midi-là quand, assoupi dans sa chaise Adirondack préférée après la séance de plantation des bulbes de tulipes, il eut soudain conscience du bruit des pas de Madeleine se dirigeant vers lui à travers les hautes herbes. Au moment où les pas s'arrêtèrent devant le fauteuil, il ouvrit les yeux.

— Tu crois qu'il est trop tard pour sortir le canoë ? demanda-t-elle avec son calme et sa gaieté habituels.

Elle avait eu l'habileté de situer sa phrase quelque part entre une question et une sommation.

Madeleine était mince et sportive ; à quarante-cinq ans, elle en paraissait dix de moins. Elle avait un regard franc, posé, observateur. Ses longs cheveux bruns, à l'exception de quelques mèches vagabondes, étaient relevés sous son chapeau de paille à large bord.

Il répondit par une question tirée du propre fil de ses pensées.

— Tu trouves ça vraiment laid ?

— Bien sûr que c'est laid, répondit-elle sans hésitation. Est-ce que ce n'est pas censé l'être ?

Il fronça les sourcils, réfléchissant à son commentaire.

— Tu veux parler du thème ?

— Et de quoi d'autre ?

— Je ne sais pas, dit-il en haussant les épaules. Tu semblais quelque peu méprisante à l'égard du tout – l'exécution aussi bien que le motif.

— Désolée.

Elle n'avait pas l'air désolé. Alors qu'il était sur le point d'en faire la remarque, elle changea brusquement de sujet.

— Tu as hâte de rencontrer ton vieux condisciple ?

— Pas tellement, non, répondit-il en réglant le dossier de la chaise un cran plus bas. Je ne suis pas un fanatique des souvenirs d'antan.

— Il a peut-être un meurtre à te faire élucider.

Gurney regarda sa femme, scrutant son expression ambiguë.

— Tu crois que c'est ça qu'il veut ? demanda-t-il d'un ton neutre.

— N'est-ce pas ce talent qui a fait ta renommée ? La colère commençait à durcir sa voix.

C'était un phénomène qu'il avait observé suffisamment souvent, ces derniers mois, pour penser qu'il savait de quoi il retournait. Ils avaient des conceptions différentes de ce que sa retraite devait signifier, des changements qu'elle était censée apporter dans leur vie et, en particulier, de la manière dont elle était censée le changer *lui*. Dernièrement aussi, l'animosité avait grandi autour de sa nouvelle occupation – ce projet de portraits de meurtriers qui absorbait tout son temps. Il se doutait que l'esprit négatif de Madeleine, sur cette question, n'était pas sans rapport avec l'enthousiasme de Sonya.

— Tu savais qu'il était célèbre lui aussi ? demanda-t-elle.

— Qui ça ?

— Ton copain de classe.

— Pas vraiment. Il a vaguement dit au téléphone qu'il avait écrit un livre. J'ai fait une rapide recherche. Je n'aurais jamais pensé qu'il était connu.

— *Deux* livres, précisa Madeleine. Il dirige une sorte d'institut et a donné une série de conférences qui est passée sur PBS. J'ai imprimé des copies des jaquettes de ses livres depuis Internet. Si tu as envie de jeter un coup d'œil…

— J'imagine qu'il me racontera tout ce qu'il y a à savoir sur lui-même et ses livres. Il n'a pas l'air timide.

— Comme tu veux. J'ai mis les tirages sur ton bureau, si jamais tu changes d'avis. Au fait, Kyle a téléphoné tout à l'heure.

Il la dévisagea en silence.

— Je lui ai dit que tu le rappellerais.

— Pourquoi ne m'as-tu pas prévenu ? répliqua-t-il d'un ton plus irrité qu'il n'aurait voulu.

Son fils n'appelait pas souvent.

— Je lui ai demandé si je devais aller te chercher. Il a répondu qu'il ne voulait pas te déranger, que ça n'avait rien d'urgent.

— Il a dit autre chose ?

— Non.

Elle tourna les talons avant de s'éloigner dans l'herbe grasse et humide en direction de la maison. Comme elle atteignait la petite porte et posait la main sur la poignée, elle parut se souvenir de quelque chose. Elle pivota vers lui et dit avec une perplexité un peu surjouée :

— D'après la jaquette, ton ancien condisciple est un vrai petit saint, parfait sous tous rapports. Un gourou de la sagesse. On ne voit pas très bien pourquoi il aurait besoin de consulter un inspecteur de la Brigade criminelle.

— Un inspecteur *à la retraite*, corrigea Gurney.

Mais elle était déjà à l'intérieur, et laissa la porte claquer derrière elle.

CHAPITRE 3

Problèmes au paradis

Le lendemain fut encore plus exquis que la veille. L'image d'octobre dans un calendrier de la Nouvelle-Angleterre. Gurney se leva à 7 heures, se doucha, se rasa, enfila un jean et un pull en coton léger, puis prit son café, assis dans une chaise pliante, sur la terrasse en pierre carrelée, devant leur chambre située au rez-de-chaussée. La terrasse et les portes-fenêtres qui y menaient étaient des adjonctions qu'il avait faites sur l'insistance de Madeleine.

Elle avait l'œil pour ce genre de choses ; elle voyait tout de suite ce qui était faisable, ce qui convenait le mieux. Cela en disait long sur elle – son instinct, son imagination pratique, son goût infaillible. Mais, lorsqu'il s'empêtrait dans leurs terrains de discorde – les bourbiers et les ronces des espoirs que chacun nourrissait en son for intérieur –, il avait du mal à ne pas perdre de vue ses qualités.

Ne pas oublier de rappeler Kyle. Il lui faudrait attendre trois heures, à cause du décalage horaire entre Walnut Crossing et Seattle. Il s'enfonça un peu plus dans sa chaise, tenant la tasse brûlante à deux mains.

Il lança un regard à la mince chemise qu'il avait apportée avec son café, s'efforçant d'imaginer l'allure du camarade de fac qu'il n'avait pas revu depuis vingt-cinq ans. La photo figurant sur les jaquettes que Madeleine avait imprimées depuis le site d'une librairie en ligne rafraîchit ses souvenirs, non seulement son visage mais aussi sa personnalité – sans oublier sa voix de ténor irlandais et son sourire étrangement charmeur.

Lorsqu'ils étaient étudiants au campus Rose Hill de Fordham, dans le Bronx, Mark Mellery était un personnage excentrique dont les accès d'humour et de sincérité, d'énergie et d'ambition se teintaient de quelque chose de ténébreux. Il avait une fâcheuse tendance à marcher au bord des précipices – une espèce de funambule, à la fois téméraire et calculateur, toujours à deux doigts de la descente aux enfers.

D'après la bio de son site web, la pente qui l'avait fait dégringoler entre vingt et trente ans s'était inversée à la trentaine sous l'effet d'une sorte de transformation spirituelle spectaculaire.

Posant sa tasse de café en équilibre sur l'accoudoir de sa chaise, Gurney ouvrit la chemise sur ses genoux et en sortit l'e-mail qu'il avait reçu de Mellery une semaine plus tôt. Il le relut attentivement.

Cher Dave,

J'espère que tu ne trouveras pas inopportun d'être contacté par un vieux condisciple après si longtemps. On ne sait jamais ce que peuvent réveiller les voix de jadis. Je suis resté en rapport avec notre passé universitaire commun à travers notre association d'anciens étudiants, et j'ai lu avec intérêt les nouvelles notices insérées au fil des ans sur les membres de notre promotion. Ce qui m'a valu à plus d'une occasion le plaisir de prendre connais-

sance de tes brillants exploits et de la notoriété dont tu bénéficiais. (Un article dans les Nouvelles des anciens élèves *s'intitulait « LE POLICIER LE PLUS DÉCORÉ DU NYPD » – me souvenant du Dave Gurney que je connaissais à la fac, je ne peux pas dire que ça m'ait surpris !) Puis, il y a environ un an, j'ai vu que tu avais pris ta retraite – et que tu avais déménagé dans le comté du Delaware. Ce qui n'a pas manqué de retenir mon attention car il se trouve que j'habite à Peony – « la porte à côté », comme on dit. Je doute que tu en aies entendu parler, mais je dirige à présent un genre de lieu de retraite, appelé l'Institut du Renouveau Spirituel – plutôt utopique, je sais, mais en réalité tout ce qu'il y a de plus terre à terre.*

Bien qu'il me soit arrivé à maintes reprises, au cours de toutes ces années, de me dire que je serais ravi de te revoir, une situation préoccupante a fini par me donner le coup de pouce dont j'avais besoin pour cesser de tergiverser et renouer enfin le contact. C'est une situation dans laquelle tes conseils, je crois, pourraient être très utiles. Ce que j'aimerais, c'est te rendre une petite visite. S'il t'était possible de me consacrer une demi-heure, je passerais chez toi à Walnut Crossing – ou tout autre endroit qui te conviendrait mieux.

Mes souvenirs de nos conversations sur le campus et celles, encore plus longues, au Shamrock Bar – sans parler de ta remarquable expérience professionnelle –, me disent que tu es la personne adéquate pour discuter de l'affaire embarrassante à laquelle je suis confronté. C'est un casse-tête bizarre, qui, j'imagine, t'intéressera. Ta capacité à faire des rapprochements dont personne n'aurait eu l'idée a toujours été ta force principale. Chaque fois que je songe à toi, je repense à ta logique irréprochable et à la clarté de tes raisonnements – toutes qualités dont j'aurais bien besoin en ce moment. Je t'appellerai dans les jours qui viennent au numéro indiqué dans l'annuaire des anciens élèves – en espérant qu'il soit exact et toujours valable.

En souvenir du bon vieux temps,
Mark Mellery

P.-S. : Même si mon problème te laisse aussi perplexe que moi et que tu n'as aucun conseil à me donner, ce sera de toute façon une joie de te revoir.

Le coup de fil promis était arrivé deux jours plus tard. Gurney avait tout de suite reconnu la voix, curieusement inchangée en dépit d'un très perceptible tremblement d'inquiétude.

Après quelques paroles d'autodénigrement quant à tout ce temps passé sans donner de nouvelles, Mellery en vint au fait. Pouvait-il rencontrer Gurney dans les prochains jours ? Le plus tôt serait le mieux, compte tenu de l'urgence de la « situation ». Un nouveau « rebondissement » avait eu lieu. Il était absolument impossible d'en discuter au téléphone, comme Gurney le comprendrait lorsqu'ils se verraient. Il y avait un certain nombre de choses que Mellery avait à lui montrer. Non, ce n'était pas une affaire du ressort de la police locale, pour des raisons qu'il lui expliquerait quand il viendrait. Non, ce n'était pas un problème judiciaire, pas encore, en tout cas. Aucun délit n'avait été commis, et personne n'était véritablement menacé

– du moins, il n'en avait pas la preuve. Bon sang, c'était tellement difficile d'en parler comme ça ; ce serait beaucoup plus commode de vive voix. Oui, il avait bien conscience que les enquêtes privées n'étaient pas le rayon de Gurney. Mais juste une demi-heure – pouvait-il lui consacrer une demi-heure ?

Malgré les sentiments mitigés qu'il éprouvait depuis le début, Gurney avait accepté. Sa curiosité l'emportait souvent sur ses réticences ; dans le cas présent, il était intrigué par la note d'hystérie dissimulée au fond de la voix mélodieuse de Mellery. Et, bien sûr, une énigme à déchiffrer l'attirait plus puissamment qu'il n'était prêt à l'admettre.

Ayant relu l'e-mail une troisième fois, Gurney le remit dans le dossier et laissa son esprit vagabonder parmi les souvenirs qu'il faisait surgir du tréfonds de sa mémoire : les cours du matin où Mellery avait l'air d'avoir la gueule de bois et de mourir d'ennui, son retour progressif à la normale l'après-midi, son flot débridé de traits d'esprit et d'idées pénétrantes au petit matin sous l'effet de l'alcool. C'était un acteur-né, une vedette incontestée du club de théâtre de la fac. Un jeune homme qui, bien que déjà plein de vie au Shamrock Bar, l'était doublement sur scène. Quelqu'un qui dépendait de son public et ne donnait toute sa mesure que dans la lumière revigorante de l'admiration.

Gurney rouvrit le dossier et jeta encore une fois un coup d'œil à l'e-mail. La description que Mellery faisait de leur relation le titillait. Les contacts entre eux avaient été moins fréquents, moins significatifs, moins amicaux que ne le suggéraient les propos de Mellery. Pourtant, il avait l'impression que celui-ci avait choisi ses mots avec soin – qu'en dépit de sa simplicité, le texte avait été écrit et réécrit, examiné à la loupe et retouché – et que la flatterie, comme tout ce que contenait le message, avait un but bien précis. Mais lequel ? Le plus évident était de forcer Gurney à accepter un rendez-vous face à face et de l'embaucher pour résoudre on ne sait quel « mystère ». Et après ? Difficile à dire. Le problème était de toute évidence important pour Mellery, ce qui expliquait le temps et l'énergie qu'il avait manifestement consacrés à peaufiner ses phrases, jusqu'à leur faire exprimer un mélange de cordialité et de désarroi.

Il y avait aussi la petite question du post-scriptum. En plus de le défier de façon subtile en laissant entendre qu'il risquait de ne pas venir à bout du mystérieux casse-tête en question, il semblait faire obstacle à une porte de sortie facile, devancer tout argument qu'aurait pu invoquer Gurney en prétendant qu'il n'était pas détective privé ou ne lui serait probablement d'aucun secours. L'idée maîtresse consistant à faire passer le refus d'une rencontre pour une rebuffade grossière à l'égard d'un vieil ami.

Oh oui, l'e-mail avait été rédigé avec soin.

Avec soin. Voilà qui était nouveau, non ? Assurément, cela n'avait jamais été le point fort de l'ancien Mark Mellery.

Ce changement apparent intriguait Gurney.

À cet instant, Madeleine sortit par la porte de derrière et fit les deux tiers du chemin jusqu'à l'endroit où il était assis.

— Ton visiteur est arrivé, annonça-t-elle, impassible.

— Où est-il ?

— À l'intérieur.

Il baissa les yeux. Une fourmi zigzaguait le long de l'accoudoir. Il l'envoya balader d'une pichenette.

— Demande-lui de me rejoindre. Il fait trop beau pour rester enfermé.

— Oui, n'est-ce pas ? répliqua-t-elle d'un ton à la fois mordant et ironique. Au fait, il ressemble comme deux gouttes d'eau à la photo de la jaquette... sinon plus.

— Sinon plus ? Qu'est-ce que tu veux dire par là ?

Mais elle regagnait déjà la maison et ne répondit pas.

CHAPITRE 4

Je vous connais si bien que je sais ce que vous pensez

Mark Mellery traversa la pelouse à grandes enjambées. Il s'approcha de Gurney comme s'il voulait le serrer dans ses bras, mais quelque chose le fit changer d'avis.

— Davey ! s'écria-t-il en tendant la main.

Davey ? s'étonna Gurney.

— Bon Dieu ! continua Mellery. Tu n'as pas changé ! Sapristi, ça fait plaisir de te voir ! Ravi de constater que tu es toujours le même ! Davey Gurney ! À Fordham, on disait que tu ressemblais à Robert Redford dans *Les Hommes du président*. Et c'est encore le cas... tu n'as pas changé d'un iota. Si je ne savais pas que tu as quarante-sept ans, comme moi, je t'en donnerais trente !

Il serra la main de Gurney dans les siennes comme si c'était un objet précieux.

— En venant aujourd'hui, de Peony à Walnut Crossing, je me suis souvenu combien tu étais calme et serein. Une oasis psychologique... oui, voilà ce que tu étais, une oasis psychologique ! Et c'est toujours l'impression que tu donnes. Davey Gurney... calme, décontracté et serein... et doté de l'esprit le plus affûté que je connaisse. Alors, comment va la vie ?

— Ça va. J'ai eu de la chance, répondit Gurney, extirpant sa main et parlant d'une voix aussi dénuée d'émotion que celle de Mellery en était pleine. Je n'ai pas à me plaindre.

— De la chance..., répéta Mellery comme s'il essayait de se rappeler le sens d'un mot étranger. C'est joli chez toi. Très joli.

— Madeleine a l'œil pour ces choses-là. Asseyons-nous.

Gurney désigna deux chaises Adirondack usées par les intempéries et qui se faisaient face entre le pommier et une volière.

Mellery fit quelques pas dans la direction indiquée puis s'arrêta.

— J'avais quelque chose...

— Ce ne serait pas ça ?

Madeleine était sortie de la maison et se dirigeait vers eux, tenant devant elle un élégant porte-documents. Discret et luxueux, il était comme tout le reste dans l'apparence de Mellery – depuis les chaussures anglaises cousues main (mais rodées à souhait et astiquées juste ce qu'il faut) jusqu'à la veste de sport en cachemire admirablement coupée –, une image étudiée visant à dire : voici un homme qui sait comment utiliser l'argent sans se laisser utiliser par lui, un homme ayant atteint la réussite sans lui vouer un culte, un homme ayant naturellement de la chance. Pourtant, l'expression inquiète dans ses yeux délivrait un tout autre message.

— Ah oui, je vous remercie, dit Mellery en prenant le porte-documents des mains de Madeleine avec un soulagement manifeste. Mais où... ?

— Vous l'aviez posé sur la table basse.

— Oui, bien sûr. Je suis un peu distrait en ce moment. Merci !

— Désirez-vous boire quelque chose ?

— Boire ?

— Nous avons du thé glacé. Mais peut-être préférez-vous autre chose... ?

— Non, non, du thé glacé, ce sera très bien. Merci.

Tandis qu'il observait son ancien condisciple, Gurney comprit tout à coup ce que Madeleine avait voulu dire en affirmant que Mellery ressemblait comme deux gouttes d'eau à la photo de la jaquette de son livre, « sinon plus ».

La qualité la plus évidente de la photographie était une sorte de perfection informelle – l'illusion d'une simple photo d'amateur, sans les ombres disgracieuses ou la composition maladroite d'un vrai photographe amateur. Et c'était précisément cette impression de désinvolture savamment calculée – le désir égocentrique de paraître dénué d'ego – dont Mellery était un exemple vivant. Comme d'habitude, Madeleine avait vu juste.

— Dans ton e-mail, tu parles d'un problème, déclara Gurney dont la hâte d'en venir au fait frisait la grossièreté.

— Oui, répondit Mellery.

Mais au lieu d'aborder le problème en question, il se fendit d'une anecdote qui semblait destinée à resserrer une maille dans le tissu de leur ancienne complicité, relatant le débat inepte qu'un de leurs camarades avait eu avec un prof de philo à la fac. Au cours de son récit, Mellery se référa à lui-même, à Gurney et au protagoniste comme aux Trois Mousquetaires du campus Rose Hill, s'évertuant à rendre héroïque ce qui n'était que pédant. Gurney trouva cette tentative embarrassante et se contenta pour toute réponse de gratifier son hôte d'un regard impatient.

— Eh bien, fit Mellery en passant avec gêne à la raison de sa visite, je ne sais pas très bien par où commencer.

Si tu ne sais pas par où commencer ta propre histoire, pensa Gurney, *qu'est-ce que tu fabriques ici, sacrebleu ?*

Mellery finit par ouvrir sa serviette, d'où il retira deux minces livres de poche qu'il remit avec précaution à Gurney comme s'ils étaient fragiles. Il s'agissait des ouvrages décrits dans les tirages provenant du site web auxquels il avait jeté un œil un peu plus tôt. Le premier avait pour titre *La Seule Chose qui compte* et était sous-titré : « Changer de vie par le pouvoir de la conscience ». Le second s'intitulait *En toute franchise !* et était sous-titré pour sa part : « La seule façon d'être heureux ».

— Tu n'as probablement pas entendu parler de ces bouquins. Ils ont obtenu un certain succès, sans être à proprement parler des best-sellers, dit Mellery avec un sourire empreint d'une fausse modestie consommée. Je ne veux pas dire par là que tu doives les lire tout de suite, ajouta-t-il en souriant à nouveau, comme si c'était drôle. Cependant, ils pourraient te donner une idée de ce qui se passe, et pourquoi, une fois que je t'aurai exposé mon problème... ou peut-être devrais-je dire mon problème *apparent*. Toute cette histoire m'a un peu déboussolé.

Et pas qu'un peu collé la pétoche, songea Gurney.

Mellery respira profondément, marqua un temps d'arrêt, puis commença son récit, tel un homme hésitant à entrer dans des vagues glacées.

— Il faut d'abord que je te parle des lettres.

De son porte-documents il tira deux enveloppes, en ouvrit une dont il sortit une feuille de papier blanc couverte d'une écriture manuscrite sur un seul côté, ainsi qu'une enveloppe plus petite qui pouvait être utilisée pour envoyer une réponse. Il tendit la feuille à Gurney.

— C'est le premier message que j'ai reçu, il y a environ trois semaines.

Gurney prit le papier et se carra dans sa chaise afin de l'examiner, notant d'emblée la netteté de l'écriture. Les mots étaient tracés avec précision, élégance – ce qui réveilla brusquement le souvenir de la gracieuse calligraphie de sœur Mary Joseph se déployant sur le tableau noir à l'école primaire. Mais encore plus étrange que les caractères soignés était le fait que la lettre avait été écrite au stylo plume, et à l'encre rouge. *De l'encre rouge ?* Le grand-père de Gurney possédait de l'encre rouge. Des petites bouteilles rondes d'encre bleue, verte et rouge. Gurney gardait très peu de souvenirs de son grand-père, mais il se rappelait l'encre. On vendait encore de l'encre rouge pour stylo plume ?

Gurney lut la lettre avec un froncement de sourcils de plus en plus prononcé, puis la relut. Il n'y avait ni formule liminaire ni signature.

Croyez-vous au destin ? Moi oui, parce que je pensais ne jamais vous revoir – et, soudain, vous étiez là. Tout m'est revenu : votre façon de parler, de vous déplacer – et, par-dessus tout, votre façon de penser. Si quelqu'un vous demandait de penser à un nombre, je sais lequel ce serait. Vous ne me croyez pas ? Je vais vous le prouver. Pensez à un nombre entre un et mille – le premier qui vous passe par la tête. Retenez-le bien. À présent, voyez comme je connais vos secrets. Ouvrez la petite enveloppe.

Gurney poussa un grognement évasif et lança un regard interrogateur à Mellery, lequel ne l'avait pas quitté des yeux pendant qu'il lisait.

— Tu as une idée de qui t'a envoyé ça ?

— Pas la moindre.

— Des soupçons ?

— Aucun.

— Hmm. As-tu joué le jeu ?

— Le jeu ?

Manifestement, Mellery n'avait pas envisagé la chose sous cet angle.

— Tu veux dire, si j'ai pensé à un nombre ? Oui. Dans ces circonstances, il aurait été difficile de faire autrement.

— Tu as donc pensé à un nombre ?

— Oui.

— Et ?

Mellery se racla la gorge.

— C'était 658.

Il le répéta en détachant chaque chiffre – 6, 5, 8 –, comme s'ils pouvaient avoir un sens pour Gurney. Voyant que ce n'était pas le cas, il respira nerveusement et continua.

— Le nombre 658 n'a aucune signification particulière pour moi. Il se trouve que c'est le premier qui m'est venu à l'esprit. Je me suis creusé la cervelle pour essayer de me souvenir de quelque chose à quoi je pourrais le rattacher, d'une raison que j'aurais eue de choisir celui-là, mais sans succès. *C'est simplement le premier nombre qui m'est venu à l'esprit*, insista-t-il avec une véhémence trahissant sa panique.

Gurney le regarda avec un intérêt grandissant.

— Et dans la petite enveloppe... ?

Mellery lui tendit l'autre enveloppe, celle qui était incluse avec la première lettre, et l'observa attentivement tandis qu'il l'ouvrait, en sortait un morceau de papier faisant la moitié de la taille du premier et lisait le texte écrit avec la même application, de la même encre rouge.

Cela vous surprend que j'aie su que vous choisiriez 658 ?

Qui vous connaît aussi bien ? Si vous voulez la réponse,

remboursez-moi les 289,87 $ que cela m'a coûté pour vous retrouver.

Envoyez la somme exacte à :

B.P. 49449, Wycherly, CT 61010.

En ESPÈCES ou par CHÈQUE PERSONNEL.

Libellez le chèque à l'ordre de X. Arybdis.

(Cela n'a pas toujours été mon nom.)

Après avoir relu la lettre, Gurney demanda à Mellery s'il avait répondu.

— Oui. J'ai envoyé un chèque du montant indiqué.

— Pourquoi ?

— Comment ça pourquoi ?

— Ça fait beaucoup d'argent. Pourquoi as-tu décidé de l'envoyer ?

— Parce que ça me rendait dingue. Le nombre... comment pouvait-il savoir ?

— Est-ce que le chèque a été encaissé ?

— En fait, non. J'ai vérifié mon compte chaque jour. C'est pourquoi j'ai envoyé un chèque plutôt que de l'argent en espèces. Je me suis dit que ce serait peut-être pas mal d'en apprendre davantage sur ce Arybdis – de savoir au moins où il déposait ses chèques. Tout ça était si troublant…

— Qu'est-ce qui t'a troublé exactement ?

— Le nombre, bien sûr ! s'écria Mellery. Comment pouvait-il savoir une chose pareille ?

— Bonne question, admit Gurney. Mais pourquoi dis-tu « il » ?

— Quoi ? Ah, je vois. Eh bien... Je ne sais pas, c'est ce que j'ai tout de suite pensé. Je suppose que « X. Arybdis », ça sonne plutôt masculin.

— X. Arybdis. Drôle de nom, remarqua Gurney. Est-ce qu'il t'évoque quelque chose ? Te rappelle des souvenirs ?

— Aucun.

Le nom ne disait rien à Gurney, mais il ne lui semblait pas totalement inconnu non plus. Quelle qu'en fût la raison, elle était enfouie dans un classeur au deuxième sous-sol de sa cervelle.

— Après l'envoi du chèque, as-tu été recontacté ?

— Oh, oui ! répondit Mellery en fouillant une fois de plus dans son porte-documents pour en sortir deux autres feuilles de papier. J'ai reçu celle-ci il y a une dizaine de jours. Et celle-là le lendemain du jour où je t'ai envoyé l'e-mail te demandant si l'on pouvait se rencontrer.

Il les fourra sous le nez de Gurney comme un petit garçon montrant à son père deux nouveaux bleus.

Elles paraissaient avoir été écrites par la même main méticuleuse, avec le même stylo que les deux lettres précédentes, mais le ton avait changé.

La première se composait de huit lignes brèves.

Combien de créatures divines
sur une épingle peuvent danser ?
Combien d'espoirs se noyer
dans une bouteille de gin ?
Avez-vous jamais songé
que votre verre était un pistolet
et qu'un jour vous vous diriez :
Mon Dieu, qu'ai-je fait ?

Les huit lignes de la seconde lettre n'étaient pas moins énigmatiques et menaçantes :

Ce que vous avez pris vous le rendrez,
quand vous sera rendu ce que vous avez donné.
Je sais quelles pensées vous habitent,
quand votre regard palpite,
où vous étiez,
où vous serez.
Vous et moi avons rendez-vous – à tout de suite,
Monsieur 658.

Au cours des dix minutes suivantes, durant lesquelles il lut chaque billet une demi-douzaine de fois, l'expression de Gurney devint plus sombre et l'angoisse de Mellery plus patente.

— Qu'est-ce que tu en penses ? finit par demander celui-ci.

— Que tu as un ennemi intelligent.

— Je veux dire, qu'est-ce que tu penses de cette histoire de nombre ?

— C'est-à-dire ?

— Eh bien, comment pouvait-il savoir lequel me viendrait à l'esprit ?

— De but en blanc, je dirais qu'il ne pouvait pas.

— Il ne pouvait pas, mais il l'a fait ! Là est tout le problème, non ? Il ne pouvait pas, mais il l'a fait ! Personne au monde ne pouvait savoir que c'est au nombre 658 que je penserais. Et non seulement ça... mais il le savait au moins deux jours avant moi, lorsqu'il a posté cette foutue lettre !

Mellery se leva soudain de sa chaise, fit quelques pas dans l'herbe en direction de la maison, puis revint en se passant les mains dans les cheveux.

— Il n'existe aucun moyen scientifique d'accomplir une chose pareille. Aucun moyen possible et imaginable. Tu ne vois pas à quel point c'est dément ?

Gurney avait posé son menton sur le bout de ses doigts en une expression pensive.

— Il y a un principe philosophique élémentaire qui me paraît fiable à cent pour cent. *Tout phénomène a nécessairement une cause*. Cette histoire de nombre doit avoir une explication simple.

— Mais...

Gurney leva la main, à l'image du jeune agent de la circulation à la mine sévère qu'il avait été pendant ses six premiers mois au NYPD.

— Assieds-toi. Du calme. Je suis sûr qu'on peut arriver à comprendre.

CHAPITRE 5

Perspectives déplaisantes

Madeleine apporta du thé glacé aux deux hommes puis rentra dans la maison. L'odeur de l'herbe tiède emplissait l'air. Il faisait presque 21 degrés. Une nuée de pinsons pourpres s'abattit sur les mangeoires contenant des graines de chardon. Le soleil, les couleurs, les parfums étaient intenses, mais en pure perte s'agissant de Mellery, qui semblait totalement absorbé dans ses pensées inquiètes.

Tandis qu'ils buvaient leur thé à petites gorgées, Gurney s'efforçait de sonder les motifs et la sincérité de son hôte. Il n'ignorait pas que coller trop vite une étiquette sur quelqu'un pouvait conduire à des erreurs, mais il était souvent difficile de résister à la tentation. L'important était de demeurer conscient de la précarité du procédé et d'être prêt à réviser l'étiquette en fonction des nouvelles informations disponibles.

Son instinct lui disait que Mellery était un poseur de l'espèce classique, un simulateur sur bien des plans, qui, jusqu'à un certain point, croyait à ses propres affabulations. Son accent, par exemple, qu'il avait déjà à l'époque de la fac, n'était de nulle part, sinon d'un univers de culture et de raffinement entièrement fictif. Certes, cela n'avait aujourd'hui plus rien d'un simulacre – c'était une partie intégrante de lui-même, mais qui s'enracinait dans un sol imaginaire. La coupe de cheveux onéreuse, la peau hydratée, les dents sans défaut, le physique sportif et les ongles manucurés faisaient penser à un prédicateur haut de gamme prêchant à la télé. Ses manières étaient celles d'un homme désireux de paraître à l'aise dans le monde, un homme possédant une froide maîtrise de tout ce qui échappe au commun des mortels. Tout cela, Gurney s'en rendait compte, était déjà en germe vingt-six ans plus tôt. Mark Mellery n'avait fait que devenir un peu plus ce qu'il avait toujours été.

— Tu n'as pas eu l'idée d'aller voir la police ? demanda Gurney.

— Ça ne m'a pas semblé opportun. Je ne pensais pas qu'ils feraient quoi que ce soit. Qu'est-ce qu'ils pouvaient faire ? Il n'y avait pas de menace précise, rien à quoi on ne puisse trouver une justification, aucun délit réel. Je n'avais pas le moindre élément concret à leur offrir. Deux vilains petits poèmes ? Un collégien à l'esprit tordu aurait très bien pu les rédiger, quelqu'un doté d'un curieux sens de l'humour. Et, comme la police ne lèverait pas le petit doigt ou, pire encore, traiterait tout ça comme une plaisanterie, pourquoi perdre mon temps à aller les voir ?

Gurney hocha la tête, peu convaincu.

— Et puis, continua Mellery, l'idée de voir la police locale se jeter là-dessus et lancer une enquête approfondie, questionner les gens, débarquer à l'institut, harceler anciens et nouveaux résidents – dont certains sont très fragiles –, tourner en rond, faire tout un raffut, fourrer leur nez dans des trucs qui ne les regardent pas, mettre la presse dans le bain accessoirement... Bon Dieu ! Je vois d'ici les manchettes – « Un écrivain spiritualiste victime de menaces de mort » – et les remous qui en résulteraient...

La voix de Mellery s'éteignit, et il secoua la tête comme si de simples mots ne pouvaient décrire les dommages que causerait la police.

Gurney répondit par un regard perplexe.

— Quoi ? Qu'est-ce qu'il y a ? demanda Mellery.

— Tes deux raisons de ne pas contacter la police se contredisent.

— Comment ça ?

— D'un côté tu ne l'as pas avertie parce que tu craignais qu'elle ne fasse rien. Et de l'autre, tu ne l'as pas avertie parce que tu craignais qu'elle en fasse trop.

— Oui... mais ces deux craintes sont fondées. Le dénominateur commun, c'est ma peur qu'elle ne traite cette affaire de façon inepte. L'ineptie de la police peut prendre la forme d'une attitude nonchalante tout comme d'un zèle d'éléphant dans un magasin de porcelaine. Nonchalance inepte ou agressivité inepte – tu vois ce que je veux dire ?

Gurney avait le sentiment de se trouver devant quelqu'un qui venait d'exécuter une pirouette pour cacher qu'il s'était cogné le doigt de pied. Il n'arrivait pas tout à fait à y croire. D'après son expérience, quand on donnait deux motifs à une même décision, il y avait de fortes chances pour qu'un troisième motif – le vrai – ait été passé sous silence.

Comme s'il lisait dans ses pensées, Mellery déclara tout à coup :

— Il faut que je sois plus honnête avec toi, plus franc au sujet de mes appréhensions. Je ne peux pas m'attendre à ce que tu m'aides si je ne dévoile pas tout le tableau. En quarante-sept ans, j'ai mené deux vies radicalement différentes. Pendant les deux premiers tiers de mon existence sur cette terre, je me suis trompé de chemin ; je n'allais nulle part, mais j'y allais à toute vitesse. Ça a commencé à la fac. Et après la fac, ça n'a fait qu'empirer. De plus en plus d'alcool, de plus en plus de désordre. Je me suis mis à vendre de la drogue à une clientèle sélecte et je suis devenu copain avec quelques-uns de mes acheteurs. L'un d'entre eux a été si impressionné par mes talents pour débiter des salades qu'il m'a dégoté un boulot à Wall Street consistant à vendre par téléphone des actions bidons à des types assez rapaces et stupides pour croire qu'ils pouvaient réellement faire la culbute. Je me débrouillais bien et je gagnais plein de fric, et le fric a été mon ticket d'entrée à l'asile. Je faisais tout ce dont j'avais envie, et je ne me rappelle pas les trois quarts parce que, le plus souvent, j'étais ivre mort. Pendant dix ans, j'ai travaillé pour une pléiade de brillants escrocs. Puis ma femme est morte. Tu ne le sais sans doute pas, mais je me suis marié un an après que nous avons obtenu notre diplôme.

Mellery prit son verre. Il but d'un air pensif, comme si le goût était une idée prenant lentement forme dans son esprit. Lorsqu'il eut vidé la moitié du verre, il le posa sur l'accoudoir et le contempla un moment avant de reprendre son récit.

— Sa mort a été un événement capital. Qui a eu plus d'influence sur moi que tous les événements de nos quinze ans de mariage réunis. Ça me gêne de l'avouer, mais c'est seulement à travers sa mort que la vie de ma femme a eu un véritable impact sur moi.

Gurney eut l'impression que cette ironie manifeste, exprimée sur un ton hésitant comme si elle venait tout juste de voir le jour, avait déjà été rabâchée cent fois.

— Comment est-elle morte ?

— Toute l'histoire se trouve dans mon premier livre, mais voici la version courte et brutale. Nous étions en vacances à la Péninsule Olympique, dans l'État de Washington. Un soir, à la tombée de la nuit, nous étions assis sur une plage déserte. Erin a décidé d'aller nager. D'ordinaire, elle partait à environ cinquante mètres puis allait et venait parallèlement au rivage, comme si elle faisait des longueurs dans une piscine. C'était une fana de gymnastique.

Il s'interrompit, ferma les yeux.

— C'est ce qu'elle a fait ce soir-là ?

— Quoi ?

— Tu dis que c'est ce qu'elle faisait *d'ordinaire*.

— Euh, oui. Je pense que c'est ce qu'elle a fait. À vrai dire, je n'en suis pas certain parce que j'étais ivre. Erin est entrée dans l'eau ; je suis resté sur la plage avec mon thermos de martini.

Un tic était apparu au coin de son œil gauche.

— Erin s'est noyée. Les gens qui ont découvert son corps à vingt mètres du rivage m'ont trouvé également, sans connaissance sur la plage, ivre mort.

Après une pause, il continua d'une voix tendue.

— Je suppose qu'elle a eu une crampe ou... Je ne sais pas... mais j'imagine... qu'elle a dû m'appeler...

Il se tut, ferma à nouveau les yeux et se massa la tempe. En les rouvrant, il jeta un regard circulaire comme s'il prenait tout juste conscience de ce qui l'entourait.

— C'est une jolie maison que vous avez là, dit-il avec un sourire triste.

— Tu as dit que sa mort avait eu un effet notable sur toi ?

— Oh oui, un effet notable...

— Tout de suite ou plus tard ?

— Tout de suite. C'est un cliché, je sais, mais j'ai eu ce qu'on appelle « un éclair de lucidité ». C'est le moment le plus pénible et le plus révélateur qu'il m'ait été donné de vivre, avant ou depuis. Pour la première fois, j'ai compris de façon saisissante combien la voie dans laquelle je m'étais engagé était destructrice. Je ne voudrais pas me comparer à Paul tombant de son cheval sur le chemin de Damas, mais le fait est qu'à dater de ce jour, je n'ai pas eu envie de faire un pas supplémentaire dans cette direction.

Il prononça ces mots avec une totale conviction.

Ça, pour la force de persuasion, il aurait pu donner des cours de techniques de vente, songea Gurney.

— J'ai commencé une cure de désintoxication parce que ça me paraissait la meilleure chose à faire. Puis j'ai entrepris une thérapie. Je voulais être sûr d'avoir trouvé la vérité et pas d'avoir perdu les pédales. Le thérapeute a été encourageant. J'ai fini par reprendre la fac et décrocher deux diplômes, l'un en psychologie et le second en suivi thérapeutique. Un de mes condisciples était pasteur d'une église unitarienne. Il m'a demandé de venir parler de ma « conversion » – le terme est de lui, pas de moi. L'exposé a été un succès. Il s'est transformé en une série de conférences que j'ai données dans une dizaine d'églises unitariennes et qui ont abouti à mon premier livre. Lequel a servi de base à une émission en trois parties pour PBS. Qui a été diffusée ensuite en cassettes vidéo. Il s'est produit beaucoup de choses comme ça – un tas de coïncidences qui m'ont propulsé d'une bonne fortune à une autre. J'ai été invité à faire des séminaires privés pour des personnages éminents – qui se trouvaient être aussi éminemment riches. Ce qui a conduit à la création de l'Institut Mellery du Renouveau Spirituel. Les gens qui viennent là sont passionnés par ce que je fais. Je sais que ça a l'air un peu narcissique, mais il y en a qui reviennent chaque année pour entendre en fin de compte les mêmes conférences, pratiquer les mêmes exercices spirituels. J'hésite à le dire parce que ça peut paraître extrêmement prétentieux, mais, suite à la mort d'Erin, ma vie a changé de façon incroyable.

Ses yeux bougeaient nerveusement, donnant l'impression d'être fixés sur un paysage intérieur. Madeleine sortit, vint enlever les verres vides et leur demander s'ils en voulaient encore, mais ils déclinèrent son offre. Mellery répéta qu'ils avaient une maison ravissante.

— Tu as dit que tu voulais être plus honnête avec moi au sujet de tes craintes, lui rappela Gurney.

— Oui. Cela se rapporte à l'époque où je buvais. J'étais un ivrogne invétéré. J'avais de sérieux trous de mémoire – qui duraient parfois quelques heures, parfois davantage. Les dernières années, j'en avais chaque fois que je levais le coude. Ce qui représente pas mal de temps, pas mal d'actes de ma part dont je n'ai aucun souvenir. Quand j'étais ivre, je n'étais pas très regardant sur mes compagnons ou sur ce que je fabriquais. Pour être franc, ce sont les allusions à l'alcool que contiennent ces méchants petits billets qui m'ont le plus troublé. Ces derniers jours, je ne cesse d'osciller entre la contrariété et la terreur.

En dépit de son scepticisme, Gurney fut frappé par quelque chose d'authentique dans le ton de Mellery.

— Continue.

Au cours de la demi-heure qui suivit, il devint évident que Mellery ne voulait ou ne pouvait pas en dire beaucoup plus. Il en revint finalement au sujet qui l'obsédait.

— Comment a-t-il pu savoir à quel nombre je penserais, bonté divine ? J'ai passé en revue les gens que j'avais connus, les endroits où j'étais allé, les adresses, codes postaux, numéros de téléphone, dates, jours d'anniversaire, plaques minéralogiques et même le prix des objets – tout ce qui comporte des chiffres – sans rien trouver que je puisse associer à 658. Ça me rend fou !

— Il vaudrait peut-être mieux se concentrer sur des questions plus simples. Par exemple...

Mais Mellery n'écoutait pas.

— Je n'ai absolument pas le sentiment que ce 658 veuille dire quoi que ce soit. Et pourtant, c'est forcément le cas. Et quelle que soit sa signification, quelqu'un d'autre est au courant. Quelqu'un d'autre sait que 658 a une telle importance pour moi que c'est le premier nombre auquel je penserais. Je n'arrête pas de retourner ça dans tous les sens. Un vrai cauchemar !

Gurney attendit en silence que Mellery se calme.

— Les allusions à la boisson indiquent qu'il s'agit d'une personne qui m'a connu dans ma mauvaise période. Si elle me garde rancune de quoi que ce soit – ce qui a l'air d'être le cas –, elle la nourrit depuis longtemps. Probablement quelqu'un qui a perdu ma trace, qui ne savait pas où j'étais, puis qui est tombé sur un de mes livres, a vu ma photo, a lu quelque chose sur moi et a décidé de... décidé quoi ? Je ne sais même pas à quoi riment ces lettres.

Gurney continuait à ne rien dire.

— As-tu idée de ce que c'est que d'avoir cent, peut-être deux cents nuits dans son existence dont on n'a aucun souvenir ?

Mellery secoua la tête, comme étonné lui-même de sa propre irresponsabilité.

— La seule chose dont je suis sûr à propos de ces nuits, c'est que j'étais suffisamment parti – suffisamment cinglé – pour faire n'importe quoi. C'est le problème avec l'alcool... quand on boit autant, cela ôte toute peur quant aux conséquences. Tes perceptions sont faussées, tes inhibitions disparaissent, ta mémoire s'arrête, et tu marches à l'impulsion – l'instinct sans contrainte.

Il se tut et secoua la tête.

— Qu'est-ce que tu aurais pu faire, d'après toi, au cours d'une de ces crises d'amnésie ? demanda Gurney.

Mellery le dévisagea.

— N'importe quoi ! Bon Dieu, c'est bien ça le problème... *n'importe quoi* !

On aurait dit un homme qui venait de découvrir que le paradis tropical de ses rêves, dans lequel il avait investi jusqu'au dernier sou, était infesté de scorpions, pensa Gurney.

— Et qu'est-ce que tu attends de moi au juste ?

— Je ne sais pas. J'espérais probablement une déduction à la Sherlock Holmes, mystère résolu, auteur des lettres identifié et rendu inoffensif.

— Tu es mieux placé que moi pour deviner de quoi il retourne.

Mellery secoua la tête. Puis un fragile optimisme agrandit ses yeux.

— Est-il possible qu'il s'agisse d'une farce ?

— Dans ce cas, elle serait particulièrement cruelle, répondit Gurney. Tu as une autre suggestion ?

— Un chantage ? L'auteur sait quelque chose de terrible, quelque chose que je ne parviens pas à me rappeler. Et les 289,87 dollars ne sont que le premier versement.

Gurney eut un hochement de tête dubitatif.

— D'autres possibilités ?

— Une vengeance ? Pour quelque chose d'ignoble que j'ai fait, mais il ne veut pas d'argent, il veut...

Sa voix s'éteignit de façon pitoyable.

— Et tu ne te rappelles pas avoir fait quoi que ce soit de précis qui pourrait expliquer une telle réaction ?

— Non. Je te le répète. Je ne me souviens de rien.

— D'accord, je te crois. Mais, dans ce cas, cela vaudrait peut-être la peine de réfléchir à quelques questions simples. Note-les à mesure que je te les pose, emporte-les chez toi, passe vingt-quatre heures dessus et vois ce qu'il en ressort.

Mellery ouvrit son élégant porte-documents, dont il tira un carnet en cuir et un stylo Montblanc.

— Je veux que tu dresses des listes séparées, dans la mesure du possible, d'accord ? Liste numéro un : ennemis potentiels sur le plan professionnel – les gens avec qui tu as eu un conflit sérieux à un moment ou un autre en matière d'argent, de contrats, de promesses, d'emploi ou de réputation. Liste numéro deux : conflits personnels non résolus – les ex-amis, maîtresses, associés avec qui les choses ont mal fini. Liste numéro trois : individus menaçants – les gens ayant porté des accusations à ton encontre ou qui t'ont menacé. Liste numéro quatre : individus instables – les gens avec qui tu as été en relation et qui présentaient un déséquilibre ou qui souffraient de troubles quelconques. Liste numéro cinq : toute personne appartenant à ton passé que tu aurais rencontrée récemment, aussi innocente ou fortuite qu'ait pu sembler cette rencontre. Liste numéro six : tout lien que tu pourrais avoir avec quelqu'un habitant Wycherly ou les environs – étant donné que c'est là que se trouve la boîte postale de X. Arybdis et là aussi que les enveloppes ont été tamponnées.

Tandis qu'il dictait ces listes, il vit Mellery secouer la tête à plusieurs reprises, comme pour signifier son incapacité à se rappeler le moindre nom utile.

— Je sais bien que ce n'est pas facile, dit Gurney avec une autorité paternelle, mais c'est indispensable. En attendant, laisse-moi les lettres. Je les regarderai de plus près. Et souviens-toi, les enquêtes privées ne sont pas mon domaine, et il est fort possible que je ne puisse pas faire grand-chose pour toi.

Mellery contempla ses mains d'un air sombre.

— Hormis ces listes, y a-t-il autre chose que je devrais faire de mon côté ?

— Bonne question. Tu as une idée ?

— Eh bien... peut-être qu'avec quelques indications de ta part, je pourrais essayer de localiser ce M. Arybdis de Wycherly, Connecticut, et obtenir des renseignements sur lui.

— Si par « localiser », tu veux dire trouver l'adresse de son domicile à partir de sa boîte postale, le bureau de poste ne te la donnera pas. Pour ça, il faudrait que tu mettes la police dans le coup, ce que tu refuses de faire. Tu pourrais consulter l'annuaire sur Internet, mais ça ne te mènera nulle part avec un nom inventé – ce qui est probablement le cas, dans la mesure où il précise dans la lettre que ce n'est pas le nom sous lequel tu le connaissais.

Gurney marqua un temps d'arrêt.

— Il y a tout de même quelque chose de bizarre à propos de ce chèque, tu ne trouves pas ?

— Tu veux dire le montant ?

— Je veux dire le fait qu'il n'ait pas été encaissé. Pourquoi lui accorder une telle importance – la somme précise, à l'ordre de qui l'établir, où l'envoyer – et ne pas l'encaisser ensuite ?

— Ma foi, si Arybdis est un pseudonyme et qu'il ne possède pas de pièce d'identité à ce nom...

— Alors pourquoi laisser la possibilité d'envoyer un chèque ? Pourquoi ne pas exiger de l'argent liquide ?

Mellery se mit à scruter le sol comme s'il pouvait être miné.

— Peut-être que tout ce qu'il voulait, c'est un bout de papier avec ma signature dessus.

— J'y ai pensé, répondit Gurney, mais cela soulève deux difficultés. Premièrement, souviens-toi qu'il acceptait aussi de prendre du liquide. Deuxièmement, si le but était en réalité d'avoir un chèque signé, pourquoi ne pas demander une somme plus petite – mettons, vingt dollars ou même cinquante ? Est-ce que cela n'augmenterait pas les chances de recevoir une réponse ?

— Ce Arybdis n'est peut-être pas si intelligent que ça.

— Je ne sais pas pourquoi, mais je ne pense pas que ce soit le problème.

Mellery donnait l'impression que l'épuisement le disputait à l'angoisse dans chaque cellule de son corps et que la lutte était serrée.

— Tu penses que je cours un danger réel ?

Gurney eut un haussement d'épaules.

— En général, les lettres de dingues ne sont rien de plus. Le crime se résume au message désagréable lui-même, en quelque sorte. Cependant...

— Celles-ci sont différentes ?

— C’est possible.

Les yeux de Mellery s’agrandirent.

— Je vois. Tu y jetteras un nouveau coup d’œil ?

— Oui. Et toi, tu t’attelles à ces listes ?

— Ça ne servira à rien, mais, d’accord, je vais essayer.

CHAPITRE 6

Pour le sang aussi rouge qu'une rose peinte

N'ayant pas été invité à rester déjeuner, Mellery était reparti à contrecœur, au volant d'une Austin-Healey bleu pastel méticuleusement restaurée – une voiture de sport décapotable ancien modèle –, par une journée idéale pour conduire à laquelle l'homme semblait hélas insensible.

Gurney retourna à sa chaise Adirondack et demeura assis un long moment, près d'une heure, dans l'espoir que ce méli-mélo revête de lui-même un semblant d'ordre, un sens logique. Mais la seule chose qui lui apparut clairement, c'est qu'il avait faim. Il se leva, entra dans la maison, se fit un sandwich au fromage et aux poivrons grillés, et mangea tout seul. Madeleine semblait avoir disparu, et il se demanda si elle ne lui avait pas parlé d'un projet qu'il avait oublié. Puis, comme il rinçait son assiette et regardait distraitement par la fenêtre, il l'aperçut arpentant le verger, son cabas en toile plein de pommes. Elle avait cette expression radieuse qu'elle arborait souvent dès qu'elle était au grand air.

Elle pénétra dans la cuisine et posa les pommes près de l'évier avec un bruyant soupir de contentement.

— Seigneur, quelle journée ! s'exclama-t-elle. Par

un temps pareil, c'est un péché de rester à l'intérieur une minute de plus que nécessaire !

Il n'était pas forcément d'un avis contraire, du moins pas d'un point de vue esthétique, et peut-être même pas du tout, mais le fait est qu'il était plutôt d'un naturel casanier, de sorte que, livré à lui-même, il passait plus de temps dans l'examen de l'action que dans l'action elle-même, plus de temps dans sa tête que dans le monde extérieur. Ce qui n'avait jamais posé de problème s'agissant de son travail ; au contraire, c'est sans doute précisément ce qui avait fait de lui un si bon flic.

En tout cas, il n'avait aucune envie de sortir dans l'immédiat, ni de rendre des comptes, de se disputer ou de culpabiliser à ce propos. Il chercha un sujet moins sensible.

— Quelle impression t'a faite Mark Mellery ?

Elle répondit sans lever les yeux des fruits qu'elle sortait un à un de son sac pour les poser sur le plan de travail, ni même s'interrompre pour réfléchir à la question.

— Imbu de lui-même et mort de trouille. Un égocentrique souffrant d'un complexe d'infériorité. Craint que le croquemitaine ne l'attrape. Voudrait qu'oncle Dave le protège. Soit dit en passant, je ne cherchais pas à écouter, mais il a une voix qui porte. Je parie que c'est un excellent orateur, dit-elle comme si c'était une qualité douteuse.

— Qu'est-ce que tu penses de cette histoire de nombre ?

— Ah, fit-elle avec une pose théâtrale. « L'Affaire du Désaxé Télépathe ».

Il réprima son irritation.

— Tu as une idée de la façon dont cela aurait pu

se faire – comment l'auteur de ces lettres savait quel nombre Mellery choisirait ?

— Non.

— Ça n'a pas l'air de t'épater.

— Mais toi, si.

Elle se remit à parler les yeux fixés sur les pommes. Le petit sourire ironique, de plus en plus présent ces temps-ci, tirait un coin de sa bouche.

— Reconnais que c'est plutôt mystérieux, insista-t-il.

— Je suppose.

Il récapitula les principaux points avec l'agacement d'un homme incapable de comprendre qu'on puisse ne pas le comprendre.

— Quelqu'un te donne une enveloppe fermée en te demandant d'imaginer un nombre. Tu penses à 658. Il t'invite à regarder dans l'enveloppe. Ce que tu fais. Et le mot à l'intérieur dit 658.

Il était évident que Madeleine n'était pas aussi impressionnée qu'elle aurait dû l'être. Il continua :

— Un vrai tour de force. À première vue, cela paraît impossible. Et pourtant, c'est ce qui s'est passé. Comment, j'aimerais bien le savoir.

— Et tu réussiras, j'en suis persuadée, dit-elle avec un petit soupir.

Il regarda par les portes-fenêtres, au-delà des pieds de poivrons et de tomates flétris par les premières gelées de la saison. (Quand était-ce ? Il n'arrivait pas à s'en souvenir, incapable de se concentrer sur le facteur temps.) Par-delà le jardin, par-delà le pré, son regard se posa sur la grange rougeâtre. Le vieux pommier McIntosh était à peine visible au coin, ses fruits disséminés dans la masse de feuillage telles des touches de peinture impressionniste. Dans ce tableau s'immisça le sentiment tenace de quelque chose qu'il aurait dû faire. *Qu'est-ce que c'était ?* Bien sûr ! Cela faisait une semaine qu'il avait promis d'aller chercher l'échelle coulissante dans la grange pour cueillir les fruits que Madeleine avait du mal à attraper. Une bagatelle. Si facile pour lui. L'affaire d'une demi-heure tout au plus.

Comme il se levait de sa chaise, plein de bonnes intentions, le téléphone se mit à sonner. Madeleine décrocha, apparemment parce qu'elle se trouvait juste à côté de la table où reposait l'appareil, mais ce n'était pas la vraie raison. Madeleine répondait au téléphone sans se soucier de la personne qui était le plus près. Cela relevait moins de la logistique que de leurs désirs respectifs de contact avec les autres. Pour elle, les gens en général représentaient un plus, une source de stimulation positive (à quelques exceptions près comme la redoutable Sonya Reynolds). Pour Gurney, ils étaient un moins, une ponction d'énergie (à quelques exceptions près comme l'encourageante Sonya Reynolds).

— Allô ? fit Madeleine sur ce ton d'aimable expectative dont elle gratifiait tous ceux qui appelaient, chargé de la promesse de s'intéresser à tout ce qu'ils pourraient dire.

Une seconde plus tard, sa voix sombra dans un registre moins jovial.

— Oui, il est ici. Un instant.

Elle brandit le combiné vers Gurney, le posa sur la table et quitta la pièce.

C'était Mark Mellery, et son agitation avait grimpé d'un cran.

— Davey, Dieu merci tu es là. Je viens de rentrer. J'ai encore reçu une de ces fichues lettres.

— Dans le courrier d'aujourd'hui ?

La réponse fut oui, comme Gurney l'avait supposé. Mais la question avait néanmoins un objectif. À force d'interroger des hystériques – sur des scènes de crime, dans des services d'urgences, dans toutes sortes de situations chaotiques –, il avait découvert que le meilleur moyen de les calmer était de commencer par leur poser des questions simples auxquelles ils puissent répondre par l'affirmative.

— La même écriture ?

— Oui.

— Et la même encre rouge ?

— Oui, tout est identique, sauf les mots. Tu veux que je te la lise ?

— Vas-y. Lis-la lentement et dis-moi où se trouvent les sauts de ligne.

Les questions claires, les instructions précises et la voix paisible de Gurney produisirent l'effet escompté. Mellery paraissait avoir à nouveau les pieds sur terre lorsqu'il se mit à lire à haute voix la strophe bizarre, troublante – avec de petites pauses pour indiquer les fins de vers.

Je fais ce que j'ai fait
ni par goût ni par intérêt
mais pour que les dettes soient réglées,
les préjudices réparés.
Pour le sang aussi rouge
qu'une rose peinte.
Afin que chacun se souvienne
qu'il récolte ce qu'il sème.

Après l'avoir notée sur le bloc près du téléphone, Gurney la relut soigneusement, tâchant de se faire une idée de l'auteur – de la personnalité étrange tapie à la croisée d'une soif de vengeance et du besoin de l'exprimer dans un poème.

Mellery rompit le silence.

— À quoi penses-tu ?

— Je pense qu'il serait peut-être temps que tu ailles voir la police.

— J'aimerais mieux pas. Je t'ai déjà expliqué pourquoi.

L'agitation était de retour.

— Je sais. Mais, si j'ai un conseil à te donner, c'est celui-là.

— Je comprends bien. Mais je cherche une alternative.

— La meilleure alternative, si tu en as les moyens, ce serait des gardes du corps vingt-quatre heures sur vingt-quatre.

— Tu veux dire, que je me balade dans ma propriété entre deux gorilles ? Mais enfin, quelle explication est-ce que je donnerais à mes résidents ?

— « Gorilles » est peut-être un peu exagéré.

— Écoute, le fait est que je ne raconte pas de bobards à mes résidents. Si l'un d'eux me demandait qui sont ces inconnus, je serais forcé d'avouer que ce sont des gardes du corps, ce qui ne manquerait pas de susciter de nouvelles questions. Ce serait perturbant – néfaste pour le climat que je m'efforce d'instaurer ici. Y a-t-il une autre ligne de conduite que tu puisses me suggérer ?

— Tout dépend. De ce à quoi tu veux arriver.

Mellery répondit par un petit rire aigre.

— Tu pourrais peut-être découvrir qui en a après moi et ce qu'il me veut, et ensuite l'en empêcher. Tu crois pouvoir faire ça ?

Gurney était sur le point de dire « Je n'en suis pas certain » quand Mellery ajouta soudain avec véhémence :

— Bon Dieu, Davey, j'ai une trouille de tous les diables. Je n'ai pas la moindre idée de ce qui se passe. Tu es le type le plus intelligent que je connaisse. Et le seul sur qui je puisse compter pour ne pas aggraver la situation.

Au même instant, Madeleine traversa la cuisine avec son sac à ouvrage. Elle prit son chapeau de paille sur le plan de travail ainsi que le dernier numéro de *Mother Earth News* et sortit par les portes-fenêtres avec un bref sourire que le ciel éclatant semblait avoir allumé.

— Pour que je puisse t'aider, encore faut-il que tu y mettes du tien, dit Gurney.

— Que veux-tu que je fasse ?

— Je te l'ai déjà dit.

— Quoi ? Ah... ces listes...

— Rappelle-moi quand tu auras avancé. À partir de là, on avisera.

— Dave ?

— Oui ?

— Merci.

— Je n'ai rien fait.

— Tu m'as donné de l'espoir. À propos, j'ai fait bien attention en ouvrant l'enveloppe aujourd'hui. Comme ils font à la télé. De cette manière, s'il y a des empreintes, elles ne seront pas détruites. Je me suis servi de pinces à épiler et de gants en latex. Et j'ai mis la lettre dans un sac plastique.

CHAPITRE 7

Le trou noir

Gurney était un peu gêné d'avoir accepté de s'impliquer dans le problème de Mark Mellery. Indéniablement, il avait été attiré par le mystère qu'il représentait et par la difficulté d'avoir à l'éclaircir. Alors, pourquoi se sentait-il mal à l'aise ?

Il songea un instant à aller à la grange prendre l'échelle pour cueillir les pommes comme promis, mais une autre pensée l'envahit, à savoir qu'il devait démarrer son nouveau projet artistique pour Sonya Reynolds – entrer au moins la photo du tristement célèbre Peter Piggert dans le logiciel de retouche de son ordinateur. Il avait hâte d'essayer de capter la vie intérieure de cet ancien scout qui non seulement avait tué son père et sa mère quinze ans plus tard, mais pour des motifs sexuels qui semblaient encore plus odieux que les crimes eux-mêmes.

Gurney gagna la pièce dévolue à ses travaux de « cop art ». Servant jadis de garde-manger, elle était maintenant meublée comme un bureau et baignait dans une lumière froide, sans ombre, venant d'une fenêtre à double vitrage dans le mur nord. Il contempla la vue bucolique. Une ouverture dans le taillis d'érables au fond du pré faisait un cadre aux collines bleutées disparaissant dans le lointain. Cela lui fit penser aux pommes, et il retourna à la cuisine.

Il tergiversait encore quand Madeleine revint de sa séance de tricot.

— Alors, quelle est la prochaine étape avec Mellery ? demanda-t-elle.

— Je n'ai pas encore décidé.

— Pourquoi ?

— Eh bien... ce n'est pas le genre d'affaire où tu as envie que j'aille me fourrer, je suppose ?

— Le problème n'est pas là, répondit-elle avec cette clarté qui l'impressionnait toujours.

— Tu as raison, reconnut-il. Je pense que le problème, en fait, c'est que je n'arrive pas à coller les étiquettes habituelles sur quoi que ce soit.

Elle lui adressa un sourire compatissant.

Encouragé, il continua :

— Je ne fais plus partie de la brigade des homicides, et ce n'est pas une victime d'homicide. Je ne sais pas très bien ce que je suis ni ce qu'il est.

— Un vieux copain de fac ?

— Mais ça veut dire quoi ? Il se souvient d'un degré de camaraderie entre nous que je n'ai jamais ressenti de mon côté. Et puis ce n'est pas un copain qu'il lui faut, c'est un garde du corps.

— Il veut oncle Dave.

— Ce n'est pas ce que je suis.

— Tu en es sûr ?

Il poussa un soupir.

— Tu veux que je sois mêlé à cette histoire Mellery ou pas ?

— C'est déjà fait. Tu as beau ne pas avoir encore trié les étiquettes – ne pas être un flic officiel et lui une victime de crime officielle –, il y a là une énigme et, mon Dieu, tu finiras tôt ou tard par rassembler les morceaux. En fin de compte, il en sera toujours ainsi, n'est-ce pas ?

— C'est une accusation ? Tu as épousé un policier. Je n'ai jamais prétendu être autre chose.

— Je pensais qu'il y avait peut-être une différence entre un policier et un policier à la retraite.

— Voilà un an que j'ai pris ma retraite. Qu'est-ce que je fais qui ressemble à du travail de policier ?

Elle secoua la tête comme pour dire que la réponse n'était que trop évidente.

— Que tu consacres autant d'énergie à cette besogne, ça ne ressemble pas à du travail de policier ?

— Je ne vois pas ce que tu veux dire.

— Tout le monde fait des portraits de meurtriers, peut-être ?

— C'est un sujet que je connais bien. Tu voudrais que je dessine des pâquerettes ?

— Des pâquerettes seraient mieux que des fous sanguinaires.

— C'est toi qui m'as entraîné dans ce machin artistique.

— Ah bon. C'est à cause de moi si tu passes de splendides matinées d'automne à fixer dans le blanc des yeux des tueurs en série ?

La barrette qui maintenait ses cheveux relevés était sur le point de lâcher prise, et plusieurs mèches sombres lui tombaient sur les yeux, ce dont elle ne semblait pas s'être aperçue, lui donnant un air particulièrement soucieux qu'il trouva attendrissant.

Il respira à fond.

— Pourquoi nous disputons-nous au juste ?

— A toi de me le dire. C'est toi, le policier.

Comme il restait là à la regarder, il jugea inutile de s'embêter à poursuivre la discussion.

— Je voudrais te montrer quelque chose, dit-il. Je reviens tout de suite.

Il quitta la pièce et revint une minute plus tard avec la copie manuscrite du vilain petit poème que Mellery lui avait lu au téléphone.

— Qu'est-ce que tu penses de ça ?

Elle le lut si rapidement que quelqu'un qui ne la connaissait pas aurait pu croire qu'elle s'était bornée à y jeter un coup d'œil.

— Ça a l'air sérieux, répondit-elle en le lui rendant.

— Je suis d'accord.

— Qu'est-ce qu'il a *fait*, à ton avis ?

— Bonne question. Tu as remarqué ce mot ?

Elle récita le passage en question :

— « Je fais ce que j'ai fait / ni par goût ni par intérêt ».

Si Madeleine n'avait pas une mémoire photographique, pensa Gurney, elle n'en était pas loin.

— Eh bien, qu'est-ce qu'il a *fait* au juste, et qu'est-ce qu'il projette de *faire* ? continua-t-elle sur un mode rhétorique n'appelant aucune réponse. Je suis sûre que tu trouveras. Tu finiras peut-être même avec un meurtre à éclaircir, d'après le ton de cette lettre. Puis tu pourras recueillir des indices, suivre des pistes, attraper le meurtrier, faire son portrait et le donner à Sonya pour sa galerie. Comment dit-on déjà ? À quelque chose malheur est bon ?

Son sourire paraissait carrément dangereux.

Dans ces moments-là, c'était toujours la question sur laquelle il avait le moins envie de s'appesantir qui lui venait à l'esprit. Le déménagement dans le comté du Delaware avait-il été une grossière erreur ?

Il soupçonnait qu'il avait souscrit à son désir de vivre à la campagne pour la dédommager de tout ce qu'elle avait dû endurer en tant qu'épouse de flic – jouant invariablement les seconds rôles par rapport au boulot. Elle aimait les bois, les montagnes, les prés, les grands espaces. Il avait le sentiment de lui devoir un nouveau décor, une nouvelle vie – et il était parti du principe qu'il pouvait s'adapter à tout. Orgueil ? Aveuglement ? Ou peut-être le désir de se débarrasser de sa culpabilité par un grand geste ? Quelle bêtise. À vrai dire, il ne s'était pas très bien accommodé de ce changement. Il n'était pas aussi flexible qu'il l'avait naïvement imaginé. Alors qu'il en était encore à essayer de se faire une place qui ait un sens au milieu de nulle part, il continuait à se replier instinctivement sur ce qu'il savait faire – peut-être trop bien, même, de façon obsessionnelle. Jusqu'à ses efforts pour apprécier la nature. Ces foutus oiseaux, par exemple. L'ornithologie. Il s'était arrangé pour transformer le processus d'observation et d'identification en surveillance. Prenant des notes sur leurs allées et venues, leurs mœurs, leurs habitudes alimentaires, leurs caractéristiques de vol. De l'extérieur, on aurait pu croire qu'il s'était pris d'affection pour les humbles créatures de Dieu. Mais ce n'était pas du tout ça. Ce n'était pas de l'affection, mais de l'analyse. De l'investigation.

Déchiffrer.

Bon Dieu ! Était-il si limité ?

Était-il, en fait, trop limité – trop étriqué, trop rigide – dans son approche de la vie pour être capable de rendre à Madeleine ce dont son dévouement professionnel l'avait privée ? Et puisqu'il en était aux hypothèses désagréables, peut-être y avait-il plus de choses à compenser qu'un simple excès de zèle professionnel.

Au moins une autre.

La chose dont ils avaient tellement de mal à parler.

L'étoile effondrée.

Le trou noir dont la terrible force de gravité avait fait dévier la trajectoire de leur couple.

CHAPITRE 8

Entre le marteau et l'enclume

Le splendide temps d'automne se détériora dans l'après-midi. Les nuages, qui, le matin, avaient été de joyeux petits stéréotypes ouatés, s'assombrirent. On pouvait distinguer des grondements annonciateurs d'orage – si lointains qu'on avait du mal à savoir de quelle direction ils venaient. C'était plus une présence impalpable dans l'atmosphère que le produit d'une tempête spécifique – impression qui ne fit que se renforcer alors qu'ils se prolongeaient pendant plusieurs heures, apparemment sans se rapprocher ni cesser tout à fait.

Le soir, Madeleine alla à un concert avec une de ses nouvelles amies de Walnut Crossing. Elle ne s'attendait pas à ce que Gurney se joigne à elle ; il n'eut donc pas à se sentir sur la défensive quant à sa décision de rester à la maison pour travailler à son projet artistique.

Elle venait à peine de partir qu'il était assis devant son écran d'ordinateur, contemplant la photo de Peter Possum Piggert. Pour l'instant, il s'était contenté d'importer le fichier graphique et de le configurer en tant que nouveau projet – auquel il avait donné ce nom qui se voulait spirituel : *Œdipe Proie*.

Dans la version par Sophocle du vieux mythe grec, Œdipe tue un homme qui se révèle être son père, épouse une femme qui se révèle être sa mère et avec qui il a deux filles, plongeant dans un abîme de malheurs tous les protagonistes. Dans la psychanalyse freudienne, le mythe grec symbolise une phase de développement dans la vie d'un garçon au cours de laquelle il souhaite l'absence (la disparition, la mort) de son père pour s'assurer la possession exclusive de l'affection de sa mère. Dans le cas de Peter Possum Piggert, cependant, il n'y avait ni ignorance pouvant servir d'excuse, ni symbolisme d'aucune sorte. Sachant parfaitement ce qu'il faisait et à qui, Peter, à l'âge de quinze ans, avait tué son père et noué de nouveaux liens avec sa mère, dont il avait eu deux filles. Mais ça ne s'était pas arrêté là. Quinze ans plus tard, il avait tué sa mère lors d'une dispute à propos de la liaison qu'il avait entamée avec leurs filles, alors âgées de treize et quatorze ans.

Le rôle de Gurney dans l'affaire avait commencé lorsque la moitié du corps de Mme Iris Piggert avait été retrouvée coincée dans le gouvernail d'un bateau-mouche amarré à un embarcadère de Manhattan, pour finir avec l'arrestation de Peter Piggert dans une colonie de mormons « traditionalistes » du désert de l'Utah, où il s'était installé en se faisant passer pour l'époux de ses deux filles.

En dépit de l'abomination de ses crimes, baignant dans le sang et l'horreur familiale, Piggert était demeuré un personnage taciturne et maître de lui tout au long des interrogatoires et des poursuites engagées à son encontre, gardant son Mr. Hyde bien dissimulé et faisant l'effet d'un mécanicien automobile bourru plutôt que d'un polygame incestueux et parricide.

Gurney regardait Piggert sur l'écran, et Piggert lui rendait son regard. Depuis la première fois où il l'avait interrogé, et plus encore maintenant, Gurney avait le sentiment que le trait principal de l'homme était un besoin (porté à un degré extraordinaire) de contrôler son environnement. Les gens, famille comprise – en fait, la famille par-dessus tout –, faisaient partie de cet environnement, et les plier à ses volontés était crucial. S'il lui fallait tuer quelqu'un pour établir son emprise sur lui, eh bien soit. Aussi important que fût le rôle joué par la sexualité, celle-ci avait plus à voir avec le goût du pouvoir qu'avec la lubricité.

Alors qu'il scrutait le visage impassible en quête de quelque trace diabolique, une rafale de vent fit voler un tourbillon de feuilles mortes. Elles frôlaient la terrasse avec un bruit de plumeau ; quelques-unes cliquetaient légèrement contre les vitres des portes-fenêtres. L'agitation des feuilles, jointe au tonnerre intermittent, l'empêchait de se concentrer. L'idée d'être seul pendant quelques heures pour avancer sur le portrait, sans avoir à subir des froncements de sourcils ou des questions désagréables, l'avait séduit. Mais son esprit était à présent perturbé. Il sonda les yeux sombres et cernés de Piggert – dépourvus de cette lueur de sauvagerie qui animait le regard de Charlie Manson, le prince du sexe et du carnage de la presse à sensation –, mais le vent et les feuilles le déconcentrèrent à nouveau, puis le tonnerre. Dehors, derrière la ligne des collines, un vague éclair clignota dans le ciel obscur. Un distique d'un des poèmes menaçants de Mellery lui était passé par la tête. Il revint à cette seconde et y demeura.

Ce que vous avez pris vous le rendrez,
Quand vous sera rendu ce que vous avez donné.

C'était, à première vue, une devinette insoluble. Les mots étaient trop généraux ; ils avaient trop de sens ou trop peu. Pourtant, il n'arrivait pas à les chasser de son esprit.

Il ouvrit le tiroir du bureau et en sortit la série de lettres que Mellery lui avait confiée. Il éteignit l'ordinateur, puis poussa le clavier sur le côté afin de disposer les messages dans l'ordre – en commençant par le premier.

Croyez-vous au destin ? Moi oui, parce que je pensais ne jamais vous revoir – et, soudain, vous étiez là. Tout m'est revenu : votre façon de parler, de vous déplacer – et, par-dessus tout, votre façon de penser. Si quelqu'un vous demandait de penser à un nombre, je sais lequel ce serait. Vous ne me croyez pas ? Je vais vous le prouver. Pensez à un nombre entre un et mille – le premier qui vous passe par la tête. Retenez-le bien. À présent, voyez comme je connais vos secrets. Ouvrez la petite enveloppe.

Bien qu'il l'eût déjà fait auparavant, il examina l'enveloppe extérieure, de même que le papier à lettres sur lequel le message était écrit, pour vérifier qu'il n'y avait aucune trace, nulle part, du nombre 658 – pas même en filigrane – qui aurait pu suggérer à Mellery ce chiffre auquel il semblait avoir pensé spontanément. Il n'y avait pas la plus petite trace de ce genre. Des tests plus probants pourraient être effectués plus tard, mais il était convaincu pour le moment que, si quelque chose avait permis à l'auteur de savoir que Mellery choisirait 658, ce n'était pas une marque dans le papier.

Le message contenait un certain nombre d'affirmations que Gurney énuméra sur un bloc-notes.

1. Je vous ai connu dans le passé, mais j'ai perdu le contact avec vous.
2. Je vous ai revu récemment.
3. Je me souviens de beaucoup de choses à votre sujet.
4. Je peux prouver que je connais vos secrets en écrivant et en enfermant dans l'enveloppe jointe le premier nombre qui vous viendra à l'esprit.

Le ton lui paraissait légèrement espiègle, et l'allusion à la connaissance des « secrets » de Mellery pouvait avoir l'air menaçante – renforcée par la demande d'argent dans l'enveloppe plus petite.

Cela vous surprend que j'aie su que vous choisiriez 658 ?
Qui vous connaît aussi bien ? Si vous voulez la réponse,
remboursez-moi les 289,87 $ que cela m'a coûté pour vous retrouver.
Envoyez la somme exacte à :
B.P. 49449, Wycherly, CT 61010.
En ESPÈCES ou par CHÈQUE PERSONNEL.
Libellez le chèque à l'ordre de X. Arybdis.
(Cela n'a pas toujours été mon nom.)

Hormis l'inexplicable prédiction du nombre, ladite demande faisait à nouveau état d'une connaissance personnelle approfondie et spécifiait la somme de 289,87 dollars comme montant des frais engagés pour retrouver Mellery (alors que la première moitié du message suggérait une rencontre fortuite) et condition préalable à la révélation par l'auteur de son identité ; elle laissait le choix de payer la somme par chèque ou en liquide ; elle indiquait « X. Arybdis » comme nom du bénéficiaire du chèque, fournissait une explication au fait que Mellery ne reconnaîtrait pas le nom en question et donnait l'adresse d'une boîte postale à Wycherly pour envoyer l'argent. Gurney inscrivit tous ces faits sur son bloc jaune pour mettre de l'ordre dans ses idées.

Idées tournant autour de quatre questions : comment la prédiction du nombre pouvait-elle s'expliquer sans supposer un phénomène d'hypnose, comme dans *Un crime dans la tête*, ou de perception extrasensorielle ? L'autre chiffre qui figurait dans la lettre, les 289,87 dollars, avait-il une signification au-delà du « coût pour vous retrouver » ? Pourquoi cette option chèque ou liquide, qui faisait penser à une parodie de pub de vente par correspondance ? Et qu'avait donc ce nom, Arybdis, qui continuait à démanger un recoin obscur de la mémoire de Gurney ? Il écrivit les questions à côté de ses autres notes.

Après quoi il disposa les trois poèmes par ordre chronologique du cachet sur l'enveloppe.

Combien de créatures divines
sur une épingle peuvent danser ?
Combien d'espoirs se noyer
dans une bouteille de gin ?
Avez-vous jamais songé
que votre verre était un pistolet
et qu'un jour vous vous diriez :
Mon Dieu, qu'ai-je fait ?

Ce que vous avez pris vous le rendrez,
Quand vous sera rendu ce que vous avez donné.
Je sais quelles pensées vous habitent,
Quand votre regard palpite,
Où vous étiez,
Où vous serez.
Vous et moi avons rendez-vous – à tout de suite
Monsieur 658.

Je fais ce que j'ai fait
ni par goût ni par intérêt
mais pour que les dettes soient réglées,
les préjudices réparés.
Pour le sang aussi rouge
qu'une rose peinte.
Afin que chacun se souvienne
qu'il récolte ce qu'il sème.

La première chose qui le frappa fut le changement d'attitude. Le ton malicieux des deux premières lettres était devenu accusateur dans le premier poème, ouvertement menaçant dans le deuxième et vengeur dans le troisième. Mis à part la question de savoir dans quelle mesure il fallait le prendre au sérieux, le message lui-même était clair : l'auteur (X. Arybdis ?) disait qu'il avait l'intention de punir (tuer ?) Mellery pour un méfait lié à la boisson qu'il avait commis jadis. Comme Gurney griffonnait le mot *tuer*, son attention revint au distique initial du deuxième poème :

Ce que vous avez pris vous le rendrez,
Quand vous sera rendu ce que vous avez donné.

À présent, il savait exactement ce que les mots signifiaient, et cette signification était d'une simplicité à faire froid dans le dos. *Pour la vie que vous avez prise, vous donnerez la vôtre. Ce que vous avez fait vous sera fait également.*

Il n'aurait su dire si le frisson qu'il ressentit le persuada qu'il avait raison ou si c'est la certitude d'avoir raison qui provoqua le frisson, mais, dans tous les cas, il n'avait aucun doute là-dessus. Cependant, cela ne répondait pas à ses autres questions. Cela les rendait seulement plus pressantes, et en faisait surgir de nouvelles.

La menace de meurtre n'était-elle qu'une menace, destinée à infliger les affres de l'inquiétude, ou était-ce une déclaration d'intention précise ? À quoi l'auteur se référait-il en disant « Je fais ce que j'ai fait » dans le premier vers du troisième poème ? Avait-il fait auparavant à quelqu'un d'autre ce qu'il se proposait à présent de faire à Mellery ? Se pouvait-il que Mellery ait commis un acte en compagnie d'un tiers dont l'auteur s'était déjà occupé ? Gurney prit note de demander à Mellery si l'un de ses amis ou associés avait jamais été victime d'un meurtre, de violences ou de menaces.

Peut-être était-ce l'ambiance créée par les éclairs derrière les collines de plus en plus noires, ou la persistance sinistre des grondements sourds, ou encore sa propre fatigue, mais la personnalité derrière les messages émergeait peu à peu de l'ombre. Le ton détaché des poèmes, le dessein sanguinaire et le style recherché, la haine et le calcul – autant de traits qu'il avait souvent vus alliés à des conséquences épouvantables. Tandis qu'il regardait par la fenêtre du bureau, au milieu de l'atmosphère instable de la tempête approchante, il commençait à percevoir dans ces lettres la froideur glaciale d'un psychopathe. Un psychopathe se faisant appeler X. Arybdis.

Bien sûr, peut-être qu'il se plantait sur toute la ligne. Ce ne serait pas la première fois qu'une certaine ambiance, surtout à la nuit tombée, surtout quand il était seul, produisait en lui une conviction que rien dans les faits ne venait étayer.

Tout de même... qu'est-ce qui le chiffonnait dans ce nom ? De quelle boîte à souvenirs poussiéreuse la réponse attendait-elle de surgir ?

Ce soir-là, il alla se coucher de bonne heure, bien avant que Madeleine soit rentrée de son concert, en se promettant de rendre les lettres à Mellery le lendemain et d'insister pour qu'il aille trouver la police. L'enjeu était trop important, le danger trop palpable. Pourtant, une fois au lit, il lui fut impossible d'oublier les événements de la journée. Son esprit ressemblait à un champ de courses sans issues ni ligne d'arrivée. Un état qu'il connaissait bien – le prix à payer (avait-il fini par conclure) pour l'attention extrême qu'il accordait à certaines tâches. Une fois que son esprit hanté, au lieu de sombrer dans le sommeil, s'était enlisé dans ce sillon circulaire, il n'y avait plus que deux solutions. Ou bien laisser le processus suivre son cours, ce qui prendrait trois ou quatre heures, ou bien se forcer à se lever et à s'habiller.

Quelques minutes plus tard, vêtu d'un jean et d'un vieux pull en coton, il se tenait dehors sur la terrasse. Une lune pleine derrière le ciel couvert dispensait une maigre lumière, rendant visible la grange. C'est dans cette direction, le long du sentier criblé de nids-de-poule traversant le pré, qu'il se mit à marcher.

Après la grange se trouvait l'étang. À mi-chemin, il s'immobilisa pour écouter le ronronnement d'une voiture sur la route venant du village. Il calcula qu'elle devait être à environ huit cents mètres. Dans ce coin tranquille des Catskill, où le cri sporadique des coyotes constituait le bruit nocturne le plus fort, un véhicule pouvait s'entendre de très loin.

Bientôt, les phares de la voiture de Madeleine balayèrent le fouillis de verges d'or à l'agonie bordant le pré. Elle tourna vers la grange, s'arrêta sur le gravier crissant et éteignit les phares. Une fois descendue, elle vint à sa rencontre – avec précaution, ses yeux s'habituant peu à peu à la pénombre.

— Qu'est-ce que tu fais ? demanda-t-elle avec douceur et gentillesse.

— Impossible de dormir. Des idées qui me tournicotent dans la tête. Suis allé faire une balade du côté de l'étang.

— On dirait qu'il va pleuvoir.

Un grondement dans le ciel ponctua sa remarque.

Il acquiesça.

Debout près de lui dans le sentier, elle respira profondément.

— Quelle odeur délicieuse. Viens, marchons un peu, proposa-t-elle en lui prenant le bras.

Alors qu'ils atteignaient l'étang, le sentier s'élargit pour se transformer en andain. Quelque part dans les bois, une chouette poussa un hululement – ou, plus exactement, il y eut un cri familier qu'ils avaient pris pour celui d'une chouette la première fois qu'ils l'avaient entendu l'été dernier, et les fois suivantes ils en avaient été de plus en plus persuadés. De par la nature de son intellect, Gurney n'ignorait pas que ce phénomène de conviction grandissante ne reposait sur aucune logique, mais il savait aussi qu'en faire la remarque à Madeleine, en dépit de l'intérêt que présentait à ses propres yeux ce genre de petite ruse mentale, l'agacerait et la mettrait de mauvaise humeur. De sorte qu'il ne dit rien, heureux de la connaître suffisamment pour savoir quand il valait mieux se taire, et, dans un silence paisible, ils marchèrent jusqu'au bout de l'étang. Elle avait raison à propos de l'odeur – une merveilleuse suavité dans l'air.

Ils avaient parfois des moments comme celui-ci, des moments de pure tendresse, qui lui faisaient penser aux premières années de leur mariage, les années avant l'accident. « L'Accident » – ce terme générique, concis, dont il enveloppait l'événement dans sa mémoire pour empêcher les détails acérés de lui déchirer le cœur. Un accident – une mort – qui masquait le soleil, faisant de leur couple un mélange précaire d'habitude, de devoir et de camaraderie tendue, ponctué de rares instants d'espoir – de rares instants où leur relation avait l'éclat et la limpidité d'un diamant, lui rappelant ce qui avait existé jadis et qui était peut-être à nouveau possible.

— Tu as toujours l'air de te débattre avec quelque chose, dit-elle en repliant ses doigts autour de l'intérieur de son bras.

Là encore, elle avait raison.

— Comment s'est passé le concert ? finit-il par demander.

— La première partie était du baroque, très beau. La seconde partie des œuvres du XXe siècle, pas aussi beau.

Il était sur le point d'abonder dans son sens en exprimant sa piètre opinion de la musique moderne, mais il se ravisa.

— Qu'est-ce qui t'a empêché de dormir ? demanda-t-elle.

— Je ne sais pas vraiment.

Il sentit son scepticisme. Elle lâcha son bras. Ils entendirent un bruit de plongeon dans l'étang à quelques mètres devant eux.

— Je n'arrive pas à oublier cette histoire Mellery, dit-il.

Elle ne répondit pas.

— Des bribes ne cessent de me trotter dans la tête... sans résultat... à part me mettre mal à l'aise... et m'empêcher d'avoir les idées claires.

À nouveau, elle n'offrit qu'un silence songeur.

— Je n'arrête pas de repenser à ce nom dans la lettre.

— X. Arybdis ?

— Comment est-ce que... ? Tu nous as entendus en parler ?

— J'ai une bonne ouïe.

— En effet, mais ça me surprend toujours.

— Il se pourrait que ce ne soit pas vraiment X. Arybdis, tu sais, dit-elle avec cette désinvolture dont il savait qu'elle était tout sauf désinvolte.

— Quoi ? lança-t-il en se figeant.

— Ce n'est peut-être pas X. Arybdis.

— Qu'est-ce que tu veux dire par là ?

— Eh bien, je me morfondais à ce concert pendant qu'on jouait une des monstruosités atonales de la seconde partie, me disant que les compositeurs modernes devaient détester le violoncelle. Pourquoi obliger un instrument magnifique à faire des bruits aussi désagréables ? Des grincements et des gémissements affreux.

— Et... ? dit-il avec douceur, s'efforçant de réprimer son impatience.

— Je serais bien sortie à ce stade, mais je ne pouvais pas parce que je devais raccompagner Ellie.

— Ellie ?

— Ellie, en bas de la colline, plutôt que de prendre nos deux voitures ? Mais la musique semblait lui plaire, Dieu sait pourquoi.

— Et alors ?

— Alors, pour passer le temps et éviter de tuer les musiciens, je me suis mise à penser à un tas de choses.

Il y eut un nouveau bruit de plongeon dans l'étang, et elle s'immobilisa pour écouter. Il devina plutôt qu'il ne vit son sourire. Madeleine aimait bien les grenouilles.

— Par exemple ?

— Eh bien, par exemple, j'ai pensé aux cartes de Noël que j'allais envoyer cette année – on est déjà pratiquement en novembre. Et ça m'a rappelé cette chanson de mon enfance : *White Christmas*. Tu sais, « Je rêve d'un Noël blanc... »

Il sentit qu'elle lui lançait un regard interrogateur, comme si elle n'était pas sûre qu'il comprenne.

— Continue, dit-il.

— Et le mot « Christmas » m'a fait penser à Tommy Milakos.

— Qui ça ?

— Tommy Milakos. Un garçon qui avait le béguin pour moi en troisième, à Notre-Dame-de-la-Chasteté.

— Je croyais que c'était Notre-Dame-des-Douleurs, dit Gurney avec une pointe d'irritation.

Elle marqua une pause, le temps que sa petite plaisanterie fasse son effet, puis continua.

— Bref, un jour, Sœur Immaculée, une espèce d'énorme matrone, s'est mise à me hurler dessus parce que j'avais écrit « Xmas », l'abbréviation usuelle de « Christmas », dans une interro sur les fêtes catholiques. Elle était ulcérée. Elle prétendait que c'était comme barrer d'un X le nom du Christ, le supprimer du mot qui désigne le jour même de sa naissance. Sacrilège ! C'est alors que Tommy – un gentil petit gamin aux yeux marron – a bondi de son siège et s'est écrié : « Ce n'est pas un X. » Sœur Immaculée n'en revenait pas. C'était la première fois que quelqu'un avait l'audace de l'interrompre. Elle s'est contentée de le regarder fixement, mais mon petit champion n'a pas détourné les yeux. « C'est une lettre grecque, a-t-il expliqué. L'équivalent de "ch". La première lettre du mot "Christ" en grec. » Et comme, bien évidemment, Tommy Milakos était grec, tout le monde s'est dit qu'il devait avoir raison.

Il avait beau faire noir, il lui sembla qu'elle souriait légèrement à cette évocation ; il crut même entendre un minuscule soupir. Peut-être se trompait-il à propos du soupir – c'est du moins ce qu'il espérait. Autre manque d'attention : avait-elle trahi une préférence pour les yeux marron plutôt que les yeux bleus ? *Allons Gurney, ressaisis-toi, elle parle de la classe de troisième.*

— Alors, continua-t-elle, peut-être que « X. Arybdis » est en fait « Ch. Arybdis ». Ou même « Charybdis ». Autrement dit Charybde – comme dans la légende de la mythologie grecque, c'est ça ?

— Oui, se répondit-il à lui-même autant qu'à elle. *Aller de Charybde en Scylla…*

— Entre le marteau et l'enclume, autrement dit ?

— Oui, quelque chose comme ça.

— Lequel est lequel ?

Il parut ne pas entendre la question, absorbé soudain par les implications de ce nom, Charybde, envisageant toutes les hypothèses. Enfin, il réalisa qu'elle venait de lui poser une question.

— Hein ?

— Charybde et Scylla, dit-elle. Le marteau et l'enclume. Lequel est lequel ?

— Ce n'est pas vraiment une histoire de marteau et d'enclume, en réalité. Scylla et Charybde étaient des dangers menaçant les marins dans le détroit de Messine. Les bateaux devaient passer entre eux, au risque d'être détruits. Dans la mythologie, ils étaient symbolisés par des démons destructeurs.

— Quand tu parles de dangers pour les marins... comme quoi ?

— Scylla était le nom donné à des récifs contre lesquels les bateaux se fracassaient avant de couler.

Comme il ne poursuivait pas tout de suite, elle insista.

— Et Charybde ?

Il s'éclaircit la gorge. L'idée de Charybde avait quelque chose de particulièrement inquiétant.

— Charybde était un tourbillon. Extrêmement puissant. Une fois qu'un homme était pris dedans, il ne pouvait plus en sortir. Le tourbillon l'aspirait et le mettait en pièces.

Il se souvint avec une précision troublante d'une illustration qu'il avait vue voilà des lustres dans une édition de *L'Odyssée*, montrant un marin pris dans le violent remous, le visage tordu par la peur.

Le hululement retentit à nouveau dans les bois.

— Viens, dit Madeleine. Rentrons. Il va pleuvoir d'une minute à l'autre.

Il resta immobile, perdu dans ses pensées.

— Viens, répéta-t-elle. Avant qu'on soit trempés.

Il la suivit jusqu'à sa voiture, et ils roulèrent lentement à travers le pré jusqu'à la maison.

Juste avant de descendre, il se tourna vers elle.

— Ne me dis pas que tu penses à un « ch » chaque fois que tu voix un « X ».

— Bien sûr que non.

— Alors pourquoi... ?

— Parce que « Arybdis », ça faisait grec.

Elle le regarda depuis le siège avant avec une expression que la nuit sombre rendait d'autant plus indéchiffrable.

Au bout d'un moment, elle dit, un petit sourire dans la voix :

— Tu n'arrêtes jamais de cogiter, hein ?

Puis, comme elle l'avait annoncé, la pluie se mit à tomber.

CHAPITRE 9

Personne de ce nom

Après avoir attendu plusieurs heures à la périphérie des montagnes, une vague de froid glaciale déferla sur la région, apportant des rafales de vent et de pluie. Au matin, le sol était couvert de feuilles et l'air chargé de fortes odeurs d'automne. Les gouttelettes sur l'herbe du pré faisaient éclater le soleil en étincelles pourpres.

Tandis que Gurney allait à sa voiture, l'assaut subi par son odorat réveilla en lui des souvenirs d'enfance, quand la douce odeur de l'herbe était une odeur de paix et de sécurité. Puis ils s'évanouirent – effacés par ses projets pour la journée.

Il avait prévu de se rendre à l'Institut du Renouveau Spirituel. Si Mark Mellery devait refuser de mettre la police dans le coup, Gurney voulait en discuter face à face avec lui. Non qu'il eût l'intention de se laver les mains de toute l'affaire. À vrai dire, plus il y réfléchissait et plus il était intrigué par la position sociale éminente de son ancien condisciple et par le lien qu'elle pouvait avoir avec la menace pesant sur lui. À condition qu'il prenne bien soin de ne pas dépasser les limites, supposait-il, il y avait de la place dans l'enquête à la fois pour lui-même et pour la police locale.

Il avait appelé Mellery pour le prévenir qu'il arrivait. C'était une matinée idéale pour une promenade en voiture à travers les montagnes. La route de Peony lui fit d'abord traverser Walnut Crossing, qui, comme beaucoup de villages des Catskill, s'était développé au XIXe siècle autour d'un carrefour jouant un rôle local important. Le carrefour, avec une importance moindre, avait survécu. Quant au noyer ayant donné son nom au village, il avait disparu depuis belle lurette en même temps que la prospérité de la région. En dépit de sa gravité, le déclin de l'économie n'en offrait pas moins un visage pittoresque : granges et silos battus par les intempéries, charrues et fourragères rouillées, pâturages abandonnés envahis de verges d'or en train de faner. De Walnut Crossing, la route menant à Peony serpentait à travers une vallée de carte postale, où une poignée de vieilles fermes étaient en quête de nouveaux moyens de survie. Parmi ces dernières, la ferme Abelard. Nichée entre le village de Dillweed et la rivière voisine, elle s'adonnait à la culture biologique de « légumes sans pesticides », qui étaient ensuite vendus dans l'épicerie, avec du pain frais, du fromage des Catskill, et du très bon café – du café dont Gurney ressentait un besoin urgent alors qu'il s'arrêtait sur une des petites places de stationnement en terre battue devant le porche affaissé.

Juste à l'entrée de l'espace au plafond surélevé, contre le mur de droite, se trouvait une batterie de cafetières fumantes vers laquelle Gurney se dirigea. Il remplit un gobelet, humant avec un sourire l'arôme corsé – mieux que du Starbucks pour deux fois moins cher.

Hélas, l'évocation de Starbucks fit naître l'image d'une certaine catégorie de jeunes et prospères clients de l'enseigne, ce qui lui fit penser aussitôt à Kyle, non sans une petite grimace mentale. Sa réaction habituelle, sans doute née du désir inassouvi d'avoir un fils qui estimerait qu'un flic intelligent mérite le respect, un fils plus enclin à lui demander conseil de temps à autre que ne l'était Kyle. Kyle – aussi incorrigible qu'intouchable dans cette Porsche ridiculement coûteuse que son salaire de Wall Street ridiculement élevé lui avait permis d'acheter à l'âge ridiculement précoce de vingt-quatre ans. Néanmoins, il devait au jeune homme un coup de fil, même si tout ce que désirait le gosse, c'était parler de sa nouvelle Rolex ou de son week-end de ski à Aspen.

Gurney paya son café et retourna à la voiture. Alors qu'il songeait au coup de fil en question, son téléphone se mit à sonner. Il n'aimait pas les coïncidences et fut soulagé en voyant que ce n'était pas Kyle mais Mark Mellery.

— Je viens d'avoir le courrier. J'ai appelé chez toi, mais tu étais déjà parti. Madeleine m'a donné ton numéro de portable. J'espère que ça ne te dérange pas que j'appelle.

— Quel est le problème ?

— Mon chèque est revenu. Le type qui possède la boîte postale à Wycherly où j'ai envoyé les 289,87 dollars à Arybdis... il me l'a retourné avec un mot disant qu'il n'y avait personne de ce nom, que j'avais dû me tromper d'adresse. Mais j'ai vérifié. C'était la bonne boîte postale. Davey ? Tu es toujours là ?

— Oui. J'essaie de comprendre.

— Laisse-moi te lire le mot. « J'ai trouvé le pli ci-joint dans ma boîte postale. C'est sans doute une erreur d'adresse. Il n'y a pas de X. Arybdis ici. » Et c'est signé « Gregory Dermott ». La lettre porte l'en-tête « GD Security Systems », et il y a une adresse et un numéro de téléphone correspondant à Wycherly.

Gurney s'apprêtait à expliquer qu'il ne faisait plus guère de doute que X. Arybdis n'était pas un vrai nom, mais un étrange jeu de mots sur le nom d'un tourbillon mythique, un tourbillon qui déchiquetait ses victimes, mais il décida que la situation était déjà suffisamment préoccupante. La révélation de ce nouveau rebondissement attendrait jusqu'à son arrivée à l'institut. Il informa Mellery qu'il serait là dans une heure.

Bon sang, qu'est-ce qui se passait ? Ça n'avait aucun sens. Quel intérêt de demander une somme d'argent précise, de faire mettre le chèque à l'ordre d'un obscur nom mythologique et de le faire envoyer à une adresse erronée, avec le risque qu'il soit renvoyé à l'expéditeur ? Pourquoi un préambule aussi compliqué et apparemment inutile aux méchants petits poèmes ultérieurs ?

Les aspects déroutants de l'affaire se multipliaient, tout comme l'intérêt de Gurney.

CHAPITRE 10

L'endroit parfait

Peony était une ville doublement rayée de l'histoire qu'elle cherchait à refléter. Proche de Woodstock, elle revendiquait le même passé psychédélique et bariolé de concerts rock – tandis que Woodstock devait sa soi-disant aura à l'association de son nom avec le concert enfumé qui avait eu lieu en réalité à quatre-vingts kilomètres de là, dans une ferme de Bethel. L'image de Peony était le fruit de miroirs aux alouettes, et sur cette base chimérique s'étaient édifiées les structures commerciales prévisibles : librairies New Age, salles de tarot, centres commerciaux wiccans et druidiques, boutiques de tatoueurs, espaces de performance artistique, restaurants végétariens – un centre d'attraction pour enfants du Flower Power approchant de la sénilité, des crétins dans de vieux bus Volkswagen cabossés et des éclectiques forcenés affublés de nippes en tout genre, du cuir aux plumes.

Bien sûr, au milieu de tous ces éléments bizarres et hauts en couleur, les possibilités pour les touristes de dépenser leurs deniers ne manquaient pas : commerces et restaurants dont les noms et les décors étaient juste un brin extravagants, et produits taillés sur mesure pour des visiteurs bon chic bon genre se plaisant à imaginer qu'ils exploraient l'avant-garde culturelle.

Le vague réseau de routes partant du quartier des affaires de Peony menait à l'argent. Les prix de l'immobilier avaient doublé voire triplé au lendemain du 11 Septembre, lorsque des New-Yorkais aux revenus substantiels et à la paranoïa galopante s'étaient pris à rêver d'asile rural. Les maisons dans les collines entourant le village s'agrandissaient et se multipliaient, les 4 × 4 se changeaient de Blazer et de Bronco en Hummer et en Land Rover, et les gens venant pour des week-ends à la campagne portaient ce que Ralph Lauren leur disait que portaient les habitants de la campagne.

Chasseurs, sapeurs-pompiers et enseignants cédaient la place à des avocats, des banquiers d'affaires et des divorcées d'un certain âge dont la pension alimentaire finançait les activités culturelles, les liftings et les séances psychédéliques avec des gourous de ceci et de cela. Gurney soupçonnait que l'appétit de la population locale pour des solutions magiques aux problèmes existentiels était précisément ce qui avait persuadé Mark Mellery de s'installer là.

Conformément aux indications de Google, il quitta la nationale juste avant le centre du village pour prendre Filchers Brook Road – qui grimpait en serpentant un flanc de coteau boisé. Ce qui l'amena finalement à un mur d'enceinte en ardoise, d'environ un mètre vingt de haut. Le mur courait parallèlement à la route, en retrait d'à peu près trois mètres, sur une distance d'au moins 500 mètres. Le fossé était rempli d'asters bleu pâle. À mi-longueur du mur apparaissaient deux ouvertures imposantes séparées par une quinzaine de mètres, l'entrée et la sortie d'une allée circulaire. Fixée au mur, à la première ouverture, une plaque en bronze discrète annonçait : INSTITUT MELLERY DU RENOUVEAU SPIRITUEL.

En s'engageant dans l'allée, on prenait mieux la mesure des lieux. Partout où il regardait, Gurney avait l'impression d'une sorte de perfection fortuite. Au bord de l'allée de gravier, des fleurs d'automne semblaient pousser au hasard. Cependant, il ne doutait pas un instant que cette image décontractée, rappelant celle de Mellery lui-même, ne fût l'objet de soins attentifs. Comme dans bien des lieux de prédilection des riches faisant profil bas, la note dominante était celle d'une simplicité méticuleuse, la nature comme elle devrait être, sans aucune fleur fanée qui n'aurait pas été coupée. Remontant l'allée, il arriva à un vaste manoir de style géorgien, aussi coquet que les jardins.

Devant la bâtisse, un individu nanti d'une barbe rousse, l'allure hautaine, l'observait avec intérêt. Gurney descendit sa vitre et lui demanda où se trouvait le parking. Avec un accent de lord britannique, l'homme lui répondit qu'il devait continuer jusqu'au bout de l'allée.

Avec, hélas, pour résultat que, ressortant par l'autre ouverture dans le mur de pierre, Gurney se retrouva à nouveau sur Filchers Brook Road. Il reprit l'entrée puis l'allée jusqu'au manoir, où le grand Anglais le considéra à nouveau avec intérêt.

— En continuant jusqu'au bout de l'allée, j'ai atterri sur la route, dit Gurney. Est-ce que quelque chose m'a échappé ?

— Ce que je suis bête ! s'écria l'homme avec une contrariété exagérée, qui ne semblait guère dans ses habitudes. Je crois tout savoir, et je me trompe les trois quarts du temps.

Gurney avait vaguement dans l'idée qu'il se trouvait en présence d'un fou. Au même instant, il remarqua une autre silhouette dans le décor. Tapi dans l'ombre d'un immense rhododendron, les observant avec attention, se tenait un homme brun et trapu qui avait l'air d'attendre pour un bout d'essai dans les *Soprano*.

— Ah ! s'exclama l'Anglais en indiquant avec enthousiasme un point situé un peu plus loin dans l'allée, voilà votre réponse ! Sarah vous prendra sous son aile protectrice. C'est elle qu'il vous faut !

Sur cette réplique prononcée de façon hautement théâtrale, il tourna les talons et s'éloigna à grands pas, suivi à distance par le gangster de bande dessinée.

Gurney roula jusqu'à la femme plantée près de l'allée, le mot sollicitude inscrit en toutes lettres sur son visage grassouillet. Sa voix débordait de compassion.

— Mon Dieu, mon Dieu, nous vous avons fait tourner en rond ! Ce n'est pas très gentil de vous accueillir de cette manière.

L'inquiétude dans ses yeux avait atteint un niveau alarmant.

— Laissez-moi m'occuper de votre voiture. Vous pourrez aller directement dans la maison.

— Ce n'est pas nécessaire. Pourriez-vous juste me dire où se trouve le parking ?

— Mais bien sûr ! Venez. Je veillerai à ce que vous ne vous perdiez pas cette fois-ci.

À l'entendre, la tâche semblait plus périlleuse qu'on n'aurait pu l'imaginer.

Elle fit signe à Gurney de la suivre. D'un grand geste, comme si elle guidait une caravane. De l'autre main, le long du corps, elle tenait un parapluie fermé.

Son pas mesuré exprimait la crainte que Gurney puisse la perdre de vue. Parvenue à une trouée dans les massifs d'arbustes, elle fit un pas de côté en désignant à Gurney un embranchement étroit qui passait à travers les buissons. Comme il arrivait à sa hauteur, elle pointa le parapluie vers la fenêtre ouverte.

— Prenez-le !

Il s'arrêta, déconcerté.

— Vous savez ce qu'on dit sur le temps en montagne, expliqua-t-elle.

— Je suis sûr que ça ira.

Il la dépassa et atteignit un parking qui semblait pourvoir contenir deux fois plus de voitures qu'il n'y en avait. Gurney en dénombra seize. L'espace rectangulaire, bien entretenu, était niché parmi les fleurs et les arbustes omniprésents. À l'extrémité, un grand hêtre pourpre séparait le parking d'une grange rouge de deux étages, sa couleur avivée par le coucher de soleil.

Il choisit un emplacement entre deux énormes 4 × 4. Alors qu'il se garait, il s'aperçut tout à coup qu'une femme l'observait de derrière un petit parterre de dahlias. En sortant de la voiture, il lui sourit poliment – une créature mince avec des traits fins, évoquant une violette fragile et qui avait quelque chose de suranné. Elle aurait été comédienne, pensa Gurney, le rôle d'Emily Dickinson dans *La Belle d'Amherst* lui serait allé comme un gant.

— Sauriez-vous où je peux trouver Mark, s'il vous plaît...

Mais la violette l'interrompit par une question de son cru.

— Qui vous a dit que vous pouviez vous garer ici, bordel de merde ?

CHAPITRE 11

Un ministère unique

Depuis le parking, Gurney suivit un chemin pavé contournant le manoir qui, supposa-t-il, devait servir de secrétariat et de centre de conférences, jusqu'à une construction plus modeste située à environ cent cinquante mètres derrière. Sur un petit écriteau en bordure du chemin, on pouvait lire en lettres dorées : RÉSIDENCE PRIVÉE.

Mark Mellery ouvrit avant que Gurney n'ait eu le temps de frapper. Il portait le même genre de vêtements luxueusement désinvoltes que lors de sa visite à Walnut Crossing. Avec le bâtiment et le parc de l'institut à l'arrière-plan, sa tenue lui donnait des airs de châtelain.

— Content de te voir, Davey !

Gurney pénétra dans un hall d'entrée spacieux au plancher en châtaigner, garni de meubles anciens, et Mellery le conduisit jusqu'à un bureau confortable à l'arrière de la maison. Un feu crépitant doucement dans la cheminée répandait une légère odeur de fumée de cerisier.

Deux fauteuils à oreilles étaient disposés de chaque côté de la cheminée, délimitant, avec le canapé placé en face, un espace salon en forme de U. Lorsqu'ils furent installés dans les fauteuils, Mellery demanda s'il avait eu du mal à trouver son chemin à travers la propriété. Gurney lui rapporta les trois conversations bizarres qu'il avait eues, et Mellery expliqua que les individus en question étaient des résidents de l'institut et que leur comportement faisait partie intégrante de leur thérapie de découverte de soi.

— Pendant son séjour, poursuivit Mellery, chaque résident doit jouer dix rôles différents. Un jour, il sera le Gaffeur – ce qui ressemble au rôle que jouait Worth Partridge, le Britannique, quand tu es tombé sur lui. Le lendemain, il sera l'Obligeant – c'est le rôle que jouait Sarah, qui voulait t'aider à garer ta voiture. Un autre rôle est celui du Querelleur. La dame que tu as croisée en dernier tenait apparemment celui-ci, non sans une certaine complaisance.

— Dans quel but ?

Mellery sourit.

— Les gens interprètent certains rôles dans leur vie. Le contenu de ces rôles – le scénario, si tu préfères – est cohérent et prévisible, bien qu'il soit en général inconscient et rarement considéré comme une question de choix.

Il s'enflammait peu à peu pour son sujet, en dépit du fait qu'il avait dû débiter ces explications des centaines de fois.

— Ce que nous faisons ici est simple, même si la plupart de nos résidents y voient quelque chose de profond. Nous leur faisons prendre conscience des rôles qu'ils jouent inconsciemment, des avantages et des inconvénients de tels rôles, et des répercussions qu'ils ont sur les autres. Une fois que leurs schémas de comportement leur sont apparus au grand jour, nous les aidons à voir que chaque schéma est un choix. Ils peuvent ou bien le conserver ou bien s'en défaire. Puis – et c'est la partie la plus importante –, nous leur proposons un programme d'action afin de remplacer les schémas nuisibles par des schémas plus sains.

L'anxiété de son interlocuteur, nota Gurney, disparaissait à mesure qu'il parlait. Le sujet faisait briller ses yeux d'une lueur évangélique.

— D'ailleurs, tout cela t'est peut-être familier. *Schéma*, *choix* et *changement* sont les trois termes les plus galvaudés par le milieu pitoyable du développement personnel. Mais nos résidents nous affirment que ce que nous faisons ici est différent – que le fond en est différent. L'autre jour, l'un d'eux m'a même dit : « Dieu tient cet endroit dans ses mains. »

Gurney s'efforça de ne pas laisser percer son scepticisme dans sa voix.

— L'expérience thérapeutique que tu dispenses doit être extrêmement efficace.

— C'est l'avis de certains.

— Il paraît que les thérapies efficaces sont parfois assez agressives.

— Pas ici, répondit Mellery. Notre approche repose sur la douceur, la bienveillance. Notre pronom favori est *nous* et non *vous*. Nous parlons de *nos* défauts, de *nos* craintes et de *nos* carences. Jamais nous ne montrons quelqu'un du doigt, pas plus que nous ne portons d'accusation contre lui. Nous pensons que les accusations ont plus de chance de consolider les murailles de la dénégation que de les renverser. Lorsque tu auras parcouru un de mes livres, tu comprendras mieux la philosophie de la chose.

— Je me disais juste que ce qui se passait sur le terrain, en quelque sorte, n'était peut-être pas toujours conforme à la philosophie.

— Nous faisons ce que nous disons.

— Aucun conflit ?

— Pourquoi t'obstiner sur ce point ?

— Je me demandais s'il ne t'était jamais arrivé de botter le train à quelqu'un avec suffisamment de vigueur pour qu'il ait envie de te rendre la monnaie de ta pièce.

— Notre approche met rarement les gens en colère. De plus, quelle que soit son identité, mon sinistre correspondant appartient à une période de ma vie antérieure à l'institut.

— Peut-être, ou peut-être pas.

Sur le visage de Mellery se lisait la perplexité.

— Il fait une fixation sur l'époque où je buvais, un acte que j'aurais commis sous l'empire de l'alcool, c'est donc forcément avant que j'aie créé l'institut.

— Ou alors c'est quelqu'un qui fait partie de ta vie actuelle, qui aurait appris ton problème de boisson par tes livres et qui essaierait de te faire peur.

Tandis que le regard de Mellery errait à travers une nouvelle gamme de possibilités, une jeune femme entra. Elle avait des yeux verts intelligents et des cheveux roux tirés en queue de cheval.

— Pardon de vous déranger. Je pensais que vous voudriez peut-être voir vos messages téléphoniques.

Elle tendit à Mellery une petite pile de papiers roses. Devant l'étonnement de ce dernier, Gurney eut le sentiment qu'il n'avait pas l'habitude d'être interrompu de cette façon.

— Ou du moins, reprit-elle avec un haussement de sourcil éloquent, jeter un coup d'œil à celui du dessus.

Mellery le lut deux fois de suite, puis se pencha en avant et passa le message à Gurney, qui le lut deux fois également.

Sur la ligne « Pour » était écrit : M. Mellery.

Sur la ligne « De la part de » : X. Arybdis.

Dans l'espace réservé au « Message » figuraient les vers suivants :

De toutes les vérités
que vous avez oubliées,
nulle n'est plus vraie que celle-ci :
Toute chose a un prix.
Et chaque prix un terme.
J'appellerai ce soir pour vous promettre
de vous voir en novembre
ou, sinon, en décembre.

Gurney demanda à la jeune femme si elle avait pris le message elle-même. Elle lança un regard à Mellery.

— Excusez-moi, dit celui-ci, j'aurais dû vous présenter. Sue, voici un de mes vieux et excellents amis, Dave Gurney. Dave, ma merveilleuse assistante, Susan MacNeil.

— Ravi de vous rencontrer, Susan.

Elle sourit poliment et répondit :

— Oui, c'est moi qui ai pris le message.

— Homme ou femme ?

Elle hésita.

— C'est curieux que vous demandiez ça. D'abord, j'ai cru qu'il s'agissait d'un homme. Un homme à la voix aiguë. Ensuite j'ai eu un doute. La voix a changé.

— Comment ça ?

— Au début, on aurait dit un homme essayant de se faire passer pour une femme. Puis j'ai pensé que cela pouvait être une femme essayant de se faire passer pour un homme. La voix avait quelque chose d'artificiel, de forcé.

— Intéressant. Encore une question... avez-vous écrit tout ce que disait cette personne ?

Elle hésita.

— Je ne suis pas sûre de bien comprendre.

— J'ai comme l'impression, dit-il en levant le bout de papier rose, que ce message vous a été dicté avec soin, y compris les sauts de ligne.

— C'est exact.

— Alors, il a dû vous dire que l'agencement des lignes était important, que vous deviez les disposer exactement comme il vous les dictait.

— Ah, je vois. Oui, en effet, il m'a indiqué où commencer chaque ligne.

— A-t-il été dit autre chose qui ne soit pas consigné ici ?

— Eh bien... oui, il a dit autre chose. Avant de raccrocher, il a demandé si, à l'institut, je travaillais directement pour M. Mellery. J'ai répondu que oui. Alors il a ajouté : « Vous devriez peut-être vous mettre à consulter les offres d'emploi. Il semble que le renouveau spirituel soit une industrie à l'agonie. » Là-dessus, il a éclaté de rire. Il avait l'air de trouver ça très drôle. Puis il m'a dit de veiller à ce que M. Mellery ait le message sur-le-champ. C'est pourquoi je l'ai apporté du bureau.

Elle lança un regard inquiet à Mellery.

— J'espère que j'ai bien fait ?

— Absolument, dit Mellery en prenant l'air d'un homme qui a la situation en main.

— Susan, dit Gurney, j'ai remarqué que vous parliez de cette personne que vous avez eue au bout du fil en disant « il ». Est-ce que cela signifie que vous êtes à peu près sûre qu'il s'agissait d'un homme ?

— Oui, je pense.

— Est-ce qu'il vous a donné une indication de l'heure à laquelle il avait l'intention d'appeler ce soir ?

— Non.

— Vous rappelez-vous autre chose, n'importe quoi, aussi insignifiant que cela puisse paraître ?

Son front se couvrit de légères rides.

— Il m'a fait froid dans le dos... J'ai eu l'impression qu'il n'était pas très gentil.

— Il avait l'air en colère ? Dur ? Menaçant ?

— Non, pas ça. Il était poli, mais...

Gurney attendit pendant qu'elle cherchait ses mots.

— Peut-être trop poli. Peut-être que c'était la voix bizarre. Je ne sais pas au juste ce qui m'a donné cette impression. Toujours est-il qu'il m'a fait peur.

Lorsqu'elle fut sortie pour regagner son bureau dans le bâtiment principal, Mellery se mit à contempler le sol entre ses pieds.

— Il est temps d'aller à la police, dit Gurney, choisissant ce moment pour faire prévaloir son point de vue.

— La police de Peony ? Seigneur, on dirait un numéro de cabaret gay…

Gurney ignora cette tentative d'humour incertaine.

— Nous n'avons pas seulement affaire à quelques lettres et coups de téléphone loufoques. Nous avons affaire à quelqu'un qui te hait, qui veut se venger de toi. Tu es dans sa ligne de mire, et il se prépare peut-être à presser la détente.

— X. Arybdis ?

— Plus vraisemblablement l'inventeur du faux nom X. Arybdis.

Gurney entreprit de raconter à Mellery ce dont il s'était souvenu avec l'aide de Madeleine à propos du funeste Charybde de la mythologie grecque. Plus le fait qu'il n'avait trouvé aucun X. Arybdis dans le Connecticut ou un État voisin par le biais d'un annuaire en ligne ou d'un moteur de recherche.

— Un tourbillon ? fit Mellery avec inquiétude.

Gurney acquiesça.

— Nom de Dieu !

— Qu'est-ce qu'il y a ?

— Ma pire phobie, c'est la noyade.

CHAPITRE 12

De l'importance d'être honnête

Debout près de la cheminée, un tisonnier à la main, Mellery arrangeait les bûches en train de brûler.

— Pourquoi le chèque est-il revenu ? dit-il, taraudé par ce sujet comme une langue par une dent malade. Ce type a l'air tellement méticuleux – bon sang, regarde-moi cette écriture, on croirait un comptable –, pas le genre à mal comprendre une adresse. Il l'a donc fait à dessein. Mais quel dessein ?

Il se détourna du feu.

— Davey, qu'est-ce que tout ça signifie ?

— Puis-je voir la lettre qui l'accompagnait, celle que tu m'as lue au téléphone ?

Mellery alla jusqu'à un petit secrétaire Sheraton à l'autre bout de la pièce, emportant par mégarde le tisonnier avec lui.

— Et merde ! marmonna-t-il en jetant autour de lui des regards exaspérés.

Il trouva un endroit le long du mur où appuyer le tisonnier avant de prendre une enveloppe dans le tiroir du secrétaire et de l'apporter à Gurney.

Dans une grande enveloppe extérieure adressée à Mellery se trouvait l'enveloppe qu'il avait envoyée à X. Arybdis, B.P. 49449, Wycherly, avec, à l'intérieur, son chèque de 289,87 dollars. La grande enveloppe contenait également une feuille de papier à lettres de luxe, portant l'en-tête de GD SECURITY SYSTEMS, comprenant un numéro de téléphone, et sur laquelle avait été tapé le bref message que Mellery avait lu à Gurney un peu plus tôt au téléphone. La lettre était signée par un certain Gregory Dermott, sans indication de statut.

— Tu n'as pas appelé ce M. Dermott ? demanda Gurney.

— Non, pourquoi ça ? Si c'est une fausse adresse, c'est une fausse adresse. Qu'est-ce qu'il a à voir là-dedans ?

— Dieu seul le sait, répondit Gurney. Mais ce serait plus raisonnable de prendre contact avec lui. Est-ce que tu as un téléphone portable ?

Mellery dégrafa de sa ceinture un BlackBerry dernier modèle et le lui tendit. Gurney composa le numéro de l'en-tête. Au bout de deux sonneries, il fut connecté à un répondeur : « *GD Security Systems, Greg Dermott à l'appareil. Laissez votre nom et votre numéro en indiquant le meilleur moment pour vous joindre, ainsi qu'un bref message. C'est à vous.* » Gurney éteignit le téléphone puis le rendit à Mellery.

— Il me serait difficile d'expliquer dans un message pourquoi j'appelle, dit Gurney. Je ne suis pas ton employé, ni un représentant légal, ni un détective privé patenté, et je n'appartiens plus à la police. Or c'est précisément de la police que tu as besoin – ici et maintenant.

— Mais suppose que ce soit son objectif... me flanquer la frousse au point que j'alerte les flics, que je fasse du foin et inquiète mes résidents. Peut-être que me pousser à appeler les flics et à semer la pagaille est justement ce que cherche ce taré. Amener les éléphants dans le magasin de porcelaine et admirer le carnage.

— Si c'est tout ce qu'il désire, fit observer Gurney, tu peux t'estimer heureux.

Mellery réagit comme si on l'avait giflé.

— Tu penses vraiment qu'il a l'intention de... faire quelque chose de grave ?

— C'est bien possible.

Mellery acquiesça lentement, comme si la pondération de ce geste pouvait endiguer sa peur.

— J'en toucherai un mot à la police, dit-il, mais pas avant d'avoir reçu le coup de téléphone promis par ce Charybdis ou qui que ce soit.

Voyant le scepticisme de Gurney, il poursuivit :

— Ce coup de fil éclairera peut-être toute l'histoire, nous apprendra à qui nous avons affaire et ce qu'il veut. Avec un peu de chance, nous n'aurons pas à faire intervenir la police en fin de compte, et, dans le cas contraire, nous aurons davantage de choses à leur raconter. D'un côté comme de l'autre, il vaut mieux attendre.

Gurney n'ignorait pas que le fait d'avoir la police sur les lieux pour écouter le coup de fil pouvait être important, mais il savait aussi qu'à ce stade, aucun argument rationnel ne ferait changer Mellery d'avis. Il décida de passer à un détail tactique.

— Dans l'éventualité où Charybdis appellerait effectivement ce soir, il serait utile d'enregistrer la conversation. As-tu un appareil – ne serait-ce qu'un magnétophone – qu'on puisse brancher sur un poste supplémentaire ?

— Nous avons encore mieux, répondit Mellery. Tous nos téléphones sont équipés d'un dispositif d'enregistrement. Il suffit d'appuyer sur une touche pour enregistrer n'importe quel appel.

Gurney le regarda d'un air inquisiteur.

— Tu te demandes pourquoi un tel système. Nous avons eu un résident difficile il y a quelques années. Des accusations ont été lancées, et nous avons fini par être assaillis de coups de téléphone de plus en plus délirants. Bref, on nous a conseillé d'enregistrer les appels.

Quelque chose dans l'expression de Gurney le poussa à s'interrompre.

— Oh non, je vois à quoi tu penses ! Crois-moi, cet incident n'a rien à voir avec ce qui se passe actuellement. Cela fait longtemps que le problème est réglé.

— Tu en es sûr ?

— La personne en question est morte. Suicide.

— Tu te souviens des listes que je t'ai demandé de faire ? Les listes de relations impliquant des conflits ou des accusations graves ?

— En toute bonne foi, je ne vois pas un seul nom que je pourrais y mettre.

— Tu viens de mentionner un conflit à l'issue duquel quelqu'un s'est donné la mort. Tu ne penses pas que ça rentre dans cette catégorie ?

— C'était une femme perturbée. Il n'y avait aucun lien entre son différend avec nous, qui était le fruit de son imagination, et son suicide.

— Comment le sais-tu ?

— Écoute, c'est une histoire compliquée. Nos résidents ne sont pas tous des modèles de santé mentale. Je ne vais pas noter le nom de chaque individu qui a exprimé un sentiment négatif en ma présence. C'est de la folie !

Se laissant aller dans son fauteuil, Gurney se frotta doucement les yeux, qui commençaient à devenir secs à cause du feu.

Lorsque Mellery reprit la parole, sa voix semblait venir d'un autre endroit de lui-même, un endroit moins bien gardé.

— Il y a une expression que tu as employée en parlant de ces listes. Tu as dit que je devrais noter le nom des gens avec qui j'avais eu des problèmes « non résolus ». Eh bien, en y réfléchissant, j'en suis arrivé à la conclusion que tous les conflits passés avaient été résolus. Enfin, peut-être pas. Par « résolus », je veux dire simplement que je n'y pense plus. Allons, Davey, poursuivit-il en secouant la tête, à quoi bon ces listes, de toute manière ? Sans vouloir te froisser, à quoi servirait qu'un idiot de flic se mette à aller frapper aux portes en remuant les vieilles rancœurs ? Bon Dieu ! Est-ce que tu as jamais eu l'impression que le sol se dérobait sous tes pieds ?

— Il s'agit seulement de mettre des noms sur un papier. C'est un bon moyen de garder les pieds sur terre. Il n'est pas nécessaire que tu montres les noms à quiconque si tu ne veux pas. Crois-moi, c'est un exercice utile.

Mellery hocha la tête en un assentiment incrédule.

— Tu as dit que tes pensionnaires n'étaient pas tous des modèles de santé mentale.

— Je n'entendais pas par là que nous étions un établissement psychiatrique.

— Je comprends bien.

— Ni même que nos résidents souffraient d'un nombre anormal de problèmes psychologiques.

— Alors, qui vient ici ?

— Des gens qui ont de l'argent, et soif de paix intérieure.

— Et ils la trouvent ?

— Je crois.

— En plus d'être *riche* et *angoissée*, comment pourrait-on décrire ta clientèle ?

Mellery eut un haussement d'épaules.

— Manquant d'assurance, en dépit de la personnalité agressive qui va généralement de pair avec la réussite. Ils ne s'aiment pas – c'est la principale chose dont nous nous occupons ici.

— Y a-t-il parmi tes résidents actuels des individus qui seraient susceptibles de s'en prendre à toi physiquement ?

— Pardon ?

— Que sais-tu de certain sur chacune des personnes séjournant ici en ce moment ? Ou sur celles ayant des réservations pour le mois à venir ?

— Si tu parles de vérification des antécédents, nous ne faisons pas ça ici. Nous ne savons que ce qu'ils nous disent, eux ou les gens qui nous les ont adressés. C'est parfois un peu succinct, mais nous ne fourrons pas notre nez dans leurs affaires. Nous travaillons à partir de ce qu'ils veulent bien nous raconter.

— Quelle sorte de gens sont ici en ce moment ?

— Un promoteur immobilier de Long Island, une femme au foyer de Santa Barbara, un homme qui pourrait être le fils d'un homme qui pourrait être le chef d'une des familles de la mafia, un charmant chiropracteur de Hollywood, une star du rock préférant garder l'anonymat, un banquier d'investissement à la retraite d'une trentaine d'années et une dizaine d'autres.

— Et ces gens sont là pour un *renouveau spirituel* ?

— D'une façon ou d'une autre, ils ont découvert les limites du succès. Ils continuent à souffrir de peurs, d'obsessions, de culpabilité, de honte. Ils se sont aperçus que toutes les Porsche et tout le Prozac du monde ne leur procureraient pas la paix à laquelle ils aspirent.

Gurney songea à la Porsche de Kyle et eut un pincement au cœur.

— Ta mission consiste donc à apporter la sérénité aux riches et célèbres ?

— Oh, ironise tant que tu veux. Mais je n'en avais pas après l'argent. Portes ouvertes et cœurs ouverts m'ont conduit ici. Ce sont mes clients qui m'ont trouvé, pas l'inverse. Il n'était pas dans mes intentions de devenir le gourou des montagnes de Peony.

— Tu as tout de même gros à perdre.

Mellery acquiesça.

— Y compris ma vie, apparemment.

Il se mit à contempler le feu en train de s'éteindre.

— Peux-tu me donner un conseil quant à la manière de s'y prendre avec le coup de téléphone de ce soir ?

— Fais-le parler le plus longtemps possible.

— Pour pouvoir retracer l'appel ?

— Ça ne marche plus comme ça aujourd'hui. Les films où tu as vu ça sont un peu datés. Fais-le parler parce que, plus il en dira, plus il se montrera au grand jour et plus il y a de chances que tu reconnaisses sa voix.

— Dans ce cas, est-ce que je dois lui dire que je sais qui il est ?

— Non. Savoir quelque chose dont il pense que tu l'ignores pourrait être un avantage pour toi. Contente-toi de rester calme et de faire durer la conversation.

— Ce soir, tu seras chez toi ?

— C'était mon intention... ne serait-ce que pour la tranquillité de mon ménage. Pourquoi ?

— Parce que je viens de me souvenir que nos téléphones comportent un raffinement technologique supplémentaire que nous n'utilisons jamais. « Ricochet Conferencing », c'est le nom de la marque. Cela permet d'introduire un nouvel interlocuteur en cours de conversation.

— Et alors ?

— Avec le système de téléconférence habituel, tous les participants doivent être appelés par une seule et même personne. Mais le système Ricochet permet de contourner ce problème. Si on te téléphone, tu peux ajouter d'autres participants en les appelant depuis ton appareil sans pour autant interrompre la communication avec ton interlocuteur – sans même qu'il soit au courant. D'après ce qu'on m'a expliqué, le coup de fil à la personne qui viendra s'ajouter passe par une ligne distincte, et, une fois la communication établie, les deux signaux se combinent. Bref, je ne connais rien aux détails techniques... mais l'essentiel est que, si jamais Charybdis téléphone ce soir, je peux t'appeler et tu entendras alors la conversation.

— Bien. Je serai chez moi, c'est sûr.

— Formidable. Je te remercie.

Il sourit comme un homme à qui une maladie chronique accorde un moment de répit.

Dehors, dans le parc, une cloche sonna à plusieurs reprises. Elle avait le son puissant et cuivré d'une cloche de vieux navire. Mellery consulta la mince montre en or à son poignet.

— Je dois me préparer pour ma conférence de l'après-midi, annonça-t-il avec un petit soupir.

— Quel en est le thème ?

Mellery se leva du fauteuil à oreilles, lissa quelques plis sur son pull en cachemire et s'efforça d'afficher un sourire passe-partout.

— De l'importance d'être honnête.

Le temps était demeuré venteux, sans le moindre gain de chaleur. Des feuilles brunâtres tourbillonnaient sur l'herbe. Mellery était allé au bâtiment principal après avoir remercié à nouveau Gurney, lui recommandant de garder sa ligne libre le soir même, s'excusant pour ses obligations et lui lançant cette invitation de dernière minute :

— Pendant que tu es là, pourquoi ne pas jeter un coup d'œil au parc, histoire de te faire une idée ?

Sur le porche élégant de Mellery, Gurney remonta la fermeture éclair de sa veste. Il décida de profiter de la proposition et se dirigea vers le parking par un chemin détourné, longeant la vaste étendue des jardins qui entouraient la maison. Un sentier moussu l'amena à une pelouse vert émeraude à l'arrière, au-delà de laquelle une forêt d'érables descendait vers la vallée. Un muret de pierres sèches formait une ligne de démarcation entre l'herbe et les bois. Au centre du muret, une femme et deux hommes semblaient occupés à planter et à pailler.

Comme il s'avançait d'un pas nonchalant dans leur direction à travers la pelouse déserte, Gurney s'aperçut que les deux hommes, qui maniaient des pelles, étaient jeunes et latino-américains et que la femme, qui portait des bottes vertes lui montant aux genoux et une parka marron, était plus âgée et semblait diriger les opérations. Une brouette plate contenait plusieurs sacs de bulbes de tulipes, chacun d'une couleur différente. La femme observait ses employés avec impatience.

— Carlos ! cria-t-elle. *Roja, blanca, amarilla... roja, blanca, amarilla !*

Puis elle répéta, sans s'adresser à personne en particulier :

— Rouge, blanc, jaune... rouge, blanc, jaune... Ce n'est pas si compliqué, non ?

Elle soupira avec philosophie devant l'incompétence des domestiques, puis son visage s'illumina soudain à la vue de Gurney.

— Une fleur éclose est le spectacle le plus apaisant au monde, proclama-t-elle, les lèvres pincées, avec cet accent de la haute société de la côte Est surnommé jadis la Mâchoire Crispée de Long Island. Ce n'est pas votre avis ?

Avant qu'il ait eu le temps de répondre, elle lui tendit la main en disant :

— Je m'appelle Caddy.

— Dave Gurney.

— Bienvenue au paradis sur terre ! Je ne crois pas vous avoir déjà vu.

— Je ne suis ici que pour la journée.

— Vraiment ?

Quelque chose dans son ton semblait exiger une explication.

— Je suis un ami de Mark Mellery.

Elle eut un léger froncement de sourcils.

— Dave Gurney, vous dites ?

— C'est exact.

— Eh bien, il a sûrement mentionné votre nom, mais je ne m'en souviens plus. Cela fait longtemps que vous connaissez Mark ?

— Depuis la fac. Puis-je vous demander ce que vous faites ici ?

— Ce que je fais ici ? répéta-t-elle tandis que ses sourcils bondissaient de stupéfaction. Mais j'habite ici ! C'est chez moi. Je suis Caddy Mellery. Mark est mon mari.

CHAPITRE 13

Pas de quoi culpabiliser

Bien qu'il fût à peine midi, les nuages toujours plus épais donnaient à la vallée encaissée une atmosphère de crépuscule d'hiver. Gurney mit le chauffage dans la voiture. Chaque année, les jointures de ses doigts devenaient plus sensibles, lui remémorant l'arthrite de son père. Il les ouvrit et les referma sur le volant.

Le même geste.

Il se rappelait avoir demandé un jour à cet homme taciturne, inaccessible, si ses articulations enflées lui faisaient mal. « C'est l'âge, on n'y peut rien », avait répondu son père, sur un ton coupant court à toute discussion.

Il repensa à Caddy. Pourquoi Mellery ne lui avait-il pas dit qu'il avait une nouvelle femme ? Est-ce qu'il voulait éviter que Gurney lui parle ? Et s'il avait omis une épouse, qu'avait-il laissé d'autre dans l'ombre ?

Et puis, par un obscur enchaînement d'idées, il se demanda pourquoi le sang était aussi rouge qu'une *rose peinte*. Il tâcha de se remémorer la totalité du texte du troisième poème : *Je fais ce que j'ai fait / ni par goût ni par intérêt / mais pour que les dettes soient réglées, / les préjudices réparés. / Pour le sang aussi rouge / qu'une rose peinte. / Afin que chacun se sou-*

vienne / qu'il récolte ce qu'il sème. La rose était un symbole de la couleur rouge. Qu'est-ce que cela ajoutait de parler de rose *peinte* ? Était-ce censé la rendre encore plus rouge ? Ou plus semblable à du sang ?

Gurney était d'autant plus pressé de rentrer chez lui qu'il avait faim. On était en milieu d'après-midi et, à part son café du matin à Abelard, il n'avait rien avalé de la journée.

Alors qu'un intervalle trop grand entre les repas donnait à Madeleine des maux de cœur, chez lui cela accentuait son côté critique – état d'esprit pas toujours facile à déceler chez soi-même. Gurney avait découvert plusieurs baromètres pour évaluer son humeur, l'un d'entre eux se trouvant sur le côté gauche de la route, juste à la sortie de Walnut Crossing. La Camel's Hump était une galerie d'art exposant les œuvres de peintres, sculpteurs et autres esprits créatifs. Sa fonction barométrique était simple. Un coup d'œil à la vitrine quand il était de bonne humeur lui inspirait de la gratitude pour l'excentricité de ses voisins artistes et, quand il était de mauvaise humeur, lui offrait un aperçu de leur niaiserie. Aujourd'hui était un mauvais jour – avertissement utile, alors qu'il s'apprêtait à rejoindre foyer et épouse, qui le pousserait à réfléchir à deux fois avant d'émettre des opinions tranchées.

Les rafales de la matinée, qui avaient depuis longtemps déserté la nationale et le fond de la vallée, continuaient à souffler par intermittence le long du chemin de terre grimpant au creux des collines pour aboutir à la ferme et au pré de Gurney. Les nuages gris ardoise donnaient au pré un aspect terne, hivernal. Il vit non sans un certain mécontentement qu'on avait sorti le tracteur de la grange pour le garer à côté de la remise abritant les accessoires : débroussailleuse, bêchetarière, fraise de déneigement. La porte du hangar était restée ouverte, allusion agaçante au travail à faire.

Il entra dans la maison par la porte de la cuisine. Madeleine était assise près du feu dans l'angle le plus éloigné de la pièce. L'assiette sur la table basse – avec son trognon de pomme, ses rafles et pépins de raisin, ses mouchetures de cheddar et ses miettes de pain – laissait supposer qu'un bon déjeuner venait d'être absorbé, ce qui raviva sa faim et lui mit encore un peu plus les nerfs en pelote. Elle leva les yeux de son livre, lui adressa un petit sourire.

Il s'approcha de l'évier et fit couler l'eau jusqu'à ce qu'elle soit à la température glaciale qu'il aimait. Il eut conscience d'un désir d'agression de sa part – un défi à l'opinion de Madeleine selon laquelle boire de l'eau très froide était mauvais pour la santé –, aussitôt suivi d'un sentiment de honte en constatant qu'il pouvait être assez mesquin, assez hostile, assez infantile pour se délecter d'un combat aussi dérisoire. Il éprouva une forte envie de changer de sujet, avant de se rendre compte qu'il n'y avait pas de sujet à changer. Il prit néanmoins la parole.

— J'ai vu que tu avais amené le tracteur à la remise.

— Je voulais fixer la déneigeuse dessus.

— Il y a eu un problème ?

— J'ai pensé qu'il valait mieux l'installer avant que nous ayons une vraie tempête de neige.

— Je voulais dire, un problème en l'attachant.

— C'est lourd. Je me suis dit que, si j'attendais, tu pourrais me donner un coup de main.

Il hocha la tête de façon ambiguë tout en pensant : *Et voilà, une fois de plus tu me forces à faire un travail en le commençant toi-même, sachant que c'est moi qui devrais le finir.* Conscient des dangers de son humeur, il estima plus sage de se taire. Il remplit son verre d'eau du robinet glacée et prit tout son temps pour le boire.

Replongée dans son livre, Madeleine déclara :

— La femme d'Ithaca a appelé.

— La femme d'Ithaca ?

Elle feignit de ne pas avoir entendu la question.

— Tu veux dire Sonya Reynolds ?

— Voilà, répondit-elle d'une voix qui semblait aussi indifférente que la sienne.

— Qu'est-ce qu'elle voulait ?

— Bonne question.

— Ce qui signifie ?

— Qu'elle n'a pas précisé. Elle a juste dit que tu pouvais l'appeler n'importe quand avant minuit.

Il perçut une nette tension dans ce dernier mot.

— Elle a laissé un numéro ?

— Apparemment, elle pense que tu l'as.

Il remplit à nouveau son verre et se mit à boire, ponctuant chaque gorgée de petits arrêts propices à la réflexion. L'histoire Sonya était problématique sur le plan affectif, mais il ne voyait pas ce qu'il pouvait y faire, à part laisser tomber le projet d'exposition de photos d'identité judiciaire sur lequel reposaient ses liens avec la galerie de celle-ci, et il n'était pas prêt à faire une chose pareille.

À considérer avec un peu de recul ces échanges difficiles avec Madeleine, sa propre maladresse, son manque d'assurance lui paraissaient déconcertants. Il était curieux que quelqu'un d'aussi rationnel que lui puisse s'empêtrer à ce point, devenir si fragile psychologiquement. Il savait, par les centaines d'interrogatoires de suspects d'homicides qu'il avait menés, que des sentiments de culpabilité sont bien souvent à l'origine de ce genre de sac de nœuds, de confusion. Mais la vérité, c'était qu'il n'avait rien fait dont il eût à se sentir en faute.

Pas de quoi culpabiliser. Eh bien, justement, tout le problème était là – le caractère absolu d'une telle affirmation. Il n'avait peut-être rien fait *récemment* dont il dût se sentir coupable – rien d'important, rien qui vienne immédiatement à l'esprit –, mais, si on élargissait le contexte aux quinze dernières années, sa protestation d'innocence sonnait désagréablement faux.

Il posa son verre dans l'évier, se sécha les mains, marcha jusqu'aux portes-fenêtres et contempla le paysage gris. Un paysage entre automne et hiver. Une neige fine volait comme du sable sur la terrasse. Si l'on remontait quinze ans en arrière, il pouvait difficilement plaider l'innocence car cet élargissement inclurait alors l'accident. Comme s'il appuyait sur une plaie enflammée pour juger du degré d'infection, il se força à remplacer « l'accident » par les mots précis qui lui étaient si pénibles :

La mort de notre fils de quatre ans.

Ces mots, il les prononçait toujours tout bas, pour lui-même, guère plus qu'un murmure. À ses propres oreilles, sa voix rendait un son éraillé et creux, comme si elle appartenait à quelqu'un d'autre.

Il ne pouvait pas supporter les pensées et les émotions qui accompagnaient ces mots, et il tenta de les chasser en sautant sur la première diversion à portée de main.

Se raclant la gorge, puis se détournant de la porte vitrée pour regarder Madeleine à l'autre bout de la pièce, il dit avec un enthousiasme exagéré :

— Et si on s'occupait du tracteur avant qu'il fasse nuit ?

Madeleine leva la tête. Si la gaieté factice du ton lui parut inquiétante ou révélatrice, elle ne le montra pas.

Monter la déneigeuse prit une heure, à soulever, taper, tirer, graisser et ajuster. Après quoi Gurney passa encore une heure à fendre du bois pour le poêle pendant que Madeleine préparait le dîner – soupe de courge et côtes de porc braisées au jus de pomme. Puis ils firent du feu, s'assirent côté à côte sur le canapé dans la salle de séjour douillette contiguë à la cuisine et glissèrent dans l'espèce de quiétude somnolente qui suit un travail éprouvant et un bon repas.

Il se plaisait à penser que ces petites oasis de paix présageaient un retour à la relation qu'ils avaient eue autrefois, que les disputes et les faux-fuyants de ces dernières années n'étaient que passagers, mais il avait du mal à s'en convaincre. À cet instant même, ce fragile espoir se voyait supplanter, seconde après seconde, par le genre de pensées avec lequel sa mentalité de policier se sentait plus à l'aise : l'appel prévu de Charybdis et le système de téléconférence qui lui permettrait d'écouter.

— Une soirée idéale pour faire du feu, dit Madeleine en s'appuyant gentiment contre lui.

Il sourit, essaya de se concentrer sur les flammes orange et sur la chaleur simple et douce de son bras. Ses cheveux avaient une odeur délicieuse. Il eut soudain l'idée qu'il pourrait se perdre à jamais en eux.

— Oui, répondit-il. Idéale.

Il ferma les yeux avec l'espoir que la douceur du moment l'emporterait sur les forces mentales qui le propulsaient sans cesse vers la résolution d'énigmes. Pour Gurney, éprouver même une petite satisfaction était, de façon ironique, le fruit d'un combat. Il enviait l'attachement passionné de Madeleine à l'instant qui passe et le plaisir qu'elle en retirait. Pour lui, vivre dans l'instant était un peu comme nager à contre-courant. Son esprit d'analyse préférait par nature le domaine du probable, du possible.

Il se demanda si c'était génétique ou une forme acquise de fuite en avant. Probablement les deux, se renforçant mutuellement. Peut-être que...

Bonté divine !

Voilà pour comble d'absurdité qu'il se surprenait à analyser sa propre tendance à l'analyse ! Avec regret, il s'efforça à nouveau d'être simplement présent. *Que Dieu m'aide à être ici,* implora-t-il en son for intérieur, même s'il ne faisait guère confiance aux prières. Il espérait ne pas l'avoir dit tout haut.

La sonnerie du téléphone fut comme un sursis, le signal d'une trêve pendant une bataille.

Il se leva lourdement du canapé et gagna le bureau pour répondre.

— Davey, c'est Mark.

— Oui ?

— Je viens de parler à Caddy, et elle m'a dit qu'elle t'avait rencontré dans le jardin de méditation aujourd'hui.

— En effet.

— Ah... eh bien... c'est que, je me sens un peu confus, tu sais, de ne pas vous avoir présentés tout à l'heure.

Il marqua un temps d'arrêt comme s'il attendait une réponse, mais Gurney ne dit rien.

— Dave ?

— Je suis là.

— Euh... quoi qu'il en soit, je tenais à m'excuser. Ce n'était pas très délicat de ma part.

— Pas de problème.

— Tu es sûr ?

— Certain.

— Tu n'as pas l'air content.

— Je ne suis pas mécontent – seulement un peu surpris que tu ne m'aies pas parlé d'elle.

— Ah... oui... je suppose qu'avec tout ce que j'ai en tête, j'ai oublié. Tu es toujours là ?

— Je suis là.

— Tu as raison, ça doit sembler bizarre que je n'aie pas parlé d'elle. C'est juste que ça ne m'est même pas venu à l'esprit.

Il s'interrompit, avant d'ajouter avec un rire embarrassé :

— Un psychologue trouverait sans doute ça intéressant – oublier de mentionner que j'étais marié.

— Mark, laisse-moi te poser une question. Est-ce que tu me dis la vérité ?

— Comment ? Pourquoi est-ce que tu demandes ça ?

— Tu me fais perdre mon temps.

Il y eut un silence prolongé.

— Écoute, dit Mellery avec un soupir, c'est une longue histoire. Je ne voulais pas que Caddy soit mêlée à ce... micmac.

— De quel micmac sommes-nous en train de parler au juste ?

— Les menaces, les insinuations.

— Elle n'est pas au courant pour les lettres ?

— C'est inutile. Ça ne servirait qu'à l'effrayer.

— Elle est forcément au courant de ton passé. Tout est dans tes livres.

— Jusqu'à un certain point. Mais ces menaces, c'est une autre paire de manches. Je veux seulement éviter qu'elle se fasse du mauvais sang.

Cela sembla presque plausible à Gurney. Presque.

— Est-ce qu'il y a une partie précise de ton passé que tu désires plus particulièrement cacher à Caddy, ou à la police, ou à moi ?

Cette fois, le silence indécis qui le précéda contredisait de façon si flagrante le « non » de Mellery que Gurney éclata de rire.

— Qu'est-ce qu'il y a de si drôle ?

— Je ne sais pas si tu es le pire menteur qu'il m'ait été donné d'entendre, Mark, mais tu fais partie du peloton de tête.

Nouveau silence prolongé, puis Mellery se mit à rire lui aussi – un rire mou, contrit, qui ressemblait à des sanglots étouffés. Il murmura d'une voix défaite :

— Quand tout le reste a échoué, il est temps de dire la vérité. La vérité, c'est que, peu après avoir épousé Caddy, j'ai eu une brève aventure avec une résidente ici. Une pure folie de ma part. Les choses ont mal tourné – comme n'importe quelle personne de bon sens aurait pu le prévoir.

— Et ?

— Et c'est tout. J'en suis malade rien que d'y penser. Cela me rattache à tout l'égoïsme, la dépravation et les errements de mon passé.

— J'ai dû rater un épisode, répliqua Gurney. Quel rapport avec le fait que tu ne m'aies pas dit que tu étais marié ?

— Tu vas penser que je suis parano. Mais je me suis demandé si l'aventure en question n'avait pas un lien quelconque avec cette histoire Charybdis. Je craignais que, si tu connaissais l'existence de Caddy, tu ne veuilles lui parler, et... la dernière chose que je désire au monde, c'est qu'elle soit en contact avec quoi que ce soit qui ait rapport avec ma conduite ridicule et hypocrite.

— Je vois. Au fait, à qui appartient l'institut ?

— Appartient ? En quel sens ?

— Combien y a-t-il de sens ?

— En esprit, à moi. Le programme est basé sur mes livres et mes cassettes.

— En esprit ?

— Sur le plan légal, tout est à Caddy... la propriété et les autres biens corporels.

— Intéressant. Tu es donc le trapéziste vedette, mais Caddy possède la tente du cirque.

— On peut dire ça comme ça, répondit Mellery avec froideur. À présent, il faut que je raccroche. Charybdis peut appeler à tout moment.

Il appela exactement trois heures plus tard.

CHAPITRE 14
Engagement

Madeleine, qui avait apporté son sac à ouvrage sur le canapé, était plongée dans un de ses trois projets en cours, arrêtés à des stades de réalisation divers. Assis dans un fauteuil à proximité, Gurney feuilletait le manuel d'utilisateur de six cents pages de son logiciel de traitement photo, mais avait de la peine à fixer son attention. Les bûches dans le poêle s'étaient transformées en braises, d'où de minces flammèches s'élevaient, oscillaient puis disparaissaient.

Lorsque la sonnerie du téléphone retentit, Gurney se précipita dans le bureau pour décrocher.

La voix de Mellery était basse et nerveuse.

— Dave ?

— Oui.

— Il est sur l'autre ligne. Le magnétophone est en marche. Je vais te connecter. Prêt ?

— Vas-y.

Un moment plus tard, Gurney entendit une voix inconnue en milieu de phrase.

— ... à l'étranger un certain temps. Mais je tiens à ce que vous sachiez qui je suis.

Le timbre était aigu et forcé, le débit gauche et artificiel. On percevait un accent, manifestement étranger, sans qu'il soit possible de préciser davantage, comme si les mots étaient prononcés de travers afin de déguiser la voix.

— Un peu plus tôt dans la soirée, j'ai laissé quelque chose pour vous. Vous l'avez eu ?

— Eu quoi ? demanda Mellery d'une voix crispée.

— Vous ne l'avez pas encore ? Vous l'aurez. Savez-vous qui je suis ?

— Qui êtes-vous ?

— Vraiment, vous tenez à le savoir ?

— Bien sûr. D'où est-ce que je vous connais ?

— Le nombre 658 ne vous dit pas qui je suis ?

— Il n'a aucune signification pour moi.

— Vraiment ? Mais c'est vous qui l'avez choisi – parmi tous les nombres que vous auriez pu prendre.

— Mais qui êtes-vous à la fin ?

— Il y a un nouveau nombre.

— Quoi ?

La peur et l'exaspération montèrent d'un cran dans la voix de Mellery.

— J'ai dit, il y a un nouveau nombre.

Le ton était amusé, sadique.

— Je ne comprends pas.

— Pensez à n'importe quel nombre, autre que 658.

— Pourquoi ?

— Pensez à un nombre autre que 658.

— Bon, d'accord. C'est fait.

— Bien. Nous progressons. Maintenant, dites ce nombre tout bas.

— Comment ?

— Dites le nombre à voix basse.

— Que je le dise à voix basse ?

— Oui.

— *Dix-neuf*, fit Mellery dans un chuchotement sonore et haletant, provoquant chez son interlocuteur un long rire dénué d'humour.

— Bien, très bien.

— *Qui êtes-vous ?*

— Vous ne le savez toujours pas ? Tant de souffrance et vous n'en avez aucune idée… C'est bien ce que je pensais. Je vous ai laissé quelque chose tout à l'heure. Un petit mot. Vous êtes certain de ne pas l'avoir ?

— Je ne sais pas de quoi vous parlez.

— Ah, mais vous saviez que le nombre était 19.

— Vous m'avez demandé de penser à un nombre.

— Mais c'était le bon, n'est-ce pas ?

— Je ne comprends pas.

— Quand avez-vous regardé dans votre boîte aux lettres pour la dernière fois ?

— Ma boîte aux lettres ? Je ne sais pas. Cet après-midi ?

— Vous feriez bien de regarder à nouveau. N'oubliez pas, je vous verrai en novembre ou, sinon, en décembre.

Ces mots furent suivis d'un léger clic indiquant qu'on avait coupé.

— Allô ! cria Mellery. Vous êtes là ? Vous êtes là ?

Lorsqu'il se remit à parler, il avait l'air à bout de forces.

— Dave ?

— Oui, je suis là, répondit Gurney. Raccroche, va vérifier dans ta boîte aux lettres et rappelle-moi.

Gurney avait à peine reposé le téléphone que celui-ci sonna à nouveau. Il décrocha.

— Allô ?

— Papa ?

— Pardon ?

— C'est toi ?

— Kyle ?

— Oui. Ça va ?

— Très bien. C'est simplement que je suis occupé.

— Tout va bien ?

— Oui. Désolé d'être aussi abrupt. J'attends un coup de fil d'un instant à l'autre. Est-ce que je peux te rappeler ?

— Pas de problème. Je voulais juste te raconter quelques trucs, des trucs qui se sont produits, des trucs que je suis en train de faire. Il y a un bout de temps qu'on ne s'est pas parlé.

— Je te rappellerai dès que possible.

— Bon. D'accord.

— Excuse-moi. Merci. À bientôt.

Gurney ferma les yeux et respira à fond. Seigneur Dieu, les choses avaient une façon de vous tomber dessus toutes en même temps ! Naturellement, c'était sa faute si elles s'entassaient ainsi. Sa relation avec Kyle constituait dans sa vie une zone de dysfonctionnement évidente, pleine de prétextes et de subterfuges.

Kyle était le fruit de son premier mariage, son bref mariage avec Karen – dont le souvenir, vingt-deux ans après le divorce, mettait encore Gurney mal à l'aise. Dès le départ, leur incompatibilité n'avait fait aucun doute pour tous ceux qui les connaissaient, mais une volonté de révolte (ou des difficultés psychologiques, selon la vision qu'il en avait au petit matin durant ses nuits blanches) les avait conduits à cette union regrettable.

Kyle ressemblait à sa mère ; il avait son caractère manipulateur et son avidité matérielle – et, naturellement, le prénom qu'elle avait insisté pour lui donner.

Kyle. Gurney n'avait jamais pu s'y faire. En dépit de l'intelligence du jeune homme et de ses succès précoces dans le monde de la finance, *Kyle* demeurait pour lui un prénom évoquant un petit minet imbu de lui-même dans un feuilleton télé. En outre, l'existence de Kyle lui rappelait constamment ce mariage, lui rappelait tout ce qu'il n'arrivait pas à comprendre chez lui-même – comment, par exemple, il avait pu épouser Karen.

Il ferma les yeux, déprimé par son incapacité à discerner ses propres motivations et par sa réaction négative vis-à-vis de son propre fils.

Le téléphone sonna. Il décrocha, craignant que ce ne soit à nouveau Kyle, mais c'était Mellery.

— Davey ?

— Oui.

— Il y avait une enveloppe dans la boîte aux lettres. Avec mon nom et mon adresse tapés dessus, mais sans timbre ni cachet de la poste. Probablement délivrée en mains propres. Est-ce que je l'ouvre ?

— A-t-elle l'air de contenir autre chose que du papier ?

— Comme quoi ?

— N'importe quoi, sauf une lettre.

— Non. Ça paraît totalement plat. Pas d'objets étrangers à l'intérieur, si c'est ce que tu veux dire. Je l'ouvre ?

— Vas-y, mais arrête-toi si tu vois autre chose que du papier.

— D'accord. Je l'ai ouverte. Rien qu'une feuille de papier. Tapée. Ordinaire, pas d'en-tête.

Il y eut quelques secondes de silence.

— Quoi ? Nom d'un chien, qu'est-ce que...

— Qu'y a-t-il ?

— C'est impossible. Il n'y a aucun moyen de...

— Lis-la-moi.

Mellery se mit à lire d'une voix incrédule :

— « Je vous laisse cette lettre au cas où vous manqueriez mon appel. Si vous ne savez pas encore qui je suis, pensez au nombre 19. Est-ce que ça vous rappelle quelqu'un ? Et n'oubliez pas, je vous verrai en novembre ou, sinon, en décembre. »

— C'est tout ?

— C'est tout. C'est ce qu'il a écrit... « Pensez au nombre 19 ». Comment diable a-t-il pu faire ça ? Ce n'est pas possible.

— Mais c'est bien ce qu'il dit ?

— Oui. Mais moi, ce que je dis... je ne sais pas ce que je dis... Enfin... ce n'est pas possible... Bon Dieu, Davey, mais qu'est-ce qui se passe ?

— Je ne sais pas. Pas encore. Mais nous allons le découvrir.

Quelque chose s'était soudain emboîté – pas la solution, il en était encore loin, mais quelque chose en lui avait bougé. À présent, il était engagé à cent pour cent dans la compétition. Madeleine, qui se tenait à la porte du bureau, le comprit aussitôt. Elle vit la brusque lueur dans ses yeux – le feu de cette intelligence hors du commun – et, comme toujours, elle en fut remplie d'effroi et de solitude.

Le défi intellectuel que constituait le mystère du nouveau nombre – et la montée d'adrénaline qu'il avait engendrée – tint Gurney éveillé bien au-delà de minuit, alors qu'il était couché depuis dix heures du soir. Il se retournait nerveusement dans le lit tandis que son cerveau ne cessait de se heurter au problème, tel un homme qui, dans un rêve, serait incapable de retrouver sa clé et ferait le tour de la maison en essayant interminablement toutes les portes et les fenêtres fermées.

Puis il commença à sentir le goût de la noix de muscade de la soupe de courge qu'ils avaient mangée au dîner lui remonter dans la bouche, ce qui ne fit qu'accentuer l'impression de cauchemar.

Si vous ne savez pas encore qui je suis, pensez au nombre 19. Et c'était le nombre auquel avait pensé Mellery. Le nombre auquel il avait pensé avant même d'ouvrir la lettre. Impossible. Mais c'est ce qui s'était passé.

Le problème de la noix de muscade continua à s'aggraver. Trois fois il se leva pour boire de l'eau, mais le goût refusait de s'en aller. Et alors le beurre devint un problème lui aussi. Beurre et noix de muscade. Madeleine mettait quantité des deux dans sa soupe de courge. Il en avait même parlé un jour à leur thérapeute. Leur ancien thérapeute. En réalité, un thérapeute qu'ils n'avaient vu que deux fois, au moment où il se débattait avec la question de savoir s'il devait prendre sa retraite et s'était dit (à tort, comme le montra la suite) qu'une personne extérieure pourrait apporter davantage de clarté dans leurs débats. Il essaya de se rappeler comment la question de la soupe avait surgi, dans quel contexte et pourquoi il avait cru bon de mentionner un détail aussi insignifiant.

C'était la séance où Madeleine avait fait comme s'il n'était pas là. Elle s'était mise à parler de la façon dont il dormait. À raconter au thérapeute que, une fois qu'il avait trouvé le sommeil, il se réveillait rarement avant le matin. Ah oui, c'était ça. Il avait alors ajouté que la seule exception, c'étaient les soirs où elle faisait de la soupe de courge parce que le goût du beurre et de la noix de muscade lui restait dans la bouche. Mais elle avait continué sans se soucier de sa petite interruption inepte, adressant ses remarques au thérapeute comme s'ils étaient des adultes en train de discuter d'un enfant.

Elle avait déclaré que cela n'avait rien d'étonnant si, une fois endormi, Dave se réveillait rarement avant le matin, dans la mesure où le seul fait d'être ce qu'il était semblait exiger de lui un effort quotidien épuisant. La sérénité, le bien-être, au sens le plus banal, lui étaient totalement étrangers. Il était si bon, si honnête, et pourtant si plein de culpabilité d'être simplement humain. Si torturé par ses erreurs, ses imperfections. Un palmarès de réussites sans équivalent dans son domaine professionnel, occulté dans son esprit par une poignée d'échecs. Analysant sans arrêt. Disséquant obstinément les problèmes l'un après l'autre, comme Sisyphe roulant éternellement son rocher jusqu'au sommet de la colline. Considérant l'existence comme un casse-tête à résoudre. Mais tout n'était pas que casse-tête dans l'existence, affirma-t-elle en le regardant, s'adressant enfin à lui au lieu du thérapeute. Il y avait des choses qu'il fallait prendre autrement. Comme des mystères, et non pas des énigmes. Des choses à aimer, pas à déchiffrer.

Repenser à ses remarques alors qu'il était allongé là, dans le lit, avait un curieux effet sur lui. Cela l'absorbait complètement, le troublait et l'épuisait à la fois. Le souvenir finit par se dissiper, de même que le goût du beurre et de la noix de muscade, et il sombra dans un sommeil agité.

Au petit matin, il fut à moitié réveillé par Madeleine sortant du lit. Elle se moucha doucement, sans faire de bruit. Pendant une seconde, il se demanda si elle avait pleuré, mais cette pensée brumeuse fut aisément supplantée par une explication plus probable, à savoir qu'elle souffrait d'une de ses allergies d'automne. Il eut vaguement conscience qu'elle allait prendre son peignoir en éponge dans le placard. Un peu plus tard, il entendit, ou crut entendre – il n'aurait su dire au juste –, ses pas dans l'escalier du sous-sol. Peu après, elle franchit en silence la porte de la chambre à coucher. Dans les premières lueurs de l'aube s'étirant jusque dans le couloir, elle apparut, tel un spectre, portant une espèce de boîte.

Il avait les paupières lourdes de fatigue, et il somnola pendant encore une heure.

CHAPITRE 15

Dichotomies

Lorsqu'il se leva, ce ne fut pas parce qu'il se sentait reposé, ni même complètement réveillé, mais parce que se lever semblait préférable au fait de replonger dans un rêve qui ne lui avait laissé aucun souvenir, mis à part une nette sensation de claustrophobie. C'était comme une de ces gueules de bois qu'il lui arrivait d'avoir pendant ses années de fac.

Il prit une douche, ce qui améliora légèrement son humeur, puis s'habilla et se rendit à la cuisine. Il fut soulagé de voir que Madeleine avait fait assez de café pour eux deux. Assise à la table, elle regardait d'un air pensif par les portes-fenêtres, tenant son grand bol, d'où s'élevait de la vapeur, à deux mains comme pour les réchauffer. Il se versa une tasse de café et s'assit en face d'elle.

— Bonjour, dit-il.

Elle lui répondit par un vague petit sourire.

Il suivit son regard en direction du coteau boisé à l'autre bout du pré. Un vent furieux dépouillait les arbres des quelques feuilles qui leur restaient. En général, les vents violents rendaient Madeleine nerveuse – depuis qu'un énorme chêne s'était abattu en travers de la route devant sa voiture le jour où ils avaient emménagé à Walnut Crossing –, mais ce matin-là elle semblait trop préoccupée pour y prêter attention.

Au bout d'une minute ou deux, elle se tourna vers lui, et son regard se fit perçant comme si quelque chose dans sa tenue ou son attitude l'avait frappée.

— Où vas-tu ? demanda-t-elle.

Il hésita.

— À Peony. À l'institut.

— Pourquoi ?

— Pourquoi ? répéta-t-il d'une voix rendue grinçante par l'agacement. Parce que Mellery refuse toujours de parler de son histoire à la police locale et que je voudrais le pousser un peu plus fermement dans cette voie.

— Tu pourrais le faire par téléphone.

— Pas aussi bien que face à face. Et puis j'aimerais récupérer une copie des messages écrits et de l'enregistrement du coup de fil d'hier soir.

— Ce n'est pas à ça que sert FedEx ?

Il la dévisagea.

— En quoi le fait que j'aille à l'institut est-il un problème ?

— Ce n'est pas *où* tu vas, le problème, c'est *pourquoi* tu y vas.

— Pour le persuader d'avertir la police. Pour récupérer les messages.

— Vraiment, tu crois que c'est pour ça que tu vas faire tout ce chemin jusqu'à Peony ?

— Et pour quoi d'autre, bon Dieu ?

Elle lui lança un long regard presque compatissant avant de répondre.

— Tu y vas, dit-elle à voix basse, parce que tu t'es jeté sur cette histoire et que tu n'arrives pas à lâcher prise. Tu y vas parce que tu es incapable de rester en dehors.

Puis elle ferma les yeux lentement, un peu comme un fondu à la fin d'un film.

Il demeura interdit. De temps à autre, il arrivait que Madeleine mette un point final à une discussion de cette manière – en disant ou en faisant quelque chose qui semblait devancer le cours de ses pensées et lui clouait le bec.

Cette fois, il se dit qu'il connaissait, au moins en partie, la raison pour laquelle il réagissait ainsi. Dans son ton, il avait décelé un écho de son discours au thérapeute, ce discours qui lui était revenu avec une telle netteté quelques heures plus tôt. Il trouvaït la coïncidence troublante. C'était comme si la Madeleine du présent et celle du passé se liguaient soudain contre lui, chacune murmurant à son oreille.

Il resta un long moment silencieux.

Elle finit par emporter les tasses de café jusqu'à l'évier pour les laver. Puis, plutôt que de les poser dans l'égouttoir ainsi qu'elle en avait l'habitude, elle les sécha et les rangea dans le vaisselier au-dessus du buffet. Tout en continuant de regarder à l'intérieur du meuble, comme si elle avait oublié ce qu'elle faisait là, elle demanda :

— À quelle heure pars-tu ?

Il haussa les épaules et parcourut la pièce des yeux comme si la réponse était gravée sur un des murs. Ce faisant, il remarqua un objet posé sur la table basse devant la cheminée, à l'autre bout de la pièce. Une boîte en carton, d'une taille et d'une forme rappelant celles qu'utilisent les magasins de vins et spiritueux. Mais ce qui attira son attention, en fait, et la retint, ce fut le ruban blanc autour de la boîte, attaché en haut par un simple nœud, blanc également.

Mon Dieu. Voilà donc ce qu'elle avait remonté du sous-sol.

Même si la boîte paraissait un peu plus petite que dans son souvenir après toutes ces années et le carton d'un marron plus foncé, le ruban était impossible à confondre, impossible à oublier. Les Hindous avaient bien raison : le blanc, et non le noir, était la couleur naturelle du deuil.

Il se sentit aspiré par une sorte de vide dans ses poumons, comme si la pesanteur entraînait son souffle, son âme au sein de la terre. *Danny. Les dessins de Danny. Mon petit Danny.* Avalant sa salive, il détourna les yeux, détourna les yeux de cette perte immense. Il était trop fébrile pour faire le moindre geste. Il regarda par les portes-fenêtres, toussa, se racla la gorge, tenta de remplacer les souvenirs libérés par des sensations immédiates, de faire dévier son esprit en disant quelque chose, en entendant sa propre voix, en brisant le silence insupportable.

— Je ne pense pas que j'en aie pour longtemps.

Il eut besoin de toutes ses forces, de toute sa volonté, pour s'arracher à sa chaise.

— Je devrais être rentré pour dîner, ajouta-t-il bêtement, sachant à peine ce qu'il disait.

Madeleine l'observa avec un sourire pâle, pas vraiment un sourire au sens propre, et ne répondit rien.

— Bon, j'y vais. Pour ce genre de chose, il vaut mieux être à l'heure.

La vue brouillée, les jambes flageolantes, il l'embrassa sur la joue puis alla à la voiture en oubliant sa veste.

Ce matin-là, le paysage était différent, plus hivernal, les couleurs de l'automne ayant pratiquement disparu des arbres. Mais c'est à peine s'il s'en rendit compte. Il conduisait machinalement, presque sans voir la route, tenaillé par l'image de la boîte, par le souvenir de son contenu, par la signification de sa présence sur la table.

Pourquoi ? Pourquoi maintenant, après toutes ces années ? Qu'avait-elle en tête ? Il avait traversé Dillweed, dépassé Abelard sans même s'en apercevoir. Il avait mal au ventre. Il fallait absolument qu'il pense à autre chose, qu'il se raccroche à quelque chose.

Concentre-toi sur l'endroit où tu vas, sur la raison qui te fait aller là-bas. Il s'efforça d'orienter son esprit vers les messages, les poèmes, le numéro 19. Vers Mellery pensant au numéro 19. Puis le découvrant dans la lettre. Comment était-ce possible ? C'était la deuxième fois qu'Arybdis, ou Charybdis, peu importait son nom, réussissait cet exploit. Certes, il existait des différences entre les deux événements, mais le second n'était pas moins déroutant que le premier.

L'image de la boîte sur la table basse rôdait implacablement à la lisière de ses pensées – et aussi ce qu'elle renfermait, tel qu'il se rappelait l'avoir emballé il y avait de ça si longtemps. Les griffonnages au crayon de Danny. Oh, Seigneur ! La feuille avec les minuscules formes orangées dont Madeleine avait prétendu qu'il s'agissait de soucis. Et ce drôle de petit dessin qui était peut-être un ballon vert, ou peut-être un arbre, ou peut-être une sucette. Mon Dieu…

Et voilà que, tout à coup, il se rangeait sur le parking de l'institut au gravier soigneusement ratissé en se demandant comment il avait fait pour arriver là. Il regarda autour de lui, s'efforçant de fixer son attention, de ramener son esprit au même endroit que son corps.

Il se détendit peu à peu, ressentit presque une envie de dormir, ce vide qui suivait si souvent une émotion forte. Il jeta un coup d'œil à sa montre. Contre toute attente, il était arrivé pile à l'heure. Apparemment, une partie de lui-même fonctionnait sans intervention consciente, à l'instar de son système neurovégétatif. Tout en se demandant si le froid avait refoulé les joueurs de rôle à l'intérieur, il ferma la voiture à clé et prit le sentier sinueux en direction de la maison. Comme lors de sa première visite, Mellery ouvrit la porte d'entrée avant même qu'il ait eu le temps de frapper.

Gurney entra se mettre à l'abri du vent.

— Du nouveau ?

Mellery secoua la tête puis referma la vieille et lourde porte, mais pas avant qu'une demi-douzaine de feuilles mortes aient franchi le seuil en voltigeant.

— Retournons au bureau. Il y a du café, du jus...

— Du café ne serait pas de refus, dit Gurney.

À nouveau, ils s'installèrent dans les fauteuils à oreilles près du feu. Sur la table basse entre eux se trouvait une grande enveloppe en papier kraft. La désignant d'un geste, Mellery déclara :

— Photocopies des lettres et enregistrement de l'appel. Le tout est pour toi.

Gurney prit l'enveloppe, qu'il posa sur ses genoux. Mellery le regardait, dans l'expectative.

— Tu devrais aller voir la police, l'exhorta Gurney.

— Nous avons déjà discuté de ça.

— Il faut que nous en rediscutions.

Mellery ferma les yeux et se massa le front comme

s'il avait la migraine. Lorsqu'il les rouvrit, il semblait avoir pris une décision.

— Viens à ma conférence de ce matin. C'est la seule façon pour que tu comprennes.

Il parlait rapidement, comme pour devancer les objections.

— Ce qui se passe ici est extrêmement subtil, fragile. Nous enseignons à nos résidents la conscience, la paix, la clarté. Gagner leur confiance est crucial. Ce que nous leur révélons peut changer leur vie. Mais c'est un peu comme la publicité aérienne. Par temps calme, on peut la lire. Quelques rafales, et cela devient du charabia. Tu saisis ?

— Je n'en suis pas certain.

— Alors, viens à la conférence, l'implora Mellery.

Il était 10 heures tapantes lorsque Gurney le suivit dans une vaste pièce au rez-de-chaussée du bâtiment principal. On aurait dit le salon d'une auberge de luxe. Une douzaine de fauteuils et cinq ou six canapés étaient plus ou moins orientés vers une cheminée majestueuse. La plupart des vingt participants étaient déjà installés. Certains s'attardaient près d'un buffet sur lequel trônaient une cafetière en argent et une corbeille de croissants.

Mellery marcha d'un pas décontracté jusqu'à un point devant la cheminée puis se tourna vers son auditoire. Ceux qui se trouvaient près du buffet gagnèrent rapidement leurs sièges, et tous se turent, attendant. Mellery désigna à Gurney un fauteuil à côté de la cheminée.

— Voici David, annonça-t-il avec un sourire en direction de Gurney. Il désire en savoir un peu plus sur ce que nous faisons, aussi je l'ai invité à notre réunion du matin.

Plusieurs personnes lui adressèrent d'aimables salutations, et tous les visages se fendirent de sourires, dont une bonne partie paraissaient sincères. Il croisa le regard de la femme fluette qui l'avait interpellé grossièrement la veille. Elle avait l'air bien sage et rougit même légèrement.

— Les rôles qui dominent nos vies, commença Mellery sans préambule, échappent à notre contrôle. Les besoins qui nous gouvernent implacablement sont ceux dont nous sommes le moins conscients. Pour être heureux et libres, nous devons voir les rôles que nous jouons tels qu'ils sont, et mettre au jour nos besoins cachés.

Il parlait avec calme et simplicité, et il avait toute l'attention de son auditoire.

— Le premier écueil dans notre recherche sera la conviction que nous nous connaissons déjà nous-mêmes, que nous comprenons les motifs de nos actes, que nous savons pourquoi nous percevons de telle ou telle manière la situation qui est la nôtre et les gens qui nous entourent. Pour faire des progrès, il importe que nous ayons l'esprit plus ouvert. Découvrir la vérité sur moi-même nécessite que je cesse de proclamer que je la connais déjà. Jamais je n'enlèverai le rocher qui me barre la route si je n'arrive pas à le voir pour ce qu'il est.

Alors même que Gurney se disait que cette dernière remarque ne faisait qu'épaissir la couche de brouillard New Age, la voix de Mellery grimpa brusquement.

— Et ce rocher, savez-vous ce que c'est ? Ce rocher, c'est l'image que vous avez de vous-même, ce que vous pensez être. La personne que vous pensez être retient prisonnière celle que vous êtes vraiment, sans lumière, ni nourriture, ni amis. La personne que vous pensez être essaie de tuer celle que vous êtes vraiment, et cela depuis le premier jour de votre existence à toutes les deux.

Mellery s'interrompit, apparemment submergé par une émotion irrépressible. Il toisa l'assistance, qui semblait retenir son souffle. Lorsqu'il se remit à parler, sa voix avait retrouvé le volume normal de la conversation, mais l'émotion y demeurait perceptible.

— La personne que je pense être est terrifiée par la personne que je suis vraiment, terrifiée par l'opinion que les autres pourraient avoir d'elle. Comment réagiraient-ils s'ils savaient qui je suis en réalité ? Mieux vaut ne pas prendre de risques ! Mieux vaut cacher cette vraie personne, la priver de nourriture, l'enterrer vivante !

À nouveau, il s'arrêta, laissant décroître la flamme erratique dans ses yeux.

— Quand tout cela commence-t-il ? Quand devenons-nous ces jumeaux dysfonctionnels – la personne fictive dans notre tête et la personne réelle séquestrée et agonisante ? Très tôt, à mon avis. Dans mon propre cas, je sais que les jumeaux étaient déjà bien établis, chacun à sa place ingrate, lorsque j'avais neuf ans. Je vais vous raconter une histoire. Ceux qui l'ont déjà entendue voudront bien m'excuser.

Gurney jeta un regard à la ronde, notant sur les visages attentifs quelques sourires d'acquiescement. La perspective d'entendre une des anecdotes de Mellery pour la deuxième ou la troisième fois, loin d'ennuyer ou d'agacer quiconque, semblait au contraire motiver leur impatience. On aurait dit des petits enfants à qui on a promis de raconter pour la énième fois leur conte de fées préféré.

— Un jour, alors que je partais à l'école, ma mère me donna un billet de vingt dollars pour que j'achète des provisions l'après-midi, sur le chemin du retour : un litre de lait et un pain. Lorsque je sortis, à trois heures, je m'arrêtai à un petit snack-bar à côté de la cour de l'école pour acheter un Coca avant d'aller à l'épicerie. C'était un endroit où certains avaient l'habitude de traîner après la classe. Je posai le billet de vingt dollars sur le comptoir, mais, avant que l'employé ait eu le temps de le ramasser pour faire la monnaie, un des gamins l'aperçut en passant. « Hé, Mellery, dit-il, d'où est-ce que tu sors ce billet de vingt ? » Or, il se trouve que c'était un des élèves les plus durs de ma classe de CM1. J'avais neuf ans et lui onze. Il avait été deux fois arrière gauche, et c'était une espèce de petit caïd, pas le genre de gosse que j'étais censé fréquenter, ni même à qui j'étais supposé adresser la parole. Il était toujours mêlé à des bagarres, et le bruit courait qu'il s'introduisait chez les gens pour les cambrioler. Lorsqu'il me demanda où j'avais eu le billet, je faillis répondre que ma mère me l'avait donné pour acheter du lait et du pain. Mais je craignais qu'il se moque de moi, qu'il me traite de fils à sa maman, et je voulais l'impressionner, aussi je prétendis l'avoir volé. Il sembla intéressé, ce que je trouvais plutôt agréable. Puis il me demanda à qui je l'avais volé, et je dis la première chose qui me passa par la tête : que je l'avais chipé à ma mère. Il acquiesça avec un sourire et s'éloigna. Ma foi, je me sentais comme qui dirait soulagé et mal à l'aise en même temps. Le lendemain, j'avais déjà oublié. Mais, une semaine plus tard, il m'aborda dans la cour de l'école.

« Hé, Mellery, tu as encore piqué du fric à ta mère ? » Je répondis que non. Ce à quoi il répliqua : « Pourquoi tu lui chourerais pas encore vingt dollars ? » Je ne savais pas quoi dire. Je me contentai de le dévisager. Alors, avec un petit sourire à donner la chair de poule, il ajouta : « Ou bien tu lui fauches encore vingt dollars et tu me les files, ou bien je parlerai à ta mère des vingt que tu as volés la semaine dernière. » Je sentis mon sang se figer dans mes veines.

— Mon Dieu, s'exclama une femme au visage chevalin assise dans un fauteuil bordeaux de l'autre côté de la cheminée, tandis que des murmures indignés parcouraient la pièce.

— Quel salaud ! grommela un grand gaillard avec une lueur meurtrière dans les yeux.

— J'ai été pris de panique. Je l'imaginais allant voir ma mère, lui racontant que j'avais volé vingt dollars. L'absurdité de la chose – il était hautement improbable que ce petit gangster puisse aller la trouver à quelque sujet que ce soit – ne me vint même pas à l'idée. Mon esprit était trop dominé par la peur – la peur qu'il lui dise et qu'elle le croie. Je ne faisais aucune confiance à la vérité. C'est alors que, dans cet état d'affolement inutile, je pris la pire décision qui soit. Je volai vingt dollars dans le sac à main de ma mère le soir même et les lui remis le lendemain. Naturellement, la semaine suivante, il réitéra sa demande. Puis la semaine d'après. Et ainsi de suite, pendant six semaines, jusqu'à ce que, finalement, mon père me surprenne en flagrant délit, en train de refermer le tiroir du haut de la commode de ma mère, un billet de vingt dollars serré dans la main. J'avouai. Je racontai à mes parents toute cette terrible et lamentable aventure. Mais cela ne fit qu'aggraver les choses. Ils téléphonèrent à notre pasteur, Monsignor Reardon, et m'emmenèrent au presbytère pour que je raconte à nouveau mon histoire. Le lendemain soir, le monsignor nous obligea à revenir et à nous asseoir en compagnie du petit maître chanteur, de sa mère et de son père, et je dus répéter l'histoire une nouvelle fois. Mais ce n'était pas fini. Mes parents me privèrent d'argent de poche pendant un an pour leur rembourser la somme que j'avais volée. Cela changea la manière dont ils me considéraient. Le maître chanteur concocta une version des événements à l'usage de l'école, version qui le présentait comme une sorte de Robin des Bois et moi comme un sale mouchard. Et, de temps à autre, il me lançait un petit sourire narquois, l'air de dire qu'un de ces jours, je pourrais bien dégringoler du toit d'un immeuble.

Mellery fit une pause dans son récit et se massa les tempes avec les paumes de ses mains, comme pour détendre des muscles raidis par ses souvenirs.

— Quel salaud ! répéta le grand gaillard en secouant la tête d'un air sévère.

— C'est précisément ce que je me disais, reprit Mellery. Quel petit salaud de manipulateur ! Chaque fois que je repensais à cet incident, ma réaction était invariablement : « Quel salaud ! » C'est tout ce que j'arrivais à me dire.

— Et vous aviez bien raison, approuva le grand gaillard sur un ton donnant à penser qu'il avait l'habitude qu'on l'écoute. C'est exactement ce qu'il était.

— Oui, c'est exactement ce qu'il était, admit Mellery d'une voix à l'intensité croissante, exactement ce que *lui* était. Mais jamais je n'allais au-delà de ce que *lui* était pour me demander ce que *moi*, j'étais. Ce qu'il était paraissait si évident que je ne me posais même pas la question de savoir ce que *moi*, j'étais. Qui était donc ce gamin de neuf ans et pourquoi avait-il agi ainsi ? Il ne suffit pas de dire qu'il avait peur. Peur de quoi, au juste ? Et pour qui se prenait-il ?

À sa grande surprise, Gurney s'aperçut qu'il était tout ouïe. Mellery avait réussi à capter son attention aussi complètement que celle de quiconque dans la pièce. Il avait abandonné son statut d'observateur pour devenir partie prenante dans cette soudaine quête de sens, de mobile, d'identité. Tout en parlant, Mellery allait et venait devant l'immense cheminée, comme mû par des réminiscences et des interrogations qui l'empêchaient de rester en place. Les mots s'échappaient de sa bouche en se bousculant.

— À chaque fois que je repensais à ce garçon – moi-même à l'âge de neuf ans –, je me le représentais comme une victime, victime d'un chantage, victime de sa soif innocente d'amour, d'admiration, d'approbation. Tout ce qu'il désirait, c'était s'attirer la sympathie d'un grand. Il était la victime d'un monde cruel. Un pauvre petit gamin, un pauvre petit agneau dans la gueule d'un tigre.

Mellery cessa ses déambulations et pivota sur lui-même pour faire face à son public. À présent, il parlait à voix basse.

— Mais ce petit garçon était aussi autre chose. C'était un menteur et un voleur.

L'auditoire se trouva divisé entre ceux qui faisaient mine de protester et ceux qui hochaient la tête.

— Il a menti quand on lui a demandé où il s'était procuré les vingt dollars. Il a prétendu être un voleur pour impressionner quelqu'un qu'il savait en être un. Puis, menacé d'être dénoncé à sa mère, il a préféré devenir un voleur pour de vrai plutôt que de la laisser croire qu'il en était un. Le plus important à ses yeux, c'était de contrôler l'opinion des autres à son sujet. Comparé à ce qu'ils *pensaient*, le fait qu'il soit réellement un menteur ou un voleur, ou les conséquences que son attitude pouvaient avoir pour ceux qu'il dupait ou volait, lui importaient peu. Pour dire les choses autrement : cela ne comptait pas suffisamment pour l'empêcher de mentir et de voler. Juste assez pour ronger son amour-propre quand il mentait et volait. Juste assez pour l'inciter à se haïr et à souhaiter être mort.

Mellery se tut quelques secondes, laissant son discours faire son petit effet, puis continua :

— Voilà ce que j'aimerais que vous fassiez. Dressez une liste de personnes que vous détestez, de personnes contre qui vous avez une dent, de personnes qui vous ont causé du tort, et demandez-vous : « Comment ai-je pu me fourrer dans cette situation ? Comment ai-je pu m'impliquer dans cette relation ? Quels étaient mes motifs ? De quoi aurait eu l'air mon attitude dans la situation en question aux yeux d'un observateur impartial ? Ne vous focalisez pas – surtout pas, j'insiste bien – sur les actes odieux que l'autre a pu commettre. Nous ne cherchons pas quelqu'un à blâmer. Nous l'avons fait toute notre vie, et cela n'a servi à rien. Si ce n'est de nous retrouver avec une liste aussi longue qu'inutile de gens à accuser chaque fois que quelque chose va de travers ! La vraie question, la seule qui importe, c'est : « *Où étais-je dans tout ça ?* Comment ai-je pu ouvrir la porte donnant sur cette pièce ? » À neuf ans, j'ai ouvert la porte en mentant pour gagner l'admiration. Et vous, comment avez-vous ouvert la porte ?

La petite femme qui avait invectivé Gurney paraissait de plus en plus déconcertée. Elle leva timidement la main pour demander :

— Est-ce qu'il n'arrive pas quelquefois qu'une personne malintentionnée fasse quelque chose d'abominable à une personne innocente, comme par exemple entrer chez elle par effraction et la cambrioler ? Ce ne serait pas la faute de la personne innocente, n'est-ce pas ?

Mellery sourit.

— Les honnêtes gens ne sont pas à l'abri de ce genre de mésaventure. Mais ces honnêtes gens ne passent pas leur temps à grincer des dents et à se projeter mentalement la vidéo indignée du cambriolage en question. Les conflits personnels qui nous bouleversent le plus, ceux qu'il nous est, semble-t-il, impossible d'oublier, sont ceux dans lesquels nous avons joué un rôle que nous ne sommes pas prêts à admettre. C'est pourquoi la souffrance persiste – parce que nous ne voulons pas voir sa source. Nous ne pouvons nous en détacher parce nous refusons de voir le point d'attache.

Mellery ferma les yeux comme pour rassembler ses forces avant de poursuivre.

— La pire souffrance dans notre vie provient des erreurs que nous ne voulons pas reconnaître – les actes que nous avons commis qui semblent si éloignés de ce que nous sommes que nous ne pouvons pas supporter de les regarder en face. Nous devenons deux êtres dans une seule peau, deux êtres incapables de s'entendre. Le menteur et la personne méprisant les menteurs. Le voleur et la personne méprisant les voleurs. Il n'existe pas de souffrance plus grande que cette bataille qui fait rage en deçà de notre conscience.

Nous la fuyons, mais elle fuit avec nous. Où que nous allions, nous emportons cette bataille avec nous.

Mellery se remit à aller et venir devant la cheminée.

— Faites ce que je vous ai dit. Dressez une liste de tous les gens que vous tenez pour responsables de vos ennuis. Plus vous leur en voudrez, mieux ce sera. Inscrivez leurs noms. Plus vous serez convaincus que vous n'avez rien à vous reprocher, mieux ce sera. Notez ce qu'ils ont fait et ce qui vous a blessé. Puis demandez-vous comment vous avez ouvert la porte. Si votre première pensée est que vous trouvez cet exercice absurde, demandez-vous pourquoi vous éprouvez à son égard un tel rejet. Souvenez-vous, il ne s'agit pas d'absoudre les autres des torts qu'ils pourraient avoir. Vous n'avez aucunement le pouvoir de les absoudre. L'absolution est l'affaire de Dieu, pas la vôtre. Votre problème se résume à une seule et unique question : « *Comment ai-je ouvert la porte ?* »

Il marqua un temps d'arrêt et parcourut l'assistance des yeux, croisant le maximum de regards.

— « *Comment avez-vous ouvert la porte ?* » Votre bonheur, pour le restant de votre vie, dépend de l'honnêteté avec laquelle vous répondrez à cette question.

Il s'arrêta, manifestement épuisé, et annonça une pause « café, thé, air frais, toilettes, etc. » Tandis que les gens se levaient de leurs canapés et de leurs fauteuils pour partir dans différentes directions, Mellery se tourna d'un air interrogateur vers Gurney, qui était resté assis.

— Alors ? C'était utile ? demanda-t-il.

— C'était impressionnant.

— En quel sens ?

— Tu es un sacré conférencier.

Mellery acquiesça – ni modeste ni immodeste.

— Tu comprends maintenant à quel point tout cela est fragile ?

— Tu veux parler du rapport que tu établis avec tes résidents ?

— Je suppose que *rapport* n'est pas un mot plus mauvais qu'un autre si tu entends par là un mélange de confiance, d'empathie, de communication, de franchise, de foi et d'amour – et si tu te rends compte combien ces fleurs sont délicates, surtout quand elles commencent tout juste à éclore.

Gurney avait du mal à se faire une opinion sur Mellery. Si ce type était un charlatan, c'était le meilleur qu'il ait jamais rencontré.

Levant la main, Mellery appela une jeune femme qui se trouvait près de la cafetière.

— Ah, Keira, pourriez-vous me rendre un grand service et aller me chercher Justin ?

— Bien sûr ! répondit-elle sans hésitation, avant d'exécuter une pirouette et d'aller s'acquitter de sa mission.

— Qui est Justin ? demanda Gurney.

— Un jeune homme dont je peux de moins en moins me passer. Il est d'abord venu comme résident alors qu'il avait vingt et un ans – c'est l'âge minimum pour être admis ici. Il est depuis revenu trois fois, et la troisième fois il n'est jamais reparti.

— Que fait-il ?

— Eh bien, la même chose que moi, j'imagine...

Gurney lança à Mellery un regard perplexe.

— Dès sa première visite ici, Justin m'a semblé sur la bonne longueur d'onde – saisissant toujours ce que je disais, avec les nuances et le reste. Un garçon intelligent, un merveilleux contributeur à toutes nos activités. Le message de l'institut était fait pour lui, de même qu'il était fait pour ce message. Il a un avenir chez nous s'il le souhaite.

— Mark Jr., dit Gurney, en grande partie pour lui-même.

— Pardon ?

— Le fils idéal. Qui assimile et apprécie tout ce que tu as à offrir.

Un jeune homme mince, à l'air intelligent, pénétra dans la pièce et se dirigea vers eux.

— Justin, j'aimerais te présenter un vieil ami, Dave Gurney.

Le jeune homme lui tendit la main avec un mélange de chaleur et de timidité. Puis Mellery l'entraîna à l'écart et se mit à lui parler à voix basse.

— Je voudrais que tu t'occupes de la prochaine demi-heure, que tu donnes des exemples de dichotomies internes.

— Avec plaisir, répondit le jeune homme.

Gurney attendit que Justin soit parti au buffet se servir du café pour dire à Mellery :

— Si tu as le temps, j'aimerais que tu passes un coup de fil avant mon départ.

— Dans ce cas, retournons au pavillon.

Il était clair que Mellery tenait à mettre une distance entre ses résidents et tout ce qui pouvait avoir trait à ses difficultés actuelles.

En chemin, Gurney lui expliqua qu'il désirait qu'il appelle Gregory Dermott pour lui demander davantage de détails sur l'histoire et la sécurité de sa boîte postale et s'il se rappelait autre chose concernant la réception du chèque de 289,87 dollars, à l'ordre de X. Arybdis, qu'il avait retourné à Mellery. En particulier : quelqu'un d'autre dans la société de Dermott était-il autorisé à ouvrir la boîte ? Les clés étaient-elles toujours en sa possession ? Y avait-il une seconde clé ? Depuis quand louait-il cette boîte ? Avait-il déjà reçu du courrier qui ne lui était pas destiné ? Ou des chèques énigmatiques ? Les noms Arybdis ou Charybdis ou Mark Mellery lui disaient-ils quelque chose ? Quelqu'un lui avait-il jamais parlé de l'Institut pour le Renouveau Spirituel ?

Alors que Mellery commençait à perdre pied, Gurney tira une fiche de sa poche, qu'il lui donna.

— Tiens, les questions sont toutes là-dessus. Il se peut que Dermott n'ait pas envie de répondre à la totalité, mais cela vaut la peine d'essayer.

Tandis qu'ils marchaient entre les plates-bandes de fleurs mortes ou à l'agonie, Mellery semblait de plus en plus absorbé par ses soucis. Lorsqu'ils atteignirent la terrasse derrière l'élégante demeure, il s'arrêta et se mit à parler à voix basse comme quelqu'un craignant les oreilles indiscrètes.

— Je n'ai pas fermé l'œil la nuit dernière. Cette histoire de « 19 » m'a rendu complètement dingo.

— Il ne t'est venu aucun lien ? Aucune signification qu'il pourrait avoir ?

— Rien. Des bêtises. Un thérapeute m'a soumis une fois à un test de vingt questions pour savoir si j'avais un problème de boisson, et j'en ai rayé dix-neuf. Ma première femme avait dix-neuf ans quand on s'est mariés. Ce genre de trucs – des associations aléatoires, rien qui aurait pu permettre à qui que ce soit de prédire que je choisirais ce nombre, même s'il me connaissait bien.

— Et pourtant, il l'a fait.

— C'est ce qui me rend fou ! Rends-toi compte. Une enveloppe fermée est glissée dans ma boîte aux lettres. Je reçois un coup de téléphone m'avisant qu'elle s'y trouve et me demandant de penser à un nombre, n'importe lequel. Je pense à 19. Je vais chercher l'enveloppe, et la lettre à l'intérieur fait mention du nombre 19. Exactement le chiffre qui m'a traversé l'esprit. J'aurais aussi bien pu penser à 72 951. Mais j'ai pensé à 19, et c'était le chiffre marqué dans la lettre. Tu as beau prétendre que la télépathie n'est que de la foutaise, quelle autre explication vois-tu ?

Gurney répondit d'un ton calme aux paroles agitées de Mellery.

— Il manque quelque chose dans notre représentation de ce qui s'est passé. Notre façon de considérer le problème fait que nous nous posons la mauvaise question.

— Et quelle est la bonne question ?

— Quand je l'aurai compris, tu seras le premier au courant. Mais ça n'aura rien à voir avec de la télépathie, je peux te le garantir.

Mellery secoua la tête en un geste ressemblant davantage à un tremblement qu'à un mode d'expression. Après quoi il contempla l'arrière de la maison, puis baissa les yeux vers la terrasse. À son regard vide, on aurait dit qu'il se demandait comment il avait atterri là.

— Et si on allait à l'intérieur ? suggéra Gurney.

Mellery se reprit et sembla se rappeler tout à coup quelque chose.

— J'avais oublié – je suis désolé – que Caddy était à la maison cet après-midi... Alors, il vaudrait peut-être mieux que... Je veux dire, je ne vais pas pouvoir téléphoner à Dermott tout de suite. Il va falloir que j'improvise.

— Mais tu le feras demain ?

— Oui, oui, bien sûr, il faut juste que je trouve un moment propice. Je t'appellerai dès que je lui aurai parlé.

Tout en acquiesçant, Gurney regarda son compagnon dans les yeux, où se lisait la peur d'une vie sur le point de s'écrouler.

— Une dernière question avant que je parte. Je t'ai entendu dire à Justin de parler de « dichotomies internes ». Je me demandais de quoi il s'agissait.

— Rien ne t'échappe, répondit Mellery avec un petit froncement de sourcils. « Dichotomie » se réfère à une division, une dualité à l'intérieur de quelque chose. Je m'en sers pour désigner les conflits en nous.

— Tu veux dire, du genre Jekyll et Hyde ?

— Oui, mais ça va plus loin. Les êtres humains sont bourrés de conflits internes. Ces conflits façonnent nos relations, engendrent nos frustrations, régissent notre existence.

— Donne-moi un exemple.

— Je pourrais t'en donner une centaine. Le conflit le plus simple est celui qui oppose la façon dont nous nous voyons nous-mêmes et celle dont nous voyons les autres. Par exemple, si l'on se disputait et que tu te mettes à me crier dessus, j'en attribuerais la cause à ton incapacité à garder ton sang-froid. En revanche, si c'est moi qui te criais après, j'en attribuerais la cause non pas à mon manque de sang-froid, mais à une provocation de ta part – quelque chose en toi qui aurait directement provoqué mes cris.

— Intéressant.

— Il semble que nous soyons tous enclins à croire : *ma situation est à l'origine de mes problèmes, mais ta personnalité est à l'origine des tiens*. Ce qui ne va pas sans créer des difficultés. Mon désir que tout soit fait à ma guise semble avoir un sens, alors que ton désir que tout soit fait à ta manière paraît infantile. Un jour meilleur serait un jour où je me sentirais mieux et où tu te conduirais mieux. Je vois les choses comme elles sont ; tu vois les choses comme ça t'arrange.

— Je comprends.

— Ce ne sont là que les prémices, à peine le haut de l'iceberg. L'esprit est un ramassis de contradictions et de conflits. Nous mentons pour que les autres nous fassent confiance. Nous dissimulons notre vrai moi dans notre quête d'intimité. Nous courons après le bonheur d'une manière qui fait fuir le bonheur. Plus nous avons tort, plus nous nous battons pour prouver que nous avons raison.

Tout au contenu de son programme, Mellery s'exprimait avec verve et éloquence. Malgré son stress actuel, il restait capable de fixer son esprit.

— J'ai l'impression, dit Gurney, que tu parles d'une source de souffrance individuelle, pas simplement de la condition humaine en général.

Mellery hocha lentement la tête.

— Il n'y a pas pire souffrance que d'avoir deux personnes vivant dans un seul corps.

CHAPITRE 16

La fin du début

Gurney était en proie à un sentiment de malaise. Il l'éprouvait par intermittence depuis la première visite de Mellery à Walnut Crossing. Et maintenant, il se rendait compte avec dépit que ce sentiment, c'était le désir de la relative clarté d'un crime réel ; d'une scène de crime que l'on puisse ratisser et passer au crible, mesurer et dessiner ; d'empreintes digitales et de traces de pas, de cheveux et de fibres à analyser et identifier ; de témoins à interroger, de suspects à repérer, d'alibis à vérifier, de liens à creuser, d'armes à découvrir, de projectiles pour la balistique. Jamais il n'avait été engagé de façon aussi frustrante dans un problème juridiquement aussi ambigu, présentant autant d'obstructions à la procédure normale.

Tandis qu'il redescendait les montagnes en direction du village, il spéculait sur les craintes contradictoires de Mellery : d'un côté un désaxé animé de mauvaises intentions, de l'autre une intervention policière qui lui aliénerait ses clients. La certitude de son ancien condisciple que le remède serait pire que le mal maintenait la situation dans les limbes.

Il se demanda si celui-ci n'en savait pas plus qu'il ne voulait bien le dire. Avait-il conscience d'un acte de sa part remontant à un passé lointain qui pourrait être à l'origine de la campagne actuelle de menaces et d'insinuations ? Le Dr. Jekyll savait-il ce que Mr. Hyde avait fait ?

Le sujet de conférence de Mellery, à savoir les deux esprits en guerre dans un même corps, intéressait Gurney pour d'autres motifs. Il faisait écho à sa propre expérience au fil des années, renforcée par son activité artistique sur les photographies d'identité judiciaire, ces fractures de l'âme que reflète souvent une physionomie, en particulier les yeux. À maintes reprises, il avait vu des visages qui étaient en réalité deux visages. Un phénomène facile à observer sur une photo. Il suffisait de masquer alternativement chaque moitié du visage avec une feuille de papier – le long de l'arête du nez, en sorte qu'un seul œil soit visible à chaque fois. Puis de rédiger une description du caractère de la personne de gauche et de celle de droite. C'était étonnant à quel point ces descriptions différaient. Un homme pouvait avoir l'air paisible, tolérant, réfléchi d'un côté, et de l'autre, amer, froid et manipulateur. Sur ces visages dont l'absence d'expression était traversée d'une lueur de malveillance conduisant au meurtre, la lueur était souvent présente dans un œil et pas dans l'autre. Dans les rencontres de la vie réelle, peut-être notre cerveau était-il programmé pour combiner les caractéristiques disparates des deux yeux et en faire une moyenne, rendant les différences imperceptibles, mais, sur des photos, il était difficile de passer à côté.

Gurney repensa à la photo de Mellery sur la couverture de son livre. Il se promit d'examiner les yeux de plus près en rentrant chez lui. Il se souvint aussi qu'il devait rappeler Sonya Reynolds – le coup de fil que Madeleine avait mentionné d'un ton glacial. À quelques kilomètres de Peony, il s'arrêta sur la bande de gravier envahie par les mauvaises herbes séparant la route de l'Esopus Creek, sortit son portable et composa le numéro de la galerie de Sonya. Au bout de quatre sonneries, sa voix suave l'invita à laisser un message aussi long qu'il le souhaitait.

— Sonya, c'est Dave Gurney. Je sais, je vous ai promis un portrait cette semaine, et j'espère pouvoir vous l'apporter samedi, ou au moins vous envoyer par e-mail un fichier image que vous pourrez imprimer pour avoir un aperçu. C'est presque fini, mais je ne suis pas encore satisfait.

Il s'interrompit, soudain conscient du fait que sa voix avait adopté ce registre plus doux qu'il utilisait avec les jolies femmes, habitude sur laquelle Madeleine avait un jour attiré son attention. Il s'éclaircit la gorge et continua.

— L'essence de ces portraits réside dans le caractère. Le visage doit être cohérent avec le meurtre, surtout les yeux. C'est là-dessus que je travaille. Ce qui me prend du temps.

Il y eut un déclic sur la ligne, et la voix de Sonya résonna, haletante.

— David, je suis là. Je n'ai pas eu le temps d'arriver à temps au téléphone, mais j'ai entendu ce que vous disiez. Et je comprends très bien que vous n'ayez pas envie de vous planter. Mais ce serait vraiment super si vous pouviez le livrer samedi. Il y a un festival dimanche, ce qui veut dire pas mal de passage dans la galerie.

— J'essaierai. Peut-être en fin de journée.

— Parfait. Je fermerai à six heures, mais je serai encore là pendant une heure. Venez à ce moment-là. Nous aurons le temps de discuter.

Il songea que la voix de Sonya pouvait donner à n'importe quoi l'air d'une allusion sexuelle. Bien sûr, il avait conscience de laisser un peu trop libre cours à sa fichue imagination. Et aussi de se conduire comme le dernier des imbéciles.

— Six heures, ça me paraît bien, s'entendit-il répondre – tout en se souvenant que le bureau de Sonya, avec ses grands canapés et ses tapis moelleux, faisait davantage penser à un nid douillet qu'à un lieu de travail.

Il remit le portable dans la boîte à gants et contempla la vallée herbeuse. Comme toujours, la voix de Sonya avait semé la confusion dans ses pensées rationnelles, et son esprit ricochait d'un objet à l'autre comme une bille de flipper : le bureau trop confortable de Sonya, l'inquiétude de Madeleine, l'impossibilité pour quiconque de savoir à l'avance le nombre auquel penserait quelqu'un d'autre, le sang aussi rouge qu'une rose peinte, à tout de suite Monsieur 658, Charybdis, la mauvaise boîte postale, les craintes de Mellery à l'égard de la police, Peter Piggert, cet enfoiré de tueur en série, le jeune et charmant Justin, la riche et vieillissante Caddy, Dr. Jekyll et Mr. Hyde, et ainsi de suite, sans rime ni raison, en un tournoiement perpétuel. Il baissa la vitre du côté passager proche de la rivière, s'adossa au siège et ferma les yeux, s'efforçant de fixer son attention sur le bruit de l'eau cascadant par-dessus la rocaille.

Un coup frappé à la fenêtre fermée tout près de son oreille le réveilla. Il leva la tête vers un visage rectangulaire et sans expression, aux yeux dissimulés derrière des lunettes de soleil réfléchissantes, qu'abritait la visière d'une casquette grise d'officier de police.

— Tout va bien, monsieur ?

La question semblait plus agressive que prévenante, le *monsieur* plus indifférent que poli.

— Oui, merci, j'avais juste besoin de fermer l'œil un moment.

Il consulta la pendule du tableau de bord. Le moment en question, constata-t-il, avait duré un quart d'heure.

— Où allez-vous ?

— Walnut Crossing.

— Je vois. Avez-vous bu quoi que ce soit aujourd'hui ?

— Non, monsieur l'agent.

L'homme hocha la tête et recula pour examiner la voiture. Sa bouche, seul trait visible pouvant trahir son humeur, était méprisante – comme si le démenti de Gurney concernant la boisson était un mensonge évident et qu'il n'allait pas tarder à faire la preuve du contraire. Avec un soin exagéré, il contourna l'arrière de la voiture, puis longea le côté passager et fit le tour de l'avant du véhicule pour revenir finalement à la fenêtre de Gurney. Après un long silence pensif, il déclara avec une menace contenue, plus appropriée à une pièce de Harold Pinter qu'à un contrôle de routine :

— Saviez-vous que ce n'est pas une zone de stationnement autorisée ?

— Je ne m'en étais pas rendu compte, répondit Gurney d'une voix égale. Je comptais seulement m'arrêter quelques minutes.

— Puis-je voir votre permis ainsi que la carte grise, s'il vous plaît ?

Gurney les tira de son portefeuille et les lui tendit par la fenêtre. Il n'était pas dans ses habitudes, en pareil cas, de se prévaloir de son statut d'ancien inspecteur de première classe du NYPD, et des relations influentes qui allaient avec, mais il perçut, tandis que l'agent tournait les talons pour retourner à sa voiture de patrouille, une arrogance inaccoutumée et une hostilité risquant de se traduire par un délai pour le moins injustifié. À contrecœur, il sortit une autre carte de son portefeuille.

— Attendez, monsieur l'agent, ceci pourrait être utile également.

Le policier prit la carte avec circonspection. Gurney distingua un infime changement aux coins de sa bouche. Pas dans le sens de l'amabilité. Plutôt un mélange de déception et de colère. Avec dédain, il lui rendit carte, permis et papiers du véhicule par la vitre.

— Bonne journée, monsieur, dit-il sur un ton exprimant le vœu contraire avant de regagner son véhicule, d'effectuer un demi-tour et de s'éloigner dans la direction d'où il était venu.

Quel que soit le raffinement des tests psychologiques, pensa Gurney, le niveau scolaire requis ou la rigueur de la formation dispensée, il y aurait toujours des flics qui ne devraient pas faire ce métier. En l'occurrence, l'agent n'avait commis aucune violation particulière, mais il y avait chez lui quelque chose de dur et de haineux – Gurney l'avait senti, vu dans ses traits –, et ce n'était qu'une question de temps avant que cette haine entre en conflit avec son image inversée. Non sans effets dévastateurs. Entre-temps, un tas de gens seraient retenus et intimidés en pure perte. C'était un de ces flics qui faisaient que le citoyen lambda détestait la police.

Mellery avait peut-être bien raison.

La semaine suivante, l'hiver atteignit le nord des Catskill. Gurney passait la majeure partie de son temps dans son bureau, alternant projets de photos d'identité judiciaire et réexamen minutieux des lettres de Charybdis – faisant d'habiles allers et retours entre ces deux mondes et s'efforçant de détourner ses pensées des dessins de Danny et du chaos qu'ils suscitaient en lui. Le plus simple serait d'en parler à Madeleine, d'essayer de savoir pourquoi elle avait décidé de soulever la question maintenant – de l'exhumer du sous-sol, au sens littéral – et pourquoi elle avait attendu avec une telle patience qu'il dise quelque chose. Mais il semblait incapable de trouver le courage nécessaire. Aussi chassait-il cette idée de son esprit pour retourner à l'affaire Charybdis. Au moins, il pouvait songer à ça sans se sentir désemparé, sans que son cœur batte la chamade.

C'est ainsi qu'il repensait fréquemment à la soirée ayant suivi sa dernière visite à l'institut. Comme promis, Mellery l'avait appelé pour lui raconter sa conversation avec Gregory Dermott de GD Security Systems. Dermott avait été assez obligeant pour répondre à toutes ses questions – celles que Gurney avait notées –, mais sans grand résultat. Cela faisait environ un an que l'homme louait cette boîte postale, depuis qu'il avait déménagé ses activités de conseil de Hartford à Wycherly ; il n'y avait jamais eu de problème jusque-là, pas de chèque ni de lettre envoyés par erreur ; il était la seule personne à y avoir accès ; les noms Arybdis, Charybdis et Mellery ne lui disaient rien ; il n'avait jamais entendu parler de l'institut. A la question de savoir si quelqu'un d'autre avait pu se servir de la boîte sans autorisation, Dermott avait expliqué que c'était tout bonnement impossible, dans la mesure où il n'y avait personne d'autre dans la société. GD Security Systems et Gregory Dermott ne faisaient qu'un. Il était consultant en sécurité pour des sociétés possédant des bases de données sensibles qui nécessitaient une protection contre les pirates informatiques. Rien de ce qu'il avait dit ne jetait la moindre lumière sur la question du chèque mal adressé.

Pas plus que la recherche que Gurney avait effectuée à son sujet sur Internet. Les sources concordaient toutes sur les points principaux : Gregory Dermott était diplômé en sciences du Massachusetts Institute of Technology, il avait une solide réputation de spécialiste en informatique, et une excellente liste de clients. Ni lui ni GD Security n'avaient jamais fait l'objet de plainte, de décision de justice, de droit de gage ou d'une mauvaise presse, passés ou présents. En bref, c'était un type nickel, dans un domaine nickel. Pourtant, pour une raison incompréhensible, quelqu'un s'était approprié son numéro de boîte postale. Gurney ne cessait de se reposer la même question déroutante : *pourquoi demander qu'un chèque soit envoyé à quelqu'un qui le retournera presque sûrement ?*

Cela le déprimait d'en revenir toujours là, d'explorer indéfiniment le même cul-de-sac, comme s'il pouvait y trouver au bout de la dixième fois quelque chose qui n'y était pas la neuvième. Mais c'était mieux que de penser à Danny.

La première neige de la saison arriva le premier vendredi de novembre. D'abord quelques flocons voltigeant à la tombée de la nuit, mais qui s'intensifièrent dans les heures suivantes avant de décroître et de s'arrêter aux environs de minuit.

Tandis que Gurney émergeait devant son café le

samedi matin, le disque pâle du soleil se hissait au-dessus d'une crête boisée à un kilomètre et demi à l'est. Il n'y avait pas eu de vent pendant la nuit, et tout à l'extérieur, depuis la terrasse jusqu'au toit de la grange, était recouvert d'au moins dix centimètres de neige.

Il avait mal dormi. En proie à des soucis qui lui avaient tournicoté dans la tête pendant des heures. Dont certains, s'évaporant à la lumière du jour, incluaient Sonya. Il avait annulé à la dernière minute leur réunion prévue après la fermeture. Son incertitude sur ce qui pourrait se produire – *son incertitude sur ce qu'il désirait qu'il se produise* – l'avait incité à remettre le rendez-vous à plus tard.

Il se tenait, comme la semaine précédente, le dos tourné à l'extrémité de la pièce où le carton enrubanné renfermant les dessins de Danny était posé sur la table basse. Il se mit à siroter son café en contemplant le pré tout blanc.

La vue de la neige lui rappelait toujours l'odeur de celle-ci. Brusquement, il s'approcha des portes-fenêtres et les ouvrit. Le froid mordant fit surgir un chapelet de souvenirs : les congères montant à hauteur de poitrine qu'on enlevait à la pelle le long des routes, ses mains toutes roses et engourdies à force de pétrir des boules de neige, les morceaux de glace enfoncés dans la laine de ses manches de veste, les branches d'arbre courbées jusqu'au sol, les couronnes de Noël sur les portes, les rues désertes, la luminosité partout où se posait son regard.

C'était curieux, cette façon qu'avait le passé de vous guetter, silencieux, invisible, presque comme s'il n'était pas là. Vous étiez tenté de penser qu'il s'était évanoui, qu'il n'existait plus. Puis, tel un faisan jaillissant des fourrés, voilà qu'il bondissait soudain dans une explosion de son, de couleur, de mouvement – incroyablement vivant.

Il éprouva le désir de s'immerger dans l'odeur de la neige. Il décrocha sa veste de la patère près de la porte, l'enfila et sortit. La neige était trop épaisse pour les chaussures ordinaires qu'il portait, mais il n'avait pas envie d'en changer maintenant. Il prit la direction de l'étang, fermant les yeux, respirant à fond. Il avait à peine parcouru une centaine de mètres qu'il entendit la porte de la cuisine s'ouvrir et la voix de Madeleine l'appeler.

— David, reviens !

Il se retourna et vit qu'elle avait à moitié franchi le seuil, le visage inquiet.

— Qu'est-ce qui se passe ?

— Dépêche-toi ! C'est à la radio... Mark Mellery est mort !

— Quoi ?

— Mark Mellery... il est mort, on vient de l'annoncer à la radio. Il a été assassiné !

Elle recula à l'intérieur de la maison.

— Nom de Dieu, fit Gurney en sentant sa poitrine se serrer.

Il parcourut au pas de course les derniers mètres le séparant de la porte-fenêtre, entra dans la cuisine sans retirer ses chaussures pleines de neige.

— C'est arrivé quand ?

— Je ne sais pas. Ce matin, hier soir, je l'ignore. Ils ne l'ont pas précisé.

Il écouta. La radio était toujours allumée, mais le présentateur avait déjà changé de sujet, une histoire de faillite d'entreprise.

— De quelle façon ?

— Ils ne l'ont pas précisé non plus. Seulement qu'il s'agissait selon toute vraisemblance d'un homicide.

— D'autres détails ?

— Non. Oui. Sur l'institut... là où c'est arrivé. L'Institut Mellery du Renouveau Spirituel, à Peony, État de New York. Ils disent que la police est sur place.

— C'est tout ?

— Je crois. C'est affreux !

Il hocha lentement la tête, réfléchissant à toute allure.

— Qu'est-ce que tu vas faire ? demanda-t-elle.

Il passa rapidement en revue les différentes options et les élimina toutes sauf une.

— Informer l'officier de police chargé de l'enquête que j'étais en rapport avec Mellery. Ce qui se passera ensuite, c'est son affaire.

Madeleine aspira une longue bouffée d'air et tenta d'esquisser un sourire courageux, sans grand succès.

DEUXIÈME PARTIE
Jeux macabres

CHAPITRE 17

Pas mal de sang

Il était 10 heures lorsque Gurney appela la police de Peony pour donner son nom, son adresse et son numéro de téléphone, suivis d'un bref résumé de ses liens avec la victime. Le policier auquel il parla, le sergent Burkholtz, lui dit que l'information serait transmise à l'équipe de la Brigade criminelle ayant pris l'affaire en main.

Ne s'attendant pas à ce qu'on le contacte avant vingt-quatre à quarante-huit heures, il fut surpris que le coup de téléphone arrive moins de dix minutes plus tard. La voix lui était familière, mais il ne la reconnut pas tout de suite, d'autant que son interlocuteur se présenta sans indiquer son nom.

— M. Gurney, ici l'enquêteur en chef sur la scène de crime de Peony. J'ai cru comprendre que vous aviez des renseignements pour nous.

Gurney hésita. Il s'apprêtait à demander au policier de s'identifier – simple question de principe – quand le timbre de la voix lui évoqua brusquement un visage et le nom allant avec. Le Jack Hardwick dont il se souvenait depuis une enquête sensationnelle sur laquelle ils avaient travaillé ensemble était un type rougeaud, braillard, vulgaire, aux cheveux prématurément blancs coupés en brosse et aux yeux pâles de husky. Blagueur impénitent par-dessus le marché, une demi-heure avec lui pouvait faire l'effet d'une demi-journée – dont vous n'aviez de cesse de souhaiter qu'elle se termine. Mais il était aussi intelligent, coriace et d'un politiquement incorrect à toute épreuve.

— Salut Jack, fit Gurney, cachant sa surprise.

— Comment as-tu... Merde alors ! Quelqu'un te l'a dit ! Qui ça ?

— Tu as une voix mémorable, Jack.

— Mémorable, mon cul ! Ça fait dix putains d'années !

— Neuf.

L'arrestation de Peter Possum Piggert avait été l'une des plus importantes de la carrière de Gurney, celle qui lui avait valu sa promotion au rang convoité d'inspecteur de première classe, et la date était de celles qui demeuraient gravées dans sa mémoire.

— Qui te l'a dit ?

— Personne.

— Tu parles, Charles !

Gurney garda le silence, se rappelant l'inclination de Hardwick à avoir toujours le dernier mot et les échanges absurdes qui se prolongeaient interminablement jusqu'à ce qu'il s'estime satisfait.

Au bout de trois longues minutes, Hardwick continua d'un ton moins belliqueux.

— Neuf fichues années. Et voilà que, tout à coup, tu surgis de nulle part, au beau milieu de ce qui pourrait être la plus grosse affaire de meurtre qu'ait connu l'État de New York depuis que tu as repêché la partie inférieure de Mme Piggert dans le fleuve. Sacrée coïncidence.

— En fait, la partie supérieure, Jack.

Après un bref silence, un long braiement hilare, typique de Hardwick, éclata dans le téléphone.

— Ah ! s'écria-t-il, hors d'haleine, à la fin du braiement. Davey, Davey, Davey, toujours aussi tatillon.

Gurney s'éclaircit la gorge.

— Peux-tu me dire comment est mort Mark Mellery ?

Hardwick hésita, coincé dans cette zone inconfortable entre amitié et règlement où les flics passent la majeure partie de leur temps et où ils attrapent la plupart de leurs ulcères. Il opta pour la vérité pure et simple – non pas parce qu'on la lui demandait (Gurney ne possédait pas de titre officiel dans cette affaire et n'avait droit à aucune information), mais en raison de son côté brutal.

— Quelqu'un lui a tranché la gorge avec une bouteille cassée.

Gurney poussa un grognement comme s'il avait reçu un coup de poing dans la poitrine. Toutefois, cette première réaction fit rapidement place à une attitude plus professionnelle. La réponse de Hardwick avait ajusté un des morceaux épars du puzzle dans son esprit.

— Est-ce que ce ne serait pas une bouteille de whiskey par hasard ?

— Bon Dieu, comment tu sais ça ?

En l'espace de six mots, le ton de Hardwick passa de la stupeur à la suspicion.

— C'est une longue histoire. Tu veux que je vienne ?

— M'est avis que ça vaudrait mieux.

Le soleil, qui, le matin, avait l'air d'un disque pâle derrière un lavis gris de nuages, était maintenant entièrement masqué par un ciel lourd et grumeleux. La lumière blanche était sinistre – visage d'un univers froid, aussi insensible que de la glace.

Quelque peu honteux de ces divagations, Gurney les mit de côté en arrêtant sa voiture derrière la rangée de véhicules de police garés en épi sur le bas-côté couvert de neige, devant l'Institut Mellery du Renouveau Spirituel. La plupart portaient l'insigne bleu et jaune de la police de l'État de New York, y compris une camionnette du laboratoire médico-légal régional. Il y avait deux voitures blanches du bureau du shérif et deux véhicules de patrouille verts de la police de Peony. La boutade de Mellery, à qui ce nom avait évoqué un numéro de cabaret gay, revint soudain à l'esprit de Gurney, de même que la grimace qu'il avait faite.

Les touffes d'asters, serrées entre les voitures et le mur de pierre, s'étaient transformées avec l'aggravation du temps en un fouillis de tiges brunâtres surmontées d'une étrange floraison neigeuse semblable à des boules de coton. Il descendit de voiture et se dirigea vers l'entrée. Un agent à l'uniforme impeccablement repassé, arborant la mine renfrognée d'un paramilitaire, se tenait devant le portail ouvert. Il devait avoir un ou deux ans de moins que son propre fils, nota Gurney avec une sensation bizarre.

— Puis-je vous aider, monsieur ?

Les mots étaient aimables, mais pas le regard.

— Je m'appelle Gurney. Je suis venu voir Jack Hardwick.

Le jeune homme cligna deux fois des yeux, une fois pour chaque nom. Son expression semblait indiquer qu'au moins un des deux lui provoquait des remontées acides.

— Attendez un instant, dit-il, tirant un talkie-walkie de sa ceinture. Vous devez être accompagné.

Trois minutes plus tard, l'escorte arriva – un enquêteur de la Brigade criminelle qui semblait se donner du mal pour ressembler à Tom Cruise. Malgré le froid hivernal, il ne portait qu'un coupe-vent noir, ouvert sur un tee-shirt et un jean également noirs. Connaissant la sévérité du code vestimentaire de la police de l'État, Gurney se dit qu'une tenue aussi décontractée signifiait ou bien qu'il avait été envoyé directement sur place alors qu'il n'était pas de service, ou bien qu'il participait à une opération clandestine. Le Glock 9 mm dépassant d'un étui d'épaule visible sous le coupe-vent semblait autant une déclaration de principe qu'un instrument de travail.

— Inspecteur Gurney ?

— À la retraite, précisa Gurney, comme ajoutant un astérisque.

— Ah oui ? répondit Tom Cruise sans manifester le plus petit intérêt. Ça doit être chouette. Venez avec moi.

Tandis que Gurney suivait son guide le long de l'allée contournant le bâtiment principal en direction du pavillon situé derrière, il fut frappé de voir à quel point une neige de dix centimètres changeait l'aspect des lieux. Elle avait créé un tableau simplifié, supprimant les détails superflus. Marcher dans le minimalisme de ce paysage blanc, c'était comme débarquer sur une planète toute neuve – une pensée ridiculement éloignée de la réalité anarchique qu'il avait sous les yeux. Ils firent le tour de la vieille maison géorgienne où avait habité Mellery et s'arrêtèrent net à la lisière de la terrasse enneigée où il était mort.

L'emplacement ne faisait guère de doute. La forme d'un corps se découpait dans la neige, et, autour de la zone de la tête et des épaules, s'étalait une énorme tache de sang. Ce terrible contraste rouge-blanc, Gurney l'avait déjà vu auparavant. Le souvenir indélébile datait d'un matin de Noël, à l'époque où il était encore novice dans la profession. Un flic alcoolique que sa femme avait flanqué à la porte s'était tiré une balle dans le cœur, assis sur une congère.

Gurney chassa la vieille image de son esprit et concentra son regard exercé sur la scène devant lui.

Un spécialiste des empreintes était agenouillé à côté d'une série de traces de pas près de la tache de sang principale, sur lesquelles il vaporisait quelque chose. De là où il se tenait, Gurney n'arrivait pas à distinguer la marque sur la bombe aérosol, mais il devina qu'il s'agissait de cire chimique destinée à stabiliser les empreintes afin de réaliser un moulage. Les traces dans la neige étaient extrêmement fragiles, mais, traitées avec soin, elles fournissaient des détails d'une étonnante précision. Bien qu'il eût maintes fois assisté à cette opération, il ne put s'empêcher d'admirer la main ferme et la concentration intense du spécialiste.

Du ruban jaune avait été tendu en un polygone irrégulier autour de la plus grande partie de la terrasse, y compris la porte à l'arrière de la maison. De chaque côté, des couloirs avaient été aménagés à l'aide du même ruban pour protéger l'arrivée et le départ d'une autre série d'empreintes venant de la vaste grange située à proximité de la maison. Lesquelles empreintes continuaient jusqu'à la zone de la tache de sang, puis quittaient la terrasse pour traverser la pelouse couverte de neige en direction des bois.

La porte de derrière était ouverte. Un membre de l'équipe technique se tenait dans l'embrasure, observant attentivement la terrasse depuis la maison. Gurney savait très bien ce qu'il faisait. Sur une scène de crime, on passait parfois pas mal de temps à essayer de s'imprégner de la physionomie des lieux – à s'efforcer de les voir comme avait dû le faire la victime dans ses derniers moments. Il existait des règles claires, bien établies, pour localiser et récolter les indices – sang, armes, empreintes digitales, traces de pas, cheveux, fibres, écailles de peinture, substances végétales ou minérales étrangères, et ainsi de suite –, mais il y avait aussi un problème crucial de ciblage. En termes simples, il fallait garder l'esprit ouvert concernant ce qui s'était produit, où exactement et comment, parce que en tirant des conclusions à la hâte, on risquait de passer à côté d'indices qui ne cadraient pas. En même temps, il fallait commencer à échafauder une hypothèse, même vague, susceptible d'aider à la recherche de pièces à conviction. On pouvait commettre des erreurs douloureuses en étant sûr trop vite du scénario apparent d'un crime, mais on pouvait aussi gaspiller un temps et un personnel précieux à passer au peigne fin un kilomètre carré de terrain en cherchant Dieu sait quoi.

Ce que faisaient les bons détectives – ce que faisait le détective sur le seuil, Gurney n'en doutait pas –, c'était une sorte de va-et-vient inconscient entre les démarches inductive et déductive. Qu'est-ce que je vois ici, et quelle succession d'événements ces différentes données suggèrent-elles ?

La clé, Gurney en avait acquis la certitude après bien des tâtonnements et des faux pas, c'était de maintenir un bon équilibre entre observation et intuition.

Le plus grand danger résidait dans l'ego. Un enquêteur hésitant sur l'explication possible des éléments d'une scène de crime risquait de gaspiller du temps en n'orientant pas assez vite les efforts de son équipe dans une direction précise, mais le type qui savait au premier coup d'œil – et le clamait haut et fort – ce qui s'était passé dans une pièce éclaboussée de sang et qui mettait tout le monde sur les dents pour prouver qu'il avait raison pouvait finir par causer de très sérieux problèmes – le moindre étant le temps perdu.

Gurney se demanda quelle approche l'emportait à cet instant même.

Derrière la barrière de ruban jaune, de l'autre côté de la tache de sang, Jack Hardwick donnait des instructions à deux jeunes hommes à l'air grave ; l'un était le faux Tom Cruise qui venait de conduire Gurney jusqu'au site ; l'autre semblait être son jumeau. Les neuf années qui s'étaient écoulées depuis leur collaboration sur l'affaire Piggert de sinistre mémoire faisaient l'effet d'en avoir ajouté le double à l'âge de Hardwick. Le visage était plus rouge et plus gras, les cheveux plus clairsemés, et la voix avait pris cette espèce de rugosité que provoque l'abus de nicotine et de tequila.

— Il y a vingt résidents, disait-il aux sosies de *Top Gun*. Vous en prenez chacun neuf. Occupez-vous des déclarations préliminaires, noms, adresses, numéros de téléphone. Faites les vérifications. Je me charge de Patty Cakes et du chiropracteur. Je parlerai également à la veuve. Retrouvez-moi à seize heures pour faire le point.

Ils échangèrent d'autres remarques à voix trop basse pour que Gurney entende, ponctuées par le rire grinçant de Hardwick. Le jeune homme qui l'avait escorté depuis le portail prononça un dernier mot, inclinant la tête de façon significative dans sa direction. Puis le duo se dirigea vers le bâtiment principal.

Lorsqu'ils eurent disparu, Hardwick pivota et adressa à Gurney un salut à mi-chemin entre le sourire et la grimace. Son regard étrangement bleu, jadis brillant de scepticisme, semblait chargé d'une ironie désabusée.

— Merde alors…, dit-il d'une voix râpeuse en faisant le tour du périmètre délimité par du ruban pour rejoindre Gurney. Le professeur Dave en personne…

— Juste un humble enseignant, corrigea Gurney en se demandant ce que Hardwick avait pris la peine de découvrir d'autre sur son expérience post-NYPD d'enseignement de la criminologie à l'université d'État.

— Épargne-moi ta modestie à la gomme. Tu es une vedette, mon vieux, et tu le sais.

Ils se serrèrent la main sans beaucoup de chaleur. Gurney eut l'impression que l'attitude goguenarde de l'ancien Hardwick avait quelque peu viré à l'aigre.

— Le lieu du décès ne fait guère de doute, déclara Gurney en montrant la tache de sang d'un signe de tête.

Il avait hâte d'en arriver à l'essentiel, d'informer Hardwick de ce qu'il savait et de fiche le camp de là.

— Tout est douteux, rétorqua Hardwick. La mort et le doute sont les seules certitudes ici-bas.

N'obtenant pas de réponse de Gurney, il continua :

— Je t'accorde qu'il y a probablement moins de doute sur le lieu du décès que sur un certain nombre d'autres trucs. Une sacrée maison de fous. Les habitants parlent de la victime comme si c'était l'autre con de la télé, là, Biquette Chopemoi…

— Tu veux dire Deepak Chopra ?

— Ouais, c'est ça, Dupaf, ou je sais pas quoi. Bon Dieu, fais pas chier !

Bien que de plus en plus mal à l'aise, Gurney ne dit rien.

— Qu'est-ce que les gens viennent faire dans des endroits pareils ? Écouter un connard roulant en Rolls-Royce leur débiter des salades New Age sur le sens de la vie ?

Hardwick se mit à secouer la tête devant la bêtise de ses semblables, tout en fixant l'arrière de la maison d'un regard mauvais, comme si l'architecture du XVIIIe siècle y était pour beaucoup.

L'irritation triompha de la réserve de Gurney.

— Pour autant que je sache, répondit-il d'une voix égale, la victime n'était pas un connard.

— Je n'ai pas dit ça.

— Il m'avait semblé.

— C'était une remarque d'ordre général. Je suis sûr que ton copain faisait exception.

Hardwick cherchait manifestement à l'asticoter.

— Ce n'était pas mon copain.

— J'ai eu l'impression, d'après le message que tu as laissé aux flics de Peony et qu'ils ont eu la bonté de me transmettre, que votre relation remontait à loin.

— Je l'ai connu à la fac, je ne lui ai pas parlé pendant vingt-cinq ans et j'ai reçu un mail de lui il y a deux semaines.

— À quel sujet ?

— Des lettres qu'on lui avait envoyées. Il était inquiet.

— Quel genre de lettres ?

— Des poèmes, principalement. Des poèmes qui avaient l'air de menaces.

Du coup, Hardwick marqua un temps d'arrêt et réfléchit avant de continuer.

— Qu'est-ce qu'il voulait ?

— Un conseil.

— Et tu lui as conseillé quoi ?

— D'appeler la police.

— J'en déduis qu'il ne l'a pas fait.

Le sarcasme agaça Gurney, mais il garda son calme.

— Il y avait un autre poème, dit Hardwick.

— Comment ça ?

— Un poème, sur une simple feuille, posée sur le corps, avec une pierre en guise de presse-papiers. Le tout bien rangé.

— Il est très méticuleux. Un perfectionniste.

— Qui ça ?

— Le tueur. Peut-être très perturbé, mais indéniablement perfectionniste.

Hardwick regarda Gurney avec intérêt. L'attitude narquoise avait disparu, au moins temporairement.

— Avant d'aller plus loin, j'ai besoin de savoir comment tu es au courant pour la bouteille cassée.

— Simple supposition.

— Tu t'es dit comme ça qu'il s'agissait d'une bouteille de whiskey ?

— Four Roses, pour être précis, répondit Gurney avec un sourire de satisfaction en voyant Hardwick ouvrir de grands yeux.

— Explique-moi comment tu sais ça, exigea Hardwick.

— Une petite extrapolation, basée sur les allusions contenues dans les poèmes, répondit Gurney. Tu comprendras quand tu les liras.

En réponse à la question se formant sur le visage de son interlocuteur, il ajouta :

— Tu trouveras les poèmes, avec deux ou trois autres lettres, dans le secrétaire du bureau. En tout cas, c'est le dernier endroit où j'ai vu Mellery les mettre. La pièce avec la grande cheminée, donnant sur le couloir central.

Hardwick continuait à le dévisager comme si cela pouvait résoudre un problème important.

— Viens avec moi. Je veux te montrer quelque chose.

Dans un silence qui ne lui était guère habituel, il l'emmena vers le parking, situé entre l'énorme grange et la route, et s'arrêta à la jonction avec l'allée circulaire, là où commençait un couloir de ruban jaune.

— C'est l'endroit le plus proche de la route où l'on peut distinguer nettement les empreintes de pas dont nous pensons qu'elles appartiennent à l'assassin. La route et l'allée ont été déblayées alors que la neige avait cessé, vers deux heures du matin. Nous ne savons pas si le meurtrier s'est introduit dans la propriété avant ou après le déblayage. Si c'est avant, toutes traces sur la route à l'extérieur ou dans l'allée auraient été effacées. Si c'est après, il n'y aurait pas eu de traces du tout pour commencer. Mais, à partir de ce point précis, en passant par l'arrière de la grange, la terrasse, l'espace dégagé bordé par les bois et les bois eux-mêmes, jusqu'à un bosquet de pins près de Thornbush Lane, les traces sont parfaitement nettes et faciles à suivre.

— Il n'a pas essayé de les dissimuler ?

— Non, répondit Hardwick d'un ton dépité. Absolument pas. À moins qu'un truc m'ait échappé.

Gurney lui jeta un coup d'œil intrigué.

— Quel est le problème ?

— Tu vas voir.

Ils longèrent le couloir de ruban jaune, suivirent les traces jusqu'à l'autre bout de la grange. Les marques, bien dessinées dans la couche de neige de dix centimètres par ailleurs intacte, avaient été faites par de grosses chaussures de marche (pointure 44 ou 45, largeur standard, estima Gurney). Celui qui était venu par ici aux premières heures du matin se fichait pas mal qu'on puisse relever son itinéraire par la suite.

Comme ils contournaient l'arrière de la grange, Gurney vit qu'une zone plus grande avait été entourée de ruban. Un photographe de la police prenait des clichés avec un appareil haute résolution, tandis qu'un technicien en combinaison blanche et bonnet attendait son tour avec un kit de prélèvement. Chaque photo était prise au moins deux fois, avec ou sans règle dans le champ pour indiquer l'échelle, et les objets étaient photographiés à des distances focales différentes : plan large pour donner la position par rapport aux autres objets de la scène, plan moyen pour montrer l'objet lui-même et gros plan pour faire ressortir les détails.

Le centre de leur attention était une chaise de jardin pliante, du genre peu robuste comme on devait en vendre dans les magasins discount. Les empreintes de pas menaient tout droit à la chaise. Devant, une demi-douzaine de mégots de cigarette enfoncés dans la neige. Gurney s'accroupit pour les examiner de plus près et vit qu'il s'agissait de Marlboro. Depuis la chaise, les empreintes faisaient le tour d'un bouquet de rhododendrons avant de se diriger vers la terrasse où le meurtre avait apparemment eu lieu.

— Bon Dieu ! s'exclama Gurney. Il est resté là pour fumer ?

— Ouais. Un petit moment de détente avant d'égorger sa victime. Du moins, ça en a l'air. Je suppose à ton haussement de sourcils que tu te demandes d'où vient cette chaise de jardin merdique. C'est aussi la question que je me suis posée.

— Et ?

— La femme de la victime prétend ne l'avoir jamais vue. N'en revenait pas de sa mauvaise qualité.

— Quoi ?

Gurney fit claquer le mot comme un coup de fouet. Les réflexions dédaigneuses de Hardwick lui donnaient à présent la même sensation désagréable que des raclements d'ongles sur un tableau noir.

— Je blaguais, dit-il en haussant les épaules. Je ne peux quand même pas laisser une gorge tranchée te saper le moral. Sérieusement, ça devait être la première fois de toute sa vie de snobinarde que Caddy Smythe-Westerfield Mellery s'approchait d'une chaise aussi bon marché.

Gurney avait beau tout savoir sur l'humour des flics et combien il leur était indispensable pour supporter les horreurs quotidiennes de leur boulot, il y avait des moments où ça lui mettait les nerfs à vif.

— Tu es en train de me dire que le tueur a apporté sa propre chaise de jardin ?

— Faut croire, répondit Hardwick avec une grimace devant une telle absurdité.

— Et après avoir fini de fumer – quoi, une demi-douzaine de Marlboro ? –, il est allé à la porte de derrière, s'est arrangé pour attirer Mellery sur la terrasse et lui a tranché la gorge avec une bouteille cassée ? C'est ça la reconstitution pour le moment ?

Hardwick acquiesça à contrecœur, comme s'il commençait à prendre conscience que le scénario du meurtre suggéré par les indices paraissait quelque peu farfelu. Et ça ne fit qu'empirer.

— En fait, remarqua-t-il, « tranché la gorge » est un euphémisme. La victime a reçu au moins une douzaine de coups à la gorge. Quand les assistants du médecin légiste ont mis le corps dans la camionnette pour l'envoyer à l'autopsie, la tête a bien failli se détacher.

Gurney regarda dans la direction de la terrasse. Même si elle était complètement cachée par les rhododendrons, l'image de la gigantesque tache de sang lui revint à l'esprit, aussi nette et colorée que s'il la contemplait sous des projecteurs.

Hardwick l'observa un instant tout en se mordillant les lèvres d'un air songeur.

— Mais ce n'est pas ça le plus bizarre, finit-il par dire. Le plus bizarre vient ensuite, quand tu suis les empreintes de pas.

CHAPITRE 18

Cul-de-sac

Contournant les haies, puis passant devant la terrasse, Hardwick emmena Gurney jusqu'à l'endroit où les traces de l'agresseur présumé quittaient le lieu de l'attaque pour continuer sur la pelouse couverte de neige s'étendant de l'arrière de la maison à la lisière de la forêt d'érables à quelques centaines de mètres de là.

Non loin de la terrasse, alors qu'ils suivaient les empreintes de pas en direction des bois, ils tombèrent sur un autre technicien, vêtu de la combinaison étanche en plastique, du bonnet chirurgical et du masque facial de rigueur – destinés à protéger l'ADN et autres éléments matériels de toute contamination par celui qui les recueillait.

Il était accroupi à environ trois mètres des empreintes de pas, retirant de la neige à l'aide de pinces en inox ce qui ressemblait à un tesson de bouteille brune. Il avait déjà mis dans des sacs trois bouts de verre identiques et un fragment d'une bouteille d'un litre de whiskey suffisamment gros pour être reconnaissable.

— L'arme du crime, très probablement, dit Hardwick. Mais toi, l'as des détectives, tu le savais déjà. Et même qu'il s'agissait de Four Roses.

— Qu'est-ce que ça fait si loin sur la pelouse ? demanda Gurney, ignorant le ton railleur de Hardwick.

— Putain, je pensais que tu le savais aussi. Si tu connaissais déjà la fichue marque...

Gurney attendit d'un air las, comme avec un logiciel mettant un temps infini à démarrer, et Hardwick finit par répondre :

— On dirait qu'il l'a emportée avec lui et l'a balancée alors qu'il se dirigeait vers les bois. Pourquoi ? Excellente question. Il ne s'est peut-être pas rendu compte qu'il l'avait encore à la main. Je veux dire, il avait frappé la victime à la gorge une bonne douzaine de fois. Il avait peut-être la tête ailleurs. Puis, alors qu'il s'éloigne en traversant la pelouse, il s'aperçoit qu'il l'a toujours et il la jette. En tout cas, ce serait assez logique.

Gurney acquiesça, pas tout à fait convaincu, mais incapable de proposer une meilleure explication.

— C'est ça, « le plus bizarre » dont tu parlais ?

— Ça ? dit Hardwick avec un rire qui tenait davantage de l'aboiement. Tu n'as encore rien vu.

Dix minutes et huit cents mètres plus tard, les deux hommes arrivèrent près d'un boqueteau de pins blancs, dans la forêt d'érables. Un bruit de moteur de voiture indiquait qu'ils se trouvaient à proximité d'une route, mais celle-ci était complètement masquée par les branches basses des arbres.

Tout d'abord, il se demanda pourquoi Hardwick l'avait amené là. Puis il comprit – et se mit à inspecter le sol aux alentours avec une perplexité croissante. Ce qu'il voyait n'avait aucun sens. Les empreintes de pas qu'ils avaient suivies n'allaient pas plus loin. La progression évidente des empreintes dans la neige, se succédant l'une après l'autre sur près d'un kilomètre, s'arrêtait là, purement et simplement. Aucun signe de ce qu'était devenu l'individu ayant laissé ces traces. La neige tout autour était immaculée, n'avait été touchée par aucun pied humain, ni par quoi que ce soit d'autre. La piste s'arrêtait brusquement à trois ou quatre mètres de l'arbre le plus proche et, à en croire le bruit de la voiture qui passait, à une trentaine de mètres de la route voisine.

— J'ai raté quelque chose ? demanda Gurney.

— Comme nous tous, répondit Hardwick, visiblement soulagé que Gurney n'ait pas trouvé d'explication simple qui leur aurait échappé à lui et à son équipe.

Gurney examina le sol autour de la dernière empreinte avec plus de soin. Juste après cette marque se détachant avec netteté, il y avait une petite zone où les traces se chevauchaient, toutes laissées apparemment par la même paire de chaussures de marche à l'origine des empreintes parfaitement distinctes qu'ils avaient suivies. C'était comme si l'assassin s'était rendu à dessein jusqu'à cet endroit, où il avait fait halte, passant d'un pied sur l'autre, pendant quelques minutes, peut-être dans l'attente de quelqu'un ou de quelque chose, après quoi il s'était... volatilisé.

L'idée folle qu'il puisse s'agir d'une farce de Hardwick lui traversa l'esprit, mais il la repoussa. Trafiquer une scène de crime histoire de rigoler un peu serait pousser le bouchon beaucoup trop loin, même pour un personnage aussi extravagant que Hardwick.

Ce qu'ils voyaient était donc les choses telles qu'elles étaient.

— Si jamais les tabloïdes l'apprennent, ils vont transformer ça en enlèvement par des extraterrestres, dit Hardwick comme si les mots avaient un goût de métal dans sa bouche. Les journalistes vont se précipiter là-dessus comme des mouches sur un tas de fumier.

— Tu as une théorie plus présentable ?

— Je place tous mes espoirs dans l'esprit incisif de l'inspecteur des homicides le plus vénéré de l'histoire du NYPD.

— Arrête tes conneries, rétorqua Gurney. Est-ce que l'équipe de techniciens a trouvé quelque chose ?

— Rien qui tienne debout. Mais ils ont prélevé des échantillons de neige là où elle est tassée comme s'il y était resté un moment. Aucun élément étranger, à première vue, mais les gars du labo en tireront peut-être quelque chose. Ils ont aussi jeté un coup d'œil aux arbres et à la route derrière ces pins. Demain, ils quadrilleront une zone de cinquante mètres autour de ce point et regarderont de plus près.

— Mais jusqu'ici, ils ont fait chou blanc ?

— Tu as tout compris.

— Alors, qu'est-ce qu'il te reste : interroger les résidents de l'institut et les voisins au cas où quelqu'un aurait vu un hélicoptère descendre une corde dans les bois ?

— Personne n'a rien remarqué.

— Tu leur as posé la question ?

— Je me suis senti idiot, mais oui. Le fait est que quelqu'un s'est pointé ici ce matin – l'assassin, selon toute vraisemblance. Et qu'il s'est arrêté juste à cet endroit. Si un hélicoptère ou la plus grande grue du monde ne l'a pas sorti de là, où est passé cet enfoiré ?

— Donc, commença Gurney, pas d'hélicoptères, pas de cordes, pas de passages secrets...

— Et aucune indication qu'il ait décampé sur des échasses, le coupa Hardwick.

— Ce qui nous laisse quoi ?

— Ce qui nous laisse rien. Nib, que dalle. Pas une seule putain d'explication plausible. Et ne me dis pas qu'après avoir marché jusqu'ici, l'assassin a rebroussé chemin – en reculant à la perfection, les empreintes les unes dans les autres, sans en bousiller une seule – juste pour nous rendre cinglés.

Hardwick regarda Gurney avec un air de défi, comme s'il était sur le point d'avancer cette hypothèse.

— En admettant même que ce soit possible, ce qui n'est pas le cas, l'assassin serait tombé sur les deux personnes qui se trouvaient sur place à ce moment-là : Caddy l'épouse et Patty le gangster.

— C'est donc impossible, dit Gurney d'un ton dégagé.

— Qu'est-ce qui est impossible ? répliqua Hardwick, à cran.

— Tout, répondit Gurney.

— De quoi est-ce que tu parles, bordel ?

— Calme-toi, Jack. Il faut qu'on trouve un point de départ qui ait un sens. Ce qui semble s'être produit n'a pas pu se produire. Par conséquent, ce qui semble s'être produit ne s'est *pas* produit.

— Est-ce que tu es en train de me dire que ce ne sont pas des empreintes de pas ?

— Je suis en train de te dire qu'il y a quelque chose qui ne va pas dans notre façon de les considérer.

— Ce sont des empreintes de pas, oui ou non ? répliqua Hardwick, exaspéré.

— Ça m'en a tout l'air, répondit aimablement Gurney.

— Alors ?

Gurney poussa un soupir.

— Je ne sais pas. J'ai le sentiment que nous ne nous posons pas les bonnes questions.

Quelque chose dans la douceur de son ton émoussa l'irritation de Hardwick. Ils restèrent de longues secondes sans se regarder ni prononcer un mot. Puis Hardwick leva la tête comme s'il venait de se rappeler quelque chose.

— J'ai failli oublier la cerise sur le gâteau.

Il glissa une main dans sa veste en cuir et en tira une pochette. À travers le plastique transparent, Gurney distingua une écriture soignée tracée à l'encre rouge sur une feuille ordinaire.

— Ne la sors pas, lui intima Hardwick, contente-toi de la lire.

Gurney obtempéra. Puis il lut la feuille une seconde fois. Et une troisième pour la mémoriser.

Dans la neige j'ai mis mes pas.
Crétin, scrute le sol et les airs.
Où suis-je passé ? Demande-le-toi.
Toi, la lie de la terre,
sois témoin de ma naissance.
La vengeance revit
pour les enfants dans la souffrance,
pour tous les espoirs meurtris.

— C'est notre homme, dit Gurney en lui rendant le sac. Thème de la vengeance, huit vers, vocabulaire élégant, ponctuation parfaite, écriture raffinée. Comme les autres – jusqu'à un certain point.

— Jusqu'à un certain point ?

— Il y a un nouvel élément dans celui-ci – une indication que l'assassin en veut aussi à quelqu'un d'autre que la victime.

Hardwick jeta un coup d'œil à la feuille sous plastique, les sourcils froncés à l'idée qu'il ait pu passer à côté de quelque chose d'important.

— Qui ? demanda-t-il.

— Toi, répondit Gurney en souriant pour la première fois de la journée.

CHAPITRE 19

La lie de la terre

Il était injuste, bien entendu, et quelque peu exagéré, de prétendre que le meurtrier visait aussi bien Jack Hardwick que Mark Mellery. Ce qu'il voulait dire, expliqua Gurney alors qu'ils regagnaient à grands pas la scène du crime depuis la piste sans issue, c'est que l'assassin semblait avoir focalisé une partie de son agressivité sur les policiers chargés de l'enquête. Loin de troubler Hardwick, le défi implicite le regonfla. La lueur combative dans ses yeux proclamait : « Amenez-moi ce salopard ! »

Puis Gurney lui demanda s'il se souvenait de l'affaire Jason Strunk.

— Pourquoi, je devrais ?

— Est-ce que le Père Noël satanique te dit quelque chose ? Ou Cannibal Claus, le Cannibanoël, comme l'avait surnommé un autre petit génie des médias ?

— Oui, oui, bien sûr que je m'en souviens. Il n'était pas vraiment cannibale. Il bouffait juste les doigts de pied.

— Exact, mais ce n'était pas tout, non ?

Hardwick fit la grimace.

— Il me semble me rappeler que, après avoir boulotté les orteils de ses victimes, il découpait leur corps avec une scie à ruban, enfermait les morceaux dans des sacs en plastique dont il faisait des paquets-cadeaux qu'il balançait par la poste. C'est comme ça qu'il s'en débarrassait. Pas de problème de sépulture.

— Est-ce que tu te souviens par hasard à qui il les envoyait ?

— C'était il y a vingt ans. Je n'étais même pas encore dans le turbin. Je l'ai lu dans les journaux.

— Il les envoyait à l'adresse personnelle des inspecteurs de la Brigade criminelle de la circonscription où résidaient les victimes.

— L'adresse personnelle ?

Hardwick lança à Gurney un regard consterné. Meurtre, cannibalisme modéré et dissection à la scie à ruban, passe encore, mais ça, c'était inacceptable.

— Il haïssait les flics, continua Gurney. Adorait leur mettre des bâtons dans les roues.

— Je ne vois pas en quoi recevoir un panard par la poste peut mener à ce genre de résultat.

— C'est particulièrement gênant quand c'est votre femme qui ouvre le paquet.

L'étrangeté du ton retint l'attention de Hardwick.

— Merde alors ! C'est ce qui t'est arrivé ? Il t'a envoyé un morceau de cadavre, et elle a ouvert la boîte ?

— Tout juste.

— Merde alors ! Et c'est pour ça qu'elle a divorcé ?

Gurney le regarda avec curiosité.

— Tu te souviens de mon divorce avec ma première femme ?

— J'ai une assez bonne mémoire. Pas tellement de ce que je lis – mais si quelqu'un me raconte quelque chose sur lui-même, c'est le genre de truc que je n'oublie pas. Par exemple, je sais que tu étais fils unique, que ton père était irlandais, qu'il en avait honte, qu'il ne t'en parlait jamais, et aussi qu'il buvait trop.

Gurney le regarda fixement.

— C'est toi-même qui me l'as dit quand on travaillait sur l'affaire Piggert.

Gurney se demanda ce qui l'affligeait le plus, d'avoir dévoilé ces petites bizarreries familiales, d'avoir oublié l'avoir fait, ou que Hardwick se les rappelle encore aujourd'hui.

Ils marchèrent vers la maison à travers la neige poudreuse qui avait commencé à tourbillonner dans les rafales de vent sporadiques sous un ciel de plus en plus sombre. Gurney essaya de chasser le froid qui l'enveloppait et de se concentrer à nouveau sur l'enquête en cours.

— Pour en revenir à nos moutons, cette dernière lettre de l'assassin est une provocation à l'égard de la police, ce qui pourrait constituer un élément significatif.

Mais Hardwick n'était pas homme à lâcher prise aussi facilement.

— Alors, c'est à cause de ça qu'elle t'a quitté ? Parce qu'elle a reçu le zob d'un mec dans une boîte ?

Ce n'étaient pas ses oignons, mais Gurney consentit à répondre.

— Nous avions un tas d'autres problèmes. Je pourrais te faire une liste de mes griefs, et une encore plus longue des siens. Mais je pense, au final, que ça lui a fait un choc de découvrir brusquement ce que c'était que d'être marié à un flic. Certaines épouses mettent du temps à s'en rendre compte. Pour la mienne, ça a été une révélation.

Ils avaient atteint la terrasse à l'arrière. Deux techniciens passaient au crible la neige autour de la tache de sang, à présent plus brune que rouge, examinant par la même occasion les dalles qu'ils mettaient au jour.

— Bon, de toute façon, déclara Hardwick comme pour écarter une complication inutile, Strunk était un tueur en série, mais lui n'en a pas l'air.

Gurney eut un hochement de tête hésitant. Oui, Jason Strunk était un tueur en série typique, et l'individu qui avait tué Mark Mellery faisait l'effet d'être tout sauf ça. Strunk connaissait à peine sinon pas du tout ses victimes. On pouvait affirmer qu'il n'avait rien qui ressemble à une relation avec elles. Il les choisissait sur la base de leur conformité à un certain type physique et de leur disponibilité lorsque le besoin d'action le submergeait – la réunion de l'urgence et de l'opportunité. L'assassin de Mellery, pour sa part, connaissait suffisamment bien celui-ci pour le tourmenter par des allusions à son passé – le connaissait même suffisamment pour prédire quels nombres avaient des chances de lui venir à l'esprit dans telle ou telle circonstance. Il donnait l'impression d'avoir partagé l'histoire intime de sa victime, ce qui n'était pas du tout habituel chez les tueurs en série. En outre, on n'avait signalé récemment aucun meurtre analogue – même si cette information méritait d'être vérifiée avec soin.

— Effectivement, ça ne ressemble pas à une affaire de meurtres en série, reconnut Gurney. Je doute que tu te mettes à trouver des pouces dans ta boîte à lettres. Mais il y a quelque chose de troublant dans le fait qu'il parle de toi, l'officier de police en charge de l'enquête, comme de la « lie de la terre ».

Ils gagnèrent la porte d'entrée en faisant le tour pour ne pas déranger les techniciens s'affairant sur la terrasse. Un agent en uniforme des services du shérif, posté là, contrôlait l'accès à la maison. Le vent était plus mordant de ce côté, et il battait la semelle tout en tapant ses mains gantées l'une contre l'autre pour se réchauffer. Son inconfort manifeste déformait le sourire dont il gratifia Hardwick.

— Du café de prévu, à votre avis ?

— Aucune idée, mais j'espère bien, répondit Hardwick en reniflant bruyamment pour empêcher son nez de couler. Je ne te retiendrai plus très longtemps, dit-il en se retournant vers Gurney. Je veux seulement que tu me montres ces lettres dont tu m'as dit qu'elles se trouvaient dans le bureau – et m'assurer qu'elles y sont toujours.

À l'intérieur du joli manoir au plancher en châtaigner, tout était silencieux. Plus que jamais, l'endroit sentait l'argent.

CHAPITRE 20

Un ami de la famille

Un feu pittoresque brûlait dans la cheminée en pierre et en brique, et des effluves de fumée de cerisier embaumaient la pièce. Une Caddy Mellery pâle mais calme partageait le canapé avec un homme bien mis, d'environ soixante-dix ans.

Quand Gurney et Hardwick entrèrent, l'homme se leva du canapé avec une aisance surprenante pour son âge.

— Bonjour, messieurs, dit-il d'une voix distinguée, avec un léger accent du Sud. Je suis Carl Smale, un vieil ami de Caddy.

— Enquêteur principal Hardwick, et voici Dave Gurney, un ami du défunt mari de Mme Mellery.

— Ah oui, l'ami de Mark. Caddy était en train de me mettre au courant.

— Nous sommes désolés de vous déranger, dit Hardwick en regardant autour de lui, s'arrêtant sur le petit secrétaire Sheraton appuyé contre le mur en face de la cheminée. Nous aurions besoin d'avoir accès à certains papiers, peut-être liés au crime, dont nous avons des raisons de penser qu'ils se trouvent dans ce secrétaire. Mme Mellery, je regrette de devoir vous importuner avec des questions de ce genre, mais est-ce que cela vous ennuierait que je jette un coup d'œil ?

Elle ferma les paupières. On n'aurait su dire si elle avait compris la question.

Smale se rassit sur le canapé à côté d'elle et posa une main sur son avant-bras.

— Je suis sûr que Caddy n'y voit aucune objection.

Hardwick hésita.

— Est-ce que vous... parlez en tant que représentant de Mme Mellery ?

La réaction de Smale fut presque imperceptible – un léger froncement du nez, comme une femme délicate entendant un gros mot dans une soirée.

La veuve ouvrit les yeux et se mit à parler tout en esquissant un sourire affligé.

— Vous avez conscience, j'en suis sûre, qu'il s'agit d'un moment difficile. Je me repose entièrement sur Carl. Ses avis sont plus sensés que tout ce que je pourrais dire moi-même.

Hardwick s'obstina.

— M. Smale est votre avocat ?

Elle se tourna vers Smale avec une expression de bienveillance renforcée par le Valium, suspecta Gurney, et répondit :

— Il a été mon avocat, mon représentant dans la maladie et la santé, les bons et les mauvais jours, depuis plus de trente ans. Mon Dieu, Carl, n'est-ce pas effrayant ?

Smale lui retourna son sourire nostalgique, avant de s'adresser à Hardwick d'une voix plus vive.

— Sentez-vous libre d'examiner tout ce qui, dans cette pièce, pourrait se rapporter à votre enquête. Naturellement, nous vous serions reconnaissants de nous fournir une liste des objets que vous souhaitez emporter.

L'allusion, lourde de sous-entendus, à « cette pièce » n'échappa pas à Gurney. Smale ne donnait pas à la police de certificat d'exemption de mandat. De toute évidence, Hardwick s'en était aperçu également, à en juger par le regard dur qu'il adressa au petit homme fringant sur le canapé.

— Tous les indices que nous emportons seront dûment répertoriés.

Le ton de Hardwick exprimait aussi la partie implicite du message : « Nous ne donnons pas de liste de ce que nous souhaitons prendre. Nous donnons une liste de ce que nous avons *effectivement pris*. »

Smale, qui avait apparemment la faculté de lire entre lignes, sourit. Il se tourna vers Gurney et demanda de sa voix langoureuse :

— Dites-moi, ne seriez-vous pas le fameux Dave Gurney ?

— Mes parents n'en ont pas eu d'autre.

— Tiens, tiens, tiens. Un détective de légende ! Ravi de faire votre connaissance.

Gurney, que ce genre de compliment mettait invariablement mal à l'aise, ne dit mot.

Le silence fut rompu par Caddy Mellery.

— Si vous voulez bien m'excuser, j'ai un mal de tête atroce et je dois aller m'étendre.

— Je compatis, dit Hardwick. Mais j'ai absolument besoin de votre aide pour un certain nombre de renseignements.

Smale considéra sa cliente avec inquiétude.

— Cela ne pourrait pas attendre une heure ou deux ? Mme Mellery n'est visiblement pas bien.

— Mes questions ne prendront que quelques minutes. Croyez-moi, je préférerais ne pas être importun, mais remettre la chose à plus tard risquerait de créer des problèmes.

— Caddy ?

— Ça ira, Carl. Maintenant ou plus tard, cela ne change rien, dit-elle en fermant les yeux. Je vous écoute.

— Je suis navré de vous obliger à repenser à ces choses, dit Hardwick. Je peux m'asseoir ?

Il montra le fauteuil à oreilles le plus proche du bout du canapé où se tenait Caddy.

— Allez-y, dit-elle, les yeux toujours fermés.

Il se percha sur le bord du coussin. Interroger une personne qui vient de subir un deuil était embarrassant pour n'importe quel flic. Mais cela n'avait pas l'air de mettre Hardwick particulièrement mal à l'aise.

— J'aimerais revenir sur un détail que vous avez évoqué ce matin, afin d'être certain d'avoir bien compris. Vous avez déclaré que le téléphone s'était mis à sonner en pleine nuit, peu après une heure, alors que votre mari et vous-même dormiez.

— Oui.

— Et vous savez l'heure parce que... ?

— J'ai regardé le réveil. Je me demandais qui pouvait bien appeler à une heure pareille.

— Et votre mari a répondu ?

— Oui.

— Qu'a-t-il dit ?

— Allô, allô, allô – trois ou quatre fois. Puis il a raccroché.

— Il n'a pas mentionné si la personne qui appelait lui avait parlé ?

— Non.

— Et quelques minutes plus tard, vous avez entendu un animal pousser des hurlements dans les bois ?

— Des glapissements.

— Des glapissements ?

— Oui.

— Quelle distinction faites-vous entre des « hurlements » et des « glapissements » ?

— Glapir...

Elle s'interrompit, se mordit violemment la lèvre inférieure.

— Mme Mellery ?

— Il y en a encore beaucoup de ce genre ? demanda Smale.

— J'ai besoin de savoir ce qu'elle a entendu.

— Hurler est plus humain. Hurler, c'est ce que je fais quand...

Elle battit des paupières comme si elle avait une poussière dans l'œil, puis continua.

— C'était un animal quelconque. Mais pas dans les bois. Cela paraissait proche de la maison.

— Ces hurlements – *glapissements* – ont duré combien de temps ?

— Une minute ou deux. Je ne sais pas au juste. Ça s'est arrêté lorsque Mark est descendu.

— Vous a-t-il expliqué ce qu'il allait faire ?

— Il a dit qu'il allait voir ce que c'était. Rien d'autre. Il...

Elle se tut et se mit à respirer lentement, profondément.

— Je suis désolé, Mme Mellery. Il n'y en a plus pour longtemps.

— Il voulait juste savoir de quoi il s'agissait, voilà tout.

— Avez-vous entendu autre chose ?

Elle posa sa main sur sa bouche, agrippant ses joues et sa mâchoire dans un effort manifeste pour garder son sang-froid. Des taches rouges et blanches apparurent sous ses ongles tellement elle serrait fort.

Lorsqu'elle finit par répondre, les mots étaient étouffés par sa main.

— J'étais à moitié endormie, mais j'ai effectivement entendu un bruit, un bruit semblable à un claquement – comme si quelqu'un avait tapé dans ses mains. C'est tout.

Elle continuait à se tenir le visage, à croire que cette pression était son seul réconfort.

— Merci, fit Hardwick en se levant du fauteuil. Nous limiterons nos intrusions au minimum. Pour l'instant, j'ai seulement besoin de regarder dans ce secrétaire.

Caddy Mellery releva la tête et ouvrit les yeux. Sa main retomba sur ses genoux, laissant des marques livides sur ses joues.

— Inspecteur, dit-elle d'une voix faible mais déterminée. Vous pouvez prendre tout ce qui vous semble utile, mais, s'il vous plaît... de grâce, respectez notre vie privée. La presse est irresponsable. Le legs de mon mari est d'une importance capitale.

CHAPITRE 21

Priorités

— Si on s'enlise dans ces poèmes, on est bons pour se mordre la queue jusqu'aux calendes grecques, fit remarquer Hardwick, prononçant le mot *poèmes* comme si c'était le pire bourbier qu'on puisse imaginer.

Les messages de l'assassin étaient disposés sur une grande table au milieu de la salle de conférences de l'institut, dont l'équipe du service de l'identité judiciaire avait fait son QG sur le terrain pour la phase de démarrage de l'enquête.

Il y avait le premier courrier en deux parties de « X. Arybdis » faisant la mystérieuse prédiction que le nombre auquel penserait Mellery serait 658 et réclamant 289,87 dollars pour couvrir les frais afin de le retrouver. Il y avait les trois poèmes de plus en plus menaçants qui étaient arrivés ensuite par la poste. (Le troisième était celui que Mellery avait mis dans un petit sac en plastique isotherme, avait-il expliqué à Gurney, au cas où il y aurait des empreintes digitales.) Également disposés dans l'ordre, le chèque de 289,87 dollars retourné à Mellery avec le mot de Gregory Dermott indiquant qu'il n'y avait aucun « X. Arybdis » à cette adresse ; le poème dicté au téléphone à la secrétaire de Mellery ; la cassette de la conversation téléphonique de l'assassin avec Mellery un peu plus tard dans la soirée, conversation au cours de laquelle celui-ci avait mentionné le nombre 19 ; la lettre récupérée dans la boîte aux lettres de l'institut prédisant que Mellery choisirait 19 ; et le poème final trouvé sur le cadavre. Ce qui faisait une quantité substantielle de pièces à conviction.

— Tu sais quelque chose sur le sac en plastique ? demanda Hardwick, visiblement aussi peu enthousiaste à propos de ce sac que des poèmes.

— À ce stade, Mellery avait sérieusement peur, répondit Gurney. Il m'a expliqué qu'il essayait de préserver d'éventuelles empreintes digitales.

Hardwick secoua la tête.

— C'est à cause de ces foutus *Experts*. Le plastique fait plus nouvelle technologie que le papier. Conserver des indices dans des sacs en plastique, ça les fait pourrir à cause de la condensation. Connards !

Un flic en uniforme, avec l'insigne de la police de Peony sur son képi et une expression soucieuse sur le visage, se tenait à la porte.

— Ouais ? fit Hardwick, mettant le visiteur au défi de lui apporter un nouveau problème.

— Votre équipe de techniciens a besoin d'accéder.

Hardwick hocha la tête, mais son attention était déjà revenue aux menaces rimées étalées sur la table.

— Jolie écriture, dit-il, les traits plissés de dégoût. Qu'est-ce que tu en penses, Dave ? Tu crois que nous avons une bonne sœur homicide sur les bras ?

Une demi-minute plus tard, les techniciens arrivèrent dans la salle de conférences avec leurs sachets, un ordinateur portable et une imprimante à codes-barres pour protéger et étiqueter les articles étalés sur la table. Hardwick demanda que chacun d'entre eux soient photocopié avant d'être envoyé au laboratoire médico-légal d'Albany pour une recherche d'empreintes et une analyse de l'écriture, du papier et de l'encre – avec une attention particulière pour la lettre posée sur le corps.

Gurney faisait profil bas, observant Hardwick au travail dans son rôle de superviseur. La tournure prise par une enquête des mois, voire des années plus tard, dépendait de la façon dont le type en charge de la scène du crime avait accompli sa tâche durant les premières heures. En l'occurrence, aux yeux de Gurney, Hardwick faisait un excellent boulot. Il le regarda questionner le photographe sur ses prises de vue et leur emplacement afin de s'assurer que toutes les zones pertinentes avaient été couvertes, dont les parties clés du périmètre, les entrées et les sorties, toutes les empreintes de pas et traces matérielles visibles (chaise de jardin, mégots de cigarette, bouteille cassée), le corps lui-même et la neige imbibée de sang tout autour. Hardwick demanda en outre au photographe de prévoir des photos aériennes de l'ensemble de la propriété et des environs – ce qui ne faisait pas partie de la procédure habituelle, mais, dans ces circonstances, eu égard aux empreintes de pas n'allant nulle part, cela paraissait raisonnable.

Ensuite, il s'entretint avec les deux jeunes inspecteurs pour vérifier qu'ils avaient bien procédé aux interrogatoires qui leur avaient été assignés un peu plus tôt. Il rencontra le technicien en chef pour revoir la liste des indices, puis pria un de ses hommes de veiller à ce qu'un chien renifleur soit amené sur les lieux le lendemain matin – signe pour Gurney que le problème des empreintes de pas était au centre de ses préoccupations. Enfin, il avait examiné le registre des allées et venues autour de la scène du crime tenu par l'agent au portail pour s'assurer qu'il n'y avait pas eu de personnes indues sur le site. Ayant vu Hardwick assimiler, soupeser, fixer des priorités et donner des ordres, Gurney décida que l'homme était toujours aussi compétent sous la pression qu'à l'époque où ils faisaient équipe. C'était peut-être un enfoiré de première, mais on ne pouvait pas nier son efficacité.

À quatre heures et quart, Hardwick lui dit :

— Une longue journée, et tu ne seras même pas payé. Tu crois pas que tu ferais mieux de rentrer dans ta ferme ?

Il marqua un temps d'arrêt comme si une pensée l'avait l'assailli puis ajouta :

— Je veux dire, nous ne te payons pas. Est-ce que les Mellery te payaient ? Merde, je parie que oui. Les talents célèbres coûtent cher.

— Je n'ai pas de licence. Je ne pourrais pas faire de factures même si je le voulais. Et puis, bosser comme détective privé, c'est bien la dernière chose dont j'ai envie.

Hardwick lui lança un regard incrédule.

— En fait, dans l'immédiat, je pense que je vais suivre ton conseil et jeter l'éponge.

— Tu crois que tu pourrais passer à la direction régionale demain autour de midi ?

— Quel est le plan ?

— Deux choses. Primo, nous avons besoin d'une déposition – tes relations avec la victime, le volet ancien et le volet actuel. Tu connais la chanson. Secundo, j'aimerais que tu assistes à une réunion de présentation, pour que tout le monde soit au diapason.

Rapports préliminaires sur la cause du décès, interrogatoires des témoins, sang, empreintes, arme du meurtre, etc. Premières théories, priorités, étapes suivantes. Un type comme toi pourrait être une aide précieuse, nous aiguiller sur la bonne piste, nous empêcher de gaspiller l'argent du contribuable. Ce serait un crime de ne pas partager ton génie de flic de la grande ville avec les culs-terreux que nous sommes. Demain midi. Ce serait pas mal que tu apportes ta déposition avec toi.

Il ne pouvait pas s'empêcher de faire le mariole. Cela définissait sa place dans le monde : Hardwick le Petit Malin, Brigade des homicides, Bureau des enquêtes criminelles, Police de l'État de New York. Mais Gurney sentait que, sous l'esbroufe, l'homme désirait réellement son aide, dans une affaire qui devenait de plus en plus étrange au fil des heures.

Il effectua la plus grande partie du trajet de retour sans prêter attention à ce qui l'entourait. C'est seulement lorsqu'il eut atteint l'autre bout de la vallée, après l'épicerie Abelard à Dillweed, qu'il s'aperçut que les nuages qui s'étaient amoncelés un peu plus tôt dans la journée avaient disparu, laissant place à l'extraordinaire flamboiement du coucher de soleil illuminant le versant ouest des collines. Les champs de maïs enneigés bordant la rivière sinueuse étaient baignés de couleurs pastel si variées que les yeux s'écarquillaient à ce spectacle. Puis, avec une vitesse surprenante, le soleil corail descendit sous la crête en face et la lueur s'éteignit. Les arbres dénudés redevinrent noirs, la neige d'une blancheur désolée.

Alors qu'il ralentissait à l'approche de son embranchement, son attention fut attirée par un corbeau au bord de la route. Celui-ci était posé sur quelque chose qui le hissait à quelques centimètres au-dessus du niveau de la chaussée. En arrivant à sa hauteur, il regarda de plus près. L'oiseau se tenait sur un opossum mort. Curieusement, vu le caractère méfiant des corbeaux, il ne s'envola pas, pas plus qu'il ne montra le moindre signe d'inquiétude au passage de la voiture. Immobile, il semblait dans l'expectative – conférant à cet étrange tableau la tonalité d'un rêve.

Gurney prit la route de la ferme et rétrograda en abordant la longue montée en lacet – la tête pleine de l'image de l'oiseau noir perché sur l'animal mort dans le déclin du jour, aux aguets, attendant.

Il y avait trois kilomètres et demi – cinq minutes de trajet – du carrefour à la propriété de Gurney. Lorsqu'il arriva au chemin étroit menant de la grange à la maison, le temps était devenu plus gris et plus froid. Un tourbillon de neige fantomatique traversa le pré, atteignant presque les bois sombres avant de s'évanouir.

Il se gara plus près de la maison que de coutume, remonta son col pour se protéger du froid et gagna en hâte la porte de derrière. Il avait à peine fait un pas dans la cuisine que le profond silence lui révéla l'absence de Madeleine. On aurait dit qu'elle avait en elle le léger bourdonnement d'un courant électrique, une énergie qui emplissait l'espace quand elle était là et qui laissait un vide palpable quand elle n'y était plus.

Il y avait aussi autre chose dans l'air, comme un vestige des émotions du matin, la présence lugubre de la boîte provenant du sous-sol, cette boîte qui était toujours posée sur la table basse, à l'extrémité noyée dans la pénombre de la pièce, son fragile ruban blanc intact.

Après un bref détour par la salle de bains, il se rendit dans le bureau pour vérifier les messages téléphoniques. Il n'y en avait qu'un. La voix était celle de Sonya – satinée, semblable à un violoncelle. « *Bonjour, David. J'ai un client qui est captivé par votre travail. Je lui ai expliqué que vous finissiez une nouvelle pièce, et j'aimerais lui dire quand elle sera disponible.* Captivé *n'est pas un mot trop fort, et l'argent ne semble pas être un problème. Passez-moi un coup de fil dès que possible. Il faut qu'on se parle à ce sujet. Merci, David.* »

Il s'apprêtait à repasser le message quand il entendit le bruit de la porte de derrière. Il pressa la touche « arrêt » pour annuler l'opération et cria :

— C'est toi ?

Il n'y eut pas de réponse, ce qui l'agaça.

— Madeleine ! appela-t-il, plus fort qu'il n'était nécessaire.

Il l'entendit répondre, mais à voix trop basse pour qu'il comprenne ce qu'elle disait. Un volume vocal que, dans ses moments d'irritation, il qualifiait de « passif-aggressif ». Sa première impulsion fut de rester dans le bureau, ce qui paraissait puéril, aussi alla-t-il à la cuisine.

Madeleine se tourna vers lui depuis le portemanteau à l'autre bout de la pièce où elle avait accroché sa parka orange. Il y avait encore des flocons de neige sur les épaules de sa veste, ce qui signifiait qu'elle avait marché à travers les pins.

— C'est tellement magnifique dehors, dit-elle en passant ses doigts dans ses épais cheveux bruns, les faisant bouffer là où la capuche de la parka les avaient aplatis.

Elle disparut dans le cellier, en ressortit une minute plus tard, parcourut du regard les plans de travail.

— Où as-tu mis les noix de pécan ?

— Pardon ?

— Je ne t'ai pas demandé d'en rapporter ?

— Je ne pense pas.

— Peut-être bien que non. Ou peut-être que tu n'as pas entendu.

— Aucune idée.

Il avait du mal à concilier le sujet avec ses préoccupations actuelles.

— J'irai en acheter demain.

— Où ?

— Chez Abelard.

— Un dimanche ?

— Dim... Oui, c'est vrai, ils sont fermés. Tu en as besoin pour quoi ?

— C'est moi qui prépare le dessert.

— Quel dessert ?

— Elizabeth fait la salade et le pain, Jan le chili et moi le dessert.

Ses yeux s'assombrirent.

— Tu as oublié ?

— Ils viennent ici demain ?

— Tout à fait.

— À quelle heure ?

— C'est un problème ?

— Je dois remettre une déclaration écrite aux inspecteurs de la Brigade criminelle à midi.

— Un dimanche ?

— Il s'agit d'une enquête criminelle, dit-il d'un ton morne dont il espérait qu'il n'avait rien de sarcastique.

Elle hocha la tête.

— Alors, tu ne seras pas là de la journée ?

— Une partie de la journée.

— Combien de temps exactement ?

— Bon sang, tu sais bien comment ça se passe.

La tristesse et la colère qui se disputaient dans son regard troublèrent davantage Gurney que ne l'aurait fait une gifle.

— Alors, je suppose que tu rentreras à l'heure où tu rentreras, et que tu dîneras peut-être avec nous ou peut-être pas.

— Je dois remettre une déposition signée à titre de témoin dans une affaire d'homicide. Ce n'est pas une question d'*envie*.

Il éleva brusquement la voix, de façon terrifiante, lui crachant les mots.

— Il y a des choses dans la vie qu'on est *forcé* de faire. C'est une obligation légale, pas une question de préférence. Ce n'est pas moi qui rédige les lois, merde !

Elle le regarda fixement avec une lassitude aussi soudaine que sa fureur.

— Tu t'obstines à ne pas comprendre, n'est-ce pas ?

— Comprendre quoi ?

— Que ton esprit est si occupé de meurtre et de mutilations, de sang et de monstres, d'affabulateurs et de psychopathes, qu'il ne reste tout bonnement pas de place pour quoi que ce soit d'autre.

CHAPITRE 22

Mise au point

Ce soir-là, il passa deux heures à écrire puis à peaufiner sa déposition. Elle relatait de manière simple – sans fioritures, sans émotions, sans jugements de valeur – la teneur de ses rapports avec Mark Mellery, leurs rencontres occasionnelles à la fac et leurs contacts récents, commençant avec l'e-mail où Mellery lui demandait un rendez-vous pour finir sur son refus catégorique de porter l'affaire à la connaissance de la police.

Il but deux tasses de café fort tout en s'acquittant de sa tâche, ce qui l'empêcha de trouver le sommeil ensuite. Froid, suées, soif, démangeaisons, plus une crampe passant d'une jambe à l'autre de façon inexplicable – la série des désagréments de la nuit fut une source nocive de pensées agitées, notamment en ce qui concernait la douleur qu'il avait entrevue dans les yeux de Madeleine.

Il savait que cela venait de l'idée qu'elle se faisait de ce qui était le plus important pour lui. Chaque fois que les deux rôles entraient en conflit, se plaignait-elle, Dave le policier l'emportait toujours sur Dave le mari. Son départ à la retraite n'avait rien changé. De toute évidence, elle avait espéré, ou même cru, qu'il en irait autrement. Mais comment pouvait-il cesser d'être ce qu'il était ? En dépit de toute l'affection qu'il lui portait, de son envie d'être avec elle, de son désir de la voir heureuse, comment pouvait-il se transformer en ce qu'il n'était pas ? Son cerveau fonctionnait extraordinairement bien sur un certain plan, et l'une des plus grandes satisfactions de sa vie avait été de se servir de ce don. Il avait un esprit foncièrement logique et de véritables antennes pour détecter les contradictions. Toutes qualités qui faisaient de lui un détective exceptionnel. Elles lui fournissaient en outre le rempart d'abstraction qui lui permettait de maintenir à une distance supportable les horreurs de sa profession. Les autres flics avaient d'autres remparts : l'alcool, les sorties avec les potes, le cynisme anesthésiant. La cuirasse de Gurney, c'était sa capacité de prendre les situations comme des défis intellectuels, et les crimes comme des équations à résoudre. Il était ainsi. Et il ne pouvait pas y mettre un terme rien qu'en prenant sa retraite. C'est ainsi du moins qu'il voyait les choses lorsqu'il finit par s'endormir une heure avant l'aube.

À cent kilomètres à l'est de Walnut Crossing et à quinze kilomètres au-delà de Peony, perché sur un promontoire tout près de l'Hudson, l'Hôtel régional de police ressemblait à une forteresse flambant neuve. Sa façade massive en pierre de taille et ses fenêtres étroites semblaient avoir été conçues pour résister à l'apocalypse. Gurney se demanda si l'architecture avait été influencée par l'hystérie du 11 Septembre, qui avait engendré des projets encore plus grotesques que des postes de police imprenables.

À l'intérieur, l'éclairage au néon accentuait au maximum la sévérité des détecteurs de métal, des caméras de vidéosurveillance, de la cabine à l'épreuve des balles et du sol en béton poli. Il y avait un micro pour communiquer avec le garde posté dans la cabine – plus proche en réalité d'une salle de contrôle, avec sa rangée d'écrans pour les caméras de sécurité. Les lampes, qui jetaient une lumière froide sur toutes les surfaces dures, donnaient au garde un teint blême de fatigue. Même ses cheveux ternes avaient un aspect maladif sous l'éclairage artificiel. On aurait dit qu'il était sur le point de vomir.

Gurney parla dans le micro, se retenant de demander au garde si ça allait.

— David Gurney. J'ai rendez-vous avec Jack Hardwick.

Le garde poussa un laissez-passer temporaire et un formulaire destiné aux visiteurs par une fente étroite à la base de l'imposante muraille de verre allant du plafond au comptoir. Il décrocha le téléphone, consulta une liste scotchée de son côté du guichet, composa un numéro de poste à quatre chiffres et dit quelque chose que Gurney n'entendit pas avant de reposer le téléphone sur son support.

Une minute plus tard, une porte en métal gris s'ouvrit dans le mur près de la cabine, révélant le même flic en civil qui l'avait escorté la veille à l'institut. Il fit signe à Gurney sans rien laisser paraître qui indique qu'il l'avait reconnu et l'emmena à travers un interminable couloir gris jusqu'à une autre porte en acier, qu'il poussa.

Ils pénétrèrent dans une vaste salle de conférences dépourvue de fenêtres – probablement pour protéger les participants contre les volées d'éclats de verre en cas d'attaque terroriste. Gurney, qui était un tantinet claustrophobe, détestait les espaces sans fenêtre et les architectes qui pensaient que c'était une bonne idée.

Son guide laconique se rendit droit à la machine à café située à l'autre bout de la pièce. La plupart des sièges autour de la table de conférences rectangulaire avaient déjà été accaparés par des gens qui n'étaient pas encore là. Des vestes pendaient aux dossiers de quatre des dix chaises, et trois autres avaient été réservées en les inclinant contre la table. Gurney retira sa parka légère et la posa sur le dossier d'une des chaises libres.

La porte s'ouvrit, et Hardwick entra, suivi d'une rousse à la mine studieuse, vêtue d'un tailleur asexué et chargée d'un ordinateur portable et d'un épais dossier, et du second sosie de Tom Cruise, qui alla retrouver son copain à la machine à café. La femme s'avança jusqu'à une chaise vacante et déposa ses affaires sur la table. Hardwick s'approcha de Gurney, les traits figés en un bizarre mélange d'impatience et de dédain.

— Tu vas être gâté, mon vieux, murmura-t-il d'un ton grinçant. Notre procureur prodige, le plus jeune dans toutes les annales du comté, nous honore de sa présence.

Gurney éprouva aussitôt pour Hardwick cette hostilité instinctive et disproportionnée que lui inspirait l'ironie futile du personnage. Malgré ses efforts pour ne pas réagir, il répondit, les lèvres serrées :

— Est-ce qu'il ne fallait pas s'y attendre dans une affaire comme celle-ci ?

— Je n'ai pas dit que je ne m'y attendais pas, souffla Hardwick. J'ai juste dit que tu allais être gâté.

Il considéra les trois chaises inclinées au centre de la table et, avec cette lèvre retroussée qui était devenue partie intégrante de son visage, lança, sans s'adresser à personne en particulier :

— Les trônes des Trois Sages.

Il avait à peine achevé sa remarque que la porte s'ouvrit, et trois hommes entrèrent.

Hardwick les identifia *sotto voce* contre l'épaule de Gurney. Lequel se dit que Hardwick avait raté une carrière de ventriloque, vu sa capacité à parler sans bouger les lèvres.

— Capitaine Rod Rodriguez, un petit connard de lèche-cul, fit le murmure désincarné tandis qu'un homme trapu, au bronzage artificiel, au sourire vague et au regard venimeux, s'avançait, tout en tenant la porte à un grand type derrière lui – mince, du genre nerveux, dont le regard balaya la salle, ne s'arrêtant pas plus d'une seconde sur chaque personne. Le procureur Sheridan Kline, poursuivit le filet de voix. Rêve de devenir le gouverneur Kline.

Se faufilant à la suite de Kline, le troisième personnage était prématurément chauve et dégageait autant de charme qu'un plat de choucroute froide.

— Stimmel, le bras droit de Kline.

Rodriguez les conduisit jusqu'aux chaises inclinées, désigna celle du milieu à Kline, qui la prit comme si la chose allait de soi. Stimmel s'assit à sa gauche, Rodriguez à sa droite. Ce dernier observa les autres visages dans la pièce à travers des lunettes à fine monture. La masse impeccablement coiffée de son épaisse chevelure noire ramenée en arrière depuis le bas de son front était visiblement teinte. Il donna de petits coups secs sur la table avec les jointures de ses doigts, jeta un regard circulaire pour s'assurer qu'il avait l'attention générale.

— D'après notre agenda, cette réunion commence à midi, et c'est l'heure indiquée sur la pendule. Si cela ne vous ennuie pas de gagner vos places...

Hardwick s'assit à côté de Gurney. Le groupe de la machine à café vint les rejoindre et, en moins de trente secondes, tout le monde était installé. Rodriguez regarda autour de lui d'un air revêche, comme pour signifier que de vrais professionnels n'auraient pas mis aussi longtemps. Lorsqu'il aperçut Gurney, sa bouche se contracta en ce qui pouvait passer pour un rapide sourire ou une grimace. Son expression acerbe s'accentua à la vue d'une chaise vide. Puis il continua.

— Je n'ai pas besoin de vous dire qu'un homicide inhabituel vient de nous tomber sur les bras. Nous sommes ici pour nous assurer que nous sommes tous là.

Il marqua un temps d'arrêt, comme pour voir qui saurait goûter ce trait d'esprit zen. Puis il traduisit pour les esprits bornés :

— Nous sommes ici afin de nous assurer que nous sommes tous sur la même longueur d'onde pour le premier jour de cette affaire.

— Le *deuxième* jour, marmonna Hardwick.

— Pardon ? fit Rodriguez.

Les jumeaux Cruise échangèrent des regards identiquement ahuris.

— Aujourd'hui, c'est le *deuxième* jour, monsieur. Hier, c'était le premier jour, et c'était la merde.

— Il s'agissait bien évidemment d'une façon de parler. Ce que je veux dire, c'est qu'il faut que nous soyons sur la même longueur d'onde dès le début de cette affaire. Il est impératif que nous marchions tous du même pas. Est-ce que je me fais bien comprendre ?

Hardwick opina en toute innocence. Rodriguez se

détourna de lui avec ostentation pour adresser ses remarques aux visages plus graves à la table.

— D'après le peu que nous savons à ce stade, l'affaire promet d'être ardue, compliquée, délicate, voire sensationnelle. Il paraît que la victime était un conférencier et auteur à succès. La famille de sa femme possède, semble-t-il, une très grosse fortune. La clientèle de l'Institut Mellery compte un certain nombre de personnages riches, encombrants, aux idées bien arrêtées. Chacun de ces facteurs pourrait provoquer à lui seul un véritable cirque médiatique. Additionnez les trois, et vous obtenez un mégaproblème. Les quatre clés de la réussite : organisation, discipline, communication et encore de la communication. Ce que vous voyez, ce que vous entendez, les conclusions que vous en tirez n'ont absolument aucune valeur à moins d'être dûment signalées et consignées dans un rapport. De la communication et encore de la communication.

Il jeta un coup d'œil autour de lui. Son regard s'attarda sur Hardwick, le désignant sans ambages comme un violateur par excellence de la règle du rapport écrit et de la transmission des informations. Hardwick examinait une grande tache de rousseur sur le dos de sa main droite.

— Je n'aime pas beaucoup les gens qui prennent des libertés avec les règlements, poursuivit Rodriguez. Ceux qui ne respectent pas les règles causent plus d'ennuis à long terme que ceux qui bafouent la loi. Ceux qui ne respectent pas les règles prétendent toujours qu'ils le font pour obtenir des résultats. En réalité, ils le font pour leur propre commodité. Ils le font parce qu'ils manquent de discipline, et le manque de discipline est la mort des organisations. Aussi, je vous le dis haut et fort, messieurs. Nous allons suivre les règles dans cette affaire. Toutes les règles. Nous nous servirons de nos check-lists. Nous rédigerons des rapports détaillés. Nous les transmettrons en temps et en heure. Chaque chose passera par les canaux adéquats. Toute question juridique sera adressée au bureau du procureur Kline avant – je dis bien, avant – de prendre des mesures discutables. Communication, communication, communication.

Il lança les mots comme des obus contre une position ennemie. Estimant que toute résistance était réprimée, il se tourna avec une déférence mielleuse vers le procureur, qui était devenu de plus en plus agité pendant cette harangue, et dit :

— Sheridan, je sais que vous avez l'intention de vous impliquer personnellement dans cette affaire. Désirez-vous dire quelques mots à notre équipe ?

Kline sourit jusqu'aux oreilles avec ce qu'on aurait pu prendre, à une plus grande distance, pour de l'affabilité. De près, ne subsistait que le narcissisme éclatant d'un politicien.

— La seule chose que je voudrais dire, c'est que je suis ici pour vous aider. Vous aider autant qu'il m'est possible dans toute la mesure de mes moyens. Vous êtes des pros, les gars. Qualifiés, expérimentés et talentueux. Vous connaissez votre boulot. C'est vous qui menez la danse.

Un gloussement discret parvint aux oreilles de Gurney. Rodriguez plissa les paupières. Était-il possible qu'il fût à ce point à l'écoute de la fréquence de Hardwick ?

— Mais je suis d'accord avec Rod, poursuivit Kline. Cela pourrait devenir un sacré bazar, un bazar extrêmement difficile à gérer. Vous pouvez êtes certains qu'on en parlera à la télévision et qu'il y aura un paquet de gens devant leur poste. Préparez-vous à des gros titres fracassants – « Meurtre sanglant d'un gourou New Age ». Que ça nous plaise ou non, messieurs, les tabloïdes risquent d'en faire leurs choux gras. Je ne tiens pas à ce qu'on puisse nous comparer à ces crétins du Colorado qui ont bousillé l'affaire JonBenét ou à ceux, en Californie, qui ont sabordé l'affaire Simpson. En l'occurrence, il va nous falloir jongler avec un tas de balles en même temps. Qu'elles se mettent à dégringoler, et nous nous retrouverons dans un fichu pétrin. Ces balles...

Gurney resta sur sa faim quant à leur agencement final. Kline fut réduit au silence par la sonnerie importune d'un téléphone portable, qui retint l'attention de tous avec des degrés d'irritation divers. Rodriguez lança un regard furieux vers Hardwick, tandis qu'il fouillait dans sa poche et en tirait l'instrument incriminé en répétant la litanie du capitaine : « Communication, communication, communication. » Puis il appuya sur la touche verte et se mit à parler dans le téléphone.

— Hardwick à l'appareil... Allez-y... Où ça ?... Elles concordent avec les empreintes de pas ?... On sait comment elles sont arrivées là ?... Une idée de la raison pour laquelle il a fait ça ?... Très bien, envoyez-les au labo dès que possible... Pas de problème.

Il pressa la touche rouge et contempla le téléphone d'un air songeur.

— Eh bien ? fit Rodriguez, son expression furieuse voilée par la curiosité.

Hardwick adressa sa réponse à la rouquine au tailleur informe qui l'observait d'un air interrogateur, son ordinateur ouvert sur la table.

— Des nouvelles de la scène du crime. Ils ont trouvé les chaussures de l'assassin – ou du moins des chaussures de marche correspondant aux empreintes partant du corps. Elles sont en route pour vos collègues du labo.

La rouquine opina et se mit à taper sur son clavier.

— Je croyais que vous m'aviez dit que les empreintes allaient au milieu de nulle part et s'arrêtaient brusquement, déclara Rodriguez comme s'il avait surpris Hardwick à mentir ou peu s'en faut.

— Oui, répondit celui-ci sans le regarder.

— Dans ce cas, où a-t-on trouvé ces chaussures ?

— Au milieu du même nulle part. Dans un arbre, là où finissaient les traces. Suspendues à une branche.

— Êtes-vous en train de me dire que votre assassin a grimpé à un arbre, enlevé ses chaussures et qu'il les a laissées là ?

— Faut croire.

— Alors... où... je veux dire, qu'a-t-il fait ensuite ?

— Nous n'en avons pas la moindre idée. Les chaussures nous mettront peut-être sur la voie.

Rodriguez aboya d'un rire rauque.

— Espérons-le. En attendant, revenons à nos moutons. Sheridan, je crois que vous avez été interrompu.

— Avec ses balloches en l'air, fit la voix basse de ventriloque.

— Pas vraiment interrompu, dit Kline avec un grand sourire du style je-suis-capable-de-tourner-n'importe-quoi-à-mon-avantage. À vrai dire, je préférerais écouter – surtout des nouvelles du terrain. Mieux je comprendrai le problème, plus je pourrai être utile.

— Comme vous voulez, Sheridan. Hardwick, il semble que vous ayez l'attention générale. Vous pourriez peut-être en profiter pour nous donner le reste des faits – aussi brièvement que possible. Le procureur n'est pas avare de son temps, mais il a pas mal de pain sur la planche. Ne l'oubliez pas.

— Très bien, les enfants, vous avez entendu le boss. Voici la version fichier compressé. Une fois seulement. Pas de rêvasserie, pas de questions stupides. Ouvrez grand vos esgourdes.

— Holà ! fit Rodriguez en levant les deux mains. Je ne voudrais pas que vous croyiez que personne ne peut poser de questions.

— Façon de parler, monsieur. C'est juste que je ne tiens pas à bloquer le procureur plus longtemps qu'il n'est nécessaire.

La dose de respect qu'il mit dans la prononciation du titre de Kline était juste assez exagérée pour avoir l'air d'un affront tout en maintenant une prudence équivoque.

— Parfait, parfait, dit Rodriguez avec un geste impatient. Allez-y.

Hardwick commença un morne exposé des éléments disponibles.

— Au cours des trois ou quatre semaines ayant précédé le meurtre, la victime a reçu plusieurs messages écrits au ton inquiétant sinon menaçant, ainsi que deux appels téléphoniques, l'un pris et transcrit par la secrétaire de Mellery, l'autre pris et enregistré par la victime elle-même. Des copies de ces messages vous seront distribuées. La femme de la victime, Cassandra (alias Caddy), prétend que, la nuit du meurtre, son mari et elle ont été réveillés à une heure du matin par un coup de téléphone provenant d'une personne qui a aussitôt raccroché.

Comme Rodriguez ouvrait la bouche, Hardwick devança la question.

— Nous sommes en contact avec l'opérateur afin d'obtenir la liste des communications sur postes fixes ou portables pour la nuit du meurtre et pour la période où il reçut les deux appels précédents. Cependant, vu le degré de planification avec lequel le crime a été perpétré, je serais surpris que l'assassin ait laissé une piste téléphonique que l'on puisse remonter.

— Nous verrons, dit Rodriguez.

Gurney décida que le capitaine faisait partie de ces types dont le premier impératif consiste à donner l'impression d'être aux commandes quelle que soit la situation ou la discussion dans laquelle ils se trouvent.

— Oui, monsieur, répondit Hardwick avec cette touche de déférence exagérée, trop subtile pour attirer l'attention, qu'il maniait avec une adresse consommée. Dans tous les cas, quelques minutes plus tard, ils ont été dérangés par des bruits près de la maison – bruits qu'elle décrit comme des glapissements d'animaux. Lorsque je suis retourné là-bas et que je l'ai à nouveau questionnée à ce sujet, elle a répondu qu'il pouvait s'agir selon elle de ratons laveurs en train de se chamailler. Son mari est allé voir. Un instant après, elle a entendu ce qui ressemblait, d'après elle, au bruit assourdi d'une gifle, à la suite de quoi elle est descendue à son tour. Elle a trouvé son mari gisant sur la terrasse, juste devant la porte de derrière. Du sang provenant des blessures à la gorge coulait dans la neige. Elle s'est mise à crier – c'est du moins ce qu'elle suppose –, a essayé d'arrêter l'hémorragie, n'y est pas parvenue et s'est précipitée dans la maison pour appeler police-secours.

— Savez-vous si elle a déplacé le corps en essayant d'arrêter l'hémorragie ?

Dans la bouche de Rodriguez, cela sonnait comme une question piège.

— Elle ne s'en souvient pas.

Rodriguez eut l'air sceptique.

— Je la crois, dit Hardwick.

Rodriguez eut un haussement d'épaules exprimant le peu de cas qu'il faisait de l'opinion d'autrui. Après un coup d'œil à ses notes, Hardwick continua son récit dénué d'émotion.

— La police de Peony a été la première sur les lieux, suivie par une voiture du bureau du shérif, puis par l'agent Calvin Maxon de la caserne locale. La Brigade criminelle a été avertie à 1 h 56. Je suis arrivé sur place à 2 h 20, et le médecin légiste à 3 h 25.

— À propos de Pinson, lança Rodriguez avec irritation. A-t-il appelé pour prévenir qu'il serait en retard ?

Gurney examina rapidement la rangée de visages à la table. Ils semblaient tellement habitués à l'étrange patronyme du médecin légiste que personne ne réagit en l'entendant. Ni n'accorda le moindre intérêt à la question – ce qui indiquait que le praticien appartenait à cette catégorie de gens qui sont toujours en retard. Rodriguez regarda fixement la porte de la salle de conférences par laquelle Pinson aurait dû entrer dix minutes plus tôt, sentant la colère monter en lui devant cette atteinte à son planning.

Comme s'il était tapi derrière, attendant que le capitaine soit en ébullition, la porte s'ouvrit soudain, et un individu dégingandé pénétra dans la pièce en vacillant, une serviette coincée sous le bras, un gobelet de café à la main et apparemment au milieu d'une phrase.

— ... retards de construction, ouvriers à l'œuvre – ha ! C'est ce que prétendent les panneaux.

Il adressa un sourire jovial à plusieurs personnes tour à tour.

— Manifestement, *à l'œuvre* signifie rester planté là à se gratter l'entrejambe. Ou à peu de chose près. Pas beaucoup de terrassement ni de pavage. D'après ce que j'ai pu voir, en tout cas. Une bande de bons à rien bloquant la route.

Il regarda Rodiguez par-dessus sa paire de lunettes posée de travers.

— Je présume que la police du comté n'y peut rien, n'est-ce pas, capitaine ?

Rodriguez afficha le sourire las d'un homme sérieux forcé de côtoyer des imbéciles.

— Bon *après-midi*, docteur Pinson.

Ce dernier posa serviette et café sur la table devant la seule chaise inoccupée. Il jeta des regards à la ronde, puis finit par apercevoir le procureur.

— Bonjour, Sheridan, dit-il non sans un certain étonnement. Déjà sur cette affaire ?

— Vous avez des informations intéressantes pour nous, Walter ?

— Oui, effectivement. Au moins une petite surprise.

Visiblement désireux de continuer à tenir les rênes de la réunion, Rodriguez fit mine de l'orienter dans la direction qu'elle avait déjà prise.

— Écoutez, je vois là une possibilité de tirer profit du retard du docteur. Nous avons entendu un récapitulatif des événements entourant la découverte du corps. Le dernier fait, à ma connaissance, ayant trait à l'arrivée du médecin légiste sur la scène. Eh bien, le médecin légiste vient juste de nous rejoindre, alors pourquoi ne pas intégrer immédiatement son compte rendu dans le tableau d'ensemble ?

— Excellente idée, dit Kline sans détacher les yeux de Pinson.

Le médecin légiste se mit à parler comme s'il avait été dans ses intentions de faire sa présentation dès son arrivée.

— Le rapport complet vous parviendra sous une semaine, messieurs. Aujourd'hui, vous n'aurez droit qu'au squelette.

Si c'était un trait d'esprit, songea Gurney, il tombait à plat. Peut-être parce qu'il était tellement éculé que l'assistance ne s'en apercevait même plus.

— Un homicide intéressant, continua Pinson en tendant la main vers le gobelet de café.

Il avala une longue gorgée, l'air pensif, puis reposa le gobelet sur la table. Gurney sourit. Cet échalas à la tignasse blond-roux ébouriffée avait le sens du rythme et du mélodrame.

— Les choses ne sont pas tout à fait ce qu'elles semblaient être au début.

Il marqua un temps d'arrêt jusqu'à ce que la salle soit à deux doigts d'exploser d'impatience.

— L'examen initial du corps *in situ* a conduit à l'hypothèse que la cause du décès était le sectionnement de la carotide par de multiples entailles et perforations dues à une bouteille cassée retrouvée plus tard sur les lieux. Toutefois, les premiers résultats de l'autopsie indiquent que le sectionnement de la carotide a été causé par une balle tirée à courte portée dans le cou de la victime. Les blessures occasionnées par la bouteille cassée sont postérieures au coup de feu et ont été infligées après la chute de la victime sur le sol. Il y a eu au minimum quatorze perforations, peut-être une vingtaine, dont certaines ont laissé des morceaux de verre dans le tissu du cou et dont quatre ont traversé entièrement les muscles et la trachée, émergeant au niveau de la nuque.

Le silence se fit à la table, accompagné de toute une palette d'expressions perplexes et intriguées. Rodriguez joignit le bout de ses doigts pour former une flèche. Il fut le premier à prendre la parole.

— Abattu, hein ?

— Oui, abattu, répondit Pinson avec la délectation de quelqu'un qui adore l'imprévu.

Rodriguez regarda Hardwick d'un air accusateur.

— Comment se fait-il qu'aucun de vos témoins n'ait entendu ce coup de feu ? Vous m'avez dit qu'au moins vingt résidents se trouvaient dans la propriété. Et, d'ailleurs, comment se fait-il que sa femme ne l'ait pas entendu ?

— Elle l'a entendu.

— Quoi ? Depuis quand le savez-vous ? Pourquoi ne m'a-t-on pas informé ?

— Elle l'a entendu, mais sans le savoir, répondit Hardwick. Elle déclare avoir perçu comme le bruit assourdi d'une gifle. Sur le moment, elle n'a pas compris de quoi il s'agissait, et l'idée ne m'en était pas venue avant cet instant.

— Assourdi ? répéta Rodriguez, incrédule. Insinuez-vous que la victime a été tuée à l'aide d'un silencieux ?

L'attention de Sheridan Kline grimpa d'un cran.

— Ça explique tout ! s'écria Pinson.

— Expliquer quoi ? demandèrent à l'unisson Rodriguez et Hardwick.

Une lueur de triomphe brilla dans les yeux de Pinson.

— Les traces de duvet dans la blessure.

— Et dans les échantillons de sang provenant de la zone autour du corps.

La voix de la rouquine était aussi indéfinissable que sa tenue.

Pinson opina.

— Là aussi, naturellement.

— Tout cela est terriblement excitant, dit Kline. Si jamais l'un de vous sait de quoi on parle, pourrait-il prendre un moment pour me mettre au courant ?

— Du duvet ! beugla Pinson comme si Kline était dur d'oreille.

D'embarrassée, l'expression de Kline devint glaciale.

Comprenant soudain, Hardwick déclara :

— Le bruit assourdi du coup de feu, joint à la présence de duvet, indique que l'assassin a sans doute amorti la détonation en enveloppant l'arme dans un tissu matelassé, un anorak ou une parka.

— Êtes-vous en train de dire qu'une arme à feu peut être rendue silencieuse rien qu'en la tenant à l'intérieur d'un anorak ?

— Pas exactement. Je dis que, si j'avais une arme à feu à la main et que j'enroulais plusieurs fois autour – en particulier autour du canon – un tissu matelassé suffisamment épais, la détonation pourrait se limiter à un bruit évoquant une gifle, à condition d'être dans une maison bien insonorisée avec les fenêtres fermées.

L'explication sembla satisfaire tout le monde à l'exception de Rodriguez.

— Avant d'avaler ça, j'aimerais bien voir les résultats de quelques tests.

— Vous ne pensez pas qu'il s'agissait d'un vrai silencieux ?

— Possible, répondit Pinson. Mais, dans ce cas, il vous faudra trouver une autre explication pour ces particules de duvet microscopiques.

— Donc, dit Kline, le meurtrier a tiré à bout portant sur la victime.

— Pas à bout portant, objecta Pinson. À bout portant suggère un quasi-contact entre la bouche de l'arme et la victime, ce que rien ne laisse supposer ici.

— Alors à quelle distance ?

— Difficile à dire. Il y avait quelques points distincts de brûlure de poudre sur le cou, ce qui mettrait l'arme à moins d'un mètre cinquante, mais les traces ne sont pas suffisamment nombreuses pour former un motif. L'arme était peut-être encore plus près, les brûlures de poudre réduites au minimum par le tissu autour de l'extrémité du canon.

— Je suppose que vous n'avez pas retrouvé de balle.

Rodriguez adressait cette critique à une bulle suspendue entre Pinson et Hardwick.

Les mâchoires de Gurney se serrèrent. Il avait travaillé pour des hommes comme Rodriguez – des hommes qui prenaient leur goût de l'autorité et leur négativisme pour de la détermination.

Pinson répondit le premier.

— La balle a manqué les vertèbres. Il n'y a pas grand-chose dans le tissu même du cou qui pouvait l'arrêter. Nous avons une blessure d'entrée et une de sortie – ni l'une ni l'autre faciles à repérer, soit dit en passant, étant donné les dégâts provoqués par la suite.

S'il allait à la pêche aux compliments, pensa Gurney, l'étang était à sec. Rodriguez reporta son regard sceptique sur Hardwick, dont le ton une fois de plus frisait l'insubordination.

— Nous ne cherchions pas une balle. Nous n'avions aucune raison de penser qu'il y en avait une.

— Eh bien, maintenant, vous le savez.

— Très juste, monsieur, répondit Hardwick avec une pointe de moquerie.

Il sortit son téléphone portable et composa un numéro avant de s'éloigner de la table. Bien qu'il baissât la voix, il était clair qu'il parlait à l'un des policiers sur la scène du crime, ordonnant qu'on cherche la balle en priorité. Lorsqu'il revint à la table, Kline voulut savoir s'il y avait le moindre espoir de récupérer une balle tirée à l'extérieur.

— Normalement non, dit Hardwick. Mais, dans le cas présent, il y a peut-être une chance. Vu la position du corps, il a probablement été abattu dos à la maison. Si elle n'a pas été trop déviée, nous devrions la trouver dans le revêtement en bois.

Kline hocha lentement la tête.

— Bon, alors, comme j'avais commencé à le dire il y a une minute pour que les choses soient bien claires : le meurtrier abat la victime à courte portée, la victime s'effondre sur le sol, la carotide tranchée, du sang jaillissant de son cou. Puis le meurtrier sort une bouteille cassée, s'agenouille près du corps et le frappe quatorze fois. C'est bien ça le topo ? demanda-t-il, incrédule.

— Au moins quatorze, peut-être plus, précisa Pinson. Quand les blessures se chevauchent, il est difficile d'en faire un compte précis.

— Je comprends, mais ce que je voulais dire, c'est : pourquoi ?

— Les mobiles, répondit Pinson, comme si cette notion avait autant de valeur sur le plan scientifique que l'interprétation des rêves, ne sont pas mon domaine. Demandez plutôt à nos amis de la Brigade criminelle ici présents.

Kline se tourna vers Hardwick.

— Une bouteille cassée est une arme improvisée, une arme du moment, un substitut de salle de bar pour un couteau ou un revolver. Pourquoi un individu ayant déjà une arme à feu chargée éprouverait-il le besoin d'emporter une bouteille cassée, et pourquoi s'en servirait-il après avoir tué sa victime avec l'arme à feu en question ?

— Pour être sûr que le type soit bien mort ? suggéra Rodriguez.

— Dans ce cas, pourquoi ne pas faire feu à nouveau ? Pourquoi ne pas lui tirer une balle dans le crâne ? Pourquoi dans le cou ?

— C'était peut-être un mauvais tireur.

— À un mètre cinquante de distance ? dit Kline avant de se tourner à nouveau vers Pinson. On est sûr de l'enchaînement ? Tué par balle et poignardé ensuite ?

— Oui, à un niveau raisonnable de certitude professionnelle, comme on dit devant les tribunaux. Les brûlures de poudre, bien que limitées, sont parfaitement visibles. Si la région du cou avait été couverte de sang du fait des lacérations au moment du coup de feu, il est peu probable qu'il y aurait eu des brûlures distinctes.

— Et vous auriez retrouvé la balle, ajouta la rouquine, d'une voix si basse et si neutre que seules quelques personnes l'entendirent.

Kline était du nombre. De même que Gurney. Il s'était demandé quand cet argument viendrait à l'esprit de quelqu'un. Bien qu'impassible, Hardwick n'avait pas l'air surpris.

— Que voulez-vous dire ? demanda Kline.

Elle répondit sans décoller les yeux de l'écran de son ordinateur portable.

— S'il avait été frappé quatorze fois au cou lors de l'agression initiale, avec quatre des blessures traversant de part en part, il aurait difficilement pu rester debout. Et s'il avait reçu une balle tirée d'en haut alors qu'il gisait sur le dos, celle-ci se serait trouvée sur le sol sous lui.

Kline la jaugea. Contrairement à Rodriguez, songea Gurney, il était assez intelligent pour avoir le respect de l'intelligence.

Rodriguez s'efforça de reprendre les commandes.

— Quel calibre cherchons-nous, docteur ?

Pinson lui lança un regard noir par-dessus le bord des lunettes de lecture en train de descendre la pente de son long nez.

— Comment faut-il que je m'y prenne pour que vous compreniez les principes les plus élémentaires de la pathologie ?

— Je sais, je sais, dit Rodriguez d'un air maussade, la chair est élastique, elle se contracte, se dilate, vous ne pouvez pas être précis, etc., etc. Mais diriez-vous qu'il s'agit plutôt d'un .22 ou d'un .44 ? Avancez une hypothèse réaliste.

— Je ne suis pas payé pour faire des hypothèses. De plus, personne ne se souvient pendant plus de cinq minutes qu'il s'agissait d'une hypothèse. La seule chose dont se souviennent les gens, c'est que le médecin légiste a parlé d'un .22 et qu'il s'est avéré qu'il se trompait.

À cette évocation, une lueur glacée apparut dans ses yeux, mais il se borna à dire :

— Quand vous aurez extrait la balle de l'arrière de la maison et que vous l'aurez envoyée à la balistique, alors vous saurez...

— Docteur, l'interrompit Kline comme un petit garçon interrogeant Merlin l'Enchanteur, est-il possible d'estimer l'intervalle exact entre le coup de feu et les lacérations ultérieures ?

Le ton de la question sembla calmer Pinson.

— Si l'intervalle était important, et que les blessures aient toutes saigné, nous trouverions du sang à deux stades de coagulation différents. En l'occurrence, je dirais que les deux types de blessure ont été provoqués dans un laps de temps suffisamment bref pour rendre impossible ce genre de comparaison. Tout ce qu'on peut affirmer, c'est que l'intervalle a été relativement court, mais il est difficile de dire si c'étaient dix secondes ou dix minutes. Néanmoins, c'est une bonne question de pathologie, conclut-il, marquant la distinction avec celle du capitaine.

La bouche de celui-ci eut un mouvement convulsif.

— Si c'est tout ce que vous avez pour nous dans l'immédiat, docteur, nous ne vous retiendrons pas plus longtemps. J'aurai le rapport écrit d'ici une semaine au plus tard ?

— C'est ce que je crois avoir dit.

Pinson prit son épais dossier sur la table, adressa un signe de tête au procureur avec un mince sourire et quitta la pièce.

CHAPITRE 23

Sans une trace

— Une plaie pathologique de moins, lâcha Rodriguez.

Il guetta un signe de connivence autour de lui, mais seul le sourire continuellement narquois des jumeaux Cruise lui en fournit une vague approximation. Kline mit fin au silence en priant Hardwick de reprendre la description de la scène de crime qu'il était en train de faire avant l'arrivée du médecin légiste.

— C'est exactement ce que j'allais proposer, Sheridan, renchérit Rodriguez. Hardwick, reprenez là où vous vous êtes arrêté, et tenez-vous-en à l'essentiel.

L'avertissement laissait supposer que ce n'était pas ce que faisait d'ordinaire Hardwick.

Gurney fut frappé par la prévisibilité des attitudes du capitaine : hostile à Hardwick, flagorneur avec Kline et imbu de lui-même de manière générale.

Hardwick se mit à parler rapidement.

— Les traces les plus visibles laissées par l'assassin sont une série d'empreintes de pas entrant dans la propriété par le portail, puis traversant le parking et contournant l'arrière de la grange, où elles s'arrêtent à une chaise de jardin.

— Dans la neige ? demanda Kline.

— Tout à fait. On a retrouvé des mégots de cigarette par terre devant la chaise.

— Sept, précisa la rouquine derrière l'ordinateur portable.

— Sept, répéta Hardwick. De la chaise, les traces allaient...

— Excusez-moi, inspecteur, mais est-ce que les Mellery avaient pour habitude de laisser des chaises de jardin dehors dans la neige ? demanda Kline.

— Non, monsieur. Il semble que l'assassin ait apporté la chaise avec lui.

— Avec lui ?

Hardwick eut un haussement d'épaules.

Kline secoua la tête.

— Désolé de vous avoir interrompu. Continuez.

— Ne soyez pas désolé, Sheridan. Posez-lui autant de questions que vous voudrez. Il y a pas mal de choses dans cette histoire qui n'ont pas grand sens pour moi non plus, dit Rodriguez comme s'il imputait à Hardwick cette absence de logique.

— De la chaise, les empreintes de pas vont à l'emplacement de la confrontation avec la victime.

— L'endroit où Mellery a été tué, vous voulez dire ? demanda Kline.

— Oui, monsieur. Et, de là, elles passent par une ouverture dans la haie, traversent la pelouse avant de s'enfoncer dans les bois, pour se terminer à huit cents mètres de la maison.

— Qu'entendez-vous par « se terminer » ?

— Elles s'arrêtent. Elles ne vont pas plus loin. Il y a là une petite zone où la neige est tassée comme si l'individu y était resté un moment, mais plus d'empreintes, ni dans un sens ni dans l'autre. Comme vous l'avez entendu il y a un instant, les chaussures ayant laissé ces empreintes ont été retrouvées dans un arbre à proximité, sans que rien n'indique ce qu'est devenue la personne qui les portait.

Gurney, qui observait le visage de Kline, y lut un mélange de perplexité devant un pareil mystère et de surprise devant sa propre incapacité à entrevoir la moindre solution. Hardwick ouvrait la bouche pour continuer quand la rouquine intervint, de sa voix douce, monocorde, au timbre androgyne.

— À ce stade, il faudrait plutôt dire que le dessin des semelles des chaussures est *compatible* avec les empreintes dans la neige. Quant à savoir si ce sont elles, en fait, qui ont laissé ces empreintes, c'est le labo qui l'établira.

— Vous arrivez à être aussi précis avec des traces de pas dans de la neige ? demanda Kline.

— Oh, oui ! répondit-elle avec pour la première fois un peu d'entrain. Les empreintes dans la neige sont les meilleures. Comprimée, la neige peut conserver des détails trop infimes pour être visibles à l'œil nu. Ne tuez jamais quelqu'un dans la neige.

— Je tâcherai de m'en souvenir, dit Kline. Pardon encore une fois pour l'interruption, inspecteur. Je vous en prie, continuez.

— Ce serait peut-être le bon moment pour un bilan des indices récoltés jusqu'ici. Si vous en êtes d'accord, capitaine ?

À nouveau, le ton de Hardwick donna à Gurney l'impression d'un subtil simulacre de respect.

— Je ne dirais pas non à quelques faits solides, répondit Rodriguez.

— Laissez-moi ouvrir le fichier, dit la rouquine en tapant sur les touches de son ordinateur. Vous voulez les pièces dans un ordre particulier ?

— Pourquoi pas par ordre d'importance ?

Ignorant l'attitude condescendante du capitaine, elle se mit à lire sur l'écran.

— Pièce numéro 1 : une chaise de jardin faite de tubes en aluminium légers et de sangles en plastique blanches. Un premier examen visant à rechercher des substances étrangères a révélé quelques millimètres carrés de Tyvek pris dans l'articulation entre le siège et l'accoudoir.

— Vous voulez dire ce truc pour isoler les maisons ? demanda Kline.

— Il s'agit d'une protection contre l'humidité servant à recouvrir le contreplaqué, mais également employée dans d'autres produits, notamment les salopettes de peintre. C'est le seul matériau étranger qui ait été détecté, la seule indication que la chaise ait jamais servi.

— Pas d'empreintes, de poils, de sueur, de salive, d'abrasions, rien du tout ? interrogea Rodriguez, comme s'il suspectait les collègues de la jeune femme de ne pas avoir regardé d'assez près.

— Pas d'empreintes, de poils, de sueur, de salive ou d'abrasions, mais je ne dirais pas rien du tout, répondit-elle, laissant le ton de la question lui passer par-dessus la tête comme un coup de poing d'ivrogne. La moitié du sanglage de la chaise a été changée – toutes les bandes horizontales.

— Mais vous venez de dire qu'elle n'avait jamais été utilisée.

— Il n'y a pas de trace d'usure, mais le sanglage a été remplacé, ça ne fait aucun doute.

— Pour quelle raison aurait-on fait ça ?

Gurney fut tenté de proposer une explication, mais Hardwick le devança.

— Elle a dit que le sanglage était entièrement blanc. Ce genre de siège a souvent des sangles de deux couleurs afin de créer un motif : bleu et blanc, vert et blanc, etc. Peut-être ne voulait-on pas de couleur.

Rodriguez se mit à ruminer cette idée comme un vieux chewing-gum.

— Continuez, sergent Wigg. On a encore un tas de choses à voir avant le déjeuner.

— Pièce numéro 2 : sept mégots de cigarettes Marlboro, également dénués de traces humaines.

Kline se pencha en avant.

— Pas de salive ? Pas d'empreintes digitales ? Pas même de sueur ?

— Rien.

— N'est-ce pas bizarre ?

— Très. Pièce numéro 3 : une bouteille de whiskey cassée, incomplète, de la marque Four Roses.

— Incomplète ?

— Environ la moitié de la bouteille était en un seul morceau. Si l'on y ajoute les débris qui ont été récupérés, cela représente à peu près les deux tiers d'une bouteille complète.

— Pas d'empreintes ? questionna Rodriguez.

— Pas d'empreintes, ce qui n'est guère étonnant, en fait, compte tenu de leur absence sur la chaise et les cigarettes. Mais on a découvert une substance en plus du sang de la victime : une minuscule trace de détergent dans une fissure le long du bord brisé.

— Ce qui signifie ? dit Rodriguez.

— La présence de détergent et l'absence d'une partie de la bouteille laissent supposer que celle-ci a été cassée ailleurs puis lavée avant d'être apportée sur les lieux.

— De sorte que l'agression sauvage n'était pas moins préméditée que le coup de feu ?

— Il semblerait. Je continue ?

— S'il vous plaît, répondit Rodriguez sur un ton acerbe.

— Pièce numéro 4 : les vêtements de la victime, comprenant sous-vêtements, peignoir et mocassins, tous maculés de son sang. Trois cheveux étrangers ont été découverts sur le peignoir, appartenant peut-être à la femme de la victime, cela reste à vérifier. Pièce numéro 5 : échantillons de sang prélevés sur le sol autour du corps. Tests en cours – jusqu'ici tous les échantillons correspondent à la victime. Pièce numéro 6 : morceaux de verre ramassés sur les dalles sous la nuque de la victime. Ce qui confirme les conclusions de l'autopsie initiale, à savoir que quatre des blessures causées par la bouteille ont traversé le cou d'avant en arrière et que la victime était à terre au moment où les coups ont été portés.

Kline plissait les paupières à la manière d'un homme conduisant avec le soleil dans la figure.

— Si je comprends bien, nous avons affaire à un meurtre extrêmement brutal, impliquant l'usage d'une arme à feu et une attaque à coups de tesson de bouteille – plus d'une douzaine de blessures profondes, dont certaines infligées avec une grande force –, et l'assassin a réussi, malgré ça, à ne pas laisser une seule trace involontaire le concernant.

Un des jumeaux Cruise prit pour la première fois la parole, d'une voix étonnamment aiguë pour une carrure si virile.

— Et la chaise de jardin, la bouteille, les empreintes de pas, les chaussures de marche ?

Le visage de Kline se convulsa avec impatience.

— J'ai dit *involontaire.* Ces choses semblent avoir été laissées là à dessein.

Le jeune homme haussa les épaules comme si la distinction était purement rhétorique.

— La pièce numéro 7 est divisée en deux sous-catégories, reprit l'androgyne sergent Wigg (mais peut-être pas totalement asexuée, se dit Gurney en notant les yeux intéressants et la bouche finement ciselée). Elle comprend les différentes lettres reçues par la victime qui pourraient avoir un rapport avec le crime, y compris le billet trouvé sur le corps.

— On m'a fait des copies de tout ça, annonça Rodriguez. Je les distribuerai le moment venu.

— Que cherchez-vous dans ces lettres ? demanda Kline.

— Empreintes digitales, indentations du papier...

— Telles que des marques provenant d'un bloc-notes ?

— Exact. Nous effectuons aussi des tests pour identifier l'encre des lettres manuscrites et l'imprimante ayant servi à celle qui a été rédigée au moyen d'un traitement de texte – la dernière reçue avant le meurtre.

— Nous avons également des experts qui travaillent en ce moment même sur l'écriture, le vocabulaire et la syntaxe, s'empressa d'ajouter Hardwick, et nous sommes en train de réaliser l'analyse sonore de la conversation téléphonique enregistrée par la victime. Nous disposons déjà d'un premier aperçu, sur lequel nous ferons un point dans la journée.

— En outre, nous examinerons les chaussures qui ont été trouvées aujourd'hui dès qu'elles arriveront au labo. C'est tout pour l'instant, conclut Wigg en tapant sur une touche de son ordinateur. Des questions ?

— Moi, j'en ai unc, dit Rodriguez. Dans la mesure où nous avons parlé de présenter ces indices par ordre d'importance, je me demandais pourquoi vous aviez mis la chaise de jardin en premier.

— Juste une intuition, monsieur. On ne peut pas savoir comment les choses s'emboîtent tant que ce n'est pas le cas. À ce stade, il est impossible de dire quel morceau du puzzle...

— Mais vous avez effectivement mis la chaise de jardin en premier, l'interrompit Rodriguez. Pourquoi ?

— Elle semblait illustrer l'aspect le plus frappant de cette affaire.

— À savoir ?

— La planification, murmura Wigg à voix basse.

Elle avait le don, pensa Gurney, de réagir à l'interrogatoire du capitaine comme s'il s'agissait d'une série de questions objectives sur le papier, en faisant abstraction des mimiques dédaigneuses et des intonations blessantes. Il y avait une curieuse pureté dans cette absence de parti pris affectif, cette immunité à des provocations dérisoires. Ce qui fait qu'on lui prêtait attention. Gurney nota que tout le monde à la table, hormis Rodriguez, se penchait en avant sans même en avoir conscience.

— Pas seulement la planification, poursuivit-elle, mais l'étrangeté de cette planification. Apporter une chaise de jardin pour commettre un meurtre. Fumer sept cigarettes sans les toucher avec les doigts ni les lèvres. Casser une bouteille, la laver et l'emporter pour taillader un cadavre. Sans parler des empreintes de pas invraisemblables et de la façon dont le coupable s'est volatilisé dans les bois. À croire que ce type est un assassin de génie. Il ne s'agit pas d'une simple chaise de jardin, mais d'une chaise de jardin dont on a enlevé et remplacé la moitié du sanglage. Pourquoi ? Parce qu'il voulait qu'elle soit toute blanche ? Parce qu'elle se verrait moins dans la neige ? Parce qu'elle se verrait moins contre la combinaison blanche en Tyvex qu'il portait peut-être ? Mais si la visibilité était une question si capitale, pourquoi rester assis sur une chaise de jardin à fumer des cigarettes ? Je ne sais pas pourquoi, mais je ne serais pas étonnée que la chaise se révèle être la clé de toute l'affaire.

Rodriguez secoua la tête.

— La clé pour résoudre ce crime sera : discipline, procédures et communication.

— Pour ma part, je parie sur la chaise de jardin, chuchota Hardwick avec un clin d'œil à Wigg.

La moquerie affecta le visage du capitaine, mais, avant qu'il ait eu le temps de parler, la porte de la salle de conférences s'ouvrit et un homme entra, tenant un CD étincelant.

— Qu'est-ce que c'est ? fit Rodriguez d'un ton brusque.

— Vous m'avez dit de vous apporter les résultats pour les empreintes digitales dès qu'on les aurait, monsieur.

— Et ?

— Les voilà, répondit-il, brandissant le CD. Vous feriez bien de jeter un coup d'œil. Le sergent Wigg pourrait peut-être... ?

Il tendit le disque d'un geste hésitant vers l'ordinateur portable de celle-ci. Elle l'inséra puis cliqua deux ou trois fois.

— Intéressant, fit-elle.

— Prekowski, cela vous ennuierait de nous dire ce que vous avez là ?

— Krepowski, monsieur.

— Quoi ?

— Mon nom est Krepowski.

— Bon, très bien. Maintenant, auriez-vous la bonté de nous dire si vous avez trouvé des empreintes ?

L'homme s'éclaircit la voix.

— Eh bien, oui et non.

Rodriguez poussa un soupir.

— Comment ça ? Elles sont trop sales pour être utilisables ?

— Elles sont bien plus que sales, répondit l'homme. En fait, ce ne sont pas vraiment des empreintes.

— Ah, et qu'est-ce que c'est ?

— Je suppose qu'on pourrait appeler ça des traînées. On dirait que le type s'est servi du bout de ses doigts pour écrire avec – en utilisant le sébum comme si c'était de l'encre invisible.

— Pour écrire ? Écrire quoi ?

— Des messages d'un seul mot. Un au dos de chacun des poèmes qu'il a envoyés à la victime. Après les avoir révélés avec des produits chimiques, on les a photographiés puis on a copié les images sur un disque. Cela se voit assez nettement à l'écran.

Une moue légèrement amusée sur les lèvres, le sergent Wigg fit lentement pivoter l'ordinateur portable jusqu'à ce que l'écran soit face à Rodriguez. Il y avait trois feuilles de papier sur la photo – le verso des feuilles sur lesquelles avaient été écrits les trois poèmes –, placées côte à côte, dans l'ordre de leur réception. Sur chacune, un mot apparaissait, écrit en majuscules à demi effacées :

CONS DE FLICS.

CHAPITRE 24

Le crime de l'année

— Putain, qu'est-ce que... ? firent les Tom Cruise à l'unisson.

Rodriguez eut un froncement de sourcils.

— Bon Dieu ! s'écria Kline. Voilà qui devient de plus en plus intéressant. Ce type nous déclare la guerre.

— Un maboul, de toute évidence, dit Cruise Un.

— Un maboul astucieux, sans pitié, ayant envie de se colleter avec la police.

Manifestement, Kline trouvait l'idée excitante.

— Et alors ? demanda Cruise Deux.

— J'ai dit tout à l'heure qu'il y avait des chances que ce crime suscite l'intérêt des médias. Oubliez ça. Il pourrait s'agir du crime de l'année, peut-être même de la décennie. Chaque aspect de cette affaire est un véritable aimant médiatique.

Les yeux de Kline brillaient devant un tel potentiel. Il était tellement penché sur sa chaise que ses côtes s'écrasaient contre le bord de la table. Puis, aussi soudainement que son enthousiasme était apparu, il se reprit, s'adossa avec une expression pensive, comme si une alarme intérieure lui avait rappelé qu'un meurtre est une tragédie et qu'il devait être traité comme tel.

— L'élément anti-police pourrait être important, fit-il observer avec pondération.

— Sans aucun doute, approuva Rodriguez. J'aimerais bien savoir si l'un ou l'autre des résidents de l'institut a fait preuve d'une attitude hostile envers la police. Qu'est-ce que vous en dites, Hardwick ?

L'enquêteur en chef éclata d'un rire semblable à un aboiement monosyllabique.

— Qu'y a-t-il de si drôle ?

— La plupart des résidents que nous avons interrogés situent la police quelque part entre les agents du fisc et les limaces de jardin.

Ce faisant, s'émerveilla Gurney, Hardwick avait réussi à faire savoir que c'était exactement ce que lui-même pensait du capitaine.

— J'aimerais voir leurs dépositions.

— Elles se trouvent dans votre corbeille d'arrivée. Mais je peux vous faire gagner du temps. Ces dépositions ne servent à rien. Très évasives. Tout le monde dormait. Personne n'a rien vu. Personne n'a rien entendu... à l'exception de Pasquale Villadi, alias Sammy, alias Patty Cakes. D'après lui, il n'avait pas sommeil, a ouvert sa fenêtre pour avoir un peu d'air et entendu la pseudo-gifle – et il a deviné ce que c'était.

Hardwick feuilleta rapidement un tas de papiers dans son dossier et en sortit un, tandis que Kline se penchait à nouveau sur son siège.

— « On aurait dit quelqu'un qui se prend un pruneau », a-t-il déclaré. Avec détachement, comme s'il en connaissait un rayon en la matière.

Les yeux de Kline se remirent à briller.

— Vous voulez dire qu'il y avait un gangster présent au moment du meurtre ?

— Présent dans la propriété, pas sur les lieux, répondit Hardwick.

— Comment le savez-vous ?

— Parce qu'il a réveillé l'assistant de Mellery, Justin Bale, un jeune homme qui loge dans le même bâtiment que les résidents. Villadi lui a dit qu'il avait entendu un bruit provenant de la maison de Mellery. Il pensait que c'était peut-être un intrus et proposait d'aller jeter un œil. Le temps qu'ils s'habillent et traversent le parc, Caddy Mellery avait déjà découvert le corps de son mari et appelé les secours.

— Villadi n'a pas dit à ce Bale qu'il avait entendu un coup de feu ?

Kline donnait de plus en plus l'impression d'être dans un prétoire.

— Non. Il nous l'a raconté quand on l'a interrogé le lendemain. Sauf qu'à ce moment-là, on avait trouvé la bouteille pleine de sang et les multiples entailles à la gorge, mais pas de blessure par balle ni aucune autre arme, de sorte qu'on ne s'est pas tout de suite intéressés à cette histoire de coup de feu. On s'est dit que Patty était du genre à faire une fixation sur les armes de poing, qu'il avait probablement conclu un peu vite.

— Pourquoi n'a-t-il pas informé Bale qu'il pensait qu'il s'agissait d'un coup de feu ?

— À l'en croire, il ne voulait pas l'effrayer.

— Très attentionné, dit Kline avec un sourire sarcastique.

Il se tourna vers le stoïque Stimmel, assis à côté de lui. Qui lui renvoya le même sourire.

— S'il avait...

— Mais à *vous*, il l'a dit, intervint Rodriguez. Dommage que vous n'en ayez pas tenu compte.

Hardwick étouffa un bâillement.

— Qu'est-cc qu'un gangster pouvait bien fabriquer dans un endroit vendant du renouveau spirituel ? demanda Kline.

Hardwick haussa les épaules.

— Paraît qu'il adore le coin. Vient une fois par an se calmer les nerfs. Prétend que c'est un petit morceau de paradis. Que Mellery était un saint.

— Il a vraiment dit ça ?

— Il a vraiment dit ça.

— Cette affaire est incroyable ! D'autres résidents intéressants sur place ?

La lueur ironique que Gurney trouvait, sans savoir pourquoi, si déplaisante, jaillit soudain dans les yeux de Hardwick.

— Si vous entendez par là des cinglés arrogants, infantiles, abrutis par la drogue, ouais, il y a un assez grand nombre de « résidents intéressants »... sans compter la veuve riche comme Crésus.

Tandis qu'il réfléchissait probablement aux ramifications médiatiques d'une scène de crime aussi sensationnelle, le regard de Kline se posa sur Gurney, qui se tenait en diagonale face à lui de l'autre côté de la table. Tout d'abord, son expression demeura aussi indifférente que s'il observait une chaise vide. Puis il inclina la tête avec curiosité.

— Attendez une minute. Dave Gurney, de la police de New York. Rod m'a prévenu que vous assisteriez à cette réunion, mais c'est seulement maintenant que ça me revient. Ce n'est pas vous le type auquel le *New York Magazine* a consacré un article il y a quelques années ?

Hardwick répondit le premier.

— C'est bien notre ami. L'article était intitulé : « Un super-détective ».

— Oui, je me souviens, s'écria Kline. Vous avez résolu ces grosses affaires de tueurs en série, comme le taré de Noël avec les morceaux de cadavre, Porky Pig ou je ne sais quoi.

— Peter Possum Piggert, dit timidement Gurney.

Kline le dévisagea avec une admiration non dissimulée.

— Alors comme ça, ce Mellery qui s'est fait assassiner se trouve être le meilleur ami de la vedette du NYPD en matière de tueurs en série ?

Manifestement, les ramifications médiatiques s'étoffaient de minute en minute.

— J'ai participé dans une certaine mesure aux deux affaires, répondit Gurney d'une voix aussi dénuée d'excitation que celle de Kline en était pleine. Comme beaucoup d'autres collègues. Quant au fait que Mellery ait été mon meilleur ami, ce serait bien triste si c'était le cas, vu que nous ne nous étions pas parlé depuis plus de vingt ans, et même alors…

— Mais, l'interrompit Kline, quand il s'est retrouvé dans le pétrin, c'est vers vous qu'il s'est tourné.

Gurney contempla les visages à la table, exprimant divers degrés de respect et d'envie, et s'étonna du pouvoir de séduction des récits simplistes. LE MEILLEUR COPAIN D'UN SUPER-FLIC VICTIME D'UN MEURTRE SANGLANT exerçait un attrait immédiat sur cette partie du cerveau qui adore les bandes dessinées et déteste les complications.

— J'imagine qu'il s'est adressé à moi parce que j'étais le seul flic qu'il connaissait.

Il semblait que Kline n'était pas prêt à laisser tomber le sujet, qu'il y reviendrait éventuellement plus tard, mais que, dans l'immédiat, il préférait aller de l'avant.

— Quelles qu'aient été vos relations exactes, votre lien avec la victime vous donne un éclairage sur l'affaire que vous êtes le seul à posséder.

— C'est pourquoi je tenais à ce qu'il soit là aujourd'hui, dit Rodriguez sur le registre « ici-c'est-moi-qui-décide ».

Un rire comme une brève toux sèche s'échappa de la gorge de Hardwick, suivi d'un murmure qui n'atteignit que l'oreille de Gurney.

— Il détestait cette idée jusqu'à ce qu'elle plaise à Kline.

— J'ai prévu qu'il nous donne ensuite son témoignage et qu'il réponde aux questions soulevées par celui-ci – qui pourraient être en assez grand nombre. Pour éviter les interruptions, je propose une pause-pipi de cinq minutes.

— Et va chier, Gurney ! fit le murmure désincarné, noyé dans le bruit des chaises qu'on repoussait en arrière.

CHAPITRE 25

Gurney interrogé

Gurney avait une théorie selon laquelle les hommes se comportaient dans les toilettes comme si c'étaient soit des vestiaires soit des ascenseurs – c'est-à-dire avec une familiarité turbulente ou une réserve inquiète. En l'occurrence, l'ascenseur était bondé. Ce n'est que lorsque tout le monde eut réintégré la salle de conférences que la discussion reprit.

— Alors, comment se fait-il qu'un type d'une telle modestie soit devenu aussi célèbre ? demanda Kline avec un sourire dont le charme consommé dissimulait et révélait à la fois la glace qu'il y avait dessous.

— Je ne suis pas si modeste que ça et certainement pas célèbre à ce point.

— Si vous voulez bien regagner vos places, déclara Rodriguez avec brusquerie, vous trouverez devant vous un jeu des lettres reçues par la victime. Pendant que notre témoin nous fait un compte rendu des entretiens qu'il a eus avec elle, vous pourrez ainsi vous référer aux messages concernés.

Avec un bref signe de tête à Gurney, il conclut :

— C'est quand vous voulez.

Même si l'autoritarisme de l'homme n'avait plus rien pour surprendre Gurney, celui-ci n'arrivait toujours pas à s'y faire. Il parcourut la table des yeux, regardant chacun bien en face, à l'exception de son guide sur le théâtre du meurtre, lequel feuilletait bruyamment sa liasse de papiers, et de Stimmel, le bras droit du procureur, qui fixait un point dans le vide comme un crapaud pensif.

— Comme l'a indiqué le capitaine, il y a pas mal de sujets à aborder. Il serait peut-être préférable que vous me laissiez vous faire un résumé des événements dans l'ordre où ils se sont produits, et que vous attendiez, pour poser des questions, de connaître toute l'histoire.

Il vit Rodriguez lever la tête pour protester, puis changer d'avis au moment où Kline approuvait la proposition d'un signe de tête.

À sa manière claire, concise (on lui avait dit un jour qu'il aurait pu enseigner la logique), Gurney fit un résumé de l'affaire en vingt minutes – depuis l'e-mail de Mellery demandant à le rencontrer, la série de messages déconcertants et les réactions de Mellery, jusqu'au coup de téléphone de l'assassin et à la lettre glissée dans la boîte (celle mentionnant le chiffre 19).

Kline écouta attentivement de bout en bout et fut le premier à prendre la parole une fois qu'il eut fini.

— Eh bien, voilà une histoire de vengeance épique ! L'assassin était obsédé par l'idée de punir Mellery pour un méfait que celui-ci avait commis il y a des années alors qu'il était en état d'ivresse.

— Pourquoi attendre si longtemps ? demanda le sergent Wigg, que Gurney trouvait plus intéressante chaque fois qu'elle ouvrait la bouche.

Les yeux de Kline scintillaient devant l'éventail de possibilités.

— Peut-être que Mellery a parlé d'un truc dans un

de ses livres. L'assassin a découvert ainsi sa responsabilité dans un drame avec lequel il n'avait pas fait le rapprochement jusque-là. Ou peut-être que le succès de Mellery a été la goutte d'eau qui fait déborder le vase, une humiliation que l'assassin n'a pas pu supporter. Ou peut-être que, comme le prétend le premier billet, ce dernier l'a aperçu un jour dans la rue par hasard. Ce qui a ranimé une vieille haine qui couvait. L'ennemi entre dans le viseur et... pan !

— Pan, mon cul, dit Hardwick.

— Vous n'êtes pas d'accord, enquêteur-chef Hardwick ? demanda Kline avec un petit sourire crispé.

— Des lettres rédigées avec soin, des énigmes chiffrées, des directives pour envoyer un chèque à la mauvaise adresse, une succession de poèmes de plus en plus menaçants, des messages à la police qu'on ne peut lire qu'à l'aide de produits chimiques destinés à faire apparaître d'éventuelles empreintes digitales, des mégots de cigarette d'une propreté chirurgicale, une blessure par balle camouflée, des empreintes de pas n'allant nulle part et une foutue chaise de jardin, bon Dieu ! Si ce n'est pas un plan savamment conçu...

— Mon esquisse de la situation n'avait pas pour but d'exclure la préméditation, répondit Kline. Mais, à ce stade, je suis plus intéressé par le mobile principal que par les détails. J'essaie de comprendre le lien entre le meurtrier et sa victime. Comprendre le lien est en général la clé pour se faire une opinion.

Cette admonestation provoqua un silence désagréable, soudain rompu par Rodriguez.

— Blatt ! aboya-t-il à l'adresse de l'escorte de Gurney, qui regardait fixement ses photocopies des deux premiers messages comme si elles étaient tombées de la planète Mars. Vous avez l'air perdu.

— Je ne pige pas. L'auteur du meurtre envoie une lettre à la victime, lui dit de penser à un nombre et de regarder ensuite dans une enveloppe fermée. Elle pense à 658, regarde dans l'enveloppe et qu'est-ce qu'elle voit... 658. Et d'après vous, c'est vraiment arrivé ?

Avant que quiconque ait eu le temps de répondre, son collègue intervint.

— Et deux semaines plus tard, le tueur remet ça, cette fois par téléphone. Il lui dit de penser à un nombre et d'aller jeter un coup d'œil dans sa boîte aux lettres. La victime pense au nombre 19, va voir dans sa boîte et le nombre 19 est écrit en plein milieu d'une bafouille laissée par le meurtrier. Drôlement bizarre, les gars !

— Nous possédons l'enregistrement du coup de téléphone fait par la victime, dit Rodriguez comme s'il s'agissait d'un exploit personnel. Passez-nous le passage à propos du nombre, Wigg.

Sans commentaire, le sergent tapa sur quelques touches, et, deux ou trois secondes après, la conversation téléphonique entre Mellery et son désaxé – celle que Gurney avait écoutée grâce au dispositif d'audioconférence de Mellery – démarra à la moitié. On pouvait lire sur tous les visages à quel point ils étaient captivés par la voix à l'accent bizarre de l'appelant, et par celle, tendue et apeurée, de Mellery.

— *Maintenant, dites ce nombre tout bas.*
— *Comment ?*
— *Dites le nombre à voix basse.*
— *Que je le dise à voix basse ?*
— *Oui.*
— *Dix-neuf.*

— *Bien, très bien.*

— *Qui êtes-vous ?*

— *Vous ne le savez toujours pas ? Tant de souffrance et vous n'en avez aucune idée... C'est bien ce que je pensais. Je vous ai laissé quelque chose tout à l'heure. Un petit mot. Vous êtes certain de ne pas l'avoir ?*

— *Je ne sais pas de quoi vous parlez.*

— *Ah, mais vous saviez que le nombre était 19.*

— *Vous m'avez demandé de penser à un nombre.*

— *Mais c'était le bon, n'est-ce pas ?*

— *Je ne comprends pas.*

Au bout d'un moment, le sergent Wigg tapa sur deux touches et dit :

— Voilà, c'est tout.

Le bref enregistrement avait laissé Gurney abattu, furieux, écœuré.

Blatt tourna ses paumes vers le haut en un geste de perplexité.

— Bon sang, qu'est-ce que c'était, un type ou une bonne femme ?

— Un homme, très probablement, répondit Wigg.

— Comment le savez-vous ?

— Nous avons effectué une analyse de la voix ce matin, et la sortie imprimante montre davantage de stress quand la fréquence s'élève.

— Et alors ?

— La hauteur varie considérablement d'une phrase voire d'un mot à l'autre, et, dans tous les cas, la voix est nettement moins stressée dans les basses fréquences.

— Ce qui signifie que l'appelant faisait un effort pour parler dans un registre aigu et que le registre grave lui venait plus naturellement ? suggéra Kline.

— Tout à fait, répondit Wigg de sa voix ambiguë mais pas désagréable pour autant. Sans être une preuve formelle, c'est extrêmement révélateur.

— Et le bruit de fond ? demanda Kline.

C'était une question que Gurney avait en tête lui aussi. Il avait perçu des bruits de véhicules sur l'enregistrement, ce qui laissait supposer que l'appel avait été passé à l'extérieur – peut-être dans une rue animée ou un centre commercial à ciel ouvert.

— Nous en saurons davantage après avoir amélioré la qualité, mais il semble d'ores et déjà qu'il y ait trois catégories de bruits : la conversation elle-même, la circulation et le bourdonnement d'une sorte de moteur.

— Combien de temps l'amélioration prendra-t-elle ? s'enquit Rodriguez.

— Tout dépend de la complexité des données captées. Je dirais entre douze et vingt-quatre heures.

— Arrangez-vous pour que ce soit douze.

Après un silence pesant, comme Rodriguez avait l'art d'en créer, Kline demanda à la cantonade :

— Et cette histoire de parler à voix basse ? Qui n'était pas censé entendre Mellery dire le nombre 19 ?

Il se tourna vers Gurney.

— Vous avez une idée ?

— Non. Mais je doute que cela ait quoi que ce soit à voir avec le fait de ne pas être entendu.

— Pourquoi dites-vous ça ? répliqua Rodriguez.

— Parce que parler à voix basse est nul quand on ne veut pas être entendu, chuchota Gurney, de façon parfaitement audible, pour illustrer son propos. C'est comme tant d'autres éléments bizarres dans cette affaire.

— Lesquels ? s'obstina Rodriguez.

— Eh bien, par exemple, pourquoi cette incertitude dans la lettre parlant de novembre ou de décembre ? Pourquoi une arme à feu et une bouteille cassée ? Pourquoi le mystère des empreintes de pas ? Et un dernier détail que personne n'a évoqué : pourquoi aucune trace d'animal ?

— Quoi ? fit Rodriguez d'un air déconcerté.

— D'après Caddy Mellery, son mari et elle ont entendu des cris d'animaux se battant à l'arrière de la maison : c'est pourquoi il est descendu et a ouvert la porte de derrière pour regarder dehors. Mais il n'y avait aucune trace d'animal aux alentours, et elles auraient été extrêmement visibles dans la neige.

— On est en train de s'enliser. Je ne vois pas en quoi la présence ou l'absence de traces de ratons laveurs, ou de je ne sais quelle bestiole, pourrait avoir de l'importance.

— Bon Dieu ! s'exclama Hardwick sans prêter attention à Rodriguez et avec un grand sourire d'admiration à l'intention de Gurney. Vous avez raison. Il n'y avait pas une seule marque dans toute cette neige qui n'ait été faite par la victime ou l'assassin. Pourquoi ne m'en suis-je pas aperçu ?

Kline se tourna vers Stimmel.

— Je n'ai encore jamais vu d'affaire avec autant d'indices et aussi peu qui tiennent debout. Enfin quoi, comment l'assassin a-t-il pu réussir son coup avec cette histoire de nombres ? Et pourquoi deux fois ?

Il regarda Gurney.

— Vous êtes sûr qu'ils ne signifiaient rien pour Mellery ?

— À quatre-vingt-dix pour cent... aussi sûr qu'on peut l'être de quoi que ce soit.

— Pour en revenir au tableau d'ensemble, dit Rodriguez, j'étais en train de penser à la question du mobile que vous avez soulevée tout à l'heure, Sheridan...

Le téléphone portable de Hardwick se mit à sonner. Il l'avait tiré de sa poche et porté à son oreille avant que Rodriguez n'ait eu le temps de protester.

— Merde ! fit-il après avoir écouté pendant une dizaine de secondes. Vous en êtes sûr ?

Il jeta un regard circulaire autour de lui.

— Pas de balle. Ils ont examiné chaque centimètre du mur à l'arrière de la maison. Rien.

— Qu'ils cherchent à l'intérieur, dit Gurney.

— Mais le coup de feu a été tiré à l'extérieur.

— Je sais, mais Mellery n'a probablement pas refermé la porte derrière lui. Une personne inquiète dans une situation semblable l'aurait laissée ouverte. Demande aux techniciens de réfléchir aux différentes trajectoires possibles et de passer au crible les cloisons intérieures qui auraient pu se trouver dans la ligne de mire.

Hardwick transmit rapidement les instructions et mit fin à l'appel.

— Bonne idée, approuva Kline.

— Très bonne, fit Wigg.

— À propos de ces nombres, intervint Blatt, changeant brusquement de sujet, il y a de grandes chances qu'il s'agisse d'un genre d'hypnose ou de perception extrasensorielle, pas vrai ?

— Je ne pense pas, répondit Gurney.

— Mais c'est forcé. Qu'est-ce que ça pourrait être d'autre ?

Hardwick, qui partageait le sentiment de Gurney à ce sujet, répondit le premier.

— Bon sang, Blatt, quand est-ce que la police de l'État a enquêté pour la dernière fois sur un crime impliquant une forme quelconque de contrôle de l'esprit ?

— Mais il savait ce que pensait le type !

Cette fois, ce fut Gurney qui répondit, avec sa diplomatie coutumière.

— Il semble en effet que quelqu'un savait exactement ce que pensait Mellery, mais je parie que nous sommes passés à côté de quelque chose qui se révélera beaucoup plus banal que de la télépathie.

— Permettez-moi de vous poser une question, inspecteur Gurney.

Rodriguez était adossé à son siège, son poing droit niché dans sa paume gauche devant sa poitrine.

— Il devenait rapidement évident, à travers une série de lettres et de coups de téléphone menaçants, que Mark Mellery était la cible d'un fou homicide. Pourquoi ne pas avoir communiqué ces éléments à la police avant le meurtre ?

Le fait que Gurney avait prévu cette question et qu'il était prêt à y répondre ne la rendit pas moins mordante.

— Je vous remercie pour le titre d'inspecteur, capitaine, mais je l'ai abandonné avec mon arme et mon insigne il y a deux ans. Quant à informer la police de ce qui se passait, rien de concret ne pouvait être entrepris sans la coopération de Mark Mellery, et il avait déclaré de façon très nette qu'il n'en était pas question.

— Êtes-vous en train de dire que vous ne pouviez pas porter la situation à la connaissance de la police sans sa permission ?

La voix de Rodriguez était devenue plus aiguë, son attitude plus raide.

— Il m'avait fait clairement comprendre qu'il ne voulait pas que la police s'en mêle, qu'une intervention de celle-ci lui paraissait plus nuisible qu'utile et qu'il ferait tout ce qui était nécessaire pour l'éviter. Si je l'avais mise au courant de l'affaire, il vous aurait donné des réponses évasives et aurait refusé tout échange ultérieur avec moi.

— Échanges ultérieurs qui ne semblent pas lui avoir porté bonheur, n'est-ce pas ?

— Hélas non, capitaine, pour ça vous avez raison.

La modération de la réponse de Gurney, son absence d'animosité prirent Rodriguez momentanément au dépourvu. Sheridan Kline en profita pour se glisser dans l'espace vide.

— Pourquoi refusait-il que la police s'en mêle ?

— D'après lui, elle était trop maladroite et incompétente pour arriver à un résultat positif. Il estimait qu'elle était incapable d'assurer sa sécurité, mais parfaitement capable de compromettre l'image de son institut.

— C'est ridicule ! s'exclama Rodriguez, offusqué.

— « Des éléphants dans un magasin de porcelaine », ne cessait-il de répéter. Il était résolu à ce qu'il n'y ait aucune coopération avec les forces de l'ordre – pas de policiers dans la propriété, pas de contacts entre eux et les résidents, aucune information de sa part. Il semblait prêt à intenter une action en justice au plus petit signe d'ingérence policière.

— Bon, très bien, mais ce que j'aimerais savoir... commença Rodriguez, avant d'être interrompu par le carillon familier du téléphone de Hardwick.

— Ici Hardwick... Oui... Où ça ?... Fantastique... Bon, d'accord. Merci.

Il mit le téléphone dans sa poche et annonça à Gurney, d'une voix suffisamment forte pour que tout le monde entende :

— Ils ont déniché la balle. Dans une cloison. En fait, dans le hall de la maison, en ligne droite depuis la porte de derrière qui était apparemment ouverte quand le coup de feu a été tiré.

— Félicitations, dit le sergent Wigg à Gurney, avant de se tourner vers Hardwick : Une idée du calibre ?

— Ils pensent qu'il s'agit d'un .357, mais on attendra le rapport balistique pour ça.

Kline paraissait préoccupé.

— Est-il possible que Mellery ait eu d'autres motifs de ne pas souhaiter la présence de la police dans les parages ? demanda-t-il sans s'adresser à personne en particulier.

À quoi Blatt, les traits déformés par la perplexité, ajouta sa propre interrogation :

— Qu'est-ce que ça veut dire, des éléphants dans un magasin de porcelaine ?

CHAPITRE 26

Chèque en blanc

Lorsque Gurney eut longé les Catskill et atteint sa ferme à la sortie de Walnut Crossing, il était submergé de fatigue – un brouillard où se mêlaient faim, soif, frustration, tristesse et doute. L'entrée de novembre dans l'hiver rendait les journées désespérément courtes – surtout dans les vallées, où la nuit tombait encore plus tôt à cause des montagnes tout autour. La voiture de Madeleine n'était pas à sa place, près de l'abri de jardin. La neige, qui avait fondu en partie sous le soleil de midi et gelé à nouveau avec le froid de la soirée, craquait sous les pieds.

Un silence de mort régnait dans la maison. Gurney alluma la lampe suspendue au-dessus de l'îlot de la cuisine. Il se rappelait vaguement que Madeleine lui avait dit le matin que le dîner prévu était annulé à cause d'une sorte de réunion à laquelle les femmes voulaient toutes assister, mais les détails lui échappaient. *Elle n'avait donc pas besoin de ces fichus noix de pécan, en fin de compte.* Il mit un sachet de thé Darjeeling dans une tasse, qu'il remplit au robinet avant de la fourrer dans le micro-ondes. Mû par l'habitude, il se dirigea vers son fauteuil à l'autre bout de la pièce. Il s'y enfonça, posa les pieds sur un tabouret en bois. Deux minutes plus tard, le signal sonore du micro-ondes se fondit dans le décor d'un rêve confus.

Il se réveilla au bruit des pas de Madeleine.

Peut-être était-ce de sa part une sensibilité excessive, mais il lui sembla déceler de la colère dans ces pas. À leur direction et à leur proximité, il se dit qu'elle l'avait sans doute aperçu dans le fauteuil, mais qu'elle avait décidé de ne pas lui parler.

Il ouvrit les yeux juste à temps pour la voir sortir de la cuisine et se rendre dans leur chambre. Il s'étira, s'extirpa des profondeurs du siège, alla au buffet prendre un mouchoir en papier et se moucha. Il entendit une porte de placard se fermer, de façon un peu trop brutale, et au bout d'une minute elle était de retour dans la cuisine. Elle avait troqué son chemisier en soie contre un vieux tee-shirt.

— Tu es réveillé, dit-elle.

Il le prit comme une critique du fait qu'il s'était endormi.

Elle alluma une rangée de spots au-dessus du plan de travail et ouvrit le réfrigérateur.

— Tu as mangé ?

La question avait de faux airs d'accusation.

— Non, j'ai eu une journée harassante et, quand je suis rentré, je me suis juste fait une tasse de – ah, flûte, je l'ai oubliée !

Il alla au micro-ondes, retira une tasse de thé sombre et froide et la vida, le sachet et le reste, dans l'évier.

S'approchant de l'évier, Madeleine prit le sachet de thé, qu'elle laissa tomber ostensiblement dans la poubelle.

— Je suis plutôt fatiguée, moi aussi, dit-elle en secouant la tête. Je ne comprends pas pourquoi ces abrutis du coin pensent que bâtir une prison hideuse, entourée de fil barbelé, au beau milieu du plus joli comté de l'État, est une bonne idée.

Voilà que ça lui revenait. Elle lui avait dit ce matin qu'elle avait prévu d'assister à une réunion communale où ce projet controversé devait faire l'objet d'une nouvelle discussion. L'enjeu était de savoir si la ville entrerait en lice pour accueillir des installations que ses détracteurs qualifiaient de prison et ses partisans de centre de soins. Le conflit de nomenclature résultait du vocabulaire bureaucratique ambigu autorisant ce projet pilote dans le cadre d'une nouvelle catégorie d'institutions. Dénommé CTCE – Communauté thérapeutique et correctionnelle d'État –, il aurait pour double objectif l'incarcération et la réhabilitation des délinquants toxicomanes. En fait, le langage bureaucratique était tout à fait incompréhensible et laissait largement la place à l'interprétation et à la polémique.

C'était un sujet délicat entre eux – non pas parce qu'il ne partageait pas son désir d'empêcher que la CTCE s'installe à Walnut Crossing, mais parce qu'il ne livrait pas bataille avec autant d'ardeur qu'elle l'aurait souhaité.

— Il y a probablement une demi-douzaine d'individus qui s'en mettront plein les poches, affirmait-elle d'un air sévère, et le reste des habitants de la vallée – de même que tous ceux qui sont obligés de la traverser en voiture – seront condamnés à voir cette horreur jusqu'à la fin de leurs jours. Et tout ça pour quoi ? Pour la prétendue réhabilitation d'une bande de sales dealers. Et puis quoi encore ?

— D'autres villes sont sur les rangs. Avec un peu de chance, l'une d'elles gagnera.

Elle sourit d'un air navré.

— Oui, si leur conseil municipal est encore plus pourri que le nôtre, ça se pourrait bien.

Ressentant la chaleur de son indignation comme une forme de pression sur lui, il décida de changer de sujet.

— Tu veux que je prépare deux omelettes ?

Il la vit osciller un bref instant entre sa faim et les vestiges de sa colère. Ce fut la faim qui l'emporta.

— Sans poivrons. Je ne les aime pas.

— Alors pourquoi en achètes-tu ?

— Je ne sais pas. Certainement pas pour faire des omelettes.

— Tu veux des oignons ?

— Pas d'oignons.

Elle mit la table pendant qu'il battait les œufs et chauffait la poêle.

— Tu boiras quelque chose ?

Elle secoua la tête. Il savait qu'elle ne buvait jamais rien pendant les repas, mais il demandait malgré tout. Une sorte de petite manie, pensa-t-il, que de continuer à lui poser la question.

Ils ne prononcèrent pas plus de quelques mots jusqu'à ce qu'ils aient fini de manger et poussé leur assiette vide vers le centre de la table comme à l'accoutumée.

— Parle-moi de ta journée, dit-elle.

— Ma journée ? Tu veux dire ma réunion avec les as de l'équipe des homicides ?

— Ça n'a pas l'air de t'avoir beaucoup impressionné…

— Oh, détrompe-toi. Si quelqu'un se mettait en tête de faire un livre sur le fonctionnement d'une équipe dysfonctionnelle, commandée par le Capitaine des Enfers, il lui suffirait de mettre un magnétophone et de transcrire l'enregistrement tel quel.

— Pire que ce dont tu t'es retiré ?

Il mit du temps à répondre, non qu'il doutât de la réponse, mais à cause de la tension qu'il perçut dans le « retiré ». Il décida de réagir aux mots plutôt qu'au ton.

— Certes, il y avait des gens difficiles à New York, mais le méchant capitaine opère à un tout autre niveau d'arrogance et d'incertitude. Il veut absolument en mettre plein la vue au procureur, n'a aucun respect pour ses propres hommes, se fiche éperdument de cette affaire. Chaque question, chaque remarque était soit agressive soit hors sujet, la plupart du temps les deux.

Elle le dévisagea d'un air inquisiteur.

— Ça ne me surprend pas.

— Ce qui signifie ?

Elle haussa légèrement les épaules. On aurait dit qu'elle s'efforçait de se composer l'expression la plus impassible.

— Juste que ça ne me surprend pas. Si tu étais rentré en disant que tu avais passé la journée avec la meilleure équipe d'enquêteurs que tu aies jamais rencontrée, ça, ça m'aurait étonnée. C'est tout.

Il savait pertinemment que ce n'était pas tout. Mais il était suffisamment futé pour savoir que Madeleine était encore plus futée que lui et qu'il n'y avait pas moyen de la forcer à parler de quelque chose si elle n'en avait pas envie.

— En tout cas, le fait est que c'était épuisant et

déprimant. Pour le moment, j'ai l'intention de mettre ça de côté et de faire quelque chose de complètement différent.

Déclaration irréfléchie, qui fut aussitôt suivie d'un blanc mental. Passer à quelque chose de complètement différent n'était pas aussi facile qu'il y paraissait. Les difficultés de la journée continuaient à tourbillonner devant lui, tout comme la réaction énigmatique de Madeleine. À cet instant, l'alternative qui ne cessait de le hanter depuis la semaine précédente, celle qu'il avait réussi à tenir hors de vue, mais pas entièrement hors de son esprit, s'imposa à nouveau. Cette fois à l'improviste, en même temps que le désir soudain d'accomplir le geste auquel il s'était refusé.

— La boîte... dit-il.

Il avait la gorge serrée, la voix râpeuse en abordant le sujet de front avant que son appréhension le reprenne, avant même de savoir comment il allait finir sa phrase.

Elle leva la tête de son assiette vide pour le regarder – calme, curieuse, attentive –, guettant la suite.

— Ses dessins... Qu'est-ce que... je veux dire : pourquoi... ?

Il lutta pour extraire du conflit et du désarroi auxquels il était en proie une question rationnelle.

Effort inutile. La capacité de Madeleine à lire ses pensées dans ses yeux excédait toujours sa propre capacité à les exprimer.

— Il serait bon que nous fassions nos adieux.

Sa voix était douce, détendue.

Il regarda fixement la table basse. À court de mots.

— Cela fait longtemps, reprit-elle. Danny est parti, et nous ne lui avons jamais fait nos adieux.

Il acquiesça, de façon presque imperceptible. Il avait perdu la notion du temps, le cerveau étrangement vide.

Lorsque le téléphone sonna, il eut l'impression d'être réveillé en sursaut, ramené brutalement à la réalité – une réalité faite de problèmes familiers, mesurables, formulables. Madeleine était toujours à table avec lui, mais il n'aurait su dire depuis combien de temps ils se tenaient là.

— Tu veux que je réponde ? demanda-t-elle.

— Ça va. Je vais le prendre.

Il eut un instant d'hésitation, tel un ordinateur en train de charger des données, puis se leva, quelque peu chancelant, et gagna son bureau.

— Gurney.

Répondre au téléphone de cette façon – la façon dont il avait répondu pendant tant d'années à la Brigade criminelle – était une habitude dont il avait du mal à se débarrasser.

La voix à l'autre bout du fil était joviale, énergique, d'une chaleur artificielle. Elle lui rappela cette vieille règle de l'art commercial : toujours sourire en parlant au téléphone, cela donne l'air plus amical.

— Dave, content que vous soyez là ! Ici Sheridan Kline. J'espère que je n'interromps pas votre dîner.

— Que puis-je pour vous ?

— Je n'irai pas par quatre chemins. Je pense que vous êtes le genre d'homme avec qui je peux être tout à fait franc. Je connais votre réputation. Cet après-midi, j'ai eu un aperçu de ce à quoi elle tenait. J'ai été impressionné. J'espère que ça ne vous gêne pas que je vous dise ça.

Gurney se demandait où il voulait en venir.

— Vous êtes très aimable.

— Pas aimable. Sincère. Si je vous appelle, c'est que cette affaire exige quelqu'un de votre acabit, et j'aimerais beaucoup trouver un moyen de profiter de vos talents.

— Vous savez que je suis à la retraite ?

— C'est ce qu'on m'a dit. Et je suis sûr que renouer avec la bonne vieille routine est bien la dernière chose que vous souhaitez. Je ne propose rien de semblable. J'ai dans l'idée que cette affaire risque d'être un très gros morceau, et j'aimerais bénéficier de vos avis.

— Je ne comprends pas très bien ce que vous me demandez de faire.

— L'idéal serait que vous découvriez qui a tué Mark Mellery.

— N'est-ce pas le rôle de la Brigade criminelle ?

— En effet. Et, avec un peu de veine, ils finiront peut-être par y parvenir.

— Mais ?

— Mais je souhaiterais mettre toutes les chances de mon côté. Cette affaire est trop importante pour qu'on s'en remette aux procédures habituelles. Je préférerais avoir un atout dans ma manche.

— Je ne vois pas très bien quelle serait ma place.

— Vous ne vous voyez pas travailler pour la crim' ? Ne vous en faites pas. Je me suis dit que Rod n'était pas votre genre. Non, vous seriez placé sous mon autorité directe. Nous pourrions vous nommer enquêteur auxiliaire ou expert-conseil auprès de mon bureau, comme vous voudrez.

— Cela me prendrait combien de temps ?

— À vous de décider.

Comme Gurney ne répondait pas, il continua :

— Mark Mellery devait sûrement vous admirer et avoir confiance en vous. Il vous a demandé de l'aider à neutraliser un prédateur. Je vous demande de m'aider à neutraliser ce même prédateur. Quoi que vous puissiez m'offrir, je vous en serai reconnaissant.

Bonne technique, pensa Gurney. *Pour la sincérité, il sait y faire.*

— J'en parlerai à ma femme. Je vous recontacterai demain dans la matinée. Donnez-moi un numéro où je puisse vous joindre.

Le sourire dans la voix était épanoui.

— Je vais vous donner celui de mon domicile. J'ai l'impression que vous êtes un lève-tôt comme moi. Appelez n'importe quand à partir de six heures.

Lorsqu'il retourna à la cuisine, Madeleine était toujours à table, mais son humeur avait changé. Elle lisait le *Times*. Il s'assit en face d'elle, à angle droit, de sorte qu'il avait devant lui le vieux poêle Franklin. Il se mit à le contempler sans vraiment le voir, tout en se massant le front comme si la décision qu'il devait prendre était un muscle noué à détendre.

— C'est si pénible que ça ? demanda Madeleine sans lever les yeux de son journal.

— Pardon ?

— Ce à quoi tu penses.

— Le procureur semble désirer vivement mon aide.

— Qu'est-ce que ça a de surprenant ?

— Normalement, on ne fait pas appel à quelqu'un de l'extérieur dans ce genre de chose.

— Mais tu n'es pas simplement quelqu'un de l'extérieur.

— Je suppose que mes liens avec Mellery changent quelque peu la donne.

Elle inclina la tête sur le côté, le transperçant de son regard à rayons X.

— Il a été très flatteur, reprit Gurney en s'efforçant de ne pas paraître flatté.

— Il a sans doute fait une description fidèle de tes talents.

— À côté du capitaine Rodriguez, n'importe qui aurait l'air compétent.

Elle sourit de son humilité embarrassée.

— Qu'est-ce qu'il t'a proposé ?

— Un chèque en blanc, à vrai dire. Je serai sous la responsabilité de son bureau. Néanmoins, je devrai faire bien attention où je mets les pieds. Je lui ai répondu que je déciderais demain matin.

— Décider quoi ?

— Si j'accepte ou pas.

— Tu plaisantes?

— Tu penses que c'est une mauvaise idée ?

— Je veux dire : tu plaisantes en prétendant que tu n'as pas encore décidé ?

— Il y a pas mal de choses en jeu.

— Plus que tu ne pourrais le penser, mais il est évident que tu vas le faire.

Elle se remit à lire son journal.

— Qu'est-ce que tu veux dire par « plus que je ne pourrais le penser » ? demanda-t-il au bout d'un moment.

— Les choix ont parfois des conséquences imprévues.

— Comme ?

Son regard attristé le renseigna sur la stupidité de sa question.

Après un bref silence, il déclara :

— J'ai le sentiment d'avoir une dette envers Mark.

Une lueur d'ironie vint s'ajouter à son précédent regard.

— Qu'est-ce qu'il y a de drôle ?

— C'est la première fois que je t'entends l'appeler par son prénom.

CHAPITRE 27

Prise de contact avec le procureur

L'immeuble des services du comté, qui portait cette terne dénomination depuis 1935, s'était d'abord appelé l'hôpital psychiatrique Bumblebee, lequel avait été fondé en 1899 grâce à la générosité (et, soutenaient en vain ses héritiers dépossédés, la folie passagère) de l'immigré britannique éponyme Sir George Bumblebee. L'édifice de brique rouge sombre, incrusté d'un siècle de suie, dressait sa silhouette lugubre au-dessus de la grand-place. Il était situé à environ un kilomètre et demi du quartier général de la police de l'État et à une heure et quart en voiture de Walnut Crossing.

L'intérieur était encore moins attirant que l'extérieur, pour la raison inverse. Dans les années 1960, il avait été vidé et modernisé. Lustres sales et lambris en chêne avaient été remplacés par des néons éblouissants et par des cloisons blanches. L'esprit de Gurney fut traversé par la pensée que l'éclairage moderne cru servait peut-être à tenir à distance les fantômes fous des anciens patients – une idée curieuse pour un homme s'apprêtant à négocier les détails d'un contrat d'embauche, aussi préféra-t-il se concentrer sur ce que Madeleine lui avait dit le matin avant qu'il parte : « Il a davantage besoin de toi que tu n'as besoin de lui. » Question sur laquelle il médita pendant qu'il attendait de passer le dispositif de sécurité ultraperfectionné du hall. Une fois franchi cet obstacle, il suivit une série de flèches jusqu'à une porte dont le panneau en verre dépoli portait le mot PROCUREUR en élégantes lettres noires.

À l'intérieur, une femme derrière un bureau d'accueil croisa son regard dès qu'il entra. Gurney avait souvent constaté qu'un homme prenait une femme comme assistante pour la compétence, le sexe ou le prestige. La créature à la table semblait offrir les trois. Malgré sa probable cinquantaine, sa coiffure, son teint, son maquillage, ses vêtements et sa silhouette étaient si soignés qu'ils trahissaient une attention presque obsessionnelle aux choses physiques. Le regard avec lequel elle l'examina était aussi décontracté que sensuel. Un petit rectangle de laiton posé sur la table indiquait qu'elle s'appelait Ellen Rackoff.

Avant que l'un ou l'autre n'ait eu le temps de prononcer le moindre mot, une porte à la droite du bureau s'ouvrit, et Sheridan Kline pénétra dans la réception. Son sourire pouvait passer pour de la cordialité.

— Neuf heures pile ! Ça ne m'étonne pas. Vous m'avez fait l'effet de quelqu'un de parole.

— C'est plus simple que le contraire.

— Pardon ? Ah oui, oui, bien sûr.

Sourire plus large, mais moins cordial.

— Que préférez-vous, café ou thé ?

— Café.

— Moi aussi. Je ne bois jamais de thé. Vous êtes plutôt chien ou plutôt chat ?

— Chien, je suppose.

— Avez-vous jamais remarqué que les amateurs de

chiens préfèrent le café ? Le thé est pour les amateurs de chats.

Gurney estima que cela ne méritait pas réflexion. Kline lui fit signe de le suivre dans son bureau, puis prolongea son geste en direction d'un canapé moderne en cuir, lui-même s'installant dans un fauteuil assorti, de l'autre côté d'une table basse en verre, et troquant son sourire contre un air à la gravité presque comique.

— Dave, laissez-moi vous dire combien je suis ravi que vous acceptiez de nous aider.

— À supposer qu'il y ait un rôle approprié pour moi.

Kline battit des paupières.

— La juridiction est un problème délicat, dit Gurney.

— Tout à fait d'accord. Je vais être franc avec vous... vous parler à cœur ouvert, comme on dit.

Gurney cacha une grimace sous un sourire poli.

— Les gens que je connais au NYPD m'ont dit des choses étonnantes à votre sujet. Vous avez été le principal enquêteur dans plusieurs très grosses affaires, l'homme clé, celui qui met les pièces bout à bout, mais quand vient l'heure des félicitations, vous en attribuez toujours le mérite à quelqu'un d'autre. Il paraît que vous aviez le plus grand talent et le plus petit ego du département.

Gurney sourit, non pas à cause du compliment, qu'il savait calculé, mais à cause de l'expression de Kline, qui semblait complètement déconcerté par l'idée que l'on puisse répugner à jouer les vedettes.

— J'aime le travail. Pas attirer les regards.

Pendant un long moment, Kline eut l'air d'essayer d'identifier une saveur indéfinissable dans sa nourriture, puis il renonça.

Il se pencha en avant.

— Dites-moi comment vous pourriez avoir un impact sur cette affaire, d'après vous.

C'était la question cruciale. Imaginer une réponse possible avait occupé la majeure partie du trajet de Gurney depuis Walnut Crossing.

— En tant qu'analyste-conseil.

— Ce qui veut dire ?

— L'équipe d'investigation de la crim' s'occupe de récolter, d'analyser et de conserver les indices, d'interroger les témoins, de suivre les pistes, de vérifier les alibis et de formuler des hypothèses de travail concernant l'identité, les faits et gestes ainsi que les mobiles de l'assassin. Ce dernier point est essentiel, et c'est celui pour lequel je crois pouvoir être d'une certaine utilité.

— De quelle façon ?

— Examiner les faits dans une situation complexe et échafauder un scénario plausible est la seule partie de mon travail dans laquelle j'aie jamais été bon.

— J'en doute.

— D'autres sont plus doués pour ce qui est d'interroger les suspects, de découvrir des indices sur la scène...

— Comme des balles que personne d'autre ne savait où chercher ?

— Un coup de chance. En général, il y a toujours quelqu'un de meilleur que moi pour chaque petite portion d'une enquête. Mais quand il s'agit de coller les morceaux ensemble, de décider ce qui a de l'importance et ce qui n'en a pas, alors c'est tout à fait dans mes capacités. Sur le terrain, je n'avais pas toujours raison, mais j'avais raison suffisamment souvent pour que cela fasse une différence.

— Vous avez donc un ego, en fin de compte.

— On peut appeler ça comme ça. Je connais mes limites, et aussi mes points forts.

Il savait également, après des années d'interrogatoires, comment certaines personnalités réagissaient à certaines attitudes, et il ne se trompa pas à propos de Kline. Le regard de l'homme reflétait une connaissance plus satisfaisante de cette saveur exotique sur laquelle il s'était efforcé de mettre un nom.

— Nous devrions parler rémunération. Je songeais à un tarif horaire que nous avions fixé dans le temps pour certaines catégories d'experts. Je peux vous proposer soixante-quinze dollars de l'heure, plus les frais – dans la limite du raisonnable –, avec effet immédiat.

— C'est parfait.

Kline tendit sa main de politicien.

— Je me réjouis de travailler avec vous. Helen a préparé un paquet de formulaires, décharges, déclarations sous serment, accords de confidentialité. Si vous voulez lire tout ce que vous signez, cela risque de vous prendre un peu de temps. Elle vous indiquera un bureau que vous pourrez utiliser. Il y a des détails que nous devrons mettre au point au fur et à mesure. Je vous tiendrai moi-même au courant de toute nouvelle information que je pourrais recevoir de la crim' ou de mes propres hommes, et je vous inclurai dans les réunions de synthèse comme celle d'hier. Si vous avez besoin de discuter avec l'équipe d'investigation, adressez-vous pour cela à mon bureau. Pour vous entretenir avec des témoins, suspects, personnes dignes d'intérêt – même chose, par l'intermédiaire de mon bureau. Ça vous va ?

— Oui.

— Vous ne parlez pas pour ne rien dire. Moi non plus. Maintenant que nous allons travailler ensemble, j'aimerais vous demander quelque chose.

Kline se cala dans son fauteuil et joignit les mains, conférant un poids supplémentaire à sa question.

— Pourquoi tirer sur quelqu'un avant de le frapper quatorze fois avec un tesson de bouteille ?

— Normalement, un nombre de coups aussi important ferait penser à un acte de rage ou à une tentative de sang-froid pour en donner l'apparence. Le nombre exact ne veut probablement rien dire.

— Mais pourquoi tirer d'abord ?

— Cela laisserait supposer que les coups à la gorge avaient un but autre que celui de tuer.

— Je ne vous suis pas, répondit Kline en inclinant la tête sur le côté comme un oiseau curieux.

— On a tiré sur Mellery à une très courte portée. La balle a sectionné la carotide. Il n'y avait aucun signe dans la neige qu'on ait lâché ou jeté l'arme à feu. Par conséquent, l'assassin a probablement pris le temps d'enlever le tissu qu'il avait mis autour pour atténuer le bruit, puis de ranger l'arme dans une poche ou dans un étui avant de se rabattre sur la bouteille cassée et de la positionner de façon à poignarder la victime – gisant à présent, sans connaissance, dans la neige. La blessure artérielle devait saigner abondamment à ce stade. Alors, pourquoi prendre la peine de l'égorger ? Ce n'était pas pour tuer sa victime – qui, en pratique, était déjà morte. Non, l'objectif de l'assassin était nécessairement soit d'effacer les traces du coup de feu...

— Pour quelle raison ? demanda Kline, s'avançant sur son siège.

— Je l'ignore. Ce n'est qu'une hypothèse. Mais il est plus vraisemblable, vu le contenu des lettres ayant précédé l'attentat et le mal qu'il s'est donné pour apporter la bouteille cassée, que ces blessures à la gorge ont une signification rituelle.

— Satanique ?

L'expression horrifiée de Kline cachait mal son engouement pour le potentiel médiatique d'un tel mobile.

— J'en doute. Aussi insensées que puissent paraître les lettres, elles ne me donnent pas l'impression de l'être de cette manière-là. Non, je veux dire « rituelle » dans le sens où perpétrer le meurtre selon un schéma précis était important pour lui.

— Un fantasme de vengeance ?

— Possible, répondit Gurney. Ce ne serait pas le premier assassin à avoir passé des mois, voire des années, à imaginer comment il allait se venger de quelqu'un.

Kline semblait troublé.

— Si la partie essentielle de l'assassinat était l'égorgement, pourquoi s'embêter avec une arme à feu ?

— Invalidité immédiate. Il tenait à ce que ce soit une chose sûre, et une arme à feu est un moyen plus sûr qu'une bouteille cassée pour réduire une victime à l'impuissance. Après tout le soin qu'il avait pris à organiser son affaire, il ne voulait pas que quoi que ce soit tourne mal.

Kline opina, avant de sauter à une autre pièce du puzzle.

— Rodriguez soutient que le meurtrier est l'un des résidents.

Gurney sourit.

— Lequel ?

— Il ne peut pas encore le dire, mais il en mettrait sa main au feu. Vous n'êtes pas d'accord ?

— L'idée n'est pas totalement absurde. Les résidents sont logés dans l'enceinte de l'institut, ce qui les met tous, sinon sur la scène du crime, du moins à une distance commode. Ils forment indéniablement un groupe haut en couleur : drogués, personnalités instables, dont au moins une avec des accointances dans les milieux du grand banditisme.

— Mais ?

— Cela pose des problèmes pratiques.

— Quoi par exemple ?

— Traces de pas et alibis, pour commencer. Tout le monde s'accorde à dire que la neige a débuté à la tombée de la nuit pour continuer jusqu'à minuit. D'après les empreintes de pas, le meurtrier est entré dans la propriété depuis la route alors que la neige avait complètement cessé.

— Comment pouvez-vous en être certain ?

— Les empreintes existantes ne sont pas recouvertes de neige fraîche. Pour qu'un des résidents les aient faites, il aurait fallu qu'il quitte le bâtiment principal avant que la neige se mette à tomber, dans la mesure où il n'y a aucune trace partant de la maison.

— En d'autres termes...

— En d'autres termes, quelqu'un aurait été absent entre le crépuscule et minuit. Ce qui n'est pas le cas.

— Comment le savez-vous ?

— Officiellement, je n'en sais rien. Disons qu'il s'agit d'une rumeur provenant de Jack Hardwick. À en croire les résumés d'interrogatoires, chaque individu a été vu par au moins six autres à divers moments de la soirée. De sorte que, à moins que tout le monde mente, tout le monde était présent.

Kline semblait réticent à écarter l'éventualité que tout le monde puisse mentir.

— Peut-être que quelqu'un dans la maison a bénéficié d'une aide.

— Vous voulez dire, peut-être que quelqu'un dans la maison a engagé un tueur à gages ?

— Quelque chose de ce genre.

— Alors, pourquoi être là tout bêtement ?

— Je ne vous suis pas.

— La seule raison pour laquelle les résidents actuels sont suspects tient à leur proximité physique avec le meurtre. Si vous aviez engagé quelqu'un d'extérieur pour commettre ledit meurtre, pourquoi vous mettre vous-même dans cette proximité, en premier lieu ?

— L'excitation ?

— Ce n'est pas inconcevable, je suppose, répondit Gurney avec un manque d'enthousiasme évident.

— Bon, oublions les résidents pour l'instant. Que diriez-vous d'un crime mafieux commandité par quelqu'un d'autre qu'un des résidents ?

— C'est la théorie de rechange de Rodriguez ?

— Il pense que c'est une possibilité. Pas vous, à en juger par votre expression.

— Je ne vois pas la logique. Il est probable qu'il n'aurait même pas eu cette idée si Patty Cakes ne se trouvait pas faire partie des résidents. Tout d'abord, il n'y a rien dans ce que l'on connaît actuellement sur Mark Mellery qui puisse faire de lui la cible d'un gang...

— Attendez une minute. Supposez que le gourou persuasif ait incité un de ses pensionnaires – quelqu'un comme Patty Cakes – à lui confier quelque chose, vous savez, pour favoriser l'harmonie intérieure, la paix spirituelle ou je ne sais quelle baliverne que Mellery professait à ces zèbres.

— Et ?

— Et peut-être que, plus tard, une fois rentré chez lui, le méchant a fini par se dire qu'il avait peut-être été un peu imprudent avec toutes ces histoires de sincérité et d'ouverture d'esprit. Que l'harmonie avec l'univers avait beau être un truc formidable, ça ne méritait pas de courir le risque de refiler des informations susceptibles de vous attirer de sérieux ennuis. Peut-être que, quand il n'a plus été sous le charme du gourou, le méchant s'est remis à penser en termes pratiques. Et qu'il a engagé quelqu'un pour éliminer le risque qui le tracassait.

— Hypothèse intéressante.

— Mais ?

— Mais il n'y a pas un homme de main au monde qui s'embarrasserait de devinettes comme celles qu'implique ce meurtre précis. Les types qui tuent pour de l'argent n'accrochent pas leurs chaussures aux branches des arbres et ne laissent pas de poèmes sur les cadavres.

Kline semblait sur le point de se lancer dans une discussion à ce propos quand la porte s'ouvrit après un coup frappé pour la forme. La créature tirée à quatre épingles de la réception entra avec un plateau laqué chargé de deux tasses et soucoupes en porcelaine, d'une cafetière élégante, d'un sucrier et d'un pot à crème fragiles, et d'une assiette Wedgwood contenant quatre biscottis. Elle posa le plateau sur la table basse.

— Rodriguez a téléphoné, annonça-t-elle avec un regard à Kline, avant d'ajouter, comme en réponse à une question télépathique : Il est en route, il a précisé qu'il serait là dans quelques minutes.

Kline se tourna vers Gurney pour voir sa réaction.

— Rod m'a appelé tout à l'heure, expliqua-t-il. Il semblait désireux d'exprimer son avis sur l'affaire. Je lui ai suggéré de faire un saut pendant que vous étiez là. J'aime bien que tout le monde ait toutes les infos en même temps. Plus nous en saurons, mieux cela vaudra. Pas de cachotteries.

— Bonne idée, dit Gurney, soupçonnant que le motif de Kline pour les avoir là tous les deux n'avait rien à voir avec la transparence, mais tout avec un penchant à diviser pour mieux régner.

L'assistante de Kline quitta la pièce, mais pas avant que Gurney n'ait surpris le sourire entendu style Mona Lisa sur son visage, confirmant sa propre vision des choses.

Kline versa deux cafés. Les tasses en porcelaine avaient l'air anciennes et coûteuses, mais il lui tendit la sienne sans fierté ni appréhension, ce qui renforça l'impression de Gurney que le procureur prodige possédait l'aisance des bien-nés, et que l'application de la loi n'était qu'une étape vers quelque chose de plus compatible avec une origine patricienne. Qu'est-ce que Hardwick lui avait murmuré à la réunion de la veille ? Qu'il rêvait de devenir gouverneur ? Ce vieux cynique de Hardwick avait peut-être raison une fois de plus. Ou peut-être que Gurney accordait un peu trop d'importance à la façon dont un homme tient une tasse.

— Au fait, dit Kline en se renversant dans son fauteuil, la balle dans le mur, celle dont on pensait qu'elle provenait d'un .357... ce n'était pas le cas. Une simple supposition basée sur la taille du trou dans la cloison avant qu'on la retire. D'après la balistique, il s'agit en réalité d'un .38 spécial.

— Bizarre.

— Assez courant, en fait. Une arme de poing standard dans beaucoup de services de police jusqu'aux années 1980.

— Le calibre est courant, mais le choix bizarre.

— Je ne comprends pas.

— L'assassin a pris la peine d'étouffer la détonation, de la rendre aussi silencieuse que possible. Si le bruit constituait un souci majeur, un .38 Special n'était pas vraiment l'arme indiquée. Un pistolet .22 aurait été beaucoup plus judicieux.

— C'était peut-être la seule arme qu'il possédait.

— Peut-être.

— Mais vous n'êtes pas convaincu ?

— C'est un perfectionniste. Il a sans doute pris soin de vérifier qu'il avait l'arme qui convenait.

Kline lança à Gurney un regard de contre-interrogateur.

— Vous vous contredisez. D'abord, vous dites que les indices montrent qu'il voulait que la détonation fasse le moins de bruit possible. Puis vous prétendez qu'il n'a pas pris la bonne arme pour ça. Et maintenant, vous déclarez que ce n'est pas le genre de type à se tromper d'arme.

— Étouffer la détonation était important. Mais il y avait peut-être quelque chose d'encore plus important.

— Comme quoi ?

— Si cette affaire présente un aspect rituel, il se peut que le choix de l'arme en fasse partie. Que la nécessité de perpétrer le meurtre d'une certaine façon soit passée avant le problème du bruit. Qu'il ait agi comme il se sentait l'obligation de le faire et qu'il se soit arrangé au mieux pour le bruit.

— Quand vous dites rituel, j'entends psychopathe. Croyez-vous que ce type soit fou ?

— *Fou* ne me semble pas un terme très pertinent, répondit Gurney. Jeffrey Dahmer a été déclaré pleinement responsable, et il mangeait ses victimes. Pleinement responsable également, David Berkowitz, qui tuait les gens parce qu'un chien démoniaque lui en donnait l'ordre.

— Vous pensez que nous avons affaire au même genre de cas ?

— Pas exactement. Notre assassin est assoiffé de vengeance et obsédé – obsédé au point de souffrir d'un déséquilibre psychologique, mais probablement pas au point de manger des morceaux de cadavre ou de recevoir ses ordres d'un chien. Il est manifestement très malade, mais il n'y a rien dans les lettres qui corresponde aux symptômes de la psychose.

On frappa à la porte.

Kline fronça pensivement les sourcils, plissa les lèvres, sembla soupeser l'opinion de Gurney – ou peut-être essayait-il de se donner l'air de quelqu'un qu'un simple coup frappé à la porte ne saurait aisément distraire.

— Entrez, finit-il par dire d'une voix forte.

La porte s'ouvrit, et Rodriguez fit son apparition. Il n'arrivait pas à cacher totalement sa contrariété de voir Gurney.

— Rod ! beugla Kline. C'est gentil à vous d'être venu. Asseyez-vous.

Évitant ostensiblement le canapé sur lequel était installé Gurney, il choisit un fauteuil en face de Kline.

Le procureur arborait un sourire radieux. Gurney

supposa que c'était à l'idée d'assister à un duel de points de vue.

— Rod souhaitait nous faire part de son sentiment actuel sur l'affaire.

On aurait dit un arbitre présentant deux boxeurs l'un à l'autre.

— J'ai hâte de l'entendre, répondit doucement Gurney.

Pas assez doucement pour empêcher Rodriguez d'y voir une provocation déguisée. Il ne semblait plus tellement pressé d'exprimer son opinion.

— Tout le monde s'est polarisé sur les arbres, dit-il, suffisamment fort pour être entendu dans une pièce bien plus vaste que le bureau de Kline. On en oublie la forêt !

— La forêt étant... ? demanda Kline.

— La forêt étant la grande question de l'opportunité. Chacun se noie dans des spéculations sur le mobile et les malheureux petits détails de la méthode. On est en train de perdre de vue la question numéro un : une baraque pleine de camés et autre racaille ayant facilement accès à la victime.

Gurney se demanda si cette réaction du capitaine résultait du fait qu'il avait l'impression que son autorité sur l'affaire était menacée ou s'il y avait autre chose.

— Quelles mesures proposez-vous ? demanda Kline.

— J'ai demandé qu'on procède à un nouvel interrogatoire de tous les résidents et qu'on examine leurs antécédents de plus près. Nous allons retourner quelques pierres dans la vie de ces salopards de toxicos. J'aime mieux vous le dire tout de suite : l'un d'entre eux a fait le coup, et ce n'est qu'une question de temps avant que nous découvrions lequel.

— Qu'en pensez-vous, Dave ?

Le ton de Kline était presque trop désinvolte, comme s'il s'efforçait de dissimuler le plaisir qu'il ressentait à provoquer une bataille.

— Effectuer de nouveaux interrogatoires et examiner les antécédents pourrait être utile.

— Utile mais pas nécessaire ?

— On ne le saura qu'une fois que ce sera fait. Il pourrait être également utile d'aborder la question de l'opportunité, ou de l'accès à la victime, dans un contexte plus large – par exemple, les auberges ou les gîtes ruraux des alentours qui se trouveraient à une distance non moins commode que les logements des résidents de l'institut.

— Je suis prêt à parier qu'il s'agit d'un résident, persista Rodriguez. Quand un nageur disparaît dans des eaux infestées de requins, ce n'est pas parce qu'il a été kidnappé par un type qui faisait du ski nautique dans le coin.

Il lança un regard furieux à Gurney, dont il interpréta le sourire comme un défi.

— Soyons réalistes !

— Est-ce qu'on cherche dans les gîtes ruraux, Rod ? demanda Kline.

— On cherche partout.

— Bien. Dave, est-ce qu'il y a autre chose que vous inscririez sur votre liste de priorités ?

— Rien qui ne soit déjà en cours. Tests sur le sang ; fibres étrangères sur et autour de la victime ; marque, disponibilité et tout trait distinctif des chaussures ; comparaisons balistiques ; analyse de l'enregistrement du coup de téléphone donné par l'assassin à Mellery, avec amélioration des bruits de fond et identification de la tour émettrice s'il s'agit d'un téléphone cellulaire ; liste des appels passés par les résidents depuis un poste fixe ou un portable ; analyse de l'écriture des lettres, ainsi que du papier et de l'encre ; profil psychologique à partir des divers messages et du mode opératoire du meurtrier ; vérification dans la base de données du FBI concernant les lettres de menaces. Je pense avoir fait le tour. Est-ce que j'oublie quelque chose, capitaine ?

Avant que Rodriguez n'ait eu le temps de répondre, ce qu'il ne semblait pas pressé de faire, l'assistante de Kline ouvrit la porte et s'avança dans le bureau.

— Excusez-moi, monsicur, dit-elle avec un respect qui semblait surtout destiné à la galerie, il y a un sergent Wigg qui veut voir le capitaine.

Rodriguez fronça les sourcils.

— Faites-la venir, dit Kline, dont la soif de confrontation paraissait sans bornes.

La rousse androgyne de la réunion au QG de la Brigade criminelle entra, vêtue du même tailleur bleu ordinaire et munie du même ordinateur.

— Que voulez-vous, Wigg ? demanda Rodriguez, plus agacé que curieux.

— Nous avons découvert quelque chose, monsieur. Cela m'a semblé suffisamment important pour être porté à votre attention.

— Eh bien ?

— C'est à propos des chaussures, monsieur.

— Les chaussures ?

— Celles dans l'arbre.

— Qu'est-ce qu'elles ont ?

— Puis-je poser ça sur la table basse ? demanda Wigg en indiquant son ordinateur.

Rodriguez se tourna vers Kline. Qui opina.

Au bout de trente secondes et de quelques frappes de clavier, les trois hommes contemplaient deux photos en écran divisé montrant des empreintes de chaussures apparemment identiques.

— Celles de gauche sont les empreintes relevées sur la scène du crime. Celles de droite, des empreintes que nous avons faites dans la même neige avec les chaussures récupérées dans l'arbre.

— Ainsi, les chaussures dont proviennent les traces sont celles que nous avons trouvées au bout de la piste. Vous n'aviez pas besoin de faire tout ce chemin pour nous dire ça.

Gurney ne put résister à l'envie de l'interrompre.

— Je pense que le sergent Wigg est venue nous dire exactement le contraire.

— Insinuez-vous que les chaussures dans l'arbre ne sont pas celles que portait l'assassin ? demanda Kline.

— Ça n'a aucun sens, protesta Rodriguez.

— Comme presque tout dans cette affaire, rétorqua Kline. Sergent ?

— Les chaussures sont de la même marque, du même style, de la même pointure. L'une et l'autre paires flambant neuves. Mais il s'agit à coup sûr de deux paires distinctes. La neige, surtout quand la température avoisine zéro, constitue un excellent support pour l'enregistrement des détails. Le détail significatif, en l'occurrence, est la minuscule déformation de cette partie de la semelle.

Elle indiqua avec un crayon pointu une excroissance presque invisible sur le talon d'une des chaussures de droite, celles provenant de l'arbre.

— Cette déformation, qui a probablement eu lieu lors de la fabrication, apparaît sur toutes les empreintes que nous avons réalisées avec la chaussure en question, mais sur aucune des empreintes de la scène du crime. La seule explication plausible est qu'elles ont été faites par des chaussures différentes.

— Il doit y avoir une autre explication.

— À quoi pensez-vous, monsieur ?

— Je voulais simplement dire qu'il est probable que quelque chose nous échappe.

Kline s'éclaircit la gorge.

— Supposons que le sergent Wigg ait raison et que nous ayons affaire à deux paires de chaussures – l'une portée par l'auteur du meurtre et l'autre accrochée dans l'arbre au bout de la piste. Qu'est-ce que cela peut bien signifier ? Qu'est-ce que cela nous suggère ?

Rodriguez regarda l'écran d'ordinateur d'un air mauvais.

— Absolument rien d'utile pour attraper le meurtrier.

— Et vous, Dave ?

— La même chose que le billet laissé sur le corps. Il s'agit d'un autre type de billet... disant : « Attrapez-moi si vous pouvez, mais vous ne pouvez pas parce que je suis plus malin que vous. »

— Comment est-ce qu'une seconde paire de chaussures peut vous dire ça ?

Il y avait de la colère dans la voix de Rodriguez.

Gurney répondit avec un calme presque somnolent – sa réaction habituelle à la colère, d'aussi loin qu'il s'en souvenait.

— Toutes seules, elles ne me diraient rien. Mais, si on leur ajoute les autres détails bizarres, le tout ressemble de plus en plus à un jeu sophistiqué.

— Si c'est un jeu, l'objectif est de détourner notre attention, et c'est en train de réussir, répliqua Rodriguez avec mépris.

Comme Gurney ne réagissait pas, Kline le força à le faire.

— Vous ne semblez pas d'accord avec ça.

— Je pense que le jeu est plus qu'une diversion. Je pense que c'est l'essentiel.

Rodriguez se leva de son fauteuil, dégoûté.

— À moins que vous n'ayez encore besoin de moi, Sheridan, il faut que je retourne à mon bureau.

Ayant donné à Kline une poignée de main maussade, il s'éclipsa. Kline ne manifesta aucune réaction à ce départ brutal.

— Eh bien, dites-moi, déclara-t-il au bout d'un moment en se penchant vers Gurney, que devrions-nous faire que nous ne faisons pas ? De toute évidence, vous n'avez pas la même vision de la situation que Rod.

Gurney haussa les épaules.

— S'intéresser de plus près aux résidents ne peut pas faire de mal. Il aurait fallu s'en occuper à un moment ou à un autre. Mais le capitaine a plus d'espoir que moi que cela débouche sur une arrestation.

— Vous voulez dire que c'est une perte de temps, en définitive ?

— C'est une procédure d'élimination nécessaire. Simplement, je ne pense pas que l'assassin soit un des résidents. Le capitaine ne cesse de mettre l'accent sur l'importance de l'opportunité – la facilité qu'aurait procurée à l'assassin sa présence dans la propriété. Pour ma part, j'y verrais plutôt un inconvénient – trop de chances d'être vu en quittant ou en regagnant sa chambre, trop d'affaires à dissimuler. Où aurait-il mis la chaise de jardin, les chaussures de marche, la bouteille, l'arme à feu ? Pour ce genre d'individu, les risques et complications auraient été inacceptables.

Kline haussa un sourcil curieux et Gurney poursuivit.

— Sur un axe personnalité organisée-désorganisée, ce type est hors pair côté organisé. Son attention aux détails est extraordinaire.

— Vous voulez dire, comme changer le sanglage de la chaise de jardin pour qu'il soit tout blanc et que cela réduise sa visibilité dans la neige ?

— Oui. Il est aussi extrêmement maître de lui sous la pression. Il n'a pas quitté la scène du crime en courant, mais en marchant. Les empreintes de pas depuis la terrasse jusqu'aux bois reflètent un tel calme qu'on croirait qu'il est sorti faire une petite promenade.

— Cette fureur à frapper la victime avec une bouteille de whiskey cassée ne me paraît pas correspondre à l'attitude d'un homme particulièrement calme.

— Si c'était arrivé dans un bar, vous auriez raison. Mais souvenez-vous que la bouteille a été soigneusement préparée à l'avance, qu'on l'a même nettoyée pour effacer les empreintes. Je dirais que cette fureur apparente était aussi planifiée que le reste.

— D'accord, admit lentement Kline. Décontracté, calme, organisé. Quoi d'autre ?

— Un perfectionniste dans sa façon de communiquer. Instruit – avec un goût pour le langage et la poésie. Juste entre nous, j'irais même jusqu'à dire que les poèmes ont cet étrange formalisme qui n'est pas sans rappeler l'espèce de pédanterie que l'on rencontre parfois dans le raffinement de première génération.

— De quoi parlez-vous donc ?

— L'enfant cultivé de parents sans éducation, désireux de se distinguer à tout prix. Mais, comme je l'ai dit, ce n'est là qu'une extrapolation qui ne repose sur rien de solide.

— Autre chose ?

— Doux à l'extérieur, plein de haine à l'intérieur.

— Et vous ne pensez pas que ce soit un des résidents ?

— Non. De son point de vue, l'avantage d'une proximité accrue serait contrecarré par le désavantage d'un risque accru.

— Vous êtes quelqu'un de très logique, inspecteur Gurney. Croyez-vous que l'assassin soit aussi logique ?

— Oh, oui. Aussi logique que pathologique. Hors norme dans les deux cas.

CHAPITRE 28

Retour à la scène du crime

Comme le trajet pour revenir du bureau du procureur l'obligeait à traverser Peony, Gurney en profita pour faire un arrêt à l'institut.

La carte temporaire fournie par l'assistante de Kline lui permit de passer le flic au portail sans avoir à répondre à des questions. Tandis qu'il respirait l'air froid, il se fit la réflexion que la journée était étrangement semblable à la matinée ayant suivi le meurtre. La couche de neige, qui, entre-temps, avait fondu en partie, s'était reconstituée. Les rafales nocturnes, fréquentes dans les zones élevées des Catskill, avaient rafraîchi et blanchi le paysage.

Gurney décida de refaire le chemin de l'assassin, au cas où il remarquerait quelque chose dans les environs qu'il n'avait pas vu la première fois. Il suivit l'allée jusqu'au parking, gagna l'arrière de la grange, où avait été retrouvée la chaise de jardin. Il regarda autour de lui, essayant de comprendre pourquoi l'auteur du meurtre avait choisi cette place pour s'asseoir. Sa concentration fut soudain distraite par le bruit d'une porte qui s'ouvre et se referme et par une voix rauque qu'il connaissait bien.

— Bordel de merde ! On devrait réclamer un raid aérien pour raser ce putain d'endroit.

Jugeant préférable de révéler sa présence, Gurney franchit la haute haie qui séparait le périmètre de la grange de la terrasse derrière la maison. Le sergent Hardwick et Tom Cruise Blatt l'accueillirent avec des regards peu amènes.

— Qu'est-ce que tu fiches ici ? demanda Hardwick.

— Un arrangement temporaire avec le procureur. Je voulais juste jeter un nouveau coup d'œil à la scène. Désolé de vous interrompre, mais j'ai pensé que vous auriez peut-être envie de savoir que j'étais là.

— Dans les buissons ?

— Derrière la grange. À l'emplacement où était assis l'assassin.

— Pour quoi faire ?

— Une meilleure question serait pourquoi *lui* se trouvait là ?

Hardwick haussa les épaules.

— Pour se tapir dans l'obscurité ? Faire une pause cigarette dans sa foutue chaise de jardin ? Guetter le moment propice ?

— Qu'est-ce qui aurait rendu le moment propice ?

— Quelle importance ?

— Je ne sais pas. Mais pourquoi patienter ici ? Et pourquoi arriver sur les lieux à l'avance, au point d'avoir besoin d'apporter une chaise ?

— Peut-être qu'il avait prévu d'attendre que les Mellery soient couchés. Qu'il comptait faire le guet jusqu'à ce que toutes les lumières soient éteintes.

— D'après Caddy Mellery, ils sont allés se coucher et ont éteint de bonne heure. Et le coup de fil qui les a réveillés était presque certainement de l'assassin –

ce qui signifie qu'il les voulait éveillés, pas endormis. Et s'il tenait à s'assurer que les lumières étaient éteintes, pourquoi se poster à un des seuls endroits d'où il lui était impossible de voir les fenêtres du haut ? En fait, d'après la position de sa chaise, c'est tout juste s'il arrivait à voir la maison.

— Ce qui veut dire quoi, à ton avis ? fanfaronna Hardwick, son ton démenti par la lueur inquiète dans ses yeux.

— Ce qui veut dire ou bien qu'un criminel extrêmement ingénieux, méticuleux, s'est donné un mal fou pour faire quelque chose d'insensé, ou bien que notre reconstitution de ce qui s'est passé ici est fausse.

Blatt, qui avait suivi la conversation comme s'il s'agissait d'un match de tennis, regardait fixement Hardwick.

Lequel donnait l'impression d'avoir un mauvais goût dans la bouche.

— Vous croyez que vous pourriez dégoter du café ?

Blatt fit la moue en guise de protestation, avant de battre en retraite vers la maison, sans doute pour faire ce qu'on lui disait.

Hardwick alluma une cigarette en prenant son temps.

— Il y a autre chose qui n'a pas de sens. J'ai lu un rapport sur les empreintes. L'intervalle entre les traces de pas allant de la route à l'emplacement de la chaise derrière la grange est en moyenne de sept centimètres plus grand que celui mesuré entre celles qui vont du cadavre aux bois.

— Autrement dit, l'assassin aurait marché plus vite en arrivant qu'en repartant ?

— C'est ça.

— Par conséquent, il était plus pressé d'aller jusqu'à

la grange, de s'asseoir et d'attendre que de prendre la poudre d'escampette après le meurtre ?

— C'est du moins l'interprétation de Wigg, et je n'en vois pas d'autre.

Gurney secoua la tête.

— Je t'assure, Jack, on prend les choses par le mauvais bout. Et, à ce propos, il y a un autre détail curieux qui me chiffonne. Où exactement a-t-on découvert cette bouteille de whiskey ?

— À une trentaine de mètres du corps, le long des empreintes sortantes.

— Pourquoi à cet endroit ?

— Parce que c'est là qu'il l'a laissée tomber. Quel est le problème ?

— Pourquoi la trimballer jusque-là ? Pourquoi ne pas la laisser près du corps ?

— Une étourderie. Dans le feu de l'action, il ne s'est pas aperçu qu'il l'avait toujours à la main. Lorsqu'il s'en est rendu compte, il l'a jetée. Je ne vois pas le problème.

— Il n'y en a peut-être pas. Sauf que les empreintes sont très régulières, signe d'une marche détendue, paisible – comme si tout se déroulait à merveille.

— Où veux-tu en venir, bon sang ?

Hardwick était en proie à la même frustration qu'un homme s'escrimant à mettre ses provisions dans un sac déchiré.

— Tout dans cette affaire donne l'impression d'être très maîtrisé, planifié – complètement cérébral. Mon intuition me dit que, si les choses se présentent ainsi, c'est pour une raison précise.

— Tu veux dire que c'est à dessein qu'il a parcouru une trentaine de mètres avec l'arme avant de la laisser tomber ?

— C'est mon avis.

— Quelle raison aurait-il pu avoir ?

— Quel effet est-ce que ça nous a fait ?

— De quoi tu parles ?

— Ce type est aussi focalisé sur la police qu'il l'était sur Mark Mellery. Il ne t'est pas venu à l'idée que les bizarreries de la scène du crime étaient peut-être un jeu qu'il jouait avec nous ?

— Non, ça ne m'est pas venu à l'idée. Franchement, ça me paraît plutôt farfelu.

Se retenant de répliquer, Gurney déclara :

— D'après ce que j'ai compris, le capitaine Rod continue à penser que notre homme est l'un des résidents.

— Ouais, « un des cinglés de l'asile », pour reprendre son expression.

— Tu es d'accord ?

— Que ce sont des cinglés ? Tout à fait. Que l'un d'entre eux soit le meurtrier ? Peut-être.

— Ou peut-être pas ?

— Je me demande. Mais ne le répète pas à Rodriguez.

— Il a des candidats favoris ?

— N'importe lequel des drogués ferait son affaire. Il a sorti hier que l'Institut Mellery pour le Renouveau Spirituel n'était qu'un centre de désintoxication illicite pour salopards friqués.

— Je ne saisis pas le rapport.

— Entre quoi et quoi ?

— Qu'est-ce que la toxicomanie a à voir au juste avec le meurtre de Mellery ?

Hardwick tira une dernière bouffée de sa cigarette d'un air songeur, puis balança le mégot dans la terre humide sous la haie de houe. Gurney se dit que ce n'était pas le genre de chose à faire sur une scène de crime, même après l'avoir passée au peigne fin, mais c'était précisément le genre de chose auquel il avait fini par s'habituer au cours de leur collaboration antérieure. Pas plus qu'il ne fut surpris lorsque Hardwick s'approcha de la haie pour éteindre le mégot fumant avec le bout de sa chaussure. C'était une façon de se donner le temps de réfléchir à ce qu'il dirait ensuite, ou ne dirait pas. Une fois le mégot totalement éteint et à cinq bons centimètres sous terre, Hardwick répondit enfin :

— Probablement pas grand-chose avec le meurtre et beaucoup avec Rodriguez.

— Tu peux m'en dire un peu plus ?

— Il a une fille à Greyhouse.

— L'hôpital psychiatrique dans le New Jersey ?

— Ouais. Elle n'arrêtait pas de faire des siennes. Ecstasy, crystal meth, crack. S'est grillée quelques circuits cérébraux, a tenté de zigouiller sa mère. Dans l'optique de Rodriguez, tous les toxicomanes de la planète sont responsables de ce qui lui est arrivé. Ce n'est pas un sujet sur lequel il raisonne froidement.

— Alors, il croit qu'un toxicomane a tué Mellery ?

— C'est ce qu'il aimerait, donc il en est convaincu.

Une rafale de vent isolée, humide, balaya la terrasse, venant de la pelouse couverte de neige. Gurney frissonna tout en enfonçant ses mains au fond des poches de son pantalon.

— Je pensais qu'il voulait juste épater Kline.

— Ça aussi. Dans le genre tête de nœud, il est assez compliqué. Un maniaque de l'autorité. Un sale petit ambitieux. Affreusement mal dans sa peau. Ne songeant qu'à punir les toxicos. Pas très content de toi, entre parenthèses.

— Une raison particulière ?

— Déteste qu'on s'écarte des procédures normales. Déteste les petits malins. Déteste qu'on lui fasse de l'ombre auprès de Kline. Et Dieu sait quoi encore.

— Pas vraiment l'état d'esprit idéal pour conduire une enquête.

— Ouais, bon, rien de bien nouveau dans le monde merveilleux de la justice criminelle. Qu'un type soit un enfoiré de première ne signifie pas nécessairement qu'il se trompe.

Gurney considéra en silence ce petit échantillon de la sagesse de Hardwick, puis changea de sujet.

— Est-ce que ce centrage sur les résidents veut dire laisser de côté les autres directions possibles ?

— Comme quoi ?

— Comme interroger les gens du coin. Motels, auberges, gîtes...

— On ne laisse rien de côté, le coupa Hardwick, soudain sur la défensive. Les familles des environs – il n'y en a pas tant que ça, moins d'une douzaine sur la route du village jusqu'à l'institut – ont été contactées dans les vingt-quatre heures, tentative qui s'est soldée par zéro information. Personne n'a rien vu, rien entendu, rien remarqué. Pas d'inconnus, pas de bruits, pas de véhicules à une heure bizarre, rien qui sorte de l'ordinaire. Deux ou trois habitants ont cru entendre des coyotes. Deux ou trois autres, les cris d'une chouette.

— À quelle heure ?

— À quelle heure quoi ?

— Les cris de la chouette ?

— Je n'en ai aucune idée, parce qu'ils n'en avaient aucune idée eux-mêmes. Au milieu de la nuit, c'est tout ce qu'ils ont pu fournir comme précision.

— Installations touristiques ?

— Quoi ?

— Est-ce que quelqu'un a vérifié les installations touristiques de la région ?

— Il y a un motel juste à la sortie du village – un machin délabré accueillant des chasseurs. Vide cette nuit-là. Les seuls autres endroits dans un rayon de cinq kilomètres sont deux gîtes. L'un fermé pour l'hiver. L'autre, si je me souviens bien, avait une chambre réservée la nuit du meurtre – un ornithologue amateur et sa mère.

— De l'ornithologie en novembre ?

— Ça m'a paru curieux à moi aussi, alors je suis allé voir sur des sites d'ornithologie du Web. Paraît que les vrais mordus adorent l'hiver : pas de feuilles aux arbres, meilleure visibilité, des tas de faisans, de chouettes, de coqs de bruyère, de mésanges, etc., etc.

— Vous avez parlé aux gens ?

— Blatt a discuté avec l'un des propriétaires – deux pédés, des noms à coucher dehors, aucune information utile.

— Des noms à coucher dehors ?

— Ouais, l'un d'eux s'appelle Peachpit, ou je ne sais quoi.

— Peachpit ?

— Ou je ne sais quoi. Non, Plumstone, c'est ça. Paul Plumstone. Incroyable, non ?

— Quelqu'un a parlé aux ornithologues amateurs ?

— Il me semble qu'ils étaient déjà partis quand Blatt a fait un saut là-bas, mais ne dis pas que c'est moi qui te l'ai dit.

— Personne ne les a recherchés ?

— Bon Dieu ! Qu'est-ce qu'ils pourraient bien savoir ? Si tu as envie de rendre une petite visite aux

Peachpit, ne te gêne pas. L'endroit s'appelle Les Lauriers, à deux kilomètres et demi de l'institut en descendant la montagne. J'ai une certaine quantité de personnel assignée à cette affaire, et je ne peux pas la gaspiller en courant après tous les bipèdes qui passent par Peony.

— D'accord.

La réponse de Gurney était au mieux vague, mais elle sembla apaiser Hardwick, qui déclara d'un ton presque cordial :

— À propos de personnel, il faut que je retourne bosser. Qu'est-ce que tu m'as dit que tu venais faire déjà ?

— Je pensais que, si je me baladais à nouveau sur place, il me viendrait peut-être une idée.

— C'est ça, la méthode de l'as des détectives du NYPD ? Navrant !

— Je sais, Jack, je sais. Mais c'est le mieux que je puisse faire.

Hardwick regagna la maison en secouant la tête de façon théâtrale.

Gurney respira l'odeur humide de la neige, et, comme toujours, elle supplanta un moment toute pensée rationnelle, réveillant de puissantes émotions d'enfance pour lesquelles il n'avait pas de mots. Il entreprit de traverser la pelouse blanche en direction des bois, l'odeur de la neige le submergeant de souvenirs – des souvenirs des histoires que son père lui lisait quand il avait cinq ou six ans, des histoires plus saisissantes que tout ce qui composait sa vie actuelle : des histoires de pionniers, de cabanes dans le désert, de pistes dans la forêt, de bons et de mauvais Indiens, de brindilles cassées, de traces de mocassins dans l'herbe, de tiges de fougère brisées représentant une preuve capitale du passage de l'ennemi, et les cris des oiseaux de la forêt, certains réels, d'autres imités par les Indiens en guise de messages codés – des images si concrètes, si riches de détails. L'ironie voulait, songea-t-il, que les souvenirs des histoires que son père lui racontait dans sa petite enfance aient supplanté la plupart de ses souvenirs concernant l'homme lui-même. Il est vrai qu'à part lui raconter des histoires, son père n'avait jamais eu grand-chose à faire avec lui. Le plus souvent, il travaillait. Travaillait et s'enfermait dans sa coquille.

Travailler et s'enfermer dans sa coquille. Ce résumé d'une vie, se dit soudain Gurney, s'appliquait aussi bien à son propre comportement qu'à celui de son père. Les barrières qu'il avait jadis opposées à la reconnaissance de telles similitudes semblaient présenter ces derniers temps des brèches considérables. Il se soupçonnait, pas seulement d'être en train de devenir son père, mais de le faire depuis déjà un certain nombre d'années. *Travailler et s'enfermer dans sa coquille.* Quelle image étriquée et sinistre cela donnait de son existence. Qu'il était humiliant de voir que le peu du temps qu'on passait sur cette terre pouvait tenir dans une phrase aussi brève. Quelle sorte de mari était-il, si son énergie était aussi restreinte ? Et quelle sorte de père ? Quelle sorte de père était à ce point absorbé par ses obligations professionnelles que... Non, assez avec ça.

Gurney pénétra dans les bois, suivant ce qu'il se rappelait être l'itinéraire des empreintes de pas, masquées à présent par la neige fraîche. Lorsqu'il arriva au bouquet d'arbres à feuilles persistantes où la piste finissait de façon invraisemblable, il huma la senteur de pin, écouta le silence profond de l'endroit, et attendit l'inspiration. Rien ne vint. Dépité, il se força à passer en revue pour la centième fois ce qu'il savait vraiment sur les événements de la nuit du meurtre. Que l'assassin avait pénétré dans la propriété à pied depuis la route ? Qu'il transportait avec lui un .38 Police Special, une bouteille cassée de Four Roses, une chaise de jardin, une paire de chaussures supplémentaire et un mini-lecteur de cassettes avec les cris d'animaux qui avaient tiré Mellery du lit ? Qu'il portait une combinaison en Tyvek, des gants et une parka épaisse dont il pouvait se servir pour assourdir la détonation ? Qu'il était resté un moment derrière la grange à fumer des cigarettes ? Qu'il avait attiré Mellery sur la terrasse, l'avait abattu, puis avait frappé le corps avec un tesson de bouteille à quatorze reprises au bas mot ? Puis qu'il avait traversé calmement la pelouse et parcouru huit cents mètres dans les bois, accroché la deuxième paire de chaussures à une branche d'arbre et disparu sans laisser de traces ?

Une grimace était apparue sur le visage de Gurney – en partie à cause de l'obscurité froide et moite, et en partie parce que, avec plus de clarté que jamais, il se rendait compte à cet instant que ce qu'il savait ne tenait absolument pas debout.

CHAPITRE 29

À reculons

Novembre était le mois qu'il aimait le moins, un mois hésitant entre l'automne et l'hiver où la lumière ne cessait de décliner.

Cette morne saison exacerbait l'impression qu'il avait de tâtonner dans le brouillard avec l'affaire Mellery, de passer à côté de quelque chose qui se trouvait pourtant sous ses yeux.

En rentrant de Peony ce jour-là, il décida de faire part de sa perplexité à Madeleine, qu'il trouva assise à la table de la cuisine devant une tasse de thé et les restes d'une tarte aux airelles.

— J'aimerais avoir ton sentiment sur un truc, dit-il, regrettant aussitôt ce dernier mot. Madeleine n'appréciait guère les termes tels que « truc ».

Elle pencha la tête de côté d'un air intrigué, ce qu'il prit pour une invitation à poursuivre.

— L'institut Mellery occupe un terrain de cinquante hectares entre Filchers Brook Road et Thornbush Lane, dans les collines surplombant le village. Sur cette superficie en grande partie boisée, il y a une dizaine d'hectares de pelouses et de parterres de fleurs, un parking et trois bâtiments : le centre de conférences, qui abrite aussi les bureaux et les chambres des résidents, le domicile des Mellery et une grange affectée au matériel d'entretien.

Voyant Madeleine lever les yeux vers la pendule de la cuisine, il s'empressa de continuer.

— Les policiers chargés de l'enquête ont découvert des empreintes allant de Filchers Brook Road à une chaise, derrière la grange. De là, les traces de pas se dirigent vers l'endroit où Mellery a été tué, puis vers un emplacement dans les bois, à huit cents mètres de distance, où elles s'arrêtent brusquement. Plus rien. Impossible de déterminer comment l'individu qui a laissé ses empreintes jusque-là aurait pu se volatiliser sans en faire d'autres.

— C'est une plaisanterie ?

— Je te décris la scène du crime telle qu'elle se présente.

— Et l'autre voie d'accès que tu as mentionnée ?

— Thornbush Lane se situe à plus de trois cents mètres de la dernière empreinte relevée.

— L'ours est revenu, annonça Madeleine après un bref silence.

— Quoi ?

Gurney la dévisagea sans comprendre.

— L'ours, répéta-t-elle en pointant le menton vers le jardin.

Entre la fenêtre et les parterres de fleurs assoupis sous le givre, le bâton de berger en acier servant de support à la mangeoire avait été renversé, et la mangeoire elle-même était cassée en deux.

— Je m'en occuperai plus tard, dit-il, agacé par ce commentaire hors de propos. Que penses-tu de ce problème d'empreintes ?

Elle bâilla.

— Je trouve ça ridicule, et le type qui a fait ça doit avoir perdu la tête.

— Mais comment s'est-il débrouillé ?

— C'est comme cette histoire de nombres.

— Que veux-tu dire ?

— Peu importe de quelle façon il s'y est pris.

— Continue, l'exhorta Gurney, la curiosité l'emportant sur l'irritation.

— *Comment* n'a aucune importance. La question est de savoir *pourquoi*, et la réponse saute aux yeux.

— Et cette réponse évidente est… ?

— Il cherche à prouver que vous n'êtes que des imbéciles.

Ce commentaire provoqua une double réaction chez Gurney : il fut satisfait que Madeleine reconnaisse, comme lui, que la police était le dindon de la farce dans cette affaire, tout en s'offusquant qu'elle ait mis autant l'accent sur *imbéciles*.

— Il aura marché à reculons, suggéra-t-elle en haussant les épaules. Peut-être vous êtes-vous fourvoyés sur la direction des empreintes.

Gurney avait envisagé cette hypothèse, mais il l'avait vite écartée.

— Dans ce cas, deux problèmes se posent. Primo, cela déplace la question, de pourquoi les empreintes s'arrêtent au milieu de nulle part à comment elles peuvent commencer au milieu de nulle part. Secundo, elles sont espacées très régulièrement. On imagine mal quelqu'un parcourir six cents mètres à reculons dans les bois sans trébucher au moins une fois.

Il se rendit compte que l'intérêt que Madeleine portait à cette affaire, aussi infime soit-il, lui faisait du bien, aussi ajouta-t-il avec chaleur :

— C'est une idée intéressante, en fait. Alors s'il te plaît, continue à réfléchir.

À deux heures du matin, c'était lui qui ruminait toujours la remarque de Madeleine en contemplant d'un œil las le rectangle de la fenêtre de leur chambre qu'éclairait à peine un quartier de lune voilé par les nuages. L'orientation des empreintes et la direction prise par celui qui les avait laissées n'allaient pas forcément de pair. C'était plausible, mais en quoi cela facilitait-il l'interprétation des données ? Même si quelqu'un pouvait effectuer une telle distance à reculons sur un terrain accidenté sans faire un seul faux pas, ce qui paraissait assez peu vraisemblable, cette hypothèse ne faisait que changer la fin inexplicable de la piste en un début tout aussi mystérieux.

Quoique ?

En supposant…

Cela semblait inconcevable. Mais tout de même…

Pour citer Sherlock Holmes : « Quand on a éliminé l'impossible, ce qui reste, aussi improbable, doit être vrai. »

— Madeleine ?

— Hm ?

— Désolé de te réveiller. C'est important.

Pour toute réponse, elle poussa un long soupir.

— Tu ne dors pas ?

— Plus maintenant.

— Écoute. Supposons que l'assassin ait pénétré dans la propriété non pas depuis la nationale, mais par la route de derrière. Qu'il soit arrivé plusieurs heures avant le crime – disons, juste avant qu'il se mette à neiger. Qu'il ait gagné la petite pinède avec sa chaise de jardin et le reste de son bazar, qu'il ait enfilé sa combinaison en Tyvek et ses gants en latex, et qu'il ait attendu là.

— Dans les bois ?

— Dans la pinède, à l'endroit où nous pensions que s'arrêtaient les empreintes. Il s'assoit là et attend que la neige cesse de tomber – un peu après minuit. Et puis il se lève, il embarque sa chaise, sa bouteille de whiskey, l'arme et son mini-lecteur de cassettes où il a enregistré des cris, et il fait les huit cents mètres qui le séparent de la maison. En chemin, il appelle Mellery avec son portable pour être sûr qu'il est réveillé et qu'il entendra les cris…

— Attends un peu. Je croyais que tu avais dit qu'il n'avait pas pu marcher à reculons dans les bois.

— Il n'en a pas eu besoin. Tu avais raison de séparer l'orientation des traces de pas et leur direction, mais il y a une autre distinction à faire. Entre les semelles et le reste des chaussures.

— Comment ça ?

— Il aurait suffi de découper les semelles d'une paire de chaussures de marche et de les coller sur une autre paire – à l'envers. De cette façon, le type pouvait marcher normalement en laissant dans son sillage des empreintes bien nettes qui donnaient l'impression d'aller dans la direction d'où il venait en réalité.

— Et la chaise?

— Il l'amène sur la terrasse. On peut imaginer qu'il y dépose tout son matériel le temps d'enrouler sa parka autour de l'arme en guise de silencieux. Ensuite, il déclenche le lecteur de cassettes pour attirer Mellery à la porte de derrière. Il peut s'y être pris de différentes manières pour faire tout ça, mais le résultat, c'est qu'il réussit à attirer Mellery sur la terrasse et lui tire dessus presque à bout portant. Une fois sa victime à terre, le tueur sort sa bouteille cassée et le frappe sauvagement. Après quoi il balance la bouteille près des empreintes qu'il a laissées en venant – lesquelles sont orientées, bien entendu, dans le sens opposé.

— Pourquoi ne pas l'abandonner près du corps ou la remporter ?

— Parce qu'il tenait à ce qu'on la trouve. Ça fait partie du jeu, de tout son stratagème. Je suis prêt à parier que, s'il l'a jetée à proximité des empreintes qu'il a soi-disant laissées en partant, c'est pour parachever sa petite mise en scène.

— Subtil !

— Tout autant que de laisser une paire de chaussures de marche à ce qui semble être le bout de la piste, alors qu'en fait, il les a déposées à cet endroit en arrivant.

— Parce que ce ne sont pas ces chaussures-là qui ont laissé des traces dans la neige ?

— Non, mais ça, on le savait déjà. Un des techniciens de la crim' a décelé une différence infime entre la semelle d'une des chaussures et les empreintes dans la neige. De prime abord, ça n'avait aucun sens, mais ça colle parfaitement avec cette nouvelle version des faits.

Madeleine garda le silence quelques instants. Gurney sentait presque l'esprit de celle-ci assimiler le nouveau scénario, le soupeser, le passer au crible en quête de failles.

— Et après avoir jeté la bouteille, qu'a-t-il fait ?

— Il se rend à l'arrière de la grange, installe la chaise de jardin et disperse une poignée de mégots pour donner l'impression qu'il est resté assis là avant le meurtre. Il ôte sa combinaison et ses gants, remet sa parka, fait le tour de la grange – en laissant ces fichues empreintes inversées. Il marche jusqu'à Filchers Brook Road que les chasse-neige ont dégagé, si bien qu'on n'y trouvera aucune trace de pas, et remonte dans sa voiture garée dans Thornbush Lane, redescend au village… que sais-je ?

— La police de Peony a-t-elle aperçu quelqu'un en montant à l'institut ?

— Apparemment pas, mais il est fort possible que le type se soit caché dans les bois ou…

Il marqua une pause, le temps d'envisager les diverses possibilités.

— Ou…?

— Ce n'est pas l'hypothèse la plus vraisemblable, mais on m'a dit qu'il y avait un gîte dans les hauteurs. La crim' était censée aller y jeter un coup d'œil. Ça paraît impensable alors que le type venait de décapiter pratiquement sa victime, mais il se pourrait que notre tueur fou soit rentré tout bonnement à pied dans sa petite chambre douillette.

Ils restèrent côte à côte en silence dans l'obscurité pendant de longues minutes. Les pensées de Gurney se bousculaient dans sa tête tandis qu'il évaluait sa reconstitution du crime, tel un homme qui, ayant lancé à la mer un bateau qu'il a construit lui-même, l'examine sous toutes les coutures à la recherche de fuites éventuelles. Une fois convaincu que son embarcation tenait l'eau, il demanda à Madeleine ce qu'elle en pensait.

— L'adversaire idéal, répondit-elle.

— Comment ?

— L'adversaire idéal.

— Ce qui signifie ?

— Tu adores les puzzles. Lui aussi. Vous êtes faits pour vous entendre. Le paradis.

— Ou l'enfer ?

— L'un ou l'autre. À propos, il y a quelque chose qui cloche dans ces messages.

— Quelque chose qui cloche… Quoi ?

Madeleine avait l'art de fonctionner par associations d'idées, de sorte qu'il avait parfois du mal à suivre.

— Les billets que tu m'as montrés, ceux que l'assassin a adressés à Mellery – les deux premiers et puis les poèmes… J'essayais de me rappeler leur teneur exacte.

— Et alors ?

— Je n'y arrive pas, alors que j'ai plutôt une bonne mémoire. Et puis j'ai compris pourquoi. Ils ne contiennent rien de tangible.

— Que veux-tu dire ?

— Il n'y a aucun détail précis. Il n'est pas question de ce que Mellery a fait, ni à qui. Pourquoi est-ce si vague ? Pas de noms, ni de dates, ni de références concrètes. Bizarre, non ?

— 658 et 19 sont des nombres plutôt précis...

— Qui n'évoquaient rien à Mellery, en dehors du fait qu'ils lui sont venus à l'esprit. L'astuce est forcément là.

— Si tel est le cas, je n'ai pas réussi à l'élucider.

— Mais tu y arriveras. Tu as toujours été doué pour relier les pointillés.

Elle bâilla.

— Tu es le meilleur.

Aucune ironie n'était perceptible dans sa voix.

Il resta là dans le noir, tout près d'elle, soulagé un court instant par cet éloge. Puis il recommença à passer au peigne fin les messages de l'assassin, à décortiquer son langage à la lumière des observations de Madeleine.

— C'était suffisamment concret pour flanquer une trouille de tous les diables à Mellery, insista-t-il.

Déjà à moitié assoupie, elle soupira.

— Ou suffisamment vague.

— Ce qui veut dire ?

— Je ne sais pas. Peut-être n'y avait-il pas d'épisode précis à mentionner.

— Mais si Mellery n'a rien fait, pourquoi l'aurait-on tué ?

Elle émit un grognement évasif équivalant à un haussement d'épaules.

— Je l'ignore. Tout ce que je sais, c'est qu'il y a quelque chose qui ne va pas dans ces messages. Il faut dormir maintenant.

CHAPITRE 30

Le cottage Émeraude

En se réveillant à l'aube le lendemain, Gurney ne s'était jamais senti aussi bien depuis des semaines, voire des mois. Il aurait été excessif de comparer la résolution de l'énigme des empreintes à la chute du premier domino. Il avait pourtant cette impression tandis qu'il roulait face au soleil levant, en direction du gîte de Filchers Brook Road.

Il songea qu'en interrogeant les « pédés » sans l'aval de Kline ou de la Brigade, il risquait de commettre une entorse au règlement. Et après ! Si quelqu'un lui tapait sur les doigts plus tard, ma foi, il s'en remettrait. D'autant plus que la situation commençait à tourner en sa faveur, lui semblait-il. « *Les affaires du monde ont leur marée...* »

À un kilomètre du carrefour où il devait bifurquer dans Filchers Brook, son portable se mit à sonner. C'était Ellen Rackoff.

— Le procureur m'a priée de vous communiquer des informations qu'on vient de lui transmettre. Le sergent Wigg, du labo de la Brigade, a procédé à une analyse de l'enregistrement que Mark Mellery a fait de l'appel de l'assassin. Ça vous dit quelque chose ?

— Oui, répondit-il, se rappelant la voix déguisée

et le moment où Mellery avait pensé au nombre 19, avant de le retrouver quelques instants plus tard dans la lettre déposée dans sa boîte.

— D'après cette analyse, les bruits de circulation en arrière-plan ont été préenregistrés.

— Vous pouvez me redire ça ?

— D'après Wigg, la bande contenait deux générations de sons. La voix de l'interlocuteur et le bruit de moteur, qui est bien celui d'une voiture, a-t-elle précisé, appartiennent à la première génération. En d'autres termes, il s'agit de sons *live* au moment de la transmission de l'appel. En revanche, les autres bruits de fond – de circulation essentiellement –, correspondent à une génération antérieure. Autrement dit, on a déclenché un enregistrement pendant l'appel. Vous êtes toujours là, inspecteur ?

— Oui, oui… j'essayais juste d'y comprendre quelque chose.

— Voulez-vous que je répète ?

— Non, j'ai très bien entendu. C'est… intéressant.

— Le procureur a bien pensé que vous réagiriez ainsi. Il aimerait que vous lui passiez un coup de fil quand vous y verrez un peu plus clair.

— Je n'y manquerai pas.

Il s'engagea dans Filchers Brook Road. Au bout d'un kilomètre, une enseigne sur sa gauche lui indiqua que la jolie propriété qu'il longeait s'appelait LES LAURIERS. Une élégante plaque ovale au lettrage délicatement calligraphié. Quelques mètres plus loin, il avisa un treillage en voûte, couvert de lauriers des montagnes, sous lequel passait une allée. Bien que la floraison remontât à plusieurs mois, en se faufilant dans le passage, Gurney fut le jouet d'une illusion qui lui fit humer un doux parfum. Du coup, il se rappela la remarque du roi Duncan sur le domaine de Macbeth où il va trouver la mort cette nuit-là : « *Ce château occupe une agréable situation...* »

L'allée débouchait sur un petit parking tapissé de gravier méticuleusement ratissé comme un jardin zen. Une allée tout aussi impeccable menait à la porte d'entrée d'un cottage propret, à bardeaux de cèdre. Un antique heurtoir en fer faisait office de sonnette. Au moment où Gurney s'apprêtait à frapper, la porte fut ouverte par un petit homme au regard vif, curieux. Tout chez lui semblait lavé de frais, de son polo jaune citron à sa peau rose en passant par ses cheveux un peu trop blonds pour son visage marqué par l'âge.

— Ah ! s'exclama-t-il avec la satisfaction teintée d'impatience de quelqu'un dont la pizza est finalement livrée avec vingt minutes de retard.

— Monsieur Plumstone ?

— Non, je ne suis pas monsieur Plumstone, répondit le petit homme. Je m'appelle Bruce Wellstone. La similitude apparente des deux noms est une pure coïncidence.

— Je vois, fit Gurney, déconcerté.

— Et vous êtes le policier, je suppose ?

— Inspecteur auxiliaire Gurney, du bureau du procureur. Qui vous a informé de mon arrivée ?

— Le flic au téléphone. Je ne me souviens jamais des noms. Mais pourquoi restons-nous plantés sur le seuil ? Entrez, je vous en prie.

Gurney le suivit dans un petit couloir jusqu'à un salon meublé dans un style surchargé. Il fronça les sourcils en se demandant qui pouvait bien être le policier que son hôte avait eu au téléphone.

— Je suis désolé, dit Wellstone, se méprenant à l'évidence sur son air perplexe. Je ne sais pas trop comment procéder dans ce genre de circonstances. Vous préféreriez peut-être aller directement au cottage Émeraude ?

— Pardon ?

— Le cottage Émeraude.

— Quel cottage Émeraude ?

— La scène du crime.

— De quel crime parlez-vous ?

— Ils ne vous ont rien dit ?

— À quel propos ?

— Sur la raison de votre présence ici.

— Monsieur Wellstone, je ne voudrais pas me montrer grossier, mais vous feriez peut-être bien de commencer par le commencement en précisant à quoi vous faites allusion.

— C'est agaçant à la fin ! J'ai tout expliqué à l'agent que j'ai eu au téléphone. Et même deux fois, vu qu'il n'avait pas l'air de saisir ce que je lui racontais.

— Je comprends votre frustration, monsieur, mais je vous saurai gré de me résumer les faits.

— Mes souliers de rubis ont disparu. Avez-vous une idée de ce que ça vaut ?

— Vos souliers de rubis ?

— Seigneur, ils ne vous ont absolument rien dit, hein ?

Wellstone se mit à aspirer de petites goulées d'air comme s'il cherchait à prévenir une crise quelconque. Il ferma les yeux. Quand il les rouvrit, il semblait s'être résigné à l'incompétence de la police et s'adressa à son visiteur sur un ton de maître d'école.

— Mes souliers de rubis, qui valent un paquet d'argent, ont été volés au cottage Émeraude. Je n'en ai pas la preuve, mais ils ont été dérobés par le dernier client à avoir occupé les lieux, ça ne fait aucun doute.

— Ce cottage fait partie de la propriété ?

— Bien sûr. Le domaine s'appelle « Les Lauriers », pour des raisons évidentes. Il y a trois bâtiments – le principal où nous nous trouvons, plus deux cottages : l'Émeraude et l'Abeille. La décoration de l'Émeraude s'inspire du *Magicien d'Oz* – le plus grand film au monde.

Une lueur dans son regard parut mettre Gurney au défi de le contredire.

— La pièce maîtresse de ce décor était une remarquable reproduction des souliers magiques de Dorothy. Or j'ai découvert ce matin qu'ils avaient disparu.

— Et vous l'avez signalé à…

— Vous autres, évidemment, puisque vous êtes là.

— Vous avez contacté le commissariat de Peony ?

— Je n'allais pas ameuter les flics de Chicago !

— Nous sommes confrontés à deux problèmes distincts, monsieur Wellstone. La police de Peony reviendra sûrement vers vous concernant ce vol. Je suis ici pour un motif différent. J'enquête sur une autre affaire, et j'ai besoin de vous poser quelques questions. Un inspecteur de la police de l'État qui est passé l'autre jour a appris de la bouche d'un certain monsieur Plumstone, me semble-t-il, qu'il y a trois soirs, vous avez logé ici deux ornithologues amateurs : un homme et sa mère.

— C'est lui, justement !

— Comment ça, lui ?

— Le type qui a volé mes souliers en rubis.

— L'ornithologue ?

— L'ornithologue, ce sale petit chapardeur ! Oui, le malfaiteur, c'est lui !

— Et pourquoi ne pas l'avoir précisé à l'agent venu… ?

— Pour la bonne raison que je l'ignorais. Je viens de vous dire que je ne m'en suis aperçu que ce matin.

— Si je comprends bien, vous n'étiez pas revenu dans la maison depuis que cet homme et sa mère ont réglé leur note ?

— Façon de parler. Ils sont partis à un moment de la journée, un point c'est tout. Ils avaient payé d'avance. Il n'était donc pas nécessaire qu'ils « règlent leur note », comme vous dites. Nous fonctionnons ici selon un mode informel bien que civilisé, ce qui rend ce vol d'autant plus exaspérant, inutile de vous le dire.

Rien que d'en parler, Wellstone écumait de rage.

— Est-il normal d'attendre aussi longtemps avant… ?

— De faire la chambre ? À cette époque de l'année, oui. Novembre est le mois le plus creux. La prochaine réservation pour ce cottage est à Noël.

— Le gars de la BC n'a pas pris la peine d'inspecter les lieux ?

— De la quoi ?

— L'inspecteur de la Brigade criminelle qui vous a rendu visite l'autre jour.

— Oh ! C'est M. Plumstone qu'il a vu. Pas moi.

— Qui est ce M. Plumstone exactement ?

— Excellente question. Que je me pose moi aussi, répliqua Wellstone sur un ton condescendant et amer en secouant la tête. Pardonnez-moi, je ne devrais pas laisser des questions de sentiments sans rapport avec le sujet s'immiscer dans les affaires de la police. Paul Plumstone est mon associé. Nous sommes tous les deux propriétaires des Lauriers. Pour le moment, en tout cas.

— Je vois, dit Gurney. Pour en revenir à ma question, l'inspecteur de la Brigade a-t-il examiné le cottage ?

— Pourquoi l'aurait-il fait ? Je veux dire, il était là à cause de cette effroyable histoire qui est arrivée là-haut, à l'institut. Il voulait juste savoir si on avait vu des personnes suspectes traîner dans le coin. Paul – M. Plumstone – lui a répondu que non, et il est reparti.

— Il n'a pas insisté pour avoir des informations précises sur vos clients ?

— Les ornithologues ? Non, évidemment que non.

— Comment ça ?

— La mère était à moitié invalide, et le fiston, même s'il s'est révélé être un voleur, n'avait pas vraiment le profil d'un type capable de provoquer du grabuge ou un carnage.

— Pourriez-vous me le décrire ?

— Plutôt fragile, je dirais. Frêle même. Timide.

— Était-il homosexuel, à votre avis ?

Wellstone réfléchit un instant.

— Question intéressante. Je me trompe rarement dans ce domaine, mais là, je ne saurais vous dire. J'ai eu l'impression que c'est ce qu'il cherchait à me faire croire. Mais ça ne veut pas dire grand-chose, si ?

Sauf s'il jouait un numéro, pensa Gurney.

— En dehors de fragile et timide, quels autres termes utiliseriez-vous pour le qualifier ?

— Voleur.

— Physiquement, je veux dire ?

Wellstone fronça les sourcils.

— La moustache. Des verres teintés.

— Teintés ?

— Comme des lunettes de soleil, assez foncées

pour qu'on ne distingue pas ses yeux – j'ai horreur de parler à quelqu'un dont je ne vois pas le regard, pas vous ? –, mais pas au point qu'il ne puisse pas les porter à l'intérieur.

— Autre chose ?

— Un bonnet en laine… un de ces trucs péruviens qui couvrent la moitié de la figure. Une écharpe, un gros manteau.

— Comment a-t-il pu vous donner l'impression d'être frêle ?

Wellstone se renfrogna. Il avait l'air consterné.

— Sa voix ? Son attitude ? Je ne saurais vous dire, en fait. Tout ce dont je me souviens *précisément,* ce sont ses lunettes de soleil, sa moustache, un bonnet et un gros manteau.

Il écarquilla les yeux, offusqué.

— Vous pensez que c'était un déguisement ?

Des verres teintés, une moustache ? Cela ressemblait plutôt à une parodie de déguisement. Mais ce petit raffinement supplémentaire cadrait avec le comportement tordu du tueur. Était-ce aller trop loin ? En tout état de cause, s'il s'agissait d'un déguisement, il avait fait son effet puisqu'ils ne disposaient d'aucune description physique réelle de l'ornithologue amateur.

— Vous rappelez-vous un autre détail particulier le concernant ? N'importe quoi ?

— Il était obnubilé par nos petits copains à plumes. Il avait une énorme paire de jumelles – on aurait dit ces lunettes à infrarouge avec lesquelles les commandos rampent dans les films. Sa mère a passé tout son temps dans le cottage pendant qu'il allait dans les bois guetter des gros-becs, des gros-becs à gorge rose.

— Il vous a raconté ça ?

— Et comment !

— C'est surprenant.

— Pourquoi ?

— Il n'y a pas de gros-becs à gorge rose dans les Catskill l'hiver.

— Mais il m'a même dit… Oh, le sale menteur !

— Il vous a même dit quoi ?

— Le matin de leur départ, il est venu me voir. Il n'en finissait pas de s'extasier sur ces satanés gros-becs. Il m'a dit je ne sais combien de fois qu'il en avait vu quatre, à gorge rose. Quatre gros-becs à gorge rose, répétait-il, comme si je mettais sa parole en doute.

— Il voulait peut-être être sûr que vous vous en souviendriez, commenta Gurney, se parlant à moitié à lui-même.

— Mais vous me dites qu'il n'a pas pu en voir pour la bonne raison qu'il n'y en a pas dans le coin. Pourquoi voudrait-il que je me rappelle quelque chose qui n'existe pas ?

— Bonne question. M'autorisez-vous à jeter un rapide coup d'œil au cottage maintenant ?

Wellstone le conduisit dans une salle à manger aussi tarabiscotée que le salon, encombrée d'une pléthore de chaises en chêne décorées et de miroirs. De là, ils suivirent une allée dont les dalles luisantes, couleur crème, n'étaient pas sans rappeler la route de briques jaunes d'Oz. Elle menait à un pittoresque cottage couvert de lierre d'un vert étincelant en dépit de la saison.

Wellstone déverrouilla la porte et l'ouvrit en grand avant de s'effacer. Au lieu d'entrer, Gurney explora l'intérieur du regard depuis le seuil. La première pièce était à mi-chemin entre un salon et un sanctuaire à la gloire du célèbre film, avec sa collection d'affiches, un chapeau de sorcière, une baguette magique, des figurines de l'Homme de fer-blanc et du Lion peureux, ainsi qu'un Toto en peluche.

— Voudriez-vous voir la vitrine où les souliers ont été dérobés ?

— J'aime mieux pas, répondit Gurney en faisant un pas en arrière. Si vous êtes la seule personne à avoir pénétré dans le cottage depuis que vos clients sont partis, il est préférable de laisser les choses en l'état jusqu'à ce qu'on puisse faire intervenir une équipe scientifique.

— Mais vous m'avez dit que vous n'étiez pas là pour… Attendez une minute, vous venez de me dire que vous étiez venu pour une autre affaire. Ce n'est pas ça ?

— Si, monsieur. Vous avez raison.

— Alors pourquoi parlez-vous d'équipe scientifique ? Qu'est-ce… Oh, non, ne me dites pas que vous pensez que mon ornithologue chapardeur est votre Jack l'Éventreur !

— Pour être franc, monsieur, je n'ai aucune raison de le penser. Mais je ne dois rien laisser au hasard, et j'estime qu'il serait plus prudent de faire examiner le cottage de plus près.

— Doux Jésus ! Je ne sais plus quoi dire. Si ce n'est pas un crime, c'en est un autre. Eh bien, je suppose que je ne peux pas m'opposer à l'action de la police, aussi saugrenue soit-elle. Et puis, il faut voir le bon côté des choses. Même si tout cela n'a rien en commun avec les atrocités qui ont été commises là-haut, vous finirez peut-être par dénicher un indice utile pour retrouver mes souliers de rubis.

— C'est toujours possible, reconnut Gurney en souriant poliment. Attendez-vous à la visite d'une équipe d'experts demain dans la journée. D'ici là, gardez cette porte fermée à clé. À présent, permettez-moi de vous reposer la question – c'est très important –, êtes-vous certain que personne à part vous n'est entré dans la maison au cours des dernières quarante-huit heures, pas même votre associé ?

— Cet endroit est mon œuvre et ma responsabilité exclusive. M. Plumstone s'occupe du cottage Abeille, et de son déplorable décor.

— Pardon ?

— Le thème de l'autre cottage est une histoire illustrée de l'apiculture, à mourir d'ennui. Faut-il vous en dire davantage ?

— Dernière question, monsieur. Avez-vous le nom et l'adresse de cet ornithologue amateur dans votre registre ?

— J'ai ceux qu'il m'a indiqués. Vu le larcin qu'il a commis, je doute de leur authenticité.

— Je ferais bien d'y jeter un coup d'œil et de les noter quand même.

— Oh ! pas besoin de regarder. Je m'en souviens parfaitement, hélas ! M. et Mme – bizarre de se qualifier de la sorte quand on voyage avec sa mère, vous ne trouvez pas ?… M. et Mme Scylla. L'adresse est une boîte postale à Wycherly, dans le Connecticut. Je peux même vous donner le numéro.

CHAPITRE 31

Un appel de routine du Bronx

Gurney s'était attardé dans le parking soigneusement ratissé pour passer un coup de fil à la Brigade criminelle afin qu'on envoie une équipe scientifique aux Lauriers dans les plus brefs délais. Il rangeait son portable dans sa poche quand il se mit à sonner. C'était à nouveau Ellen Rackoff. Il commença par lui parler du couple Scylla et de l'étrange larcin commis afin qu'elle transmette ces informations à Kline. Après quoi il lui demanda la raison de son appel. Elle lui communiqua un numéro de téléphone.

— C'est un inspecteur des homicides du Bronx qui souhaite vous parler d'une affaire dont il s'occupe en ce moment.

— Il veut me parler à moi ?

— Il voulait s'entretenir avec quelqu'un qui travaille sur l'enquête Mellery, dont il a entendu parler par la presse. Il a appelé le commissariat de Peony, qui l'a adressé à la Brigade, qui l'a renvoyé au capitaine Rodriguez, lequel lui a dit de contacter le procureur, qui lui a suggéré de s'en référer à vous. Il s'appelle Randy Clamm. Inspecteur Clamm.

— C'est une blague ?

— Je ne saurais vous dire.

— Quelles indications a-t-il fournies sur sa propre affaire ?

— Aucune. Vous connaissez les flics. Il cherchait surtout à se renseigner sur la nôtre.

Gurney appela le policier. Qui décrocha à la première sonnerie.

— Clamm.

— Dave Gurney. Vous avez cherché à me joindre. Je travaille avec le proc…

— Oui, je sais. Merci de me rappeler aussi vite.

Bien qu'il ne disposât d'aucun élément sur lequel se baser, Gurney imaginait assez bien le policier au bout du fil : un hyperactif volubile à l'esprit vif, qui, avec de meilleures relations, aurait eu des chances de se retrouver à l'Académie militaire de West Point plutôt qu'à l'École de police.

— J'ai cru comprendre que vous vous occupiez du meurtre de Mellery, enchaîna le jeune homme à la voix vibrante.

— En effet.

— Plaies multiples à la gorge avec un objet tranchant ?

— Exact.

— Si je vous ai contacté, c'est que nous avons un crime analogue sur les bras. Nous voulions écarter l'hypothèse d'un lien entre les deux affaires.

— Qu'entendez-vous par analogue…

— Plaies multiples à la gorge.

— Si je me souviens bien des statistiques en matière d'agression au couteau dans le Bronx, plus d'un millier d'incidents de ce genre sont rapportés chaque année. Avez-vous cherché des rapprochements éventuels plus près de chez vous ?

— On cherche, on cherche. Mais jusqu'à présent,

votre affaire est la seule faisant état de plus de douze plaies au même endroit du corps.

— En quoi puis-je vous être utile ?

— Tout dépend. J'ai pensé que ça serait peut-être intéressant pour vous, comme pour moi, que vous veniez ici une journée jeter un coup d'œil à la scène du crime, assister à l'interrogatoire de la veuve, lui poser des questions, histoire de voir si ça vous rappelle quelque chose.

C'était pour le moins hasardeux – plus tiré par les cheveux que les pistes les plus ténues qu'il avait gaspillé son temps à explorer au cours des années qu'il avait passées au NYPD. Mais Gurney était proprement incapable d'ignorer une possibilité, aussi mince soit-elle.

Il donna rendez-vous à l'inspecteur Clamm le lendemain matin dans le Bronx.

TROISIÈME PARTIE

Retour à la case départ

CHAPITRE 32

Annonce d'une épuration

Le jeune homme s'adossa contre les oreillers douillets soutenus par la tête de lit et sourit avec placidité à l'écran de son ordinateur portable.

— Où est mon petit canard ? demanda la vieille dame allongée à côté de lui dans le lit.

— Il est dans son petit dodo en train de planifier l'éradication des monstres.

— Tu écris un poème ?

— Oui, maman.

— Lis-le-moi à haute voix.

— Je n'ai pas fini.

— Lis-le-moi à haute voix, répéta-t-elle, comme si elle avait oublié qu'elle venait de le dire.

— Il n'est pas très bon. Il manque quelque chose, répondit-il en ajustant l'angle de l'écran.

— Tu as une si jolie voix, ânonna-t-elle en effleurant d'un air absent les boucles blondes de sa perruque.

Il ferma les yeux un instant. Comme s'il s'apprêtait à jouer de la flûte, il s'humecta légèrement les lèvres. Puis, en un chuchotement mélodieux, il récita :

« Parmi les choses qui me tiennent à cœur :
La magie d'une balle qui fait mouche

Le sang qui s'épand
Jusqu'à ce que, exsangue, il se couche,
Leurs yeux pour un œil, leurs dents pour une dent
La fin de tout, l'instant de vérité,
Le bien dispensé avec l'arme du buveur
Rien à côté de l'épuration annoncée. »

Il fixa l'écran en soupirant, le nez plissé.

— La métrique...

La vieille hocha la tête avec une sereine incompréhension et demanda de sa voix de petite fille timide :

— Que va faire mon petit canard ?

Il fut tenté de décrire « l'épuration annoncée » dans tous ses détails, telle qu'il l'imaginait. La mort de tous ces monstres. C'était si pittoresque, si excitant, tellement... gratifiant ! Mais il se targuait aussi de pragmatisme, de connaître les limites de sa mère. Il savait que ses questions ne requéraient pas de réponses précises, qu'à peine formulées, elle les oubliait pour la plupart, que les mots qu'il prononçait n'étaient pour elle que des sons, des sons qu'elle appréciait, qu'elle trouvait apaisants. Il pouvait dire n'importe quoi – compter jusqu'à dix, réciter une comptine. Peu importait dès lors qu'il s'exprimait avec émotion, d'une voix mélodieuse. Il s'efforçait toujours de donner une certaine variété à son intonation. Il aimait bien lui faire plaisir.

CHAPITRE 33

Enfer nocturne

De temps à autre, Gurney faisait un rêve affreusement triste, un rêve qui semblait être la quintessence même de la tristesse. À cette occasion, avec une lucidité indicible, il prenait conscience que la source du chagrin était la perte, et que la pire perte qui soit était celle de l'amour.

Dans la dernière version de ce cauchemar, juste un aperçu en réalité, son père portait les mêmes vêtements qu'il mettait quarante ans plus tôt pour aller travailler, ressemblait à tous égards à ce qu'il était alors. La veste beige quelconque, le pantalon gris, les taches de rousseur pâles sur le dos de ses grandes mains et sur son front bombé et dégarni, la lueur moqueuse du regard fixé, semblait-il, sur une scène se déroulant ailleurs, le signe presque imperceptible d'une impatience à se mettre en route, à être n'importe où sauf là où il se trouvait, le fait étrange que, par son seul mutisme, il fût capable d'exprimer une telle frustration – toutes ces images enfouies dans la mémoire de Gurney ressurgirent lors d'une scène qui dura à peine une minute. Et puis il se vit enfant, enveloppant cette silhouette lointaine d'un regard implorant, le suppliant de ne pas partir. Des larmes chaudes inondaient ses joues dans l'intensité du rêve – comme cela ne s'était jamais produit en vrai, puisqu'il n'avait aucun souvenir d'une émotion forte entre eux. Il se réveilla en sursaut, le visage baigné de larmes, le cœur battant à tout rompre.

Il fut tenté de réveiller Madeleine, de lui parler de son cauchemar, de lui révéler son chagrin. Mais ça n'avait rien à voir avec elle. Elle avait à peine connu son père. Et les rêves, après tout, n'étaient que des rêves. Ils n'avaient aucune signification, en définitive. Il se demanda alors plutôt quel jour on était. Jeudi. Pensée qui provoqua un changement éclair, salutaire, de son paysage mental, sur lequel il en était venu à compter pour chasser les vestiges d'une nuit perturbée et pour les remplacer par la réalité des tâches à accomplir. Jeudi. La journée serait occupée en grande partie par son expédition dans le Bronx – dans un quartier pas très éloigné de celui où il avait grandi.

CHAPITRE 34

Une sombre journée

Le voyage de trois heures fut une plongée au cœur de la laideur, impression exacerbée par la bruine glaciale qui l'obligeait à régler à tout instant la vitesse des essuie-glaces. Gurney se sentait déprimé, à cran – à cause du temps, en partie, et parce que son rêve, se disait-il, lui avait laissé une vision brutale, exagérée, des choses qui le rendait ombrageux.

Il avait le Bronx en horreur. Tout ce qui avait trait au Bronx – des trottoirs défoncés aux carcasses carbonisées de voitures volées. Il détestait les affiches criardes vantant les escapades de quatre jours et trois nuits à Las Vegas. Il détestait les odeurs – des miasmes changeants de fumées de diesel, de moisissure, de goudron, de poisson mort, sur fond indiscernable de quelque chose de métallique. Plus encore que cette puanteur, il abhorrait les souvenirs d'enfance qui envahissaient son esprit chaque fois qu'il allait là-bas – semblables aux horribles crabes fer à cheval aux carapaces préhistoriques, aux queues pointues comme des lances, se terrant dans les eaux boueuses de l'Eastchester Bay.

Après avoir passé une demi-heure à se traîner sur la « voie express » bouchée pour gagner l'ultime sortie, il fut soulagé d'atteindre les quelques pâtés de maisons avant le lieu de son rendez-vous avec Clamm – le parking de l'église Holy Saints. Le parking en question, ceinturé par un grillage orné d'une pancarte indiquant que l'espace était réservé aux personnes prenant part aux activités de l'église, était vide, à l'exception d'une Chevrolet miteuse. À proximité, un jeune homme aux cheveux luisants de gel parlait au téléphone. Tandis que Gurney se garait, il raccrocha et pendit son portable à sa ceinture.

Le crachin qui l'avait accompagné pendant presque tout le trajet s'était réduit à une brume si fine qu'elle en était presque invisible, mais, en sortant de sa voiture, Gurney sentit des piqûres d'aiguille glacées sur son front. Le policier qui l'attendait les sentait peut-être aussi, ce qui pouvait expliquer son air anxieux et mal à l'aise.

— Inspecteur Gurney ?

— Dave, répondit-il en lui tendant la main.

— Randy Clamm. Merci d'être venu. J'espère ne pas vous avoir fait perdre votre temps. Je m'efforce de ne rien laisser au hasard, et, comme nous avons affaire au même mode opératoire dément que vous avez constaté chez vous… Ça n'a peut-être aucun rapport – j'avoue que cela paraît improbable qu'un même gus s'en prenne à un gourou branché du nord de l'État et à un veilleur de nuit du Bronx au chômage –, mais toutes ces plaies à la gorge, je ne pouvais pas laisser passer ça ! On ne peut pas s'empêcher de penser : « Bon sang, si je passe à côté de ce type, à tous les coups il s'avérera que c'était le même ! » Vous voyez ce que je veux dire…

Gurney se demandait si c'était la caféine, la cocaïne, la pression ou tout simplement le fait que le gaillard était, par nature, remonté à bloc, qui alimentait ce débit frénétique.

— C'est vrai, une douzaine de plaies à la gorge, on ne rencontre pas ça tous les jours. On arrivera peut-être à dénicher d'autres points communs entre les deux affaires. On aurait pu s'envoyer mutuellement des rapports, mais j'ai pensé qu'en vous rendant sur les lieux, en parlant avec la femme de la victime, vous pourriez peut-être noter quelque chose, poser une question qui ne vous serait pas venue à l'esprit à distance. C'est ce que j'espère, en tout cas. Je veux dire, j'espère qu'il y a un lien, vous comprenez. Je ne voudrais pas vous avoir fait perdre votre temps.

— Du calme, fiston. Laissez-moi vous dire une chose. Si j'ai fait le déplacement, c'est parce que cela me paraissait judicieux. Vous voulez explorer toutes les pistes possibles. Moi de même. Au pire, il faudra écarter celle-ci. Éliminer les hypothèses n'est pas une perte de temps, ça fait partie de la procédure. Alors ne vous faites pas de bile.

— Merci. Je voulais juste… enfin, ça fait une trotte pour vous. Je vous suis très reconnaissant.

Sa diction, ses gestes s'étaient légèrement apaisés. Il avait toujours ce regard nerveux, à l'affût, mais au moins il avait retrouvé un semblant de normalité.

— À propos de temps, que diriez-vous de se rendre sans tarder sur les lieux ? suggéra Gurney.

— Ça me semble parfait. Je vous conseille de laisser votre voiture ici. On va prendre la mienne. La victime habitait un vieux quartier où on a à peine cinq centimètres de chaque côté pour passer dans les rues.

— Vous parlez de Flounder Beach sans doute ?

— Vous connaissez ?

Gurney hocha la tête. Il y était allé une fois dans son adolescence, à l'anniversaire d'une copine de la fille avec qui il sortait.

— Comment ça se fait ? demanda Clamm en sortant du parking.

— J'ai grandi pas très loin d'ici, près de City Island.

— Sans blague ! Je croyais que vous viviez dans le nord de l'État.

— En ce moment, oui, répondit Gurney.

Conscient du caractère provisoire que sous-entendait cette formule, il songea qu'en présence de Madeleine, il aurait dit les choses autrement.

— Eh bien, c'est toujours le même entassement de petits pavillons sordides. À marée haute, quand il fait beau, on arrive presque à croire que c'est une vraie plage. Et puis la mer se retire, la gadoue libère ses odeurs pestilentielles et on se souvient qu'on est dans le Bronx.

— C'est vrai, dit Gurney.

Cinq minutes plus tard, ils s'arrêtaient dans une ruelle poussiéreuse face à une brèche s'ouvrant dans une clôture semblable à celle qui entourait le parking de l'église. Un panneau en métal peint accroché au grillage indiquait : FLOUNDER BEACH CLUB, parking réservé. Une rangée d'impacts de balles l'avait pratiquement coupé en deux.

Des souvenirs de la fête qui s'était déroulée là près de trente ans auparavant revinrent à la mémoire de Gurney. Il se demanda s'il avait emprunté la même entrée à l'époque. Il revoyait le visage de l'adolescente qui célébrait son anniversaire : une grosse fille avec des couettes et un appareil dentaire.

— On ferait mieux de se garer ici, dit Clamm avant de se lancer dans de nouveaux commentaires sur l'impossibilité de circuler dans ce coin miteux. Ça ne vous ennuie pas de marcher, j'espère.

— Seigneur, j'ai l'air d'avoir quel âge ?

Pour toute réponse, le jeune homme eut un petit rire gêné avant de lui poser la question subsidiaire alors qu'ils sortaient de la voiture :

— Ça fait combien de temps que vous êtes dans le métier ?

Peu enclin à discuter de sa retraite et de sa réembauche temporaire, Gurney se borna à répondre :

— Vingt-cinq ans.

— Une drôle d'affaire, enchaîna Clamm comme si cette remarque suivait naturellement. Pas seulement les coups de couteau.

— Vous êtes sûr que ce sont des coups de couteau ?

— Pourquoi me demandez-vous ça ?

— Dans notre cas, il s'agit d'une bouteille cassée – une bouteille de whiskey. Vous avez retrouvé l'arme du crime ?

— Non. Les gars du service médico-légal ont juste dit « blessures probablement dues à un couteau » – à double tranchant, comme un poignard. Je suppose qu'un tesson de bouteille produirait le même résultat. Nous n'avons pas encore le rapport d'autopsie. Mais ça ne s'arrête pas là. L'épouse… je ne sais pas, elle a quelque chose de bizarre.

— Comment ça, bizarre ?

— De multiples façons. C'est une fanatique, pour commencer. D'ailleurs, son alibi est en rapport avec ça. Elle était à une réunion de prières quand son mari a été tué.

Gurney eut un haussement d'épaules.

— Quoi d'autre ?

— Elle est bourrée de médocs. Elle doit s'enfiler toutes sortes de pilules pour se rappeler qu'elle vit sur la terre ferme.

— J'espère qu'elle continue à les prendre. Y a-t-il autre chose qui vous chiffonne chez elle ?

— Oui, fit Clamm en s'arrêtant au milieu d'une ruelle étroite. Elle ment.

Il donnait l'impression d'avoir mal aux yeux.

— Elle nous cache je ne sais quoi. Ou bien elle nous a raconté des salades. Ou les deux. Voilà la maison.

Clamm désigna un petit pavillon trapu juste devant eux sur la gauche, en retrait de quelques mètres. La peinture écaillée de la façade était d'un vert bilieux, la porte d'un brun rougeâtre faisant penser à du sang séché. Des bandes jaunes de la police attachées à des étais enrubannaient la bicoque. Il ne manquait plus qu'un nœud sur la façade pour en faire un cadeau venu de l'enfer.

— Encore une chose, dit Clamm au moment de frapper. Elle est énorme.

— Énorme ?

— Vous verrez.

Cette mise en garde n'avait pas préparé Gurney à la vision de la femme qui leur ouvrit. Avec plus de cent cinquante kilos et des bras épais comme des cuisses, elle paraissait déplacée dans cette maison étriquée. Encore plus incongru était le visage d'enfant qui surmontait ce corps massif – celui d'un enfant perturbé, ahuri. Une raie séparait ses cheveux courts coiffés à la garçonne.

— Je peux vous aider ? demanda-t-elle, alors qu'un

regard suffisait pour se rendre compte qu'elle était proprement incapable d'aider qui que ce soit.

— Bonjour, madame Schmitt. Inspecteur Clamm. Vous vous souvenez de moi ?

— Bonjour, répondit-elle en articulant bien comme si elle lisait ce mot dans un manuel d'apprentissage d'une langue étrangère.

— Je suis passé hier.

— Je me rappelle.

— Nous avons besoin de vous poser quelques questions.

— Vous voulez que je vous parle encore d'Albert ?

— C'est ça, oui. En partie. Pouvons-nous entrer ?

Sans répondre, elle se détourna et gagna le petit salon pour aller s'installer sur un canapé qui parut rétrécir sous son poids.

— Asseyez-vous, dit-elle.

Les deux hommes regardèrent autour d'eux. Pas de sièges. La pièce contenait en tout et pour tout une table basse à la décoration grotesque où trônait un vase bon marché avec des fleurs en plastique rose, une bibliothèque vide et un téléviseur assez grand pour une salle de bal. Le sol nu en contreplaqué était propre malgré quelques touffes de fibres synthétiques ici et là. Gurney en conclut qu'on avait dû emporter au labo le tapis sur lequel on avait trouvé le mort.

— Nous n'avons pas besoin de nous asseoir, dit Clamm. Ça ne sera pas long.

— Albert aimait bien le sport, expliqua Mme Schmitt en souriant d'un air morne à l'écran gargantuesque devant elle.

Un couloir voûté à gauche du salon donnait sur trois portes. Le vacarme d'un jeu vidéo de combats leur parvenait de derrière l'une d'elles.

— C'est Jonah. Mon fils. C'est sa chambre.

Gurney demanda quel âge il avait.

— Douze ans. Il est plus vieux que ça en un sens, et plus jeune aussi, dit-elle comme si cette idée venait de surgir dans son esprit.

— Il était avec vous ? s'enquit Gurney.

— Comment ça, *avec* moi ? répliqua-t-elle sur un ton incongru qui faisait froid dans le dos.

— Je veux dire, était-il avec vous au service religieux le soir où votre mari a été tué ? précisa-t-il en s'efforçant de ne pas laisser percer dans sa voix l'étrange sensation qu'il éprouvait.

— Il a accepté le Christ comme son Seigneur et son Sauveur.

— Ce qui signifie qu'il était avec vous ?

— Oui. Je l'ai déjà expliqué à l'autre policier.

Gurney sourit gentiment.

— Ça nous aide parfois de récapituler les faits.

Elle hocha la tête, comme si elle était tout à fait d'accord avec lui, avant de répéter :

— Il a accepté le Christ.

— Votre mari aussi ?

— Je pense que oui.

— Vous n'en êtes pas sûre ?

Elle ferma les yeux, à croire que la réponse se trouvait à l'intérieur de ses paupières.

— Satan est puissant et ses méthodes sont sournoises.

— Sournoises, c'est sûr, madame Schmitt.

Il écarta un peu la table basse et ses fleurs roses du canapé pour se jucher au bord, face à elle. D'expérience, il savait que, pour communiquer avec quelqu'un qui s'exprimait ainsi, la meilleure solution consistait à calquer son discours sur le sien, même si on n'avait pas la moindre idée du tour que prendrait la conversation.

— Sournoises et retorses, ajouta-t-il en l'observant avec attention.

— Le Seigneur est mon berger, récita-t-elle. Je ne manquerai de rien.

— Amen.

Clamm se racla la gorge et remua les pieds.

— Dites-moi, reprit Gurney, de quelle manière sournoise Satan s'en est-il pris à Albert ?

— C'est le juste que Satan persécute, s'exclama-t-elle avec une véhémence inattendue. Car le mauvais, il le tient déjà en son pouvoir.

— Et Albert était un juste ?

— Jonah ! hurla-t-elle tout à coup en se levant du canapé pour s'élancer à une vitesse surprenante dans le couloir.

Elle frappa avec vigueur à une porte du plat de la main.

— Ouvre-moi ! Tout de suite ! Ouvre cette porte !

— Mais qu'est-ce que…? lança Clamm.

— J'ai dit tout de suite, Jonah !

Un loquet claqua, et la porte s'entrouvrit, révélant un gosse obèse, presque aussi imposant que sa mère, à qui il ressemblait d'une manière troublante – jusqu'au détachement singulier du regard. Gurney se demanda si cela tenait à la génétique, aux médicaments, ou aux deux. Ses cheveux presque rasés, décolorés, étaient blancs comme neige.

— Je t'ai interdit de t'enfermer quand je suis à la maison. Baisse le son. On croirait qu'on est en train d'égorger quelqu'un là-dedans.

Si l'un ou l'autre s'était rendu compte de l'incongruité de cette remarque au vu des circonstances, ils n'en laissèrent rien paraître. Le gamin considéra tour à tour les deux visiteurs avec une indifférence totale. Il ne faisait aucun doute qu'ils avaient affaire à une famille habituée aux interventions des services sociaux, au point que la présence d'étrangers à l'allure officielle chez eux ne méritait pas qu'on s'y attarde. L'enfant se tourna vers sa mère.

— Je peux avoir ma glace maintenant ?

— Tu sais bien que non. Baisse le son ou tu ne l'auras pas du tout.

— Bien sûr que si, riposta-t-il d'un ton catégorique avant de lui fermer la porte au nez.

Elle revint dans le salon, se cala à nouveau dans le canapé.

— La mort d'Albert l'a beaucoup affecté, dit-elle.

— Madame Schmitt, reprit Clamm, sous-entendant « revenons-en à nos moutons ». L'inspecteur Gurney a besoin de vous poser quelques questions.

— Ça alors, quelle drôle de coïncidence ! J'ai une tante qui s'appelle Bernie. Je pensais justement à elle ce matin.

— Gurney, pas Bernie, rectifia Clamm.

— Ce n'est pas loin, tout de même, hein ?

La portée de cette analogie illumina son regard.

— Madame Schmitt, dit Gurney, votre mari vous aurait-il fait part de quelque chose qui l'inquiétait au cours du mois dernier ?

— Albert ne s'inquiétait jamais.

— Vous a-t-il semblé différent d'une manière ou d'une autre ?

— Albert était toujours égal à lui-même.

Gurney soupçonnait que cette conception des choses pouvait tenir aussi bien à l'effet des médicaments qu'à l'égalité d'humeur de son époux.

— Aurait-il reçu une lettre avec l'adresse écrite à l'encre rouge ?

— On ne reçoit que des factures et des pubs. Je ne regarde jamais.

— C'est Albert qui s'occupait du courrier ?

— Il n'y avait que des factures et des pubs.

— Savez-vous s'il a réglé des factures particulières ou envoyé des chèques inhabituels dernièrement ?

Elle secoua la tête avec vigueur, et ses traits enfantins exprimèrent une candeur déconcertante.

— Une dernière question. Lorsque vous avez découvert le corps de votre mari, avez-vous changé ou déplacé quoi que ce soit dans la pièce avant l'arrivée de la police ?

Là encore, elle secoua la tête. Ce n'était peut-être qu'une impression, mais Gurney crut entrevoir un changement presque imperceptible dans son expression. Une lueur effarouchée dans ce regard morne ? Il décida de tenter sa chance.

— Le Seigneur vous parle-t-il ?

Quelque chose d'autre était apparu cette fois-ci. Elle semblait non pas inquiète, mais sur ses gardes.

— Oui, Il me parle.

Sur ses gardes et fière, pensa Gurney.

— S'est-il adressé à vous quand vous avez trouvé le corps d'Albert ?

— L'Éternel est mon berger, commença-t-elle, après quoi elle se mit à débiter le psaume 23 dans son intégralité.

Les tics et les battements de paupières agacés animant les traits de Clamm n'échappèrent pas à la vision périphérique de Gurney.

— Vous a-t-il donné des consignes particulières ?

— Je n'entends pas de voix ! protesta-t-elle.

À nouveau cette lueur alarmée.

— Je n'ai pas dit ça. Mais Dieu vous a bien parlé, pour vous venir en aide ?

— Nous sommes sur terre pour accomplir Sa volonté.

Une fesse toujours perchée sur la table basse, Gurney se pencha vers elle.

— Et vous avez fait ce qu'Il vous a demandé ?

— Oui.

— Lorsque vous avez trouvé Albert, avez-vous déplacé quelque chose, quelque chose qui n'avait rien à faire là, parce que le Seigneur vous l'a demandé ? insista-t-il.

Les yeux de la jeune femme s'emplirent de larmes, qui inondèrent aussitôt ses grosses joues de petite fille.

— J'étais obligée de la garder.

— Garder quoi ?

— Autrement la police l'aurait embarquée.

— Embarqué quoi ?

— Ils ont pris tout le reste : les vêtements qu'il avait sur le dos, sa montre, son portefeuille, le journal qu'il était en train de lire, son fauteuil, le tapis, ses lunettes, le verre dans lequel il buvait… Enfin, tout.

— Pas tout à fait, n'est-ce pas, madame Schmitt ? Ils n'ont pas pris ce que vous avez mis de côté.

— Je ne pouvais pas les laisser prendre ça. C'était un cadeau. Le dernier cadeau qu'Albert m'a fait.

— Pouvez-vous me le montrer ?

— Vous l'avez déjà vu. C'est là… derrière vous.

Gurney pivota sur lui-même en suivant son regard dans la direction du vase avec les fleurs roses au milieu de la table. Ou de ce qui, en y regardant de plus près, se révéla être une unique fleur en plastique rose, si volumineuse et criarde qu'à première vue, on aurait dit un bouquet.

— C'est Albert qui vous a fait cadeau de cette fleur ?

— Il en avait l'intention, répondit-elle après un instant d'hésitation.

— Il ne vous l'a pas donnée ?

— Il n'a pas pu. Comment voulez-vous ?

— Parce qu'il a été tué, c'est ça ?

— Je sais qu'il l'avait achetée pour moi.

— Il pourrait s'agir d'un détail important, souffla Gurney à voix basse. S'il vous plaît, madame Schmitt, dites-moi précisément ce que vous avez trouvé et ce que vous avez fait.

— Quand on est rentrés de Revelation Hall, Jonah et moi, on a entendu la télé. Je ne voulais pas déranger Albert. Il adorait la télé. Il avait horreur qu'on passe devant quand il la regardait. Alors, mon fils et moi, on a fait le tour pour éviter d'avoir à le déranger. On s'est attardés à la cuisine, et Jonah a eu droit à sa glace du soir.

— Combien de temps êtes-vous restés dans la cuisine ?

— Ça, je ne pourrais pas vous dire. On a discuté. Jonah est très intelligent.

— De quoi avez-vous parlé ?

— Du sujet favori de Jonah. La tribulation de la fin des temps. Les Écritures affirment qu'une grande tribulation sera le signal de la fin des temps. Jonah me demande toujours si j'y crois, si je pense qu'il y aura beaucoup de tribulations. On en discute souvent.

— Vous avez donc parlé de tribulations et Jonah a mangé sa glace ?

— Comme d'habitude.

— Et ensuite ?

— Ensuite, c'était l'heure qu'il se couche.

— Et...?

— Il est allé dans le salon pour gagner sa chambre, et cinq secondes plus tard, il est revenu en marchant à reculons, le doigt pointé devant lui. J'ai essayé de lui faire dire quelque chose, mais il pointait juste le doigt. Alors j'y suis allée moi-même. Je veux dire, je suis entrée ici, acheva-t-elle en regardant autour d'elle.

— Et qu'avez-vous vu ?

— Albert.

Gurney attendit qu'elle continue. Voyant qu'elle n'en faisait rien, il l'incita à poursuivre.

— Il était mort ?

— Il y avait plein de sang.

— Et la fleur ?

— Elle était par terre, à côté de lui. Il devait l'avoir à la main, vous voyez. Pour me la donner quand je rentrerais à la maison.

— Qu'avez-vous fait ensuite ?

— Ensuite ? Euh, je suis allée chez les voisins. On n'a pas le téléphone. Je crois qu'ils ont appelé la police. Avant qu'elle arrive, j'ai ramassé la fleur. Elle était pour moi, répéta-t-elle sur un ton buté de gamine. C'était un cadeau. Je l'ai mise dans notre plus joli vase.

CHAPITRE 35

Quelques pas vers la lumière

C'était l'heure du déjeuner lorsqu'ils sortirent enfin de chez les Schmitt, mais Gurney n'était pas d'humeur. Certes, il avait faim, et Clamm avait suggéré un établissement convenable pour se restaurer. Simplement, il se sentait trop frustré pour dire oui à quoi que ce soit. Pendant que son collègue le ramenait au parking de l'église, ils tentèrent une dernière fois, sans grande conviction, de comparer les deux affaires afin de voir si un rapprochement, même minime, était envisageable. Peine perdue.

— Bon, dit Clamm, déterminé à rester positif malgré tout, au moins pour le moment, rien n'indique à ce stade qu'elles soient sans rapport. Albert a très bien pu recevoir du courrier à l'insu de sa femme. C'est le genre de couple qui ne devait pas communiquer des masses, à mon avis. Il lui a peut-être fait des cachotteries. Sans compter qu'avec les substances qu'elle ingurgite, je vois mal comment elle aurait pu être sensible à des changements psychologiques un tant soit peu subtils chez lui. Ça vaudrait peut-être le coup d'avoir une petite discussion avec le bambin. Je sais bien qu'il plane autant qu'elle, mais il se rappellera peut-être quelque chose.

— Pourquoi pas, fit Gurney sans une once d'enthousiasme. Vérifiez aussi qu'Albert avait un chéquier, et s'il n'y a pas un talon portant le nom d'un certain Charybdis, Arybdis ou Scylla. Ça m'étonnerait beaucoup, mais au point où on en est, on n'a rien à perdre.

Sur le chemin du retour, le temps se gâta encore, en une sorte d'empathie funeste avec l'état d'esprit de Gurney. La bruine matinale s'était changée en une pluie battante comme pour confirmer son constat d'échec. S'il existait un lien quelconque entre les meurtres de Mark Mellery et d'Albert Schmitt, au-delà du nombre important de plaies et de leur localisation, il était loin d'être évident ! Aucun des éléments distinctifs de la scène de crime à Peony ne se retrouvait à Flounder Beach – pas d'empreintes saugrenues, pas de chaise de jardin, ni de bouteille de whiskey cassée, ni de poèmes –, rien qui laisse supposer un jeu morbide. Les deux victimes n'avaient rien en commun, semblait-il. Qu'un meurtrier ait pu choisir pour cibles Mark Mellery et Albert Schmitt paraissait absurde.

Ces réflexions, outre le désagrément d'avoir à rouler sous une pluie presque torrentielle, contribuèrent assurément à la mine crispée qu'il affichait lorsqu'il entra, tout dégoulinant, dans la cuisine de la vieille ferme.

— D'où sors-tu ? s'exclama Madeleine en levant les yeux des oignons qu'elle était en train d'éplucher.

— Qu'entends-tu par là ?

Elle haussa les épaules avant de trancher un autre oignon.

Le ton cassant de Gurney avait jeté un froid.

— J'ai eu une journée éprouvante, marmonna-t-il

en guise d'excuse au bout d'un moment. Six heures de route, aller et retour. Sous la pluie.

— Et alors ?

— Et alors ? Tout ça en pure perte, probablement.

— Et alors ?

— Ce n'est pas suffisant ?

Elle esquissa un petit sourire incrédule.

— Dans le Bronx, pour couronner le tout, précisa-t-il d'un ton morne. Le quartier idéal pour rendre n'importe quelle expérience humaine encore plus sordide.

Elle avait entrepris d'émincer ses oignons. Quand elle reprit la parole, on aurait dit qu'elle s'adressait à sa planche à découper.

— Tu as eu deux messages… de ton amie d'Ithaca et de ton fils.

— Détaillés ou ils demandent juste que je les rappelle ?

— Je n'ai pas fait attention.

— Mon amie d'Ithaca, tu veux dire Sonya Reynolds ?

— Tu en as d'autres ?

— D'autres quoi ?

— Amies à Ithaca, dont je ne connaîtrais pas encore l'existence.

— Je n'ai aucune amie à Ithaca. Sonya Reynolds est une relation professionnelle. Que me voulait-elle d'ailleurs ?

— Je te l'ai dit, c'est sur le répondeur.

Le couteau qui planait au-dessus du tas d'oignons coupés se mit à les hacher avec une vigueur déconcertante.

— Doux Jésus, fais attention à tes doigts ! s'écria-t-il sur un ton plus hargneux qu'inquiet.

Le tranchant du couteau pressé contre la planche, elle le dévisagea d'un drôle d'air.

— Bon, que s'est-il passé aujourd'hui ? demanda-t-elle, reprenant là où la conversation avait dérapé.

— Je n'en sais rien. Je suis déçu, je suppose.

Il sortit une bouteille de Heineken du réfrigérateur, l'ouvrit et la posa sur la table du petit déjeuner près des portes-fenêtres. Puis il enleva sa veste, la suspendit au dossier d'une chaise et s'assit.

— Tu veux savoir ce qui s'est passé ? Je vais te le dire. À la demande d'un inspecteur du NYPD au nom grotesque de Randy Clamm, j'ai fait trois heures de trajet pour me rendre dans une bicoque miteuse du Bronx où un type au chômage a eu la gorge tranchée.

— Pourquoi t'a-t-il appelé ?

— Bonne question. Le gars a entendu parler du meurtre qui a eu lieu près d'ici à Peony. La similitude du *modus operandi* l'a incité à contacter le commissariat de Peony, qui a transmis son appel au QG local de la police de l'État, lequel l'a passé au capitaine chargé de superviser l'enquête, une espèce de lèche-bottes du nom de Rodriguez au cerveau à peine assez volumineux pour identifier une piste.

— Et c'est à toi qu'il a refilé le bébé ?

— Au procureur, qui ne pouvait pas manquer de faire de même avec moi, ce que Rodriguez savait pertinemment.

Madeleine se garda de tout commentaire, mais la question qu'elle se posait se lisait dans son regard.

— OK, je savais que c'était une piste bidon. Dans cette partie du monde, les coups de couteau sont une manière comme une autre de s'engueuler, mais pour je ne sais quelle raison, j'ai pensé que je trouverais peut-être un lien entre les deux affaires.

— Rien ?

— Non. J'y ai cru un instant. La veuve avait l'air de nous cacher quelque chose. Pour finir, elle a reconnu avoir modifié la disposition de la scène de crime. Il y avait une fleur par terre, que son mari lui avait apparemment apportée. Elle avait peur que l'équipe de la police scientifique ne l'emporte parce qu'elle voulait la garder. Ce qui peut se comprendre. Alors elle l'a ramassée et l'a mise dans un vase. Fin de l'histoire.

— Tu espérais qu'elle avouerait avoir couvert des empreintes de pas dans la neige ou caché une chaise de jardin blanche ?

— Quelque chose comme ça. Alors qu'au final, ce n'était qu'une fleur en plastique.

— En plastique ?

— En plastique.

Il but une gorgée de bière.

— Pas un cadeau de très bon goût, j'imagine.

— Pas un cadeau du tout, répliqua Madeleine d'un ton posé.

— Pourquoi dis-tu ça ?

— On offre de vraies fleurs. Les fleurs artificielles, c'est autre chose.

— Comment ça ?

— Des articles de décoration d'intérieur, je dirais. Il y a autant de chances qu'un homme offre une fleur en plastique qu'un rouleau de papier peint à son épouse.

— Qu'essaies-tu de me dire ?

— Je ne sais pas très bien. Mais si, en la trouvant sur les lieux, la dame a cru que son mari l'avait achetée pour elle, elle s'est mis le doigt dans l'œil, à mon avis.

— D'où proviendrait-elle alors, d'après toi ?

— Je n'en ai pas la moindre idée.

— Elle semblait à peu près sûre qu'il avait eu l'intention de lui faire plaisir.

— On peut comprendre qu'elle ait envie de le penser, non ?

— Sans doute. Mais si ce n'est pas la victime qui a apporté cette fleur, en supposant que le gamin était sorti toute la soirée avec sa mère, comme elle l'affirme, cela signifierait que c'est le meurtrier qui l'a introduite dans la maison.

— C'est possible, dit Madeleine qui paraissait déjà se désintéresser de l'affaire.

Gurney savait que, dans son esprit, entre essayer de comprendre ce qu'un individu ferait dans certaines circonstances et se lancer dans des conjectures douteuses sur l'apparition d'un objet dans une pièce, il y avait une ligne de démarcation nette. Ligne qu'il venait apparemment de franchir, ce qui ne l'empêcha pas de poursuivre.

— Pourquoi un assassin laisserait-il une fleur près de sa victime ?

— Quel genre de fleur ?

Elle l'obligeait toujours à spécifier les choses.

— Je ne sais pas au juste. Ce n'était pas une rose, en tout cas, ni un œillet, ni un dahlia. Ça ressemblait un peu aux trois.

— Comment ça ?

— Eh bien, au début, j'ai cru qu'il s'agissait d'une rose, mais elle était plus grosse que ça. Il y avait davantage de pétales, tout serrés les uns contre les autres. Elle était presque de la taille d'un dahlia, mais avec des pétales plus épais – qui faisaient penser à une rose flétrie. Bref, une fleur touffue, un peu tape-à-l'œil.

Pour la première fois depuis qu'il était rentré, un réel intérêt animait les traits de Madeleine.

— Tu as une idée ? demanda-t-il.

— Peut-être… hum…

— Tu sais de quelle variété de fleur il pourrait s'agir ?

— Je crois que oui. Ce serait une sacrée coïncidence.

— Bon sang ! Tu vas me le dire ?

— Si je ne m'abuse, la fleur que tu viens de me décrire ressemble beaucoup à une pivoine.

Une pivoine. La fleur qui avait donné son nom en anglais à une petite ville non loin de là : *Peony*.

La bouteille de Heineken lui échappa des mains.

— Bonté divine !

Après avoir posé à sa femme quelques questions appropriées sur les pivoines, Gurney fila dans le bureau passer des coups de fil.

CHAPITRE 36

De fil en aiguille

Avant d'avoir raccroché, Gurney avait persuadé l'inspecteur Clamm qu'il ne pouvait s'agir en aucun cas d'une coïncidence que la fleur éponyme du site du premier meurtre ait fait son apparition sur la seconde scène de crime.

Il avait également suggéré plusieurs démarches à entreprendre sans délai : procéder à une perquisition en règle du domicile des Schmitt pour retrouver des lettres ou messages éventuels – tout ce qui pouvait être écrit à la main, en vers, à l'encre rouge ; informer le médecin légiste de la combinaison blessure par balle / tesson de la bouteille utilisée à Peony, au cas où il aurait envie de réexaminer la victime ; passer la maison au peigne fin en quête d'impacts de balles ou d'un matériau ayant pu servir à étouffer une détonation, et les propriétés voisines ainsi que la route entre la demeure et la clôture à la recherche de bouteilles cassées – bouteilles de whiskey en particulier ; enfin, dresser un profil biographique d'Albert Schmitt afin d'établir des parallèles avec Mark Mellery, mettre en lumière d'éventuels conflits ou ennemis communs, des problèmes juridiques ou des démêlés liés à l'alcool.

Lorsqu'il finit par se rendre compte du ton péremptoire de ses « suggestions », il ralentit la cadence et s'excusa.

— Je suis désolé, Randy, je m'emballe un peu. C'est vous qui êtes en charge de cette affaire. Vous êtes le responsable. C'est à vous de prendre les décisions. Je suis conscient que ce n'est pas moi qui mène la danse et je vous prie de pardonner mon attitude.

— Pas de problème. Au fait, j'ai là un certain lieutenant Everly qui dit avoir fait l'École de police avec un dénommé Dave Gurney. Vous pensez que ça pourrait être vous ?

Gurney éclata de rire. Il avait oublié que Bobby Everly avait atterri dans cette circonscription.

— Il y a de fortes chances.

— Eh bien, dans ce cas, tout tuyau venant de vous sera le bienvenu. Et si vous souhaitez interroger à nouveau Mme Schmitt, ne vous gênez pas pour moi. Vous avez été très bien avec elle.

Il était difficile de dire si c'était un sarcasme. Gurney décida de prendre ça pour un compliment.

— Merci. Je n'ai pas besoin de lui parler directement, mais laissez-moi vous donner un petit conseil. Si je me retrouvais face à face avec elle, je lui demanderais de but en blanc ce que le Seigneur lui a dit de faire avec la bouteille de whiskey.

— Quelle bouteille ?

— Celle qu'elle a sans doute retirée de la scène du crime pour des raisons connues d'elle seule. Je lui poserais la question en laissant entendre que je sais déjà que cette bouteille se trouvait là, qu'elle l'a enlevée à l'incitation du Seigneur, que je suis juste curieux de savoir où elle est passée. Il se peut, bien sûr, qu'il n'y ait pas eu de bouteille du tout. Si vous avez l'impression qu'elle ne voit pas de quoi vous parlez, passez à autre chose.

— Vous êtes convaincu que cette affaire va prendre la même tournure que celle de Peony, hein ? Il devrait donc y avoir une bouteille de whiskey quelque part.

— Je le pense, oui. Si ça vous met mal à l'aise d'aborder la question sous cet angle avec elle, pas de problème. À vous de voir.

— Ça vaut la peine d'essayer. On n'a pas grand-chose à perdre. Je vous tiens au courant.

— Bonne chance.

Après ça, Gurney avait besoin de s'entretenir avec Sheridan Kline. L'adage qui veut que votre patron n'apprenne jamais par autrui ce qu'il aurait dû apprendre par vous se justifiait d'autant plus dans la police. Il joignit le procureur alors que celui-ci était en route pour un congrès régional au lac Placid, et les fréquentes interruptions provoquées par le réseau cellulaire capricieux dans les montagnes au nord de l'État rendirent ses explications relatives à l'affaire de la « pivoine » plus compliquées qu'il ne l'aurait souhaité. Quand il eut fini, Kline mit tellement de temps à réagir que Gurney craignit que son interlocuteur ne roule à présent dans une zone sans aucune couverture mobile.

— Cette histoire de fleur, dit-il finalement, ça vous paraît plausible ?

— Si c'est une coïncidence, elle est de taille, répondit Gurney.

— Mais ça ne tient pas vraiment debout. Pour me faire l'avocat du diable, je vous répondrai que votre femme n'a pas vu de ses propres yeux cette fleur en plastique. Imaginez que ce ne soit pas une pivoine. Où cela nous mène-t-il alors ? Et même si c'en est une, ça ne prouve pas grand-chose. Je me vois mal annoncer cette nouvelle fracassante à une conférence de presse. Ça ne pourrait pas être une vraie fleur, bon sang de bonsoir ? On aurait moins de doute. Pourquoi en plastique ?

— Ça me titille moi aussi, reconnut Gurney en s'efforçant de masquer l'agacement que lui inspirait la réaction de Kline. Pourquoi pas une vraie fleur ? J'ai posé la question à ma femme il y a quelques minutes. Elle m'a répondu qu'on trouvait rarement des pivoines chez les fleuristes. Ces fleurs lourdes piquent du nez sur la tige. Les jardineries en vendent, mais pas à cette époque de l'année. Le plastique était sans doute la seule solution à la portée du tueur s'il tenait à nous adresser un petit message. À mon avis, l'idée lui est venue de façon fortuite – il l'a vue en passant devant un magasin et il l'a achetée sur l'inspiration du moment, par espièglerie.

— Espièglerie ?

— Il joue un jeu avec nous. Il nous teste. Il se paie notre tête. Souvenez-vous du mot qu'il a laissé sur le corps de Mellery – attrapez-moi si vous pouvez. Idem pour les empreintes à l'envers. Ce cinglé nous agite des messages sous le nez, qui disent tous la même chose : « Vous aurez beau me courir après, je parie que vous n'arriverez pas à me coincer ! »

— D'accord. Je comprends ce que vous voulez dire. Vous avez peut-être raison. Mais je ne vois pas comment je pourrais lier publiquement ces deux affaires sur la base d'une vague hypothèse à propos de la signification d'une fleur en plastique. Dégotez-moi quelque chose de concret – et vite.

Après avoir raccroché, Gurney resta près de la fenêtre du bureau à contempler la grisaille de la fin d'après-midi. Et s'il ne s'agissait pas d'une pivoine, comme Kline l'avait suggéré ? Consterné, il mesura tout à coup la fragilité de ce nouveau « parallèle » auquel il s'était raccroché avec tant de conviction. Ignorer la faille patente d'une théorie prouve qu'on lui accorde une importance injustifiée. Combien de fois l'avait-il fait remarquer à ses étudiants en criminologie à l'université ? Voilà qu'il tombait lui-même dans le panneau ! C'était déprimant.

Les multiples impasses de la journée tournèrent en boucle dans sa tête pendant une demi-heure, sinon plus, venant à bout du peu d'énergie qui lui restait.

— Qu'est-ce que tu fais assis là dans le noir ?

En pivotant sur sa chaise, il vit la silhouette de Madeleine se profiler sur le seuil.

— Kline veut quelque chose de plus tangible à se mettre sous la dent qu'une pivoine hypothétique, répondit-il. J'ai suggéré quelques pistes au flic du Bronx. J'espère qu'il dénichera quelque chose.

— Tu as l'air d'en douter.

— Eh bien, d'un côté, nous avons la pivoine, ou ce que nous pensons être une pivoine. D'un autre côté, nous devons nous efforcer d'établir un rapprochement entre Schmitt et Mellery. Ils n'appartenaient pas au même monde, c'est le moins qu'on puisse dire…

— Et si vous aviez affaire à un tueur en série et qu'il n'y ait aucun lien ?

— Même les tueurs en série ne frappent pas au hasard. Leurs victimes ont généralement quelque chose en commun : des blondes, des Asiatiques, des homosexuels. Une caractéristique quelconque ayant une signification particulière à leurs yeux. De sorte que, même si Mellery et Schmitt n'ont jamais été directement en contact, nous cherchons un lien entre eux, une analogie.

— Et si…

Madeleine fut interrompue par la sonnerie du téléphone.

C'était Randy Clamm.

— Navré de vous déranger, mais j'ai pensé que vous seriez content de savoir que vous aviez raison. Je suis allé voir la veuve et je lui ai posé la question comme vous m'aviez dit de le faire – de but en blanc. Je me suis borné à dire : « Pourriez-vous me remettre la bouteille de whiskey que vous avez trouvée ? » Je n'ai même pas eu besoin d'invoquer le Tout-Puissant. Vous me croirez si vous voulez, elle m'a répondu aussi sec : « Elle est dans la poubelle. » Alors on va à la cuisine, et je la récupère effectivement dans la poubelle. Une bouteille de whiskey Four Roses, cassée. Je n'en croyais pas mes yeux. Non pas que je sois surpris que vous ayez vu juste – ne vous méprenez pas – mais, nom d'un chien, je ne m'attendais pas à ce que ce soit aussi facile. Aussi évident ! Dès que j'ai repris mes esprits, je demande à Mme Schmitt de me montrer précisément où elle l'a ramassée. Sauf que, tout à coup, elle prend conscience de la situation – peut-être parce que j'avais un ton un peu moins détaché à ce stade –, et elle semble vraiment bouleversée. Je la prie de se calmer, de ne pas s'inquiéter. Pourrait-elle juste m'indiquer où elle a trouvé la bouteille, parce que ça nous aiderait drôlement. Et peut-être aurait-elle la gentillesse de me préciser pourquoi elle l'a retirée par la même occasion. Je ne l'ai pas dit comme ça, évidemment, mais c'est ce que je pensais. Alors elle me regarde, et vous savez ce qu'elle me répond ? Elle me certifie qu'Albert avait réglé son problème d'alcool, que ça faisait près d'un an qu'il n'avait pas levé le coude. Qu'il allait aux réunions des

Alcooliques Anonymes, qu'il s'en sortait bien – et quand elle a vu la bouteille par terre près de lui, à côté de la fleur en plastique, la première chose qui lui est venue à l'idée, c'est qu'il s'était remis à boire, qu'il était tombé sur la bouteille, qu'il s'était entaillé la gorge et que c'est comme ça qu'il était mort. Elle ne songe pas une seconde qu'il a été assassiné – ça ne lui effleure même pas l'esprit jusqu'à ce que les policiers débarquent et qu'ils commencent à en parler. Avant leur arrivée, cependant, elle avait caché la bouteille parce qu'elle pensait que c'était celle de son mari, et elle ne voulait pas qu'on pense qu'il avait rechuté.

— Même après s'être rendue à l'évidence qu'il s'agissait d'un meurtre, elle a continué à nier pour la bouteille ?

— Oui, parce qu'elle croyait toujours que la bouteille lui appartenait. Elle ne voulait pas qu'on sache qu'il avait remis ça, surtout ses petits copains des AA.

— Seigneur !

— Plutôt pathétique au final. En attendant, vous avez votre preuve que les deux meurtres sont liés.

Clamm était perturbé, en proie à des émotions conflictuelles que Gurney connaissait par cœur – des émotions qui faisaient qu'il était si difficile, si usant d'être un bon flic.

— Beau boulot, Randy.

— Je me suis contenté d'appliquer vos consignes, enchaîna Clamm avec sa fébrilité coutumière. Une fois la bouteille en sécurité, j'ai contacté l'équipe scientifique pour qu'elle revienne faire un tour et qu'elle passe la bicoque au peigne fin pour les lettres et les messages éventuels. J'ai prié Mme Schmitt de me remettre le chéquier de son mari. Vous y aviez fait allusion ce matin. Elle me l'a apporté, mais on aurait dit qu'elle le voyait pour la première fois. Elle le tenait du bout des doigts comme si ça pouvait être radioactif. Elle a répété que c'était Albert qui s'occupait des factures. Elle a horreur des chèques parce qu'il y a des chiffres dessus. Il faut faire attention avec les chiffres, m'a-t-elle dit. Ils peuvent être maléfiques – rapport à Satan. Des propos d'allumée sans queue ni tête. Bref, j'ai jeté un coup d'œil au chéquier et, en deux mots comme en cent, ça va nous prendre un peu de temps pour y voir clair. Albert réglait peut-être les factures, mais ce n'était pas un comptable, loin de là. Aucune référence sur les talons à quelqu'un s'appelant Arybdis, Charybdis ou Scylla – c'est ce que j'ai vérifié en premier. Ça ne veut pas dire grand-chose, vu que la plupart des talons ne portent aucun nom, juste des montants, et encore pas toujours. Quant à d'éventuels relevés bancaires, Mme Schmitt ignore où ils pourraient être rangés, si tant est qu'il y en ait dans la maison. Nous allons procéder à une fouille en règle, et nous lui demanderons son accord pour que la banque nous délivre des photostats. Bon, maintenant que nous tenons le bon bout, auriez-vous d'autres éléments à me signaler concernant le meurtre de Mellery ?

Après quelques secondes de réflexion, Gurney répondit :

— La série de menaces que Mellery a reçues avant sa mort incluait de vagues références à des agissements qu'il aurait eus sous l'emprise de l'alcool. Il s'avère que Schmitt lui aussi avait des problèmes d'alcool.

— Vous voulez dire qu'on cherche un type qui passe son temps à buter des ivrognes ?

— Pas tout à fait. Si ses intentions s'arrêtaient là, il aurait des moyens plus faciles d'arriver à ses fins.

— Comme balancer une bombe dans une réunion des AA ?

— Une tactique toute simple qui lui permettrait de mettre toutes les chances de son côté en minimisant les risques. Or, ses procédés sont compliqués et peu pratiques. Détournés. Alambiqués. Quel que soit l'angle d'approche, cela soulève des questions.

— Par exemple ?

— Pour commencer, pourquoi choisir des victimes si éloignées sur le plan géographique, et à tout autre égard d'ailleurs ?

— Pour nous empêcher de faire le rapprochement ?

— Mais c'est ce qu'il souhaite au contraire. D'où la pivoine. Il veut qu'on le remarque. Qu'on lui attribue le mérite de ses actes. Il n'a rien d'un assassin en cavale ordinaire. Il cherche l'affrontement – pas seulement avec ses victimes. Avec la police aussi.

— À ce propos, il faut que je mette mon chef au parfum. Il va m'en vouloir s'il apprend que je vous ai appelé en premier.

— Où êtes-vous ?

— En route pour le commissariat.

— Auquel cas, vous devez être dans Tremont Avenue.

— Comment le savez-vous ?

— Ce grondement de la circulation dans le Bronx en fond sonore. Je le reconnaîtrais entre mille.

— Ça doit être agréable d'être ailleurs. Vous avez un message pour le lieutenant Everly ?

— On verra ça plus tard. Ce que vous avez à lui dire l'intéressera davantage.

CHAPITRE 37

Jamais deux sans trois

Gurney avait envie d'appeler Kline pour lui faire part de ce rebondissement décisif étayant la « thèse de la pivoine », mais il avait un autre coup de fil plus urgent à passer. Si les deux affaires étaient analogues comme cela semblait se confirmer, il était concevable que le tueur ait demandé de l'argent à Schmitt en le priant de l'envoyer à cette même boîte postale de Wycherly, dans le Connecticut.

Il alla chercher un mince dossier dans le tiroir de son bureau et en sortit la photocopie du mot que Gregory Dermott avait joint au chèque renvoyé à Mellery. L'en-tête de GD Security Systems – professionnel, classique, pour ne pas dire démodé – comprenait un numéro de téléphone précédé de l'indicatif de la région.

Une voix conforme au style de l'en-tête lui répondit à la deuxième sonnerie.

— Bonjour. GD Security. Que puis-je pour vous ?

— Je souhaiterais parler à M. Dermott, s'il vous plaît. Ici l'inspecteur auxiliaire Gurney du bureau du procureur.

— Ce n'est pas trop tôt !

La véhémence qui métamorphosa le timbre de cette voix avait de quoi dérouter.

— Pardon ?

— Vous appelez à propos du chèque qui m'est parvenu par erreur ?

— Effectivement, mais…

— Je l'ai signalé il y a six jours – six jours !

— Quoi ?

— Vous venez de me dire que vous appeliez à propos de ce chèque, non ?

— Reprenons, si vous le voulez bien, monsieur Dermott. J'ai cru comprendre que vous aviez eu Mark Mellery au téléphone il y a une dizaine de jours à propos d'un chèque que vous lui aviez renvoyé, un chèque libellé au nom d'un certain X. Arybdis, adressé à votre boîte postale. C'est bien cela ?

— Évidemment. Comment pouvez-vous me demander ça ? riposta Dermott, furieux.

— Mais si vous dites l'avoir signalé il y a six jours, j'ai peur de ne pas...

— Je vous parle du deuxième !

— Vous en avez reçu un deuxième ?

— N'est-ce pas la raison de votre appel ?

— Pour tout vous dire, monsieur, je m'apprêtais justement à vous poser cette question.

— Quelle question ?

— Si vous aviez reçu également un chèque d'un certain Albert Schmitt.

— C'était bien le nom inscrit sur le deuxième chèque. D'où mon coup de fil, il y a six jours !

— Qui avez-vous contacté ?

Gurney l'entendit prendre une longue inspiration, comme s'il cherchait à se contenir.

— Écoutez, inspecteur, cette affaire me paraît bien compliquée et ça ne me plaît pas du tout. J'ai téléphoné à la police il y a une petite semaine pour signaler une situation troublante. On m'a fait parvenir trois chèques par la poste, adressés à un individu dont je n'ai jamais entendu parler. Voilà que vous me rappelez, à propos de ces chèques a priori, mais vous n'avez pas l'air de savoir de quoi je parle. J'ai raté un épisode ou quoi ? Qu'est-ce qui se passe à la fin ?

— Quel commissariat avez-vous appelé ?

— Le mien, pardi ! Celui de Wycherly. Vous devez bien le savoir puisque vous me rappelez ?

— En fait, monsieur, ce n'est pas tout à fait ça. Je vous appelle de l'État de New York au sujet du chèque que vous avez renvoyé à Mark Mellery. Nous ignorions que vous en aviez reçu d'autres. Il y en aurait eu deux de plus ?

— C'est bien ce que j'ai dit.

— Un d'Albert Schmitt et un troisième ?

— Oui, inspecteur. C'est clair maintenant ?

— Parfaitement clair. Mais, du coup, je me demande pourquoi ces trois chèques qui vous ont été adressés par erreur vous ont perturbé au point de vous inciter à en informer votre commissariat local.

— J'ai commencé par avertir la poste, mais ils s'en sont lavé les mains. Avant que vous ne m'interrogiez sur les raisons qui m'ont poussé à les contacter, permettez-moi de vous dire que, pour un policier, vous avez une notion plutôt fantaisiste des questions de sécurité.

— Qu'est-ce qui vous fait dire ça ?

— Je suis dans le secteur de la sécurité, monsieur l'agent, ou inspecteur, ou je ne sais quoi. La sécurité des données informatiques. Êtes-vous conscient que l'usurpation d'identité est un phénomène très courant, et que cela va souvent de pair avec le détournement d'adresses ?

— Je vois. Et qu'a fait la police de Wycherly ?

— Encore moins que la poste, si tant est que ce soit possible !

Gurney comprenait que ses coups de fil n'aient pas provoqué un branle-bas de combat. Trois inconnus envoyant des chèques à la boîte postale d'un quidam n'allaient certainement pas mettre la planète en péril !

— Avez-vous renvoyé ces deux derniers chèques à leurs expéditeurs, comme vous l'aviez fait pour Mark Mellery ?

— Naturellement. J'ai même joint un petit mot pour leur demander qui leur avait donné mon adresse postale. Aucun d'eux n'a eu la courtoisie de me répondre.

— Avez-vous conservé le nom et l'adresse correspondant au troisième chèque ?

— Certainement.

— J'en aurais besoin tout de suite.

— Pourquoi ? Que me cache-t-on à la fin ?

— Mark Mellery et Albert Schmitt sont morts tous les deux. Homicides présumés.

— Homicides ? Comment ça, homicides ? s'exclama Dermott d'une voix perçante.

— On suppose qu'ils ont été assassinés.

— Oh, mon Dieu ! Vous pensez qu'il y a un rapport avec les chèques ?

— L'individu qui leur a fourni votre adresse nous intéresserait dans le cadre de notre enquête.

— Doux Jésus ! Pourquoi mon adresse ? Quel rapport peut-il y avoir avec moi ?

— Question judicieuse, monsieur Dermott.

— Mais ce Mark Mellery, cet Albert Schmitt, je ne les connais ni d'Ève ni d'Adam.

— Quel était le nom qui figurait sur le troisième chèque ?

— Le troisième chèque ? Oh mon Dieu ! Je ne m'en souviens plus du tout.

— Vous m'avez dit que vous l'aviez noté.

— Oui, oui, bien sûr. C'est ce que j'ai fait. Un instant. Richard Kartch. Oui, c'est ça. Richard Kartch. K-a-r-t-c-h. Je vais vous donner l'adresse. Attendez, je l'ai là. 349 Quarry Road, Sotherton, Massachusetts.

— C'est noté.

— Écoutez, inspecteur, comme il semble que je sois impliqué dans cette affaire d'une manière ou d'une autre, je vous serais reconnaissant de me tenir informé. Il doit y avoir une raison pour qu'on ait choisi ma boîte postale.

— Êtes-vous certain que personne d'autre que vous n'y a accès ?

— Autant qu'on peut l'être. Mais allez savoir combien d'employés des postes peuvent l'ouvrir. Ou disposent d'un double à mon insu.

— Est-ce que le nom de Richard Kartch vous dit quelque chose ?

— Rien du tout. Je m'en souviendrais.

— Bien, monsieur. J'aimerais vous donner plusieurs numéros de téléphone où vous pouvez me joindre. Je vous saurais gré de m'appeler immédiatement si quelque chose vous revenait à propos des noms de ces trois personnes ou d'un moyen qu'on pourrait avoir d'accéder à votre courrier. Une dernière question. Vous souvenez-vous des montants des deuxième et troisième chèques ?

— Ça, c'est facile. Les mêmes que le premier. 289,87 dollars.

CHAPITRE 38

Un type pas commode

Madeleine alluma une des lampes du bureau en actionnant l'interrupteur près de la porte. Pendant la conversation de Gurney avec Dermott, le ciel s'était encore assombri. Il faisait presque nuit dans la pièce.

— Ça avance ?

— Grâce à toi.

— Ma grand-tante Mimi avait des pivoines, remarqua Madeleine.

— Laquelle était-ce ?

— La sœur de la mère de mon père, répondit-elle sans parvenir à masquer totalement son exaspération à l'idée qu'un homme aussi compétent quand il s'agissait de jongler avec les détails emberlificotés d'une enquête soit dans l'incapacité de se souvenir d'une demi-douzaine de parents. Ton dîner est prêt.

— Eh bien, en fait…

— Il est sur la cuisinière. Ne l'oublie pas.

— Tu sors ?

— Oui.

— Où vas-tu ?

— Je te l'ai dit au moins deux fois dans la semaine.

— Je me rappelle quelque chose à propos de jeudi. Mais là…

— … ça ne te revient pas ? Comme d'habitude. À tout à l'heure.

— Tu ne veux pas me dire où… ?

Au bruit de ses pas il comprit qu'elle était déjà dans la cuisine, en direction de la porte de derrière.

D'après l'annuaire téléphonique, il n'y avait pas de Richard Kartch au 349 Quarry Road, à Sotherton, mais une recherche cartographique des adresses voisines, sur Internet, lui fournit des noms et des numéros de téléphone pour les numéros 329 et 369.

La voix masculine pâteuse qui répondit finalement au numéro indiqué pour le 329 nia, sur un ton monosyllabique, connaître quelqu'un du nom de Kartch et à quelle maison le 349 pouvait bien correspondre. L'homme semblait même ignorer depuis combien de temps il habitait le quartier. Il avait l'air abruti par l'alcool ou les opiacés et devait être vautré sur son lit les trois quarts du temps. Il n'allait certainement pas l'aider.

L'occupante du 369 Quarry Road se montra plus loquace.

— Vous parlez de l'ermite ?

On aurait pu croire qu'il s'agissait d'une pathologie à faire froid dans le dos.

— M. Kartch vit-il seul ?

— Et comment, à moins de prendre en compte les rats qu'attirent ses poubelles ! Sa femme a eu de la chance de s'en tirer. Votre appel ne me surprend pas. Vous dites que vous êtes officier de police ?

— Inspecteur auxiliaire auprès du bureau du procureur.

Pour être parfaitement clair, Gurney aurait dû préciser l'État et le comté de juridiction, mais il estima que cela pouvait attendre.

— Qu'est-ce qu'il a encore fait ?

— Rien que je sache, mais il pourrait peut-être nous aider dans le cadre d'une enquête. Nous avons besoin de le contacter. Auriez-vous une idée de l'endroit où il travaille ou de l'heure à laquelle il rentre ?

— Travailler ? Vous plaisantez ?

— M. Kartch est au chômage ?

— Incapable de travailler, vous voulez dire ! lâcha son interlocutrice d'un ton venimeux.

— Vous n'avez pas l'air de le porter dans votre cœur, dites-moi.

— Un porc stupide. Un type dangereux, fou, puant, armé jusqu'aux dents et le plus souvent ivre.

— Drôle de voisin !

— Sorti tout droit de l'enfer, oui ! Imaginez ce que c'est de montrer votre maison à un acquéreur quand vous avez à côté de chez vous un singe torse nu qui boit de la bière toute la sainte journée et tire sur une poubelle avec son fusil de chasse !

Bien qu'il sût d'avance la réponse, Gurney résolut de poser quand même la question.

— Seriez-vous disposée à lui transmettre un message de ma part ?

— Vous plaisantez ? La seule chose que je serais disposée à lui donner, c'est un bon coup de pied au cul !

— À quel moment a-t-on le plus de chances de le trouver chez lui ?

— N'importe quand. Je n'ai jamais vu ce cinglé quitter sa tanière.

— Y a-t-il un numéro de rue visible sur la façade de la maison ?

— Ha ! Pas besoin de ça pour la reconnaître. Elle n'était pas finie quand sa femme est partie, et c'est toujours le cas. Pas de revêtement extérieur. Ni pelouse. Ni marches à l'entrée. La baraque idéale pour un fou à lier. Mieux vaut avoir une arme pour s'aventurer là-dedans.

Gurney raccrocha après l'avoir remerciée.

Et maintenant ?

Plusieurs personnes devaient être informées de la situation. D'abord et avant tout, Sheridan Kline. Et, bien sûr, Randy Clamm. Sans parler du capitaine Rodriguez et de Jack Hardwick. Mais qui appeler en premier ? Gurney décida qu'ils pouvaient tous attendre encore un peu. Il téléphona aux renseignements pour avoir le numéro du commissariat de Sotherton, dans le Massachusetts.

Il tomba sur l'officier de permanence, un type au timbre éraillé du nom de Kalkan – comme une marque de produit pour machine à laver, ou presque. Après s'être présenté, Gurney lui expliqua qu'un certain Richard Kartch, demeurant à Sotherton, était mêlé à une enquête pour homicide menée par la police de l'État de New York et qu'il courait peut-être un grave danger. Il n'avait apparemment pas le téléphone. Il fallait à tout prix qu'on lui en apporte un ou qu'il se tienne près d'un appareil afin de pouvoir le mettre au courant de la situation.

— On le connaît, ce Richie Kartch, dit Kalkan.

— Vous avez eu maille à partir avec lui, on dirait.

Kalkan s'abstint de répondre.

— Il a un casier ?

— Qui êtes-vous déjà ?

Gurney déclina à nouveau son identité en ajoutant quelques détails.

— De quel genre d'enquête s'agit-il ?

— Deux meurtres. Un dans le nord de l'État de New York, l'autre dans le Bronx – même mode opératoire. Avant de mourir, les deux victimes ont reçu des messages de l'assassin. Nous avons la preuve que Kartch a eu au moins un courrier similaire, ce qui fait de lui une troisième cible possible.

— Donc, vous voudriez que Richie le Fou prenne contact avec vous ?

— Il faut qu'il m'appelle sur-le-champ, de préférence en présence d'un de vos agents. Après cela, nous souhaiterions un interrogatoire complémentaire sur place – avec la coopération de vos services.

— On enverra un véhicule chez lui dès que possible. Donnez-moi un numéro où je peux vous joindre.

Gurney lui communiqua son numéro de portable afin de laisser la ligne fixe libre pour les coups de fil qu'il avait l'intention de passer à Kline, à la Brigade et à Clamm.

Kline était en vadrouille pour la journée, tout comme Ellen Rackoff. L'appel fut transféré automatiquement sur une autre ligne, où l'on décrocha au bout de la sixième sonnerie, alors que Gurney s'apprêtait à raccrocher.

— Stimmel.

C'était le nom du type qui avait accompagné Kline à la réunion de la crim', celui qui avait le profil d'un criminel de guerre muet.

— Ici Dave Gurney. J'ai un message pour votre patron.

Pas de réponse.

— Vous êtes toujours là ?

— Je suis là.

C'était probablement l'invitation à poursuivre la plus avenante à laquelle il aurait droit. Aussi énumérat-il sans attendre les indices corroborant le lien entre les deux meurtres ; la découverte, par le biais de Dermott, d'une troisième victime potentielle ; et les démarches qu'il avait entreprises auprès de la police de Sotherton pour atteindre la victime en question.

— Vous avez tout noté ?

— C'est fait.

— Une fois le procureur informé, je vous serais reconnaissant de bien vouloir transmettre ces informations à la Brigade criminelle, à moins que vous ne préfériez que je parle directement à Rodriguez ? ajouta Gurney.

Il y eut un bref silence au cours duquel son interlocuteur bourru et revêche devait être en train de peser le pour et le contre. Connaissant l'obsession de la plupart des flics de maîtriser la situation en toutes circonstances, il était à 90 % sûr de la réponse qu'il finit par obtenir.

— On va s'en occuper, grommela Stimmel.

Cette question étant réglée, il ne lui restait plus qu'à appeler Randy Clamm.

Ce dernier répondit à la première sonnerie, comme d'habitude.

— Clamm.

Et comme d'habitude, il avait l'air pressé, donnant l'impression de faire trois choses en même temps.

— Je suis content de vous avoir au bout du fil. Je suis en train de dresser des listes des omissions relevées dans les comptes de Schmitt : talons comportant des montants, mais pas de noms, chèques émis, mais pas encaissés, numéros sautés – en commençant par les plus récents.

— La somme de 289,87 dollars apparaît-elle dans une de vos listes ?

— Comment le savez-vous ? Ça fait partie des chèques émis mais non encaissés. Qu'est-ce qui… ?

— Il demande toujours ce montant-là.

— Toujours ? Vous voulez dire plus de deux fois ?

— Un troisième chèque a été envoyé à la même boîte postale. Nous nous apprêtons à entrer en contact avec l'expéditeur. C'est la raison de mon appel – vous faire savoir que nous avons affaire à un procédé récurrent. Si l'hypothèse tient la route, le projectile que vous cherchez chez Schmitt est un calibre .38 Special.

— Qui est le troisième larron ?

— Richard Kartch, de Sotherton, dans le Massachusetts. Un type pas très commode, semble-t-il.

— Massachusetts ? La vache, il se balade, le salaud ! Et le troisième gaillard, il est toujours vivant ?

— Nous le saurons dans quelques minutes. La police locale envoie une voiture chez lui.

— Entendu. Prévenez-moi si vous avez du nouveau. Je vais secouer l'équipe scientifique pour qu'elle retourne au plus vite chez Schmitt. Je vous tiens au courant. Merci d'avoir appelé.

— Bonne chance.

Le jeune inspecteur lui inspirait un respect grandissant. Il appréciait de plus en plus son énergie, son intelligence, son dévouement. Quelque chose d'autre le touchait chez lui. Une sorte d'honnêteté, de pureté.

Il s'ébroua et emplit ses poumons d'air à plusieurs reprises. La journée avait été éprouvante, plus qu'il n'avait voulu se l'avouer. À moins que le rêve à propos de son père n'ait continué à le miner à son insu. Il se cala dans son fauteuil et ferma les yeux.

Il fut réveillé par la sonnerie du téléphone. Tout d'abord, il crut que c'était son réveil. Il s'aperçut qu'il était toujours assis dans le bureau, la nuque raide. D'après sa montre, il avait dormi deux heures. Il décrocha, se racla la gorge.

— Gurney.

La voix du procureur au bout du fil explosa tel un cheval s'élançant de son starting-gate.

— Dave, je viens d'apprendre la nouvelle. Cette affaire n'en finit pas de rebondir. Une troisième victime potentielle dans le Massachusetts ? Ça pourrait bien être la plus grosse enquête de meurtre depuis Son of Sam, à l'exception de votre Jason Strunk ! C'est du costaud ! Je veux l'entendre de votre bouche avant d'en parler à la presse : nous avons bien des preuves irrécusables que le même type a zigouillé les deux premières victimes, n'est-ce pas ?

— C'est ce que suggèrent les éléments dont nous disposons.

— Suggèrent ?

— Clairement.

— Ça vous ennuierait d'être un peu plus précis ?

— Nous n'avons pas d'empreintes. Ni d'ADN. À mon avis, le lien entre les deux affaires est indéniable, mais nous ne pouvons pas encore prouver que le même individu a égorgé ces deux personnes.

— La probabilité est forte ?

— Très.

— Votre jugement me suffit.

Gurney sourit de cette confiance dont l'authenticité était pour le moins sujette à caution. Sheridan Kline estimait son propre jugement bien supérieur à celui de quiconque, quitte à laisser une porte entrebâillée pour pouvoir blâmer autrui au cas où les choses tourneraient mal.

— L'heure est venue d'informer nos amis de Fox News, je pense. Ce qui signifie que je dois faire le point avec la Brigade dès ce soir et préparer une déclaration. Tenez-moi au courant, Dave, surtout s'il y a des infos du côté du Massachusetts. Je veux tout savoir.

Kline raccrocha sans prendre la peine de dire au revoir.

Il comptait donc rendre l'affaire publique, sans lésiner sur les moyens apparemment. Orchestrer tout un cirque médiatique en s'improvisant M. Loyal, avant que le procureur du Bronx ou de toute autre juridiction à laquelle cette folie meurtrière risquait de s'étendre ne lui vole la vedette. Gurney pinça les lèvres avec dégoût à la perspective des conférences de presse à venir.

— Ça va ?

Il sursauta au son de cette voix si proche de lui. En levant les yeux, il découvrit Madeleine à l'entrée du bureau.

— Seigneur, comment es-tu… ?

— Tu étais tellement absorbé par ta conversation que tu ne m'as pas entendue entrer.

— Apparemment pas.

En clignant des paupières, il consulta sa montre.

— Où étais-tu passée ?

— Tu te souviens de ce que je t'ai dit avant de sortir ?

— Tu as refusé de me faire savoir où tu allais.

— Je te l'avais déjà précisé deux fois.

— Bon, d'accord. Écoute, j'ai du travail.

Comme s'il adhérait à sa cause, le téléphone se mit à sonner.

L'appel provenait de Sotherton. Ce n'était pas Richard Kartch au bout du fil, mais un inspecteur du nom de Gowacki.

— Nous avons un problème, déclara-t-il. Dans combien de temps pensez-vous pouvoir être là ?

CHAPITRE 39

À tout de suite, Monsieur 658

Il était neuf heures et quart quand Gurney acheva son entretien téléphonique avec ce Mike Gowacki à la voix monocorde. Il trouva Madeleine au lit, adossée à sa pile d'oreillers, plongée dans *Guerre et Paix*. Il y avait trois ans qu'elle lisait cet ouvrage, en alternance, bizarrement, avec *Walden* de Thoreau.

— Je dois me rendre sur une scène de crime.

Elle releva les yeux – curieuse, anxieuse. Délaissée.

Il ne se sentit capable que de répondre à sa curiosité.

— Encore une victime de sexe masculin. Entailles à la gorge, empreintes de pas dans la neige.

— C'est loin ?

— Comment ?

— Tu as beaucoup de trajet à faire ?

— Sotherton, dans le Massachusetts. Trois ou quatre heures, je dirais.

— Donc, tu ne seras pas de retour avant demain dans la journée.

— Pour le petit déjeuner, j'espère.

Elle esquissa un sourire qui sous-entendait : « Tu t'imagines que je vais te croire ? »

Il fit mine de partir, se ravisa, s'assit au bord du lit.

— C'est une étrange affaire, dit-il sans masquer son incertitude. De plus en plus étrange.

Elle hocha la tête, apaisée, semblait-il.

— Tu ne penses pas qu'il s'agisse d'un tueur en série ordinaire ?

— Ce n'est pas un cas ordinaire, non.

— Trop d'échanges préalables avec les victimes ?

— Oui. Et trop d'écart entre celles-ci – sur le plan personnel et géographique. Le tueur en série typique ne se promène pas des Catskill au cœur du Massachusetts en passant par le Bronx pour s'en prendre tour à tour à des écrivains célèbres, des veilleurs de nuit à la retraite et des ermites mal embouchés.

— Ils doivent avoir quelque chose en commun.

— Ils ont tous eu des problèmes d'alcool, et les pièces à conviction tendraient à prouver que le meurtrier se focalise sur cette question. Mais il y a forcément un autre rapport entre eux – sinon, pourquoi choisir des victimes à trois cents kilomètres les unes des autres ?

Ils sombrèrent dans le silence pendant que Gurney lissait distraitement les plis de la couverture entre eux. Madeleine l'observait, les mains posées à plat sur son livre.

— Je ferais mieux d'y aller.

— Sois prudent.

— Entendu.

Il se leva avec précaution comme s'il était perclus de rhumatismes.

— À demain matin.

Elle l'enveloppa d'un regard qu'il connaissait bien, même s'il n'aurait pas pu le décrire ni même dire s'il était bienveillant ou pas. Il en sentit l'effet presque physiquement, au creux de sa poitrine.

Il était minuit passé quand il quitta l'autoroute du Massachusetts, et une heure et demie lorsqu'il s'engagea dans l'artère principale déserte de Sotherton. Dix minutes plus tard, dans une ruelle pleine d'ornières baptisée Quarry Road, il tomba sur un essaim de véhicules de police garés pêle-mêle, dont un avait laissé allumé son gyrophare. Il se rangea à proximité. Alors qu'il sortait de sa voiture, un policier en uniforme, la mine renfrognée, émergea de l'engin stroboscopique.

— Vous allez où comme ça ? lança-t-il d'un ton alliant lassitude et irritation.

— Je m'appelle Gurney. Je viens voir l'inspecteur Gowacki.

— À quel sujet ?

— Il m'attend.

— De quoi s'agit-il ?

Gurney se demanda si cette agressivité résultait d'une rude journée ou d'un caractère acariâtre. Il tolérait assez mal ce type de tempérament.

— C'est lui qui m'a convoqué, répondit-il. Vous voulez voir mes papiers ?

Le flic alluma une torche et la braqua sur son visage.

— Comment m'avez-vous dit que vous vous appeliez ?

— Gurney, du bureau du procureur, inspecteur auxiliaire.

— Vous ne pouviez pas le dire plus tôt, bordel !

Gurney esquissa un sourire sans une once d'affabilité.

— Ça vous ennuierait d'aller dire à votre patron que je suis là ?

Après une ultime pause hostile, le policier pivota

sur ses talons et remonta, en suivant la lisière extérieure, l'allée qui conduisait à la maison. Une maison qui semblait inachevée sous l'éclairage blafard des lampes à arc portatives destinées à éclairer le périmètre pour l'équipe technique. Gurney lui emboîta le pas sans y être invité.

Un peu plus haut, l'allée bifurquait vers la gauche, à flanc de colline, pour aboutir devant un double garage en contrebas n'abritant pour l'heure qu'une seule voiture. D'abord, Gurney crut que les portières étaient ouvertes, jusqu'à ce qu'il se rende compte qu'il n'y en avait pas du tout. Le centimètre de neige qui tapissait le chemin blanchissait aussi le sol à l'intérieur. Son escorte s'arrêta à l'entrée, barrée par une bande jaune, et cria : « Mike ! »

Pas de réponse. Le flic haussa les épaules comme si, l'effort qu'il avait produit n'ayant rien donné, il se résignait à jeter l'éponge. Puis une voix lasse venant de derrière la maison répondit : « Je suis là. »

Gurney s'avança sans attendre en contournant le périmètre ceinturé.

— Attention de ne pas dépasser le ruban ! aboya le policier.

Ultime mise en garde d'un chien hargneux. Cela lui rappela la remarque de la voisine au sujet des pitbulls. Il espérait que les maîtres-chiens avaient eu le temps de les embarquer.

En débouchant derrière la maison, il découvrit un périmètre illuminé qui ne ressemblait en rien au « jardin » auquel il s'était attendu. Comme la bicoque, il attestait d'un étrange mélange d'inachèvement et de décrépitude. Un homme corpulent, aux cheveux clairsemés, l'attendait sur un escalier rudimentaire, bricolé avec des poutres de récupération, devant la porte de derrière. Il fouillait du regard les quelque 2 000 mètres carrés de terrain s'étendant jusqu'aux fourrés de sumac.

Le sol était défoncé, à croire qu'il n'avait jamais été nivelé après qu'on eut remblayé les fondations. Les vestiges de bois de construction, entassés ici et là, avaient pris une teinte grisâtre avec le temps. La façade n'avait été que partiellement revêtue, et les gaines d'étanchéité en plastique recouvrant les panneaux en contreplaqué avaient été décolorées par les intempéries. On avait plus l'impression d'une construction abandonnée que de travaux en cours.

Lorsque le regard de l'homme se posa finalement sur Gurney, il s'y attarda quelques secondes.

— C'est vous le type des Catskill ? demanda-t-il.

— Exact.

— Faites encore trois mètres le long du ruban, glissez-vous en dessous et rejoignez-moi. Tâchez d'éviter la rangée d'empreintes entre la maison et l'allée.

Il devait s'agir de Gowacki, mais Gurney répugnait à présumer de quoi que ce soit, aussi posa-t-il la question, à laquelle l'autre répondit par un grognement affirmatif.

En s'acheminant dans le terrain vague censé être un jardin, il s'approcha suffisamment des empreintes pour constater leur similitude avec celles laissées à l'institut.

— Ça vous rappelle quelque chose ? interrogea Gowacki en l'observant avec intérêt.

Le type ne manquait pas de finesse malgré sa lourdeur physique, pensa Gurney. Il hocha la tête.

— Ces empreintes vous tracassent ?

— Un peu, répondit Gowacki. Pas vraiment les empreintes. Plutôt leur emplacement par rapport au corps. Ça vous en dit plus qu'à moi ?

— Et si on inversait la direction des pas, est-ce que ça vous paraîtrait plus cohérent ?

— Si on… Attendez une minute. Mais oui, bon sang de bonsoir, ce serait parfaitement logique !

Il dévisagea Gurney.

— Qu'est-ce que c'est que cette histoire ?

— Pour commencer, nous avons affaire à un individu qui, d'après ce que nous savons, a tué trois personnes en l'espace d'une semaine. Un planificateur, et un perfectionniste. Il laisse des tas de pièces à conviction dans son sillage, ostensiblement. Il est extrêmement intelligent, probablement cultivé, et on peut supposer qu'il déteste la police encore plus que ses victimes. À ce propos, le corps est encore là ?

Gowacki semblait enregistrer mentalement sa réponse.

— Ouais, finit-il par répondre. Je tenais à ce que vous le voyiez. J'ai pensé que quelque chose ferait peut-être tilt dans votre esprit compte tenu de ce que vous savez déjà sur les deux autres. Prêt à jeter un coup d'œil ?

La porte de derrière donnait sur un petit espace inachevé, sans doute destiné à devenir une buanderie, à en juger d'après l'emplacement de la plomberie en souffrance. Ni machine à laver ni sèche-linge en vue. Il n'y avait même pas de revêtement sur les panneaux d'isolation. L'éclairage se réduisait à une ampoule fixée dans une douille blanche bon marché clouée à une solive nue.

Sous cette lumière peu accueillante, le cadavre gisait sur le dos entre la zone de la future buanderie et la cuisine au-delà d'un encadrement de porte rudimentaire.

— Puis-je l'examiner de plus près ? demanda Gurney en faisant la grimace.

— Vous êtes ici pour ça.

L'inspection révéla une mare de sang coagulé provenant de plaies multiples à la gorge ; elle s'étendait jusque sous une table de petit déjeuner qui devait provenir d'une brocante. La colère marquait les traits du mort, mais les rides amères gravées sur ce visage large, dur, résultaient d'une vie entière de contrariétés, ne révélant rien de l'agression qui l'avait brutalement interrompue.

— Il n'a pas l'air heureux, commenta Gurney.

— Un misérable petit salopard !

— J'en conclus que ce M. Kartch vous a causé des soucis.

— Rien que des emmerdes. Et pour peau de balle, en plus.

Gowacki fusilla le cadavre du regard, comme si cette fin violente, sanglante, n'était pas un châtiment suffisant.

— Toutes les villes ont leurs semeurs de troubles – des soiffards violents, des cochons transformant leur logement en porcherie histoire d'embêter les voisins, des tortionnaires dont les ex-femmes doivent se placer sous la protection de la police, des andouilles laissant leurs cabots aboyer toute la nuit, des tordus que les mères de famille ne veulent pas voir leur progéniture approcher à moins d'un kilomètre. Ici à Sotherton, tous ces sagouins étaient réunis en un seul et même individu : Richie Kartch.

— Sacré bonhomme !

— Les deux autres victimes étaient-elles du même acabit ? Je serais curieux de le savoir…

— La première était aux antipodes. Pour ce qui est de la seconde, je n'ai pas encore de détails précis sur son profil, mais je doute qu'elle ait eu des points communs avec ce type.

Gurney reporta son attention sur le visage de la victime, aussi laid dans la mort qu'il avait dû l'être dans la vie.

— Je pensais juste qu'on avait affaire à un tueur en série déterminé à débarrasser la planète de ses rebuts. Bref, pour en revenir à vos remarques sur les empreintes dans la neige, comment avez-vous su que ça collerait mieux si elles se dirigeaient dans l'autre sens ?

— C'était le cas pour le premier meurtre.

Une lueur d'intérêt s'alluma dans le regard de Gowacki.

— La position du corps est compatible avec la venue d'un assaillant par la porte de derrière, alors que les empreintes laissent supposer que quelqu'un est entré par-devant puis est ressorti par la cuisine. C'est absurde.

— Vous permettez que je jette un coup d'œil dans la cuisine ?

— Faites comme chez vous. Le photographe, le médecin légiste, les techniciens sont déjà passés. Ne touchez à rien, c'est tout. Nous n'avons pas fini d'examiner ses effets personnels.

— Le médecin légiste a-t-il parlé de brûlures de poudre ?

— De brûlures de poudre ? Le type a eu la gorge tranchée.

— Il doit y avoir une blessure par balle quelque part dans ce carnage.

— Vous avez relevé quelque chose qui m'a échappé ?

— Il me semble voir un petit trou dans l'angle du plafond au-dessus du réfrigérateur. L'un de vos hommes l'a-t-il remarqué ?

Gowacki suivit son regard.

— Qu'essayez-vous de me dire ?

— Qu'on a peut-être tiré sur Kartch avant de le frapper avec un objet tranchant.

— En plus du fait que les empreintes vont dans la direction opposée ?

— Exactement.

— Résumons. Selon vous, le meurtrier serait entré par la porte de derrière, il aurait tiré une balle dans la gorge de Richie. Richie se serait effondré et là, il lui aurait flanqué une douzaine de coups de couteau dans la gorge comme s'il attendrissait un bout de bidoche ?

— C'est à peu de choses près ce qui s'est passé à Peony.

— Mais les empreintes…

— Elles pourraient être le fait d'une deuxième paire de semelles qu'on aurait attachée aux chaussures – à l'envers –, afin de donner l'impression qu'on est entré par-devant et ressorti par la porte de derrière, alors qu'en réalité, c'est l'inverse.

— Nom de Dieu ! C'est ridicule. À quoi est-ce qu'il joue ?

— C'est le mot qui convient.

— Quel mot ?

— *Jouer*. Un drôle de jeu, mais c'est bel et bien ce qu'il a fait, trois fois de suite qui plus est. « Non seulement vous faites fausse route, mais vous avez tout compris de travers. Je vous fournis des indices les uns après les autres, et vous n'arriverez pas à m'attraper. Pour vous dire à quel point vous êtes nuls, vous autres flics. » Tel est le message qu'il nous adresse sur chaque scène de crime.

Gowacki enveloppa Gurney d'un long regard.

— Vous semblez avoir une vision assez précise de notre homme.

Gurney sourit en contournant le corps pour s'approcher d'un tas de papiers resté sur le comptoir de la cuisine.

— Vous pensez que j'extrapole ?

— Ce n'est pas à moi d'en juger. Les meurtriers sont rares à Sotherton. Peut-être un tous les cinq ans, et encore, ils plaident le plus souvent l'homicide involontaire. En général, des histoires de battes de baseball ou de crics maniés avec un peu trop de vigueur dans des parkings de bars. Pas de préméditation. Certainement rien à voir avec un jeu.

Gurney manifesta sa compassion par un grognement. Il avait eu plus que sa part de bagarres meurtrières.

— Pas grand-chose d'intéressant là-dedans, ajouta Gowacki en pointant le menton vers le tas d'imprimés publicitaires que Gurney était en train d'éplucher.

Ce dernier était sur le point d'acquiescer quand, en bas d'une pile désordonnée de brochures de catalogues d'armements ou de surplus militaires, de réclames d'organismes de crédit, il tomba sur une petite enveloppe vide adressée à Richard Kartch, ouverte à la va-vite. L'écriture était extrêmement soignée. L'encre rouge.

— Vous avez déniché quelque chose ? demanda Gowacki.

— Je vous conseille de mettre ça dans un sac sous scellés, répondit Gurney en saisissant l'enveloppe par un coin pour la poser dans un espace dégagé du comptoir. Notre tueur aime communiquer avec ses victimes.

— Il y en a d'autres à l'étage.

Les deux hommes se tournèrent vers la source de cette voix – un jeune homme costaud, debout sur le seuil à l'autre bout de la cuisine.

— Sous une pile de revues porno sur la table de nuit, j'ai trouvé trois de ces enveloppes écrites à l'encre rouge.

— Je ferais bien d'aller jeter un coup d'œil, bougonna Gowacki avec la répugnance d'un homme suffisamment corpulent pour y réfléchir à deux fois avant de monter un escalier. Bobby, voici l'inspecteur Gurney, du comté du Delaware, État de New York.

— Bob Muffit, dit le jeune policier, tendant nerveusement la main à Gurney en évitant de regarder le corps allongé par terre.

Le premier étage avait le même aspect de semi-abandon que le reste de la maison. Quatre portes donnaient sur le palier. Muffit les conduisit vers la première, sur la droite. Même en tenant compte du délabrement ambiant, la pièce était un vrai taudis. Sur les rares espaces de moquette qui n'étaient pas jonchés de vêtements sales ou de canettes de bière vides, Gurney remarqua ce qui ressemblait à des éclaboussures de vomi séchées. Ça empestait la crasse, la transpiration. Les stores étaient fermés. La seule source de lumière provenait de l'unique ampoule en état de marche sur le lustre à trois lampes au plafond.

Gowacki s'approcha de la table près du lit défait. À côté d'un tas de magazines porno étaient posées trois enveloppes écrites à l'encre rouge, ainsi qu'un chèque. Sans rien toucher directement, le policier fit glisser les quatre objets sur une revue intitulée *Chaudes lapines* dont il se servit comme d'un plateau.

— Redescendons voir ce que nous avons là, dit-il.

Les trois hommes regagnèrent la cuisine. Gowacki déposa les enveloppes et le chèque sur la table de petit déjeuner. À l'aide d'un stylo et d'une pince sortis de la poche de sa chemise, il souleva le rabat déchiré de chaque enveloppe et en extirpa le contenu : des poèmes, à première vue identiques, jusqu'à l'écriture de bonne sœur, à ceux reçus par Mellery.

Le regard de Gurney se posa sur les lignes : « *Ce que vous avez pris, vous le rendrez / quand vous sera rendu ce que vous avez donné... Vous et moi avons rendez-vous – à tout de suite / Monsieur 658.* »

Cependant le chèque fut ce qui retint son attention le plus longtemps. Il était libellé au nom de « X. Arybdis » et signé « R. Kartch ». Il s'agissait à l'évidence du chèque que Gregory Dermott avait renvoyé à Kartch sans l'encaisser. Il était du même montant que ceux de Mellery et de Schmitt : 289,87 dollars. Le nom et l'adresse, « *R. Kartch, 349 Quarry Road, Sotherton, Mass. 01055* », apparaissait dans l'angle en haut à gauche du chèque.

R. Kartch. Quelque chose dans ce nom perturbait Gurney.

Cela tenait-il à l'émotion singulière qui l'assaillait chaque fois qu'il avait le nom d'une personne décédée sous les yeux ? Comme si le nom lui-même se voyait privé du souffle de la vie en se détachant de ce qui lui donnait de la substance. C'était étrange de songer qu'on finissait par s'habituer à l'idée de la mort, d'en arriver à croire que sa présence ne vous affectait plus, que cela faisait tout bonnement partie du métier. Jusqu'à ce qu'elle vous assaille à nouveau, bizarrement – sous la forme concentrée, déroutante, du nom d'un défunt. Quoi qu'on fasse pour l'ignorer, la mort trouve toujours le moyen de se rappeler à votre souvenir. De s'infiltrer dans votre esprit comme de l'eau dans un mur en sous-sol.

Peut-être était-ce la raison pour laquelle le nom de R. Kartch le titillait. À moins que ce ne fût autre chose...

CHAPITRE 40

Un coup de feu dans la nuit

Mark Mellery. Albert Schmitt. Richard Kartch. Trois hommes. Ciblés, torturés mentalement, abattus, la gorge criblée d'entailles multiples infligées avec un acharnement tel que la tête se détachait presque du corps. Qu'avaient-ils fait, ensemble ou individuellement, pour provoquer des représailles aussi macabres ?

Si tant est qu'il s'agisse d'une vengeance. Et si l'allusion à une revanche, en filigrane dans les messages, n'était qu'un rideau de fumée destiné à masquer des motivations plus prosaïques – comme l'avait suggéré Rodriguez ?

Tout était possible.

L'aube pointait quand Gurney entama son voyage de retour. L'odeur de la neige vivifiait l'air. Il avait atteint cet état de conscience tendu où une profonde fatigue rivalisait avec une vigilance fébrile. Des pensées, des images sans rime ni raison se bousculaient dans sa tête.

Notamment la vision du chèque libellé par le mort, ce nom, R. Kartch, quelque chose qui se tapissait derrière une trappe inaccessible de sa mémoire, quelque chose de pas tout à fait d'aplomb. Telle une étoile indistincte, cela lui échappait pour l'instant, mais risquait de ressurgir dès qu'il cesserait de se focaliser dessus.

Il se força à se concentrer sur d'autres facettes de l'affaire, mais son cerveau refusait de suivre un enchaînement logique. Il revit la mare de sang à demi séchée sur le sol de la cuisine de Kartch, qui s'étendait jusqu'à l'ombre de la table branlante. Il fixa la route devant lui pour tenter d'exorciser cette image, aussitôt remplacée par une tache de sang d'une taille comparable sur la terrasse en pierre de Mark Mellery, laquelle à son tour céda le pas au spectacle de Mellery lui-même, penché en avant dans un fauteuil Adirondack, requérant sa protection, une délivrance.

Penché vers lui, l'implorant…

Gurney sentit les larmes lui monter aux yeux.

Il fit halte sur une aire de repos. Il n'y avait qu'une seule autre voiture dans le petit parking ; elle paraissait abandonnée. Il avait chaud au visage, les mains glacées. Le fait de ne pas pouvoir réfléchir posément le terrifiait, lui donnait un sentiment d'impuissance.

La fatigue, tel un prisme, le poussait à considérer sa vie comme un échec – un échec d'autant plus cuisant au regard des signes d'approbation que ses collègues lui témoignaient. Savoir que son esprit lui jouait des tours ne rendait pas la chose moins convaincante. Toute une litanie de preuves le confirmait. En sa qualité de policier, il avait manqué à ses engagements envers Mellery. En tant qu'époux, il avait délaissé Karen, et puis Madeleine. Il n'avait pas rempli son devoir de père envers Danny, et maintenant Kyle.

Son cerveau avait ses limites. Après avoir enduré un quart d'heure supplémentaire de cette autoflagellation, il cessa purement et simplement de fonctionner, le plongeant dans un sommeil bref, mais réparateur.

Combien de temps cela dura-t-il, il n'aurait su le dire. Moins d'une heure, sûrement. Mais lorsqu'il se réveilla, le tourbillon émotionnel était passé, remplacé par une surprenante lucidité. Il avait le cou effroyablement raide, mais cela semblait un faible prix à payer.

Peut-être parce qu'il avait fait de la place dans sa tête, une nouvelle interprétation du mystère de la boîte postale de Wycherly commença à prendre forme. Les deux postulats de départ ne lui avaient jamais paru tout à fait satisfaisants : à savoir que les victimes avaient été incitées par erreur à envoyer leur chèque à la mauvaise adresse (peu probable compte tenu de l'attention que le tueur accordait aux détails), ou bien qu'il s'agissait de la bonne boîte, mais que quelque chose était allé de travers, ce qui avait permis à Dermott de recevoir, et de renvoyer, les chèques en toute innocence avant que l'assassin puisse les récupérer par Dieu seul sait quelle méthode de son cru.

À présent, Gurney entrevoyait une troisième explication. Et si c'était la bonne boîte et que rien n'était allé de travers ? Si demander ces chèques avait un autre objectif que de les encaisser ? On pouvait imaginer que le tueur, ayant réussi à obtenir l'accès à la boîte postale, décachetait les enveloppes, regardait les chèques ou en faisait des copies puis les scellait à nouveau dans leurs enveloppes qu'il replaçait dans la boîte avant que Dermott mette la main dessus.

Si ce nouveau scénario approchait de la vérité – si l'auteur des crimes se servait effectivement de la boîte postale de Dermott à ses propres fins –, cela ouvrait de nouvelles perspectives fascinantes. *Il devait pouvoir communiquer directement avec le meurtrier.* En dépit des fondements extrêmement fragiles de cette hypothèse, malgré l'état de confusion et de sinistrose d'où il venait d'émerger, cette pensée l'exaltait tellement qu'il s'écoula plusieurs minutes avant qu'il se rende compte qu'il avait quitté l'aire de repos et filait vers chez lui à 120 kilomètres à l'heure.

Madeleine était sortie. Il déposa son portefeuille et ses clés sur la table du petit déjeuner et prit le petit mot qu'elle y avait laissé. Il reconnut son écriture hâtive, proprette. Le message était, comme d'habitude, d'une concision déconcertante : « *Suis allée au cours de yoga de 9 h. De retour avant l'orage. 5 messages. Le poisson était-il un flétan* ? »

Quel orage ?

Quel poisson ?

Il avait envie d'aller dans le bureau écouter les cinq messages auxquels elle faisait allusion, mais il y avait une chose qu'il tenait absolument à faire avant cela. Quelque chose de très urgent. L'idée qu'il pouvait peut-être écrire au tueur – s'adresser directement à lui *via* la boîte postale de Dermott – lui avait donné une envie irrépressible de passer à l'acte.

Il se rendait bien compte que ce scénario ne tenait pas debout, à force de conjectures reposant sur des conjectures, mais c'était sacrément tentant. La possibilité de pouvoir *agir* l'enthousiasmait, comparé à la frustration engendrée par l'enquête, d'autant plus qu'il avait la sensation désagréable que la moindre avancée faisait partie intégrante du plan de l'ennemi. Aussi impulsive et déraisonnable fût-elle, la possibilité de jeter une grenade par-dessus le mur derrière lequel se terrait peut-être celui-ci était irrésistible. Il ne lui restait plus qu'à fabriquer la grenade.

Il aurait vraiment mieux fait d'écouter ses messages. Il y avait peut-être quelque chose d'important, d'urgent même. Au moment où il se tournait vers le bureau, une phrase lui vint à l'esprit – qu'il ne voulait pas oublier, un couplet en rime, l'amorce idéale de ce qu'il dirait au tueur. Tout excité, il s'empara du bloc-notes et du stylo que Madeleine avait laissés sur la table et se mit à écrire furieusement. Quinze minutes plus tard, il reposa le stylo et relut les huit lignes rédigées d'une écriture alambiquée :

Je sais comment vous avez tout accompli,
Des traces à l'envers au coup de feu assourdi.
Le jeu commencé bientôt prendra fin,
Votre gorge tranchée par l'ami d'un défunt.
Méfiez-vous du soleil, méfiez-vous de la neige,
De la nuit, du jour, jamais plus de trêve.
La mort dans l'âme, d'abord je le mettrai en terre
Avant d'envoyer son tueur en enfer.

Satisfait, il essuya ses empreintes sur la feuille. Ce geste – évasif, un peu louche – lui parut étrange, mais il chassa cette pensée de son esprit et alla chercher une enveloppe qu'il adressa à X. Arybdis, boîte postale de M. Dermott, à Wycherly, dans le Connecticut.

CHAPITRE 41

Retour dans le monde réel

Gurney était arrivé juste à temps à la boîte aux lettres pour remettre son enveloppe à Rhonda, qui, deux jours par semaine, remplaçait Baxter, le facteur habituel. À peine de retour dans la maison, en haut du pré, il sentit son excitation rongée par le remords qui surgissait inévitablement chez lui quand il agissait sous le coup d'une impulsion.

Il se rappela les cinq messages qui l'attendaient.

Le premier provenait de la galerie à Ithaca.

— David, ici Sonya. Il faut que nous parlions de votre projet. Rien de grave, tout va bien au contraire, mais nous devons nous voir au plus vite. Je serai à la galerie ce soir jusqu'à six heures. Sinon, appelez-moi plus tard à la maison.

Le second appel émanait de Randy Clamm, qui semblait tout excité.

— J'ai essayé de vous joindre sur votre portable, mais il devait être éteint. Nous avons trouvé des lettres chez Schmitt. On aimerait que vous y jetiez un coup d'œil, histoire de voir si ça vous rappelle quelque chose. Il semblerait qu'Albert recevait d'étranges petits poèmes qu'il ne tenait pas à montrer à sa femme. Il les avait planqués au fond de sa boîte à outils. Donnez-moi un numéro où je peux vous les faxer. Ce serait sympa.

Jack Hardwick, de la Brigade criminelle, lui avait laissé le troisième message. Son dédain coutumier n'avait plus de mesure, apparemment.

— Salut, Sherlock, il paraît que ton cinglé a deux marques de plus sur la crosse de son fusil. Tu devais être trop occupé pour avertir ton vieux pote. L'espace d'un instant de folie, j'ai été tenté de penser que M. Sherlock Gurney de mes deux ne pouvait s'abaisser à en informer l'humble Jack Hardwick. Mais ce n'est pas ton genre, bien sûr ! Honte à moi ! Pour te montrer que je ne t'en veux pas, je t'appelle pour t'aviser d'une réunion prévue demain – un débriefing sur l'affaire Mellery, organisé par la Brigade, assorti d'une discussion sur la manière dont les événements survenus récemment dans le Bronx et à Sotherton devraient affecter l'orientation de l'enquête. Le capitaine Rod animera cette mascarade. Le procureur Kline y est convié, et je présume qu'il t'invitera, mais je me suis dit que tu aimerais être prévenu à l'avance. Ça sert à ça les amis, non ?

Le quatrième message était le coup de fil annoncé de Kline. Pas particulièrement chaleureux. Son ton énergique avait viré à la nervosité.

— Gurney, qu'est-ce qu'il a votre portable ? On a tenté de vous joindre directement, et ensuite par l'intermédiaire du commissariat de Sotherton. Ils m'ont dit que vous aviez levé le camp deux heures et demie plus tôt. J'ai appris du même coup qu'on en était au troisième meurtre perpétré par le même individu. C'est un élément important, vous ne trouvez pas ? Vous auriez peut-être dû me prévenir ? Il faut qu'on se parle au plus vite. Nous devons prendre des décisions et pour cela, il nous faut toutes les données. Il y a une réunion à la Brigade criminelle demain. C'est une priorité. Appelez-moi dès que possible.

L'ultime message était de Mike Gowacki.

— Je voulais juste que vous sachiez que nous avons extrait une balle du plafond de la cuisine. Il s'agit bien d'un calibre .38, comme vous me l'aviez laissé entendre. Nous avons fait une autre découverte intéressante après votre départ. En vérifiant la boîte aux lettres en quête d'autres petits mots doux à l'encre rouge, on a trouvé un poisson mort. Dans la boîte aux lettres. Vous n'aviez pas précisé que cela faisait partie du mode opératoire. Dites-moi si ça vous évoque quelque chose. Je ne suis pas psychologue, mais je dirais que notre assassin est un drôle de tordu. C'est tout pour l'instant. Je rentre chez moi dormir un peu.

Un poisson ?

Gurney retourna dans la cuisine pour jeter un coup d'œil au mot de Madeleine.

Suis allée au cours de yoga de 9 h. De retour avant l'orage. Cinq messages. Le poisson était-il un flétan ?

Pourquoi lui avait-elle posé cette question ? Il vérifia l'heure sur la vieille pendule Regulator au-dessus du plan de travail. Neuf heures et demie. On se serait plutôt cru au crépuscule avec cette lumière grisâtre venant des portes-fenêtres. *De retour avant l'orage.* Il semblait bien qu'il allait tomber quelque chose, de la neige peut-être. Pourvu que ce ne soit pas une pluie glaciale. Madeleine serait donc de retour vers dix heures et demie, dix heures peut-être si elle s'inquiétait de l'état des routes. Il pourrait l'interroger à propos du flétan. Madeleine n'était pas d'une nature inquiète, mais elle n'aimait pas les chaussées glissantes.

Une idée lui vint subitement à l'esprit alors qu'il regagnait le bureau pour rappeler tout le monde. Le premier meurtre avait eu lieu à Peony, et le tueur avait laissé une pivoine près du corps de sa seconde victime. Le deuxième meurtre avait été perpétré dans une petite enclave du Bronx baptisée Flounder Beach, la « plage des flétans », ce qui rendait la supposition de Madeleine à propos de la présence d'un poisson sur la troisième scène de crime presque certainement fondée, et des plus perspicaces – rien de surprenant de sa part.

Il rappela Sotherton en premier. L'officier de permanence le mit en relation avec la boîte vocale de Gowacki. Il y laissa deux requêtes : une demande de confirmation que le poisson était bien un flétan et des photos balistiques afin de corroborer que les projectiles retrouvés chez Kartch et Mellery provenaient de la même arme. Il ne doutait guère du résultat dans un cas comme dans l'autre, mais la certitude était sacro-sainte.

Après quoi il téléphona à Kline.

Kline était au tribunal pour la matinée. Ellen Rackoff réitéra les plaintes du procureur, lui reprochant d'être injoignable et de ne pas les avoir tenus informés. Elle l'avertit qu'il avait intérêt à ne pas rater la réunion du lendemain, à midi dans les locaux de la Brigade. Elle se débrouilla tout de même pour insuffler une touche d'érotisme à son sermon. Gurney se dit que le manque de sommeil lui faisait peut-être perdre un peu la tête.

Il appela Randy Clamm pour le remercier de l'avoir mis au courant. Il lui communiqua un numéro au bureau du procureur afin qu'il puisse faxer les lettres de Schmitt, ainsi qu'un autre à la Brigade pour qu'il en fasse parvenir une copie à Rodriguez. Après quoi il lui rapporta les derniers rebondissements du cas Richard Kartch, y compris l'histoire du flétan et le fait que l'alcool était clairement mêlé aux trois affaires.

Quant au coup de fil à Sonya, cela pouvait attendre. Il n'était pas très pressé de joindre Hardwick non plus. Il n'arrêtait pas de penser au débriefing du lendemain à la Brigade. Sans grande joie. Il détestait les réunions, de manière générale. Son esprit fonctionnait mieux dans la solitude. Les cogitations collectives lui donnaient envie de quitter la pièce. Il était d'autant plus mal à l'aise à la perspective de cette réunion lorsqu'il songeait à la grenade poétique qu'il avait lancée à la hâte. Il ne faisait pas bon avoir des secrets.

Il s'enfonça dans son fauteuil en cuir à un angle de la pièce, pour agencer mentalement les éléments clés des trois affaires, déterminer la thèse qu'ils étayaient le mieux et la façon de la mettre à l'épreuve. Mais sa cervelle privée de sommeil refusait de coopérer. Il ferma les yeux, et tout semblant de raisonnement se dissipa. Combien de temps resta-t-il prostré là, il n'aurait su le dire, mais lorsqu'il rouvrit les yeux, une neige tombant à gros flocons avait commencé à blanchir le paysage, et, dans le silence, il entendit une voiture approcher sur la route. Il s'extirpa de son fauteuil et gagna la cuisine. Il atteignit la fenêtre juste à temps pour voir la voiture de Madeleine disparaître derrière la grange au bout de l'allée. Elle avait dû s'arrêter pour prendre le courrier. Une minute plus tard, le téléphone sonna. Il décrocha l'appareil à la cuisine.

— Bon ! Tu es là. Sais-tu si le facteur est passé ?

— Madeleine ?

— Je suis à la boîte aux lettres. J'ai quelque chose

à poster, mais s'il est déjà venu, je vais faire un saut en ville.

— C'était Rhonda, en fait. Elle est passée il y a un petit moment.

— Zut ! Bon, tant pis. Je m'en occuperai plus tard.

Sa voiture émergea lentement de derrière la grange et remonta l'allée en direction de la maison.

Elle entra par la cuisine, les traits tendus comme chaque fois qu'elle devait conduire sous la neige. Puis elle remarqua l'étrange expression de Gurney.

— Qu'est-ce qu'il y a ?

Absorbé par une idée qui lui était venue lorsqu'elle l'avait appelé de la boîte aux lettres, il ne lui répondit pas avant qu'elle ait retiré son manteau et ses chaussures.

— Je crois que je viens de comprendre quelque chose.

— Bien !

Tout sourire, elle attendit des précisions en secouant les flocons de neige restés accrochés à ses cheveux.

— L'énigme du nombre – la deuxième. Je sais comment il a fait, comment il aurait pu s'y prendre en tout cas.

— C'était quoi, la deuxième ?

— Le chiffre 19, celui que Mellery a mentionné au téléphone.

— Ah oui !

— L'assassin a demandé à Mellery de penser à un nombre et de le lui dire à voix basse.

— Pourquoi à voix basse ? Au fait, cette pendule n'est pas à l'heure, ajouta-t-elle en levant les yeux vers la Regulator.

Il la dévisagea.

— Désolée, s'excusa-t-elle d'un ton léger. Continue.

— À mon avis, s'il lui a demandé de chuchoter, c'est parce que cela ajoutait un élément insolite à sa requête, plus à même d'éloigner son interlocuteur de la vérité que s'il s'était borné à lui dire : « Donnez-moi un nombre. »

— Je ne te suis pas très bien.

— Le tueur n'avait pas la moindre idée du nombre auquel pensait Mellery. Le seul moyen de le savoir était de lui poser la question. Il cherchait juste à embrouiller les choses.

— Mais ce nombre figurait-il dans la lettre que le meurtrier avait déposée dans la boîte aux lettres?

— Oui et non. Le nombre se trouvait dans la lettre que Mellery a récupérée dans sa boîte quelques minutes plus tard, seulement, au moment du coup de fil, la lettre en question n'y était pas encore. Elle n'avait pas encore été imprimée, en fait.

— Je suis perdue.

— Supposons que l'homme disposait d'une mini-imprimante reliée à son ordinateur portable et qu'il avait déjà rédigé la lettre adressée à Mellery, à l'exception du nombre. Supposons aussi qu'il était installé dans sa voiture près de la boîte aux lettres, au bord de la route de campagne plongée dans l'obscurité qui passe devant l'institut. Il appelle Mellery sur son portable – comme tu viens de le faire depuis notre propre boîte aux lettres –, il le persuade de penser à un chiffre et de le prononcer à voix basse. À l'instant où Mellery le dit, le tueur l'intègre dans le texte de sa lettre et appuie sur la touche « Imprimer ». Trente secondes plus tard, il glisse la lettre dans une enveloppe, la jette dans la boîte et s'en va, donnant ainsi l'impression d'avoir le pouvoir diabolique de lire dans les pensées.

— Très futé, commenta Madeleine.

— Lui ou moi ?

— Les deux, évidemment.

— Ça me paraît logique. Tout comme il semble cohérent qu'il ait enregistré des bruits de circulation pour faire croire qu'il était ailleurs que sur cette petite route tranquille.

— Comment ça, des bruits de circulation ?

— Enregistrés. Un technicien du laboratoire de la Brigade criminelle a eu l'idée ingénieuse de soumettre l'enregistrement que Mellery a fait du coup de fil à un programme d'analyse de sons. Il a découvert qu'il y avait deux catégories de fonds sonores derrière la voix du tueur – un grondement de moteur et des voitures qui passaient. Le moteur était de la première génération – c'est-à-dire simultané à la voix, tandis que le trafic appartenait à une seconde génération, autrement dit qu'une bande enregistrée de bruits de circulation passait derrière la voix en *live*. De prime abord, ça n'avait aucun sens.

— Mais tout s'explique maintenant que tu as compris ça, dit Madeleine. Bravo !

Il scruta son visage en quête de cette ironie qui teintait ordinairement les remarques qu'elle faisait sur son implication dans cette affaire, mais n'en trouva pas trace. Elle le considérait avec une réelle admiration.

— Je suis sincère, dit-elle, comme si elle avait décelé son doute. Tu m'impressionnes !

Un souvenir lui revint soudain avec une force poignante : dans les premiers temps de leur mariage, elle le regardait souvent ainsi. C'était un tel bonheur de bénéficier de la tendre approbation d'une femme aussi farouchement intelligente. Le lien qui les unissait était infiniment précieux. Voilà qu'il en avait à nouveau la manifestation sous les yeux, ou tout au moins un délicieux aperçu. Et puis elle se tourna vers la fenêtre, et la lumière grise brouilla son expression. Elle s'éclaircit la voix.

— Dis-moi, as-tu pensé à acheter un nouveau râteau de toit ? On annonce trente à quarante centimètres de neige avant minuit, et je n'ai pas envie d'avoir une nouvelle fuite dans le placard du premier.

— Trente à quarante centimètres ?

Il croyait se rappeler qu'il y avait un vieux râteau dans la grange, réparable peut-être avec une bonne dose de chatterton…

Madeleine poussa un petit soupir avant de se diriger vers l'escalier.

— Je vais vider le placard, au cas où.

Il ne trouva rien de sensé à rétorquer. Le téléphone lui épargna d'avoir à dire une ânerie. Il décrocha à la troisième sonnerie.

— Gurney.

— Inspecteur Gurney, ici Gregory Dermott.

La voix était polie, mais tendue.

— Oui, monsieur Dermott.

— Il est arrivé quelque chose. Je veux être sûr que je m'adresse aux autorités concernées.

— Que s'est-il passé ?

— J'ai reçu un drôle de message. J'ai le sentiment que ça pourrait être lié aux lettres que les victimes ont reçues, d'après ce que vous m'en avez dit. Puis-je vous le lire ?

— Dites-moi d'abord comment il vous est parvenu.

— Justement, la façon dont je l'ai eu est encore

plus troublante que le contenu du message. Mon Dieu, ça me donne la chair de poule ! Il était scotché sur ma fenêtre – la fenêtre de la cuisine près de la petite table où je prends mon petit déjeuner. Vous vous rendez compte de ce que ça signifie ?

— Quoi donc ?

— Ça veut dire qu'il est venu là, tout près, à moins de dix mètres de l'endroit où je dors. Il savait sur quelle vitre coller son mot. C'est ça qui flanque vraiment les jetons.

— Qu'entendez-vous par « sur quelle vitre coller son mot » ?

— Celle près de laquelle je m'assois tous les matins. Ce n'est pas un hasard – il devait savoir que je prenais mon petit déjeuner là, ce qui veut dire qu'il me surveillait.

— Avez-vous prévenu la police ?

— C'est le motif de mon appel.

— Le commissariat local, j'entends.

— J'avais compris. Oui, je les ai appelés, mais ils ne prennent pas la situation au sérieux. J'ai pensé qu'un coup de fil de votre part aiderait peut-être. Pourriez-vous faire ça pour moi ?

— Que dit le message ?

— Une seconde. Le voilà. Il n'y a que deux lignes, écrites à l'encre rouge. « *Il en vient un, ils viennent en masse / Tous les bouffons vont mourir à présent.* »

— Vous l'avez lu à la police ?

— Oui. Je leur ai expliqué qu'il y avait peut-être un lien entre ce message et les deux meurtres. Ils ont répondu qu'ils m'enverraient un policier demain matin. J'en ai conclu qu'ils n'avaient pas compris l'urgence du problème.

Gurney envisagea un instant de lui révéler qu'un troisième meurtre avait eu lieu, mais il décida que cette nouvelle ne ferait que redoubler sa peur, et, à l'entendre, Dermott était déjà mort de trouille.

— Comment interprétez-vous ce message ?

— Interpréter ? s'exclama Dermott d'un ton qui frisait la panique. Ça dit bien ce que ça veut dire. Que quelqu'un va mourir. Maintenant. Et c'est à moi qu'on l'a remis. C'est pourtant clair, nom de Dieu ! Qu'est-ce que vous avez, tous ? Combien de cadavres va-t-il falloir pour attirer votre attention ?

— Essayez de rester calme, monsieur. Connaissez-vous le nom de l'officier de police que vous avez eu au bout du fil ?

CHAPITRE 42

À l'envers

À la fin de son entretien téléphonique épineux avec le lieutenant John Nardo, du commissariat de Wycherly, Gurney lui avait arraché la promesse qu'un agent serait mis en faction l'après-midi même chez Gregory Dermott afin d'assurer sa protection, en attendant la décision finale du chef.

Entre-temps, la neige avait viré à la tempête. Il y avait près de trente heures que Gurney n'avait pas fermé l'œil ; il avait besoin de sommeil, mais il décida de se forcer à tenir le coup encore un peu et prépara du café. Il appela Madeleine, toujours au premier, pour savoir si elle en voulait une tasse. Il ne comprit pas sa réponse, encore qu'il aurait dû deviner ce qu'il en était. Aussi reposa-t-il la question. Cette fois-ci, son « non » lui parvint clairement. Trop clairement, pensa-t-il.

La neige n'avait pas sur lui l'effet apaisant habituel. Dans cette affaire, les rebondissements se succédaient trop vite, et il commençait à se demander s'il n'avait pas commis une erreur en adressant cette missive fleurie à l'adresse postale de Wycherly. Il jouissait d'un certain degré d'autonomie dans cette enquête, mais des interventions aussi « créatives » risquaient de ne pas être vues d'un bon œil. Pendant qu'il attendait que le café soit prêt, des images de la scène du crime à Sotherton, y compris le flétan – qu'il voyait aussi clairement que s'il l'avait eu sous les yeux –, rivalisaient dans son esprit avec le message scotché sur la fenêtre de Dermott. *Il en vient un, ils viennent en masse / Tous les bouffons vont mourir à présent.*

Déterminé à trouver un moyen d'échapper à ce casse-tête, il songea qu'il avait le choix entre réparer le râteau de toit et étudier de plus près cette histoire de « 19 » pour voir où ça le menait. Il opta pour la seconde solution.

En supposant que la supercherie avait marché comme il le pensait, quelles conclusions pouvait-il en tirer ? Que le meurtrier était intelligent, inventif, qu'il gardait la tête froide sous la pression, qu'il aimait les jeux sadiques ? Qu'ils avaient affaire à un maniaque de l'autorité, prêt à tout pour donner à ses victimes un sentiment d'impuissance ? Tout cela était vrai, cela sautait aux yeux. En revanche, les motifs qui l'avaient poussé à s'y prendre ainsi étaient moins clairs. Gurney réalisa tout à coup que l'élément crucial concernant le stratagème du « 19 » était précisément qu'il s'agissait d'un *stratagème* destiné à faire croire que l'assassin connaissait suffisamment bien sa victime pour savoir ce qu'elle pensait – alors qu'il n'en était rien !

Bon sang !

Quelle était cette phrase dans le second poème adressé à Mellery ?

Il fonça dans la cuisine, attrapa son dossier et le feuilleta à la hâte. Voilà ! Pour la deuxième fois de la journée, il éprouva le sentiment exaltant d'approcher de la vérité.

Je sais quelles pensées vous habitent
Quand votre regard palpite,
Où vous étiez,
Où vous serez.

Qu'avait dit Madeleine déjà la veille au soir, au lit ? Était-ce la veille ou le soir d'avant ? Que les messages n'étaient pas très précis, qu'ils ne contenaient aucun fait, ni noms, ni lieux, rien de tangible ?

Tout excité, Gurney sentait que des éléments essentiels du puzzle se mettaient en place. La pièce maîtresse, il l'avait tenue à l'envers tout du long. Les connaissances soi-disant intimes que le meurtrier avait de ses victimes et de leur passé n'étaient en réalité qu'une feinte. Cela ne faisait presque plus de doute désormais. En relisant les messages réunis dans son dossier et ses notes relatives aux appels téléphoniques reçus par Mellery et les autres, Gurney ne put trouver la moindre preuve que l'assassin sût quoi que ce soit de spécifique à leur sujet, en dehors de leurs nom et adresse. Il était au courant, semblait-il, qu'à un moment ou à un autre, ils avaient tous bu à l'excès, mais là encore, pas de détails – aucun épisode précis, ni nom, ni lieu, ni date. Tout cela corroborait l'idée d'un sadique tentant de convaincre ses victimes qu'il les connaissait personnellement alors qu'en réalité, il ne savait strictement rien d'elles.

Ce qui soulevait une autre question. Pourquoi s'en prendre à des inconnus ? Si la réponse était que le type nourrissait une haine pathologique pour tout individu s'adonnant à la boisson, alors pourquoi ne pas jeter une bombe dans la réunion des AA la plus proche (comme Randy Clamm le lui avait judicieusement fait remarquer lors de sa visite dans le Bronx) ?

Ces réflexions se mirent à tournoyer dans sa tête à mesure que son corps et son esprit cédaient à la fatigue. Avec l'épuisement vint le doute. À la jubilation qu'il avait éprouvée en élucidant le stratagème du nombre succéda ce bon vieil accès d'autocritique à l'idée qu'il aurait dû comprendre ça plus tôt – et puis la crainte que cette découverte ne débouche sur une autre impasse.

— Qu'est-ce qui t'arrive encore ?

Madeleine était apparue à l'entrée du bureau, échevelée, les bras chargés d'un énorme sac-poubelle en plastique noir.

— Rien.

Elle lui décocha un coup d'œil dubitatif avant de déposer son fardeau à la porte.

— Tout ce barda, c'était de ton côté du placard.

Il posa un regard morne sur le sac.

Madeleine regagna le premier.

Le vent produisait un faible sifflement à la fenêtre qui avait besoin d'un nouveau joint d'isolation. Flûte ! Il avait eu l'intention de s'en occuper. Chaque fois que le vent s'abattait sur la maison…

Le téléphone sonna.

C'était Gowacki, l'inspecteur de Sotherton.

— C'est effectivement un flétan, dit-il sans prendre la peine de dire bonjour. Comment avez-vous deviné ?

Cette confirmation lui donna un coup de fouet. Il recouvra suffisamment d'énergie pour appeler l'agaçant Jack Hardwick au sujet d'un point qui le tracassait depuis le départ. Il s'agissait de la première ligne du troisième poème – qu'il sortit de son dossier tout en composant le numéro du policier.

Je fais ce que j'ai fait
ni par goût ni par intérêt
mais pour que les dettes soient réglées,
les préjudices réparés.
Pour le sang aussi rouge
qu'une rose peinte.
Afin que chacun se souvienne
qu'il récolte ce qu'il sème.

Comme toujours, il lui fallut subir une bonne minute d'injures tous azimuts avant que l'inspecteur veuille bien prêter attention et lui donner une réponse. Réponse typiquement hardwickienne.

— L'usage du passé signifie que le tueur a déjà laissé plusieurs têtes coupées dans son sillage avant de buter notre copain, c'est ça que tu veux dire ?

— Ça me paraît assez évident dans la mesure où les trois victimes que nous connaissons étaient en vie au moment où ce poème a été écrit.

— Qu'est-ce que tu me conseilles de faire ?

— Ce serait peut-être bien d'envoyer une demande de renseignements pour des MO similaires.

— Tu le veux détaillé, ton *modus operandi* ?

Son ton condescendant conférait à l'expression latine une connotation ironique. Le chauvinisme qui l'incitait à trouver les langues étrangères ridicules avait toujours horripilé Gurney.

— À toi de voir. De mon point de vue, les plaies à la gorge sont l'élément clé.

— Hum ! Et tu penses qu'il faut étendre cette requête à la Pennsylvanie, l'État de New York, le Connecticut, le Rhode Island, le Massachusetts, peut-être aussi le New Hampshire et le Vermont ?

— Je n'en sais rien, Jack. C'est toi qui décides.

— On remonte jusqu'où ?

— Les cinq dernières années ? Fais comme tu le sens.

— Les cinq dernières années. Ça me paraît bien.

À l'entendre, on aurait plutôt cru le contraire.

— Tu es prêt pour le débriefing du capitaine R ?

— Demain ? Bien sûr. J'y serai.

Il y eut une pause.

— Alors, tu penses que ce cinglé fait ça depuis un bout de temps ?

— Ça paraît vraisemblable, non ?

Nouveau silence.

— Ça avance de ton côté ?

Gurney lui résuma la situation en précisant sa nouvelle interprétation des faits avant de conclure par une suggestion.

— Je sais que Mellery a fait une cure de désintoxication il y a une quinzaine d'années. Tu devrais peut-être vérifier s'il n'a pas un casier judiciaire ou voir du côté des archives – un incident ayant trait à l'alcool. Idem pour Albert Schmitt et Richard Kartch. Les gars des homicides chargés des affaires Schmitt et Kartch travaillent sur les bios des victimes. Ils trouveront peut-être un élément qui colle. Pendant que tu y es, ça ne ferait pas de mal de fouiller un peu le passé de Gregory Dermott. Il est mêlé à cet imbroglio d'une manière ou d'une autre. Le tueur a choisi sa boîte postale de Wycherly pour une raison, et maintenant il menace Dermott en personne.

— Comment tu dis ?

Gurney lui parla du message scotché sur la fenêtre de Dermott et de la conversation qu'il avait eue avec le lieutenant Nardo.

— Que va-t-on exhumer en fouillant dans leur passé d'après toi ?

— Quelque chose qui nous aidera à confirmer trois données. Primo, que l'assassin choisit des victimes qui ont un problème avec l'alcool. Secundo, que rien ne prouve qu'il les connaissait personnellement. Tertio, qu'il s'en prend à des cibles éloignées sur le plan géographique, ce qui indique un autre facteur de sélection que leur éthylisme – un élément qui les lie les uns aux autres, ainsi qu'à l'auteur des crimes, et probablement aussi à Dermott. J'ignore de quoi il retourne, mais je le saurai quand je l'aurai sous les yeux.

— Tu es sûr de ça ?

— À demain, Jack.

CHAPITRE 43

Madeleine

Le lendemain arriva avec une rapidité déconcertante. Après sa conversation avec Hardwick, Gurney avait ôté ses chaussures pour s'allonger sur le canapé du bureau. Il avait dormi profondément, sans interruption, tout le restant de l'après-midi et la nuit entière. Lorsqu'il avait rouvert les yeux, c'était le matin.

Il se leva, s'étira, regarda par la fenêtre. Le soleil se hissait au-dessus de la crête brune à l'est de la vallée. Il devait être aux environs de sept heures. Il n'avait pas besoin de se mettre en route avant dix heures et demie pour sa réunion à la Brigade. Le ciel était d'un bleu limpide, la neige scintillait comme si on l'avait mélangée à des bris de verre. Entre la beauté et la quiétude du paysage et les arômes de café flottant dans l'air, la vie lui parut simple et belle, l'espace d'un instant. Son long repos l'avait remis d'aplomb. Il se sentait prêt à passer les coups de fil qu'il avait différés – à Sonya, à Kyle –, mais la pensée qu'ils devaient encore dormir le coupa dans son élan. Il s'attarda quelques secondes sur l'image de Sonya au lit avant d'aller dans la cuisine, résolu à attendre neuf heures pour appeler.

La maison semblait désespérément vide. C'était toujours le cas quand Madeleine était sortie. Son absence fut confirmée par le petit mot qu'il trouva sur le comptoir : « *Aube. Le soleil est sur le point de se lever. Magnifique. Vais à Carlston's Ledge en raquettes. Le café est prêt. M.* » Il alla à la salle de bains se laver et se brosser les dents. En se donnant un coup de peigne, il eut l'idée de la rattraper. L'allusion au lever imminent du soleil indiquait qu'elle avait dû partir une dizaine de minutes plus tôt. S'il prenait ses skis de fond, en suivant les traces, il l'aurait sans doute rejointe en moins de vingt minutes.

Il enfila un pantalon de ski par-dessus son jean, des chaussures et un gros pull en laine, chaussa ses skis et s'élança par la porte de derrière sur trente centimètres de poudreuse. La crête qui offrait une ample vue sur la vallée vers le nord et les rangées de collines plus loin se situait à un peu plus d'un kilomètre ; on l'atteignait en empruntant un ancien sentier forestier qui grimpait en pente douce depuis le bout de la propriété. En été, il était impraticable à cause de l'enchevêtrement de framboisiers sauvages, mais, dès la fin de l'automne, les buissons épineux cédaient la place.

Une famille de corbeaux méfiants, dont seuls les croassements ébranlaient l'air glacé, prit son envol de la cime d'arbres dénudés à une centaine de mètres devant lui. Ils disparurent bientôt derrière la crête, laissant un silence encore plus profond dans leur sillage.

À l'instant où il émergeait du bois sur le promontoire surplombant la ferme des Carlson, Gurney aperçut Madeleine, à flanc de coteau. Assise sur un rocher une cinquantaine de mètres plus bas, elle contemplait le paysage vallonné qui s'étendait à l'infini, avec pour unique signe de présence humaine deux silos et une route sinueuse. Gurney l'observa, fasciné par son immobilité. Elle paraissait si… solitaire, et pourtant si étroitement *connectée* au monde. Tel un fanal, on aurait dit qu'elle cherchait à l'attirer vers un lieu au-delà de sa portée.

Brusquement, sans qu'aucun mot puisse exprimer son émotion, cette vision lui brisa le cœur.

Seigneur, était-il au bord de la dépression ? Pour la troisième fois cette semaine, les larmes lui vinrent aux yeux. Il déglutit en se passant la main sur la figure. En proie à un léger vertige, il écarta un peu ses skis pour se stabiliser.

Était-ce ce mouvement furtif à la lisière de sa vision, ou le raclement des skis sur la neige sèche qui attira son attention ? Toujours est-il qu'elle se tourna vers lui et le regarda approcher. Esquissa un sourire sans mot dire. Gurney éprouvait la sensation étrange qu'elle voyait son âme aussi clairement que son corps – étrange parce qu'il n'avait jamais compris le sens du mot « âme », parce que ce terme ne faisait pas partie de son vocabulaire. Il s'assit à côté d'elle sur la pierre plate et contempla les collines et les vallées avoisinantes. Elle lui prit le bras et le serra contre elle.

Il étudia ses traits, incapable de trouver les mots pour décrire ce qu'il avait devant les yeux. On aurait dit que l'éclat du paysage immaculé se reflétait sur son visage, que la brillance de ce visage trouvait à son tour un écho dans la nature.

Au bout d'un moment – sans qu'il puisse dire combien de temps au juste s'était écoulé –, ils rentrèrent en faisant un détour.

— À quoi penses-tu ? demanda-t-il à mi-chemin.

— À rien. Les pensées sont une entrave.

— À quoi ?

— Au ciel bleu, à la neige immaculée.

Il n'ouvrit plus la bouche jusqu'à ce qu'ils soient dans la cuisine.

— Je n'ai pas bu le café que tu m'avais préparé, dit-il.

— Je vais en refaire.

Il la regarda sortir un paquet de café en grains du réfrigérateur et en verser quelques mesures dans le moulin électrique.

— Oui ? fit-elle en le considérant d'un drôle d'air, prête à mettre l'appareil en marche.

— Rien, dit-il. Je regarde, c'est tout.

Elle appuya sur le bouton. Le moulin produisit une salve assourdissante, qui alla decrescendo à mesure qu'il réduisait les grains en poudre. Madeleine releva les yeux.

— Je vais aller vérifier le placard, dit-il, désireux de se rendre utile.

Il commença à monter les marches, mais avant d'arriver à destination, il s'arrêta à la fenêtre du palier qui donnait sur le champ derrière la maison, les bois, le sentier menant à la crête. Il revit Madeleine assise sur ce rocher dans sa solitude sereine, et cette intense émotion à laquelle il n'avait pu donner de nom l'envahit à nouveau, douloureusement. Il chercha en vain à identifier cette souffrance.

Perte. Séparation. Isolement.

Le thérapeute qu'il avait consulté à la fin de son adolescence, à la suite d'une crise de panique – celui qui lui avait expliqué que cette panique procédait de l'hostilité profonde qu'il nourrissait envers son père, et que l'absence totale de sentiment conscient envers ce père témoignait de la force et de la négativité cachées de ses émotions –, ce même thérapeute lui avait confié un jour ce qu'il considérait comme le but de l'existence.

« L'objectif de la vie est de se rapprocher le plus possible des autres. »

Il avait fait cette déclaration avec une franchise étonnante, comme il aurait dit que les camions servaient à transporter des marchandises.

À une autre occasion, il avait énoncé sur un ton tout aussi catégorique une formule corollaire : « Une vie isolée est une vie gaspillée. »

À dix-sept ans, Gurney n'avait pas vraiment compris ce qu'il entendait par là. Cela lui avait paru profond, mais d'une profondeur obscure dans laquelle il ne discernait rien. Trente ans plus tard, il ne saisissait toujours pas tout à fait – en tout cas, pas comme il comprenait la fonction des camions.

Oubliant la penderie, il retourna dans la cuisine. Venant du couloir, la pièce lui sembla d'une clarté aveuglante. Bien au-dessus de la cime des arbres, dans un ciel sans nuages, le soleil dardait ses rayons sur les portes-fenêtres orientées au sud-est. La nouvelle couche de neige avait transformé le pré en un réflecteur éblouissant, projetant son éclat dans des coins rarement éclairés de la pièce.

— Ton café est prêt, annonça Madeleine en fourrant une boulette de papier et une poignée de petit bois dans le poêle. Cette lumière est magique. Musicale.

Gurney hocha la tête en souriant. Il lui arrivait de lui envier cette aptitude à tomber sous le charme de la nature. Comment une femme comme elle, pure esthète, exaltée – dans le sens noble du terme –, une femme en phase avec la splendeur des choses, avait-elle pu épouser un flic cérébral, dénué de toute spontanéité ? Avait-elle espéré qu'un jour il se débarrasserait du cocon gris de sa profession ? S'était-il associé à ce rêve en imaginant que, dans sa retraite pastorale, il deviendrait quelqu'un d'autre ?

Ils formaient un drôle de couple, mais certainement pas plus étrange que celui de ses parents. Sa mère aux penchants artistiques multiples et variés, avec ses petits hobbies farfelus – sculpture en papier mâché, visions fantasmagoriques à l'aquarelle, origami –, n'avait-elle pas lié son sort à un homme dont seuls les rares traits d'humour rompaient la morosité intrinsèque, qui avait perpétuellement la tête ailleurs, dont on ignorait les passions ? Un homme plus content de partir au travail le matin que de rentrer le soir à la maison. Un homme qui, dans son désir de paix, passait son temps à s'en aller.

— À quelle heure dois-tu partir à ta réunion ? demanda Madeleine, manifestant une fois de plus une réceptivité déconcertante au cours de ses pensées.

CHAPITRE 44

Ultimes débats

Sensation de déjà-vu.

La procédure d'inscription sur le registre n'avait pas changé. La réception – conçue paradoxalement pour avoir un effet dissuasif – était aussi aseptisée qu'une morgue, en moins paisible. Un nouveau gardien dans la cabine, mais l'éclairage lui conférait la même pâleur chimiothérapique qu'à son prédécesseur. Une fois de plus, l'agent Blatt aux cheveux luisants de gel, aimable comme une porte de prison, le conduisit dans l'étouffante salle de conférences.

Il le précéda dans la pièce que Gurney retrouva identique à son souvenir, quoique un peu plus miteuse. Il remarqua des taches qu'il n'avait pas vues la dernière fois sur la moquette terne. La pendule, légèrement de guingois et trop petite pour le vaste mur, indiquait midi. Il était pile à l'heure, comme d'habitude – ce qui relevait plus de la névrose que d'une vertu. Trop d'avance ou de retard le mettait mal à l'aise.

Blatt prit place à la table. Wigg et Hardwick étaient déjà installés, aux mêmes places que lors de la première réunion. Une femme aux traits crispés, près de la machine à café, parut mécontente que Gurney ne fût pas accompagné de la personne qu'elle attendait manifestement. Elle ressemblait tellement à Sigourney Weaver qu'il se demanda si elle le faisait exprès.

Les trois chaises au centre de la table oblongue avaient été inclinées contre le rebord, comme la fois précédente. En allant se servir un café, Gurney surprit le sourire grimaçant de Hardwick, digne d'un requin.

— Inspecteur de première classe Gurney, j'ai une question pour toi.

— Bonjour, Jack.

— Ou plutôt, une réponse : « Un prêtre défroqué de Boston ». Pour gagner le grand prix, il te suffit de trouver la question.

Gurney prit une tasse sans se donner la peine de relever. Voyant qu'elle n'était pas très propre, il la reposa, tenta sa chance avec une deuxième, puis une troisième avant de reprendre la première.

Sigourney tapait nerveusement du pied en consultant sa Rolex. Une parodie d'impatience.

— Bonjour, lui dit-il en se résignant à remplir sa tasse crasseuse avec ce qu'il espérait être du café chaud, antiseptique. Dave Gurney.

— Docteur Holdenfield, répondit-elle comme si elle déployait une quinte flush face à une minable paire de deux. Vous pensez que Sheridan va arriver ?

Quelque chose d'insolite dans son ton lui mit la puce à l'oreille. Sans compter que son nom lui disait quelque chose.

— Je ne saurais vous dire.

Il se demanda quels rapports elle entretenait avec le procureur.

— Quel genre de docteur êtes-vous, si je puis me permettre ?

— Psychologue au service médico-légal, répondit-elle distraitement sans quitter la porte des yeux.

— Comme je disais, inspecteur, reprit Hardwick d'une voix trop forte pour les dimensions de la pièce, si la réponse est « prêtre défroqué de Boston », quelle est la question ?

Gurney ferma les yeux.

— Pour l'amour du ciel, Jack, pourquoi ne le dis-tu pas tout simplement ?

Hardwick fit une moue dégoûtée.

— Dans ce cas, je serais obligé de l'expliquer deux fois. À toi et au comité exécutif, répondit-il en pointant le menton vers les sièges réservés.

Sigourney consulta à nouveau sa montre. Le sergent Wigg vérifia ce qui se passait sur l'écran de son ordinateur portable en réaction aux touches qu'elle enfonçait. Blatt avait l'air de se raser. La porte s'ouvrit enfin, livrant passage à Kline, visiblement préoccupé, suivi de Rodriguez, les bras chargés d'un gros dossier, l'air plus hargneux que jamais, et de Stimmel, le crapaud pessimiste. Dès qu'ils furent assis, Rodriguez décocha un coup d'œil interrogateur à Kline.

— Allez-y, fit ce dernier.

Les lèvres pincées, Rodriguez fixa son attention sur Gurney.

— Il s'est produit un nouvel épisode tragique. Un agent de police du Connecticut, dépêché chez Gregory Dermott à votre demande expresse, paraît-il, a trouvé la mort.

Tous les yeux se tournèrent vers Gurney avec plus ou moins de curiosité.

— Comment ?

Il avait posé la question calmement en dépit d'une anxiété grandissante.

— De la même façon que votre ami.

Il y avait une insinuation acerbe dans son intonation, à laquelle Gurney choisit de ne pas réagir.

— Qu'est-ce qui se passe à la fin, Sheridan ?

La question avait été posée par Holdenfield, restée debout à l'extrémité de la table. Son ton s'apparentait tellement à celui de l'hostile Sigourney dans *Alien* que Gurney acquit la certitude qu'elle le faisait exprès.

— Becca ! Désolée. Je ne vous avais pas vue. On n'a pas eu le temps de souffler. Des complications de dernière minute. Encore un meurtre, apparemment, ajouta-t-il en se tournant vers Rodriguez. Rod, si vous faisiez le point pour tout le monde sur cette affaire du flic du Connecticut ?

Il secoua un peu la tête comme s'il avait de l'eau dans l'oreille.

— Jamais vu un truc pareil !

— À qui le dites-vous ! répliqua Rodriguez en ouvrant son dossier. À onze heures vingt-cinq ce matin, le lieutenant John Nardo, du commissariat de Wycherly, dans le Connecticut, a reçu un appel concernant un meurtre survenu au domicile d'un certain Gregory Dermott, connu de nous comme le détenteur de la boîte postale impliquée dans l'affaire Mark Mellery. Dermott bénéficiait d'une protection temporaire à la demande de l'inspecteur David Gurney. À huit heures ce matin…

Kline leva la main.

— Une seconde, Rod. Becca, avez-vous fait la connaissance de Dave ?

— Oui.

Cet acquiescement sec, glacial, semblait destiner à parer à toute présentation plus approfondie, ce qui n'empêcha pas Kline de poursuivre.

— Vous devriez avoir des tas de choses à vous dire, l'un et l'autre. La psychologue aux talents de profileur les plus impressionnants de la profession et l'inspecteur détenteur du record d'arrestations de meurtriers de toute l'histoire du NYPD.

Ces éloges mirent tout le monde mal à l'aise, mais ils contraignirent Holdenfield à considérer Gurney avec un certain intérêt pour la toute première fois. Et, bien que ce dernier ne fût pas un adepte des profileurs, il savait désormais pourquoi son nom lui disait quelque chose.

Kline enchaîna, déterminé, semblait-il, à mettre en avant ses deux vedettes.

— Becca lit dans leurs pensées, Gurney les capture – Cannibanoël, Jason Strunk, Peter Piggy Machinchose…

Holdenfield se tourna vers Gurney, les yeux légèrement écarquillés.

— Piggert ? Vous étiez sur l'affaire ?

Gurney hocha la tête.

— Une arrestation retentissante ! dit-elle avec un soupçon d'admiration dans la voix.

Il esquissa un petit sourire distrait, absorbé par la situation à Wycherly et par l'impact potentiel de son intervention impulsive – l'envoi de ce fichu poème – sur la mort d'un officier de police.

— Continuez, Rod, reprit Kline d'un ton sec, comme si le capitaine était responsable de l'interruption.

— À huit heures ce matin, Gregory Dermott s'est rendu à la poste de Wycherly en compagnie de l'agent Gary Sissek. D'après Dermott, ils sont rentrés à huit heures trente, heure à laquelle il a fait du café et des toasts, après quoi il a épluché son courrier pendant que l'agent Sissek restait dehors à contrôler le périmètre et à assurer la sécurité extérieure de la maison. À neuf heures, Dermott est sorti le chercher. Il a découvert son corps sur la terrasse de derrière. Il a appelé police-secours. Les premiers policiers sur les lieux ont sécurisé la scène du crime et trouvé un message scotché sur la porte au-dessus du corps.

— Une balle et des entailles multiples à la gorge comme les autres ? demanda Holdenfield.

— Entailles confirmées. Rien de déterminé encore concernant le projectile.

— Et le mot ?

Rodriguez tira un fax de son dossier et le lut.

— « *D'où je viens ? / Où suis-je allé ? / Combien vont mourir / parce que vous l'ignorez ?* »

— Même charabia alambiqué, commenta Kline. Qu'en pensez-vous, Becca ?

— Il est possible que le processus s'accélère.

— Le processus ?

— Tout était prémédité avec soin jusqu'ici – le choix des victimes, la série de messages, tout. Ceci est différent, plus réactif que planifié.

Rodriguez paraissait sceptique.

— C'est le même rituel de coups portés à la gorge, le même genre de note.

— Sauf que la victime ne faisait pas partie du plan. Je dirais que M. Dermott était la cible initiale, mais que ce policier a été tué opportunément à sa place.

— Mais le message…

— Il aura été apporté pour être déposé sur le cadavre de Dermott si tout s'était passé comme prévu, à moins qu'il n'ait été rédigé sur place en fonction de l'évolution de la situation. Le fait qu'il ne comporte que quatre lignes a peut-être son importance. Les autres n'en contenaient-ils pas huit ?

Elle se tourna vers Gurney, en quête d'une confirmation.

Il hocha la tête, toujours rongé de remords, et se força à revenir dans le présent.

— Je suis de l'avis du docteur Holdenfield. Je n'avais pas pensé à la signification éventuelle de ces quatre lignes au lieu des huit, mais c'est logique. J'ajouterais que, même si ce crime n'a pas pu être planifié de la même façon que les autres, le facteur de haine contre la police, indissociable de la mentalité de notre criminel, intègre en partie ce meurtre dans le schéma et rend sans doute compte des aspects rituels auxquels le capitaine a fait référence.

— Becca a suggéré que la cadence s'accélérait, souligna Kline. Nous avons déjà quatre victimes. Faut-il s'attendre à ce qu'il y en ait d'autres ?

— Cinq en fait.

Tous les regards convergèrent vers Hardwick.

Le capitaine brandit le poing et tendit un doigt à mesure qu'il énumérait les noms : Mellery. Schmitt. Kartch. L'agent Sissek. Ça fait quatre.

— Et le révérend Michael McGrath, cinq, ajouta Hardwick.

— Qui ça ?

La question jaillit à l'unisson de la bouche de Kline, excité, du capitaine, contrarié, et de Blatt, sidéré.

— Il y a cinq ans, un prêtre du diocèse de Boston a été relevé de ses fonctions sacerdotales à la suite d'allégations impliquant des enfants de chœur. Il a passé une sorte d'accord avec l'évêque. Attribuant son comportement indécent à l'alcoolisme, il s'est soumis à un séjour prolongé dans un centre de désintoxication, après quoi il a disparu de la circulation. Fin de l'histoire.

— Qu'est-ce qui se passe dans ce diocèse ? railla Blatt. Ça grouille de pédophiles là-bas !

Hardwick passa outre.

— Fin de l'histoire jusqu'à il y a un an, quand McGrath a été retrouvé mort dans son appartement. Entailles multiples à la gorge. Un message revanchard était scotché sur le corps. Un poème de huit lignes à l'encre rouge.

Rodriguez était devenu cramoisi.

— Depuis quand êtes-vous au courant ?

Hardwick regarda sa montre.

— Une demi-heure.

— Quoi ?

— Hier, l'inspecteur Gurney a demandé qu'on adresse une demande de renseignements à tous les services de police des États du Nord-Est concernant un mode opératoire similaire à celui de l'affaire Mellery. Ce matin, on a fait mouche – feu le père McGrath.

— Quelqu'un a-t-il été mis en examen pour ce meurtre ? demanda Kline.

— Non. Le gars des homicides de Boston que j'ai eu au bout du fil ne l'a pas dit franchement, mais j'ai eu l'impression que cette affaire était passée à l'as.

— Qu'est-ce que ça veut dire ?

Le capitaine avait l'air outré.

Hardwick haussa les épaules.

— Un ancien pédophile se fait poignarder à mort, le meurtrier laisse un message faisant vaguement allusion à des méfaits passés. On dirait que quelqu'un a décidé de se venger. Les flics ont peut-être compris de quoi il retournait, mais ils avaient d'autres chats à fouetter, des tas d'autres criminels à épingler avec des mobiles moins nobles qu'une vengeance à retardement. Peut-être ont-ils bâclé l'affaire.

Rodriguez montrait des symptômes d'indigestion.

— Mais il ne vous a pas vraiment dit ça.

— Évidemment que non.

— Bon, reprit Kline pour récapituler, quelle qu'ait été l'attitude de la police de Boston, le fait est que le père McGrath est le numéro cinq.

— *Sí, número cinco,* reprit sottement Hardwick. Mais en fait, c'est *el número uno* – puisqu'il s'est fait trucider un an avant les quatre autres.

— Alors Mellery, que nous pensions être la première victime, était en réalité la seconde, conclut Kline.

— J'en doute fort, intervint Holdenfield.

Dès qu'elle eut l'attention de tout le monde, elle enchaîna :

— Rien ne prouve que le prêtre ait été le premier – il aurait très bien pu être la dizième victime, pour ce qu'on en sait –, et même s'il était la première, un autre problème se pose. Un meurtre il y a un an, puis quatre en moins de quinze jours, ce n'est pas un cas de figure fréquent. Je présume qu'il a dû y en avoir d'autres dans l'intervalle.

— À moins qu'un facteur distinct de la psychopathologie de l'assassin ne détermine le rythme des meurtres et le choix des victimes, souligna Gurney à voix basse.

— Que voulez-vous dire ?

— Je pense que les victimes ont un point commun au-delà de leur éthylisme, quelque chose que nous n'avons pas encore découvert.

Holdenfield secoua la tête d'un air songeur. Elle faisait une grimace qui laissait supposer qu'elle ne partageait pas son point de vue, mais qu'elle n'avait pas encore trouvé le moyen de saborder sa théorie.

— Nous risquons de trouver des liens avec des crimes plus anciens, si je comprends bien, conclut Kline, qui n'avait pas l'air de trop savoir qu'en penser.

— Sans parler de nouveaux, renchérit Holdenfield.

— Qu'est-ce que vous voulez dire par là ?

C'était devenu la question préférée de Rodriguez.

Holdenfield ignora son ton grincheux.

— La cadence des meurtres, comme je l'ai mentionné tout à l'heure, suggère que la fin de partie a débuté.

— La fin de partie ? chantonna Kline comme s'il avait plaisir à entendre cette formule.

— Dans le cas le plus récent, il a été contraint d'improviser. La situation commence peut-être à lui échapper. J'ai le sentiment qu'il ne va plus maîtriser son affaire très longtemps.

— Maîtriser ?

La question émanait de Blatt, et comme presque toujours, elle exprimait une sorte d'hostilité congénitale.

Holdenfield le considéra un instant d'un air morne avant de se tourner vers Kline.

— Je suis censée faire un cours magistral ou quoi ?

— Vous feriez peut-être bien de reprendre quelques points clés. Corrigez-moi si je me trompe, ajouta-t-il en jetant un coup d'œil à la ronde comme quelqu'un qui ne s'attend pas le moins du monde à ce qu'on le corrige, mais, à l'exception de Dave, je ne pense pas que le reste d'entre nous ait beaucoup d'expérience pratique en matière de crimes en série.

Rodriguez fut sur le point de protester, mais se ravisa.

Holdenfield sourit tristement.

— Tout le monde connaît-il au moins dans les grandes lignes la typologie du tueur en série de Holmes ?

Le panel de murmures et de hochements de tête autour de la table tendait vers l'affirmatif. Seul Blatt se hasarda à poser une question :

— Sherlock Holmes ?

Gurney se demanda si c'était une blague stupide ou de la bêtise pure et simple.

— Ronald M. Holmes – plus contemporain, et un être de chair et d'os, précisa Holdenfield sur un ton d'une affabilité outrancière dont Gurney ne sut que penser ; se pouvait-il qu'elle eût imité Mister Rogers s'adressant à un bambin de cinq ans ? Holmes a classé les tueurs en série selon leurs motivations : le spécimen inspiré par des voix imaginaires ; celui qui s'est donné pour mission de débarrasser le monde d'un groupe d'individus qu'il juge intolérable – les Noirs, les homosexuels, ce que vous voulez ; l'amateur de sensations fortes qui atteint au paroxysme de la jubilation en tuant ; et enfin le sadique sexuel. Mais ils ont tous une chose en commun…

— Ils sont complètement givrés, fit Blatt avec un sourire béat.

— Vous avez raison, inspecteur, répondit Holdenfield d'un ton suave dévastateur, mais ce qu'ils partagent tous, c'est une terrible tension intérieure. Tuer leur procure un soulagement temporaire.

— Comme quand on baise ?

— Blatt, intervint Kline furibond, vous devriez garder vos réflexions pour vous jusqu'à ce que Rebecca ait fini son exposé.

— Sa question est assez pertinente, à vrai dire.

L'orgasme soulage effectivement la tension sexuelle. Dans le cas d'une personne normale, toutefois, cela ne provoque pas un dysfonctionnement croissant requérant des orgasmes de plus en plus fréquents. À cet égard, je dirais que les tueurs en série se rapprochent davantage du drogué.

— Une addiction au meurtre, hasarda Kline d'un air pensif, comme s'il testait un titre pour une manchette.

— Une formule choc, qui n'est pas sans fondement, répondit Holdenfield. Plus que quiconque, le tueur en série vit dans son monde. Il donne peut-être l'impression d'être intégré sur le plan social, mais il ne tire aucune satisfaction de sa vie publique et ne s'intéresse pas à l'existence des autres. Il ne vit que pour ses fantasmes – des rêves de contrôle, de domination, de châtiment. Pour lui, ces chimères représentent une réalité supérieure ; c'est un univers dans lequel il se sent important, omnipotent, vivant. Des questions ?

— Oui, dit Kline. Avez-vous une idée de la catégorie de tueur en série que nous recherchons ?

— Absolument, mais j'aimerais entendre ce que l'inspecteur Gurney a à dire à ce sujet.

Gurney soupçonnait que cette formulation cordiale était aussi factice que le sourire.

— Un homme nanti d'une mission, dit-il.

— Déterminé à débarrasser le monde des ivrognes ? enchaîna Kline, mi-intrigué, mi-sceptique.

— L'alcoolisme fait sans doute partie des caractéristiques de la victime-cible, mais ça ne s'arrête sûrement pas là.

Kline poussa un grognement évasif.

— Si nous voulons affiner le profil, au-delà de « l'homme nanti d'une mission », comment décririez-vous notre homme ?

Gurney décida d'inverser les rôles.

— J'ai quelques idées là-dessus, mais je serais ravi d'entendre le point de vue du docteur Holdenfield à cet égard.

Elle haussa les épaules avant de débiter d'un ton égal :

— Un Blanc d'une trentaine d'années, QI élevé, pas d'amis, pas de vie sexuelle normale. Poli, mais distant. Il a dû avoir une enfance difficile, aggravée par un fort traumatisme qui influence le choix de ses victimes. Dans la mesure où il s'en prend à des hommes d'âge mûr, on peut imaginer que ce traumatisme a un rapport avec son père et à une fixation œdipienne sur sa mère…

— Vous voulez dire que ce type a littéralement… enfin, je veux dire… avec sa mère ? bredouilla Blatt.

— Pas forcément. Je vous parle de fantasmes. Il vit dans un monde imaginaire. Pour ce monde illusoire.

Rodriguez intervint à son tour d'une voix vibrante d'impatience.

— Ce terme me pose un problème, docteur. Cinq cadavres, c'est loin d'être un fantasme !

— J'en conviens, capitaine. Pour vous et moi, ce n'est pas du tout le cas. Il s'agit d'individus en chair et en os, dignes de respect, mais ce n'est pas ainsi qu'ils apparaissent aux yeux d'un tueur en série. Pour lui, ce sont de simples pions dans son jeu – et non des êtres humains tels que vous et moi l'entendons. Des accessoires bidimensionnels, des composantes de son fantasme, à l'instar des éléments rituels que l'on trouve sur les scènes de crime.

Rodriguez secoua la tête.

— Ce que vous dites vaut peut-être dans le cas d'un tueur en série. Et alors ? Cette approche globale me gêne par d'autres aspects. D'ailleurs, qui a décidé qu'on avait affaire à ce type d'assassin ? Vous foncez tête baissée sans le moindre…

Il hésita, comme s'il venait de prendre conscience de sa voix perçante et du manque d'égards dont il faisait preuve en s'en prenant à l'un des consultants préférés de Sheridan Kline. Il continua dans un registre plus calme.

— Je veux dire, les meurtres séquentiels ne sont pas forcément l'œuvre d'un tueur en série. On peut voir ça sous un autre angle.

Holdenfield paraissait troublée.

— Vous avez d'autres hypothèses à avancer ?

Rodriguez soupira.

— Gurney ne cesse de parler d'un facteur déterminant, en dehors de l'alcool, ayant influé sur le choix des victimes. On peut, bien sûr, supposer une implication commune, accidentelle ou délibérée, dans un épisode passé, qui aurait meurtri le tueur. On assisterait tout bonnement à une revanche multiple. Ça pourrait être aussi simple que ça.

— On ne saurait exclure un tel scénario, reconnut Holdenfield, mais l'organisation, les poèmes, le rituel précis, tout cela me paraît trop pathologique pour qu'il puisse s'agir d'une simple vengeance.

— À propos de pathologique, lança Jack Hardwick de la voix rauque d'un homme en train de succomber allègrement à un cancer de la gorge, le moment me semble bien choisi pour vous informer de l'ultime pièce à conviction loufoque relative à cette affaire.

Rodriguez le fusilla du regard.

— Encore une petite surprise ?

Hardwick poursuivit sans relever.

— À la demande de Gurney, on a envoyé une équipe de techniciens au gîte rural où aurait logé l'assassin la veille du meurtre de Mellery.

— Qui a approuvé cette initiative ?

— Moi, monsieur, répondit Hardwick, fier, à l'évidence, d'avoir dérogé au règlement.

— Pourquoi est-ce que je n'ai pas vu passer de mémo à ce sujet ?

— Gurney a estimé qu'on n'avait pas le temps, mentit Hardwick.

Il porta la main à son cœur, arborant une étrange expression figée comme s'il était sur le point d'avoir une attaque, après quoi il éructa bruyamment. Arraché à sa rêverie, Blatt s'écarta de la table avec une telle énergie qu'il faillit renverser sa chaise.

Avant que Rodriguez, ébranlé par cette interruption, n'ait eu le temps de reparler de son problème de mémo, Gurney enchaîna sur la remarque de Hardwick en se lançant dans une longue explication sur les raisons qui l'avaient poussé à solliciter l'intervention d'une équipe technique aux Lauriers.

— Le premier pli adressé à Mellery était signé X. Arybdis. En grec, *X* est l'équivalent de *ch*, et Charybde est le nom d'un tourbillon marin dans la mythologie grecque, que l'on associe à un récif meurtrier, Scylla. La veille de l'assassinat de Mellery, un homme accompagné d'une femme âgée est descendu dans ce gîte sous le nom de Scylla. Je doute que ce soit une coïncidence.

— Un homme et une femme âgée ? répéta Holdenfield, intriguée.

— Il pourrait s'agir du tueur et de sa mère, même si, bizarrement, le registre est signé « M. et Mme ». Cela pourrait renforcer l'élément œdipien de votre profil.

— C'est presque trop parfait, répondit la psychologue avec un sourire.

Le capitaine paraissait sur le point d'exploser à nouveau, mais Hardwick l'arrêta en reprenant là où Gurney s'était interrompu.

— On envoie donc des techniciens dans cette bicoque décorée comme un sanctuaire du *Magicien d'Oz*. Les gars passent les lieux au peigne fin – dedans, dehors, en mettant tout sens dessus dessous – et que trouvent-ils ? Nada. Que dalle. Strictement rien. Pas un cheveu, pas une traînée, rien qui indique qu'un être humain ait pu séjourner sous ce toit. La chef d'équipe n'en revenait pas. Elle m'a appelé pour me dire qu'il n'y avait pas trace d'une empreinte digitale là où on en trouve systématiquement : surfaces de table, poignées de porte, de fenêtre, boutons de tiroir, téléphones, pommeau de douche, robinets, télécommandes, interrupteurs, et j'en passe. Mais rien. Pas la moindre. Même partielle. Je lui ai dit de balancer de la poudre partout – sur les murs, les sols, le plafond ! Elle s'est un peu énervée, mais j'ai su me montrer convaincant. Après ça, elle s'est mise à me rappeler toutes les demi-heures pour me dire qu'on ne trouvait toujours rien, qu'elle perdait son temps. Au troisième coup de fil, pourtant, sa voix avait légèrement changé. Elle la ramenait nettement moins. Elle m'a annoncé qu'ils avaient déniché quelque chose.

Rodriguez prit soin de masquer sa déception, mais Gurney la sentit. Après une pause destinée à ménager ses effets, Hardwick poursuivit :

— Ils sont tombés sur un mot écrit à l'extérieur de la porte de la salle de bains. Un seul mot. *Ertruem.*

— Quoi ? aboya Rodriguez, moins empressé de dissimuler son incrédulité.

— *Ertruem*, répéta lentement Hardwick d'un air entendu, comme si c'était la clé de l'énigme.

— *Ertruem* ? Comme dans le film ? demanda Blatt.

— Attendez une seconde, fit Rodriguez en clignant les yeux de frustration. Vous êtes en train de me dire qu'il a fallu, quoi, trois, quatre heures à votre équipe d'experts pour trouver un mot écrit bien en vue sur une porte ?

— Pas bien en vue, objecta Hardwick. Le type a employé la même technique que pour les messages invisibles qu'il nous a laissés sur les lettres envoyées à Mark Mellery. CONS DE FLICS. Vous vous rappelez ?

Le capitaine se borna à le dévisager sans rien dire.

— J'ai vu ça dans le dossier, intervint Holdenfield. Des mots qu'il aurait tracés au verso de ces messages avec son propre sébum. C'est faisable ?

— Sans aucun problème, répondit Hardwick. D'ailleurs, les empreintes digitales ne sont rien d'autre que du sébum. Il a détourné cette ressource à ses fins, voilà tout. Il s'est peut-être frotté les doigts sur le front pour les rendre un peu plus graisseux. En tout cas, ça a marché pour les lettres et de nouveau aux Lauriers.

— C'est bien *ertruem*, comme dans le film, hein ? répéta Blatt.

— Le film ? Quel film ? De quoi parlez-vous ? s'enquit Rodriguez en cillant de plus belle.

— *Shining*, s'exclama Holdenfield, tout excitée.

Une scène célèbre. Le petit garçon écrit le mot *ertruem* sur une porte dans la chambre de sa mère.

— *Ertruem*, c'est « meurtre » à l'envers, annonça Blatt.

— Seigneur ! C'est vraiment trop parfait ! s'écria Holdenfield.

— De cet enthousiasme débridé, je conclus que nous aurons arrêté notre homme d'ici vingt-quatre heures ? lança Rodriguez qui semblait vouloir se surpasser dans le registre du sarcasme.

Passant outre, Gurney s'adressa à la psychologue.

— Je trouve intéressant qu'il fasse allusion à cet *ertruem* dans *Shining*.

— Le terme idéal pour le film idéal, répondit-elle, les yeux brillants.

Depuis un bout de temps, Kline s'était borné à observer les échanges autour de la table, comme s'il assistait à un match de squash à son club, mais cette fois-ci, il prit la parole :

— Bon, les enfants, le moment est venu de lever le voile sur le mystère. Qu'est-ce que vous trouvez de si parfait là-dedans ?

Holdenfield se tourna vers Gurney.

— Vous lui dites pour le terme. Je lui expliquerai pour le film.

— Le mot est à l'envers. C'est aussi simple que ça. C'est un thème récurrent depuis le début de cette affaire. Comme les empreintes inversées dans la neige. Et, bien entendu, c'est le mot *meurtre* qui est écrit à l'envers. Il nous dit qu'on a pris toute cette enquête à l'envers. CONS DE FLICS.

Kline fixa Holdenfield d'un regard inquisiteur.

— Vous êtes d'accord avec ça ?

— En gros, oui.

— Et le film ?

— Ah oui, le film ! Je vais tâcher d'être aussi concise que l'inspecteur Gurney.

Elle réfléchit un instant avant de reprendre en choisissant ses mots avec soin.

— C'est l'histoire d'un père fou qui terrorise sa femme et son fils. Un père qui se trouve être un alcoolique ayant à son actif un palmarès de beuveries violentes.

— Vous voulez dire que notre tueur serait un père de famille dément, violent et ivrogne ? demanda Rodriguez en secouant la tête.

— Non, non ! Pas le père. Le fils.

— Le fils ?

Le lieutenant avait l'air ahuri.

La psychologue reprit ses explications sur un ton résolument proche de celui de Mister Rogers.

— Je pense que le meurtrier nous incite à penser qu'il avait un père semblable à Jack Nicholson dans *Shining*. J'ai le sentiment qu'il se dévoile pour notre bénéfice.

— Qu'il se dévoile ? bredouilla Rodriguez.

— Chacun cherche à se présenter comme il l'entend, capitaine. Vous devez rencontrer ce phénomène souvent dans votre travail, je présume. Nous avons tous une manière de justifier notre comportement, aussi bizarre soit-il. Tout le monde veut se dédouaner, même les déséquilibrés. Surtout les déséquilibrés !

Cette observation provoqua un silence général, que Blatt finit par rompre.

— J'ai une question. Vous êtes psychiatre, c'est ça ?

— Psychologue consultante dans un service médico-légal.

Mister Rogers s'était métamorphosé derechef en Sigourney Weaver.

— D'accord. Bref. Vous savez comment fonctionne le cerveau. Alors, voilà ma question. Ce type savait le nombre auquel quelqu'un allait penser avant même qu'il lui vienne à l'esprit. Comment a-t-il fait ?

— Il ne l'a pas fait.

— Je vous jure que si.

— Il a donné cette impression. Je suppose que vous faites référence aux épisodes que j'ai lus dans le dossier à propos des nombres 658 et 19. Il n'a pas vraiment accompli ce que vous dites. Il est impossible de savoir à l'avance quel nombre viendra à l'esprit d'un individu dans des circonstances aléatoires. Par conséquent, ça n'a pas eu lieu.

— N'empêche qu'il l'a fait, persista Blatt.

— Il y a au moins une explication, dit Gurney, après quoi il brossa dans les grandes lignes le scénario qui s'était imposé à lui quand Madeleine l'avait appelé de la boîte aux lettres avec son portable, à savoir que le tueur aurait pu se servir d'une imprimante portable installée dans sa voiture pour achever sa lettre où figurait le nombre 19 après que Mellery le lui eut indiqué au téléphone.

Holdenfield avait l'air impressionnée.

Et Blatt ébahi – preuve sans conteste que quelque part derrière cette cervelle de moineau et ce corps d'athlète se cachait un romantique, amateur de bizarre et impossible. Mais cette stupéfaction fut de courte durée.

— Et 658 alors ? demanda-t-il, son regard pugnace passant tour à tour de Gurney à Holdenfield. Il n'y a pas eu de coup de fil cette fois-là. Rien qu'une lettre. Comment a-t-il fait pour savoir que Mellery penserait à ce nombre en particulier?

— Je n'ai pas de réponse à vous donner, avoua Gurney, mais j'ai une petite histoire intéressante à raconter qui aidera peut-être l'un de vous à élucider ce mystère.

Rodriguez manifesta une certaine impatience, tandis que Kline, tout ouïe, se penchait en avant. Son empressement parut déconcerter le capitaine.

— L'autre jour, j'ai rêvé de mon père, commença Gurney.

Il hésita à poursuivre, malgré lui. Sa voix lui semblait presque étrangère. Il y perçut l'écho de la profonde tristesse que ce rêve avait fait naître en lui. Il nota que Rebecca le regardait d'un drôle d'air, pas forcément désagréable. Il se força à continuer.

— À mon réveil, j'ai repensé à un tour de cartes qu'il faisait quand nous avions des invités à la maison pour le Nouvel An, lorsqu'il avait bu quelques verres – ce qui le mettait toujours en forme. Il déambulait dans la pièce, un jeu de cartes déployé dans les mains, en priant trois ou quatre invités d'en prendre une chacun. Ensuite, il choisissait une de ces personnes, à laquelle il demandait de mémoriser sa carte et de la remettre dans le jeu. Il lui tendait alors le paquet et lui disait de bien le mélanger. Après quoi il se lançait dans une séance de pseudo-télépathie, assortie de tout un boniment qui durait parfois dix minutes avant de clamer finalement à la ronde le nom de la carte – qu'il connaissait, bien sûr, depuis le début.

— Comment ? demanda Blatt, perplexe.

— En préparant le jeu au départ. Juste avant de déployer les cartes, il se débrouillait pour en identifier au moins une dont il surveillait dès lors l'emplacement dans le paquet.

— Et si personne ne la choisissait ? demanda Holdenfield, intriguée.

— Il créait une diversion pour interrompre le tour – il se souvenait tout à coup que la bouilloire était sur le feu, par exemple –, de façon que personne ne se rende compte qu'il avait rencontré un problème. Mais ça ne lui arrivait presque jamais. Étant donné la manière dont il présentait ses cartes déployées, l'une des premières personnes auxquelles il les tendait choisissait toujours la carte qu'il désirait. Sinon, il filait de nouveau à la cuisine sous un prétexte ou un autre et reprenait son tour en revenant. Bien évidemment, il avait toujours un moyen tout à fait plausible d'éliminer les gens qui avaient opté pour les mauvaises cartes, si bien que personne ne remarquait son manège.

— Tout cela a-t-il un rapport quelconque avec cette histoire de 658 ? demanda Rodriguez en bâillant.

— Je n'en suis pas sûr, mais l'idée que quelqu'un croit avoir choisi une carte au hasard alors que ce « hasard » est en fait contrôlé…

Le sergent Wigg, qui l'avait écouté avec un intérêt grandissant, l'interrompit.

— Votre histoire de tour de cartes me rappelle cette arnaque par publipostage orchestrée par un détective à la fin des années quatre-vingt-dix.

Que ce soit sa voix insolite, située dans ce registre où le masculin et le féminin se chevauchent, ou le fait tout aussi insolite qu'elle ait pris la parole, en tout état de cause, elle capta instantanément l'attention de tout le monde.

— Le destinataire recevait une lettre prétendument envoyée par une agence de détectives privés, s'excusant de s'être immiscée dans sa vie privée. L'agence « avouait » qu'au cours d'une mission de surveillance bâclée, l'individu en question avait été suivi par erreur pendant plusieurs semaines et photographié en diverses circonstances. La législation sur la protection de la vie privée les contraignait à lui remettre tous les tirages existants. Puis venait l'entourloupe : dans la mesure où certains clichés semblaient d'une nature compromettante, le destinataire ne préférait-il pas qu'on les lui fasse parvenir à une boîte postale plutôt que chez lui ? Auquel cas, il devait envoyer des honoraires d'un montant de cinquante dollars pour couvrir les frais de dossier supplémentaires.

— Ceux qui ont été assez bêtes pour tomber dans le panneau méritaient bien de perdre cinquante dollars, persifla Rodriguez.

— Certaines personnes ont perdu beaucoup plus que ça, enchaîna Wigg d'un ton placide. Le but de l'opération n'était pas d'encaisser ces cinquante dollars. Il ne s'agissait que d'une mise à l'épreuve. L'arnaqueur a envoyé plus d'un million de lettres. Cette requête financière avait pour but de dresser une liste de gens suffisamment coupables de leurs agissements pour trembler à l'idée que des photos de leurs activités se retrouvent entre les mains de leurs partenaires. Ces individus faisaient alors l'objet de demandes de plus en plus exorbitantes liées à la restitution des clichés compromettants. Certains déboursèrent jusqu'à quinze mille dollars au total.

— Pour des photos n'ayant jamais existé ! s'exclama Kline avec une indignation teintée d'admiration pour l'ingéniosité de l'escroc.

— La connerie des gens ne cessera jamais de m'ét...,

commença Rodriguez, mais Gurney l'interrompit brusquement.

— Bon sang ! C'est ça ! L'histoire des 289 dollars, c'était la même chose. Un test !

— Quel genre de test ? s'étonna Rodriguez.

Gurney ferma les yeux pour mieux visualiser la lettre sollicitant de l'argent que Mellery avait reçue.

Kline se tourna vers Wigg en fronçant les sourcils.

— Cet escroc… vous dites qu'il a envoyé un million de lettres ?

— C'est ce que je me souviens d'avoir lu dans la presse.

— Alors la situation n'a rien à voir. Il s'agissait d'une campagne de publipostage frauduleuse – un vaste filet lancé dans le but d'attraper quelques poissons fautifs. On ne parle pas du tout de la même chose ici. Il est question de lettres rédigées à la main, adressées à une poignée de gens pour lesquels le nombre 658 devait avoir une signification précise.

Gurney rouvrit peu à peu les yeux et dévisagea Kline.

— Sauf que ce n'est pas le cas. C'est ce que j'ai cru au début. Sinon pourquoi ce nombre leur serait-il venu à l'esprit ? Je n'ai pas cessé de poser la question à Mark Mellery – que représentait ce nombre pour lui, cela lui rappelait-il quelque chose, y avait-il déjà pensé, l'avait-il vu écrit, était-ce un prix, une adresse, la combinaison d'un coffre ? Mais il soutenait mordicus que ce nombre ne voulait strictement rien dire pour lui, qu'il ne se souvenait pas d'y avoir pensé avant, que ça lui était venu comme ça, tout à fait par hasard. Je suis convaincu qu'il disait la vérité. Il y a forcément une autre explication.

— Ce qui veut dire que nous sommes de retour à la case départ, conclut Rodriguez en levant les yeux au ciel avec une lassitude exagérée.

— Pas sûr. L'arnaque du sergent Wigg est peut-être plus proche de la vérité que nous ne le pensons.

— Vous insinuez que notre tueur aurait envoyé un million de messages, écrits à la main ? C'est ridicule – pour ne pas dire impossible.

— Un million de lettres, ce serait impossible, je suis d'accord, sauf avec beaucoup d'aide, ce qui n'est pas invraisemblable. Mais quelle quantité pourrait sembler plausible ?

— Je ne vous suis pas.

— Imaginons que notre assassin ait eu un plan consistant à envoyer des lettres à des tas de gens – manuscrites, de sorte que chaque destinataire ait l'impression d'un message personnel, unique. Combien de missives pensez-vous qu'il ait pu écrire, mettons, en un an ?

Le capitaine brandit les mains, sous-entendant que la question était non seulement sans réponse, mais futile. Kline et Hardwick semblaient l'avoir prise au sérieux et s'essayer à une sorte de calcul mental. Stimmel affichait une impassibilité d'amphibien, comme toujours. Rebecca Holdenfield observait Gurney avec de plus en plus de fascination. Quant à Blatt, on aurait dit qu'il cherchait à déterminer la source d'une mauvaise odeur.

Wigg fut la seule à répondre.

— Cinq mille, dit-elle. Dix, s'il est vraiment motivé. Quinze mille éventuellement, mais c'est à peine concevable.

Kline la regarda du coin de l'œil avec un scepticisme digne d'un juriste.

— Sur quoi vous basez-vous exactement, sergent, pour avancer de tels chiffres ?

— Sur quelques hypothèses raisonnables.

Rodriguez secoua la tête – l'air de dire que rien sur terre n'était plus suspect que les hypothèses raisonnables d'autrui. Si Wigg s'en rendit compte, elle ne s'offusqua pas suffisamment pour se laisser distraire.

— Je pars du principe que le modèle de l'escroquerie du détective est applicable dans l'affaire qui nous intéresse. On peut en déduire que le premier courrier – celui avec la demande d'argent – a été envoyé à un maximum de gens, et les missives suivantes uniquement aux personnes ayant répondu. En l'occurrence, nous savons que la première lettre se composait de deux messages comportant huit lignes chacun – soit un total de seize lignes relativement courtes, outre l'adresse inscrite sur l'enveloppe. En dehors des adresses, ces lettres ont dû être rédigées à l'identique, ce qui rendait la rédaction répétitive et rapide. Je dirais que chaque envoi a pris environ quatre minutes à effectuer. Ce qui fait quinze à l'heure. En y consacrant ne serait-ce qu'une heure par jour, on arrive à plus de cinq mille par an. Deux heures par jour donnerait plus de onze mille lettres. Théoriquement, il aurait pu en rédiger beaucoup plus, mais il y a des limites au zèle, même chez l'individu le plus monomane.

— En fait, dit Gurney, en proie aux premiers frissons d'excitation d'un scientifique découvrant enfin un canevas dans un océan de données, onze mille serait plus qu'assez.

— Assez pour quoi ? demanda Kline.

— Pour réussir le tour des 658, déjà, expliqua Gurney. Et ce petit tour-là, s'il a été orchestré comme je le pense, expliquerait aussi la demande de 289,87 dollars contenue dans la première lettre adressée à chacune des victimes.

— Ouh là ! s'écria Kline en levant la main. Doucement. Je suis complètement perdu.

CHAPITRE 45

Pour reposer en paix, agissez maintenant !

Gurney examina son idée en détail une fois de plus. C'était presque trop simple. Il voulait s'assurer qu'il n'avait pas fait l'impasse sur un problème évident, susceptible de battre en brèche sa théorie lumineuse. Il nota différentes réactions autour de la table – mélange d'enthousiasme, d'impatience et de curiosité –, alors que tout le monde attendait qu'il s'exprime. Il prit une grande inspiration.

— Je ne peux pas vous garantir que ça s'est passé exactement de cette façon. Cela dit, c'est le seul scénario plausible qui me soit venu à l'idée pendant tout le temps où je me suis débattu avec cette histoire de nombres – depuis le jour où Mark Mellery m'a montré la première lettre. Il était perplexe, pour ne pas dire terrorisé à l'idée que l'auteur de ce pli le connaissait suffisamment pour prédire le nombre auquel il penserait si on lui demandait d'en citer un entre un et mille. Je l'ai senti affolé, aux abois. Nul doute qu'il en a été de même pour les autres victimes. Cette panique était l'objectif même du jeu. Comment pouvait-il savoir quel nombre je choisirais ? Comment pouvait-il être au courant de quelque chose d'aussi personnel, intime, qu'une pensée ? Que sait-il d'autre sur moi ? Je voyais bien que ces questions le tenaillaient – qu'elles le rendaient fou.

— Franchement, Dave, s'exclama Kline dans un état d'agitation qu'il avait du mal à contenir, elles me rendent fou moi aussi, et plus vite vous y répondrez, mieux ce sera.

— Je ne vous le fais pas dire, confirma Rodriguez. Venez-en aux faits.

— Si j'ose exprimer un avis légèrement divergent, intervint Holdenfield d'un ton pressant, j'aimerais entendre l'inspecteur nous expliquer ça à sa manière, et à son rythme.

— C'est tellement simple que c'en est gênant, reprit Gurney. Gênant pour moi parce que, plus j'étudiais le problème, plus il me semblait abscons. D'autant que le fait d'avoir déterminé comment il a procédé avec le nombre 19 ne m'éclairait en rien sur l'histoire du 658. La solution évidente ne m'est jamais apparue – jusqu'à ce que le sergent Wigg nous raconte cette histoire.

Le rictus de Blatt résultait-il de l'effort qu'il faisait pour identifier l'élément révélateur ou de remontées gastriques ? C'était difficile à dire.

Gurney adressa un hochement de tête reconnaissant à Wigg avant de continuer.

— Admettons, comme le suggère le sergent, que notre tueur maniaque consacrait deux heures par jour à écrire des lettres. À la fin d'une année, il en aura rédigé onze mille – qu'il expédie à autant de personnes figurant sur sa liste.

— Quelle liste ? lança Jack Hardwick d'un ton grinçant.

— Bonne question – peut-être la plus importante de toutes. J'y reviendrai dans une minute. Pour le moment, imaginons que la lettre d'origine – le modèle – a bien été envoyée à onze mille personnes, leur demandant de penser à un nombre entre un et mille. D'après la théorie des probabilités, onze personnes a priori auraient sélectionné chaque nombre disponible dans cet ensemble. En d'autres termes, statistiquement, il y a des chances qu'onze personnes sur ces onze mille, en choisissant au hasard, aient opté pour le nombre 658.

La grimace de Blatt prit des proportions comiques. Rodriguez secoua la tête, perplexe.

— Ne sommes-nous pas en train de franchir la frontière entre l'hypothèse et le fantasme ?

— À quel fantasme faites-vous référence ? s'enquit Gurney, plus déconcerté que froissé.

— Eh bien, ces chiffres que vous avancez n'ont rien de probant. Ils sont complètement imaginaires.

Gurney sourit calmement, même si ce n'était pas du tout ce qu'il éprouvait. C'était une habitude acquise de longue date – cette dissimulation automatique de son agacement, de sa frustration, de sa colère, de ses craintes et de ses doutes. Elle lui avait rendu service à l'occasion de milliers d'interrogatoires, au point qu'il en était arrivé à la considérer comme un don, un outil professionnel, alors qu'il s'agissait de tout autre chose à la base. D'une manière de gérer la vie, partie intégrante de son être d'aussi loin que remontaient ses souvenirs.

« *Alors ton père ne s'est jamais occupé de toi, David ? Ça te faisait de la peine ?*

— *De la peine ? Non. Ça ne me faisait rien du tout, en fait.*

— *Et pourtant, dans un rêve, tu en arrives à sombrer dans le chagrin.* »

Seigneur ! Ce n'était pas le moment de s'adonner à l'introspection.

Il reprit ses esprits à temps pour entendre Rebecca Holdenfield déclarer de sa voix affirmée de Sigourney Weaver :

— En ce qui me concerne, l'hypothèse de l'inspecteur Gurney est loin d'être imaginaire. Je la trouve même captivante, et je demanderais à nouveau qu'on le laisse aller au bout de ses explications.

Sa requête s'adressait à Kline qui tourna ses paumes vers le ciel, laissant entendre que c'était clairement l'intention générale.

— Je ne dis pas que onze personnes, précisément, sur les onze mille ont choisi le nombre 658, reprit Gurney, seulement que c'est le pourcentage le plus vraisemblable. Je ne suis pas assez versé dans les statistiques pour invoquer des formules de probabilité, mais quelqu'un peut peut-être me donner un coup de main en la matière.

Wigg s'éclaircit la voix.

— La probabilité liée à un ensemble est nettement plus forte que celle de n'importe quel chiffre spécifique inclus dans ledit ensemble, déclara-t-elle. Ainsi, j'hésiterais à parier que onze personnes exactement choisiront un nombre spécifique entre un et mille – mais si on inclut une marge de, disons, plus ou moins sept dans un sens comme dans l'autre, je gage que le pourcentage de personnes le sélectionnant se situe dans cette échelle. En d'autres termes, dans le cas qui nous intéresse, que 658 sera choisi par au moins quatre personnes, mais pas plus de dix-huit.

Blatt jeta un regard en coulisse à Gurney.

— Vous voulez dire que ce type a envoyé des courriers à onze mille personnes, et que le même nombre secret était caché dans toutes ces petites enveloppes fermées ?

— C'est l'idée, en gros.

Émerveillée, Holdenfield écarquilla les yeux. Elle résuma sa pensée sans s'adresser à quiconque en particulier.

— Et chaque individu qui aura choisi 658 pour une raison ou pour une autre avant d'ouvrir la petite enveloppe, trouve le mot laissant supposer que l'expéditeur le connaissait assez pour deviner qu'il choisirait ce nombre… Mon Dieu, ça doit avoir un effet renversant !

— D'autant plus qu'il ne lui sera jamais venu à l'idée qu'il n'était pas le seul à recevoir cette lettre, ajouta Wigg. Comment aurait-il pu imaginer qu'il n'était pas le seul et unique sur un millier de personnes à avoir choisi ce nombre par hasard ? L'écriture manuscrite était la cerise sur le gâteau. Dans le sens où cela rendait la chose personnelle.

— Putain ! s'exclama Hardwick, vous êtes en train de nous dire qu'un tueur en série s'est servi d'une campagne de publipostage pour prospecter !

— On peut voir ça comme ça, confirma Gurney.

— C'est le truc le plus dingue que j'ai entendu de ma vie ! s'exclama Kline, abasourdi.

— Personne n'écrit onze mille lettres à la main, affirma Rodriguez d'un ton catégorique.

— Personne n'écrit onze mille lettres à la main, répéta Gurney. C'est justement la réaction sur laquelle il comptait. Sans cette histoire que le sergent Wigg nous a racontée, je n'aurais jamais pensé que c'était plausible.

— Si vous n'aviez pas décrit le tour de cartes de votre père, répondit Wigg, cette affaire ne me serait pas revenue en mémoire.

— Vous pouvez vous féliciter l'un l'autre, commenta Kline d'un ton caustique. J'ai encore quelques questions à poser. Par exemple, pourquoi le meurtrier a-t-il demandé un montant de 289,87 dollars, et pourquoi tenait-il à ce que le chèque soit envoyé à la boîte postale de quelqu'un d'autre ?

— Il a demandé de l'argent pour les mêmes motifs que l'escroc dont le sergent nous a parlé : afin que ses victimes s'identifient elles-mêmes. Le pseudo-détective voulait savoir quelles personnes figurant sur sa liste s'inquiéteraient sérieusement pour d'éventuels clichés compromettants. Notre assassin cherchait à déterminer qui, dans sa liste, avait choisi le nombre 658 et se sentait suffisamment perturbé par cette expérience pour être prêt à payer afin de découvrir l'identité de la personne le connaissant au point de faire une prédiction pareille. Le montant avait dû être établi de manière à distinguer les angoissés – dont Mellery faisait partie – des simples curieux.

Kline était assis au bord de sa chaise, à deux doigts de basculer.

— Mais pourquoi une somme aussi précise, avec des centimes ?

— Ça me tracassait depuis le début, et je n'ai toujours pas de certitude, mais il y a au moins une explication possible : il voulait s'assurer que la victime enverrait un chèque plutôt que du liquide.

— Ce n'est pas ce que disait la première lettre, souligna Rodriguez. Elle spécifiait que l'argent pouvait être envoyé par chèque ou en liquide.

— Je sais, et cela semble terriblement subtil, répondit Gurney, mais je pense que ce choix apparent avait pour fonction de détourner l'attention du fait qu'il était indispensable que ce soit un chèque. Le montant compliqué était destiné à dissuader les victimes de régler en espèces.

Rodriguez leva les yeux au ciel.

— Écoutez, je sais que le mot fantasme n'a pas la cote ici aujourd'hui, mais je ne vois pas comment on pourrait appeler ça autrement.

— Pourquoi fallait-il que le paiement s'effectue par chèque ? demanda Kline.

— L'argent en soi n'avait pas d'importance. Souvenez-vous, les chèques n'ont pas été encaissés. Je pense qu'il pouvait les récupérer lors de la distribution de courrier à la boîte aux lettres de Dermott, et c'est tout ce qui l'intéressait.

— Comment ça, tout ce qui l'intéressait ?

— Que trouve-t-on sur un chèque en dehors du montant et du numéro de compte ?

Kline réfléchit une seconde.

— Le nom et l'adresse de l'intéressé ?

— Exact. Nom et adresse.

— Mais pourquoi… ?

— Il avait besoin que la victime s'identifie. N'oubliez pas qu'il avait fait un mailing de milliers de lettres, même si chaque victime potentielle était persuadée que la lettre reçue le concernait personnellement et venait de quelqu'un qui le connaissait bien. Si elle s'était bornée à renvoyer l'argent en liquide dans une enveloppe, elle n'aurait eu aucune raison d'indiquer son nom et son adresse – et le meurtrier ne pouvait pas se permettre de les lui demander dans la mesure où cela aurait sapé le principe même de sa prétendue connaissance des secrets de ses victimes. Ces chèques étaient un moyen ingénieux d'obtenir les nom et adresse de ses correspondants. En imaginant qu'il accédait en douce aux informations fournies par ces chèques, la méthode la plus simple pour s'en débarrasser ensuite consistait à les remettre dans leurs enveloppes d'origine et à glisser celles-ci dans la boîte aux lettres de Dermott.

— Mais ça veut dire qu'il devait les ouvrir à la vapeur et les recoller, souligna Kline.

— À moins qu'il n'ait mis la main dessus après que Dermott les eut ouvertes, mais *avant* qu'il ait eu le temps de les renvoyer à l'expéditeur, souligna Gurney en haussant les épaules. Ce qui lui aurait évité ces manipulations compliquées. Mais cela soulève d'autres problèmes qu'il va nous falloir approfondir concernant le mode de vie de Dermott, les personnes pouvant entrer à son domicile, etc.

— Ce qui nous ramène à ma première question, lança Hardwick d'une voix forte mais râpeuse, que Sherlock Gurney ici présent qualifiait de capitale il y a quelques minutes. À savoir, qui figure sur cette liste de onze mille candidats au meurtre ?

Gurney leva la main tel un agent de la circulation.

— Avant que nous ne tentions de répondre à cela, laissez-moi vous rappeler que onze mille n'est qu'une estimation. C'est un chiffre plausible d'un point de vue pratique, qui corrobore statistiquement notre scénario concernant le nombre 658. En d'autres termes, ça fonctionne. Mais comme le sergent Wigg l'a souligné d'emblée, le tueur a aussi bien pu envoyer cinq mille lettres que quinze mille. N'importe quelle quantité dans cet ensemble-là serait assez conséquente pour qu'une poignée d'individus ait choisi 658 au hasard.

— À moins, bien sûr, que vous ne vous fourvoyiez complètement, souligna Rodriguez, et que toutes ces élucubrations ne soient qu'une colossale perte de temps.

Kline se tourna vers Rebecca Holdenfield.

— Qu'en pensez-vous, Becca ? On tient quelque chose ? Ou on fait fausse route ?

— Certains aspects de cette théorie me paraissent tout à fait intéressants, mais j'aimerais réserver mon avis jusqu'à ce que j'aie entendu la réponse à la question posée par le sergent Hardwick.

Gurney sourit, de bon cœur cette fois-ci.

— Il est rare qu'il pose une question à moins d'avoir une idée assez précise de la réponse. Tu veux partager ça avec nous, Jack ?

Hardwick se frictionna le visage – encore un de ces tics incompréhensibles qui agaçaient Gurney au plus haut point à l'époque où ils collaboraient sur l'affaire Piggert.

— Si vous considérez les antécédents les plus significatifs que les victimes ont en commun – éléments auxquels il est fait référence dans les poèmes menaçants –, on serait tenté d'en conclure que ladite liste regroupait les noms d'individus souffrant d'éthylisme.

Il marqua une pause avant d'ajouter :

— Toute la question est de savoir d'où sort cette liste ?

— Des registres des AA ? hasarda Blatt.

— Ça n'existe pas. Ils prennent la question de l'anonymat très au sérieux.

— Elle aurait pu être compilée à partir d'archives publiques, suggéra Kline. En se fondant sur les mises en examen et les arrestations liées à l'alcool.

— On peut effectivement imaginer une liste établie ainsi, mais deux des victimes n'y figureraient pas. Mellery n'a jamais été appréhendé. Le prêtre pédophile, si, mais l'accusation portait sur une atteinte à la moralité d'un mineur – rien au sujet de l'alcoolisme dans le dossier –, même si l'inspecteur de Boston que j'ai eu au téléphone m'a précisé que, par la suite, le bon père avait obtenu une ordonnance de non-lieu en plaidant en échange un délit moindre. Il a mis son attitude sur le compte de son problème avec l'alcool et consenti à une longue cure de désintoxication.

Kline plissa les yeux d'un air songeur.

— Eh bien, dans ce cas, ne pourrait-il pas s'agir d'une liste de patients ayant fait un séjour dans ce centre de sevrage ?

— Ce n'est pas inconcevable, reconnut Hardwick en faisant une grimace qui démentait ses propos.

— On ferait peut-être bien de vérifier.

— Pourquoi pas !

Le ton presque insultant de Hardwick provoqua un silence embarrassé que Gurney s'empressa de rompre.

— Je me suis déjà penché sur cette question dans l'espoir d'établir un lien géographique entre les victimes. Ça n'a rien donné, malheureusement. Albert Schmitt a passé vingt-huit jours dans un centre du Bronx il y a cinq ans, et Mellery autant de temps dans une clinique de Queens il y a quinze ans de ça. Ni l'un ni l'autre de ces centres ne proposaient de séjours longue durée – ce qui veut dire que le prêtre a dû passer du temps dans un autre établissement. Alors, même si notre tueur occupait dans un de ces centres un poste lui permettant d'accéder à des milliers de dossiers de patients, toute liste dressée par ses soins n'aurait inclus que le nom d'une seule de ses victimes.

Rodriguez pivota sur sa chaise pour s'adresser directement à Gurney.

— Votre théorie repose sur l'existence d'une super-liste – de cinq mille, onze mille noms, Wigg a même parlé de quinze mille. Ça n'arrête pas de changer, semble-t-il. Mais elle n'a aucune source, votre liste. Alors, on fait quoi ?

— Patience, capitaine, fit Gurney à mi-voix. Je n'irai pas jusqu'à dire qu'elle n'a pas de source – c'est juste que nous ne l'avons pas encore trouvée. J'ai davantage confiance en vos compétences que vous-même, on dirait.

Le sang monta aux joues de Rodriguez.

— Confiance... En mes compétences ? Qu'est-ce que je dois comprendre ?

— Toutes les victimes ont-elles fait une cure de désintoxication à un moment ou à un autre ? intervint Wigg, ignorant l'animosité du capitaine.

— Pour ce qui est de Kartch, je n'en sais rien, répondit Gurney, content d'en revenir à ses moutons. Mais ça ne m'étonnerait pas.

— Le commissariat de Sotherton nous a faxé son dossier, intervint Hardwick. Un beau salopard, je ne vous dis pas ! Agressions, harcèlements, états d'ébriété, troubles de l'ordre public, menaces verbales, menaces avec une arme à feu, comportement obscène, conduite en état d'ivresse à trois reprises, deux séjours à la prison fédérale, sans compter une douzaine de visites à la prison du comté. Les inculpations liées à l'alcool, en particulier les conduites en état d'ivresse, laissent supposer qu'il a dû faire un passage en désintox au moins une fois. Je peux demander aux gars de Sotherton de se renseigner.

Rodriguez s'écarta de la table.

— Si les victimes ne se sont pas rencontrées en cure, et même si elles ont fréquenté le même centre à des époques différentes, quelle importance qu'elles aient subi un sevrage ou pas ? La moitié des traîne-savates au chômage et des artistes bidons de la planète font une cure de nos jours. C'est une escroquerie financée par les assurances-maladie, qui arnaquent le contribuable. Qu'est-ce que ça veut dire que tous ces types se soient fait désintoxiquer ? Qu'ils avaient des chances de mourir assassinés ? Pas vraiment, non ! Qu'ils étaient alcooliques ? Et après ? On le savait déjà !

La colère ne lâchait plus Rodriguez, qui s'embrasait comme un feu de brousse à chaque nouvelle interrogation.

Wigg, à qui cette tirade s'adressait, ne semblait guère affectée par ce débordement de hargne.

— À un moment donné, l'inspecteur Gurney a dit qu'à son avis, les victimes devaient être liées par un autre dénominateur commun que l'alcool. J'ai pensé qu'une cure de désintoxication pouvait être ce trait d'union, ou en faire partie tout au moins.

Rodriguez partit d'un éclat de rire moqueur.

— Peut-être ceci, peut-être cela. J'entends beaucoup de « peut-être », mais aucun rapprochement concret pour le moment.

— Allez, Becca, s'exclama Kline, à l'évidence frustré, dites-nous ce que vous en pensez. On est sur la bonne voie ?

— C'est une question difficile. Je ne sais pas très bien par où commencer.

— Je vais vous simplifier les choses. Admettez-vous la théorie de Gurney – oui ou non ?

— Oui. Le portrait qu'il a brossé d'un Mark Mellery torturé mentalement par les messages qu'il recevait – je peux voir ça comme la répercussion plausible d'un certain type de rituel meurtrier.

— Pourtant, vous n'avez pas l'air tout à fait convaincue.

— Ce n'est pas ça, c'est juste... la singularité du procédé. La torture fait le plus souvent partie de la pathologie des tueurs en série, ça ne fait aucun doute, mais je n'ai jamais vu de cas où le mal était perpétré à distance, d'une manière aussi froide et méthodique. Cette composante repose généralement sur des souffrances infligées physiquement afin de terroriser la victime en procurant au tueur cette sensation de pouvoir et de domination extrêmes dont il se délecte. La douleur est uniquement cérébrale, en l'espèce.

Rodriguez se pencha vers elle.

— Ça ne cadre pas avec le profil d'un tueur en série, c'est ce que vous voulez dire ?

On aurait dit un avocat s'en prenant à un témoin hostile.

— Non, le schéma est le même. Je dis juste que c'est une manière particulièrement froide et calculée de le mettre en œuvre. La plupart des tueurs en série sont d'une intelligence supérieure à la moyenne. Certains, comme Ted Bundy, sont même nettement au-dessus. Ce type représente peut-être à lui tout seul une catégorie hors norme.

— Trop futé pour nous, c'est ça que vous sous-entendez ?

— Ce n'est pas ce que j'ai dit, répondit Holdenfield d'un air innocent, mais vous avez sans doute raison.

— Vraiment ? Laissez-moi verser ça dans le dossier, lança Rodriguez d'une voix cassante comme du verre. Selon votre point de vue de professionnelle, la Brigade criminelle serait dans l'incapacité d'appréhender ce dément ?

— Une fois de plus, ce n'est pas ce que j'ai dit, sourit Rebecca. Mais là encore, vous avez sans doute raison.

Rodriguez s'empourpra à nouveau sous le coup de la colère.

— Allons, Rebecca, intervint Kline, vous n'insinuez tout de même pas qu'il n'y a rien à faire.

Elle soupira avec la résignation d'un enseignant ayant hérité des élèves les plus nuls du bahut.

— Les données dont nous disposons jusqu'à présent étayent trois conclusions. D'abord que l'homme que vous traquez vous mène par le bout du nez, et il se débrouille à merveille. Ensuite, qu'il est extrêmement motivé, concentré et pointilleux. Pour finir, contrairement à vous, il sait qui est le suivant sur la liste.

Kline avait l'air peiné.

— Pour en revenir à ma question…

— Si vous cherchez une lumière au bout du tunnel, un élément joue peut-être en votre faveur. Étant donné la rigidité de son organisation, il y a une chance pour que votre énergumène craque.

— Comment ? Pourquoi ? Qu'est-ce que vous entendez par « craquer » ?

Gurney sentit sa poitrine se serrer quand Kline posa la question. Un sentiment d'anxiété pure l'envahit en même temps qu'une scène d'une grande clarté cinématographique surgissait dans son esprit – la main de l'assassin serrant le poème de huit lignes qu'il avait posté la veille sous le coup d'une impulsion :

Je sais comment vous avez tout accompli,
Des traces à l'envers au coup de feu assourdi.
Le jeu commencé bientôt prendra fin,

Votre gorge tranchée par l'ami d'un défunt.
Méfiez-vous du soleil, méfiez-vous de la neige,
De la nuit, du jour, jamais plus de trêve.
La mort dans l'âme, d'abord je le mettrai en terre
Avant d'envoyer son tueur en enfer.

Avec des gestes méthodiques, que l'on aurait dit méprisants, la main réduisait la feuille en boulette. Lorsque cette boulette devint d'une taille improbable, pas plus grosse qu'un chewing-gum mâchonné, la main se rouvrit lentement et la lâcha. Gurney essaya de chasser cette image dérangeante de ses pensées, mais le scénario n'était pas tout à fait abouti. À présent, la main tenait l'enveloppe qui contenait le poème, avec l'adresse dessus, le cachet de la poste clairement visible – la poste de Walnut Crossing.

De Walnut Crossing… Oh mon Dieu ! Du creux de son estomac, une onde glaciale lui descendit dans les jambes. Comment avait-il pu négliger un élément aussi criant ? *Seigneur, calme-toi. Réfléchis.* Que pouvait faire le meurtrier de cette information ? Cela le conduirait-il chez lui, jusqu'à Madeleine ? Gurney se sentit pâlir. Il écarquilla les yeux malgré lui. Comment avait-il pu être obnubilé au point d'expédier sans réfléchir cette missive stupide ? De ne pas anticiper le problème du cachet ? Avait-il mis Madeleine en danger ? Son esprit contourna cette ultime question comme un homme courant éperdument autour d'une maison en feu. Le danger était-il réel ? Imminent ? Fallait-il appeler Madeleine, la prévenir ? La prévenir de quoi exactement ? Elle serait affolée ! Seigneur, quoi d'autre ? Qu'avait-il négligé d'autre en se focalisant sur l'adversaire, la bataille, l'énigme, à croire qu'il avait des œillères ? La sécurité – la vie – de qui d'autre avait-il mise en péril dans son obstination à vouloir gagner la partie ? Toutes ces interrogations lui donnaient le vertige.

Une voix lui parvint au milieu de son état de quasi-panique. Il tenta de s'y raccrocher, dans l'espoir de recouvrer l'équilibre.

C'était Holdenfield qui parlait :

— … un planificateur affecté de troubles obsessionnels compulsifs, mû par un besoin pathologique de rendre la réalité conforme à ses plans. Il est obnubilé par le désir d'exercer un contrôle total sur les autres.

— Tout le monde ? demanda Kline.

— Son angle de vision est assez étroit, en fait. Il lui faut à tout prix dominer, par la terreur et le crime, les membres de son groupe-cible, qui semble constitué d'une catégorie d'hommes d'âge moyen aux antécédents d'alcooliques. Il se désintéresse des autres. Ils n'ont aucune importance à ses yeux.

— Bon alors, où est-ce qu'il « craque » dans tout ça ?

— Il se trouve que tuer pour susciter et entretenir un sentiment de toute-puissance est un processus fatalement imparfait. Les meurtres en série ne satisfont jamais ce désir de maîtrise insatiable. Cela revient à chercher le bonheur en fumant du crack.

— Il leur en faut toujours plus ?

— Toujours plus pour un résultat allant decrescendo. Le cycle émotionnel se réduit peu à peu et devient ingérable. Il se produit des incidents imprévisibles. C'est ce qui a dû se passer ce matin et entraîner la mort de cet officier de police à la place de Dermott. Ces événements imprévus provoquent des chocs graves chez le tueur obsessionnel, suivis d'égarements à l'origine de nouvelles erreurs. C'est comme un engin dont la transmission serait déréglée. À une certaine vitesse, les vibrations ébranlent tout et démantèlent la machine.

— Ce qui veut dire, en l'occurrence… ?

— Que l'individu devient de plus en plus frénétique et imprévisible.

Frénétique. Imprévisible. Une nouvelle onde glacée grimpa de l'estomac de Gurney vers son torse, jusqu'à sa gorge cette fois-ci.

— En d'autres termes, la situation va empirer ? s'enquit Kline.

— Elle va s'améliorer et s'aggraver en même temps. Si un assassin ayant pour habitude de rôder dans une allée sombre et de tuer un quidam de temps à autre avec un pic à glace fait subitement irruption dans Times Square en brandissant une machette, il a des chances de se faire prendre. Seulement, au cours de cet ultime assaut, beaucoup de gens risquent de se faire couper la tête.

— Vous pensez que notre gars pourrait entrer dans sa phase machette ? demanda Kline, apparemment plus excité que révolté.

Gurney avait mal au cœur. Le ton machiste auquel les forces de l'ordre avaient recours pour se protéger de l'horreur ne fonctionnait pas dans certaines circonstances. Comme celles où il se trouvait à l'instant présent.

— Oui.

La réponse simple et catégorique de Rebecca jeta un froid.

Au bout d'un moment, le capitaine reprit la parole sur ce ton hostile qui semblait être sa marque de fabrique.

— Que nous suggérez-vous de faire alors ? Lancer un avis de recherche concernant un homme de trente ans, courtois, armé d'une machette ?

Pour toute réaction, Hardwick esquissa un rictus tandis que Blatt partait d'un grand éclat de rire.

— Un final en beauté fait parfois partie du plan, souligna Stimmel, ce qui lui valut l'attention de tous, sauf de Blatt qui continua à se bidonner.

Quand celui-ci se fut calmé, Stimmel poursuivit :

— Quelqu'un se souvient-il de l'affaire Duane Merkly ?

Personne apparemment.

— Un vétéran du Vietnam. Il avait maille à partir avec le ministère des Anciens Combattants. Probablement aussi avec les autorités. Son chien, un akita féroce, avait dévoré un des canards de son voisin. Le voisin a appelé les flics. Duane détestait les flics. Le mois suivant, le chien a mangé le beagle du voisin, qui l'a abattu. Le conflit s'est envenimé, d'autres embrouilles ont suivi. Un jour, le vétéran a pris son voisin en otage. Il exigeait cinq mille dollars pour l'akita, sinon il l'abattait. La police locale a débarqué, une unité d'élite. Ils ont pris position autour du périmètre. Le problème, c'est que personne n'avait songé à vérifier les états de service du type. Si bien qu'ils ignoraient qu'il était expert en démolition. Sa spécialité consistait à installer des mines antipersonnel à mise à feu à distance.

Stimmel se tut, laissant son auditoire imaginer l'issue de la bataille.

— Vous voulez dire qu'il a fait sauter tout le monde ? demanda Blatt, impressionné.

— Pas tout le monde. Six morts, six mutilés.

— Quel est l'intérêt de tout ça ?

La remarque émanait d'un Rodriguez très énervé.

— Le truc, c'est qu'il avait acheté les composants de ses mines deux ans plus tôt. Ce grand final était prévu depuis le début.

Rodriguez secoua la tête.

— Je ne vois toujours pas le rapport.

Gurney, lui, avait compris, et cela n'avait fait qu'accroître son malaise.

Kline se tourna vers Holdenfield.

— Qu'est-ce que vous en dites, Becca ?

— Est-ce que je pense que notre tueur a de grands projets ? C'est possible. En tout cas, je suis sûre d'une chose…

Elle fut interrompue par de petits coups frappés à la porte. Celle-ci s'ouvrit, et un agent en uniforme pénétra dans la pièce en s'adressant à Rodriguez.

— Monsieur ? Désolé de vous interrompre. Vous avez un appel d'un certain lieutenant Nardo, du Connecticut. Je lui ai dit que vous étiez en réunion. Il m'a répondu que c'était urgent, qu'il devait vous parler tout de suite.

Rodriguez poussa le soupir d'un homme sur lequel pesait une charge injuste.

— Je vais le prendre ici, dit-il en inclinant la tête vers l'appareil posé sur le meuble de rangement contre le mur derrière lui.

L'agent se retira. Deux minutes plus tard, le téléphone sonna.

— Ici le capitaine Rodriguez.

Au cours des deux minutes suivantes, il maintint le combiné contre son oreille dans un état de concentration intense.

— C'est bizarre, dit-il à la fin. En fait, c'est tellement bizarre, lieutenant, que j'aimerais que vous répétiez ça mot pour mot à l'équipe chargée de l'affaire que j'ai ici avec moi. Je vous mets sur haut-parleur. Allez-y, s'il vous plaît. Répétez-leur ce que vous venez de me dire.

La voix qui se fit entendre quelques secondes plus tard était dure, crispée.

— Ici John Nardo, du commissariat de Wycherly. Vous m'entendez ?

Rodriguez acquiesça et le lieutenant continua :

— Vous n'êtes pas sans savoir qu'un de nos hommes a été tué dans l'exercice de ses fonctions ce matin, au domicile de Gregory Dermott. Nous sommes sur les lieux avec une équipe scientifique. Voilà vingt minutes, il y a eu un appel pour M. Dermott. Son interlocuteur lui a déclaré, je cite : « Vous êtes le prochain sur la liste, et après vous, ce sera le tour de Gurney. »

Quoi ? Gurney se demanda s'il avait bien entendu.

Kline pria Nardo de répéter le message, ce qu'il fit.

— La compagnie de téléphone vous a-t-elle fourni des informations sur la source de l'appel ? demanda Hardwick.

— Un portable dans la région. Pas de données GPS, juste l'emplacement de la tour de transmission. Pas de numéro d'appel, évidemment.

— Qui a répondu ? voulut savoir Gurney.

Curieusement, cette menace directe avait un effet apaisant sur lui. Peut-être parce que quelque chose de spécifique, n'importe quoi, pourvu qu'on ait mentionné des noms, était plus restreint, et donc plus gérable qu'une gamme infinie de possibilités. Peut-être aussi parce qu'il n'était pas question de Madeleine.

— Comment ça, qui a répondu ? demanda Nardo.

— Vous avez dit qu'il y avait eu un appel pour M. Dermott, pas qu'il avait répondu.

— Ah, oui, je vois. Eh bien, il se trouve que Dermott était allongé, en proie à une migraine quand le téléphone a sonné. Il est un peu souffrant depuis qu'il a trouvé le corps. L'un des techniciens a décroché à la cuisine. L'interlocuteur a demandé à parler à Dermott en disant qu'il était un de ses amis proches.

— Comment s'est-il présenté ?

— Un drôle de nom. Carbis… Cabberdis… Non, attendez une seconde, voilà, le technicien l'a noté. Charybdis.

— A-t-il remarqué quelque chose de particulier dans sa voix ?

— C'est drôle que vous posiez la question. M. Dermott et le technicien étaient justement en train d'essayer de la décrire. Après que Dermott a pris la communication, il a fait remarquer qu'on aurait dit un accent étranger, mais notre gars a pensé que c'était bidon, que le type au bout du fil essayait de déguiser sa voix. Le type *ou* la fille – ils n'étaient certains ni l'un ni l'autre. Écoutez, je suis désolé, mais il faut que je retourne voir où on en est. Je voulais juste vous transmettre l'essentiel. Nous reprendrons contact avec vous dès que nous aurons du nouveau.

Après le clic de fin d'appel, un silence pesant se prolongea autour de la table. Puis Hardwick se racla la gorge tellement fort que Rebecca sursauta.

— Alors, mon petit Dave, grogna-t-il, au centre de l'attention, une fois de plus. « Ce sera le tour de Gurney ». Tu es quoi à la fin, un aimant à tueurs en série ? Il suffit qu'on te suspende au bout d'une ficelle et qu'on attende qu'ils mordent.

Madeleine pendait-elle aussi au bout d'une ficelle ? Peut-être pas tout de suite. Avec un peu de chance, pas tout de suite. Dermott et lui n'étaient-ils pas en première ligne ? En admettant que ce dément dise la vérité. Si tel était le cas, cela lui laissait un peu de temps – assez peut-être pour faire tourner la chance. Pour compenser ses omissions. Comment avait-il pu être aussi stupide ? Si négligent de la sécurité de Madeleine ? Imbécile !

Kline avait l'air troublé.

— Comment vous êtes-vous débrouillé pour devenir une cible ?

— Je n'en sais pas plus que vous sur la question, répondit Gurney avec une légèreté feinte.

La culpabilité lui donnait l'impression que Kline, tout comme Rodriguez, l'observait avec une curiosité hostile. D'emblée, il avait eu des appréhensions à propos du poème envoyé, mais il les avait délibérément écartées de son esprit. Il était horrifié à l'idée qu'il puisse ainsi ignorer le danger, surtout lorsque d'autres étaient en cause. Quelle avait été sa réaction sur le moment ? Les risques qu'il faisait encourir à Madeleine l'avaient-ils seulement effleuré ? Avait-il eu des soupçons aussitôt ignorés ? Comment avait-il pu se montrer aussi insensible ?

Dans toute cette angoisse, il était sûr d'au moins une chose. Rester assis là dans cette salle de conférences à discuter à bâtons rompus de la situation ne semblait plus tolérable. Si Dermott était le prochain sur la liste, alors c'était à son domicile qu'il avait le plus de chances de trouver l'homme qu'il cherchait et d'écarter ce danger avant qu'il se rapproche encore. Et si son tour devait venir après Dermott, c'était une bataille qu'il voulait livrer aussi loin que possible de Walnut Crossing. Il repoussa sa chaise et se leva.

— Si vous voulez bien m'excuser, j'ai à faire.

Tout d'abord, cette initiative ne lui valut que des regards interloqués. Jusqu'à ce que Kline en comprenne la signification.

— Bon sang ! s'écria-t-il. Ne me dites pas que vous songez à retourner dans le Connecticut ?

— J'ai reçu une invitation et je l'accepte.

— C'est de la folie ! Vous ignorez où vous allez mettre les pieds.

— En fait, intervint Rodriguez en jetant un coup d'œil dédaigneux dans la direction de Gurney, une scène de crime grouillante de flics est un endroit relativement sûr.

— Ce serait vrai en temps normal, ajouta Holdenfield. À moins que…

Elle laissa sa phrase en suspens, comme si elle examinait sa suggestion sous tous les angles.

— À moins que quoi ? aboya Rodriguez.

— À moins que le tueur ne soit un flic.

CHAPITRE 46

Un plan simple

Cela semblait presque trop facile.

Tuer vingt officiers de police aguerris en vingt secondes aurait dû requérir une organisation plus complexe. Une mission de cette ampleur ne devrait pas être aussi facile. Après tout, ce serait la plus vaste éradication jamais accomplie – en Amérique, dans les temps modernes en tout cas.

Que personne ne l'ait fait auparavant, en dépit de l'apparente simplicité de la chose, le stimulait et le troublait en même temps. Une idée avait fini par le rassurer : pour un homme d'un intellect inférieur ou n'ayant pas sa formidable puissance de concentration, ce projet aurait pu sembler intimidant, mais pas pour lui, pas avec la clarté d'esprit et la détermination qui le caractérisaient. Tout était relatif. Un génie surmontait sans problème des obstacles dans lesquels les gens ordinaires s'empêtraient désespérément.

Les produits chimiques étaient très faciles à obtenir, plutôt bon marché, et cent pour cent légaux. Même en quantités importantes, ils n'éveillaient pas les soupçons puisqu'ils étaient vendus en gros chaque jour pour des usages industriels. Malgré tout, il avait eu la prudence d'acheter chacun d'eux (deux suffisaient) à des fournisseurs distincts pour éviter qu'on puisse songer à une éventuelle combinaison ; il avait acquis les bonbonnes à air comprimé chez un troisième.

Alors qu'armé d'un fer à souder, il mettait la touche finale à un tuyau destiné à mélanger et à verser la mixture létale dans les récipients, une idée exaltante lui traversa l'esprit – un scénario possible avec une image forte –, qui titilla son imagination au point qu'un sourire éblouissant illumina son visage. Il savait que ce scénario sublime avait peu de chances de se produire – le cocktail était trop imprévisible –, mais c'était concevable au moins.

Sur le site Internet relatif aux produits chimiques dangereux, il y avait un avertissement qu'il avait mémorisé, dans un encadré rouge entouré de points d'exclamation de la même couleur. « Le mélange de chlore et d'ammoniac produit non seulement un gaz toxique mortel, mais, dans les proportions indiquées, il est extrêmement instable et risque d'exploser à la moindre étincelle. » L'image qui le ravissait était celle de l'ensemble des services de police de Wycherly pris dans son piège, aspirant involontairement les vapeurs empoisonnées dans leurs poumons alors qu'une étincelle s'apprêtait à les faire exploser de l'intérieur. En imaginant cela, il fit une chose qu'il ne faisait presque jamais : il éclata de rire.

Si seulement sa mère pouvait saisir l'ironie de la situation, sa beauté, sa splendeur. Mais c'était peut-être trop demander. Et, bien sûr, si tous les flics étaient réduits en miettes – en toutes petites miettes –, il ne pourrait pas leur trancher la gorge. Alors qu'il en avait tellement envie.

Rien n'était parfait en ce monde. Il y avait toujours des plus et des moins. Il fallait tirer le meilleur parti de ce qu'on avait. Voir le verre à moitié plein.

Telle était la réalité.

CHAPITRE 47

Bienvenue à Wycherly

Après avoir écarté les objections et les craintes prévisibles de ses collègues concernant son expédition, Gurney regagna sa voiture et appela le commissariat de Wycherly pour avoir l'adresse de Gregory Dermott, étant donné qu'il ne disposait que de son numéro de boîte postale, relevé sur l'en-tête. Il lui fallut un moment pour expliquer à la policière de permanence qui il était précisément ; après cela, il dut attendre que la jeune femme joigne Nardo afin qu'il l'autorise à divulguer le lieu. Il s'avéra qu'elle était la seule de toute la petite équipe à ne pas se trouver sur la scène de crime. Gurney inscrivit l'adresse dans son GPS et prit la direction du Kingston-Rhinecliff Bridge.

Wycherly se situait au centre-nord du Connecticut. Le voyage lui prit un peu plus de deux heures, qu'il passa en grande partie à méditer l'erreur grossière qu'il avait commise en omettant de prendre en compte la sécurité de sa femme. Ces réflexions le perturbèrent et le déprimèrent tellement qu'il chercha désespérément à se concentrer sur autre chose. Il entreprit d'analyser l'hypothèse maîtresse développée au cours de la réunion.

L'idée que le tueur ait pu compiler une liste de plusieurs milliers de personnes ayant eu des problèmes d'éthylisme, et souffrant de peurs et de culpabilité liées à ce passé d'alcoolique, qu'il ait réussi à prendre une poignée d'entre eux au piège grâce à cette ruse toute simple du nombre, à les harceler avec une série de poèmes à vous glacer le sang, pour finalement les tuer selon un rituel complexe… tout ce processus, aussi ahurissant soit-il, lui paraissait parfaitement crédible à présent. Dans leur enfance, les tueurs en série éprouvaient souvent du plaisir à torturer des insectes ou de petits animaux – en les brûlant à l'aide d'une loupe, par exemple. L'un des monstres les plus célèbres qu'il avait arrêtés, Cannibal Claus, avait aveuglé un chat de cette manière, à l'âge de cinq ans. Brûler avec une loupe. Cela s'apparentait de façon troublante à l'idée de forcer une victime à se focaliser sur son passé en augmentant ses angoisses jusqu'à ce qu'il se torde de douleur.

Dégager un schéma, assembler les pièces d'un puzzle, était une gymnastique mentale qui le galvanisait d'ordinaire, mais cet après-midi-là, dans la voiture, elle lui paraissait beaucoup moins agréable que de coutume. À cause de ses erreurs, sans doute, de ses défaillances qui ne cessaient de le hanter.

Il concentra vaguement son attention sur la route, le capot de la voiture, ses mains posées sur le volant. Bizarre. Il ne les reconnaissait pas. Ses propres mains. Elles lui paraissaient étrangement vieilles. Comme celles de son père. Les petites taches avaient grandi, s'étaient multipliées. Si, quelques instants plus tôt, on lui avait montré des photos d'une dizaine de paires de mains, il n'aurait pas su identifier les siennes.

Pourquoi ? Peut-être le cerveau n'enregistre-t-il pas les changements au fur à mesure, s'ils sont suffisamment progressifs, jusqu'à ce que l'écart atteigne un seuil critique.

En poussant le raisonnement plus loin, fallait-il en conclure que, d'une certaine façon, nous continuons à voir les choses qui nous sont familières telles qu'elles étaient jadis ? Étions-nous coincés dans le passé, par nostalgie, parce que nous prenions nos désirs pour des réalités, mais aussi du fait d'un court-circuit dans notre système neurologique triant les informations ? Si notre vision dépendait en partie des nerfs optiques et en partie de la mémoire – si ce que nous percevions à un moment donné était en fin de compte un amalgame d'impressions actuelles et d'autres, stockées –, l'expression « vivre dans le passé » ne prenait-elle pas un nouveau relief ? Le passé exercerait alors une tyrannie particulière sur le présent en nous fournissant des données obsolètes sous couvert d'une expérience sensorielle. Cela ne s'appliquait-il pas à un tueur en série motivé par un lointain traumatisme ? Dans quelle mesure sa vision était-elle déformée ?

Cette théorie l'emballa momentanément. Examiner une nouvelle idée, la mettre à l'épreuve, lui procurait toujours la sensation d'être davantage en vie, de mieux maîtriser les choses, mais ce jour-là, il avait de la peine à entretenir cette impression. Son GPS l'alerta bientôt qu'il était à trois cents mètres de la sortie pour Wycherly.

Au bout de la bretelle, il tourna à droite. Partout autour de lui, des champs bordés de pavillons, de petits centres commerciaux, de spectres de plaisirs estivaux d'un autre temps – un drive-in délabré, un panneau indiquant un lac au nom iroquois.

Cela lui fit penser à un autre lac au nom à consonance indienne – un lac entouré d'un chemin sur lequel

Madeleine et lui s'étaient promenés un week-end, à l'époque où ils cherchaient la maison de leurs rêves dans les Catskill. Il revit son visage radieux alors que, perchés sur une petite falaise, main dans la main, ils contemplaient l'eau ridée par une légère brise. Ce souvenir fut immédiatement terni par une bouffée de culpabilité.

Il ne l'avait pas encore appelée pour lui faire savoir ce qu'il faisait, où il allait, le retard probable de son retour. Il ne savait pas encore ce qu'il devait lui dévoiler. Fallait-il lui parler du cachet de la poste ? Il résolut de téléphoner tout de suite, en improvisant au fur et à mesure. *Mon Dieu, faites que je trouve les mots justes !*

Compte tenu de l'état de stress dans lequel il était déjà, il jugea plus prudent de s'arrêter pour passer le coup de fil. Quelques centaines de mètres plus loin, il tomba sur un petit parking caillouteux devant un stand de maraîchers, fermé pour l'hiver. Par commodité, le numéro de son domicile avait été classé dans le répertoire à « maison » – même si ça manquait de fantaisie.

Madeleine répondit à la deuxième sonnerie, de ce ton optimiste, accueillant, que les appels téléphoniques suscitaient toujours chez elle.

— C'est moi, dit-il d'une voix qui n'était qu'un pâle reflet de la gaieté de sa femme.

Un bref silence s'ensuivit.

— Où es-tu ?

— C'est la raison de mon coup de fil. Je suis dans le Connecticut, près d'une ville appelée Wycherly.

La question évidente aurait été : « Pourquoi ? » Mais Madeleine ne posait jamais de questions évidentes. Elle attendit.

— Il y a eu un nouveau rebondissement dans

l'affaire, reprit-il. Je pense qu'on approche du dénouement.

— Je vois.

Il perçut un petit soupir, contenu.

— As-tu l'intention de m'en dire plus ? demanda-t-elle.

Il contemplait le stand sans vie par la fenêtre de la voiture. Il n'avait pas l'air fermé, mais abandonné.

— Le type que nous traquons commence à commettre des imprudences, dit-il. On va peut-être arriver à le capturer.

— *L'homme que nous traquons ?* répéta-t-elle d'une voix semblable à une fine couche de glace en train de se fissurer.

Ébranlé par sa réaction, il n'ajouta rien.

Elle laissa alors éclater sa colère.

— Tu veux parler de ce monstre, de ce tueur en série qui tranche la gorge de ses victimes en visant la carotide ? C'est bien de lui qu'il est question ?

— C'est bien de lui, oui.

— Il n'y a pas assez de policiers dans le Connecticut pour s'occuper de cette affaire ?

— Il s'intéresse à moi, apparemment.

— Quoi ?

— Il semble avoir compris que je travaillais sur cette affaire. Nous pensons qu'il risque de prendre une initiative stupide, nous offrant ainsi l'occasion que nous cherchons. Nous tenons une chance de nous battre sur son propre terrain au lieu de nous borner à constater ses crimes les uns après les autres.

— *Quoi ?*

Cette fois-ci, c'était moins une question qu'une exclamation douloureuse.

— Ça va aller, dit-il d'un ton peu convaincant. Il commence à craquer. Il va s'autodétruire. Il faut juste qu'on soit là quand ça se produira.

— Il fallait que tu sois là quand c'était ton boulot. Plus maintenant.

— Madeleine, pour l'amour du ciel, je suis flic !

Les mots avaient jailli tel un objet coincé qu'on aurait brusquement libéré.

— Pourquoi ne peux-tu pas le comprendre ?

— Tu l'étais, David, répondit-elle d'un ton égal. Mais tu ne l'es plus. Rien ne t'oblige à aller là-bas.

— J'y suis déjà.

Dans le silence qui suivit, sa colère reflua comme une vague qui se retire.

— Ne t'inquiète pas. Je sais ce que je fais. Il ne m'arrivera rien.

— Qu'est-ce que tu as, David ? Tu vas continuer à courir au-devant des balles ? Jusqu'à ce que l'une d'elles te transperce le crâne ? C'est ça que tu veux ? Le plan pitoyable que tu prévois pour le reste de notre vie commune ? Et moi, pendant ce temps-là, j'attends, j'attends que tu te fasses tuer ?

Sa voix se brisa avec une telle émotion sur le mot « tuer » qu'il ne sut plus que dire.

Ce fut elle qui reprit finalement la parole – si bas qu'il l'entendit à peine.

— Que se passe-t-il vraiment ?

— Que se passe-t-il ?

La question l'avait frappé de manière inattendue. Il se sentait en porte-à-faux.

— Je ne vois pas de quoi tu parles.

Son silence intense, à deux cents kilomètres de là, l'enveloppa, pesant sur lui.

— Que veux-tu dire ? insista-t-il, sentant son pouls s'accélérer.

Il crut l'entendre déglutir. Il comprit qu'elle s'efforçait de prendre une décision. Lorsqu'elle lui répondit, ce fut par une autre question, énoncée si bas qu'il l'entendit à peine.

— C'est à cause de Danny ?

Il avait des palpitations dans le cou, les tempes, les mains.

— Quoi ? Qu'est-ce que Danny vient faire là-dedans ?

Il ne voulait pas qu'elle lui réponde, pas maintenant, alors qu'il avait tant de choses à faire.

— Oh, David, murmura-t-elle.

Il l'imaginait secouant tristement la tête, résolue à poursuivre cette conversation pénible. Madeleine allait toujours au bout des choses.

Elle prit une inspiration tremblante avant de continuer :

— Avant la mort de Danny, ton travail était au centre de ta vie. Après, c'est devenu toute ta vie. Toute ta vie. Tu n'as rien fait d'autre que travailler depuis quinze ans. J'ai parfois le sentiment que tu essaies de te racheter, d'oublier quelque chose… de résoudre quelque chose.

Aux inflexions crispées de sa voix, on aurait dit qu'elle parlait des symptômes d'une maladie.

Il se raccrocha aux faits à sa portée.

— Je vais à Wycherly pour aider à capturer l'homme qui a tué Mark Mellery.

Il entendait sa propre voix comme si elle appartenait à quelqu'un d'autre – quelqu'un de vieux, d'effrayé, de rigide qui tentait d'avoir l'air raisonnable.

Elle ignora sa réponse et suivit le cours de ses pensées.

— En ouvrant la boîte, en regardant les petits dessins, j'espérais… qu'on pourrait faire notre deuil ensemble. Mais tu ne dis jamais au revoir, hein ? Tu ne fais jamais le deuil de quoi que ce soit.

— Je ne vois pas de quoi tu veux parler, protesta-t-il.

Il mentait. À l'époque où ils s'apprêtaient à quitter la ville pour aller s'installer à Walnut Crossing, Madeleine avait passé des heures à dire au revoir. Pas seulement aux voisins, mais au lieu lui-même, à tout ce qu'ils laissaient derrière eux, aux plantes. Ça l'avait agacé. Il s'était plaint de son sentimentalisme en lui faisant remarquer que c'était bizarre de parler aux objets, une perte de temps, une diversion, que cela ne faisait que rendre le départ plus difficile. Mais cela ne s'arrêtait pas là. Son attitude réveillait quelque chose en lui qu'il aurait voulu laisser tranquille. Et voilà qu'elle venait de remettre le doigt dessus – cette partie de son être qui refusait obstinément de dire adieu, qui ne supportait pas les séparations.

— Tu as beau fuir la réalité, disait-elle, elle est toujours là. Tu n'as pas vraiment lâché prise. Il faut que tu l'affrontes pour pouvoir t'en défaire. Tu dois repenser à la vie de Danny si tu veux oublier. Mais tu n'en as pas envie, manifestement. Tu veux juste… quoi, David ? Quoi ? *Mourir ?*

Il y eut un long silence.

— Tu veux mourir, répéta-t-elle. C'est ça, hein ?

Il ressentit le genre de vide qu'il imaginait dans l'œil d'un cyclone – une émotion abyssale.

— J'ai un travail à faire.

C'était une réplique banale, stupide en fait. Il se demanda pourquoi il avait dit ça.

Un autre silence interminable.

— Non, murmura-t-elle après avoir avalé sa salive. Rien ne t'oblige à continuer comme ça.

Puis, d'un ton presque inaudible, désespéré :

— Enfin peut-être que si. Je me fais peut-être des illusions.

Il était à court de mots. Il n'arrivait plus à penser.

Il resta assis là, la bouche entrouverte, à respirer par petites bouffées rapides. À un moment donné, la liaison fut coupée. Il attendit dans une sorte de vide chaotique que vienne une pensée apaisante qui le fasse réagir.

Il fut assailli par un sentiment d'absurdité à l'idée qu'au moment où Madeleine et lui se retrouvaient meurtris, angoissés, ils étaient à deux cents kilomètres l'un de l'autre, face à eux-mêmes, un téléphone à la main.

Il songea à ce qu'il avait oublié de lui dire, ce qu'il avait omis de lui révéler. Il n'avait pas dit un mot au sujet de ce fichu cachet de la poste qui risquait de conduire l'assassin à son domicile – une erreur qui résultait de l'absurde fascination que cette enquête exerçait sur lui. Soudain, il fut choqué de se rendre compte qu'une même obsession à l'égard d'une autre enquête quinze ans plus tôt avait joué un rôle décisif dans la mort de Danny. Il n'en revenait pas que Madeleine ait fait le rapprochement. C'était incroyable et, il fallait bien l'avouer, étrangement perspicace.

Il devait la rappeler, admettre son erreur – le danger qu'il avait suscité –, la mettre en garde. Il composa le numéro, attendit le son accueillant de sa voix. Le téléphone sonna, sonna. Puis ce fut sa propre voix qu'il entendit, sur le répondeur – un peu compassée, presque austère, pas franchement accueillante. Et puis le bip.

— Madeleine ? Madeleine, tu es là ? Décroche, s'il te plaît.

Un malaise vertigineux l'engloutit. Il ne trouvait rien à dire qui puisse avoir un sens dans un message d'une minute sans causer plus de mal que de bien et provoquer la panique. Pour finir, il bredouilla : « Je t'aime. Fais attention à toi. Je t'aime. » Après quoi il y eut un autre bip et la communication fut coupée.

Endolori, confus, il resta là à fixer la cabane de maraîcher délabrée, avec l'impression qu'il aurait pu dormir un mois ou pour toujours. Pour toujours, tant qu'à faire. Mais c'eût été absurde. C'était le genre de pensée qui poussait les explorateurs épuisés à se coucher dans la neige de l'Arctique jusqu'à ce que mort s'ensuive. Il devait se motiver à nouveau. Continuer à avancer. Se secouer. Peu à peu, ses idées se recentrèrent autour de la tâche qui l'attendait. Il avait du travail à faire à Wycherly. Un fou à appréhender. Des vies à sauver. Celle de Gregory Dermott, la sienne, peut-être même celle de Madeleine. Il tourna la clé de contact et se remit en route.

L'adresse où son GPS finit par le mener correspondait à une maison de style colonial plutôt quelconque, à l'écart d'un parking surdimensionné situé au bord d'une petite route sans trottoir et pratiquement déserte. Une imposante haie de thuyas isolait la propriété à gauche, à l'arrière et sur son flanc droit. Une autre, en buis, montant à hauteur de la poitrine, courait sur le devant, de part et d'autre de l'allée d'accès. Des voitures de police partout – plus d'une douzaine – rangées dans tous les sens le long de la bordure, bloquaient partiellement la chaussée. La plupart arboraient l'insigne de la police de Wycherly. Trois d'entre elles, banalisées, avaient des gyrophares rouges, portables, posés sur leur tableau de bord. Quant aux véhicules de la police de l'État, ils brillaient par leur absence – ce qui n'avait, somme toute, rien d'étonnant. Même si ce n'était pas forcément la stratégie la plus sensée, ni la plus efficace, on pouvait comprendre que les services de police locaux aient préféré avoir la haute main, dans la mesure où la victime faisait partie des leurs. Alors qu'il avançait lentement sur une étroite bande d'herbe encore libre sur le bas-côté, un jeune policier en uniforme, gigantesque, lui enjoignit d'un geste insistant de libérer l'espace où il essayait de se glisser, tandis que, de l'autre main, il désignait un itinéraire contournant les véhicules garés. Gurney sortit de sa voiture et brandit ses papiers sous le nez du colosse stressé, muet. Les muscles proéminents de son cou, en guerre avec un col d'une taille et demie trop petit, lui remontaient jusqu'aux joues.

Il examina l'insigne dans le portefeuille de Gurney une longue minute avec une incompréhension croissante avant de déclarer :

— C'est marqué État de New York.

— Je viens voir le lieutenant Nardo, répondit Gurney.

Le type lui décocha un regard aussi dur que les pectoraux qui tendaient le devant de sa chemise.

— Il est à l'intérieur, finit-il par dire avec un haussement d'épaules.

Au pied de la longue allée, sur un poteau de la même hauteur que la boîte aux lettres, trônait une enseigne en métal beige sur laquelle on pouvait lire, en lettres noires : GD SECURITY SYSTEMS. Gurney se glissa sous le ruban jaune qui semblait encercler toute la propriété. En lui effleurant le cou, bizarrement, la froideur du ruban fit dévier son attention sur le temps, pour la première fois de la journée, oblitérant les sombres pensées qui lui occupaient l'esprit. Il faisait gris, frais. Pas un souffle de vent. Des paquets de neige fondue, puis gelée, ourlaient la pelouse à l'ombre des haies. Des plaques de verglas emplissaient les ornières sur la surface goudronnée de l'allée.

Une version plus discrète du panneau à l'entrée était accrochée au centre de la porte. Sur le chambranle, Gurney avisa une petite étiquette indiquant que le domicile était protégé par Axxon Silent Alarms. Alors qu'il atteignait le perron en brique, flanqué de colonnes, quelqu'un ouvrit la porte. Ce n'était pas un geste de bienvenue. De fait, l'homme qui sortit la referma aussitôt derrière lui. Il remarqua à peine la présence de Gurney tandis qu'il braillait d'un ton courroucé dans son portable. Un type trapu, costaud, proche de la cinquantaine, aux traits acérés et durs, au regard vif, furieux. Il portait un pardessus avec le mot POLICE écrit en grosses lettres jaunes sur le dos.

— Vous m'entendez maintenant ?

Il descendit le petit escalier sur la pelouse fanée, incrustée de givre.

— Et maintenant ?… Bon. Je disais qu'il me faut un autre technicien sur les lieux au plus vite… Non, ça n'ira pas. J'en ai besoin tout de suite. Sur-le-champ. Avant qu'il fasse nuit. *Tout de suite*, je vous dis. Ce n'est pourtant pas difficile à comprendre… Bien. Merci. Je vous en suis reconnaissant.

Il raccrocha en secouant la tête.

— Imbécile !

Il leva les yeux vers Gurney.

— Et vous, vous êtes qui ?

Gurney s'abstint de réagir à son ton agressif. Il savait d'où cela venait. Il régnait toujours une grande tension sur la scène de crime où un policier avait trouvé la mort – une sorte de rage tribale à peine contenue. De plus, il avait reconnu la voix de l'homme qui avait envoyé le policier en question chez Dermott : John Nardo.

— Je suis Dave Gurney, lieutenant.

Beaucoup de choses défilèrent en un clin d'œil dans l'esprit de Nardo, apparemment pas forcément positives.

— Qu'est-ce que vous fichez là ? se borna-t-il à dire.

Question simple. Mais Gurney n'était pas sûr de connaître ne serait-ce qu'une fraction de la réponse. Il s'efforça d'être concis.

— Ce salopard dit qu'il veut nous tuer, Dermott et moi. Eh bien, Dermott est ici. Et moi aussi maintenant. Il a tous les appâts qu'il veut. Il bougera peut-être, et nous pourrons boucler l'affaire.

— Vous croyez ça ? fit Nardo d'un ton empreint d'une vaine hostilité.

— Si vous voulez, enchaîna Gurney, je peux vous informer de l'avancée de l'enquête de notre côté et vous me direz ce que vous avez découvert ici.

— Ce que j'ai découvert ? J'ai découvert qu'un flic dépêché sur les lieux à votre demande est mort. Gary Sissek. À deux mois de la retraite. J'ai découvert qu'il avait eu la tête presque tranchée par un tesson de bouteille de whiskey. J'ai découvert une paire de chaussures de marche ensanglantées près d'une foutue chaise de jardin derrière cette haie.

Il agita frénétiquement la main vers l'arrière de la maison.

— Dermott ne l'avait jamais vue de sa vie. D'où est-ce qu'elle sortait, bordel ? Ce maboule l'a-t-il apportée avec lui ?

Gurney hocha la tête.

— Il y a de fortes chances. Il semble que cela fasse partie d'un mode opératoire original. Comme la bouteille de whiskey. Ce ne serait pas du Four Roses, par hasard ?

Nardo le dévisagea d'un air interdit, comme si la connexion ne s'était pas faite tout de suite.

— Seigneur ! Vous feriez bien de venir à l'intérieur.

La porte donnait sur un large couloir central très sobre. Pas de meubles, ni tapis, pas de tableaux aux murs. Juste un extincteur et deux détecteurs de fumée. Le couloir se terminait par une autre porte – derrière laquelle devait se trouver la terrasse où Gregory Dermott avait découvert le corps du policier le matin. Des voix indistinctes dehors laissaient supposer que l'équipe de techniciens était toujours à l'œuvre dans le jardin.

— Où est Dermott ? demanda Gurney.

Nardo pointa le pouce vers le plafond.

— Dans sa chambre. Le stress lui donne la migraine, et la migraine des nausées. On ne peut pas dire qu'il soit de bonne humeur. Ce n'était déjà pas terrible avant le coup de fil lui annonçant qu'il était le prochain sur la liste, mais depuis… la vache !

Gurney avait des questions à poser, quantité de questions, mais il jugea préférable de laisser Nardo mener la danse. Il regarda autour de lui pour se faire une idée du rez-de-chaussée. Une porte ouverte sur sa droite donnait sur une vaste pièce aux murs blancs, au parquet ciré. Une demi-douzaine d'ordinateurs étaient disposés côte à côte sur une longue table au centre. Des téléphones, des fax, des imprimantes, des scanners, des disques durs externes et autres accessoires électroniques couvraient une seconde table, tout en longueur, appuyée au mur du fond. Parmi tout ce fatras, il aperçut un autre extincteur. Un diffuseur encastré remplaçait le détecteur de fumée. La pièce ne comportait que deux fenêtres, trop petites pour son volume, une à chaque extrémité, ce qui donnait l'impression d'être dans un tunnel malgré la peinture blanche.

— Il dirige son affaire d'ici. Il habite en haut. On va s'installer dans la pièce voisine, déclara Nardo en indiquant la porte en face dans le couloir.

Tout aussi austère et fonctionnelle, la pièce en question faisait la moitié de la précédente et ne possédait qu'une seule fenêtre, si bien qu'on se serait cru dans une cave. Nardo actionna l'interrupteur en entrant. Quatre lampes encastrées dans le plafond métamorphosèrent ladite cave en un cube blanc étincelant contenant des classeurs alignés contre un mur, une table supportant deux ordinateurs, ainsi qu'une autre table sur laquelle étaient posés une cafetière et un micro-ondes, adossée à la paroi. Une troisième table, carrée, vide, assortie de deux chaises, trônait au milieu de la pièce. Là encore, il y avait un diffuseur et un détecteur de fumée. On aurait dit une version plus propre de la salle de repos cafardeuse du dernier commissariat où Gurney avait travaillé. Nardo s'assit sur une chaise et lui fit signe de prendre l'autre. Il se massa les tempes une longue minute comme s'il cherchait à chasser la tension de son crâne. À en juger par son regard, c'était peine perdue.

— Je ne crois pas à cette histoire d'appâts, dit-il en plissant le nez comme si le mot « appâts » sentait mauvais.

Gurney sourit.

— C'est en partie vrai.

— L'autre partie, c'est quoi ?

— Je ne sais pas très bien.

— Vous débarquez ici pour jouer les héros ?

— Je ne pense pas. J'ai le sentiment que ma présence peut aider.

— Ah ouais ! Et si je ne partage pas ce sentiment ?

— C'est vous qui tenez les rênes, lieutenant. Si vous voulez que je rentre chez moi, vous n'avez qu'à le dire.

Nardo lui décocha un long regard cynique. À la fin, il parut changer d'avis, provisoirement en tout cas.

— Alors la bouteille de Four Roses fait partie du mode opératoire ?

Gurney hocha la tête.

Nardo inspira à fond. On aurait dit qu'il avait mal partout. Ou que le monde entier avait mal.

— D'accord, inspecteur. Vous feriez peut-être mieux de me raconter tout ce que vous ne m'avez pas encore dit.

CHAPITRE 48

Une demeure chargée d'histoire

Gurney lui parla des empreintes à l'envers dans la neige, des poèmes, de la voix artificielle au téléphone, des jeux de nombres si troublants, du passé d'alcoolique des victimes, de la torture mentale qu'elles avaient subie, des défis hostiles lancés à la police, du graffiti « ERTRUEM » sur le mur de la chambre et de l'inscription au nom de « M. et Mme Scylla » aux Lauriers, de l'intelligence supérieure et de l'orgueil démesuré de l'assassin. Il lui fournit des détails sur les trois meurtres qu'il connaissait jusqu'à ce qu'il se rende compte qu'il avait épuisé la capacité de concentration de Nardo. Il acheva son récit par ce qui lui paraissait capital :

— Il cherche à prouver deux choses. D'abord, qu'il a le pouvoir de contrôler et de châtier les ivrognes. Ensuite, que les flics sont des incapables et des imbéciles. Ses crimes sont construits délibérément comme des jeux alambiqués, des casse-tête chinois. Il est brillant, obsessionnel, méticuleux. Jusqu'à présent, il n'a pas laissé une seule empreinte, pas un cheveu ni un postillon, ni fibres ni traces de pas involontaires. Il ne semble pas avoir commis la moindre erreur. Cela dit, nous savons très peu de choses sur lui, ses méthodes ou ses motivations en dehors de celles qu'il a choisi de nous révéler. À une exception près, peut-être.

Nardo leva un sourcil fatigué, mais curieux.

— Un certain Dr. Holdenfield, auteur de la meilleure étude qui existe sur les tueurs en série, pense qu'il a atteint un seuil critique et qu'il est sur le point de commettre un acte décisif.

Les muscles de la mâchoire de Nardo se crispèrent.

— Ce qui ferait de mon collègue assassiné sur la terrasse la victime d'une simple mise en train ? dit-il avec une circonspection farouche.

Ce n'était pas le genre de question à laquelle on pouvait répondre. Mieux valait s'en abstenir, d'ailleurs. Les deux hommes gardèrent le silence jusqu'à ce qu'un léger bruit, une sorte de respiration saccadée, attire leur attention vers la porte.

Compte tenu de cette arrivée furtive, Gurney fut surpris de voir sur le seuil l'armoire à glace qui montait la garde un peu plus tôt au bout de l'allée.

Nardo sentit le vent venir.

— Qu'est-ce qu'il y a, Tommy ?

— On a localisé la femme de Gary.

— Bon Dieu ! D'accord. Où est-elle ?

— Elle rentre du dépôt. Elle est conductrice de bus.

— Ah oui. C'est vrai. Merde ! Je devrais y aller moi-même, mais je ne peux pas m'absenter maintenant. Où est passé le chef, bordel ? Quelqu'un l'a trouvé ?

— Il est à Cancún.

— Je le sais qu'il est à Cancún ! Mais pourquoi est-ce qu'il ne vérifie pas ses messages, vous pouvez me le dire ?

Nardo prit une grande inspiration et ferma les yeux.

— Hacker et Picardo, ils connaissent bien la

famille, non ? Picardo n'est pas le cousin de sa femme ou quelque chose comme ça ? Envoyez-les tous les deux. Mais dites à Hacker de passer me voir d'abord.

Le géant s'en retourna aussi discrètement qu'il était venu.

Nardo emplit à nouveau ses poumons d'air. Puis il se mit à jacasser comme s'il avait reçu un coup sur la tête et espérait que parler l'aiderait à s'éclaircir les idées.

— Vous dites qu'ils étaient tous alcooliques. Eh bien, Gary Sissek, lui, ne buvait pas. Qu'est-ce qu'il faut en conclure ?

— Il était flic. Ça suffit peut-être. À moins qu'il n'ait empêché le tueur d'agir comme il l'entendait. Ou bien il y a un autre lien.

— Quel autre lien ?

— Je l'ignore.

La porte de derrière claqua, des bruits de pas pressés se rapprochèrent, et un type nerveux, en civil, apparut sur le seuil.

— Vous vouliez me voir ?

— Désolé de vous faire ce coup-là, mais j'ai besoin que Picardo et vous…

— Je sais.

— Bon. Euh… Expliquez-lui les choses simplement. Aussi simplement que possible. « Poignardé en protégeant la victime. Mort en héros. » Quelque chose comme ça. Putain ! Ce que je veux dire, c'est pas de détails horribles, de mare de sang, etc. Vous comprenez ? Les détails, ça viendra plus tard, si nécessaire. Pour le moment…

— Je comprends, monsieur.

— Bien. Écoutez, je suis désolé de ne pas m'en charger moi-même. Je ne peux vraiment pas m'en aller d'ici. Dites-lui que je passerai la voir ce soir.

— Oui, patron.

L'homme patienta sur le seuil jusqu'à ce qu'il soit clair que Nardo en avait fini, puis, repartant d'où il était venu, il referma la porte derrière lui, plus silencieusement cette fois-ci.

Nardo se força à se concentrer à nouveau sur sa conversation avec Gurney.

— J'ai peut-être raté un épisode, mais il me semble que votre point de vue sur cette affaire est essentiellement théorique. Enfin, corrigez-moi si je me trompe, mais il n'a pas été question de liste de suspects – ni d'aucune autre piste digne de ce nom, d'ailleurs. J'ai raison ou pas ?

— Plus ou moins.

— Et en dépit de cette masse de pièces à conviction – enveloppes, papier, encre rouge, chaussures de marche, bouteilles cassées, empreintes de pas, appels enregistrés, données fournies par les tours de transmission, chèques retournés, sans parler des messages écrits au sébum avec les doigts de ce foutu cinglé –, tout ça ne mène nulle part.

— On peut voir ça comme ça.

Nardo secoua la tête, ce qui devenait une habitude.

— En bref, vous ne savez pas qui vous cherchez ni comment le trouver.

— Ce qui est sans doute la raison pour laquelle je suis ici, répondit Gurney en souriant.

— À savoir ?

— Parce que je ne savais pas où aller.

C'était l'aveu spontané d'un simple fait. La satisfaction intellectuelle qu'il tirait de l'analyse des détails tactiques du mode opératoire n'était au fond qu'une diversion pour oublier que l'enquête piétinait, comme Nardo venait de l'énoncer on ne peut plus clairement.

Force était d'admettre que, s'il avait élucidé avec brio certains mystères collatéraux, Gurney était à peu près aussi loin d'identifier et de capturer le coupable que le jour où Mark Mellery avait sollicité son aide.

L'expression de Nardo s'était un peu adoucie.

— Nous n'avons jamais eu de meurtre à Wycherly, dit-il. Pas à proprement parler. Une poignée d'homicides involontaires, quelques accidents de voiture tragiques, un accident de chasse suspect. Jamais une mort brutale n'impliquant pas au moins un connard ivre mort. Pas en vingt-quatre ans, du moins.

— Vous êtes en poste depuis ce temps-là ?

— Ouais. Le seul qui ait servi plus longtemps que moi dans la brigade, c'est… c'était Gary. Presque vingt-cinq ans. Sa femme voulait qu'il arrête au bout de vingt, mais il a pensé que, s'il restait encore cinq ans… Merde !

Nardo s'essuya les yeux.

— C'est rare qu'on perde un homme dans l'exercice de ses fonctions, ajouta-t-il, comme si ses larmes avaient besoin d'une justification.

Gurney fut tenté de lui dire qu'il savait ce que c'était de perdre un collègue. Il en avait perdu deux lui-même lors d'une descente qui avait mal tourné. Mais il se borna à hocher la tête d'un air compatissant.

Au bout d'un instant, Nardo se racla la gorge.

— Ça vous intéresse de discuter le bout de gras avec Dermott ?

— Je ne dis pas non, mais je ne voudrais pas empiéter sur votre juridiction.

— Ne vous en faites pas pour ça, répondit durement Nardo, cherchant sans doute à corriger son moment de faiblesse, avant d'ajouter d'un ton plus normal : Vous lui avez parlé au téléphone, non ?

— Oui.

— Alors, il sait qui vous êtes.

— Oui.

— Vous pouvez vous passer de ma présence. Faites-moi un compte rendu quand vous aurez fini.

— Entendu, lieutenant.

— La porte à droite au premier. Bonne chance.

En montant l'escalier en chêne, Gurney se demanda si l'étage lui en dirait plus long sur la personnalité du propriétaire des lieux que le rez-de-chaussée, aussi chaleureux et sophistiqué que le matériel informatique qu'il abritait. Le palier reprenait la thématique d'en bas : extincteur sur le mur, détecteur de fumée et diffuseurs au plafond. Gurney commençait à entrevoir en Dermott un froussard invétéré. Il frappa à la porte indiquée par Nardo.

— Oui ? fit une voix rauque, douloureuse, teintée d'impatience.

— Inspecteur Gurney, monsieur Dermott. Puis-je vous voir une minute ?

Un temps d'arrêt.

— Gurney ?

— Dave Gurney. Nous nous sommes parlé au téléphone.

— Entrez.

Plongée dans la pénombre en raison des stores à moitié baissés, la pièce contenait un lit, une table de chevet, un fauteuil et une sorte de bureau contre le mur, assorti d'une chaise pliante. Le bois était foncé. Un style contemporain, faussement haut de gamme. Le dessus-de-lit, le tapis étaient dans des tons fauves, mornes. Dermott occupait le fauteuil face à la porte. Il se tenait un peu penché sur le côté, comme s'il avait trouvé une position atténuant son inconfort. Pour autant que sa personnalité fût perceptible, Gurney vit en lui le genre de crack en technologie auquel on peut s'attendre dans le domaine informatique. Difficile de lui donner un âge dans le demi-jour. La trentaine, sans doute.

Après avoir examiné les traits de son visiteur comme s'il essayait d'y trouver la réponse à une question, Dermott demanda à mi-voix :

— Ils vous ont expliqué ?

— Quoi donc ?

— À propos du coup de fil… du cinglé.

— Je suis au courant. Qui a répondu au téléphone ?

— Un des policiers, je suppose. On est venu me chercher.

— Le type a demandé à vous parler personnellement ?

— Je suppose… Je n'en sais rien… Sûrement. Le flic a dit que l'appel était pour moi.

— La voix vous évoquait-elle quelque chose ?

— Elle n'était pas normale.

— Comment ça, pas normale ?

— Une voix démente. Tantôt haut perchée, comme une voix de femme, tantôt grave. Des intonations bizarres. On aurait pu croire que c'était une blague, mais le ton était on ne peut plus sérieux.

Il se frotta les tempes.

— Il a dit que j'étais le prochain sur la liste et qu'ensuite ce serait votre tour.

Il semblait plus exaspéré qu'effrayé.

— Avez-vous perçu des bruits de fond ?

— Que voulez-vous dire?

— Avez-vous entendu autre chose sur la ligne que la voix de votre interlocuteur : de la musique, de la circulation, d'autres voix ?

— Non. Rien.

Gurney hocha la tête en jetant des coups d'œil autour de lui.

— Vous permettez que je m'assoie ?

— Quoi ? Oui, allez-y, répondit Dermott en faisant un geste ample comme si la pièce était remplie de sièges.

Gurney se percha au bord du lit. Il avait la nette impression que Dermott détenait la clé de l'énigme. Si seulement il trouvait la bonne question à poser. Le sujet à aborder. D'un autre côté, il était souvent préférable de ne rien dire. Ménager un silence, un vide pour voir comment l'autre le remplirait. Il resta un long moment assis, à fixer le tapis. C'était une stratégie qui demandait de la patience. Il fallait faire preuve de discernement aussi pour déterminer quand un silence trop long devenait une perte de temps. On s'en approchait quand Dermott prit la parole.

— Pourquoi moi ?

Le ton était crispé, agacé – plus une plainte qu'une question, et Gurney décida de ne pas répondre.

— Je ne serais pas surpris que ça ait un rapport avec cette maison, poursuivit Dermott avant de marquer une pause. Laissez-moi vous demander une chose, inspecteur. Connaissez-vous personnellement quelqu'un au poste de police de Wycherly ?

— Non.

Il faillit s'enquérir du motif de cette question, mais se ravisa en se disant qu'il n'allait pas tarder à le découvrir.

— Personne, ni aujourd'hui ni avant ?

— Personne.

Voyant que Dermott cherchait une confirmation dans son regard, il ajouta :

— Avant de lire les consignes concernant l'envoi des chèques dans la lettre de Mark Mellery, je ne savais même pas que cette ville existait.

— Et on ne vous a jamais parlé d'un épisode qui se serait déroulé ici ?

— Quel épisode ?

— Dans cette maison. Il y a longtemps.

— Non, fit Gurney, intrigué.

Le désarroi de Dermott semblait avoir eu raison de son mal de tête.

— Que s'est-il passé ?

— C'est une information de seconde main, répondit Dermott, mais juste après que j'ai acheté cette maison, un des voisins m'a raconté qu'il y a une vingtaine d'années, une dispute terrible a eu lieu ici – une histoire de couple. La femme a été blessée.

— Et vous voyez un lien…

— C'est peut-être une coïncidence, mais…

— Oui ?

— J'avais presque oublié cette histoire. Jusqu'à maintenant. Ce matin, quand j'ai trouvé…

Un haut-le-cœur le força à s'interrompre.

— Prenez votre temps.

Dermott plaqua ses mains sur ses tempes.

— Vous avez une arme ?

— J'en possède une, oui.

— Je veux dire sur vous.

— Je n'en porte plus depuis que j'ai quitté le NYPD. Si vous vous vous faites du souci pour la sécurité, sachez qu'il y a plus d'une dizaine de policiers armés dans un rayon de cent mètres autour de cette maison, dit Gurney.

Dermott n'avait pas l'air rassuré pour autant.

— Vous disiez que vous vous êtes souvenu de quelque chose.

Dermott hocha la tête.

— J'avais oublié tout ça, mais ça m'est revenu quand j'ai vu… la mare de sang.

— Qu'est-ce qui vous est revenu ?

— La femme qui a été rouée de coups dans cette maison – on lui avait tailladé la gorge.

CHAPITRE 49

Tuez-les tous !

Dermott s'était rappelé que le voisin, décédé entre-temps, avait situé l'épisode « une vingtaine d'années plus tôt », ce qui voulait dire que John Nardo et Gary Sissek faisaient partie des effectifs de la police locale au moment de l'agression. Même s'il était encore loin d'y voir clair, Gurney sentit qu'une nouvelle pièce du puzzle se mettait en place. Il avait d'autres questions à poser à Dermott, mais cela pouvait attendre que le lieutenant lui ait fourni certains renseignements.

Il laissa Dermott assis raide sur sa chaise près des stores tirés, l'air angoissé, mal à l'aise. Alors qu'il descendait l'escalier, dans le couloir en bas, une policière en combinaison, munie de gants en latex, était en train d'interroger Nardo sur les dispositions à prendre concernant le périmètre autour de la maison que l'on avait déjà passé au peigne fin.

— Laissez le ruban en place au cas où nous serions obligés de réexaminer les lieux. Emportez la chaise, la bouteille et tout ce que vous avez d'autre au poste. Réquisitionnez le fond de la salle des archives pour entreposer tout ça.

— Qu'est-ce qu'on fait du bazar sur la table ?

— Mettez-le dans le bureau de Colbert pour le moment.

— Il ne va pas être content.

— Je n'en ai rien à… Occupez-vous de ça, d'accord ?

— Oui, patron.

— Avant de partir, dites à Tommy de monter la garde devant la maison, et à Pat de rester près du téléphone. Que tous les autres aillent faire du porte-à-porte. Je veux savoir si quelqu'un du quartier a vu ou entendu quelque chose de bizarre ces derniers jours, en particulier tard hier soir ou tôt ce matin : des inconnus, des voitures garées dans des endroits inhabituels, des gens qui traînaient ou qui étaient trop pressés, etc.

— Quel rayon voulez-vous qu'on couvre ?

Nardo consulta sa montre.

— Le plus large possible dans les six heures à venir. On verra à ce moment-là ce qu'on fait. Si vous dénichez quoi que ce soit, je veux en être informé illico.

Tandis que la jeune femme partait transmettre ses ordres, Nardo se tourna vers Gurney qui les avait rejoints.

— Ça a donné quelque chose ?

— Je ne suis pas sûr, répondit Gurney à voix basse en lui faisant signe de le suivre dans la pièce où ils avaient discuté un peu plus tôt. Vous pouvez peut-être m'aider à en avoir le cœur net.

Il s'installa dans le siège face au couloir. Nardo resta debout derrière la chaise, de l'autre côté de la table carrée. Son expression trahissait un mélange de curiosité et de quelque chose d'autre, d'assez indéfinissable.

— Vous saviez que quelqu'un s'était fait poignarder dans cette maison ? dit-il de but en blanc.

— Qu'est-ce que vous racontez ?

— Peu après l'avoir achetée, Dermott a appris par un voisin qu'une femme qui vivait ici il y a des années avait été agressée par son mari.

— Combien d'années ?

Gurney eut la certitude de voir une lueur s'allumer au fond de son regard.

— Vingt, vingt-cinq ans environ.

Nardo s'attendait manifestement à cette réponse. Il soupira en secouant la tête.

— Ça fait un bail que je n'y avais plus repensé. Il y a bien eu une agression ici – il y a vingt-quatre ans. Peu de temps après mon entrée dans l'équipe. Et alors ?

— Vous vous souvenez des détails ?

— Avant que je me creuse la cervelle, ça vous ennuierait de me dire quel rapport ça a avec notre affaire ?

— La femme agressée avait reçu des coups à la gorge.

— Et c'est censé vouloir dire quoi ? répliqua Nardo.

Un tic nerveux agitait un coin de sa bouche.

— Deux personnes ont été attaquées dans cette maison. Parmi tous les modes d'agression possibles, cela me paraît une sacrée coïncidence qu'on ait tenté de les égorger toutes les deux.

— Vous allez un peu vite en besogne. Ces deux affaires n'ont rien en commun. Quel rapport peut-il y avoir entre un officier de police assassiné lors d'une mission de protection et un acte de violence domestique survenu il y a près de vingt-cinq ans ?

Gurney haussa les épaules.

— Si j'en savais un peu plus sur cet acte de violence domestique, je pourrais peut-être vous préciser ma pensée.

— Bon, d'accord. Je vais vous dire ce que je sais, mais ce n'est pas grand-chose.

Nardo marqua une pause, le regard rivé sur la table, ou plus probablement sur le passé.

— Je n'étais pas de service ce soir-là.

Un démenti manifeste, pensa Gurney. *Pourquoi cette histoire exigeait-elle un démenti ?*

— Je ne sais que ce qu'on m'a rapporté, poursuivit Nardo. Comme dans la plupart des incidents de ce genre, le mari était ivre, il s'est engueulé avec sa femme. Il se serait saisi d'une bouteille pour la frapper. Elle a dû se casser, la femme a été blessée. Ça s'arrête à peu près là.

Gurney savait pertinemment qu'il n'en était rien. Toute la question était de savoir comment lui arracher le reste de l'histoire. L'une des règles tacites dans ce travail consistait à en dire aussi peu que possible, et Nardo l'appliquait à la lettre. Estimant qu'il manquait de temps pour choisir une approche plus subtile, Gurney décida de foncer tête baissée.

— Vous êtes en train de me raconter des salades, lieutenant ! s'exclama-t-il en détournant les yeux avec écœurement.

— Des salades ? s'écria Nardo d'une voix aiguë, chargée de menace.

— Ce que vous m'avez dit est vrai, j'en suis sûr. Le problème, c'est ce qui manque.

— Ce ne sont peut-être pas vos oignons, bon Dieu !

Le ton de Nardo était toujours aussi acerbe, mais il paraissait moins sûr de lui.

— Écoutez, je ne suis pas juste un enfoiré d'une autre juridiction venu fouiner dans vos affaires. Gregory Dermott a reçu un coup de fil ce matin annonçant que ma vie était en danger. *Ma* vie. Si ce qui se passe ici est lié de près ou de loin à un acte de violence domestique, comme vous dites, j'ai le droit de le savoir, nom d'une pipe !

Nardo se racla la gorge et leva les yeux au plafond comme si les mots justes – ou une sortie de secours – pouvaient s'y trouver.

— Si vous commenciez par me donner les noms des personnes concernées, reprit Gurney d'une voix adoucie.

Nardo esquissa un hochement de tête, tira la chaise et s'assit.

— Jimmy et Felicity Spinks.

Il semblait s'être résigné à avouer la vérité, aussi désagréable soit-elle.

— Vous dites ça comme si vous les connaissiez.

— Ouais, eh bien… Bref…

Quelque part dans la maison, un téléphone se mit à sonner. Nardo sembla ne pas entendre.

— Jimmy buvait un peu. Et même plus qu'un peu, faut croire. Un jour, il est rentré ivre. S'est disputé avec Felicity. Comme je vous l'ai dit, il a fini par la frapper avec un tesson de bouteille. Elle a perdu pas mal de sang. Je n'ai rien vu, j'étais de repos ce soir-là, mais les gars qui y étaient en ont parlé pendant une semaine.

Nardo fixait à nouveau la table.

— Elle s'en est sortie ?

— Quoi ? Ouais, ouais, elle s'en est sortie, mais tout juste. Lésions cérébrales.

— Qu'est-elle devenue ?

— Devenue ? Je crois qu'on l'a placée dans une sorte de maison de santé.

— Et le mari ?

Nardo hésita. Gurney n'arrivait pas à déterminer s'il avait du mal à s'en souvenir ou s'il répugnait à en parler.

— Il a plaidé la légitime défense, répondit Nardo avec un dégoût manifeste. Il est parvenu à obtenir une révision à la baisse des chefs d'inculpation. La condamnation a été réduite à la peine qu'il avait déjà purgée. Il a perdu son boulot. Quitté la ville. Les services sociaux ont embarqué le gamin. Fin de l'histoire.

Sensibilisées par un millier d'interrogatoires, les antennes de Gurney lui disaient qu'il manquait encore un détail. Il attendit, observant le désarroi de Nardo. À l'arrière-plan, une voix résonnait par intermittence – probablement l'homme qui avait répondu au téléphone –, mais impossible de comprendre ce qu'il disait.

— Il y a une chose que je ne saisis pas. Qu'est-ce que cette histoire a de si particulier pour que vous ne m'ayez pas tout raconté dès le début ?

Nardo le regarda dans le blanc des yeux.

— Jimmy Spinks était flic.

Le frisson qui parcourut Gurney de la tête aux pieds s'accompagna d'un cortège de questions pressantes, mais avant qu'il ait eu le temps d'en formuler une seule, la femme à la mâchoire carrée, aux cheveux courts, blond cendré, apparut sur le seuil. Elle portait un jean et un polo foncé. Un Glock dans un holster à extraction rapide était attaché sous son bras gauche.

— Patron, on vient d'avoir un appel. Il faut que vous écoutiez ça.

Son regard sous-entendait : *Sur-le-champ*.

Content de cette diversion, sembla-t-il, Nardo reporta toute son attention sur la jeune femme comme s'il était suspendu à ses lèvres. Elle jeta un coup d'œil incertain dans la direction de Gurney.

— Il est des nôtres, dit Nardo à contrecœur. Allez-y.

Elle gratifia Gurney d'un regard guère plus amène que le premier, après quoi elle s'approcha de la table et y déposa un magnétophone portable, à peu près de la taille d'un iPod.

— Tout est là-dessus, patron.

Nardo hésita un instant, inspecta l'appareil avant d'enfoncer une touche. L'enregistrement, d'une qualité remarquable, commença aussitôt.

Gurney reconnut la première voix comme étant celle de la policière qui se tenait devant lui.

— *GD Security Systems.*

On avait dû lui donner l'ordre de répondre comme si elle était une simple employée.

L'autre voix était bizarre – Gurney la reconnut sans hésitation d'après le coup de fil qu'il avait écouté à la demande de Mark Mellery. Il lui semblait que cela faisait des siècles. Quatre décès avaient eu lieu entre les deux appels – des morts qui avaient mis à mal sa notion du temps. Mark à Peony, Albert Schmitt dans le Bronx, Richard Kartch à Sotherton (*Richard Kartch* – pourquoi ce nom suscitait-il toujours un malaise chez lui, une impression de décalage ?), et l'officier Gary Sissek à Wycherly.

Cette voix bizarrement éraillée, cet accent étaient reconnaissables entre mille.

— *Si je pouvais entendre Dieu, que me dirait-il ?* demandait-elle avec les intonations menaçantes d'un méchant dans un film d'horreur.

— *Pardon ?* s'était exclamée la policière, encore plus déconcertée que ne l'aurait sans doute été une vraie réceptionniste.

L'autre voix répéta d'un ton plus pressant :

— *Si je pouvais entendre Dieu, que me dirait-il ?*

— *Je suis désolée, pourriez-vous répéter ? Je crains que la connexion ne soit pas très bonne. Vous appelez d'un portable ?*

S'adressant rapidement à Nardo, la policière glissa quelques commentaires.

— J'essayais de faire durer la communication, comme vous me l'aviez demandé. Pour qu'il parle le plus longtemps possible.

Nardo hocha la tête. L'enregistrement continuait.

— *Si j'entendais Dieu, que me dirait-il ?*

— *Je ne comprends pas très bien, monsieur. Pourriez-vous m'expliquer ce que vous voulez dire ?*

Soudain tonitruante, la voix clama :

— *Dieu me dirait de les tuer tous.*

— *Monsieur ? J'ai du mal à vous suivre. Voulez-vous que je note le message et que je le transmette à quelqu'un ?*

Il y eut un éclat de rire sec, comme un froissement de cellophane.

— *Le jour du Jugement, nous y voilà ! / Dermott, sois finaud, Gurney, ne sois pas nigaud. / L'épuration approche. Tic-tac-tic.*

CHAPITRE 50

Re-cherche

Nardo rompit le silence.

— C'est tout ?

— Oui, patron.

Il s'adossa à sa chaise et se massa les tempes.

— Toujours pas de nouvelles de Meyers ?

— On n'arrête pas de laisser des messages à la réception de son hôtel et sur son portable. Toujours rien.

— Je suppose que le nom de l'appelant était bloqué ?

— Oui, patron.

— Tuez-les tous, hein ?

— Oui, patron. C'est ce qu'il a dit. Vous voulez réécouter l'enregistrement ?

Nardo secoua la tête.

— À quoi fait-il référence, à votre avis ?

— Comment ?

— Tuez-les tous. Qui ça, tous ?

La policière avait l'air perdue. Nardo se tourna vers Gurney.

— C'est juste une supposition, lieutenant, mais je dirais qu'il s'agit du reste des gens figurant sur sa liste noire – si tant est qu'il y en ait une – ou bien de nous tous ici présents.

— Et pour l'histoire de l'épuration à venir ? s'enquit Nardo. Pourquoi épuration ?

Gurney haussa les épaules.

— Aucune idée. Peut-être qu'il aime bien la consonance du mot. Ça cadre avec l'aspect pathologique de son plan.

Les traits de Nardo se plissèrent en une grimace de dégoût.

Il se tourna vers la policière et, pour la première fois, s'adressa à elle en l'appelant par son prénom.

— Pat, je veux que vous rejoigniez Big Tommy dehors. Positionnez-vous en diagonale de manière à couvrir à vous deux l'ensemble des portes et fenêtres. Faites passer le mot. Que tous les hommes soient prêts à converger sur cette baraque à la minute où on entendra un coup de feu ou dès qu'il y aura du grabuge. Des questions ?

— On doit s'attendre à une attaque armée, lieutenant ? demanda-t-elle d'un ton presque enthousiaste.

— S'attendre n'est peut-être pas le mot, mais ça fait partie des possibilités.

— Vous pensez vraiment que ce malade est encore dans le coin ?

Il y avait un feu d'acétylène dans son regard.

— Ça se pourrait. Informez Big Tommy du coup de fil du tueur. Soyez sur le qui-vive.

Elle hocha la tête avant de s'en aller.

Nardo se tourna vers Gurney, la mine sombre.

— Qu'en pensez-vous ? Je devrais ameuter la cavalerie à votre avis ? Avertir la police de l'État que nous avons une situation d'urgence ? Ou était-ce un appel bidon ?

— Vu le nombre de victimes jusqu'à présent, on prendrait des risques en supposant que c'était du bluff.

— Je ne suppose rien du tout ! rétorqua Nardo, les lèvres pincées.

Cet échange tendu se conclut par un silence. Qui fut rompu par une voix rauque venant de l'étage.

— Lieutenant Nardo ? Inspecteur Gurney ?

Nardo fit la grimace comme si de la bile lui remontait dans le gosier.

— Dermott a peut-être un autre souvenir dont il désire nous faire part.

Il s'enfonça dans son siège.

— Je vais voir ce qu'il en est, dit Gurney.

Il gagna le couloir. Sur le seuil de sa chambre au premier, Dermott avait l'air impatient, furieux, épuisé.

— Pourrais-je vous parler… s'il vous plaît ?

Le « s'il vous plaît » n'avait rien d'aimable.

Dermott paraissait trop perturbé pour descendre l'escalier, alors Gurney monta. Ce faisant, il songea que cette maison n'avait rien d'un chez-soi, que c'était juste un lieu de travail avec un logement en annexe. Dans le quartier où il avait grandi, c'était monnaie courante : les commerçants vivaient au-dessus de leur boutique, comme cet horrible traiteur dont la haine de la vie semblait augmenter à l'apparition de chaque nouveau client, ou le croquemort aux accointances mafieuses, avec sa femme obèse et ses quatre enfants plus gros les uns que les autres. Rien que d'y penser, il en avait la nausée.

Parvenu à l'étage, il chassa de son esprit ces souvenirs pénibles pour tenter de déchiffrer le malaise qui s'affichait sur le visage de Dermott.

Ce dernier jeta un coup d'œil au pied de l'escalier.

— Le lieutenant Nardo n'est plus là ?

— Il est en bas. Que puis-je faire pour vous ?

— J'ai entendu des voitures partir, lança Dermott d'un ton accusateur.

— Elles ne vont pas loin.

Dermott acquiesça d'un air mécontent. Il avait manifestement une idée derrière la tête, mais ne semblait pas pressé d'en venir au fait. Gurney en profita pour soulever quelques questions qui l'intriguaient.

— Comment gagnez-vous votre vie, monsieur Dermott ?

— Pardon ?

L'homme avait l'air dérouté et agacé à la fois.

— En quoi consiste précisément votre travail ?

— Mon travail ? La sécurité. Nous en avons déjà parlé, il me semble.

— D'une manière générale, répondit Gurney en se fendant d'un sourire. Peut-être pourriez-vous me donner des détails ?

Le soupir éloquent de Dermott laissait supposer qu'il considérait cette requête comme une perte de temps.

— Écoutez, dit-il, il faut que je m'assoie.

Il regagna son fauteuil et s'y installa avec précaution.

— Quel genre de détails ?

— Votre société s'appelle GD Security Systems. Quel sorte de « sécurité » ces systèmes offrent-ils, et à qui ?

Après un autre soupir, Dermott répondit :

— J'aide des entreprises à protéger leurs informations confidentielles.

— Et cette aide se manifeste sous quelle forme ?

— Des applications permettant de protéger les bases de données, des pare-feu, des protocoles d'accès limité, des systèmes de vérification d'identité – cela couvre l'essentiel des projets dont nous nous occupons.

— Nous ?

— Je vous demande pardon ?

— Vous avez dit des projets dont « nous » nous occupons.

— C'est juste une façon de parler, répondit Dermott d'un ton dédaigneux. Du jargon commercial.

— Pour donner l'impression que GD Society Systems est une plus grosse boîte qu'elle ne l'est vraiment ?

— Ce n'est pas mon intention, croyez-moi. Mes clients sont ravis que je fasse tout le travail moi-même.

Gurney hocha la tête, feignant d'être impressionné.

— Je comprends que cela puisse être un avantage. Qui sont vos clients ?

— Des gens pour lesquels la confidentialité est une question capitale.

Gurney sourit innocemment du ton cassant de Dermott.

— Je ne vous demande pas de me révéler des secrets. Je souhaite seulement savoir dans quels secteurs ils opèrent.

— Des secteurs où les bases de données incluent des renseignements sensibles.

— Par exemple ?

— Des informations personnelles.

— Quel genre d'informations personnelles ?

Dermott parut évaluer les risques contractuels qu'il encourait en allant plus loin.

— Le type d'informations que recueillent les compagnies d'assurances, les sociétés de services financiers, les organismes médicaux privés.

— Des données médicales ?

— En grande partie, oui.

— Relatives à des traitements ?

— Dans la mesure où cela s'insère dans le système de codage. À quoi bon parler de ça ?

— Supposez que vous soyez un pirate désireux d'accéder à une importante banque de données médicale, comment procéderiez-vous ?

— Je ne peux pas répondre à cette question.

— Pourquoi pas ?

Dermott ferma les yeux d'une manière qui dénotait de la frustration.

— Trop de variables.

— Par exemple ?

— Par exemple ?

Dermott répéta la question comme si elle était l'incarnation même de la bêtise. Au bout d'un moment, il continua, sans ouvrir les yeux :

— L'objectif du pirate, le niveau de compétence, le degré de connaissance du format des données, la structure de la base de données elle-même, le protocole d'accès, la redondance des systèmes de pare-feu et une douzaine d'autres facteurs que vous ne pourriez pas comprendre faute du bagage technique nécessaire.

— Vous avez sûrement raison, répondit Gurney d'un ton pondéré. Mais disons qu'un pirate chevronné essaie de dresser une liste de personnes qui auraient été soignées pour une affection particulière…

Dermott leva les mains d'un air exaspéré, ce qui n'empêcha pas Gurney de poursuivre.

— Ce serait difficile ?

— Là encore, je ne peux pas vous répondre. Certaines bases de données sont tellement poreuses qu'on pourrait les mettre sur le Net. D'autres tiendraient en échec les systèmes de décryptage informatique les plus sophistiqués. Tout dépend du talent du concepteur du système.

Gurney perçut une nuance de fierté dans cette ultime remarque. Il décida d'en tirer parti.

— Je parierais que peu de gens s'y entendent aussi bien que vous en la matière.

Dermott sourit.

— J'ai bâti ma carrière sur mon aptitude à damer le pion aux meilleurs pirates de la planète. Personne n'a jamais réussi à s'introduire dans mes systèmes de protection de données.

Cette rodomontade ouvrait la voie à une nouvelle possibilité. Y avait-il un lien entre la faculté de Dermott d'empêcher la violation de bases de données et le désir du meurtrier de l'impliquer dans cette affaire par le biais de sa boîte postale ? Cette idée méritait sans doute d'être prise en considération, même si elle suscitait davantage de questions que de réponses.

— J'aimerais bien que la police locale puisse se flatter d'être aussi compétente.

Cette remarque détourna l'attention de Gurney de ses conjectures.

— Que voulez-vous dire ?

— Ce que je veux dire ?

Dermott réfléchit avant de poursuivre.

— Un assassin me traque, et je n'ai aucune confiance en la capacité de la police à me protéger. Il y a un fou furieux en liberté dans les parages, un fou ayant l'intention de me tuer, et de vous liquider ensuite, et tout ce que vous trouvez à faire, c'est de me poser des questions hypothétiques sur de présumés pirates informatiques accédant à des bases de données tout aussi hypothétiques ? Je ne sais pas ce que vous espérez, mais si votre objectif est de me calmer les nerfs en me parlant d'autre chose, permettez-moi de vous dire que c'est peine perdue. Vous feriez mieux de vous concentrer sur le danger réel. Ces histoires de software n'ont rien à voir avec tout ça. On a affaire à un déséquilibré qui rôde, un couteau sanglant à la main. Et la tragédie de ce matin est la preuve flagrante que la police est pire qu'inutile !

Son ton courroucé frisait l'hystérie. Du coup, Nardo était monté et les avait rejoints dans la chambre. Il regarda d'abord Dermott, puis Gurney, avant de reporter son attention sur l'informaticien.

— Que se passe-t-il, nom de Dieu ?

Dermott se détourna et fixa le mur.

— Monsieur Dermott ne se sent pas suffisamment protégé, dit Gurney.

— Suffisamment pro…, explosa Nardo, s'interrompant pour reprendre d'un ton plus calme : Monsieur, les risques qu'un individu s'introduise chez vous sans autorisation – sans parler d'un déséquilibré armé d'un couteau sanglant, si j'ai bien entendu – sont inférieurs à zéro.

Dermott continua à contempler le mur.

— Laissez-moi vous dire les choses autrement, insista Nardo. Si ce salopard a le culot de se pointer ici, c'est un homme mort. Qu'il essaie d'entrer, je n'en fais qu'une bouchée.

— Je ne veux pas rester seul dans cette maison. Pas même une minute.

— Vous ne m'avez pas entendu, grommela Nardo. Vous n'êtes pas seul. Le quartier grouille de flics. Ils cernent la maison. Personne n'entrera.

— Et s'il était déjà là ! rétorqua Dermott d'un ton plein de défi en se tournant vers le lieutenant.

— Qu'est-ce que vous racontez ?

— S'il était déjà dans la maison ?

— Comment voulez-vous ?

— Ce matin... quand je suis sorti chercher l'agent Sissek… Imaginez que, pendant que j'étais dans le jardin... il se soit introduit dans la maison. La porte était ouverte. Ça n'a rien d'impossible, non ?

Nardo le dévisagea, abasourdi.

— Et il serait allé où, à votre avis ?

— Comment le saurais-je ?

— Qu'est-ce que vous croyez ! Qu'il se planque sous votre lit ?

— C'est une drôle de question, lieutenant. Mais le fait est que vous ne connaissez pas la réponse. Pour la bonne raison que vous n'avez pas vraiment inspecté la maison. De sorte qu'il pourrait bien se cacher sous le lit, n'est-ce pas ?

— Nom d'un chien ! pesta Nardo. Ça suffit avec ces conneries !

En deux enjambées, il s'approcha du pied du lit, qu'il saisit à sa base. Poussant un grognement sonore, il le souleva et le maintint à hauteur de son épaule.

— Ça va comme ça ? railla-t-il. Vous voyez quelqu'un là-dessous ?

Il lâcha le lit, qui rebondit bruyamment.

Dermott le foudroya du regard.

— Ce que je veux, lieutenant, c'est de l'efficacité, pas du mélodrame puéril. Serait-ce trop vous demander que de fouiller méticuleusement la maison ?

Nardo lui jeta un regard glacial.

— À vous de me dire… Où est-ce qu'on pourrait se cacher dans cette baraque ?

— Où ? Je n'en sais rien. Dans la cave ? Le grenier ? Les placards ? Comment voulez-vous que je le sache ?

— Pour que les choses soient bien claires, monsieur, les premiers policiers arrivés sur les lieux ont exploré la maison de fond en comble. Si le type avait été là, ils l'auraient trouvé. D'accord ?

— Ils ont fouillé la maison ?

— Oui, monsieur, pendant qu'on vous interrogeait dans la cuisine.

— Y compris le grenier et la cave ?

— Absolument.

— Même la buanderie ?

— Partout.

— Ils n'ont pas pu vérifier la buanderie. La porte est cadenassée ! s'écria Dermott d'un ton arrogant. Et c'est moi qui ai la clé. Personne ne me l'a demandée.

— Si elle est toujours fermée à clé, personne n'a pu s'y introduire de toute façon, riposta Nardo. Ce qui veut dire qu'on aurait perdu notre temps à vérifier.

— Ce que ça veut dire, c'est que vous m'avez menti en prétendant que toute la maison avait été fouillée !

La réaction de Nardo surprit Gurney, qui s'attendait à une nouvelle explosion.

— Donnez-moi cette clé, ordonna le lieutenant d'une voix contenue. Je vais aller jeter un coup d'œil tout de suite.

— Vous admettez donc que le travail a été bâclé, conclut Dermott avec sagacité. La maison n'a pas été inspectée aussi bien qu'elle aurait dû l'être !

Gurney se demanda si cette obstination fielleuse tenait à la migraine, à un tempérament acariâtre ou à un simple changement de la peur en agressivité.

— La clé, monsieur ? répéta Nardo avec un calme olympien.

Dermott marmonna quelque chose – quelque chose de désagréable, d'après son expression – avant de se lever. Il alla prendre un trousseau de clés dans le tiroir de sa table de chevet, en extirpa une clé plus petite que les autres, qu'il jeta sur le lit. Nardo la prit tranquillement et quitta la pièce sans un mot. Le bruit de ses pas s'atténua peu à peu dans l'escalier. Dermott rangea le trousseau dans le tiroir, mais, au moment où il s'apprêtait à le refermer, il se figea.

— Merde ! s'exclama-t-il.

Il ressortit le trousseau et entreprit d'extraire une deuxième clé du petit anneau rigide qui les maintenait toutes ensemble. Après quoi, il se tourna vers la porte. Il avait à peine fait un pas qu'il se prit les pieds dans le tapis et s'affala en se cognant la tête contre le montant du lit. Un cri étouffé, mélange de rage et de douleur, jaillit entre ses dents serrées.

— Ça va ? demanda Gurney en se précipitant.

— Très bien. Pas de problème, bredouilla Dermott avec fureur.

— Je peux vous aider ?

Dermott cherchait à se ressaisir.

— Tenez, dit-il. Prenez cette clé et portez-la-lui. Il y a deux serrures. Avec toute cette agitation…

— Vous êtes sûr que ça va ? demanda Gurney en prenant la clé.

Dermott agita la main d'un air las.

— S'ils étaient venus me trouver tout de suite comme ils auraient dû…

Sa phrase resta en suspens.

Gurney lança un dernier regard au malheureux avant de descendre.

Comme dans la plupart des maisons de banlieue, l'escalier menant au sous-sol se trouvait sous celui qui conduisait au premier. Une porte le dissimulait aux regards, que Nardo avait laissée ouverte. Gurney aperçut de la lumière.

— Lieutenant ?

— Oui.

La voix semblait venir d'une certaine distance au bas des marches en bois rudimentaires. Gurney descendit avec la clé. L'odeur – mélange oppressant de béton, de métal, de bois et de poussière – réveilla en lui le souvenir du sous-sol du lotissement de son enfance – un débarras verrouillé où les locataires remisaient leurs vieux vélos, les landaus, des cartons pleins de bric-à-brac. Un maigre éclairage dispensé par quelques ampoules couvertes de toiles d'araignée. Des ombres qui lui flanquaient toujours la frousse.

Il trouva Nardo devant une porte en acier grise au fond d'une pièce en béton à la charpente apparente, aux murs tachés d'humidité, contenant un chauffe-eau, deux cuves à mazout, une chaudière, deux détecteurs de fumée, deux extincteurs et un diffuseur.

— La clé ouvre le cadenas, dit-il. Il y a aussi un verrou. Qu'est-ce que c'est que cette manie de tout boucler ? Et où est l'autre clé, bordel ?

Gurney la lui tendit.

— Il a dit qu'il avait oublié de vous la donner. C'est votre faute, d'après lui.

Nardo s'en saisit en grommelant et la fourra dans la serrure.

— Quelle espèce de petit fumier, dit-il en poussant le battant. Je n'arrive pas à croire que je suis en train de… Nom de Dieu !

Il franchit le seuil d'un pas hésitant, suivi de Gurney. La pièce était nettement plus vaste qu'une buanderie ordinaire.

Au premier abord, ce qu'ils virent n'avait aucun sens.

CHAPITRE 51

Jeu de l'oie

Gurney crut d'abord qu'ils s'étaient trompés de porte. Mais ça non plus ne rimait à rien. En dehors de celle qui se trouvait en haut des marches, c'était la seule porte du sous-sol. Seulement, il ne s'agissait pas d'une simple buanderie.

Ils se tenaient dans l'angle d'une vaste chambre tapissée d'une épaisse moquette, au mobilier traditionnel, à l'éclairage tamisé. Devant eux, un grand lit recouvert d'une courtepointe ruchée à fleurs. Plusieurs gros oreillers ornés de galons assortis s'alignaient contre la tête de lit. Au pied de celui-ci, une malle en cèdre sur laquelle trônait un gros oiseau en patchwork. Une vision insolite à la gauche de Gurney, sur le mur, attira son attention : une fenêtre qui, au premier coup d'œil, semblait donner sur un champ, mais qui n'était en réalité qu'une diapositive couleur de la taille d'une affiche, éclairée par-derrière, sans doute pour alléger l'atmosphère propice à la claustrophobie. Dans le même temps, Gurney prit conscience du vrombissement d'un système d'aération quelconque.

— Je ne pige pas, fit Nardo.

Gurney était sur le point d'acquiescer quand il remarqua une petite table le long du mur à la fausse fenêtre. Dans le halo ambré de la petite lampe posée dessus, il aperçut trois petits cadres noirs tout simples, comme on en utilise pour encadrer des diplômes. Il se rapprocha pour voir de plus près. Chaque cadre renfermait la photocopie d'un chèque. Ils étaient tous les trois d'un montant de 289,87 dollars et libellés au nom de X. Arybdis. Ils provenaient de Mark Mellery, d'Albert Schmitt et de Richard Kartch. C'étaient les chèques que Gregory Dermott avait dit avoir reçus et dont il avait retourné les originaux à leurs expéditeurs sans les encaisser. Pourquoi en avoir fait des copies avant de les renvoyer ? Et, plus troublant, pourquoi les avoir encadrés ? Gurney les prit l'un après l'autre, comme si un examen plus approfondi pouvait lui fournir des réponses.

Alors qu'il inspectait la signature au bas du troisième chèque – R. Kartch –, le malaise qui l'avait envahi chaque fois qu'il avait vu ce nom ressurgit soudain. Sauf que, cette fois-ci, il s'accompagna d'une explication.

— Bon sang ! marmonna-t-il, comprenant tout à coup à quel point il avait été aveugle.

Au même instant, Nardo poussa un petit cri. Gurney se tourna vers lui, puis il suivit son regard ahuri vers le fond de la grande pièce. Là, à peine visible dans les ombres, hors de portée du pâle éclairage dispensé par la lampe de chevet, partiellement dissimulée par les oreilles d'un fauteuil Reine Anne et par une chemise de nuit du même coloris vieux rose que la garniture du siège, une femme frêle était assise, la tête inclinée contre la poitrine.

Nardo détacha une torche de sa ceinture et en dirigea le faisceau vers elle.

Elle devait avoir entre cinquante et soixante-dix ans.

Elle était d'une pâleur mortelle. La foison de boucles blondes ne pouvait appartenir qu'à une perruque. Elle releva la tête en cillant, si lentement qu'on se rendait à peine compte qu'elle bougeait, et orienta son visage vers la lumière avec une grâce étrange.

— Il faut que j'aille au petit coin, dit-elle d'une voix haut perchée, râpeuse, impérieuse.

L'inclinaison hautaine de son menton révéla une vilaine cicatrice à sa gorge.

— Nom d'un chien, qu'est-ce que c'est que ça ? murmura Nardo, comme si Gurney était censé connaître la réponse.

Ce qui était le cas, du reste. Il comprit du même coup qu'il avait commis une terrible erreur en apportant la clé dans la cave.

Il se tourna prestement vers la porte restée ouverte, mais Gregory Dermott se tenait déjà sur le seuil, une bouteille de whiskey Four Roses dans une main, un .38 Special dans l'autre. L'individu courroucé, instable et migraineux avait disparu. Les yeux qu'un simulacre de souffrance et de reproche ne plissait plus avaient recouvré leur aspect normal – le droit vif, déterminé, le gauche sombre, impitoyable.

Nardo pivota à son tour.

— Qu'est-ce que…? commença-t-il, mais la question mourut sur ses lèvres.

Il resta planté là, immobile, son regard passant alternativement du visage de Dermott au revolver.

Dermott fit un pas dans la pièce, tendit une jambe derrière lui, attrapant habilement le bord de la porte du bout du pied pour la fermer. Un cliquetis sonore retentit au moment où le pêne glissait dans la gâche. Un petit sourire provocant flotta sur ses lèvres.

— Enfin seuls, dit-il sur le ton de quelqu'un qui se réjouit d'avoir une charmante conversation en privé. Tant de choses à faire, ajouta-t-il. Et si peu de temps.

Il trouvait ça amusant, apparemment. Le sourire glacial allongea sa bouche un instant, pareil à un ver de terre étiré, puis se contracta.

— Sachez d'ores et déjà que j'apprécie votre participation à mon projet. Votre coopération améliorera grandement les choses. Un petit détail, tout d'abord. Lieutenant, puis-je vous demander de vous coucher face contre terre ?

Ce n'était pas vraiment une question.

Gurney décela une sorte de calcul rapide dans le regard de Nardo, mais sans pouvoir déterminer les différentes options qu'envisageait celui-ci. Ni même s'il avait la moindre idée de ce qui était en train de se passer.

Pour autant qu'on pût lire quoi que ce soit dans les yeux de Dermott, cela ressemblait à la patience d'un chat surveillant une souris dans une situation sans issue.

— Monsieur, dit Nardo, affectant un air peiné, je pense que ce serait une bonne idée de poser cette arme.

Dermott secoua la tête.

— Pas aussi bonne que vous croyez.

Nardo avait l'air désemparé.

— Posez-la.

— C'est une possibilité. Mais il y a une complication. Rien n'est simple dans la vie, n'est-ce pas ?

— Une complication ?

Nardo s'adressait à Dermott comme s'il avait affaire à un citoyen inoffensif temporairement à court de médicaments.

— J'ai l'intention de vous abattre avant. Si vous

voulez que je le pose, il va falloir que je vous tue tout de suite. Je n'en ai pas envie, et je suis sûr que vous non plus. Vous voyez le problème ?

Tout en parlant, il leva son revolver jusqu'à ce qu'il soit braqué sur la gorge du lieutenant. Que ce soit la fermeté de sa main ou le ton calme bien que moqueur de Dermott, quelque chose dans son attitude persuada Nardo d'essayer une autre stratégie.

— Si vous tirez, que se passera-t-il ensuite, à votre avis ?

Dermott haussa les épaules. La mince ligne de sa bouche s'étira à nouveau.

— Vous mourrez.

Nardo acquiesça d'un hochement de tête hésitant, comme si un élève lui avait donné une réponse évidente, mais incomplète.

— Et après ça ?

— Qu'est-ce que ça change ?

Dermott haussa à nouveau les épaules, les yeux rivés sur le cou de Nardo dans l'axe du canon du revolver.

Le lieutenant semblait prendre sur lui pour contrôler sa fureur, ou sa peur.

— Pour moi pas grand-chose, pour vous beaucoup. Vous appuyez sur la détente, et, en moins d'une minute, vous aurez une dizaine de flics sur le dos. Ils auront vite fait de vous tailler en pièces.

Dermott paraissait amusé.

— Vous connaissez bien les corbeaux, lieutenant ?

Cette virevolte arracha une grimace à Nardo.

— Les corbeaux sont incroyablement bêtes, ajouta Dermott. Dès que vous en abattez un, il en vient d'autres. Plus vous en tuez, plus il en arrive.

Gurney avait déjà entendu ça – les corbeaux ne laissent jamais un des leurs mourir seul. Quand l'un d'eux agonise, les autres s'approchent de lui afin de ne pas l'abandonner. La première fois que sa grand-mère lui avait raconté cette histoire, lorsqu'il avait dix ou onze ans, il avait été forcé de quitter la pièce de peur d'éclater en sanglots. Il était allé s'enfermer dans les toilettes.

— Un jour, j'ai vu la photo d'un massacre de corbeaux dans une ferme du Nebraska, reprit Dermott avec un mélange d'émerveillement et de mépris. Le fermier, armé d'un fusil de chasse, posait près d'un tas de corbeaux morts qui lui arrivait à l'épaule.

Il marqua un temps d'arrêt, comme pour laisser à Nardo le temps d'apprécier la bêtise suicidaire des corbeaux et la pertinence de son récit dans le contexte.

Nardo secoua la tête.

— Vous pensez vraiment que vous pourrez descendre des flics les uns après les autres à mesure qu'ils franchiront cette porte sans qu'ils vous fassent sauter la cervelle ? Ça ne se passera pas comme ça.

— Bien sûr que non. On ne vous a jamais dit qu'un esprit littéral est un petit esprit ? J'aime bien cette histoire de corbeaux, lieutenant, mais il y a des moyens plus efficaces d'exterminer la vermine que de l'éliminer au compte-gouttes. Le gazage, par exemple. Très efficace, si on dispose du système de diffusion adéquat. Vous avez peut-être remarqué que toutes les pièces de cette maison sont équipées de diffuseurs. Toutes, sauf une.

Il marqua une nouvelle pause, son œil le plus vif étincelant de fierté.

— Alors, une fois que je vous aurai tué ainsi que tous les corbeaux qui viendront voleter ici, j'actionne deux petites valves sur deux petits tuyaux, et vingt secondes plus tard…

Son sourire se fit angélique.

— Avez-vous une idée de l'effet que le gaz de chlore concentré peut avoir sur un poumon humain ? Et à quelle vitesse il agit ?

Gurney vit que Nardo s'efforçait de sonder l'inquiétante assurance de son interlocuteur et sa menace. L'espace d'un instant, il craignit que l'orgueil et la rage du policier ne le poussent à faire un bond en avant fatal, mais au lieu de ça, Nardo prit plusieurs petites inspirations, ce qui parut soulager un peu la tension. Il reprit la parole d'un ton qui semblait à la fois anxieux et sincère.

— Les composants du chlore sont parfois dangereux. J'en ai manié quand je faisais partie d'une unité antiterroriste. Lors d'une expérience, un de nos gars a produit accidentellement du trichlorure d'azote. Sans même s'en rendre compte. Il y a laissé un pouce. Ça ne sera peut-être pas aussi facile que vous le pensez de diffuser vos produits chimiques avec votre système. Je ne suis même pas sûr que ce soit possible.

— Ne perdez pas votre temps à essayer de me piéger, lieutenant. On croirait que vous testez une technique tout droit sortie d'un manuel de police. « Exprimer du scepticisme concernant le plan du criminel, mettre en doute sa crédibilité, le provoquer pour qu'il vous fournisse des détails supplémentaires. » Si vous voulez en savoir plus, inutile d'essayer de me piéger. Posez-moi la question, c'est tout. Je n'ai pas de secrets. Pour votre gouverne, je dispose de deux bonbonnes de deux cents litres remplies de chlore et d'ammoniac, actionnées par un compresseur industriel relié au principal conduit du diffuseur qui alimente le système dans toute la maison. Il y a deux valves cachées dans cette pièce, qui regrouperont les quatre cents litres, libérant une quantité phénoménale de gaz sous une forme extrêmement concentrée. Quant à la formation annexe de trichlorure d'azote, très peu probable, et l'explosion en résultant, je considérerais cela comme un bonus, même si je me satisferais d'asphyxier la police de Wycherly. Ce serait très amusant de vous voir tous en charpie, mais il faut savoir se contenter de ce qu'on a, ne pas faire du mieux l'ennemi du bien.

— Monsieur Dermott, pour l'amour du ciel, de quoi parlez-vous ?

Dermott plissa le front comme s'il réfléchissait sérieusement à la question.

— J'ai reçu un petit mot ce matin : « *Méfiez-vous du soleil, méfiez-vous de la neige / de la nuit, du jour, jamais plus de trêve.* »

Il récita les vers du poème de Gurney avec des airs de cabotin sarcastique en lui jetant un regard en coulisse.

— Des menaces en l'air, mais je dois remercier l'expéditeur. Cela m'a rappelé à quel point la vie est courte, qu'il ne faut jamais remettre au lendemain…

— Je ne vous suis pas, dit Nardo.

— Faites ce que je vous demande, et vous finirez par comprendre à la perfection.

— D'accord, pas de problème. Je ne tiens pas à ce qu'il y ait des victimes inutiles…

— Certainement pas.

Le petit sourire reptilien réapparut pour s'effacer aussitôt.

— Personne n'en a envie. D'ailleurs, pour éviter cela, j'insiste pour que vous vous allongiez par terre tout de suite.

Ils étaient revenus à la case départ. Toute la question était de savoir ce qui allait se passer ensuite. Gurney observait le visage de Nardo, en quête de signes révélateurs. Dans quelle mesure avait-il saisi la situation ? Avait-il deviné qui était la vieille femme dans le fauteuil, ou le psychopathe souriant avec sa bouteille de whiskey et son revolver ?

Au moins, il avait dû comprendre que Dermott était l'assassin de l'officier Sissek. Ce qui expliquait la haine qu'il n'arrivait pas tout à fait à masquer dans son regard. Brusquement, le lieutenant reprit du poil de la bête. Sous l'effet de l'adrénaline, des émotions primitives prirent le pas sur la raison, au mépris des conséquences. Dermott s'en aperçut aussi, mais, loin de l'effaroucher, cela parut le réjouir, le galvaniser. Sa main se resserra imperceptiblement autour de la crosse de son revolver, et, pour la première fois, son sourire visqueux révéla l'éclat de sa dentition.

Moins d'une seconde avant qu'une balle de .38 ne mette fin à l'existence de Nardo, et moins de deux secondes avant qu'une autre ne l'expédie lui-même dans l'au-delà, Gurney poussa un cri guttural.

— Faites ce qu'il dit ! Couchez-vous, nom de Dieu ! TOUT DE SUITE !

L'effet fut immédiat. Les deux hommes se figèrent, ce brusque éclat ayant cassé d'un seul coup la dynamique insidieuse de la confrontation.

Le fait que tout le monde fût encore vivant persuada Gurney qu'il avait choisi la bonne tactique, encore qu'il aurait été bien en peine de la définir. Pour autant qu'il pût interpréter l'expression de Nardo, ce dernier se sentait trahi. Derrière sa façade opaque, Dermott paraissait déconcerté, mais il faisait de son mieux, semblait-il, pour empêcher cette interruption de compromettre sa maîtrise de la situation.

— Excellent conseil de votre ami, lança-t-il à Nardo. Je le suivrais sur-le-champ si j'étais vous. L'inspecteur Gurney ne manque pas de jugeote. C'est un homme intéressant. Célèbre, qui plus est. On découvre tellement de choses sur quelqu'un en faisant une recherche sur Internet. Vous seriez étonné de la quantité d'informations qu'on récolte avec un simple nom et un code postal. On n'a plus guère d'intimité de nos jours.

Le ton mielleux de Dermott donna la nausée à Gurney. Il se rappela que la spécialité de ce dernier consistait à persuader les gens qu'il en savait plus sur eux que ce n'était le cas en réalité. Mais l'idée qu'il n'ait pas su anticiper les risques que le cachet de la poste pouvait faire courir à Madeleine l'obsédait d'une manière presque intolérable, l'empêchant de réfléchir.

À contrecœur, Nardo se baissa et finit par s'allonger sur le ventre comme s'il s'apprêtait à faire des pompes. Dermott lui ordonna de nouer ses mains derrière sa nuque, « si ce n'est pas trop vous demander ». L'espace d'un instant terrifiant, Gurney songea qu'il se préparait sans doute à une exécution sommaire. Mais, après avoir contemplé le lieutenant face contre terre d'un air satisfait, Dermott posa soigneusement la bouteille de whiskey qu'il tenait toujours sur la malle en cèdre, près du gros oiseau en peluche – *une oie*, comme Gurney venait de s'en rendre compte. En frissonnant, il se souvint alors d'un détail fourni par le rapport du labo. *Du duvet d'oie.* Puis Dermott se pencha sur le pied droit de Nardo, sortit un petit pistolet automatique d'un étui attaché à sa cheville et le mit dans sa poche. Une fois encore, un sourire glacial se dessina sur ses lèvres avant de disparaître.

— Savoir localiser toutes les armes à feu est indispensable pour éviter un drame, expliqua-t-il avec une gravité à donner la chair de poule. Tant d'armes. Entre de mauvaises mains. On dit souvent que ce ne sont pas les armes qui tuent, mais les êtres humains. Ce qui n'est pas faux, il faut le reconnaître. L'homme est un loup pour l'homme. Vous êtes bien placés pour le savoir dans votre profession.

À la courte liste de choses dont il avait la certitude, Gurney ajouta que ces discours condescendants adressés par Dermott à un auditoire captif – cette courtoisie feinte, ce bon ton chargé de menace, éléments qui caractérisaient déjà les messages envoyés à ses victimes – avaient une fin en soi : alimenter son rêve de toute-puissance.

Comme pour le confirmer, Dermott se tourna vers lui et chuchota, tel un placeur obséquieux :

— Auriez-vous l'obligeance d'aller vous asseoir là-bas contre ce mur ?

Il lui désigna une chaise à barreaux à gauche du lit, près de la table avec les chèques encadrés.

Gurney s'exécuta sans hésiter.

Lorsque Dermott reporta son attention sur Nardo, son ton encourageant détonait avec le regard glacial qu'il posa sur lui.

— Je vous demanderai de vous relever dans un instant. Nous attendons juste un autre participant. Je vous remercie de votre patience.

Sur le côté du visage de Nardo qu'entrevoyait Gurney, le muscle de la mâchoire se crispa et une rougeur monta vers la joue.

Dermott gagna rapidement l'autre bout de la pièce. Il se pencha sur la bergère à oreilles et chuchota quelque chose à la vieille femme.

— Il faut que j'aille au petit coin, dit-elle en levant la tête.

— Elle n'en a pas vraiment besoin, vous savez, expliqua Dermott en se tournant vers Gurney et Nardo. C'est le cathéter qui provoque une irritation. Ça fait des années qu'elle en a un. Désagréable en un sens, mais très commode aussi. Le Seigneur donne et le Seigneur reprend. Pile et face. On ne peut pas avoir l'un sans l'autre. C'est une chanson, non ?

Il s'interrompit, comme s'il cherchait dans sa mémoire, fredonna un air familier aux inflexions guillerettes, puis, sans lâcher son arme, de sa main gauche, il aida la vieille à se lever.

— Allez viens, c'est l'heure de faire dodo.

Tandis qu'il la conduisait vers le lit à petits pas hésitants, puis l'allongeait à demi contre les oreillers, il ne cessait de répéter d'une voix de petit garçon : « Dodo, l'enfant do, l'enfant dormira bien vite. »

Pointant son arme à mi-chemin entre Nardo à terre et Gurney sur la chaise, il balaya calmement la pièce du regard sans fixer son attention sur quoi que ce soit en particulier. Difficile de dire s'il voyait ce qu'il avait devant les yeux ou s'il superposait à ce spectacle une scène issue d'un autre temps, d'un autre lieu. Puis il considéra la femme étendue sur le lit de la même manière et dit avec une sorte de conviction mièvre à la Peter Pan : « Tout va bien se passer. Tout sera comme cela aurait toujours dû être. » Puis il se mit à fredonner tout doucement quelques notes discordantes. Au bout d'une ou deux mesures, Gurney reconnut l'air d'une comptine : « Voilà qu'on tourne autour du buisson de mûres ». Était-ce le malaise qu'avait toujours provoqué chez lui l'illogisme des chansons d'enfants ou l'imagerie étourdissante de celle-là en particulier, à moins que ce ne fût la formidable incongruité de la mélodie dans un moment pareil, toujours est-il qu'en l'entendant il eut envie de vomir.

Puis Dermott ajouta les paroles, mais ce n'étaient pas les bonnes. Il se mit à chantonner comme un gosse.

— Voilà qu'on se remet au lit, remet au lit, remet au lit. Voilà qu'on se remet au lit de bon matin.

— J'ai besoin d'aller au petit coin, geignit la vieille.

Dermott continua à psalmodier son étrange chansonnette comme si c'était une berceuse. Gurney se demanda jusqu'à quel point elle l'absorbait – suffisamment pour permettre de sauter par-dessus le lit et de le maîtriser ? Probablement pas. Pouvait-on espérer un moment plus propice dans les minutes à venir ? Si l'histoire de gazage qu'avait évoquée Dermott correspondait vraiment à son plan d'action, si ce n'était pas juste un fantasme terrifiant, de combien de temps disposaient-ils encore ? Sans doute pas beaucoup.

Un silence de mort régnait dans la maison au-dessus. Aucun membre de l'équipe de Nardo ne s'était rendu compte de sa disparition, apparemment, ou, dans le cas contraire, personne ne semblait en avoir mesuré les conséquences. Pas d'éclats de voix, ni de bruits de pas précipités, aucun signe d'activité dehors non plus – ce qui voulait dire que sauver la vie de Nardo et la sienne dépendait a priori de ce qu'il allait trouver dans les cinq ou dix prochaines minutes pour déjouer les intentions du psychopathe en train de tapoter les oreillers.

Dermott s'arrêta de chanter. Il s'écarta du lit en biais jusqu'à un endroit d'où il pouvait les mettre en joue aussi facilement l'un que l'autre. Il se mit à pointer son arme alternativement vers Nardo et Gurney, en cadence, et il vint à l'idée de ce dernier, peut-être en voyant les lèvres remuer, qu'une autre chansonnette bien connue scandait ses mouvements. *Am stram gram, pic et pic et colégram*... Il était éminemment conscient qu'une balle transperçant une de leurs têtes risquait à tout moment de ponctuer cette récitation silencieuse – une conscience si aiguë qu'elle le poussa à prendre une initiative insensée.

D'une voix suave, aussi désinvolte que possible, il demanda :

— Est-ce qu'elle met parfois les souliers de rubis ?

Les lèvres de Dermott cessèrent de remuer. Un vide profond, inquiétant, figea ses traits. L'arme perdit la cadence. Le canon se dirigea lentement vers Gurney, telle la bille d'une roulette s'immobilisant sur un chiffre perdant.

Ce n'était pas la première fois qu'une arme à feu était braquée sur lui, mais en quarante-sept ans d'existence, jamais Gurney ne s'était senti aussi proche de la mort. Il blêmit, comme si son sang refluait en un recoin plus sûr. Et puis, bizarrement, le calme se fit en lui. Il pensa aux récits qu'il avait lus à propos d'hommes tombés à la mer dans une eau glacée, de l'apaisement hallucinant qu'ils avaient éprouvé avant de sombrer dans l'inconscience. Il se mit à observer Dermott, de l'autre côté du lit, plongea son regard dans ses yeux asymétriques – l'un faisant penser à un cadavre sur un champ de bataille de jadis, l'autre pétri de haine. Dans ce second œil, plus déterminé, il décela un rapide calcul en cours. Peut-être son allusion aux souliers volés aux Lauriers avait-elle produit son effet – en soulevant des questions qui demandaient à être élucidées. Dermott s'interrogeait sans doute sur ce qu'il savait exactement et dans quelle mesure ces informations pouvaient affecter le point d'orgue de cette fin de partie.

Si tel était le cas, il élucida la question à une vitesse déconcertante. Il sourit de guingois, exposant pour la deuxième fois une rangée de petites dents nacrées.

— Vous avez eu mes messages ? demanda-t-il d'un ton espiègle.

Le soulagement passager que Gurney venait d'éprouver se dissipa en un instant. En répondant à côté, il s'attirerait de gros ennuis. Même chose s'il s'abstenait de répondre. Il espérait que Dermott faisait allusion aux deux seuls éléments ressemblant à des « messages » qu'on avait découverts aux Lauriers.

— La petite citation tirée de *Shining,* vous voulez dire ?

— Ça fait un.

— Vous inscrire sous le nom de M. et Mme Scylla, c'était évident, ajouta Gurney d'un air blasé.

— Et de deux. Mais le troisième, c'était le mieux, vous ne trouvez pas ?

— Je l'ai trouvé stupide, répliqua Gurney, cherchant désespérément à gagner du temps, repassant rapidement en revue ses souvenirs du petit gîte excentrique et de son copropriétaire, Bruce Wellstone.

Sa remarque avait fait jaillir dans le regard de Dermott une lueur de colère qui se changea bientôt en défiance.

— Je me demande si vous savez vraiment de quoi je parle, inspecteur.

Gurney se retint d'objecter. Le silence était souvent la meilleure façon de bluffer. Et il était plus facile de réfléchir en se taisant.

La seule autre bizarrerie qui lui revenait en mémoire, c'était Wellstone lui parlant d'oiseaux, d'ornithologues amateurs, de quelque chose qui n'avait pas sa place à cette période de l'année. *Bon sang, de quelle espèce d'oiseau s'agissait-il déjà ? Et puis il y avait un détail important à propos de leur nombre...*

Dermott commençait à s'agiter. Plus le temps de tergiverser.

— Les oiseaux, lança-t-il d'un air facétieux.

Du moins espérait-il avoir l'air facétieux et non pas angoissé. Quelque chose dans le regard de Dermott lui indiqua que sa tentative désespérée avait peut-être fait mouche. Mais comment ? Et ensuite ? Qu'est-ce que ces oiseaux avaient d'important ? Quel était le *message* ? La mauvaise époque de l'année pour quoi ? *Des gros-becs à gorge rose.* C'était ça ! Et alors ? Quel rapport ?

Il résolut de continuer à simuler pour voir où cela le menait.

— Les gros-becs à gorge rose, dit-il en décochant un clin d'œil énigmatique à Dermott.

Ce dernier tenta de dissimuler sa surprise derrière un sourire condescendant. Gurney aurait donné cher pour savoir de quoi il retournait, ce qu'il feignait d'avoir compris. Quel était donc ce chiffre que Wellstone avait mentionné ? Il ne savait plus quoi dire ni comment éluder une question directe si c'est ce qui l'attendait. Sauf que ce ne fut pas le cas.

— Je ne m'étais pas trompé sur vous, fit Dermott d'un ton suffisant. Depuis notre premier entretien téléphonique, j'ai su que vous étiez plus intelligent que la plupart des membres de votre tribu de babouins.

Il marqua une pause, hochant la tête pour lui-même avec un plaisir manifeste.

— C'est bien, ajouta-t-il. Un singe savant. Vous allez apprécier le spectacle que je vous réserve. D'ailleurs, je crois que je vais suivre votre conseil. Après tout, c'est un soir très particulier – une nuit idéale pour les souliers magiques.

Tout en parlant, il marchait à reculons vers une commode contre le mur à l'autre bout de la pièce. Sans quitter Gurney des yeux, il ouvrit le tiroir du haut et en sortit avec un soin ostentatoire une paire de chaussures. Le style des souliers rappela à Gurney les escarpins à petits talons, ouverts devant, que sa mère mettait pour aller à l'église – sauf que ceux-ci étaient en verre couleur rubis, du verre qui scintillait comme du sang translucide sous l'éclairage tamisé.

Dermott referma le tiroir d'un coup de coude et retourna près du lit, les souliers dans une main, son arme dans l'autre, toujours braquée sur Gurney.

— Je vous remercie de m'avoir donné l'idée, inspecteur. Si vous n'aviez pas mentionné les souliers, je n'y aurais même pas pensé. La plupart des hommes de votre valeur ne se seraient pas montrés aussi coopératifs.

La dérision flagrante de ce commentaire suggérait que Dermott avait la situation en main, si bien qu'il n'aurait aucun mal à tourner à son avantage tout ce que les autres pouvaient dire ou faire. C'est ainsi que Gurney l'interpréta, en tout cas. Penché sur le lit, Dermott ôta à la vieille femme ses pantoufles en velours éculées et les remplaça par les souliers rutilants. Elle avait de petits pieds, et les souliers glissèrent aisément.

— Mon petit canard vient faire dodo ? demanda-t-elle comme un enfant récitant son rôle préféré dans un conte.

— Il tuera le serpent et lui coupera le kiki, et puis le petit canard viendra au lit, répondit-il d'une voix chantante.

— Où était passé mon petit canard ?

— Il est allé tuer le coq pour sauver la poule.

— Pourquoi mon petit canard fait-il ça ?

— Pour le sang aussi rouge qu'une rose peinte. Afin que chacun se souvienne qu'il récolte ce qu'il sème.

Dermott regarda la vieille, l'air d'attendre quelque chose, comme si ce petit rituel ne s'arrêtait pas là. Il se pencha vers elle et l'incita à continuer en chuchotant :

— Que fera mon petit canard ce soir ?

— Que fera mon petit canard ce soir ? répéta-t-elle sur le même ton.

— Il appellera les corbeaux un à un jusqu'à ce qu'ils aient tous péri, et puis ton petit canard viendra se mettre au lit.

Elle caressa sa perruque d'un air songeur, comme si elle se refaisait une beauté. Son sourire avait quelque chose de la béatitude d'un drogué.

Son fils aussi l'observait, mais son regard abject n'avait rien de filial. Il se lécha les babines avec application tel un reptile visqueux, puis il cilla et regarda autour de lui dans la pièce.

— Nous devrions pouvoir commencer, dit-il en s'animant.

Il se leva et rampa sur le lit par-dessus les jambes de la vieille en attrapant l'oie sur la malle au passage.

Puis il s'installa contre les oreillers à côté d'elle et posa la peluche sur ses genoux.

— On est presque prêts.

Il avait dit ça d'un ton enjoué, comme s'il disposait une ultime bougie sur un gâteau d'anniversaire, alors qu'il était en train d'introduire son arme, un doigt sur la détente, dans une poche profonde au dos de l'oie.

Nom de Dieu ! pensa Gurney. *Est-ce ainsi qu'il a tiré sur Mark Mellery ? Que les petites plumes se sont retrouvées sur la plaie au cou et dans la mare de sang ? Est-ce possible... qu'à l'instant de sa mort, Mellery ait eu devant les yeux une putain d'oie ?* Cette vision était si grotesque qu'il dut réprimer un fou rire. Ou était-ce un spasme de terreur ? Quoi qu'il en soit, une émotion brutale, puissante, l'avait saisi. Il avait affronté sa part de cinglés – des sadiques, des meurtriers pervers en tout genre, des psychopathes armés de pics à glace, et même des cannibales –, mais jamais auparavant il n'avait eu à élucider un cauchemar aussi complexe, alors même qu'il était à un seul petit tressaillement de doigt sur la gâchette de se prendre une balle en pleine tête.

— Lieutenant Nardo, levez-vous, s'il vous plaît. C'est le moment de faire votre entrée, lança Dermott d'un ton théâtral mêlant menace et ironie.

En un chuchotement si bas que Gurney se demanda de prime abord s'il l'avait entendu ou imaginé, la vieille se mit à marmonner : « Petit petit petit canard. Petit petit petit canard. » Cela ressemblait plus au tic-tac d'une pendule qu'à une voix humaine.

Nardo desserra les poings, étira les doigts, les replia. Puis il se releva avec l'énergie d'un homme en pleine forme. Son regard dur passa du couple incongru dans le lit à Gurney, puis inversement. Si quelque chose le surprenait dans cette scène, il n'en laissa rien paraître. La seule certitude, vu la manière dont il fixait l'oie et le bras de Dermott, c'est qu'il avait compris où se trouvait le revolver.

En réaction, Dermott se mit à caresser le dos de l'oie de sa main libre.

— Une dernière question concernant vos intentions, lieutenant, avant qu'on commence. Comptez-vous faire ce que je vous demande ?

— Évidemment.

— Je veux bien vous croire sur parole. Je vais vous donner des instructions. Vous devez les suivre à la lettre. C'est clair ?

— Oui.

— Si j'étais moins confiant de nature, je mettrais sûrement votre sérieux en doute. J'espère que vous avez bien saisi la situation. Laissez-moi mettre cartes sur table pour éviter tout malentendu. J'ai décidé de vous tuer. C'est irrémédiable. La seule question qui reste en suspens est le moment de votre exécution. Cette partie de l'équation dépend de vous. Vous me suivez jusque-là ?

— Vous me tuez. Je décide quand, fit Nardo avec une sorte de mépris excédé qui parut amuser son bourreau.

— Exactement, lieutenant. Vous décidez quand. Dans une certaine mesure, bien sûr, parce que en définitive, tout trouvera sa fin comme il convient. Jusque-là, vous pourrez demeurer en vie en répétant ce que je vous demanderai de dire, en faisant ce que je vous ordonnerai de faire. Vous me suivez toujours ?

— Oui.

— Souvenez-vous qu'à tout moment, vous avez la possibilité de mourir sur-le-champ. Il vous suffit de désobéir à mes consignes. L'obéissance ajoutera des instants précieux à votre vie. La résistance les réduira. C'est on ne peut plus simple.

Nardo le dévisagea sans sourciller.

Gurney recula un peu ses pieds derrière la chaise afin d'être dans la meilleure position possible pour se jeter sur le lit. Il s'attendait à ce que la tension extrême entre les deux hommes explose dans les secondes suivantes.

Dermott cessa de caresser l'oie.

— Remettez vos pieds où ils étaient, s'il vous plaît, dit-il sans quitter Nardo des yeux.

Gurney s'exécuta, avec une pointe d'admiration pour la vigilance de Dermott.

— Si vous bougez encore, je vous descends tous les deux immédiatement. Bon, lieutenant, poursuivit-il d'un ton placide, soyez bien attentif à votre tâche. Vous êtes un acteur dans une pièce de théâtre. Vous vous appelez Jim. La pièce met en scène Jim, sa femme et son fils. C'est une petite pièce toute simple, mais le dénouement est spectaculaire.

— Il faut que j'aille au petit coin, intervint la vieille de sa voix saugrenue en tripotant à nouveau ses boucles blondes.

— Ne t'inquiète pas, répondit Dermott sans la regarder. Tout va bien se passer. Tout sera comme cela aurait toujours dû être.

Il remonta légèrement l'oie sur ses genoux pour ajuster, semble-t-il, l'angle du canon sur Nardo.

— Prêt ?

Si le regard fixe de Nardo avait été du poison, Dermott aurait déjà fait le grand voyage plusieurs fois. En l'occurrence, les commissures de ses lèvres tressaillirent en une sorte de sourire, ou peut-être était-ce un tic.

— Je prendrai votre silence pour un oui cette fois-ci. Mais laissez-moi vous donner un conseil. Encore une réaction ambiguë, et cela mettra un point final à la pièce, et à votre vie. Vous me comprenez ?

— Oui.

— Bon. Le rideau se lève. Le spectacle commence. C'est l'automne. Tard dans la journée. Il fait déjà nuit. Ambiance assez lugubre, des vestiges de neige dehors, un peu verglacés. En fait, un soir comme celui-ci. C'est votre jour de congé. Vous avez passé l'après-midi dans un bar du coin à boire avec vos copains ivrognes. C'est à ça que vous consacrez tout votre temps libre. Au moment où la pièce commence, vous rentrez chez vous. Vous vous dirigez en titubant vers la chambre de votre femme. Vous êtes tout rouge, en colère. Le regard morne, hébété. Vous avez une bouteille de whiskey à la main.

Dermott désigna la bouteille de Four Roses restée sur la malle.

— Vous pouvez vous servir de celle-ci. Prenez-la.

Nardo s'avança et empoigna la bouteille. Dermott acquiesça d'un hochement de tête.

— Vous y voyez d'instinct une arme potentielle. Bravo, c'est exactement ça ! Vous êtes en empathie avec votre personnage. Maintenant, avec cette bouteille à la main, vous chancelez au pied du lit de votre femme. Vous fixez un regard stupide et rageur sur elle, et le petit garçon avec son oie en peluche dans le lit. Vous retroussez les babines comme un chien enragé.

Dermott s'interrompit et scruta le visage du lieutenant.

— Montrez-moi que vous savez faire ça.

Nardo plissa les lèvres, les écarta. Il n'y avait rien d'artificiel dans la rage qui animait ses traits.

— Parfait ! s'extasia Dermott. Très bien. Vous avez vraiment du talent. Bon, vous restez planté là, les yeux injectés de sang, de la bave aux coins de la bouche, et vous beuglez à votre femme : « Qu'est-ce qu'il fout là, dans ce lit ? » Vous me désignez du doigt. Ma mère répond : « Calme-toi, Jim. Il nous montre son petit livre d'images, au canard et à moi. » Vous, vous dites : « Je ne vois pas de bouquin. » Ma mère répond : « Regarde, il est là, sur la table de nuit. » Mais vous avez l'esprit mal tourné, comme le montre votre visage répugnant. Vos pensées obscènes suintent telle de la sueur grasse de votre peau puante. Ma mère vous dit que vous êtes ivre, que vous devriez aller dormir dans l'autre pièce. Mais vous commencez à vous déshabiller. Je vous crie de partir, mais vous enlevez tous vos vêtements et vous restez là, nu comme un verre, à nous lorgner. Moi, cela me donne envie de vomir. Ma mère vous hurle dessus, disant que c'est dégoûtant, que vous feriez mieux de sortir de la chambre. Vous répondez : « Qui est-ce que tu traites de dégoûtant, sale pute ? » Et là, vous cognez la bouteille contre le montant du lit, vous sautez sur le matelas comme un singe nu, la bouteille cassée à la main. L'odeur immonde du whiskey imprègne l'air. Vous puez. Vous traitez ma mère de pute. Vous…

— Comment s'appelle-t-elle ? coupa Nardo.

Dermott cligna des paupières à deux reprises.

— Ça n'a pas d'importance.

— Bien sûr que si.

— J'ai dit que ça n'avait pas d'importance.

— Pourquoi pas ?

Cette question parut désarçonner Dermott.

— Ça n'a pas d'importance parce que vous ne l'appeliez jamais comme ça. Vous la traitiez de tous les noms, mais vous ne l'appeliez jamais par son prénom. Vous n'aviez aucun respect pour elle. Cela fait si longtemps que vous ne l'avez pas appelée par son prénom que vous avez dû l'oublier.

— Mais vous, vous le savez, non ?

— Évidemment. C'est ma mère. Évidemment que je sais comment elle s'appelle.

— Alors comment ?

— Peu importe. Vous vous en moquez.

— J'aimerais quand même savoir.

— Je ne veux pas de son nom dans votre cervelle pourrie.

— Si je dois faire semblant d'être son mari, il faut que je connaisse son nom.

— Vous saurez ce que j'ai envie que vous sachiez.

— Je n'y arriverai pas si je ne sais pas qui est cette femme. Vous aurez beau dire... je trouve totalement absurde de ne pas savoir comment s'appelle ma femme.

Gurney ne voyait pas très bien où Nardo voulait en venir.

S'était-il rendu compte qu'on lui demandait de reconstituer la scène de l'agression de Jimmy Spinks, en état d'ivresse, contre sa femme Felicity, qui avait eu lieu vingt-quatre ans plus tôt sous ce même toit ? Avait-il compris que Gregory Dermott, qui avait acheté cette maison un an plus tôt, était très probablement le fils de Jimmy et de Felicity – le petit garçon de huit ans que les services sociaux avaient pris en charge au lendemain du drame familial ? S'était-il rendu compte que la vieille femme couchée là, avec une cicatrice à la gorge, était sans doute Felicity

Spinks – récupérée par son fils adulte dans la maison de santé où le traumatisme l'avait clouée ?

Le lieutenant espérait-il modifier la logique meurtrière de ce petit « jeu » en faisant la lumière sur ce qu'il était en réalité ? Cherchait-il à créer une diversion psychologique dans l'espoir de trouver une issue ? Ou tâtonnait-il à l'aveugle – pour essayer de retarder le plus possible, par tous les moyens, ce que Dermott avait prévu de faire ?

Il y avait une autre éventualité, bien sûr. Ce que Nardo avait entrepris – tout comme la réaction de Dermott – n'avait peut-être aucun sens. Peut-être était-ce simplement le genre de scène triviale et grotesque qui pousse des petits garçons à se battre à coups de pelle en plastique et des hommes en colère à se tabasser dans les bars. La mort dans l'âme, Gurney songea que cette dernière hypothèse pouvait bien être la bonne.

— Que vous trouviez ça absurde est sans importance, répliqua Dermott en relevant d'à peine un centimètre l'angle de l'oie, les yeux braqués sur la gorge de Nardo. Je me fiche de ce que vous pensez. Le moment est venu de vous déshabiller.

— Dites-moi d'abord son nom.

— Il est temps de vous déshabiller, de casser cette bouteille et de sauter sur le lit comme un singe. Comme un monstre stupide, abominable.

— Comment s'appelle-t-elle ?

— Il est temps.

Gurney perçut un léger tressaillement sur l'avant-bras de Dermott – signifiant que son doigt faisait pression sur la détente.

— Dites-moi juste comment elle s'appelle.

Gurney n'avait plus aucun doute sur ce qui allait se

passer. Nardo avait tiré un trait dans le sable, et toute sa virilité – sa vie elle-même – était focalisée sur la nécessité de forcer son adversaire à répondre à sa question. De la même façon, Dermott était totalement investi dans le pouvoir qu'il voulait imposer. Nardo se rendait-il compte de l'importance que revêtait ce rapport de domination aux yeux de l'homme qu'il essayait de mater ? D'après Rebecca Holdenfield – et de l'avis de tout expert en la matière –, chez le tueur en série, la maîtrise était l'objectif suprême, quels que soient les risques. Le pouvoir absolu – allié au sentiment d'omniscience, d'omnipotence qu'elle suscitait – était l'ultime félicité. Le braver sans une arme à la main était tout bonnement suicidaire.

L'aveuglement de Nardo à cet égard semblait l'avoir mené de nouveau à deux doigts de la mort, et, cette fois-ci, Gurney ne pouvait pas le sauver en criant pour déconcentrer le forcené. Cette tactique ne marcherait pas une seconde fois.

Une ombre meurtrière envahit le regard de Dermott tel un nuage obscurcissant le ciel. Gurney ne s'était jamais senti aussi impuissant. Il ne voyait pas comment arrêter ce doigt posé sur la détente.

C'est alors qu'il entendit une voix, pure et froide comme du cristal. C'était celle de Madeleine, ça ne faisait aucun doute, lui disant une chose qu'elle lui avait déjà dite des années auparavant alors qu'il était aux prises avec une affaire qui lui paraissait désespérée.

— Il n'y a qu'un seul moyen de sortir d'une impasse.

Bien sûr, pensa-t-il. C'est d'une évidence presque risible. *Va dans la direction opposée.*

Pour arrêter un homme éprouvant l'irrésistible besoin de tout contrôler – prêt à tuer pour y parvenir –, il convient de faire exactement l'inverse de ce que tous nos instincts nous prescrivent. Grâce au conseil de Madeleine, clair comme de l'eau de roche dans son esprit, il savait ce qu'il lui restait à faire. C'était de la folie, totalement irresponsable et juridiquement indéfendable si ça ne marchait pas. Mais il savait que ça marcherait.

— Maintenant, Gregory ! s'exclama-t-il. Tuez-le !

Il y eut un moment de trouble tandis que les deux autres s'efforçaient d'assimiler ce qu'ils venaient d'entendre, comme ils auraient cherché à comprendre d'où venait un coup de tonnerre par une journée sans nuages. Le regard meurtrier de Dermott rivé sur Nardo vacilla, et le revolver dans l'oie pivota légèrement vers Gurney, toujours assis sur sa chaise contre le mur.

Un rictus déforma la bouche de Dermott en un simulacre de sourire.

— Je vous demande pardon ?

Dans cette nonchalance affectée, Gurney décela un léger malaise.

— Vous m'avez entendu, Gregory. Je vous ai ordonné de le tuer.

— Vous m'avez… *ordonné* ?

Gurney soupira avec une impatience feinte.

— Vous me faites perdre mon temps.

— Je vous fais perdre… ? Qu'est-ce qui vous prend ?

L'oie pivota un peu plus vers Gurney. La désinvolture s'était envolée.

Nardo écarquilla les yeux. Il était difficile d'évaluer les émotions multiples se dissimulant derrière l'expression interdite. Comme si c'était Nardo qui avait exigé des explications, Gurney se tourna vers lui et lança d'un ton aussi détaché que possible :

— Gregory aime bien tuer les gens qui lui rappellent son père.

Un son jaillit de la gorge de Dermott, comme un cri étouffé. Gurney demeura résolument tourné vers Nardo et ajouta sur le même ton neutre :

— Le problème, c'est qu'il a besoin d'un petit coup de pouce de temps à autre. Il s'enlise en cours de route. Et, malheureusement, il commet des erreurs. Il n'est pas aussi futé qu'il le pense. Dieu merci !

Il marqua un temps d'arrêt et sourit d'un air interrogateur à Dermott dont les muscles de la mâchoire saillaient.

— Voilà qui ouvre des perspectives, n'est-ce pas ? *Le petit Gregory Spinks, ma foi / n'est pas aussi futé qu'il le croit.* Qu'en dites-vous, Gregory ? Ça pourrait être le début d'un nouveau poème, vous ne trouvez pas ?

Il faillit faire un clin d'œil au tueur, mais décida que c'était peut-être aller un peu loin.

Dermott le dévisagea d'un air haineux. Gurney espérait qu'il se débattait avec le déluge de questions qu'un maniaque de l'autorité ne pouvait manquer de se poser avant d'abattre le seul homme capable d'y répondre. Les deux mots que Dermott prononça alors d'un ton crispé lui redonnèrent espoir.

— Des erreurs ?

Gurney hocha la tête d'un air contrit.

— Pas mal, j'en ai peur.

— Vous mentez, inspecteur. Je ne commets pas d'erreurs.

— Ah non ? Vous appelez ça comment ? Les Conneries de Petit Canard ?

En disant cela, il se demanda s'il ne venait pas de franchir le Rubicon. Si la balle partait, il ne le saurait sans doute jamais. En tout état de cause, il ne lui restait plus aucune issue de secours. Une onde de minuscules vibrations agita les commissures des lèvres de Dermott. Bizarrement allongé sur ce lit, il donnait l'impression de contempler le policier d'un perchoir en enfer.

Gurney n'avait connaissance que d'une seule erreur commise par Dermott – une erreur concernant le chèque de Kartch, dont il avait finalement pris conscience un quart d'heure plus tôt, alors qu'il regardait la photocopie encadrée posée sur la petite table. Et s'il prétendait l'avoir identifiée dès le début et avoir mesuré d'emblée sa signification ? Quel effet cela aurait-il sur un homme convaincu qu'il maîtrisait la situation de bout en bout ?

La maxime de Madeleine lui revint en mémoire, mais inversée. *Si tu ne peux pas reculer, alors fonce tout droit.* Il se tourna vers Nardo, comme s'il n'y avait aucun risque à ignorer le tueur à quelques mètres de lui.

— L'une de ses bourdes les plus stupides a été de me préciser le nom des gens qui lui avaient envoyé des chèques. Notamment Richard Kartch. Le problème, c'est que Kartch a envoyé le sien dans une enveloppe toute simple, sans aucun message. Le seul moyen d'identification était le nom imprimé sur le chèque lui-même. À savoir, R. Kartch, tout comme la signature. Le *R* aurait pu correspondre à Robert, Ralph, Randolph, Rupert, ou une douzaine d'autres prénoms. Or Dermott savait que c'était Richard alors qu'il affirmait n'avoir eu aucun contact avec l'expéditeur et ne rien savoir sur lui en dehors des précisions figurant sur le chèque – que j'ai vu dans le courrier de Kartch, chez lui, à Sotherton. J'ai compris tout de suite qu'il mentait, à cause de cette incohérence. Et la raison en était évidente.

Nardo explosa.

— Vous le saviez ? Pourquoi ne pas nous l'avoir dit ? On aurait pu l'appréhender !

— Parce que je savais ce qu'il faisait, et pourquoi. J'ai préféré ne pas l'arrêter.

On aurait dit que Nardo avait pénétré dans un monde parallèle où c'étaient les mouches qui écrasaient les gens.

Un claquement sonore attira l'attention de Gurney vers le lit. La vieille était en train de taper ses souliers rouges l'un contre l'autre, comme Dorothy en quittant Oz pour retourner au Kansas. Le revolver, dans sa gaine de duvet, était pointé droit sur lui à présent. Dermott faisait un effort – Gurney espérait en tout cas que cela lui demandait un effort – pour paraître indifférent à la révélation concernant Kartch.

— Quel que soit le jeu auquel vous jouez, inspecteur, dit-il en articulant avec un soin singulier, c'est moi qui y mettrai un terme.

Puisant dans son expérience de policier en mission clandestine, Gurney fit de son mieux pour s'exprimer avec l'assurance d'un homme cachant un Uzi braqué sur la poitrine de son ennemi.

— Avant de proférer des menaces, répliqua-t-il à voix basse, assurez-vous que vous avez bien compris la situation.

— La situation ? Je tire, vous mourez. Je tire de nouveau, il meurt. Les babouins franchissent le seuil. Ils crèvent aussi. La voilà la situation !

Gurney ferma les yeux et appuya la tête contre le mur en poussant un long soupir.

— Avez-vous la moindre idée… ? commença-t-il avant de secouer la tête d'un air las. Non. Bien sûr que non. Comment pourriez-vous le savoir ?

— Savoir quoi, inspecteur ? riposta Dermott en prononçant le titre avec une ironie forcée.

Gurney éclata de rire. Un rire délirant, visant à faire germer de nouvelles interrogations dans l'esprit de Dermott, même s'il était alimenté par le flot d'émotions déferlant en lui.

— Devinez combien d'hommes j'ai tués, murmura-t-il en fixant Dermott avec une intensité farouche – tout en priant pour que celui-ci ne discerne pas le caractère dilatoire de ce discours improvisé, pour que les collègues de Nardo se rendent compte au plus vite de la disparition de leur chef. Comment se faisait-il qu'ils ne s'en soient pas encore aperçus ? Et si c'était le cas ? Les souliers rouges continuaient à claquer l'un contre l'autre.

— Ces abrutis de flics tuent des gens sans arrêt, dit Dermott. Je m'en contrefiche.

— Je ne vous parle pas de n'importe qui. Je vous parle de types comme Jimmy Spinks. Devinez combien de gars comme lui j'ai descendus.

Dermott cligna des paupières.

— Qu'est-ce que vous racontez ?

— Je vous parle d'éliminer des ivrognes. De débarrasser le monde de ces soûlards, d'exterminer la lie de la terre.

Une fois de plus, une vibration presque imperceptible fit palpiter la bouche de Dermott. Gurney avait toute son attention, ça ne faisait aucun doute. Et maintenant, que faire à part se laisser porter par le courant ? Pas d'autre solution en vue. Il improvisa sa tirade.

— Un soir, tard, au terminal des bus de Port Authority, alors que je n'étais encore qu'un bleu, on m'a demandé de chasser des clochards de l'entrée. L'un d'eux refusait de bouger. Il empestait le whiskey à trois mètres. Je lui ai répété de sortir du bâtiment, mais au lieu d'obéir, il a marché vers moi. Il a sorti un couteau de cuisine de sa poche – un petit couteau avec une lame en dents de scie comme on en utilise pour peler une orange –, il l'a brandi d'un air menaçant, refusant de le lâcher. Deux témoins qui assistaient à la scène depuis l'escalier roulant ont affirmé que je lui avais tiré dessus en état de légitime défense.

Gurney marqua une pause et sourit.

— Mais ce n'était pas vrai. Si je l'avais voulu, j'aurais pu le maîtriser en un clin d'œil. Sauf que je lui ai tiré en pleine figure en faisant gicler sa cervelle par l'arrière de son crâne. Et vous savez pourquoi, Gregory ?

— Petit petit petit canard, fit la vieille à une cadence plus rapide que le cliquetis de ses souliers.

La bouche de Dermott s'ouvrit de quelques millimètres, mais aucun son n'en sortit.

— Parce qu'il ressemblait à mon père, poursuivit Gurney en élevant la voix avec colère. Il ressemblait à mon père le soir où il a cassé une théière sur la tête de ma mère – une théière ridicule, avec une fichue tête de clown dessus.

— Votre père n'était pas un bon père, répliqua Dermott, glacial. Cela dit, vous non plus, inspecteur.

Cette accusation perfide dissipa les derniers doutes de Gurney quant à l'étendue du savoir de Dermott. À cet instant, il envisagea sérieusement de risquer de prendre une balle pour pouvoir l'étrangler.

L'expression sournoise s'accentua. Peut-être Dermott avait-il deviné son malaise.

— Un bon père devrait protéger son fils de quatre ans pour éviter qu'il se fasse écraser et ne pas laisser le conducteur s'en tirer indemne.

— Salopard ! marmonna Gurney.

Dermott ricana, apparemment content de lui.

— Quelle vulgarité ! Moi qui croyais que vous étiez poète, comme moi. J'espère que nous pourrons continuer à nous écrire des vers. J'avais une petite chanson toute prête pour notre prochain échange. Dites-moi ce que vous en pensez : « *Frappe contre l'éclair et s'envole / l'inspecteur vedette gît sur le sol / Qu'a dit la maman du petit garçon / Quand vous êtes rentré seul à la maison ?* »

Un son animal, sinistre, monta de la gorge de Gurney. Une explosion de rage étranglée. Dermott en resta bouche bée.

Nardo avait attendu le moment de diversion optimal. Son bras musclé décrivit un puissant moulinet avant d'expédier avec une force terrifiante la bouteille de Four Roses pleine dans la direction de Dermott. À la seconde où ce dernier perçut le mouvement et fit pivoter son arme vers Nardo, Gurney plongea sur le lit. Il atterrit sur l'oie alors que le cul de la bouteille de whiskey heurtait la tempe de Dermott. Le coup passa au-dessous du torse de Gurney, emplissant l'air d'une myriade de plumes. La balle alla se loger dans le mur près duquel il était assis quelques secondes plus tôt, pulvérisant la lampe, unique source d'éclairage de la pièce. Dans l'obscurité, on entendait Nardo respirer bruyamment entre ses dents serrées. La vieille se mit à émettre une plainte aiguë, chevrotante, comme si elle chantonnait une berceuse dont elle ne se souvenait qu'à moitié. Soudain, un choc terrible se fit entendre. La lourde porte métallique s'ouvrit à la volée, cognant le mur – livrant passage à la silhouette herculéenne qui l'avait enfoncée, suivie d'une autre plus petite.

— Ne bougez plus ! hurla le géant.

CHAPITRE 52

Mort avant l'aube

La cavalerie finit par arriver – mieux valait tard que jamais… Compte tenu des talents de tireur manifestés par Dermott et de son empressement à abattre les corbeaux, on pouvait imaginer sans mal que toute la brigade, mais aussi Nardo et Gurney en prime se seraient retrouvés avec des balles dans le gosier. Au moment où les détonations auraient rameuté tous les effectifs, Dermott aurait ouvert la valve, expédiant chlore et ammoniac pressurisés dans le système de diffuseurs…

En fin de compte, la seule victime gravement atteinte, en dehors de la lampe et de l'encadrement de la porte, n'était autre que Dermott lui-même. La bouteille, expédiée avec toute la rage combative de Nardo, l'avait atteint avec suffisamment de force pour provoquer ce qui ressemblait à un coma. Quant à Gurney, il souffrait d'une plaie relativement bénigne, un débris de la bouteille qui s'était cassée au moment de l'impact, planté dans son front, à la racine des cheveux.

— On a entendu un coup de feu. Qu'est-ce qui se passe ici ? aboya le colosse en jetant des coups d'œil autour de lui dans la pénombre.

— Nous maîtrisons la situation, Tommy, dit Nardo

d'une voix chevrotante laissant supposer que cette maîtrise ne s'appliquait pas encore tout à fait à lui-même.

Dans le maigre éclairage provenant de l'autre partie du sous-sol, Gurney identifia la silhouette plus petite accourue dans le sillage de Big Tommy comme étant la jeune Pat, aux cheveux coupés ras, aux yeux bleu acétylène. Brandissant un gros .9 mm, sans quitter des yeux la scène sinistre sur le lit, elle avança pas à pas vers le fond de la pièce et alluma la lampe près de la bergère à oreilles où la vieille était assise un peu plus tôt.

— Vous permettez que je me redresse ? demanda Gurney, toujours vautré sur l'oie, sur les genoux de Dermott.

Big Tommy jeta un coup d'œil à Nardo.

— Bien sûr, fit ce dernier en desserrant à peine les dents. Laissez-le se relever.

Comme il se remettait debout avec précaution, Gurney sentit du sang lui couler sur le visage – ce qui avait sans doute retenu Nardo de se jeter sur le malade qui, quelques minutes auparavant, avait encouragé un tueur en série dément à lui tirer dessus.

— Nom de Dieu ! s'exclama Big Tommy en le dévisageant.

Une décharge d'adrénaline avait empêché Gurney de se rendre compte qu'il était blessé. Il se toucha la figure, s'étonnant de la sentir humide. Après quoi il examina sa main, qu'il trouva bizarrement rouge.

Pat Acétylène le dévisagea sans une trace d'émotion.

— Il va nous falloir une ambulance, dit-elle à Nardo.

— D'accord. Appelez, répondit-il sans conviction.

— Pour eux aussi ? demanda-t-elle en pointant le menton vers le couple étrange gisant dans le lit.

Les souliers en verre rouge attirèrent son attention. Elle plissa les yeux comme si elle cherchait à chasser une illusion d'optique.

— Ouais, marmonna le lieutenant d'un air écœuré après un long silence.

— Vous voulez qu'on rappelle les voitures ? demanda encore Pat, les sourcils froncés, en regardant ces chaussures qui paraissaient vraies après tout.

— Quoi ? fit Nardo après une autre pause.

Il avait les yeux fixés sur les vestiges de la lampe brisée et l'impact de la balle dans le mur derrière.

— Nous avons des véhicules en patrouille et des gars qui font du porte-à-porte. Vous voulez qu'on les rappelle ?

La décision paraissait plus difficile à prendre que cela n'aurait dû être le cas.

— Ouais, rappelez-les, finit-il par dire.

— OK, dit Pat avant de sortir de la pièce à grandes enjambées.

Big Tommy contemplait avec un dégoût manifeste les ravages sur la tempe de Dermott. La bouteille de whiskey avait atterri à l'envers sur l'oreiller entre ce dernier et la vieille dont la perruque blonde frisée avait glissé de côté, si bien qu'on avait l'impression que sa tête n'était plus dans l'axe.

En voyant l'étiquette fleurie de la bouteille, Gurney eut soudain la réponse qui lui avait échappé jusque-là. Il se rappela ce que Bruce Wellstone lui avait dit. Que Dermott (alias M. Scylla) avait affirmé avoir vu *quatre gros-becs à poitrine rose*, et qu'il avait beaucoup insisté sur le chiffre *quatre*. La « traduction » de *qua-*

tre gros-becs à poitrine rose le frappa presque aussi rapidement que les mots. Quatre Roses ! Tout comme les noms consignés dans le registre des Lauriers, « M. et Mme Scylla », ce message n'était rien d'autre qu'un petit pas de danse supplémentaire destiné à faire valoir l'ingéniosité de son auteur – Gregory Dermott montrant avec quelle facilité il pouvait se jouer de ces crétins de flics. *Attrape-moi si tu peux.*

Une minute plus tard, Pat réapparut, d'une efficacité redoutable.

— L'ambulance arrive. J'ai rappelé les voitures. Porte-à-porte annulé.

Elle jeta un regard indifférent vers le lit. La vieille émettait des sons de temps à autre, entre la mélopée funèbre et le fredonnement. Dermott était d'une rigidité et d'une pâleur cadavériques.

— Vous êtes sûr qu'il est encore en vie ? demanda Pat sans avoir l'air de s'en préoccuper outre mesure.

— Pas la moindre idée, répondit Nardo. Faudrait peut-être vérifier.

Elle s'approcha en pinçant les lèvres et tâta la carotide.

— Ouais. Il est vivant. Et elle, qu'est-ce qu'elle a ?

— C'est la femme de Jimmy Spinks. Ça vous dit quelque chose ?

Elle secoua la tête.

— Qui est-ce ?

Il réfléchit quelques secondes.

— Laissez tomber.

Pat haussa les épaules – comme si oublier ce genre de choses faisait partie intégrante de son travail.

Nardo avala quelques goulées d'air.

— J'ai besoin de Tommy et de vous en haut pour assurer la sécurité du périmètre. Maintenant qu'on sait que c'est lui qui a tué tout le monde, il va falloir faire revenir l'équipe médico-légale pour qu'elle passe la maison au crible.

Pat et Tommy échangèrent des regards gênés, mais quittèrent la pièce sans demander leur reste. En passant devant Gurney, ce dernier lança d'un ton désinvolte, comme s'il parlait de pellicules :

— Vous avez un morceau de verre qui vous sort de la tête.

Nardo attendit qu'ils aient gravi l'escalier et que la porte en haut des marches se soit refermée pour parler.

— Écartez-vous du lit, dit-il d'une voix un peu tremblante.

Gurney comprit qu'on cherchait à l'éloigner des armes – du revolver de Dermott, enfoui dans la garniture à présent déchiquetée de l'oie, du pistolet que celui-ci avait subtilisé à Nardo et de la bouteille de whiskey sur l'oreiller. Il s'exécuta néanmoins sans protester.

— Bon, fit Nardo qui semblait avoir du mal à recouvrer son sang-froid. Je vous laisse une chance de vous expliquer.

— Vous permettez que je m'assoie ?

— Vous pouvez faire le poirier si ça vous chante. Je m'en fous. Expliquez-vous ! Tout de suite !

Gurney alla s'asseoir sur la chaise près de la lampe cassée.

— Il allait vous tirer dessus. Vous étiez sur le point de prendre une balle dans la gorge, en plein cœur ou dans le crâne. Il n'y avait qu'un seul moyen de l'arrêter.

— Vous ne lui avez pas dit d'arrêter. Vous lui avez dit de tirer.

Nardo avait les poings tellement serrés que les jointures étaient blanches.

— Il ne l'a pas fait, si ?

— N'empêche que vous lui avez dit de le faire.

— Parce que c'était le seul moyen de l'empêcher de passer à l'acte.

— Le seul moyen de l'empêcher… Vous avez perdu la tête ou quoi ?

Nardo le regardait comme un chien enragé attendant qu'on le libère.

— Vous êtes vivant que je sache.

— Vous essayez de me dire que, si je suis vivant, c'est parce que vous lui avez dit de me tuer ? Qu'est-ce que c'est que ces conneries ?

— Le crime en série est une affaire de domination. De maîtrise absolue. Pour ce cinglé de Dermott, cela veut dire contrôler non seulement le présent et l'avenir, mais aussi le passé. La scène qu'il voulait vous voir interpréter n'est autre que la tragédie qui a eu lieu dans cette maison il y a vingt-quatre ans – à une différence essentielle près. À l'époque, le jeune Gregory n'a pas pu empêcher son père d'égorger sa mère. Celle-ci ne s'en est jamais vraiment remise, et lui non plus. Le Gregory adulte voulait rembobiner la cassette et la remettre à zéro pour pouvoir changer le scénario. Il voulait que vous fassiez tout ce que son père a fait ce jour-là, jusqu'au moment où il a brandi la bouteille. Après quoi il comptait vous tuer – pour se débarrasser de cet affreux ivrogne, et sauver sa mère. Les autres meurtres avaient le même objectif – tenter de maîtriser et de tuer Jimmy Spinks en éliminant d'autres alcooliques.

— Gary Sissek n'était pas alcoolique.

— Peut-être pas. Mais il faisait partie des mêmes services de police que Jimmy Spinks, et je suis prêt à parier que Gregory a reconnu en lui un ami de son père. Peut-être même un copain de beuverie occasionnel. Le fait que vous aussi apparteniez à l'équipe en ce temps-là faisait probablement de vous, à ses yeux, le substitut idéal – afin de remonter le temps et changer le cours de l'histoire.

— Mais vous lui avez dit de me tuer ! protesta encore Nardo, même si sa conviction semblait faiblir, au grand soulagement de Gurney.

— Parce qu'il n'y a qu'un moyen de tenir en échec un tueur maniaque de l'autorité quand la seule arme à votre disposition est la parole, c'est de l'amener à douter de sa maîtrise de la situation. Il s'imagine qu'il prend toutes les décisions lui-même – qu'il est tout-puissant et que personne n'a la moindre emprise sur lui. La meilleure stratégie pour contrer un esprit tel que le sien est de lui laisser entendre qu'il agit précisément comme vous le lui suggérez. Opposez-vous à lui de front, il vous tuera. Suppliez-le de vous épargner, il vous tuera. Mais ordonnez-lui de faire précisément ce qu'il s'apprête à faire, et il perd pied.

Nardo parut chercher désespérément une faille dans ce raisonnement.

— Vous étiez très… convaincant. Il y avait de la haine dans votre voix, comme si vous aviez vraiment envie qu'il me descende.

— Si je ne m'étais pas montré persuasif, nous n'aurions pas cette conversation.

Nardo changea brusquement son fusil d'épaule.

— Qu'est-ce que c'est que cette histoire de type que vous auriez abattu à Port Authority ?

— Que voulez-vous savoir ?

— Vous avez abattu un pauvre bougre parce qu'il vous rappelait votre père quand il était ivre ?

Gurney sourit.

— Je ne vois pas ce qu'il y a de drôle !

— Deux choses : premièrement, je n'ai jamais travaillé à Port Authority. Deuxièmement : en vingt-cinq ans de service, je n'ai jamais tiré un seul coup de feu.

— Alors c'étaient des salades ?

— Mon père buvait trop. C'était… difficile. Même quand il était à la maison, il n'était pas vraiment là. Mais tuer un étranger n'aurait pas arrangé les choses.

— Alors à quoi bon raconter toutes ces foutaises ?

— À quoi bon ? À provoquer ce qui est arrivé.

— Qu'est-ce que ça signifie ?

— Bon sang, lieutenant ! J'essayais de retenir l'attention de Dermott assez longtemps pour vous donner l'occasion de faire quelque chose de la bouteille que vous aviez à la main.

Nardo le dévisagea d'un air un peu ahuri, comme si sa cervelle se refusait à intégrer toutes ces informations.

— Cette histoire de gamin renversé par une voiture… c'était bidon aussi ?

— Non. Ça, c'était vrai. Il s'appelait Danny, précisa Gurney d'une voix rauque.

— On n'a jamais attrapé le chauffard ?

Gurney secoua la tête.

— Aucune piste ?

— Un témoin a affirmé que la voiture qui a fauché mon fils, une BMW rouge, était restée garée devant un bar tout l'après-midi, et que le type qui était monté dedans était manifestement ivre.

Nardo médita la chose une ou deux secondes.

— Personne dans le bar n'a pu l'identifier ?

— Ils ont dit qu'ils ne l'avaient jamais vu auparavant.

— Ça s'est passé il y a combien de temps ?

— Quatorze ans et huit mois.

Ils se turent quelques instants, puis Gurney reprit d'une voix faible, hésitante.

— Je l'emmenais au bac à sable dans le parc. Il y avait un pigeon devant nous sur le trottoir. Danny marchait dans son sillage. J'avais la tête ailleurs. Je réfléchissais à une affaire de meurtre. Le pigeon est descendu sur la chaussée et Danny l'a suivi. Quand je me suis rendu compte de ce qui se passait, il était trop tard. Tout était fini.

— Vous avez d'autres enfants ?

Gurney hésita.

— Pas avec la mère de Danny.

Il ferma les yeux, et les deux hommes sombrèrent à nouveau dans le silence. Nardo finit par le rompre.

— Il ne fait aucun doute que c'est Dermott qui a tué votre ami ?

— Aucun, souffla Gurney, frappé par la lassitude de leurs deux voix.

— Les autres aussi ?

— Apparemment.

— Pourquoi maintenant ?

— Comment ?

— Pourquoi attendre si longtemps ?

— Question d'opportunité. D'inspiration. De hasard. Il a dû concevoir un système de sécurisation pour la base de données d'une importante compagnie d'assurances médicale. Il se sera dit qu'il pouvait créer un programme pour récupérer les noms de tous les individus soignés pour alcoolisme. Ça aura été le point de départ. Je présume que, fasciné par les possibilités qui s'offraient à lui, il a fini par mettre au point un programme ingénieux pour éplucher la liste jusqu'à ce qu'il trouve des hommes assez apeurés et vulnérables pour lui envoyer ces chèques. Des hommes qu'il pouvait torturer avec ses petits poèmes tordus. À un moment ou à un autre, il aura fait sortir sa mère de la maison de repos où les autorités l'avaient placée après l'agression.

— Où était-il toutes ces années avant de débarquer ici ?

— Enfant, dans une famille d'accueil ou un foyer. Il en a sûrement bavé. Il en sera venu à s'intéresser à l'informatique, par le biais des jeux vidéo vraisemblablement. Il s'est révélé doué et a fini par décrocher un diplôme au MIT.

— À un moment donné aussi, il a changé de nom.

— À l'âge de dix-huit ans, sans doute. Je parie qu'il ne supportait pas d'avoir le même nom que son père. Maintenant que j'y pense, je ne serais pas étonné que Dermott soit le nom de jeune fille de sa mère.

Nardo esquissa un sourire.

— Ça aurait été une bonne idée de le chercher dans la base de données des changements de nom avant toute cette chienlit.

— Je n'avais aucune raison de le faire. Même si j'y avais songé, le fait que Dermott se soit appelé Spinks lorsqu'il était enfant ne nous aurait nullement éclairé sur son implication dans l'affaire Mellery.

Nardo semblait s'appliquer à stocker toutes ces données dans son esprit pour y réfléchir plus tard, lorsqu'il se serait ressaisi.

— Pourquoi ce cinglé est-il revenu à Wycherly, d'ailleurs ?

— Parce que c'était le lieu de l'agression dont sa mère avait été victime vingt-quatre ans plus tôt ? Ou parce que l'idée de réécrire le passé s'était imposée à lui ? À moins qu'il ait entendu dire que la maison était à vendre. Il n'aura pas résisté. Cela lui donnait l'occasion de régler leur compte aux ivrognes, mais aussi aux services de police de Wycherly. Nous n'en n'aurons jamais la certitude sauf s'il se décide à nous raconter toute l'histoire. Je doute que Felicity soit en mesure de nous aider.

— Effectivement, acquiesça Nardo, mais quelque chose d'autre le titillait, il avait l'air troublé.

— Qu'y a-t-il ? demanda Gurney.

— Comment ? Rien. Je me demandais juste… si au fond ça vous ennuyait tant que ça que quelqu'un s'acharne à éliminer des ivrognes.

Gurney ne savait pas comment réagir. Il aurait pu faire valoir que le choix de la victime ne se discutait pas. De façon plus cynique, il aurait pu rétorquer qu'il s'intéressait davantage au défi du jeu qu'à son aspect moral, plus à l'énigme qu'aux gens. En tout état de cause, il n'avait aucune envie d'en débattre avec le lieutenant. Pourtant, il sentait qu'il devait dire quelque chose.

— Vous me demandez si l'idée de me venger par procuration du chauffard ivre qui a tué mon fils m'a fait plaisir ? La réponse est non.

— Vous en êtes sûr ?

— Certain.

Nardo le considéra d'un œil sceptique, puis il haussa les épaules. Il n'avait pas l'air convaincu, mais il ne semblait pas enclin à pousser la discussion plus avant.

Le fougueux lieutenant avait retrouvé ses esprits, apparemment. Ils passèrent le reste de la soirée à définir les priorités immédiates et à régler les détails de routine nécessaires à la clôture d'une importante affaire de meurtre.

On conduisit Gurney à l'hôpital de Wycherly ainsi que Felicity Spinks (née Dermott) et Gregory Dermott (né Spinks). Pendant qu'un interne curieusement enjoué examinait la vieille dame incohérente, encore chaussée de ses souliers de verre, on emmena Dermott, toujours inconscient, en radiologie.

Une infirmière aux gestes étrangement réconfortants – impression suscitée en partie par la douceur de sa voix feutrée et par la proximité de son corps tandis qu'elle lui prodiguait des soins – nettoya la plaie de Gurney avant de le recoudre et de lui faire un pansement. Cette disponibilité lui semblait renfermer une sensualité incongrue étant donné les circonstances. Conscient qu'il prenait des risques et que son attitude avait quelque chose de pathétique, il résolut de tirer parti de sa sollicitude d'une autre manière. Il lui donna son numéro de portable en la priant de l'avertir si l'état de Dermott évoluait dans un sens ou dans l'autre. Il ne voulait pas qu'on le mette sur la touche et ne faisait pas confiance à Nardo pour le tenir informé. Elle accepta en souriant – après quoi un jeune flic taciturne le ramena chez Dermott.

En chemin, il appela le numéro d'urgence de Sheridan Kline. Il tomba sur un répondeur et laissa un message succinct résumant la situation. Après quoi il téléphona chez lui. Entendant sa propre voix sur le répondeur, il laissa un message à Madeleine rendant compte des mêmes événements – abstraction faite de la balle, de la bouteille, du sang et des points de suture.

Il se demanda si elle était sortie, ou si elle était là à l'écouter sans décrocher. Faute de la lucidité remarquable dont elle était dotée, il ne sut quelle conclusion en tirer.

De retour chez Dermott, après plus d'une heure d'absence, il s'aperçut que la rue grouillait de voitures de police de Wycherly, du comté, de l'État. Big Tommy et Pat Acétylène montaient la garde sur le perron. On le conduisit dans la petite pièce où il avait eu son premier entretien avec Nardo. Ce dernier était assis à la même table. Deux techniciens en combinaison blanche, munis de bottes et de gants en latex, s'apprêtaient à redescendre à la cave.

Nardo poussa un bloc-notes et un stylo bon marché sur la table en direction de Gurney. S'il nourrissait encore des soupçons envers lui, il le cacha sous un petit numéro bureaucratique.

— Asseyez-vous. Il nous faut une déposition. Commencez par votre arrivée sur les lieux cet après-midi en précisant le motif de votre présence. Notez toutes vos initiatives et les observations que vous avez pu faire sur les faits et gestes des autres. Dressez un tableau chronologique en indiquant ce qui tient à des informations spécifiques et ce qui relève de vos propres hypothèses. Vous conclurez votre déclaration au moment où on vous a escorté à l'hôpital, à moins que des infos supplémentaires vous soient venues à l'esprit après coup. Des questions ?

Gurney consacra les quarante-cinq minutes suivantes à exécuter ces instructions, remplissant quatre pages de sa petite écriture méticuleuse. Nardo passa l'essentiel du temps hors de la pièce. Il y avait une photocopieuse sur la table au fond. Gurney en profita pour faire deux copies de sa déclaration datée et signée avant de remettre l'original au lieutenant.

— On reste en contact, se borna à dire celui-ci d'un ton professionnel, sans même prendre la peine de lui serrer la main.

CHAPITRE 53

Le commencement de la fin

Lorsque Gurney franchit le Tappan Zee Bridge avant de s'engager sur la Route 17 pour l'étape la plus longue du voyage de retour, la neige tombait dru, réduisant le monde visible autour de lui. De temps à autre, il descendait sa vitre pour qu'un coup de vent frais le ramène à l'instant présent.

À quelques kilomètres de Goshen, il faillit quitter la route. Ce fut la vibration sonore de ses pneus sur la surface striée de l'accotement qui l'empêcha de foncer dans le talus.

Il s'efforçait de ne penser à rien à part la voiture, le volant, la route, mais c'était impossible. Il se mit à imaginer l'inévitable battage médiatique, à commencer par la conférence de presse où Sheridan Kline se féliciterait sans doute que son équipe d'enquêteurs ait mis un point final à la carrière sanguinaire d'un criminel diabolique, faisant ainsi de l'Amérique une nation plus sûre. Les médias tapaient sur les nerfs de Gurney. Leur manière imbécile de couvrir les affaires criminelles était un crime en soi. Ils en faisaient un jeu. Lui aussi, bien sûr, en un sens. Il considérait généralement un homicide comme un mystère à résoudre, un meurtrier comme un rival dont il s'agissait de déjouer les plans.

Il analysait les faits, définissait les paramètres, tendait un piège pour livrer finalement sa proie aux rouages de la machine judiciaire. Après quoi il passait au meurtre suivant dont l'élucidation requérait un esprit avisé. Cependant, il lui arrivait d'envisager les choses sous un tout autre angle – lorsqu'il était accablé de fatigue après une poursuite harassante, lorsque la confusion faisait que toutes les pièces du puzzle se ressemblaient, ou ne ressemblaient pas du tout à des pièces de puzzle, quand son cerveau absorbé se détournait de son cheminement linéaire pour suivre une voie plus primitive, lui faisant entrevoir l'horreur profonde du domaine auquel il avait consacré sa vie.

D'un côté, il y avait la logique de la loi, la science de la criminologie, les décisions de justice. De l'autre, Jason Strunk, Peter Possum Piggert, Gregory Dermott, la souffrance, leur furie meurtrière, la mort. Entre ces mondes aux antipodes se posait une question troublante, brutale – quel lien y avait-il entre les deux ?

Il ouvrit sa fenêtre une fois de plus pour laisser la neige cinglante lui picoter la moitié du visage.

Ces questions profondes mais dérisoires – ces dialogues intérieurs ne menant nulle part – lui étaient aussi familières que, pour quelqu'un d'autre, estimer les chances de succès des Red Sox. C'était une mauvaise habitude, de penser ainsi, et cela ne lui valait rien de bon. Chaque fois qu'il avait insisté pour en faire part à Madeleine, il s'était heurté à un mur d'ennui ou d'agacement.

— Qu'est-ce qui te tracasse au fond ? demandait-elle en posant son tricot pour plonger son regard dans le sien.

— Que veux-tu dire ? répondait-il hypocritement, sachant très bien ce qu'elle sous-entendait.

— Ne me dis pas que ces inepties te préoccupent. Essaie d'abord de savoir ce qui te tourmente vraiment.

Savoir ce qui te tourmente vraiment.

Plus facile à dire qu'à faire.

Qu'est-ce qui le contrariait tant ? Les défaillances abyssales de la raison face aux déchaînements des passions ? Le fait que le système juridique soit une cage aussi à même d'emprisonner le diable qu'une girouette arrête le vent ? Il savait que, tapi au fond de son esprit, quelque chose rongeait ses pensées, ses sentiments, tel un rat.

Quand il essayait d'identifier le problème le plus destructeur dans tout le chaos de cette journée, il se perdait dans un océan d'images incohérentes.

S'il tentait de s'éclaircir les idées – de se détendre, de ne penser à rien –, deux visions n'en continuaient pas moins de le hanter.

Le plaisir sadique qu'il avait perçu dans le regard de Dermott lorsque celui-ci avait évoqué la mort de Danny. Et, comme en écho, la furie accusatrice avec laquelle il avait lui-même dénigré son père dans ce récit fictif d'agression contre sa propre mère. Il ne s'agissait pas simplement d'un jeu d'acteur. Une colère terrible avait surgi de nulle part, poussant sa réaction au paroxysme. Son authenticité prouvait-elle qu'il détestait son père ? Sa hargne résultait-elle d'une rage réprimée à cause de l'abandon – le ressentiment féroce d'un enfant vis-à-vis d'un père dont l'existence se résumait à travailler, dormir et boire, un père qui gardait toujours ses distances, de plus en plus inaccessible ? Gurney était frappé de constater qu'il avait à la fois tant de choses et si peu en commun avec Dermott.

À moins que ce ne fût l'inverse – un écran de fumée dissimulant sa culpabilité d'avoir lui-même abandonné dans sa vieillesse cet homme froid ?

Ou encore une aversion de soi justifiée, née de son double échec en tant que père – son manque d'attention qui avait coûté la vie à un de ses fils et sa façon délibérée d'esquiver l'autre ?

Madeleine dirait probablement que toutes ces réponses étaient justes, ensemble ou séparément. Ou pas. Peu importait. L'essentiel était d'agir en toutes circonstances en son âme et conscience. Et, de peur que cette idée ne le décourage, elle lui suggérerait sans doute de commencer par rappeler Kyle. Non qu'elle appréciât particulièrement son fils – elle ne semblait pas l'apprécier du tout, trouvait sa Porsche grotesque et sa femme prétentieuse – mais, pour Madeleine, le devoir primait sur les questions d'affinité. Gurney s'émerveillait que quelqu'un d'aussi spontané puisse mener une existence régie par tant de principes. C'est d'ailleurs ce qui faisait d'elle un être à part, un fanal dans le marasme de sa propre existence.

Agir en son âme et conscience. En toutes circonstances.

Sous le coup de cette inspiration, il se rangea devant l'entrée miteuse d'une vieille ferme et sortit son portefeuille pour chercher le numéro de Kyle. (Il n'avait jamais pris la peine de l'enregistrer sur son portable, une omission qui provoqua un pincement de remords.) Cela paraissait un peu fou de l'appeler à 3 heures du matin, mais l'alternative était pire : il repousserait le moment encore et encore et trouverait une excuse quelconque pour ne pas le faire du tout.

— Papa ?

— Je te réveille ?

— Non. J'étais debout. Ça va ?

— Ça va. Je… euh… je voulais juste te parler. J'ai l'impression que ça fait un bout de temps que tu essaies de me joindre. Je te demande pardon.

— Tu es sûr que ça va ?

— Je sais que c'est une drôle d'heure pour téléphoner, mais ne te fais pas de soucis, je vais bien.

— Tant mieux.

— J'ai eu une journée difficile, c'est vrai, mais ça s'est bien terminé. Si je ne t'ai pas rappelé plus tôt, c'est que… j'étais aux prises avec une affaire compliquée. Ce n'est pas une excuse, je sais. Tu avais besoin de quelque chose ?

— Quel genre d'affaire ?

— Comment ? Oh, le truc habituel. Une enquête criminelle.

— Je croyais que tu étais à la retraite.

— C'était le cas. Je veux dire, je le suis. Mais je connaissais une des victimes. C'est comme ça que je me suis retrouvé impliqué. C'est une longue histoire. Je te raconterai la prochaine fois que je te verrai.

— Alors tu as encore réussi !

— Quoi donc ?

— À attraper un tueur en série.

— Comment le sais-tu ?

— *Des victimes*. Tu as dit *des victimes*. Au pluriel. Combien y en avait ?

— Cinq, d'après ce qu'on sait. Et peut-être une vingtaine d'autres en prévision.

— Et tu l'as eu ! La vache ! Les tueurs en série n'ont aucune chance de s'en sortir avec toi, Batman !

Gurney s'esclaffa. Cela faisait longtemps que ça ne lui était pas arrivé. Quand avait-il ri avec Kyle pour la dernière fois ? D'ailleurs, cette conversation tranchait à maints égards avec celles qu'ils avaient d'habitude. Ils discutaient depuis deux minutes au moins sans que son fils eût mentionné quelque chose qu'il venait ou était sur le point d'acheter.

— Batman a eu pas mal d'appui, en l'occurrence, répondit-il. Mais je ne t'appelle pas pour parler de ça. Je voulais savoir comment tu allais. Quoi de neuf ?

— Pas grand-chose, répondit Kyle d'un ton pince-sans-rire. J'ai perdu mon boulot. Kate et moi sommes séparés. Je vais peut-être changer de carrière, m'inscrire à la fac de droit. Qu'en penses-tu ?

Après un instant de silence, sous le choc, Gurney rit de plus belle.

— Eh ben, dis donc ! Que s'est-il passé ?

— Le secteur des finances a périclité – au cas où tu ne serais pas au courant – et mon job, mon mariage, mes deux apparts et mes trois voitures ont suivi le même chemin. C'est drôle, on se fait vite à une situation catastrophique. Bref, je me demande si je ne vais pas m'inscrire en droit. Je voulais ton avis à ce sujet. Tu crois que ça me conviendrait ?

Gurney proposa à Kyle de venir passer le week-end à Walnut Crossing. Ils auraient ainsi tout le temps d'en discuter. Kyle accepta ; il parut même s'en réjouir. Après avoir raccroché, abasourdi, Gurney resta assis dix bonnes minutes sans rien faire.

Il avait d'autres coups de fil à passer. Dans la matinée, il appellerait la veuve de Mark Mellery pour lui dire que tout était enfin terminé – que Gregory Dermott Spinks était en garde à vue et que sa culpabilité ne faisait aucun doute. Sheridan Kline l'en avait déjà informée probablement, ainsi que Rodriguez. Mais, étant donné ses liens avec Mark, il tenait à la contacter personnellement.

Et puis il y avait Sonya Reynolds. Compte tenu de l'accord qu'ils avaient passé, il lui devait au moins un autre portrait de criminel. Cela lui paraissait si trivial à présent, une perte de temps. Il lui téléphonerait malgré tout et finirait par tenir sa promesse. Mais rien de plus. Les attentions de Sonya lui plaisaient, elles flattaient son ego, c'était même un peu excitant, mais c'était trop cher payé et cela mettait trop de choses essentielles en péril.

Les 350 kilomètres de trajet de Wycherly à Walnut Crossing lui prirent cinq heures au lieu de trois à cause de la neige. Lorsqu'il quitta la nationale pour s'engager dans le chemin de terre serpentant à flanc de montagne jusqu'à la ferme, il avait sombré dans une sorte de torpeur en mode pilotage automatique. Sa vitre entrouverte depuis une heure lui avait permis de continuer à rouler sans dommage. En atteignant le pré en pente douce qui séparait la grange de la maison, il constata que les flocons qui balayaient le ciel un peu plus tôt descendaient maintenant à la verticale. Il remonta l'allée au pas et gara la voiture devant la maison, face à l'est afin que, plus tard dans la journée, quand la tempête serait passée, la chaleur du soleil empêche le pare-brise de se couvrir de givre. Puis il s'enfonça dans son siège, terrassé de fatigue.

Quand son portable se mit à sonner, il lui fallut plusieurs secondes pour identifier le bruit.

— Oui ? souffla-t-il.

— Puis-je parler à David ?

Cette voix féminine lui disait quelque chose.

— C'est lui-même.

— Oh, vous avez l'air... bizarre. Ici Laura. Je vous téléphone de l'hôpital. Vous m'avez demandé de vous contacter… s'il se passait quelque chose, ajouta-t-elle après une pause assez longue pour suggérer l'espoir que son désir d'être rappelé ne se limitait pas au motif qu'il avait invoqué.

— C'est gentil à vous de vous en être souvenue.

— Je vous en prie.

— Il s'est passé quelque chose ?

— M. Dermott nous a quittés.

— Pardon ? Pourriez-vous répéter, s'il vous plaît ?

— Gregory Dermott, l'homme dont vous vouliez avoir des nouvelles, il est mort il y a dix minutes.

— La cause du décès ?

— Rien d'officiel encore, mais l'IRM qu'on lui a fait passer lors de son admission a révélé une fracture du crâne qui a entraîné une hémorragie importante.

— Je vois. Ça n'a rien de surprenant, je suppose, avec une lésion pareille.

Il éprouvait quelque chose, mais c'était une émotion lointaine qu'il n'arrivait pas à nommer.

— Effectivement, pas avec une lésion comme celle-là.

Une émotion vague, certes, mais déroutante, comme un petit cri dans une tornade.

— Vous avez raison. Merci, Laura.

— Je vous en prie. Puis-je vous faire autre chose pour vous ?

— Je ne pense pas, répondit-il.

— Vous devriez vous reposer un peu.

— Oui. Bonne nuit. Merci encore.

Il éteignit d'abord son portable, puis les phares, et se cala dans son siège, trop épuisé pour sortir de la voiture. Tout était d'une noirceur impénétrable autour de lui sans l'éclairage des phares.

Peu à peu, à mesure que ses yeux s'habituaient, l'obscurité totale du ciel, des bois, se changea en un gris profond, et le pré tapissé de neige en un gris plus doux. Il crut apercevoir un halo autour de la crête, là où le soleil ne tarderait pas à se lever. Il ne neigeait plus. La maison près de la voiture était une masse inerte, glaciale.

Il essaya d'analyser tout ce qui s'était passé aussi simplement que possible. L'enfant dans la chambre de sa mère esseulée, le père auquel l'alcool avait fait perdre la tête… les cris, le sang, l'impuissance… les dommages physiques et mentaux, terribles, irréversibles… les délires meurtriers de vengeance, de rédemption. Ainsi le petit Spinks était-il devenu Dermott le dément, assassin d'au moins cinq hommes, qui s'apprêtait à en liquider vingt de plus. Gregory Spinks, dont le père avait tailladé le cou à sa mère. Gregory Spinks qui avait reçu un coup mortel à la tête dans la maison où tout avait commencé.

Gurney laissa son regard errer sur la silhouette à peine visible des collines, conscient qu'il y avait une histoire parallèle à prendre en considération, une histoire qu'il devait s'efforcer de mieux comprendre. Celle de sa propre vie, d'un père qui l'ignorait, d'un fils adulte qu'à son tour il avait ignoré. Cette carrière prenante qui lui avait valu tant d'éloges, et si peu de paix. Le petit garçon qui avait péri parce qu'il regardait ailleurs, et Madeleine qui semblait avoir tout compris. Madeleine, la lumière qu'il avait failli perdre. Dont il avait mis la vie en danger.

Il était trop éreinté pour remuer ne serait-ce que le petit doigt, trop proche du sommeil pour sentir quoi que ce soit. Un vide salutaire envahit son esprit. Pendant un instant – sans qu'il puisse dire combien de temps au juste –, ce fut comme s'il avait cessé d'exister, comme si tout en lui avait été réduit à un point de conscience sans aucune dimension, une pointe d'aiguille, rien de plus.

Soudain il reprit ses esprits et ouvrit les yeux à l'instant où le cercle brûlant du soleil commençait à darder ses rayons à travers les arbres dénudés en haut de la crête. Il regarda le liséré éclatant de lumière enfler lentement en un grand arc blanc. Et puis il sentit une autre présence.

Madeleine, dans sa parka orange vif – celle qu'elle portait le jour où il l'avait suivie jusqu'au promontoire –, se tenait près de sa fenêtre et le regardait. Depuis combien de temps était-elle là ? De minuscules cristaux de glace scintillaient sur la bordure en laine polaire de son capuchon. Il baissa la vitre.

Tout d'abord, elle ne dit rien, mais il vit à son expression et lut dans son regard – il vit, sentit, devina, impossible de dire par quel biais l'émotion qu'elle ressentait l'atteignit – un mélange d'acquiescement et d'amour. Et puis le profond soulagement de le voir, une fois de plus, s'en être sorti vivant.

Elle lui demanda avec un prosaïsme touchant s'il voulait déjeuner.

Avec l'ardeur d'une flamme bondissante, sa parka orange capta l'éclat du soleil levant. Il sortit de la voiture et la prit dans ses bras, se cramponnant à elle comme si elle était la vie même.

REMERCIEMENTS

Un grand merci à mon merveilleux éditeur, Rick Horgan, source perpétuelle de bonnes idées, dont les conseils inspirés et inspirants ont tellement amélioré les choses et qui a eu le courage, contre les vents et marées du monde de l'édition actuel, de prendre des risques avec le premier roman d'un auteur jamais publié. À Lucy Carson et Paul Cirone aussi, pour leur plaidoyer en ma faveur, leur enthousiasme, leur efficacité. À Bernard Whalen, pour ses conseils et ses encouragements, dès le début. À Josh Kendall, pour ses critiques judicieuses et une formidable suggestion ; et, enfin, à Molly Friedrich, tout bonnement la meilleure et la plus brillante de tous les agents au monde.

Le Livre de Poche s'engage pour l'environnement en réduisant l'empreinte carbone de ses livres. Celle de cet exemplaire est de :
550 g éq. CO_2
Rendez-vous sur www.livredepoche-durable.fr

PAPIER À BASE DE FIBRES CERTIFIÉES

Composition réalisée par PCA

Achevé d'imprimer en mai 2012 en France par
CPI BRODARD ET TAUPIN
La Flèche (Sarthe)
N° d'impression : 69046
Dépôt légal 1re publication : juin 2012
LIBRAIRIE GÉNÉRALE FRANÇAISE
31, rue de Fleurus – 75278 Paris Cedex 06

31/6247/6